国家社科基金后期资助项目

# 苏格兰小说史

## A History of the Scottish Novel

王卫新　等著

2017年 · 北京

**图书在版编目(CIP)数据**

苏格兰小说史/王卫新等著.—北京:商务印书馆,2017

ISBN 978-7-100-15317-1

Ⅰ.①苏… Ⅱ.①王… Ⅲ.①小说史—研究—英国 Ⅳ.①I561.074

中国版本图书馆CIP数据核字(2017)第224883号



**苏格兰小说史**

王卫新 等著

商务印书馆出版

(北京王府井大街36号 邮政编码100710)

商务印书馆发行

北京顶佳世纪印刷有限公司印刷

ISBN 978-7-100-15317-1

2017年9月第1版 开本787×1092 1/16

2017年9月北京第1次印刷 印张22¾

定价:60.00元

# 国家社科基金后期资助项目
# 出版说明

后期资助项目是国家社科基金设立的一类重要项目，旨在鼓励广大社科研究者潜心治学，支持基础研究多出优秀成果。它是经过严格评审，从接近完成的科研成果中遴选立项的。为扩大后期资助项目的影响，更好地推动学术发展，促进成果转化，全国哲学社会科学规划办公室按照“统一设计、统一标识、统一版式、形成系列”的总体要求，组织出版国家社科基金后期资助项目成果。

全国哲学社会科学规划办公室

# 本书撰写人员及分工

王卫新　导论、第三章、第五章、结语、大事年表、参考文献。
胡怡君　第四章。
夏　琼　第一章。
石梅芳　第二章第二节、第四节、第五节。
王光林　第二章第一节、第三节。

# 目　录

导论：区域身份视域下的苏格兰小说 …………………………… 1
第一章　苏格兰小说的兴起 …………………………………… 20
　第一节　苏格兰启蒙运动与苏格兰小说的发展 ……………… 21
　第二节　托比亚斯·斯摩莱特与小说的兴起 ………………… 29
　第三节　亨利·麦肯锡小说创作与感伤主义文学 …………… 42
第二章　司各特时代的小说 …………………………………… 54
　第一节　浪漫主义与罗曼司的兴起 ………………………… 56
　第二节　瓦尔特·司各特：历史小说的缔造者 ……………… 63
　第三节　约翰·高尔特：书写苏格兰西部的社会“理论”史 ……… 74
　第四节　詹姆斯·霍格：一位被“重新发现”的苏格兰作家 ……… 84
　第五节　布莱克伍德派的小说 ……………………………… 93
第三章　菜园派的内外 ……………………………………… 102
　第一节　渐行渐远的苏格兰 ………………………………… 103
　第二节　乔治·麦克唐纳：奇幻文学与神学小说 …………… 112
　第三节　玛格丽特·奥利凡特：卡林福德的编年史家 ……… 121
　第四节　菜园派小说：苏格兰的感伤之旅 ………………… 130
　第五节　乔治·道格拉斯·布朗与“反菜园派”小说 ………… 140
　第六节　罗伯特·路易斯·史蒂文森：冒险小说与南太平洋故事……… 150
　第七节　约翰·巴肯：从《三十九级台阶》谈起 …………… 160
　第八节　阿瑟·柯南道尔：绅士侦探、历史传奇与科学幻想 ……… 169
第四章　苏格兰现代主义小说 ………………………………… 179
　第一节　苏格兰文艺复兴与现代主义 ……………………… 181
　第二节　尼尔·盖恩：苏格兰现代主义的巨匠 ……………… 193
　第三节　刘易斯·格拉西克·吉本：苏格兰人的书 ………… 204
　第四节　缪尔夫妇的小说和小说批评 ……………………… 215
　第五节　康普顿·麦肯锡：“政治”小说家 ………………… 225
　第六节　苏格兰生存小说 …………………………………… 235

第五章　当代苏格兰小说 …………………………………………………… 246
第一节　苏格兰分权运动与民族意识的崛起 …………………………… 248
第二节　缪丽尔·斯帕克：来自苏格兰的最欧洲化的作家 ………… 255
第三节　乔治·麦凯·布朗：为奥克尼岛歌唱 ………………………… 264
第四节　阿拉斯代尔·格雷：苏格兰的卡夫卡 ………………………… 272
第五节　詹姆斯·凯尔曼：为工人而艺术 ……………………………… 283
第六节　伊恩·班克斯："主流"小说与科学幻想 …………………… 293
第七节　欧文·韦尔什：苏格兰用毒品来守护心灵 …………………… 301
第八节　女性的声音：从欧文斯到肯尼迪 ……………………………… 311
结语：苏格兰小说的复现主题与艺术特色 ……………………………… 319
大事年表 ……………………………………………………………………… 325
参考文献 ……………………………………………………………………… 335

# 导论：区域身份视域下的苏格兰小说

2014 年 9 月 18 日，苏格兰举行了举世瞩目的全民独立公投。9 月 19 日，公投结果公布，55% 的选民选择继续留在英国。借用时任苏格兰首席大臣的话说，这是他一生中只有一次的公投，因为按照预先设定的游戏规则，下一次独立公投，即便还有的话，也将是遥遥无期了。公投之后的苏格兰依然保持着社会学家大卫·麦克罗恩所说的“没有国家的民族”（stateless nation）的状态。①在苏格兰依然是联合王国的组成部分、苏格兰依旧是“没有国家的民族”的语境中撰写《苏格兰小说史》，把苏格兰小说单列出来讨论，总会有一种如履薄冰的感觉。是否有苏格兰小说？如何界定苏格兰小说？这是《苏格兰小说史》的作者很难回答但又必须回答的问题。

20 世纪初期，英国文坛的领军人物艾略特（T. S. Eliot，1888 ～ 1965）就发出了是否有苏格兰文学的诘问，他的那篇充满火药味的文章发表在 1919 年的《雅典娜神庙》（*The Athenaeum*）杂志上，文章的核心论点是苏格兰连自己的语言都朝不保夕，哪里还有什么苏格兰文学：

> 苏格兰文学历史的第一部分是英国文学史的一部分，此时的英语有数种方言；第二部分是英国文学史的一部分，此时的英语有两种方言——英语和苏格兰语；第三部分的境况和前两部分大不相同——它只是地方性文学史。（Dosa，2009：15）

艾略特的诘问并非空穴来风，从某种意义上讲，这篇檄文是对史密斯（George Gregory Smith）同年出版的《苏格兰文学：性格与影响》（*Scottish Literature：Character and Influence*，1919）等苏格兰文学著述的回应。换句话

① “没有国家的民族”这种说法借自麦克罗恩最具影响力的著作《理解苏格兰》1992 年版，当时这部著作的副标题是“一个没有国家的民族的社会学”。非常有趣的是，2001 年第二版《理解苏格兰》一书的副标题删除了“没有国家的”这个修饰语，变成了“一个民族的社会学”。

说，就是艾略特是在近似于文学论争的语境中质问苏格兰文学的存在的。而且，当时爱尔兰、苏格兰等地民族情绪高涨，家园自治（home rule）的呼声不绝于耳，艾略特在当时发出是否有苏格兰文学的诘问是不难理解的。但是，在当今的语境中，艾略特的诘问也不宜过度解读。首先，文章的英文题目 *Was There a Scottish Literature ?*用的是过去式，这一点颇值得推敲，艾略特否定了过去，但他似乎并没有臆断将来，断言将来也不可以有苏格兰文学。而且，如果我们不把艾略特所说的“地方性文学”（provincial literature）当成纯粹的贬义词，那么，他所提出的苏格兰文学史就是地方性文学史的说法至今仍然成立。苏格兰是联合王国的一部分，苏格兰文学是英国文学的一部分，苏格兰文学和英国文学之间是一种“是此即彼”的关系。

1707 年之前，也就是苏格兰尚未加入联合王国的时候，苏格兰是有自己的文学的，用单列的方式谈论这一阶段的苏格兰文学恐怕不会引发太多的争议。苏格兰文学的萌芽时期是在 14 世纪，此时的苏格兰还是一个独立的政体，约翰·巴博尔（John Barbour，1320 ～ 1395）的长诗《布鲁斯》（*The Brus*）就开始在民间流传。从 15 世纪开始，苏格兰作家就以其特立独行的姿态在文学史上书写下辉煌的篇章，以罗伯特·亨利森（Robert Henryson，生卒不详）和威廉·邓巴（William Dunbar，1460 ～ 1520）为代表的苏格兰诗人追随着有着“英国诗歌之父”美誉的乔叟的脚步，创作了许多脍炙人口的诗歌，这些诗人被后世称为“苏格兰的乔叟式诗人”（Scottish Chaucerians）。虽然 1707 年之前的苏格兰文学也取得了一定的成就，但这一阶段的文学成就是无法和 1707 年之后（如司各特时代）的文学成就相提并论的。

从文学史的角度看，苏格兰诗歌史可以追溯到 1707 年之前，而小说史所讨论的则全在 1707 年之后，此时的苏格兰文学就是英国文学的一部分。既然苏格兰文学只是英国文学的一部分，那么，为什么当今的学者们还要殚精竭虑地强调其“苏格兰性”，用一种文学分权（devolution）的方式去写苏格兰文学史呢？拿它当成英国文学的一个部分、散放在英国文学史之中去书写不就可以了吗？首先，苏格兰文学有自己鲜明的特性，散放在英国文学史中去谈论容易忽视掉苏格兰文学的特性。王佐良在《英国 20 世纪文学史》中总结了苏格兰文学的主要特点：

> 在精神上，这一文学的特点是：好辩，内部论战不断；好斗，工人阶级意识强烈；矛盾，自我折磨，不忘历史旧恨；有宗教感，但又憎恨

> 诺克斯传下来的教义；有海岛气息，但又同欧洲大陆的现代主义文学有联系；有面向群众的革新，却又往往结合了最古老传统的重新发掘；民族主义情绪浓厚，但又有重要作家越过它而走向国际主义。（王佐良、周珏良，2006:332）

在区域身份（regional identity）和民族身份（national identity）日渐成为当代文学研究的热门话题、英国文学一词的英文表达由 English literature 变身为 British literature 之时，适度强调或者凸显苏格兰、盎格鲁－威尔士文学的特性已成为大势所趋。其次，苏格兰文学在英国文学史主流叙述中常常被边缘化。翻开英国文学史，我们看到的更多的是英格兰和爱尔兰的作家，而苏格兰作家的份额则非常有限。英国文学史中对于彭斯、司各特、史蒂文森等极其重要的作家一般不会忽略，但其他作家，尤其是许多在苏格兰文学发展进程中里程碑式的人物（如浪漫主义诗人兼小说家詹姆斯·霍格、现代主义小说家尼尔·盖恩、苏格兰新潮小说的代表人物阿拉斯代尔·格雷）或文学流派（如菜园派）在英国文学史的主流叙述中不幸被忽略。英国文学史偏重英格兰作家是情有可原的，因为英格兰文学是英国文学最重要的部分，在许多时候英格兰被用作英国的代名词，偏重英格兰作家顶多也就是被人贴上英格兰中心主义（如果这个词客观存在的话）的标签。撰写爱尔兰独立之前的英国文学史时偏重爱尔兰作家也在情理之中，因为当时的爱尔兰文学和英国文学是一种“是此即彼”的关系。但是，在撰写爱尔兰独立之后的英国文学史尤其是当代英国文学史时，依旧大谈爱尔兰作家是否妥当，就值得商榷了。当某部涉及当代文学的英国文学史或者选集把已然独立的爱尔兰作家拉入其中，而对依然是联合王国重要组成部分的苏格兰、威尔士等区域的作家不闻不问的时候，读者难免就会心生疑窦了。其实，当今的学者用文学分权的方式书写苏格兰文学史，和当年女性主义者书写女性文学史的初衷是近似的，它的主要目的是重新发现一大批不幸被英国文学史主流叙述忽略的苏格兰作家，以便更加全面地审视英国文学的发展历史，对某些因忽视区域文学而引发的值得商榷的叙述进行修正。

在当下的语境中，苏格兰文学研究的兴起主要得益于学界对于区域身份（regional identity）和地方性文学（provincial literature）的重新认识。帕德利在《当代文学关键词》一书中明确指出，苏格兰、盎格鲁－威尔士文学影响面的扩大是由于“作为文学主题的区域身份的出现”（Padley, 2006:129），而对于区域身份的认识主要得益于对于方言声音（dialect voice）可能性和潜质的探索。随着第二次世界大战之后工人阶级小说的盛行，五花八门的工人阶级声音开始出现在英国文学作品当中，后来这种五花八门的声音又在诗歌中弥散，于是以诗人洛克海德、小说家凯尔曼为代表的苏格兰方言声音也开始大行其道并引发了学界的广泛关注。地方性文学不再是成功的绊脚石，而是一跃成为成功的敲门砖。另外，无可否认的是，当下语境中的苏格兰文学研究的兴起和苏格兰分权运动也有明显的关联。诚如帕德利所言，苏格兰分权运动“极大地提升了苏格兰的民族自信心”（Padley,2006:133）。2014 年的全民公投吸引了全世界的目光，这无疑极大地提升了苏格兰在全世界的关注度，苏格兰民众选择继续留在联合王国，这个抉择不是降低了全世界对苏格兰文学与文化的关注度，而是客观上提升了学界对于苏格兰文学与文化的兴趣。1979 年苏格兰分权全民公投无果而终之时，麦克伊尔维尼（William McIlvanney,1936 ～ ）曾经赋诗“1979 年 3 月之后——懦弱的雄狮”表示悲叹，他将苏格兰比喻成雄狮，当雄狮即将被赋予自由时，他“转向笼子偷偷溜走/继续生活在发霉的稻草中”（McIlvanney,1991:25）。在 20 世纪 20 年代爱尔兰选择独立的时候，苏格兰选择继续留在联合王国，与之相伴而生的是风起云涌的苏格兰文艺复兴。2014 年苏格兰全民公投又一次选择继续留在联合王国，这一抉择只表明多数民众不赞同政治独立，但不代表民众不认同文学与文化的独立性，文学和文化极有可能成为苏格兰区域身份意识的宣泄口。

就苏格兰文学而言，区域身份和民族身份在大多数情况下是可以交替使用的，那么，为什么我们在导论的副标题中凸显区域身份而不是民族身份呢？如前文所言，在当下的语境中，过于强调民族身份会带来一些不必要的麻烦。比如，按照理查德·威特的说法，爱尔兰独立之时，北爱尔兰选择继续留在联合王国，一个重要的原因是许多北爱尔兰人认为自己是苏格兰的后裔，在爱尔兰和苏格兰之间，他们和苏格兰有着更多的民族认同。然而，从文学研究的角度看，把北爱尔兰文学拉到苏格兰文学里边来讨论显然是不合时宜的，那简直就是一个白马非马论式的玩笑。此外，过于强调民族身份很容易陷入将苏格兰文学和爱尔兰文学等同的误区。在当下的语境中，苏格兰文学和爱尔兰文学还是不可同日而语的。苏格兰文学和英国文学之间是一种“是此即彼”的关系，而爱尔兰独立之后，爱尔兰文学和英国文学不再是“是此即彼”的关系，而是“是此非彼”的关系，有些激进的学者甚至以一种清算的态度对待爱尔兰独立之前的文学。如果苏格兰文学的研究者也用类似的态度去处理苏格兰文学和英国文学的关系，那就和国际通行的苏格兰文学研究背道而驰了。当我们把重心移位到区域身份时，苏格兰文学和其他文学的关系就更加明了：苏格兰文学和盎格鲁－威尔士文学或者北爱尔兰文学（如果学界能够广泛认同这一说法的话）一样，都是英国文学的重要组成部分，凸显苏格兰或者威尔士身份无非是为了证明英格兰文学不是英国文学的全部，凸显苏格兰或者威尔士身份并不是要把这两个地区的作家拉出英国文学，因为苏格兰和盎格鲁－威尔士文学和英国文学是一种不言自明的"是此即彼"的关系，这也是国际学界用"苏格兰文学"（Scottish literature）而不用"英国苏格兰文学"或者"苏格兰地区文学"的原因所在，而盎格鲁－威尔士文学这一国际通行的说法更是直截了当地言明威尔士文学就是英国文学的一部分。

从历史上讲，苏格兰文学以及苏格兰文学研究的兴起和苏格兰政治运动确实有过比较密切的关系，但在当下的语境中，我们绝不能依旧将苏格兰文学研究视作苏格兰政治运动的衍生品。20 世纪初期的苏格兰文艺复兴运动和苏格兰民族运动是密切相关的，史密斯的苏格兰文学研究成果《苏格兰文学：性格与影响》（1919）和当时的苏格兰民族运动也有千丝万缕的联系，这也是艾略特向苏格兰文学研究者发难的原因之一。但是，如果我们仔细审视一下当代苏格兰文学和政治的关系，会发现如今的境况和 20 世纪初期有很大的不同：首先，苏格兰文学研究最重要的机构苏格兰文学研究协会（The Association for Scottish Literary Studies）成立于 1970 年，先于 1979 年苏格兰分权全民公投以及 1981 年苏格兰新潮小说的兴起。也就是说，当代的苏格兰文学研究不是政治运动或者文学运动的马后炮，而是马前卒，它的主要关注点和政治运动的关注点也有所不同，苏格兰文学研究协会的主要任务是发掘被英国主流叙述边缘化的苏格兰文学并向世界传播，而不是一味地为政治运动摇旗呐喊，因为就像一直印在《苏格兰文学评论》（*Scottish Literary Review*）封底的、埃德温·摩根（Edwin Morgan，1920 ～ 2010）为苏格兰文学研究协会题赠的诗歌中所写的那样，"忘记你的文学？忘记你的灵魂"。其次，苏格兰文学研究不再像 20 世纪初期那样是苏格兰地区一厢情愿的独角戏，而是一个在世界范围内相互切磋并相互包容的多声部大戏。苏格兰文学研究机构已经不仅仅局限于苏格兰或者英国，美国南卡罗来纳大学、怀俄明大学，加拿大的西蒙·弗雷泽大学，德国美因茨大学，波兰的格但斯克大学等均设有专门的苏格兰文学研究机构，荷兰的罗德匹（Rodopi）、德国的彼得朗（Peter Lang）出版社多年以来一直在坚持出版苏格兰文学研究系列丛书。最后，无论是英国国内还是世界范围的苏格兰文学研究，文学分权意识和政治分权乃至政治独立意识之间都没有任何绑定关系。2014 年苏格兰全民公投之后，《英国文学分权》（*Devolving English Literature*,2000）、《苏格兰之书：企鹅苏格兰文学史》（*Scotland's Books:The Penguin History of Scottish Literature*,2007）的作者克罗福德教授应苏格兰文本协会的邀请在爱丁堡大学做学术讲座，他讲座的主题是：1314 年班诺克本战役在苏格兰文学中的呈现。克罗福德教授在讲座开始时明确表示，这个讲座放在苏格兰公投结果出炉之后是十分明智的，他不是“选是”（vote yes）一族的支持者，但如果讲座放在公投之前的敏感时期，他的讲座主题肯定会被误读。苏格兰全民公投的时候，许多欧美国家明确表示不支持苏格兰独立，而这些国家的相关机构却依然出资支持苏格兰文学研究。在英国国内，苏格兰文学研究的资助几乎无一例外地是来自英国政府和苏格兰艺术委员会（Scottish Art Council），而在鼓动选民“选是”的机构中并没有苏格兰艺术委员会的身影，没有哪个大型的苏格兰文学研究项目是由鼓吹苏格兰独立的机构资助的。英国国内苏格兰文学研究的领军人物也并不是都在苏格兰地区供职，《爱丁堡苏格兰文学史》的总主编伊恩·布朗就是伦敦金斯顿大学的教授。

2014 年的苏格兰全民公投和 20 世纪初期的苏格兰民族运动以及 1979 年的苏格兰分权全民公投有着明显的不同。20 世纪初期的苏格兰民族运动受到了当时爱尔兰民族运动的影响，家园自治（home rule）是当时民族运动的重要主张。1979 年的苏格兰分权全民公投可以看作苏格兰民族运动的延续，公投被否决后苏格兰文人情绪高涨，两年之后苏格兰新潮小说应运而生。撒切尔执政时期苏格兰重工业遭受重创，苏格兰民众对当时的英国政府确实有些不满情绪。然而，随着苏格兰分权体制的落实以及 1999 年第一届苏格兰国会的召开，苏格兰享有了更多的自主权。虽然苏格兰的一部分政客极力宣扬苏格兰独立的好处，但苏格兰民众着实看不出独立到底有什么必要。2014 年独立公投的前一周，爱丁堡大学举办了一次关于苏格兰独立问题的临时研讨会（pop-up seminar），一位苏格兰教授慷慨陈词，对政客们的独立诉求表达了不满：他说他的妻子是英格兰人，而他是苏格兰人，像他这样的家庭在苏格兰比比皆是。苏格兰和英格兰不是隔海相望，1707 年至今联盟了这么久，强行分开会给多少家庭带来无名的苦恼。苏格兰有自己的银行，有自己的货币，有自己的国会，为什么政客们还要处心积虑地去鼓吹独立？把 2014 年的苏格兰全民公投和 20 世纪初期苏格兰民族运动对等是不符合历史事实的，将它和 1715 年和 1745 年的詹姆斯党人暴动联系起来更是张冠李戴。詹姆斯党人暴动背后是有外来势力支持的，暴动的目的是颠覆汉诺威王朝，而不是寻求苏格兰民族的独立。2014 年的苏格兰全民公投是非暴力的，无论是“选是”还是“选否”，双方只是在是否要独立的问题上较量，“选是”的一方也极少有不认同“选否”结果的行为举措。

在当下的语境中，苏格兰文学研究绝非苏格兰政治运动的衍生品，虽然我们并不否认2014年的苏格兰全民公投对提升苏格兰以及苏格兰文学在世界的关注度方面是有贡献的。公投结束之后，多数人“选否”的结果意味着苏格兰政治运动的熄火，虽然某些政客还是十分执拗地表示他们还将把苏格兰独立作为目标。与此形成对照的是，苏格兰文学研究并没有随着政治运动的熄火而降温，相反，因为苏格兰文学和英国文学的“是此即彼”的关系更加稳固，苏格兰文学研究在世界范围内的影响力不降反升。其实，从苏格兰文学研究协会成立之日起，它的基本定位就是发掘苏格兰文学传统，借此向世人宣告英格兰文学不是英国文学的全部。在这种定调之下，苏格兰文学研究的兴起既没有导致英格兰文学和苏格兰文学之间的相互敌视，又没有像20世纪初期那样引发文人之间的论争。苏格兰的文人和学者并不排斥北不列颠（North Britain）的说法，他们自己也会时不时地用北不列颠指涉苏格兰。英格兰的文人和学者对苏格兰文学的提法似乎已经习以为常，许多英格兰的学者还乐此不疲地投身到苏格兰文学研究的大潮之中。

王佐良在《英国20世纪文学史》中写道：“苏格兰文学的特性有待重申！”（王佐良、周珏良，2006：297）这一句话足以概括中国学者从事苏格兰文学研究的初衷。苏格兰文学特色鲜明，历史悠久，名家辈出，却不幸被英国文学主流叙述边缘化，在近年来举世关注苏格兰公投进而关注苏格兰文化的语境中，对有着如此鲜明特色的文学不闻不问似乎是说不通的。其实，中国的苏格兰文学研究并非是一种跟风应景，早在20世纪50年代，随着著名苏格兰诗人麦克迪尔米德的访华，中国学者就开始关注苏格兰文学。当然，真正意义的苏格兰文学研究的起步是在80年代，王佐良是苏格兰文学研究的领军人物，他在1984年第11期的《外国文学》杂志推出了苏格兰文学专号，专号中既包含苏格兰诗歌、小说、戏剧文本的译介，又包括国内外学者应邀而写的论文。王佐良在专号的序言中对上述作品进行了介绍，他还颇有深意地说，他所做的一切“只是一个小小的开始”（王佐良，1984：2）。在《外国文学》推出苏格兰文学专号的一年之后，王佐良又在《读书》杂志1985年第2期发表了《苏格兰诗歌的发现》，1986年又在湖南人民出版社出版了《苏格兰诗选》。在此前后，《世界文学》杂志对苏格兰诗人麦克迪尔米德和麦克莱恩进行了介绍，杨岂深、孙铢主编的《英国文学选读》教材第三册（1984）收录了麦克迪尔米德的诗歌和斯帕克的小说。和80年代相比，90年代国内的苏格兰文学研究相对沉寂。21世纪以来，国内的苏格兰文学研究又开始慢慢升温，王佐良在《英国20世纪文学史》中将苏格兰文学和盎格鲁-威尔士文学各单列一章，张剑在发表《20世纪苏格兰诗歌漫谈》（2001）之后又出版了《现代苏格兰诗歌》（2002）。近年来，已有苏格兰文学研究方面的课题被立项为国家社科基金项目和教育部人文社科项目，何宁、吕洪灵等一批年轻学者开始在国内重要学术期刊发表苏格兰文学研究成果，《浙江外国语学院学报》还推出了苏格兰文学研究专栏。国内的苏格兰文学研究取得了不小的成绩，但在国际上文学研究领域高度关注区域身份的语境中，国内已有的苏格兰文学研究还是略显不足的。英格兰文学不是英国文学的全部，苏格兰文学、盎格鲁-威尔士文学等区域文学也是英国文学史的重要组成部分，它们的特色需要重申。在英国文学史尚未充分包容苏格兰文学、盎格鲁-威尔士文学的语境中，像当年女性主义者修撰女性文学史那样，以文学分权的方式书写苏格兰文学史还是十分必要的。

正是由于英国文学史的主流叙述中把许多在苏格兰文学发展进程中极其重要的作家和文学流派边缘化，才给当今的学者一个机会用文学分权的方式书写苏格兰文学史。试想，如果英国文学史从一开始就十分重视区域文学，将苏格兰、盎格鲁-威尔士等区域的文学和英格兰文学同等对待，那么，苏格兰文学史的撰写就很可能会成为一种硬把苏格兰作家从英国文学史中拉出来的重复劳动。此外，如果文学分权之后发现值得论述的作家少得可怜，那么，将区区几个作家拿出来修撰文学史也会显得过于单薄，甚至给人一种为赋新词强说愁的感觉。苏格兰文学历史悠久、名家辈出，值得浓墨重彩地论述的作家大有人在，而这些作家又往往被英国文学史主流叙述所忽略或者边缘化。就文类而言，苏格兰小说史和诗歌史的写作空间比较大，而戏剧史则颇具挑战性。尽管当今的学者一直在努力发掘，但苏格兰的戏剧名家真的是少得可怜。我们选择用文学分权的方式书写苏格兰小说史，主要是基于以下考虑：首先，在苏格兰文学发展进程中，苏格兰小说是最具民族特色同时又最具活力的部分，从苏格兰启蒙运动时期到现在的苏格兰小说有许多值得探讨的话题；其次，从研究的角度看，苏格兰小说史其实是国内外苏格兰文学研究中较为薄弱的环节。国外在苏格兰文学史建设方面取得了辉煌的成就，凯恩斯·克莱格（Cairns Craig）主编的四卷本《苏格兰文学史》（1987～1989）、伊恩·布朗（Ian Brown）主编的三卷本《爱丁堡苏格兰文学史》（2007）、罗伯特·克劳福德（Robert Crawford）独立撰写的《苏格兰之书：企鹅苏格兰文学史》（2007）堪称此方面的力作，然而，截至目前，较为完整的苏格兰小说史却只有哈特（Francis Russel Hart）的《苏格兰小说：从斯摩莱特到斯帕克》（1978），由于这部专著成书时间较早，所以该书尚未涉及苏格兰新潮小说，而1981年开始的苏格兰新潮小说又是苏格兰小说最为重要的一部分。国内在苏格兰诗歌研究方面有一些成果，王佐良发表于《读书》杂志1985年第2期的论文《苏格兰诗歌的发现》以及他编选的《苏格兰诗选》（1986）、张剑的论文《20世纪苏格兰诗歌漫谈》（2001）以及他翻译的《现代苏格兰诗歌》（2002）是这方面的代表作。国内已经出版的苏格兰小说研究成果主要集中于浪漫主义时期（即司各特时代）的小说，苏格兰小说通史的建设才刚刚起步。最后，正如王佐良在《英国20世纪文学史》中所说的那样，"到今为止，国内似尚无懂盖尔语的学者，苏格兰语也缺乏系统知识"（王佐良、周珏良，2006：333），而撰写苏格兰诗歌史必然要面对让人望而却步的盖尔语和五花八门的苏格兰方言，这也是我们在诗歌和小说之间选择小说的重要原因。小说中也有苏格兰方言，但借助词典以及英国斯特灵大学司各特·海姆斯（Scott Hames）博士、美国加州大学伊恩·邓肯（Ian Duncan）教授的指导，我们还是能够应对小说中的方言问题的。

我们的这部《苏格兰小说史》谈论的是苏格兰并入联合王国之后的小说发展历史，苏格兰小说的界定是无法借鉴国别文学的界定模式的。苏格兰小说属于区域文学或者民族文学（本书强调区域身份）的范畴，它的独立性只是相对而言的。为简便起见，我们不妨将苏格兰小说界定为由苏格兰作家创作的具有苏格兰性的小说。苏格兰作家的身份是比较容易界定的，出身于苏格兰而且书写苏格兰的作家都可以归类为苏格兰作家。虽然高尔特、巴肯等作家曾经在加拿大等地供职，但因为他们的小说仍旧植根于苏格兰，因此人们还是首先将他们视为苏格兰作家。司各特被人说成是碰巧出生在苏格兰的作家，斯帕克被人称为来自苏格兰的最欧洲化的作家，但是，只要人们认同文学视域下苏格兰和英格兰身份的区分，他们还是会被自然而然地归类为苏格兰作家。苏格兰作家的界定相对容易，而苏格兰性的界定则是个难题。提起苏格兰，或许人们马上能够联想起高地（highland）、方格呢（tartanry）、蓟（thistle）等一系列的文化徽标，但这些徽标在界定苏格兰小说时似乎很难派上用场。

哈特（Francis Russel Hart）在《苏格兰小说：从斯摩莱特到斯帕克》

(*The Scottish Novel*:*From Smollett to Spark*,1978) 一书的结尾概括总结了苏格兰小说的特性，他的概括为我们界定文学视域下的苏格兰性提供了可供借鉴的蓝本。在当下的语境中重新审视哈特的概括总结，他所提出的共同体、苏格兰杂陈之说可谓是历久弥新，经得起时间的考验。但他所列举的其他特性如历史题材、母亲形象等则很难和苏格兰性对接，因为这些特征在其他区域文学中也较为普遍，以此为据很难将苏格兰小说和英格兰或者盎格鲁-威尔士小说区分开来。

其实，任何一种区域或者民族文学都不可能卓尔不群，和其他区域或者民族的文学格格不入。因此，我们所提供的所谓苏格兰性的总结也只是一种尝试，它所能派上的用场也仅仅是告诉人们如何便捷而有效地界定苏格兰性，并以此为尺度考量某部作品苏格兰性的强弱。从主题方面看，苏格兰小说有三大特性，即共同体、工人阶级表征和商业书写。从艺术手法方面看，苏格兰小说有两大特征，即苏格兰杂陈和“双重”叙述。虽然这种概括难免有简单化之嫌，但它基本上能够概括苏格兰小说的主要特征，能够提供一种有效界定苏格兰性的尝试性的指引。

共同体是苏格兰小说的主导神话，而乡村是苏格兰共同体的基石，所以，苏格兰小说中的共同体其实就是乡村共同体。乡村共同体是苏格兰文学与文化的灵魂，是苏格兰民族意识的集中体现。可以毫不夸张地说，在苏格兰小说的语境中，一旦离开了乡村的土壤，共同体就不复为共同体，而一旦共同体风雨飘摇，苏格兰也就不再是真正意义的苏格兰。苏格兰共同体不仅有着明确的地域性，而且有着共享的古老的共同体价值观。在苏格兰共同体中，平等主义教育是核心，校长或者牧师是共同体的核心人物。贫苦的孩子只要是可塑之才，就能够得到富裕村民的资助而得以圆一个大学梦，而可塑之才成才后的首选便是回到家乡做一个道德高尚的牧师。苏格兰的乡村共同体中也有教派分歧，但教派分歧不会发展成宗教纷争，当农民和商人的利益发生冲突时，牧师往往会站在农民的一边。共同体是一种苏格兰的神话，是古老的未曾改变的苏格兰的象征，苏格兰小说从不同的侧面书写着共同体。菜园派小说（尤其是麦克莱伦的小说）建构了共同体的神话，以乔治·道格拉斯·布朗为代表的反菜园派小说用商业侵蚀“粉碎”了共同体的神话，同时也从另一个侧面阐明了共同体的重要性，刘易斯·格拉西克·吉本的《苏格兰人的书》把共同体从农村移位到城镇再到城市，借此验证乡村和共同体的密不可分，而乔治·麦凯·布朗的奥克尼岛小说则是用一种古色古香的方式，续写着当代苏格兰社会中渐行渐远的乡村共同体神话。

工人阶级表征是苏格兰小说的另一个徽标。苏格兰小说有着浓浓的为工人而艺术的情结，这不仅表现在以刘易斯·格拉西克·吉本的《苏格兰人的书》、乔治·布莱克的《造船工人》、詹姆斯·巴克的《大手术》、欧文·韦尔什的《猜火车》、詹姆斯·凯尔曼的《公交售票员海恩斯》等一系列名正言顺的苏格兰工人阶级小说之中，还蕴含在阿拉斯代尔·格雷的《拉纳克》等一系列不适合贴上工人阶级小说标签的小说作品之中。虽然英格兰小说中也有几波工人阶级小说的高潮，诞生了很多工人阶级小说的名篇，但总体而言，工人阶级小说的阵容还不够强大，工人阶级意识也只是工人阶级小说的专利，未能在整个英格兰小说中传播开来。因此，在英格兰小说中还是中产阶级意识占据上风，这在20世纪80年代之后尤为明显，阶级战争已经结束的论调不仅在政坛广为流传，在小说创作中也有体现。而苏格兰小说则明显地带有工人阶级表征，不仅书写工人阶级的斗争和觉醒，也书写城市工人阶级的无助和沉沦，不仅工人阶级小说如此，未被贴上工人阶级小说标签的小说作品也有这种倾向。

商业书写也是苏格兰小说重要的徽标之一，从斯摩莱特的《汉弗莱·克林克历险记》一直到韦尔什的《色情》（*Porno*,2002），苏格兰小说和商业总是有着一种剪不断、理还乱的错综复杂的情结。斯摩莱特在《汉弗莱·克林克历险记》中写下的那句惊世骇俗的警示“商业不管繁荣到何种程度，都迟早会证明每个国家的灭亡”（斯摩莱特，2001：225）并未成为苏格兰文人的共识，苏格兰小说中既有对商业至上论调的嘲讽，也有对商业世界的礼赞。司各特、高尔特、史蒂文森、约翰·巴肯、乔治·道格拉斯·布朗等都曾经浓墨重彩地书写了苏格兰的商业世界，高尔特还被普里奇特（V. S. Pritchett,1900～1997）说成是“一生的主业是买和卖”的作家（Scott,1985:1）。苏格兰小说中的商业书写用一种特殊的方式承载着亚当·斯密《国富论》和《道德情操论》的对峙，私利和美德之间的较量成为苏格兰小说商业书写的核心。

从艺术手法方面看，苏格兰小说最突出的特点应该是苏格兰杂陈（Caledonian antisizygy）。苏格兰杂陈是苏格兰文学史家乔治·格里高利·史密斯在《苏格兰文学：性格与影响》（1919）一书中杜撰的词汇，对于这一词汇的解释可谓是人言人殊，其中哈特在《苏格兰小说：从斯摩莱特到斯帕克》一书中的解释最为明晰。按照哈特的解释，苏格兰杂陈是一种艺术手法，是一种诸多矛盾的混成和杂糅，这些矛盾包括：志怪式的幽默和田园诗般的情感；大胆的讽刺和严肃的虔诚；历史和与之相抗衡的传说、罗曼司；罗曼司和时常打擦边球的反讽；严肃的现实主义和与之冲撞的奇幻；悲剧和闹剧。（Hart,1978:406）退回到现代主义之前，各种文类的混成和杂糅或许还算新鲜事物，但现代主义之后，文类的混成和杂糅已是司空见惯，那么，作为苏格兰小说标志性艺术手法之一的苏格兰杂陈和其他的混成或者杂糅有何区别呢？在当下的语境中，重新审视哈特对于苏格兰杂陈一词的解释是十分必要的。在哈特所列举的一系列矛盾中，现实和奇幻、罗曼司和讽刺似乎是苏格兰小说最具特色的混成。奇幻和罗曼司一直是苏格兰文学的拿手好戏，乔治·麦克唐纳的小说是奇幻文学的标尺，格雷的《拉纳克》堪称现实和奇幻混成的典范，而司各特的作品是罗曼司文学的一个巅峰，史蒂文森的小说则可以视为罗曼司和讽刺完美的杂糅。苏格兰小说一直延续着奇幻文学和罗曼司文学的传统，现实和奇幻、罗曼司和讽刺的混成是苏格兰小说的鲜明特色。

"双重"叙述也是苏格兰小说的重要艺术手法。苏格兰小说中的双重叙述并非现代主义作家惯用的用双重（或多重）视角来叙述同一个故事，它所指的是双身（double），即一个人能分裂为两个躯体。詹姆斯·霍格的《一个清白罪人的私人备忘录和忏悔》（1824）、史蒂文森的《化身博士》（1886）是苏格兰小说史上最为成功地运用双重叙述的代表作，两部代表作的共同特点是建构了一种"善的主体+恶的相似对应物"的模式，它和威廉·詹姆斯的隐藏的自我（hidden self）、莫顿·普林斯的又一种人格（second personality），以及弗洛伊德的暗恐（the uncanny）理论十分契合。但是，如果只有"善的主体+恶的相似对应物"这一种模式，双重叙述的苏格兰性似乎就无从谈起，因为"善的主体+恶的相似对应物"这种模式在其他文学中也并不罕见，一个经典的例证是美国作家爱伦·坡（Edgar Allan Poe,1809～1849）的短篇小说《威廉·威尔逊》（*William Wilson*,1839）。苏格兰小说双重叙述的特异之处在于它有一个剧烈性的转变，而这一转变的标志是格雷的《拉纳克》（1981）和《可怜的东西》（1992），格雷的小说建构了一种"善的主体+善的相似对应物"的新的模式。在格雷的作品中，主体和相似对应物的人格是一致的、是未被分开的，而他们所生活的世界是被分开的，而且是一个阴阳两隔的世界。特别值得一提的是，格雷在《可怜的东西》中冲破了"双重"传统的男性限制，大胆引入了女性"双重"叙述。双重叙述虽然不是苏格兰小说的专利，但苏格兰小说对双重艺术的迷恋是显而易见的，它所提供的两种"双重"叙述模式也是很有价值的。此外，非常巧合的是，英语世界"双重"叙述的理论建构的丰碑之作，即卡尔·米勒的《双重：文学史研究》（1985）和约翰·赫德曼的《19 世纪小说中的双重》（1990）也是由苏格兰批评家来完成的。

在简单归纳苏格兰小说的“苏格兰性”（Scottishness）之后，我们将对斯摩莱特至今的苏格兰小说发展概况简单地进行勾勒，对各个时期苏格兰小说的“苏格兰性”以及该时期苏格兰文人对于“苏格兰性”以及与之形成张力的“英国性”（Englishness）的认同问题做一个简单的说明。学界通常是把苏格兰小说的源头定格在苏格兰启蒙运动时期，这一时期最为杰出的小说家是斯摩莱特（Tobias Smollett, 1721 ～ 1771）。斯摩莱特以其风格独特的三部小说杰作《兰登传》（*The Adventures of Roderick Random*, 1748）、《佩瑞格林·皮克尔历险记》（*The Adventures of Peregrine Pickle*, 1751）、《汉弗莱·克林克历险记》（*The Expedition of Humphry Clinker*, 1771）闻名于世，对司各特（Walter Scott, 1771 ～ 1832）、狄更斯（Charles Dickens, 1812 ～ 1870）和萨克雷（William Makepeace Thackeray, 1811 ～ 1863）等后世作家产生了巨大的影响。斯摩莱特对苏格兰的自然风貌以及文化传统情有独钟，而对日渐奢靡的英格兰并无好感。他的绝笔之作《汉弗莱·克林克历险记》是他小说创作的巅峰，在这部小说中，斯摩莱特不失时机地讽刺了英格兰社会的奢侈之风，而对苏格兰赏心悦目的田园风光给予了礼赞，在他的笔下，“理想化的苏格兰成了堕落的英格兰的对照”（黄梅，2003：340）。《汉弗莱·克林克历险记》把伦敦描写成“不幸、怪异、没头没尾、没有部件、极不协调的首都”（斯摩莱特，2001：97），而苏格兰的首府爱丁堡则“是个天才的温床”（斯摩莱特，2001：255）。理想化的苏格兰是斯摩莱特小说的魅力所在，如果没有对苏格兰的饱含激情的书写，斯摩莱特的小说也许真的会因为作者不太招人喜欢的嬉笑谩骂风格而被排斥在 18 世纪英国小说的主流之外。苏格兰启蒙运动时期另一位重要的小说家是麦肯锡（Henry Mackenzie, 1745 ～ 1831），他的感伤主义小说《有情人》（*The Man of Feeling*, 1771）在当时流传甚广。总体而言，这一时期的苏格兰小说创作并不丰盛，很像是轰轰烈烈的苏格兰启蒙运动的陪衬。从政治上讲，联盟的基础尚需巩固，两次詹姆斯党人暴动都发生在 18 世纪。但是，从文学的角度看，虽然苏格兰文人还在强调苏格兰文化甚至苏格兰语言的特殊性，但此时的苏格兰性和英国性已经开始慢慢融合。

随着苏格兰出版业的繁盛，浪漫主义时期（又称司各特时代）的苏格兰小说缔造了小说史上的第一次辉煌。这一时期的代表人物是司各特，他被著名的俄罗斯批评家别林斯基（Vissarion Grigoryevich Belinsky, 1811 ～ 1848）誉为“历史小说的缔造者”（陈嘉，1986：134）。司各特的历史小说可以分为三个板块，三个板块和他文学创作的三个阶段基本吻合：他的早期作品主要取材于苏格兰历史；中期作品致力于英国历史的书写；而晚期作品则主要书写法国及其他欧洲大陆国家的历史。爱丁堡中心火车站被命名为“威弗莱站”（Waverley Station），司各特纪念碑耸立在爱丁堡最繁华的王子街旁，由此足见司各特在苏格兰人心目中非同寻常的地位。司各特是坚定的联盟支持者，他认为苏格兰性和英国性应该是统一的，但与此同时，他又无比热爱苏格兰，对苏格兰人的反抗精神也赋予了同情。在他的小说中，理性的苏格兰传统被强化，婚姻被赋予了政治性的隐喻，成为民族和解、文化共融的象征。

和司各特同时代而且几乎可以与之相提并论的苏格兰小说家还有高尔特（John Galt，1779 ～ 1839）和霍格（James Hogg，1770 ～ 1835）。高尔特以书写艾尔郡的风土人情和商海沉浮而闻名，他的《限定继承权》（*The Entail*，1823）被认为是苏格兰格拉斯哥小说的开端，小说以“让格拉斯哥繁荣昌盛”这句备受争议的话语结束。霍格是曾经一度被人们遗忘的苏格兰浪漫主义的核心人物，他首先是一位杰出的诗人，然后才是小说家。然而，在他为数不多的小说中，《一个清白罪人的私人备忘录和忏悔》（*The Private Memoirs and Confessions of a Justified Sinner*，1824）是一部极具前瞻性的作品。在双重人格或曰分裂的自我尚未成为人们熟悉的心理学术语的时候，霍格的这部小说就以超前的虚构的模式探索了双重人格问题。在司各特时代，和《爱丁堡评论》齐名的《布莱克伍德杂志》在推动和引领小说创作方面发挥着至关重要的作用，著名的三卷本模式就是布莱克伍德干预文学创作的明证。司各特时代是苏格兰文化的繁荣时期，苏格兰出版业异军突起，苏格兰文人在小说创作领域风光无限，英格兰人被苏格兰作家笔下的苏格兰风情深深吸引，成为忠实的苏格兰文学读者。然而，随着1826 年康斯坦布尔的破产，如日中天的苏格兰文化产业轰然倒塌，司各特陷入写书还债的窘境之中。1832 年司各特的辞世，为曾经风光无限的苏格兰文化产业的辉煌时期画上了句号。

维多利亚时期的苏格兰小说也有一个轴心，这个轴心不是一个人，而是一个流派。以巴里（J. M. Barrie，1860 ～ 1937）、麦克莱伦（Ian Maclaren，1850 ～ 1907）和克罗齐特（Samuel Crockett，1862 ～ 1914）为代表的菜园派小说在维多利亚晚期红极一时，再一次把苏格兰风情书写推向了历史的前台。菜园派在维多利亚晚期风光无限，有着无数的铁杆儿粉丝，其中包括出身于苏格兰的美国钢铁大王卡耐基。在菜园派走红的前后，苏格兰文坛涌现出一大批善于书写区域风情的小说家，其中最为著名的是以奇幻文学和神学小说而闻名的麦克唐纳（George MacDonald，1824 ～

1905）、被称作卡林福德编年史家的奥利凡特（Margaret Oliphant，1828～1897）以及反菜园派小说的代表人物乔治·道格拉斯·布朗（George Douglas Brown，1869～1902）。麦克唐纳以奇幻文学而著称，对著名的牛津学者、英国奇幻文学的巨匠刘易斯（C. S. Lewis，1898～1963）影响甚巨，他的奇幻文学作品《轻轻公主》（*The Light Princess*，1864）、《北风的背后》（*At the Back of the North Wind*，1871）等都已被翻译成中文，在青少年读者中有着广泛的影响。女作家奥利凡特堪称奇人，一生创作颇丰，她为《布莱克伍德杂志》贡献了数百篇文章，还出版过近百部作品，其中最为著名的是由六部小说组成的卡林福德编年史系列。和麦克唐纳、奥利凡特不同，乔治·道格拉斯·布朗的区域风情书写一开始就带着浓浓的火药味，他的代表作《带绿色百叶窗的房子》（*The House with the Green Shutters*，1901）矛头直指菜园派，以他所熟悉的苏格兰乡村为原型，描绘了一幅商业意识弥散、乡村共同体价值垂危的现代社会画卷，为即将到来的商业化和工业化时代敲响了警钟。和菜园派的极力凸显地方性以及苏格兰方言韵味不同，维多利亚时期也有一些颇具世界性意味的作家，其中最为著名的当属史蒂文森（Robert Louis Stevenson，1850～1894）、柯南道尔（Sir Arthur Conan Doyle，1859～1930）和约翰·巴肯（John Buchan，1875～1940）。史蒂文森除了冒险小说之外，还有四大苏格兰小说以及曾经一度被学界低估的南太平洋故事，他的遗作《赫米斯顿的韦尔》（*Weir of Hermiston*，1894）还被哈特贴上了反菜园派的标签。柯南道尔创作的福尔摩斯侦探小说可谓是妇孺皆知。和柯南道尔一样，巴肯的神秘小说《三十九级台阶》（*The Thirty-nine Steps*，1915）也可谓是举世闻名，尤其是在大导演希区柯克将其搬上银幕之后。除了神秘小说，巴肯还创作了特色鲜明的苏格兰边区三部曲小说。

维多利亚时代苏格兰小说中的苏格兰性是十分复杂的。菜园派、反菜园派小说以及已然被当代文学史家淡忘的仿菜园派小说的苏格兰性是十分明显的，苏格兰风情书写乃至苏格兰方言的运用被无限地放大，这些作品对于以英语为母语的读者来说或许是别具风味，但对于英语非母语的读者来说是颇具排外性的。麦克唐纳的神学小说、奥利凡特的卡林福德编年史系列小说、史蒂文森的四大苏格兰小说、巴肯的苏格兰边区三部曲小说中的地方性书写的排外性相对较弱，而麦克唐纳的奇幻小说、史蒂文森的冒险小说和南太平洋故事、巴肯的神秘小说则基本没有什么排外性，具有非常强的可读性。柯南道尔的福尔摩斯系列小说、历史小说以及科幻小说都不以书写苏格兰风情为中心，柯南道尔小说的苏格兰性并不明显，但可读性极强。在苏格兰人在政治、军事、商业等各个领域融入大英帝国并以为帝国服务为荣的维多利亚时代，苏格兰性和英国性开始呈现一种“是此即彼”或者至少是“亦此亦彼”的关系，这一时期的英国性似乎可以用Britishness表达了。菜园派的一路飘红让人们看到了苏格兰风情书写以及苏格兰方言的魅力，但对于任性地使用苏格兰方言书写的作品在非英语国家的接受度如何，这在当时是没有答案甚至也没有人关心的。但用后世的眼光看，似乎是柯南道尔、史蒂文森、巴肯等以标准英语为主导的作品在世界范围内人气更旺。

苏格兰现代主义时期的一大盛事是工人阶级小说的兴起，其中最负盛名的当属刘易斯·格拉西克·吉本（Lewis Grassic Gibbon, 1901 ～ 1935）的《苏格兰人的书》（*A Scots Quair*, 1946）。这部书由《落日之歌》（*Sunset Song*, 1932）、《云雾中的山谷》（*Cloud Howe*, 1933）和《灰色花岗岩》（*Gray Granite*, 1934）三部曲结集而成，通过女主人公克丽丝的经历，映射出20世纪初期到30年代苏格兰社会从乡村到城镇再到工业城市的变迁，深刻地书写了社会转型时期苏格兰乡村共同体的危机，描绘出一幅生动的苏格兰历史画卷。和吉本的《苏格兰人的书》交相辉映的是一系列书写工人阶级生活状况的小说，如乔治·布莱克（George Blake, 1893 ～ 1961）的《造船工人》（*The Shipbuilders*, 1935）、詹姆斯·巴克（James Barke, 1905 ～ 1958）的《大手术》（*Major Operation*, 1936）、麦克阿瑟（A. McArthur）和金斯利·朗（H. Kingsley Long）合著的《非凡之城》（*No Mean City*, 1935）。《大手术》描写了工人阶级的觉醒，《造船工人》书写了格拉斯哥造船工人生活的艰辛，《非凡之城》则以一种纪实文学的手法书写了以“刀王”（Razor King）为首的格拉斯哥贫民窟黑社会组织的暴力争斗。

用正统现代主义（high modernism）的标准来衡量，或许只有麦克迪尔米德的苏格兰诗歌可以称得上是现代主义，而该时期的苏格兰小说则是与一味追求标新立异的现代主义背道而驰的。无论是上面提到的工人阶级小说，还是诗人兼评论家的缪尔夫妇的文人小说，还是康普顿·麦肯锡（Compton Mackenzie, 1883 ～ 1972）的政治小说，都没有刻意追求形式创新的意愿，连堪称苏格兰现代主义小说旗手的尼尔·盖恩（Neil Gunn, 1891 ～ 1973）也不例外。苏格兰现代主义时期文学的政治性是很强的，诗人麦克迪尔米德、小说家麦肯锡都是苏格兰民族运动的骨干。麦克迪尔米德对菜园派颇有微词，但令人不解的是，他却和菜园派一样任性地使用苏格兰方言创作，他和缪尔的那场著名的文学论争的焦点就是是否必须用苏格兰方言才能表现苏格兰风情。就该时期的小说而言，吉本和盖恩小说的苏格兰性相对较强，而缪尔夫妇和麦肯锡小说的苏格兰性相对较弱。

苏格兰现代主义运动到20世纪50年代才终于落下帷幕。现代主义时期之后，有着深厚文化积淀的苏格兰小说传统以一种多元化的方式得以延续。率先重塑苏格兰小说辉煌的是来自苏格兰的最欧洲化的作家缪丽尔·斯帕克（Muriel Spark,1928～2006）。斯帕克的文学创作从20世纪50年代一直延续到21世纪初，在其卷帙浩繁的小说中，只有《布罗迪小姐的青春》（*The Prime of Miss Jean Brodie*,1961）等为数极少的作品直接书写了苏格兰。而该时期另一位诗人兼小说家乔治·麦凯·布朗（George Mackay Brown,1921～1996）则是毕生都在书写苏格兰北端的奥克尼岛，奥克尼岛的意象以及历史成为他小说创作的丰富源泉。1981年，阿拉斯代尔·格雷（Alasdair Gray,1934～）的小说《拉纳克》问世，这部小说是苏格兰新潮小说的开山之作，格雷也因此被伯吉斯（Anthony Burgess,1917～1993）称为"自司各特爵士以来最伟大的苏格兰小说家"（1984：126）。20世纪80年代是苏格兰民族意识高涨的时代，格雷在潜心写作的同时，也不忘自己的政治责任，他的非虚构作品《为什么苏格兰人应该统治苏格兰》（*Why Scots Should Rule Scotland*，1992,1997修订版）旗帜鲜明地表达了自己的政治主张。和格雷一样，同样出生于格拉斯哥的作家凯尔曼（James Kelman,1946～　）的小说创作也有着明显的政治倾向。凯尔曼的小说《这是多么晚，多么晚》（*How Late It Was,How Late*,1994）荣膺布克奖，他是迄今为止唯一获此殊荣的苏格兰作家。凯尔曼坚持用格拉斯哥方言写作，用近似于后现代主义的手法赤裸裸地书写城市工人阶级生活的窘境以及他们不思进取的精神状况。和凯尔曼一样致力于书写城市工人阶级状况的还有出生于爱丁堡的青年作家韦尔什（Irvinc Welsh，1958～　），他凭借《猜火车》（*Trainspotting*,1993）一炮走红，以书写城市工人阶级青年尤其是吸毒青年而闻名于世。

在当代苏格兰文坛，也有一些作家可谓是特立独行，伊恩·班克斯（Iain Banks,1954～2013）就是其中的佼佼者。他用伊恩·班克斯的名字创作了《捕蜂器》（*The Wasp Factory*,1984）等主流小说，还以伊恩·M. 班克斯为名创作了一系列科幻小说，他的被称作"文明系列"的科幻小说在全世界拥有广泛的读者，近年来，他的许多作品被翻译成中文，他的名字也开始为中国读者所熟悉。和班克斯一样特立独行的还有艾伦·沃纳（Alan Warner,1964～　），他的小说《默文·卡拉》（*Morvern Callar*,1995）以一种十分惊悚的方式讲述了女主人公和叙述者将自杀男友的尸体解体的故事。由于《默文·卡拉》刚好诞生于苏格兰分权运动取得重大进展的时期，默文·卡拉肢解男友的"壮举"也时常被批评家解读为一种独特的苏格兰分权叙述（devolutionary narrative）。在男作家叱咤风云的时候，苏格兰女作家也开始异军突起。当代苏格兰女作家的杰出代表是肯尼迪（A. L. Kennedy，1965～ ），肯尼迪不喜欢女性作家或者苏格兰作家的标签，但她小说中的苏格兰风韵是十分明显的。除了肯尼迪之外，比较有影响的当代苏格兰女作家还有以长篇小说而著称的詹尼斯·加洛韦（Janice Galloway，1955～ ）和阿里·史密斯（Ali Smith，1962～ ）以及以短篇小说而闻名的坎迪亚·麦克威廉（Candia McWilliam，1955～ ）、艾格尼丝·欧文斯（Agnes Owens，1926～ ）、埃尔斯派斯·巴克（Elspeth Barker，1940～ ）、爱玛·泰恩特（Emma Tennant，1937～ ）等。当代苏格兰小说中的苏格兰性问题也是十分复杂的，乔治·麦凯·布朗被认为是20世纪最富原创性的苏格兰作家，格雷被称作自司各特爵士以来最伟大的苏格兰小说家，但他们的小说都是无一例外地使用标准英语创作的。和布朗、格雷一样使用标准英语写作的还有斯帕克、班克斯、肯尼迪等。韦尔什和凯尔曼是坚持用苏格兰方言写作的，他们的作品具有明显的工人阶级特征。

在简要陈述苏格兰小说发展阶段以及各个阶段苏格兰性和英国性之间的张力之后，作为导论，我们还想重申一下当下语境中《苏格兰小说史》选题的意义以及本书的基本定位。《苏格兰小说史》属于区域文学史的范畴，区域文学史研究的一个重要贡献是引发学界对于“是此即彼”文学关系的重新思考，进而对今后仍将占据主流的国别文学研究提供一些新的启示。过于强调国别文学研究会强化一种“是此非彼”的思维模式，部分激进的爱尔兰文学研究者向20世纪20年代之前的英国文学进行清算可能就是受“是此非彼”模式的影响。在“是此非彼”的模式下，艾略特、詹姆斯同时出现在英美文学之中，贝克特则出现在英国、爱尔兰、法国三种国别文学之中，作家的归属是很让人纠结的。旅行文学研究提供了一种“亦此亦彼”的模式，但“亦此亦彼”还是把疑难问题抛给了读者。“是此即彼”的模式虽然只适用于区域文学研究，但它能够适度冲淡“是此非彼”模式的影响，以免学者之间在作家国别归属的问题上大动干戈。《苏格兰小说史》选题的另一个意义是通过对苏格兰小说发展史的梳理，重新发现或者重新评价不幸被英国文学主流叙述忽视或者边缘化的作家（如霍格）以及文学流派（如菜园派），期冀未来的英国文学史能更多地关注和包容区域文学。在近年来出版的中国文学史中，学者们开始高度重视“是此即彼”关系的区域文学，洪子诚、刘登翰所著的《中国当代新诗史》（2010）就包容了各个区域的新诗写作，而外国文学史对区域文学的重视则刚刚起步。鉴于国内对苏格兰小说发展史尚不十分熟悉，本书没有像国外同类著作那样不遗余力地发掘边边角角的作家作品，而是把主要精力放在厘清历史发展脉络并阐明各个历史时期苏格兰性和英国性之间的张力之上，期冀它能够为未来的苏格兰小说研究做一个可供参照的初步指引。如果这部《苏格兰小说史》能引导读者发现英国小说史主流叙述之外的苏格兰小说家或者小说杰作，或者对英国小说史已有论述的苏格兰小说家（如司各特、史蒂文森）有些新的感悟，或者对已有的英国小说史中的论述有了某些新的想法，我们将感到无限快慰，这将是对我们所有努力和付出的最高奖赏。

# 第一章 苏格兰小说的兴起

诚如《剑桥指南：苏格兰启蒙运动》的编者所言，“苏格兰启蒙运动是18世纪的一场思想盛宴，对西方文化具有重大意义”（布罗迪，2010：1）。首先，苏格兰启蒙运动不是孤立的文化现象，它和欧洲启蒙运动的大潮是不可分开的。苏格兰和英格兰的合并，让原先地理位置偏僻的苏格兰与英格兰和欧洲大陆联系日益紧密，苏格兰人用开放的胸怀拥抱理性的时代，积极投身到变革和创新之中，在经济、科学、文化、社会等各个领域都取得了辉煌的成就。到了18世纪中后期，爱丁堡已经成为欧洲启蒙运动的前哨，苏格兰在自然科学、哲学等领域的杰出成就吸引了全世界的目光。在自然科学方面，发明改进了实用新型蒸汽机的詹姆斯·瓦特、开创了气体化学新时代的物理学家和化学家约瑟夫·布莱克、有“现代地质学之父”之称的博物学家詹姆斯·赫顿等苏格兰科学家为推动人类的科技发展做出了卓越的贡献。在哲学领域，大卫·休谟和亚当·斯密在继承前人哲学思想基础上进一步发展了道德伦理哲学，他们对于人和人的科学等方面的深入研究开创了人类哲学领域的新时代。其次，由于苏格兰启蒙思想家们是在苏格兰的教会体系、法律体系和高等教育体系中获取经验、发现问题并提出各自的主张，所以，他们的启蒙思想必然带有鲜明的苏格兰特色。

在整个英国的语境中，小说的兴起堪称18世纪文学的盛事，启蒙运动似乎只是小说兴起的背景。但是，在18世纪苏格兰的语境中，大谈小说的兴起似乎为时尚早，英美学界倾向于将苏格兰小说的兴起推迟至司各特时代。司各特时代不仅涌现出司各特、高尔特、霍格、范瑞尔等一批杰出的苏格兰小说家，而且植根于苏格兰首府的两大杂志《爱丁堡评论》和《布莱克伍德杂志》也可谓是雄霸文坛。和司各特时代相比，18世纪的苏格兰小说的确有些寒酸，或许将这个时代的苏格兰小说称之为萌芽更为贴切。18世纪真正重量级的苏格兰小说家是斯摩莱特，他是英国流浪汉小说以及书信体小说的开创者之一，他的《兰登传》对狄更斯等后世作家影响甚巨，他的绝笔之作《汉弗莱·克林克历险记》开创了一种理性化的苏格兰传统。另一位值得一提的苏格兰小说家是麦肯锡，他的感伤主义小说《有情人》曾经风靡一时，他对司各特的提携和举荐已成为苏格兰文学史中的佳话。斯摩莱特和麦肯锡用各自的热情和才华向世界展示着苏格兰启蒙运动中日新月异的社会变化和个人日常生活。苏格兰启蒙思想对斯摩莱特和麦肯锡的创作产生了重要影响，但苏格兰启蒙运动对于苏格兰小说乃至整个英国小说的影响绝不仅限于18世纪。

## 第一节　苏格兰启蒙运动与苏格兰小说的发展

如前文所述，在整个英国的语境中，我们似乎可以将启蒙运动视为小说的兴起的背景，因为小说的兴起堪称18世纪文学的重中之重。但是，在18世纪苏格兰的语境中，这种主从关系似乎应该颠倒过来。18世纪苏格兰的主角应该是苏格兰启蒙运动，而苏格兰小说的兴起或曰萌芽倒像是苏格兰启蒙运动的配角。苏格兰启蒙运动（Scottish Enlightenment）一词最早由圣安德鲁斯大学学者司各特（W. R. Scott）在1900年提出（Crawford, 2007：269），它主要指的是18世纪苏格兰中部大学集中的低地地区在道德哲学和人类科学方面快速发展的兴盛期。在启蒙运动时期，苏格兰在科学、哲学、经济学以及其他诸多领域都取得了辉煌成就。

对历史的研究和挖掘是18世纪的启蒙思想家们探索世界的一个重要表现，而在为数不多的具有世界性影响的英国历史学家中，苏格兰就占了两位。一位是威廉·罗伯逊（William Robertson,1721～1793），《苏格兰史》（*The History of Scotland*,1759）和《美洲史》（*The History of America*,1777）的撰写，让他成为很多人眼中18世纪最具有世界性眼光的历史学家，他注解详细、编写严谨的《苏格兰史》为后人树立了良好的史学规范。在他担任爱丁堡大学校长的30年期间，爱丁堡大学在众多学术领域达到最高峰，成为引领苏格兰启蒙运动的一面大旗。另外一位历史学家就是大卫·休谟，他卷帙浩繁的六卷本《英国史》涵盖了从恺撒入侵一直到英国光荣革命时期漫长的英国历史，随着这套史书的成功出版，休谟迅即成为英国备受尊敬的历史学家。罗伯逊和休谟笔下的历史具有政治层面和道德层面的双重含义，他们认为18世纪之前的苏格兰多半处于野蛮未被开化的状态，而英国光荣革命和1707年的联合法案则把苏格兰从独裁、无知和宗教迷信中解救出来。他们所研究的历史包含了思想、文化、政治、经济和社会等各个方面。更为重要的是，启蒙时期的休谟和罗伯逊等苏格兰历史学家们并没有停留在有关时代的事实和资料的搜集上，他们拒绝追求那些辉煌的典型，而是专注于探求对事物的内在理解，他们拒绝陈旧神秘的神学理论，摒弃了那些核心英雄人物，在充满人间烟火味的世俗世界里徘徊思索，他们试图从不同的方面解释人类社会的自然特性，并坚信进步的理念。

爱丁堡成为苏格兰启蒙运动发展的中心，在法制、宗教和文学等领域取得了丰硕的成果。因为独特的古典建筑和良好的学术氛围，当时的爱丁堡甚至获得了“北方的雅典”的美誉。1765 年，为了更好地效仿伦敦，吸引更多的金融和贸易机会，爱丁堡开始在老城（Old Town）以外建立新城（New Town）。新城的新古典主义建筑风格，标志着爱丁堡这座古老的城市对新理性时代理想的呼应。随着新的财富推动了教育的快速发展，爱丁堡大学很快成为苏格兰启蒙运动文人才子的聚集之地。在科学、历史、医学等诸多学术领域中，哲学是爱丁堡学术领域发展的重中之重，也自然成为苏格兰启蒙运动的中坚力量。启蒙思想家们从不同侧面对人与社会及其相互关系展开了深入的讨论和研究。18 世纪最伟大的哲学家和思想家大卫·休谟就毕业于爱丁堡大学，他的哲学、经济和历史思想甚至超越了启蒙运动的局限，向人类宗教、历史和社会进化的更深远领域延伸，休谟的很多思想被他的同时代人亚当·斯密进一步发展深入。亚当·斯密的著作《国富论》是经济学领域最具影响力的一本著作，它提倡并为自由贸易进行辩护，反对政府对商业和自由市场的干涉，为当时的经济转型发展提供了强有力的理论支持。在很大程度上，大卫·休谟和亚当·斯密的思想和理论为苏格兰启蒙运动奠定了哲学基础。

苏格兰启蒙运动不断发展和深入，一方面思想家、学者、文人用苏格兰人的热情和开放的胸怀拥抱欧洲启蒙思想，用理性的思维认识和探索人与社会，在科学、医学等未知领域不断推进创新；另一方面，苏格兰人对启蒙运动的动力和热情也和他们对自己民族历史文化的热爱和怀念紧密相连。苏格兰启蒙思想的代表人物组织了“精英社”（The Select Society）和“扑克俱乐部”（The Poker Club）等当时颇有影响的文化团体，对理性思想和快速变化的世界进行辩论探讨，同时他们的内心充满着对苏格兰民族历史文化的自豪感。时任爱丁堡大学校长、历史学家威廉·罗伯逊的《苏格兰史》成为当时具有广泛影响的历史著作，而律师出身的历史作家威廉·泰特勒（William Tytler,1711 ～ 1792）有关苏格兰玛丽女王的历史批判著作也受到英国文豪约翰逊（Samuel Johnson,1709 ～ 1784）等的关注和评论，并被翻译成法语出版。艾伦·拉姆齐（Allan Ramsay,1686 ～ 1758）也是在弘扬苏格兰民族传统文化方面的重要启蒙思想代表人物，他最初靠开假发店在爱丁堡起家，后来成为讨论政治和文学事务的“逍遥俱乐部”（The Easy Club）和“精英社”的创始人之一，1725 年他还在爱丁堡建立了英国第一家流动图书馆。拉姆齐的第一本诗集出版于 1721 年，这是他最成功的诗集，书中的八十首诗歌一半用英语写成，另一半用英语和苏格兰语混合写成，拉姆齐在诗歌中竭力强调苏格兰语的重要性，并在前言中申明即使他创作的英语诗歌中很多成语和措辞仍是沿袭苏格兰语。为了保持和发扬苏格兰民族文学传统，拉姆齐后来又选编出版了苏格兰早期诗歌民谣系列读本，受到当时苏格兰民众的广泛欢迎。18 世纪的苏格兰有不少地方的人们仍然沿用他们古老的盖尔语，这些没有学过英语的苏格兰人仍然沉醉在他们具有悠久传统的口头诗歌中。很多印着苏格兰民谣的小册子在坊间流传销售，这些民谣非常适合在村头巷尾朗诵或吟唱。拉姆齐对苏格兰方言和民族诗歌的整理和研究，为 18 世纪中晚期相继出现的两位诗人即罗伯特·弗格森（Robert Fergusson,1750 ～ 1774）和罗伯特·彭斯（Robert Burns,1759 ～ 1796）的苏格兰诗歌铺平了道路，弗格森和彭斯的诗歌是在理性时代的语境中对人和社会的思考，也是对民族语言和文化的传承和弘扬。

对联盟以及苏格兰身份的反思也是苏格兰启蒙运动时期的重要话题。1707 年之后，许多苏格兰的有识之士已经意识到，要想解决苏格兰的经济困局，就必须与英格兰稳固联盟，在英格兰地区以及英国的海外殖民地开拓市场。当然，苏格兰人并不想在联盟体制下摒弃苏格兰身份，他们对英格兰人的傲慢十分敏感，为自己的苏格兰身份而感到自豪。与英格兰联盟之后，苏格兰的法律、教育、教会体系相对独立，因此，他们的生活方式和风俗习惯和英格兰人有很大的不同，这一点在高地地区尤为明显。苏格兰启蒙运动最为重要的保护人是阿盖尔公爵三世，他坚定地支持联盟，同时也非常注重保持苏格兰文化传统，他博览群书，兴趣广泛，沉稳宽厚，而且乐善好施。苏格兰启蒙运动时期的思想家和科学家许多都得到过阿盖尔公爵三世的提携，因此，阿盖尔公爵三世对于联盟以及苏格兰身份的观点也影响了苏格兰启蒙运动思想家们的观点。

大卫·休谟（David Hume,1711 ～ 1776）是苏格兰哲学家和历史学家。休谟出生于爱丁堡一个贵族世家，他很早就对文学充满了激情，后来进入爱丁堡大学学习法律，但最终因为缺乏兴趣而放弃。他还曾尝试学习从商，但也因不适合自己的个性而终止，后来他去法国兰斯和拉弗莱什等地学习文学和哲学，他的第一本哲学著作《人性论》(*Treatise on Human Nature*,1739) 就是在法国完成的。他成年后的大部分时间都在爱丁堡度过，期间曾去巴黎等欧洲城市及伦敦担任过外交职务和私人秘书等。在新旧思想频繁碰撞的启蒙时期，他的哲学思想受到一些持不同意见的文人或宗教人士的排斥，他的怀疑论甚至受到当时很多人的误解和攻击，但是他对苏格兰启蒙运动发展的巨大影响是不可否认的。作为引领时代的启蒙思想家，休谟同样是爱丁堡“精英社”的创始人之一。休谟创作的哲学著作主要有《人性论》、《道德和政治论文集》(*Essays Moral and Political*,1741)、《人类行为研究哲学论文集》(*Philosophical Essays Concerning Human Behaviour*,1748)、《道德原理研究》(*An Enquiry Concerning the Principles of Morals*,1751)、《自然宗教的对话录》(*Dialogues Concerning Natural Religion*, 1779)。休谟的哲学作品不仅语言流畅、文笔优美，其中包含的开创性哲学思想更是大大推动了那个时代关于人的科学和人性等方面的研究。19 世纪以来，休谟的哲学思想被更广泛地接受和传播，他对康德等欧洲哲学家产生了显著的影响。在哲学领域的杰出成就让休谟成为当今公认的世界上最伟大的哲学家和思想家之一。

休谟一生中还撰写了大量的评论性文章，这些文章在不同时期的不同文集里发表，直到去世前休谟仍然带病在修改和整理自己的杂文，可见其重要性。休谟的杂文风格优雅而富有趣味，内容深邃而富有哲理。休谟个人渊博的学识也在他主题丰富的杂文里得到了体现，从政治、经济到伦理学和文学，几乎涉及了哲学和文学领域的大部分话题。他经常引经据典，从希腊罗马的经典到欧洲各国的文学著作和历史典故，都被他信手拈来。休谟一生著作丰富，但是他并没有尝试过小说创作，表面上看，休谟的作品和18 世纪作为文学新类型开始兴起的小说似乎没有非常直接的关系，但是实际上休谟在不同作品中对人的认知、情感、道德等方面的探讨和论述不仅对哲学领域产生了很大的影响，而且与18 世纪中后期的小说创作转向乃至浪漫主义文学潮流都有着千丝万缕的联系。在斯摩莱特的《兰登传》、麦肯锡的感伤小说《有情人》中，读者们可以看到越来越多的关于日常生活中普通人的故事。这些普通人的故事不断吸引着他们的注意力，激起他们探索外部世界和了解他人的好奇心。但是，值得注意的是，对于当时的大部分读者来说，他们正在阅读的这些主人公的各种经历并不是很大程度上由那些作者虚构而来的，因为几乎每一位作者在小说的前言或献词里都会非常真诚地交代书中所写内容来自某个真实人物的真实经历，作者没有丝毫的伪造或虚构。小说作者在介绍小说主人公的经历时都用“某某人的历史（history）”，因此18世纪当小说作为新文学类型兴起时，在相当长的时期内，小说往往所指的就是（个人的）历史（histories），它是主人公真实经历的记录。

在18世纪相当长的时期内，小说（novel）和历史（history）并不是两个独立的概念，因为它们在内容和形式上具有许多共性，直到18世纪末，历史才慢慢从原来的文学（literature）大类中分离出来，形成了独立的学科。在小说研究中，不少学者认为小说公开的虚构性特点是随着小说的兴起而逐渐建立的，直到18世纪后半叶，欧洲文化才开始定义小说这种虚构的大众修辞艺术形式，认为它是一种意识的运行模式（an operational mode of consciousness）和一个越界的行为（an act of boundary-crossing），它既可以再现也可以瓦解所指的世界，这些观点和休谟关于现实的经验主义推论有一定的关系。（Duncan，2003：68～69）在休谟的哲学论著《人性论》里，他详细地论述了想象对人的情感和现实生活的重要影响，提出人可以借助想象构建生活的现实，指出了现实的虚构性带来的主观影响和日常生活之间的紧密关系。有学者认为，虚构的概念开始于英国的经验主义哲学，而休谟在其中起到了关键的作用，因为他把虚构从之前的谎言和虚假的文化关联含义中分离出来。在关于想象的认识论意义推理中，休谟赋予了想象创造性和规范性的社会功能，把虚构从原来偏离真理或事实的传统恶名中拯救出来，并让它的再现模式成为更好地反应人们日常生活中存在的不确定性的重要途径，从而为英国文学中的虚构现实主义奠定了哲学基础。经历了18世纪末的法国革命和拿破仑战争的洗礼，19世纪的英国文坛迎来了全新的局面。1814年司各特的小说《威弗莱》出版，这本书也使得小说（fiction）作为虚构的艺术形式正式在英国文学史上出现，但是我们看到司各特的艺术虚构仍然是建立在很多真实的历史细节之上，他把奇特的艺术想象和真实的历史细节有机地结合起来，从而达到了小说艺术创作上的一个高峰。

另外，休谟在不少哲学论述和评论性文章里也曾涉及我们现在称之为叙事学的分析，他的这些分析虽然没有统一的体系，但我们还是能从中看出休谟在文学创作叙事方法方面的思考和尝试，他的这些观点对当时或之后的小说创作发展和叙事理论也产生了一定程度的影响。18世纪随着社会的快速发展，现代印刷技术的突飞猛进，书开始逐渐成为越来越多人可以获得的产品，因此一场声势浩大的阅读革命开始了。阅读作为一种认知行为，此前在西方的发展步伐缓慢，直到17世纪，人们的阅读还是以诵读形式为主，而到了启蒙时期的18世纪，因为轻巧便捷的书籍的出现以及私人空间的扩大，阅读逐渐成为一种不出声的个体行为，所以如何让读者在独立一人悄无声息的情形下有耐心去读完一本书，便成了作家们必须要面对的首要问题。休谟在《人类理解研究》（*Enquiry Concerning Human Understanding*，1748）中提出，任何叙事作品都要借助想象建立起“一种统一性”（a kind of unity），这里休谟所指的“统一性”就是叙事作品中不同事件之间的相互关系，其目的是要激起读者心中的好奇感，而读者的好奇心正是休谟认为的能够让读者在感到快乐的情况下持续保持对叙事作品强烈兴趣的重要因素，在虚构的故事里，好奇心和人的想象结合便会让读者在阅读过程中产生激情。与此相关的论述在他的杂文《论悲剧》中也有明确的表述，休谟认为悲剧如果想要在最大限度上感动观众，就必须在叙事上下功夫，要先激起观众的好奇感，再用艺术手法拖延重要的事件，让他们在焦急和渴望中等待最后的结果。作者要通过对人物和事件生动细致的描写让读者认同它们，而同情在这一过程中也起到关键的作用，同情会让读者感受到人物的痛苦与欢乐，并把强烈的情感从人物传导到他们身上。在休谟的《人性论》中，他对好奇心、想象、激情、同情之间关系的论述和他的叙事观点结合起来，就自然形成了一种休谟式的“读者反应理论”（Loretelli，2009：43～63）。

在所有的苏格兰启蒙思想家中，对苏格兰小说发展有着最直接而且最持久的影响的当属亚当·斯密（Adam Smith，1713～1790），他的《道德情操论》（*The Theory of Moral Sentiments*，1759）和《国富论》（*The Wealth of Nations*，1776）对后世的苏格兰小说产生了巨大的影响。斯密的《道德情操论》出版以后，他关于社会和个人伦理道德系列问题的观点不仅对道德哲学领域形成了强有力的冲击，也在很大程度上影响了当时及后来很多小说家的创作。本章中所讨论的苏格兰感伤主义小说家亨利·麦肯锡就是其中的一位，麦肯锡曾经多次在私人书信中提到过斯密的作品。有评论者认为，斯密所强调的人与人之间相互同情所产生的愉快感是麦肯锡书信体小说《朱丽叶》成功的重要因素，小说中三位主要人物与知心好友在书信中的热烈的沟通与交流，虽然没有对方直接的回复，但是因为小说强烈的艺术感染力，读者在写信人的独白中依然能够充分体会到一种动态的情感，这种在写信人与读信人、小说人物与读者之间传递的情感与斯密所强调的人与人之间的相互同情非常相似，它不仅让读者感受到人物的情感，还在他们的内心激起强烈的或爱或恨的激情。（Britton，2009：72～98）此外，英国菜园派小说研究的领军人物安德鲁·纳什也明确指出，菜园派乃至整个维多利亚时期的感伤主义者都是“把亚当·斯密的《道德情操论》

作为哲学基础的”（Nash,2007:135），感伤主义者注重人物心理的细致刻画，注重日常生活琐事以及私密空间的书写，因为这些才是感伤主义者心目中的道德情操的原材料。

作为西方古典经济学的奠基之作，斯密的《国富论》对于苏格兰小说的影响更是不言而喻的。司各特在小说《奈杰尔的财产》（*The Fortunes of Nigel*,1822）一书前言中强调了作家的劳动价值：“一个成功的作者也是一名具有创造性的劳动者，他的作品同样是大众财富的一部分，和其他制造者所创造出的财富具有相同的效应。”（Sutherland,1987:100）司各特的这段话不仅是在为文人的劳动进行辩护，也是对亚当·斯密在《国富论》中关于艺术创作所作归类的回应和反驳。在《国富论》的第二卷第三章，斯密对资本积累过程中的创造性和非创造性劳动进行了划分，他把文人、演员和音乐家等的劳动归类为非创造性劳动，并且认为非创造性劳动的价值在创作时即被即时消费，因此不具有创造性劳动在资本流通中具有的后期价值。司各特对斯密的这种划分并不赞同，因此才会在小说中借机一抒己见。司各特小说中有对斯密《国富论》的诘问，但更多的是对《国富论》的迎合或曰契合。在《红酋罗伯》一书的第二章，司各特借人物之口对商业之于人类社会的贡献进行了礼赞：“商业把国家和国家联系在一起，满足人们的需要，增添大家的财富。这对整个文明世界和共和政体来说，就像私生活中人与人之间的日常交往，甚至是像空气和食物对我们人体那样，显得非常必要。”（司各特，1983：17）这句话和斯密在《国富论》中所提出的“商业和制造业可以逐渐造就秩序和好的政府并进而保障个人的自由和安全”（Smith,2003:520）论调如出一辙。正如伊恩·邓肯教授所分析的那样，《红酋罗伯》中的这句和《国富论》如出一辙的话，是在法兰西斯断然拒绝父亲让其从商的决定、宁肯被父亲逐出家门也要做个诗人的语境中说出的，所以细心的读者读过这句话之后，凭着敏锐的直觉就能够推断出谁将成为这场“商业和罗曼司的仪式上的对决”（Duncan,2007:107）的胜利者。法兰西斯这个曾经如此决绝的弃商从文者，最终还是放弃了罗曼司的梦想，全心全意地投身到商海之中，而小说中的另一个鲜活得让维多利亚女王都痴迷的人物形象、格拉斯哥商人贾尔维先生，也是亚当·斯密的忠实信徒。

亚当·斯密对于苏格兰小说的影响绝不仅限于启蒙运动时期以及司各特时代。维多利亚时代反菜园派的代表人物乔治·道格拉斯·布朗（George Douglas Brown,1869～1902）也是斯密的追随者之一，他对斯密的两部著作也可谓是熟稔于心，这可以从他的代表作《带绿色百叶窗的房子》(*The House with the Green Shutters*,1901)中看个究竟。布朗在小说中隆重推出的苏格兰商业美德（即预见计划的想象，改正计划的常识，推进计划的能量）是对斯密在《道德情操论》中所列举的四种美德（即精明、正义、自控、善行）的微妙改写，这种微妙改写的最显著特点是正义美德的缺失。芭比小镇之所以道德沦丧，就是因为人们只读《国富论》，而对《道德情操论》不闻不问。在当代苏格兰小说中，韦尔什（Irvine Welsh，1958～　）的《色情》(*Porno*,2002）是一部最为明显地对《国富论》进行回应的小说。小说第十六章的标题“不必在意亚当·斯密的针工厂”(Welsh，2002:88）一语道破了这部小说和《国富论》开头关于劳动分工的论述的关系。《国富论》关于劳动分工的论述是以针工厂为例的，针工厂是资本主义运作模式的一个缩影。而在韦尔什看来，色情而不是针工厂才是资本主义运作的最佳展台。如果人想知道资本主义如何运作，他不必费尽心机地拜读亚当·斯密的政治经济学理论，因为色情本身就是学习经济学的好地方。

《财富与德性：苏格兰启蒙运动中政治经济学的发展》一书的编者认为：“《国富论》的核心关注点是正义问题。”（洪特、伊格纳季耶夫，2013：2）这种论断是有一定道理的，他把亚当·斯密的两部著作联系到一起，因为正义也是《道德情操论》重点关注的问题之一。不过，《国富论》中的正义的核心是富人在满足自己私利的同时也要为社会做贡献，而《道德情操论》中的正义的核心是不危害他人。亚当·斯密的时代政治经济学还没有形成一个完全独立的学科，政治经济学也是道德哲学的一种，斯密在格拉斯哥大学的教习职位也是道德哲学教授。在两部书孰轻孰重的问题上，后世的人们可能倾向于选择《国富论》，但从六次修订这个事实看，斯密本人可能更偏重于《道德情操论》。斯密用“看不见的手”（invisible hand）来解决个人私利与社会福祉之间的矛盾，他认为，人从事经济活动是从个人利益出发的，只有在“看不见的手”的指引下，对个人私利的追求才能与促进社会繁荣达成默契。虽然西方学界对于“看不见的手”的具体所指莫衷一是，但有一点是能够达成共识的，那就是《国富论》中的私利和《道德情操论》中的美德形成一种张力，而私利和美德的张力贯穿于苏格兰小说发展的各个阶段，虽然表现形式各异，但“私利与美德”问题就像一只“看不见的手”，它和苏格兰小说的发展如影随形。

## 第二节　托比亚斯·斯摩莱特与小说的兴起

托比亚斯·斯摩莱特（Tobias George Smollett，1721 ～ 1771）是 18 世纪最为杰出的苏格兰小说家，代表作有流浪汉小说《罗德里克·兰登历险记》，简称《兰登传》（*The Adventures of Roderick Random*，1748），以及书信体小说《汉弗莱·克林克历险记》（*The Expedition of Humphry Clinker*，1771）。他一生创作丰富，作品体裁多样，既有戏剧、诗歌，也有史书、游记，他撰写的四卷本《英国史》（*A Complete History of England*，1765）是一部重要的史学著作。他还翻译了大量的欧洲国别文学经典，包括《吉尔·布拉斯》《堂吉诃德》《伏尔泰文集》等。在斯摩莱特大量的作品里，最有影响的还是他充满幽默和讽刺意味的小说，另外四部小说分别是《佩瑞格林·皮克尔历险记》（*The Adventures of Peregrine Pickle*，1751）、《法索姆伯爵费迪南历险记》（*The Adventures of Ferdinand Count Fathom*，1753）、《朗斯洛特·格里夫斯爵士生平及冒险经历》（*The Life and Adventures of Sir Launcelot Greaves*，1761）、《一个原子的历史及冒险经历》（*The History and Adventures of an Atom*，1769）。斯摩莱特在小说创作上不断尝试和探索，创作上的成就让他很快跻身于当时英国几位重要小说家之列，他小说创作中带有荒诞和喜剧色彩的讽刺手法对英国 19 和 20 世纪现实主义小说家有着重要的影响，狄更斯、爱略特、奥威尔、批评家卡莱尔等都对斯摩莱特赞誉有加。

斯摩莱特出生于苏格兰邓巴顿郡祖父的农场，五岁时父亲去世，后就读邓巴顿文法学校并进入格拉斯哥大学学习，1739 年结束大学学习，获得从医资格证书。第二年，他带着自己创作的第一部剧作来到伦敦，但是因为剧本屡被拒绝和经济困窘，他只得在一艘英国军舰上谋到军医一职，后来随着英国海军参与了英国与加勒比地区西班牙军队的战斗，在牙买加时离开军舰到当地发展。在牙买加，他遇到家境殷实的英国女子安娜（Anne Lessells），安娜出生于牙买加，其祖先早于 17 世纪初便移居此地，斯摩莱特向安娜求婚成功。1744 年斯摩莱特回到伦敦，但因上演剧本的尝试再次失败，只好在伦敦以从医谋生。因为经济压力，斯摩莱特不得不长期从事编辑和翻译工作。斯摩莱特晚年体弱多病，最终在意大利港口城市里窝那去世。

斯摩莱特的第一本小说《兰登传》一经发表即大获成功，这次成功不仅是作者写作事业的突破，也是小说史上的重大事件。评论家们纷纷将之与当时享誉英格兰的小说家亨利·菲尔丁（Henry Fielding,1707 ～ 1754）的《约瑟夫·安德鲁传》（*Joseph Andrews*,1742）进行比较。小说很快不断再版，到 1749 年 11 月为止已经发行了 6500 册，这在当时绝对是个让人惊讶的数字，足以和菲尔丁的《约瑟夫·安德鲁传》一比高下。（Boege，1969:2）但是，因为斯摩莱特毕竟是刚在文学圈崭露头角的新人，而且紧接着菲尔丁最成功的小说《汤姆·琼斯》（*The History of Tom Jones*，*a Foundling*,1749）出版后获得极大成功，这对于斯摩莱特来说，既是考验也是新的挑战。

《兰登传》是一部自传式的小说，以第一人称展开叙事，主人公兰登出生于大不列颠联合王国北部的苏格兰，父亲因为娶了贫穷女子为妻，被大名鼎鼎的法官祖父赶出家门并剥夺了财产继承权，后因贫困悲伤而疯癫，母亲在生下兰登后不久去世。年幼的兰登虽然得到祖父怜悯进入学校读书，但一直被人歧视欺辱。在最终被祖父抛弃后，兰登幸运地得到在做水手的舅父的疼爱和支持，进入大学学习。但是好景不长，因为舅父的失业，兰登再次失去经济来源，不得不中断学业，去格拉斯哥一家诊所做学徒。后来兰登决定前往伦敦谋职，路上意外遇到了在理发店做学徒的同乡旧友休·斯特拉普（Hugh Strap），两人决定结伴同行，休从此成为兰登最忠诚的历险同伴，两人历经磨难，同甘共苦。兰登在伦敦并没有能很快安定下来，一次在泰晤士河边行走，他意外被强征带到一艘即将开往牙买加的英国军舰上做了军医助手，开始了海上历险，经历了无数的险境。但从小就命运多舛的主人公终于苦尽甘来，他不仅重新得到舅父的资助，并在阿根廷遇到失散多年的父亲，继承了父亲在阿根廷的财产，回到伦敦和心仪的美女纳西萨（Narcissa）成婚。最后他和父亲、休一起回苏格兰探亲祭奠母亲，也算是衣锦还乡。小说《兰登传》的创作受 16 世纪就开始流行的欧洲流浪汉小说的影响，但斯摩莱特在其中加入了他充满丰富生活经历的自传式写实叙事。

18 世纪颇有名气的文学沙龙“兰袜社”成员、英国女作家凯瑟琳·塔尔伯特（Catherine Talbot,1721 ～ 1770）在小说出版当年的二月写给伊丽莎白·卡特（Elizabeth Carter,1717 ～ 1806）的信中这样评价《兰登传》：“这是一个非常奇特和卑微的故事，它有自己的人物，我也相信有些人物的故事是真实的，尽管有些描写很悲惨。另外，它也是一个可怜的悲剧作家的历史故事，如果我们能想象每天在现实生活中有多少这样的情景，我们一定会被打动。”（Boege,1969:3）

在小说前言里，斯摩莱特简单地概括了自古以来不同文学形式的发展变化及其主要特点，并追溯了传奇文学的缘起。从最早的带有迷信色彩的神话，到歌颂荣耀的优雅诗歌，再到悲剧和史诗的诞生和荒唐夸张的罗曼司的出现。斯摩莱特提到他所敬佩的两位作家西班牙的塞万提斯和法国作家勒萨日（Le Sage,1668 ～ 1747），认为塞万提斯的《堂吉诃德》是对文学发展的一大变革，它在很大程度上改变了人们的趣味和传奇文学的目的，让人们从正确的视角看待现实生活中的侠士精神，并通过讽刺性的模仿让人们看到日常生活中的愚蠢之处，而勒萨日的流浪汉小说《吉尔·布拉斯》对自己的小说创作有着很大的启发。斯摩莱特指出，读者在阅读小说过程中不仅可以满足好奇心，他们的情感会因为故事中的场景而被激发，怜悯、愤恨抑或对美德和邪恶的判断等，都在世事变迁的生动故事中得到自然的升华。从罗曼司到小说的类型转变，斯摩莱特提出了自己的理解和期待。他认为，在所有不同形式的讽刺中，唯有通过看似偶然的有趣故事，用独特而轻松的视角写出生动逼真的事件，再现熟悉的场景，并赋予它们新奇的魅力，同时保持它的本真，那么这样的故事才是最让人快乐和受益的。这些言简意赅的表述，让我们看到斯摩莱特在开始尝试小说这一新的文学创作类型时，对小说创作的相关问题的确进行过深入的思考，并把自己的设想运用到创作中，他的这些思想虽然没有形成系统的小说创作理论，但对小说的兴起无疑起到了很大的推动作用。

丹尼尔·笛福（Daniel Defoe,1660 ～ 1731）的《鲁滨孙漂流记》以苏格兰水手亚历山大·塞尔扣克（Alexander Selkirk）的真实经历为原型创作，被公认为 18 世纪作为新文学类型出现的现实主义小说的开山之作。仔细分析，我们会发现《兰登传》与其有不少的相似点。两部作品的主人公皆为苏格兰人，斯摩莱特特别在小说的前言里解释了自己选择一个英国北方人作为主人公的原因。他认为苏格兰虽然地处北方位置偏远，但苏格兰人所受的良好教育、他们纯真朴实同时又热爱历险的性格更应该得到人们的关注，显然斯摩莱特对自己的苏格兰人身份是饱含深情的。两位主人公的历险故事都主要发生在海外，鲁滨孙的历险故事大部分是在孤岛上发生的，他让读者更多地感受到适应和对抗外部自然环境的挑战，以及对开拓新天地的憧憬，而兰登的历险除了自然条件恶劣之外，更多的是社会环境人际关系的奸险复杂。因此，在某种意义上，《兰登传》似乎更贴近当时的现实生活，它让读者更多地感受到启蒙运动时期欧洲各地充满变化和动荡的日常生活，而主人公兰登就是在这样复杂的现实环境中游历，体验着 18 世纪欧洲每一天的变化：伦敦喧嚣拥挤同时不断扩大的城市空间，英国浩浩荡荡的海上船只和海外版图的扩展，海军军舰上的互相猜忌和英国海军内部的各种腐败，为争夺殖民地残酷而丑恶的战争，人的物质与肉体欲望的交集，等等。

关于《兰登传》主人公的经历和作者个人经历之间的对等程度问题，评论家们有过不少的争论，但是毫无疑问的是，斯摩莱特的很多个人经历对小说情节起到了主导作用，特别是他曾经作为军医助手跟随英国海军参与在卡塔赫纳（Cartagena）与西班牙人争夺殖民地的战斗经历。在 2012 年新出版的《斯摩莱特文集·兰登传》前言中，巴斯克（James G. Basker）等学者认为斯摩莱特是西方英语文学史上第一位在小说中详细描写战争场面和涉及战争创伤主题的小说家，他把自己的战争经历写进了《兰登传》，那些深刻逼真的战争场面是 18 世纪其他小说家没有经历过也没有尝试过的。尽管斯摩莱特的战争描写带着几分粗糙和残酷，但是他试图通过小说场景的描写唤起读者对死伤者的同情和对沙文主义的贬抑，以及他对战争创伤的敏感的确是走在了同时代作家的前面。直到两次世界大战后，才有越来越多的英语小说家开始关注关于战争的残酷、丑陋和战争创伤的主题。(Smollett,2012:xxvii)

18 世纪中期，印刷业和商业贸易的快速发展，英国小说的兴起，塞缪尔·理查逊（Samuel Richardson,1689 ～ 1761）的《帕梅拉》（*Pamela*，1740）和菲尔丁的《约瑟夫·安德鲁传》的出版以及商业上的成功让斯摩莱特改变了自己的创作方向，从戏剧转向小说这一在当时可以说是全新的仍处于边缘的文学类型。他凭借自己带有几分传奇色彩的自传式海外游历故事，很快征服了启蒙时期渴盼探索外部世界的英国读者，也为自己在文学史上奠定了稳固的地位。两个多世纪以来，虽然评论界对斯摩莱特不同小说作品不乏争议，但《兰登传》始终在不断地再版，1899 年它作为英国“每日电讯报 100 本最优秀小说”的出版，也再次肯定了《兰登传》在文学史上的地位。

1751 年，斯摩莱特出版了第二部小说《佩瑞格林·皮克尔历险记》，评论家对小说的负面批评较多，认为小说缺乏道德示范，没有幽默感和艺术特色，小说经过作者修改后于 1758 年再版。小说主人公皮克尔出身于英格兰富有乡绅之家，从小聪慧过人，但因性格顽劣，受到母亲的嫌弃，后来母亲逐渐把精力和情感投入到新出生的弟弟妹妹身上，父亲也因此对皮克尔逐渐冷淡。在寄宿学校，性格古怪的皮克尔逐渐显示了他超人的资质，但是他顽劣本性难改，经常打架斗殴，做些出格的事，甚至取笑、愚弄他认为无知的校长。好在皮克尔身为英国海军准将的姑父对他一直疼爱有加，尽管皮克尔经常用恶作剧戏弄姑父，但他仍然像对待自己儿子一样关心照顾他。在温彻斯特读书时，皮克尔遇到年轻姑娘艾米莉亚（Emilia），但两人的感情好景不长，也因为皮克尔的恶搞而结束。皮克尔入读牛津大学学习经典文学，毕业后去欧洲西部各国游历，和上层社会的各类人交往周旋，最后回到英国，退出纷纷攘攘的社交圈，选择平静悠闲的田园生活，专注于对艾米莉亚的感情和一些有益于社会的慈善。

小说《佩瑞格林·皮克尔历险记》以第三人称展开叙事，叙述者大部分时候都在不露痕迹地讲述主人公的故事，有时候会对主人公的行为做出一些道德评价，似乎试图给读者以道德指引。这部小说在写作技巧和创作主题上都没能超越《兰登传》，它在小说史上的总体影响不如前者，后期的评论家认为斯摩莱特在《佩瑞格林·皮克尔历险记》中的社会讽刺主题是其创作中突出的重点，作者试图通过塑造皮克尔这样一位从小性格顽劣、长大后玩世不恭的主人公形象，对当时英国社会的种种现象和人性的麻木愚昧以及欧洲上层社会的虚伪狡诈等进行戏仿式地再现，小说中充满了讽刺性的夸张和漫画式的人物描写，虽然主人公的成长过程和情感纠葛并不具有特别的说服力和道德示范作用，但是皮克尔确实可以称得上是一位讽刺家式的主人公（satirist-hero）。（Evans，1971：258～274）

小说以男主人公皮克尔的成长经历为主线，共分为四卷，但是作者在第三卷中第八十一章插入了一段长达一百二十五页的“Quality夫人回忆录”，经历过两次婚姻后成为寡妇的Quality夫人回忆了自己从少女以来的情感和婚姻生活经历，回忆中她抱怨坎坷的命运，为自己的所作所为进行辩护，并对当时的社会和男性做出自己的评价。这段回忆录被很多评论家认为是小说的败笔，不仅内容上和前后难以形成很好的连贯，也破坏了小说的道德示范作用。但是，作者特意设计插入的这段回忆录，很可能自有其用意。它在很大程度上表达了作者对当时社会中女性物质和精神生活多方面的关注，这一点在艾米莉亚的人物塑造上也可见一斑。男主人公皮克尔生性刁钻，成年后在他所经历的上层社会中也是风流成性，与不少女性有过暧昧关系，但是在与艾米莉亚的关系中，他却屡遭挫败，最后不得不改过并专一感情，才得以与艾米莉亚终成眷属。有研究者认为小说在第七十六章所描述的皮克尔和艾米莉亚之间在道德上的对立冲突和较量是整部小说设计上的一个关键点。（Douglas，1995：79～80）尽管皮克尔费尽心思周密计划想要打动甚至强迫艾米莉亚满足自己的欲望，但最终还是被艾米莉亚识破并拒绝。这件事不仅改变了皮克尔一直以来对待女性身体的态度，也隐晦地指出了只有通过社会婚姻制度，男女肉体欲望才可能最终走向和谐，女性才可能得到幸福的结局。关于男女结合和婚姻制度等问题在当时的英国也是启蒙思想家们探讨的一个重要问题，休谟在《人性论》中也曾专门做过论述。在小说中，作者详细而生动地描写了温柔纤弱的艾米莉亚在关键时刻却能识破皮克尔的诡计并在果断拒绝后独自离去的情形，言辞中流露出对艾米莉亚个性和美德的赞赏。

《法索姆伯爵费迪南历险记》是斯摩莱特的第三部小说，小说的主人公法索姆是一个典型的反面形象，他不仅为人鲁莽，善于隐瞒欺骗，喜欢混迹于女人圈里打情骂俏，而且自私自利。司各特称法索姆是“一本彻头彻尾的堕落之书”（a complete picture of human depravity），当时的读者和评论家对斯摩莱特的这部小说似乎根本没有兴趣，也许是因为接连两部小说都没有获得他所期待的成功，此后作者辍笔七年没有继续创作小说。既让人悲伤又有些讽刺意味的是在斯摩莱特去世后，他在世时被读者忽略的这些作品却开始受到关注，小说甚至一度被作为当时流行的哥特小说的典范之作，特别是小说中对充满神秘诡异色彩的森林和墓地的描写，更是激起了读者对于荒凉和恐怖气氛的好奇之心。从1771年到18世纪末期间，《法索姆伯爵费迪南历险记》总共被重印了十一次左右。另外，小说还被翻译成德语、意大利语和法语出版，为了让读者享受更轻松的阅读，让更多大众接受，有些版本还改编成简写本发行。（Beasley，1988：xxv ～ xxvii）不过在学术界，它受到的关注仍然不多。19世纪的评论家在研究斯摩莱特的作品时一般也很少评论这部小说或者只是一带而过。但是到了20世纪，情况发生了变化。20世纪40年代美国耶鲁大学出版社和芝加哥大学出版社分别出版了研究斯摩莱特作品和生平的专著。1971年，由格兰特（Damian Grant）编撰的牛津英国小说系列（the Oxford English Novels Series）对这部小说进行了注解和评论，虽然还不是特别详细深入，但让斯摩莱特的第三部小说引起了更多的学术界的关注。1988年，以美国特拉华大学（Dalaware University）教授比斯利为总主编编撰的斯摩莱特全集里，对小说文本进行了详细的注释和评论，这个新全集系列的编者们主要是当代美国著名大学的学者，他们再次肯定了这部小说在斯摩莱特作品中的重要性及其艺术价值。（Beasley，1988：x ～ xxvii）

斯摩莱特的《法索姆伯爵费迪南历险记》可以说是他继前两部小说之后在小说创作方面的进一步实验和探索。作者在小说前言里再次论述了自己对小说创作的看法：

> 小说就是一幅宽广分散的图画，它包含了种种生动人物，这些人物为了始终如一的目标和整体事件而出现在不同地点，展现着迥异的性格态度，每一个人物都要屈从于此。但是，如果没有一个主要人物能够在中间连接不同的事件，展开迷宫的线索，并在最后用他的重要性为故事结尾，这个目标就无法如设想的那样如期完成，或者不可能完成，或者不成功。(Smollett，1795a：vi ～ vii)

可见作者在塑造法索姆这一主要人物时，是花了很大的心思，他用心设计的主人公虽然没有得到当时读者的喜爱，但却为后来小说反面人物的塑造提供了样本。

在小说序言里，斯摩莱特还解释说他希望在小说中塑造出一个彻头彻尾的让人痛恨的“恶棍”形象，把戏剧中的人物创作手法移植到小说创作中进行尝试，在让读者内心产生恐惧感的同时，起到深刻的道德警示和教化的作用。比斯利同样肯定了斯摩莱特在人物塑造和叙事风格方面的尝试和创新，认为斯摩莱特塑造的主人公法索姆是一个典型的罪犯类型人物，但他和笛福的《摩尔·弗兰德斯》和菲尔丁的《江奈生·魏尔德传》中的罪犯人物类型非常不一样，法索姆从头到尾都是一个不折不扣的反面人物，这也恰恰是斯摩莱特在小说创作中所进行的大胆而危险的实验的精华所在，这可能和他一直喜爱和熟悉的戏剧创作有关系，斯摩莱特的旅行叙事（the narrative of travel）也是这部小说的一大特点，在叙事中作者把流浪汉文学和游记文学自然而巧妙地融为一体，主人公在欧洲各国和英国各地的游历，让读者看到当时社会形形色色的邪恶现象和欧洲各国人的丑陋之处，但作者在叙述中很少强调因地理位置和国家差异而造成的不同，而是把笔墨集中在主人公自身特别是其内在思想道德的发展变化上。

斯摩莱特小说中塑造的恶棍形象也影响了后来很多小说家，比如美国作家赫曼·麦尔维尔（Herman Melville，1819 ～ 1891）在小说《欧穆》（*Omoo*，1847）中的反面人物朗格斯特（Long Ghost）就是明显和法索姆的原型遥相呼应。麦尔维尔在创作前应该仔细阅读过小说《法索姆伯爵费迪南历险记》，在小说叙事中，麦尔维尔还多次提到法索姆伯爵对他小说创作的影响，他称法索姆是“恶棍的头目，我们后来的创作在很大程度上应该归功于你”（Dillingham，2003：232 ～ 235）！在斯摩莱特的小说里，法索姆是个军中无名营妓的私生子，被一位麦尔维尔伯爵收留，后来朗格斯特便也自称伯爵，法索姆和朗格斯特在很多方面非常相似，两人都出身低微，并且都有医学专业背景，谈到治病能侃侃而谈但遇到真正的病人似乎就会手忙脚乱。两个人最大的相似点是都具有雄辩家的口才，给人的第一印象是学识丰富，对谈到的每个学科似乎都无所不知，两部小说里还具体描写了两个人物在谈论数学时夸夸其谈，让听者敬佩不已的场景。而且两人都是极富天才的表演者，擅长讲故事、唱歌、拉小提琴。

1760 年 1 月至 1761 年 12 月期间，斯摩莱特在《英国杂志》（*The English Magazine*）期刊上开始发表新的连载故事，这就是他的第四部小说《朗斯洛特·格里夫斯爵士生平及冒险经历》。这本杂志实际上是斯摩莱特自己主办和主编的，因此让他有更大的自由按照自己的意图来设计和刊登故事连载。斯摩莱特还请了当时插图作家安东尼·沃克（Antony Walker）为这部连载配画插图，这部小说也成为最早的英语连载插图小说。小说在连载形式方面的大胆实验和创新，进一步证明了斯摩莱特在 18 世纪小说发展时期所做出的杰出贡献。1762 年 3 月整书正式出版，小说刚出版时，除了斯摩莱特自己主办的《批评》（*Critical Review*）和另一本《图书馆》（*Library*）杂志的褒扬性评论外，其他大部分评论都是负面声音，认为《朗斯洛特·格里夫斯爵士生平及冒险经历》不如斯摩莱特的前两部小说，不过略胜他的第三部小说《法索姆伯爵费迪南历险记》（Folkenflik，2002：507～513）：主人公朗斯洛特爵士出身乡绅，他带着仆人提莫西·克拉布肖（Timothy Crabshaw），一身骑士装扮行走在乡里乡外，小说人物充满戏剧色彩，有评论家认为此处有明显模仿《堂吉诃德》的痕迹，但也有一些评论家认为小说的主要人物形象和事件与塞万提斯的小说有很大不同，有较高的原创性，读来生动自然。在小说的第二章，作者描述了主人公第一次出现的场景，并借主人公之口为自己塑造的骑士人物做出注解：

> 我不是堂吉诃德矫情的模仿者，也没有被不可模仿的塞万提斯作品中那疯狂的虚构的幽灵人物拜访。我既没有把路上的风车当作巨人，也没有把普通房舍当作雄伟的城堡……我能和别人一样清楚地分辨看到的事物，我思维理智看待问题不偏不倚。诚如别人看到的那样，我能够宽容地对待互相之间的矛盾，甚至对无礼的指责也不愠不恼，我唯一要与之宣战的永久的敌人就是美德和礼仪的敌人，无论何处，我都将与这些人类天生的敌人做斗争。（Smollett，1762：16）

很多研究者认为，塞万提斯对斯摩莱特在小说创作方面的影响，不只是停留在小说人物和故事情节方面。在斯摩莱特小说如《兰登传》和《法索姆伯爵费迪南历险记》中，我们都能看到塞万提斯的小说创作对他的影响。但是，斯摩莱特《朗斯洛特·格里夫斯爵士生平及冒险经历》里的主人公年轻健美、英勇慷慨、思想高尚，并不像堂吉诃德那般满脑子充满可笑的想法，常因失去理智的举止成为人们讥讽的对象，显然作者塑造这位18世纪新骑士是希望引起读者的同情和敬慕，而非嘲笑和讽刺。朗斯洛特这个人物似乎更直接地表达了作者的理想主人公形象，他的身上既有行侠仗义的骑士精神，也有善良而富于同情的美德。

《朗斯洛特·格里夫斯爵士生平及冒险经历》的叙事手法和斯摩莱特的前三部小说差异很大，这恐怕和作品前期作为连载故事刊登有着很大的关系。作者在创作时必须考虑到在每个章节里特别是结尾处设置悬念或谜团以吊起读者的胃口，吸引他们继续阅读下一期。在很多章节，为了使读者有耐心和意志力继续追随主人公冗长的传奇经历，作者试图和读者进行直接的对话。比如在小说的第一章结尾，主人公迟迟没有出现之前，作者这样写道："但是作为这个令人愉悦的传奇经历的主要人物，他不得不要过些时候才能被获准露面，请读者耐心等待。在第二章中读者就会慢慢知晓这样安排的缘由。"（Smollett，1762：11）在第二章中，主人公的出场也不像其他小说开头那样以主人公为核心，而是从描写朗斯洛特周围的人物开始，并通过其他人物的视角来观察和描写主人公，作者也没有把自己当成一个引领一切的权威叙述者，而是让读者随着情节的发展，逐渐增加对主人公的认识和了解。在第三章的结尾，作者有意打断了一段似乎马上就要开始的争斗场面描写，对读者解释道："读者可能已经多次抱怨这一章节的过分冗长，所以我们必须把这段宣战之后发生的事件推迟到下一章继续。"（Smollett，1762：37）在不少章节的题记里，作者也有意把读者作为交流的对象，通过标题语把章节中精彩的内容透露给读者，以吸引读者。比如小说第六章的题记是"这一章读者将会发现疯狂有时也散发着迷人的光辉"，而小说第二十五章即最后一章的题记是："希望这一章的结尾能让读者满意，而且我有足够的理由这样相信"。

《一个原子的历史及冒险经历》是斯摩莱特匿名出版的小说，小说假借作者纳撒尼尔·皮科克（Nathaniel Peacock）大脑里的一颗原子，对当时英国"七年战争"（The Seven Years' War，1756～1763）期间的政治事件和人物极尽讽刺，是一部犀利的政治批评小说。这颗原子曾存在于一千多年前的Foggien时期，即当时的日本帝国，因此熟谙当时日本的革命事件和政治逸闻。后来在一名荷兰水手的身体内离开日本，游历世界各地，又辗转来到英国，并在一次宴会上被叙述者的父亲吃进体内，因而被遗传到叙述者身体内。皮科克询问了附近一位物理学家后，相信了这颗原子的来历，于是按照这颗原子的交代，把他讲述的故事记录下来，让英国的大臣们从中得到教诲。实际上，这颗原子讲述的那些政治趣闻暗指的就是七年战争期间发生在英国及其殖民地的事件。

《汉弗莱·克林克历险记》是斯摩莱特最后一部小说，在他去世前出版，被认为是他六部小说中最出色的一部。小说刚出版时褒贬参半，但它很快即成为大众喜爱的畅销书，评论家们也纷纷开始不吝赞美之词。经历了时间的沉淀，这部小说逐渐在文学领域确立了地位，被称为最优秀的英语书信体小说之一。《汉弗莱·克林克历险记》用书信体写成，书中八十二封书信分别由威尔士乡绅马修·布朗勃尔（Matthew Bramble）、妹妹塔比莎（Tabitha）、侄子杰里（Jery）、侄女莉迪亚·麦尔福德（Lydia Melford），以及侍女温妮弗莱德·詹金斯（Winifred Jenkins）五位写信人写成。18 世纪后半叶，是书信体游记小说大为流行的时期，但之前的书信体游记小说大多是一位写信人写给某个群体或某个接收者，而《汉弗莱·克林克历险记》是由一个家庭的不同成员写给不同的接收者，他们在信中从不同的角度表达对日常生活或旅途中所经历的人物和事件的看法，因此这种复调式的叙述让这部小说在当时的书信体作品中独具一格。和理查逊的《帕梅拉》（*Pamela*,1740）一样，斯摩莱特在书中略去了接收者的回信，但是在之后其他人书信的评论中，读者仍然可以知晓收信人的反馈和态度，在某种程度上让沉默的收信者和写信人形成互动。为了增强读者对小说中书信的真实性感受，作者在小说中没有采用一般的线性叙述，而是加入了大量的“插入性话语”（intrusive discourse）。在小说开头，作者首先插入了书信拥有者乔纳森·达斯特维奇（Jonathan Dustwich）和伦敦书商亨利·戴维斯（Henry Davis）之间的通信，交代了书信的来源和版权等问题，书商还对当时已经出版的书信体游记作品进行了分析，提出过多的此类作品可能会使读者产生厌倦情绪，因此出版此本游记有一定的风险存在，为了避免对一些真实人物的直接所指，信中还使用了一些省略的人名或机构名。18 世纪是书信体小说的年代，因为读者能够通过这些私密的文字体验更多不为大众所知的个体经历，在阅读中感受人与人之间最为直接的亲密率真。而作家为了吸引读者，让读者完全投入，都要想尽办法增加故事的真实性，所以这种插入性话语往往意在告诉读者所读内容的真实性，这种叙事策略在当时不少作品中都有使用，劳伦斯·斯泰恩的《项狄传》也是最为典型的一部。细读小说，读者可能会奇怪地发现小说题为《汉弗莱·克林克历险记》，但克林克并不是书中的主要人物，他既不是任何写信人，在整本书中也没有直接的谈话或表现自己的机会，他留给读者为数不多的印象都是通过其他写信人间接的叙述来转述的。斯摩莱特的这种设计可能是刻意地避开集中描写主要人物或事件，增强小说的真实性，和他在小说里的插入性话语有异曲同工之妙。

特别值得一提的是，在这部书信体游记小说中，斯摩莱特通过写信人对当时社会的人文风尚、城镇生活、建筑、艺术等各个方面发表了独到的个人见解和评论，其语言精练，文风幽默讽喻，和前几部小说松散夸张的风格大不相同，因此被评论家公认为是他小说作品中艺术性最高的一部。（Garrow，1966：349 ～ 363）斯摩莱特在这部小说中语言艺术的提升很可能得益于他之前几本大部头历史作品的编撰，或者是书信体让他得以更好地展示自己的多年来不断提升的语言功力。

《汉弗莱·克林克历险记》一书出版之际，正是当时的英国人开始热衷于全国旅游的时期，特别是穿越威尔士和苏格兰的长途旅行。书中关于英格兰、苏格兰等地风土人情及沿途景色的描写尤其受到读者的欢迎，除了那些流行一时的英国主要度假胜地如布里斯托、巴斯、伦敦、哈罗盖特等，还有很多一般英国人并不熟悉的苏格兰城市和乡村。斯摩莱特对当时英国社会乡村和都市生活场景、风俗传统等各方面准确生动的描写，不仅为后来的历史学家研究乔治三世时期的英国提供了丰富的历史素材，也让他成为这方面首屈一指的重要作家。斯摩莱特笔下的苏格兰和英格兰同样是联合王国的重要区域，它们在地理位置、传统风俗各方面有很大的差异，但却没有相互对立，而是各具特色，互相补充，书中关于苏格兰各地的描写大约占全书六分之一的篇幅，还用对话或讨论的方式对苏格兰人的脾气、秉性、喜好等各方面的特点进行了细致的分析，甚至细致到分析带有苏格兰方言特色的英语与古英语的关系，对比分析英国南部人所说英语与苏格兰方言英语的异同和利弊，读者也可以从当时爱丁堡生活的描述中看到 18 世纪中期这个苏格兰首府城市的发展变化。

《汉弗莱·克林克历险记》也被认为是一本关于生理和心理治疗的书籍，它记录了马修带着家人长途跋涉，穿越英格兰和苏格兰，寻求身体康复、心灵平静的旅行。他在写给医生或亲友的书信里，经常谈及旅途中经历的田园风光和乡村生活对他身心的裨益。他尤其钟情于苏格兰高地的自然风光，把宁静优美的苏格兰乡村比喻为“古希腊阿卡狄亚般的世外桃源”。他在 9 月 3 日从卡梅隆（Cameron）地区写给刘易斯（Lewis）医生的信中，有一段这样的叙述：

如果我个性挑剔的话，可能会觉得我所居住的这座卡梅隆房舍离利文

(Leven)河太近，因为房子的一边从窗户到湖边只有六七码。房舍本来可以建在地势高点儿的地方，那样空气可以更为干燥，视线也更宽广。……实际上，这里的乡村几乎美如天堂，两边都是连绵雄伟的山脉，但是和威尔士一样，因为受到大西洋的影响，气候潮湿。尽管如此，这里的空气确实有益健康，村民们除了天花或一些皮肤病外，很少得病。皮肤病主要是因为他们居住的地方不太洁净，这也是这个国家现在普遍存在的一大问题。这里生活着很多长寿的人们，我认识的一位受人尊敬的祭司，已有近九十岁的高龄却无疾病，还能在麦地里耕作。……他和老妇人住在一间生活便利的小农舍里，自己在花园里种植栽培。这对老夫妇身体康健，生活宁静和谐，衣食不缺，知足而常乐也。(Smollett,1800:102)

显然，风景优美、民风淳朴的苏格兰乡村给布朗勃尔留下了美好的印象，甚至让他有点流连忘返。他还用诗歌来书写仙境般的利文河美景："纯净的河流啊！在你清澈的水波里/我年幼时常常在此洗涤/你纯净的源头没有任何污浊/没有岩石阻挡你天然的河道/你像鸟儿般唱着甜美的歌前行/河床上铺满圆润光滑的鹅卵石……"(Smollett,1800:101)小说中关于苏格兰乡村的描写其实也表达了斯摩莱特作为一名苏格兰作家对家乡的热爱和赞美之情，虽然它和当时英国其他相对发达的地区相比有些落后，但它的自然之美却是其他地方无法比拟的，它的宁静和谐是人们治疗身体疾病和获得心灵抚慰的最好药方。斯摩莱特在小说中关于自然风光和乡村人物的描写，是他其他小说中很少涉及的，这部小说也因此被称为是"散文体的喜剧田园诗歌"(a comic pastoral poem in prose)(Copeland,1974:493～501)。

在思想家、文人不断涌现的18世纪英国，各种哲学、文学思想的团体和沙龙俱乐部在如火如荼地开展，很多思想家、文人等都是这些团体的主要组织者和参与人。或许因为高傲独立的个性，或许因为无法从自己繁重的创作、翻译、编辑任务中抽出闲暇，斯摩莱特很少参与这些团体，他和当时很多有影响的名人保持着较为疏远的关系，甚至还因为剧本的上映问题和菲尔丁发生过争吵。有传记记载，当时最有影响的思想家休谟虽然知晓斯摩莱特，但没有对其小说、历史著作做过评论，斯摩莱特在1768年8月给休谟写过信，平常不善逢迎的他真诚表达了自己对休谟作为当时最优秀作家的赞誉。(Boege,1969:38)

斯摩莱特的文学才华得到当时另外一位大文豪约翰逊博士的欣赏，约翰逊"文学第一人"(The Great Cham of Literature)的称号也是由斯摩莱特而起。虽然约翰逊没有直接评论过斯摩莱特的小说，但在1773年约翰逊博士去苏格兰旅行途中，他和苏格兰传记作家詹姆斯·鲍斯威尔一起经过斯摩莱特的纪念碑，在凯姆斯大法官的提议下欣然为纪念碑作了拉丁文题词，并且用心地反复斟酌修改，由此可见约翰逊内心对斯摩莱特的认可和尊敬。(Boege,1969:41)

18 世纪后期，即斯摩莱特去世后的三十年间，他在英国文坛的地位日益稳固，评论者对他作品的负面评论也越来越少。在 1781 年至 1785 年间，他的五部小说都先后出现在《小说家杂志》(*The Novelist's Magazine*) 上，几乎平均不到两年的时间，就有新的版本被发行，除了单行本，还发行了三个版本的小说合集。当时因为斯摩莱特小说的流行，他的《剧本和诗歌集》也在 1777 年得以出版。但是，正如当时两本重要的文学期刊《威斯敏斯特杂志》(*Westminster Magazine*) 和《每月评论》(*Monthly Review*) 所指出的那样，斯摩莱特最为杰出的文学成就是小说，而非戏剧和诗歌。

伊恩·瓦特 (Ian Watt,1917 ～ 1999) 的《小说的兴起》(*The Rise of the Novel*,1957) 是 18 世纪小说研究方面的重要批评著作，但是瓦特在书中只是肯定了斯摩莱特最后一部小说即《汉弗莱·克林克历险记》，认为斯摩莱特是位出色的社会记者和幽默作家，但其他小说在情节和结构上都存在缺陷。(瓦特，1992：335) 而麦克恩 (Michael McKeon) 的《英国小说起源》(*The Origins of the English Novel*,1987) 在论及 18 世纪重要的小说时只谈论了笛福、菲尔丁与理查逊，对斯摩莱特甚至没有提及。斯金纳 (John Skinner) 认为，以上著述对斯摩莱特的评价是有失公允的。(Skinner,1996:12 ～ 13)

1821 年，司各特在《汉弗莱·克林克历险记》的再版序言里为斯摩莱特写了一篇纪念文章。这篇文章回顾了斯摩莱特晚年体弱多病、经济拮据的生活状况，以及小说创作背景和创作过程，对小说中源自作者真实生活经历的几位个性鲜明的主要人物逐一做了评点，认为书中主要人物乡绅布朗勃尔其实就是以斯摩莱特本人为原型创作的，他处世精明机智，为人豁达仁慈，情感丰富高尚，富于幽默感，这样的形象确实让人无法忘怀。司各特在文中对这位苏格兰前辈的回忆可谓情真意切，司各特对斯摩莱特在 18 世纪小说史的重要地位和对小说发展的特殊贡献给予了充分的肯定，认为斯摩莱特在小说创作艺术上达到的高度和小说人物塑造上的成就完全可以和菲尔丁相媲美：

> 斯摩莱特和菲尔丁都出生于上层社会，他们年轻时均受教和从事不同的职业，都曾为了生计而进行不同类型的文学写作。他们在一生中都

被境遇所限，他们的愤世嫉俗中带着宽厚、善良和幽默，他们都长期伏案写作积劳成疾，最后在异国他乡离开人世，结束了他们充满逆境和疲惫的一生。他们的写作生涯和生活遭遇也非常相似。他们都写过剧本，却没有能够获得成功；他们的作品都对政治讽刺嘲弄；都写过游记，且不得不同时忍受身体的病痛。总之，他们两人都是非常成功的小说家，在这方面没有其他英国作家能和他们两人的卓越成就相比。（Scott，1983:335 ～ 337）

## 第三节　亨利·麦肯锡小说创作与感伤主义文学

亨利·麦肯锡（Henry Mackenzie,1745 ～ 1831）是苏格兰启蒙运动后期一位承上启下的人物，他的第一部感伤小说《有情人》（*The Man of Feeling*,1771）和斯摩莱特的最后一部小说《汉弗莱·克林克历险记》同年出版，他和休谟和斯密等苏格兰大家共同目睹和体验了苏格兰启蒙运动的黄金时期，他是19世纪初苏格兰历史小说大师司各特的伯乐，在麦肯锡的推荐和帮助下，司各特发表了第一部历史小说。麦肯锡在世时既是活跃的剧作家，也是文思敏捷的杂文家和评论家，但是后人今天能够记住他恐怕主要是因为他的代表作《有情人》，麦肯锡也因为这部小说而迅即成为当时苏格兰文坛的首要人物之一。麦肯锡的另外两部感伤小说《世俗之人》（*The Man of the World*,1773），《朱丽叶·德露比涅》（*Julia De Roubigne*,1777）都在18世纪70年代出版，此后他主要转向评论和杂文，并积极参与组织文学沙龙活动和编写文学期刊。

麦肯锡出生于苏格兰富有的中产阶级家庭，父亲是爱丁堡颇有名望的医生，曾经在爱尔兰做过军医，母亲也是苏格兰的贵族出身，特别是外祖父母的罗斯家族和当时苏格兰很多名门望族关系密切，这些都为麦肯锡日后进入爱丁堡社交圈打下了基础。虽然母亲在他14岁时就去世，但罗斯家族的慷慨仁慈、高雅的音乐和文学素养对小麦肯锡影响深远。自小麦肯锡便经常跟着母亲参加爱丁堡社交圈的一些家庭茶会，但是母亲并不宠溺儿子，反倒是对别人一向细心体贴，充满关爱，幼小的亨利也是看在眼里记在心里。他的外祖父是国会议员，在外祖父的城堡里他经常可以听到1745年苏格兰詹姆斯党人暴动一类的政治趣闻和历史故事，这些故事同样培养了他对苏格兰高地历史和文化传统的自豪感。

1751 年至 1757 年，麦肯锡在爱丁堡中学读书期间，开始接触一些古罗马重要作家及拉丁文作品，并对戏剧产生了浓厚的兴趣，戏剧舞台对观众激起的情感震撼效果更让他无法忘怀。1758 年进入爱丁堡大学学习后，课堂上教授们开设的文学讲座让麦肯锡对文学的兴趣日益增强，当时的大学校园里经常组织关于情感、理性、美德等话题的演讲或辩论，麦肯锡也充满激情地参与其中。他对文学俱乐部的热情一直持续到成年时期，后来他还成为当时爱丁堡的重要文学俱乐部之一镜子俱乐部（the Mirror Club）的重要成员，并由此开始为期刊撰写杂文和从事期刊编辑工作。1763 年至 1765 年期间，当时还是一名法律顾问的麦肯锡开始在《苏格兰杂志》（*The Scots Magazine*）尝试发表诗歌，他的理想主义和浪漫主义倾向开始逐渐显露。因为诗歌几乎没有什么影响，麦肯锡决定改变自己的写作方向，开始小说创作。1765 年，麦肯锡正式成为苏格兰财政部的工作律师，并获得去伦敦英国财政部学习的机会，在伦敦的三年期间，麦肯锡开始构思他后来的感伤主义小说《有情人》。因为对家乡苏格兰的热爱，他没有继续留在伦敦，而是回到爱丁堡。1768 年，在给表妹的信中，麦肯锡第一次提到自己正在创作的小说《有情人》。

1771 年 4 月，《有情人》出版，书的成功和读者的热情反应完全超出了麦肯锡的预期，爱丁堡的书很快销售一空，而伦敦也开始重印。这本书可谓流行一时，很快便成为当时英国各地时尚女性的身份象征，她们为之倾倒和痴迷，为小说的主人公好人哈利先生悲伤流泪。面对第一部小说的成功，麦肯锡不敢拖延，抓紧时间创作下一部小说。两年不到，他的第二部小说《世俗之人》问世。得益于小说的成功，他几年前写的剧本也很快在苏格兰皇家剧院上演。此时，麦肯锡的事业一帆风顺，成为苏格兰财政部的皇家律师，1776 年与爱丁堡格兰特伯爵之女门当户对的婚姻可以说是和谐美满，妻子家族的社会关系也让麦肯锡赢得了更多社会认可。婚后一年，麦肯锡出版了他的第三部小说《朱丽叶・德露比涅》。

麦肯锡的剧作和杂文评论在当时虽然也有影响，但最成功的还是他的三部感伤主义小说。他的代表作《有情人》是一部典型的感伤主义小说，但作者依然秉承当时文坛的现实主义传统，在小说前言中，和 18 世纪其他小说家一样，为了让读者相信其故事的真实性，麦肯锡交代了书稿的来源：一个 9 月的中午，他偶遇乡村教区牧师，闲聊中得知他在附近一个老房子里发现过一部手稿，书中记录了曾经居住在此地的一个古怪之人哈利的人生经历，不过书稿中有不少章节错乱甚至有些章节内容只剩下不完整的片段，手稿的作者查尔斯也是一个性格孤僻之人，他与世人很少交往，但却喜欢与村里的孩童玩耍。他好奇之下，用自己的一本书和牧师交换了此书，并对书稿进行了编辑整理，发现书稿原来的五十六章只剩下二十二章和三个片段。麦肯锡交代，为了保持其真实性，他自己并没有对书稿缺失部分进行补充修改，而是尽可能按照原稿把故事呈现给读者，所以故事的开头不是第一章，而是第十一章，但这些问题似乎并没有影响读者的整体阅读。这部小说在叙事上因此也和一般的小说略有不同。因为小说原稿的作者即故事的叙述者查尔斯在讲述主人公经历的过程中，以第一人称叙述者“我”之口，经常对书中的人物和事件插入自己的评论，表达自己的观点，而他的这些评论并非出自麦肯锡之口，让读者感觉更具有客观公正性，麦肯锡也正是试图通过另外一位叙述者的客观叙述，避免对读者进行道德说教和主观论断。麦肯锡其实正是通过这样一位看似中立客观的叙述者，更有效地传达了自己的观点。在整部小说中，叙述者查尔斯在很多事件中穿插了对哈利行为的评论，对哈利的单纯善良多以美德称之，不过对他的多愁善感也时常带有温和的讽刺。在小说结尾处，麦肯锡同样通过叙述者之口再次表达了自己对小说主人公哈利的赞美钦佩之情。“这值得一千次的布道，每一种崇高的情感在我的心中升起，每一次心跳都会唤醒一种美德。但是，想起他你又会痛恨这个世界——不，这墓地洋溢的温和之风又让你无法去恨。但是，对那些世人，我只有怜悯。”（Mackenzie，1771：268）哈利身上所具有的美德似乎和这个世界格格不入，但是他善良宽厚的胸怀似乎又在告诉人们要忘记仇恨。

主人公哈利是个典型的感伤主义人物。他是个孤儿，虽然有着众多的监护人，但他的教育因为监护人的意见不一而没有受到太多的关注。成人后，为了能扩大自己的地产获得王室的租约，他离开单身的姑母和心中暗恋的邻居沃尔顿小姐奔赴伦敦。在伦敦，为了赢得权贵的欢心，他接触到伦敦腐败的上层社会。生性善良单纯的哈利经常被人利用欺骗，他把一个侍者和皮条客误以为是绅士，把囚犯当作向导。但是他的多愁善感又让他对那些命运多舛的人们悲伤叹息甚至慷慨解囊，他会为一个疯少女的故事流泪，为愤世嫉俗者的抱怨打动，他倾其所有帮助饥肠辘辘的街头女郎艾米莉·阿特金斯。因为没有得到契约，哈利只好打道回府。在回家乡的路上，他勇敢地指责马车上无礼的军官，还和年老的绅士一起谈论诗歌。快到伦敦时，他又遇到替儿子到印度服兵役归来的同乡老爱德华，面对老人失去儿子的噩耗，他用自己的田产帮助老人和他的孙子维持生活。可是，不幸却再次降临到了他自己身上，当听说心里暗恋的沃尔顿小姐即将与别人结婚的传言时，他本来就虚弱的身体再也支撑不住而病倒。哈利自觉来日不长，于是在病榻上向沃尔顿小姐表白，在听到对方爱的回应后，最终没有遗憾地离开了人世。

在很大程度上，麦肯锡创作的男主人公哈利其实就是作者心目中的典型理想人物，因为哈利的多愁善感在麦肯锡看来并不是矫揉造作的情感，而是一种有益人性和社会和谐发展的道德品质的体现，虽然这种强烈的情感有时可能会导致自我中心主义。麦肯锡对于人所体现的强烈情感的赞同应该受到了休谟和亚当·斯密关于人类情感理论的影响。亚当·斯密的《道德情操论》最早出版于1759年，麦肯锡曾经不止一次地在文章里或书信中提到这部书中关于情感和道德方面的论述。在哈利身上，可以很明显地看到当时休谟和亚当·斯密所强调的同情、怜悯等情感的体现，它们是人类美德的一个重要方面，如果没有温柔善良的个性和丰富细腻的情感，人往往很难产生同情怜悯。（Barker，1975：28～29）哈利的性格虽然容易兴奋冲动，经常会触景生情充满怀旧的悲伤，但是也正是因为他强烈的感性特质，当看到别人的不幸处境就会生出恻隐之心，即便是妓女也会让他很快相信并原谅她的罪恶，伸出援助之手。哈利还是一个宽宏大度、愿意牺牲自己利益的利他主义者，当他得知自己一直希望能够得到的王室租约被给予另一个人的消息时，不仅没有怨恨那个人，反而为他考虑，认为他很可能比自己更需要这份租约。哈利身上具有的对他人同情怜悯和为他人着想的品质，也是亚当·斯密和休谟在有关论述中所强调的人类美德所在。

18世纪后期的英国，感伤主义文学盛行，感伤情绪蔓延，无论是作者还是读者都沉浸在各种情感之中，文学的价值取决于文学作品中的情景对读者造成的情感影响。除了文学作品，其他哲学思想家们也纷纷发表论文或随笔对情感这一人类的重要特质进行讨论和探究。早在1739年，休谟就出版了《人性论》，他在书中对人的各种情感的产生、特质、功能等都进行了详细的论述，在第二卷“论情感”和第三卷“道德学”中分别从不同的角度论述了人的怜悯、同情等情感及其与道德的相互关系：

> 我们受到慈爱情绪的无限的感动，正像受到豪情的无限的感动一样。我们一想到它，自然就热泪盈眶；对于表现慈爱情感的人，我们也不禁报以同样的慈爱。……具有和蔼的性情和慈爱情感的人，在形成最完善的德的概念时，总比勇敢而进取的人在那个德的概念中掺杂着较多的慈善和仁爱的成分，后一种人则自然地认为某一种的豪情才是最完善的性格。这显然是由于人们对于自己类似的性格有一种直接的同情。他们更

热烈地体会到那一类的情感，并且更明显地感到那种情绪所发生的快乐。（休谟，1997:647 ～ 648）

亚当·斯密也在《道德情操论》的开篇对人具有同情的本性和特点进行了阐释和分析，对人与人之间相互同情、相互怜悯等类似情感的重要性从不同的方面进行了详细的论述，斯密的这些观点对麦肯锡的感伤小说形成了重要的影响。

感伤主义文学的流行和当时普遍强调读者情感反馈和互动有很大的关系。当时的人们相信，真诚的情感往往存在于那些容易被感动、容易受作品中的激情影响的人，但是并不是所有人的灵魂里都具有这种倾向。有些硬心肠的人即使看到别人的痛苦也不会产生怜悯悲伤之情，有些人甚至冷酷到以制造别人的悲伤为乐。但是，还是有许多人情感丰富、心地善良，他们看到同类哪怕是小小的不适也会感到悲伤。感伤主义文学因此具有了一种深奥的特质，它有益身心的影响只可能发生在那些具有情感互动能力的读者身上。当时的一位女性剧作家兼诗人汉娜·莫尔（Hannah More，1745 ～ 1833）曾写过这样的诗句来赞美情感："甜美的情感/那是神秘的力量/在出生之时赋予你的天赋/就像是精灵的宠爱"。（Barker，1975:48 ～ 49）当时的伦敦杂志上经常发表这一类为情感辩护的文章，认为如果读者的心能被一个感伤主义的故事打动，同时心灵能体验到一种愉悦的感觉；流泪并不是软弱的表现，而是心灵在经受考验；对悲伤的故事产生哀婉之情甚至是证明个体具有超越自身对他者关心的能力的体现。在这种情形之下，麦肯锡的小说所讲述的一个个让人感动的事件，不断地感染读者并激起他们内心深处的情感，而这正是当时大部分读者在阅读文学作品过程中所追求的效果，读者有意识的情感互动和作者的写作艺术在此达到了完美的结合。

麦肯锡为了引起读者的强烈情感效果，在小说中多处使用较为夸张的戏剧性情节描写，因此从今人的视角来看，很多地方难免给人过于强调个体感性世界从而偏离时代现实生活的感觉，其实不然，小说中的不少事件是作者在观察当时英国社会存在的各种问题的基础之上的创作与思考。当时的英国，伴随着工业革命的进程，社会开始快速发展，但是随着社会财富逐渐积累，人们对财富的渴望似乎越发强烈，然而生活在伦敦那样大城市里的穷苦人却是食不果腹，比如小说中的街头妓女艾米莉就是当时下层社会妇女凄苦生活的一个缩影。而穿插在小说中的一个重要情节即老爱德华一家的遭遇，更是暴露出 18 世纪工业开始快速发展的形势下英国农村逐渐萧条、农民生活更加艰难的社会问题。老爱德华和哈利在回乡的旅途中相遇，他衣着简陋、神色忧伤，看上去疲惫不堪，甚至连背包都快背不动了。交谈之后，哈利才知道爱德华原来是他多年未见的同乡，自己小时候还经常去他家玩耍。老爱德华一家世代都是农民，以租种乡绅的土地为生，但是随着时代的变迁和形势的变化，租地的成本越来越高，再加上有几年收成不好，他们的生活压力越来越大，因为不能及时交租，自己家的财产和家畜也被人强迫变卖抵债。后来在一位好心人的帮助下得到一小块地租种，他和儿子杰克日夜辛劳地在田里耕作，总算一家人可以勉强度日。但不幸又接踵而来，儿子杰克因为与附近法官家农场的看守发生冲突而被抓进监狱，他们要交一大笔罚金。然而法官伺机报复，利用关系故意让征兵的士官抓他儿子杰克去服役，老人不忍看着刚生了孩子不久的媳妇以及年幼的孙子和儿子分离，于是花了钱买通士官顶替儿子去参军。他随着军团到达东印度群岛，不久还当上了士官，赚了点小钱。但是因为同情被英国士兵抓来打得遍体鳞伤的印度老人而偷偷将他释放，老爱德华自己被鞭打成重伤后赶出军营，他不得不挣扎着去港口。就在他绝望之时，竟然遇到自己在军营里救过的印度人，终于得以救治慢慢康复。印度人在分别时赠予他两百金条以感谢他的慈善之心。老爱德华于是乘船辗转回到英国，打算回到家乡和家人团聚。当哈利和老爱德华到达村子附近时却看到一片凄凉景象：南山老爱德华曾经居住过的地方那些佃户的茅屋都已倒塌，以前的学校也被乡绅推倒犁为田地。他们跟随一位农妇来到新来的乡村教师住的小屋前，看到两个孤儿，才知道他们原来就是老爱德华的孙子，而老爱德华的儿子和儿媳妇则因为庄稼歉收债务沉重，不堪重负已经离开了人世。哈利把孤苦伶仃的老爱德华爷孙三人带回家临时安顿住下，然后又把自己的一小块田地安排给他们耕种，并把田地边的小村舍整理布置了一番，让他们一家人居住。老爱德华一家人不幸的遭遇，不仅让哈利这样的多愁善感之人几度落泪，也让沃尔顿小姐和其他善良的村民对爷孙三人充满同情，她们经常来看望孩子，帮助老爱德华。

小说中主人公哈利在很多地方给人留下充满感性、柔弱顺从的印象，但是在第三十六章讲述完老爱德华的经历之后，在题为“有情人谈论此事之令人困惑之处”的一段中，侃侃而谈的哈利和他平时的形象形成了极大的反差。在这个片段里，哈利在和老爱德华的对话中就老爱德华所谈到的很多见闻发表了自己的评论和疑问，言辞颇为果敢犀利。他不仅对老爱德华谈到英国殖民地印度的一些情况表达了自己的看法和困惑，甚至对英国的领土扩张和殖民政策提出了质疑：

> 爱德华，我对自己国家的兴盛很是关注：作为这个国家的一员，它的强大和声名与我们每一个人都息息相关。但是我不能因为只想到它占领了印度而欣喜，却把那些人民抛在脑后。你告诉我英国拥有臣服于它的广阔领土，但是我却不能不对此提出疑问，他们凭什么拥有那些领土？他们在那里作为贸易者，用带去的物品进行贸易让别人购买，他们即便获得再大的利润，那也算是公平合理，但是作为另外一个王国，他们有什么权力在印度建立起自己的帝国？还在友好的商贸之地发布法律条文？……（Mackenzie,1771:209～210）

在和老爱德华的争辩中，哈利对当时大部分英国人引以为荣的殖民扩张提出了不同的见解，对英国在印度殖民地的很多行为进行了批评和谴责，他的质疑表达了他对公平、仁慈等美好事物的向往，对非人道等丑陋行为的斥责。无疑，《有情人》中老爱德华的故事为这个充满感伤主义情调的小说增添了现实主义的色彩和历史的质感。

《有情人》的出版一方面满足了当时的人们对于哀婉之情的偏好，另一方面显示了18世纪后期英国人开始对启蒙运动所崇尚的理性进行反思和质疑的趋势。在感伤主义文学的潮流中，人们对情感和想象的关注，为19世纪即将到来的浪漫主义铺平了道路。很多评论家认为，哈利如果没有丰富的想象力，他就不可能对看到形形色色的人们的遭遇产生怜悯和同情，想象力是丰富情感的基础，也是感伤主义文学的重要特点。休谟在关于情感的论述中就一再强调想象的重要性："想象和感情有一种密切的结合，任何影响想象的东西，对感情总不能完全无关，这一点是值得注意的。每当我们的祸福观念获得一种新的活泼性时，情感就变得更加猛烈，并且随着想象的各种变化而变化。"（休谟，1939：462）

麦肯锡的第二部小说《世俗之人》通常被认为是他三部小说中最弱的一本，也许是为了赶上读者在第一本小说的热情未退之时出版而仓促写成，麦肯锡自己似乎对这本小说也不太满意。当时《伦敦杂志》的一篇评论中说，"小说的作者似乎像那些整日闲坐在家中不闻世事的哲学家一样，在密室里研究人类"（Barker,1975:55）。细读小说，我们可能发现这样的评论未免带有很大的主观性，但由此我们至少可以看出这部小说在当时的影响远不能和《有情人》相比。相对第一部小说善良多情的理想主人公哈利，《世俗之人》的主人公托马斯·辛达尔爵士则完全是另一个极端的反面人物。辛达尔的邻居教区牧师理查德·安斯利育有一对儿女比利和哈里特，因为两个孩子的母亲早逝，安斯利作为父亲一直小心谨慎地抚养孩子长大。但是生性放荡且邪恶的辛达尔早已把贪婪的双手伸向了他们，他趁着比利在牛津上学期间开始跟他频繁交往，比利逐渐堕落，结果因为欠赌债去抢劫而被捕入狱，后被转运到美国服刑14年。辛达尔同时假装是比利的好朋友，想办法讨好哈里特，在老谋深算的辛达尔连环骗局下，哈里特最终落入他的圈套被诱奸。回家后，单纯的哈里特一直相信辛达尔会娶她，直到发现自己怀孕后又去找辛达尔，才知道辛达尔并不打算娶她。经受不住突如其来的打击，哈里特提前产下一女婴，父亲安斯利因为悲愤交加而突然去世，雪上加霜的是，保姆和女婴突然失踪，哈里特听到两人溺水而亡的消息时，再也承受不住打击，随之离开了人世。此时的辛达尔似乎有了一丝悔悟之心，在安斯利和哈里特坟上为他们立了墓碑，小说的第一部分到此结束。读者也许会期待辛达尔后来会幡然改过，弃恶从善，但是作者却让辛达尔继续他虚伪贪婪的个性，让他成为18世纪小说里又一个彻头彻尾的恶棍形象。

小说第二部分开始于若干年后，辛达尔的家庭成员发生了很大的变化，除了他的寡妇妹妹和外甥外，还有一位年轻的女士露西，是被他收养多年的孤儿。辛达尔的外甥哈里·博尔顿父母早逝，因为辛达尔自己没有孩子，所以他很可能就是老辛达尔财产的未来继承人。博尔顿心地善良仁慈，完全不像舅父那般阴险恶毒，他和露西之间渐生情愫。一次在伦敦，博尔顿结识了老安斯利的朋友兼遗产执行人罗林森，罗林森寻找安斯利儿子未果，不久病故，临终把安斯利的家产全部留给了博尔顿。此时，虚伪的辛达尔又在谋划着如何引诱露西来满足自己的淫欲，露西在一名仆人的帮助下逃出家门，但在路上又被辛达尔抓住，就在危急时刻，博尔顿及时赶到，从辛达尔手中救下了露西。小说的最后，露西的身份也终于得以确认，她原来就是当年失踪的女婴，而辛达尔则是她的亲生父亲。辛达尔在悔恨中死去，博尔顿和露西终成眷属。

麦肯锡的《有情人》和《世俗之人》的出版时间相隔不到两年，显而易见，在第二部小说的人物和情节设计上，作者有意让它和前一部小说形成鲜明的对比。哈利是一个富有美德的理想人物，而辛达尔则是充满邪恶的恶棍典型，麦肯锡在小说中试图用不同的手法刻画出两个善与恶的代表人物，并通过他们的言行激起读者强烈的爱恨情感，从而最终让读者体会到善与恶给社会带来的不同影响和后果。《世俗之人》中有不少人物和邪恶的辛达尔形成鲜明的对比，他们就好像《汤姆·琼斯》中的汤姆和布利菲尔那样，善与恶始终在进行较量，而在经历了一系列的事件之后，恶的力量最终屈服。小说第二部分出场的重要人物博尔顿就是善的代表，他的出现为最后打败邪恶的辛达尔埋下了伏笔。有人认为，博尔顿颇有几分像《有情人》中的哈利，他虽然生活在充满狡诈和虚伪气氛的舅父家中，但其善良的天性始终没有被腐蚀，不过他的单纯也让他迟迟没有意识到老辛达尔对哈里特一直抱有的不轨之心，直到最后露西给他写信。

麦肯锡笔下的人物，单纯和天真总是和美德联系在一起，而精明和老于世故通常都和邪恶分不开。小说《世俗之人》通过不同人物性格命运对比和映衬，让读者对前者产生更强烈的怜悯同情。比如在小说第一部分开头，麦肯锡集中笔墨讲述了理查德·安斯利不幸的命运。安斯利父亲是一位成功的商人，他希望唯一的儿子能继承自己的事业，继续从商，但是生性单纯善良的安斯利并不喜欢唯利是图的商人，于是选择了做牧师，因此父亲剥夺了他的继承权，而把家产全部留给了侄子。安斯利后来和情投意合的邻家女儿结婚，婚后他们和岳父移居乡下，妻子不久也生了一儿一女，夫妻恩爱和谐，可美满的生活并没能持续多久。妻子生完第三个孩子后病逝，而孩子也在八个月的时候夭折，伤心过度的岳父不久辞世，只剩下孤独的安斯利带着两个孩子，安斯利把所有的精力都投入到孩子的教育之中。在安斯利的身上，我们看到作者对充斥名利的都市生活的厌恶和对宁静淡泊的乡村生活的向往。在故事的叙述中，也有很多借人物安斯利之口进行的说教之词，特别是在小说的第五章和第六章，连着两个章节记录了爱子心切的安斯利在儿子比利即将出发去大学读书之前，喋喋不休地教诲他走上社会后如何为人处世、分辨是非，以免经受不住诱惑误入歧途，但他怎么也不会预料到自己的一对儿女即将落入伪君子辛达尔的魔爪。安斯利对儿子的说教有很多是对当时各种社会现象和世俗风气的批评，这些评论表达了作者对当时很多社会问题的担忧及不满情绪，因此读起来更像是饱经世事的作者对年轻读者的说教。不过，这样连篇累牍且平铺直叙的说教章节，确实会让读者失去耐心。总体来看，这部小说在艺术手法上没能摆脱其他大部分18世纪小说的创作模式，其人物形象和故事情节也缺乏新意，我们在小说里很多地方似乎都能隐约看到模仿奥利弗·哥德史密斯（Oliver Goldsmith，1728～1774）的小说《威克菲尔德牧师传》（*The Vicar of Wakefield*，1762）的痕迹。

麦肯锡的第三部小说《朱丽叶》被认为是他最出色的小说，这部小说在艺术手法上日臻成熟。小说以书信体写成，书中三位写信人分别是朱丽叶、蒙多班和萨薇龙，他们各自给自己的知心好友玛利亚、塞加尔瓦、博瓦里斯和赫伯特写信。在信中，他们事无巨细地把自己的喜怒哀乐向好友倾诉，朱丽叶甚至把写信当作是一种不可或缺的思考生活的方式，蒙多班则认为毫不掩饰内心脆弱的书信是证明朋友间信任的最好方式，因此在他们的书信中，读者不仅可以了解到主人公的外部状况，还可以深入透视他们的内心活动，在他们的内省和自我矛盾等心理描写中进一步深入地了解人物，人物的真实感也因此大大增强。

小说女主人公朱丽叶的父亲因为输了官司，不得不出售祖上留下的地产还债，一家人离开巴黎移居乡下。邻居蒙多班伯爵主动与他们交往，进而爱上朱丽叶并向她求婚被拒，因为朱丽叶心里默默爱着一个名叫萨薇龙的年轻人。萨薇龙从小和朱丽叶一起长大，因为两人的父亲是好友，萨薇龙父亲去世后便由朱丽叶的父亲照顾和监护。虽然萨薇龙同样深情地爱着朱丽叶，但是自觉贫穷寒酸，不能和朱丽叶相配，于是去了法属殖民地马提尼克岛寻求发展。但是朱丽叶家中的情况越来越糟，父亲因为债务可能要面临牢狱之灾，而母亲在病榻上临终前央求朱丽叶答应公爵的求婚，帮助她父亲渡过难关。虽然公爵在朱丽叶没有答应求婚的情况下帮她父亲还清了债务，可朱丽叶最终经不起父亲的哀求，答应嫁给伯爵。一直单身的萨薇龙因为在叔父去世后继承了他的种植园，便回到法国打算向朱丽叶表白心意，没有料到朱丽叶已经结婚。朱丽叶在朋友的劝说下打算与萨薇龙见最后一面，但是伯爵已经对她起了猜疑，并听说妻子曾经和萨薇龙关系密切，于是妒火中烧失去理智，决定在两人见面后下手杀死他们。萨薇龙侥幸逃脱，而朱丽叶却喝下了丈夫下的毒药。朱丽叶在死前告诉伯爵自己与萨薇龙之间单纯的情感和清白的关系。朱丽叶死后，伯爵悔恨交加、意识错乱，后服毒自杀。而萨薇龙独自回到马提尼克岛，从此逃避任何感情，一个人度过余生。

麦肯锡在《朱丽叶》中使用的叙述技巧无疑受到三十多年前出版的理查逊的书信体小说《克拉丽莎》的影响，通过不同写信人对同一事件交互变换的视角，对小说情节不仅起到互相补充衬托的作用，也让事件的矛盾冲突更为强烈，读起来扣人心弦。比如在小说第二部分第三十七封书信里，萨薇龙向朋友赫伯特诉说自己从西印度群岛回到巴黎拜访朱丽叶的闺中密友玛利亚，当得知朱丽叶已成为人妻，他感到十分绝望："哦，赫伯特！我已经把她编织进我对未来的想象里，而现在生活对于我已经变成一片虚无，不再值得留恋。但我还有一个愿望——那就是再见她一面。是啊，我有什么理由去见她呢？但是，我想这是眼下我唯一想去实现的目标！"（Mackenzie,1795:107）在第三十八封书信里，朱丽叶向玛利亚描述了自己读完萨薇龙书信后同样矛盾痛苦的心情："我看到他了，我现在看到他了！他回来了，却不知道命运对我的玩弄；他兴高采烈地归来，希望与他的朱丽叶分享仁慈的上帝赐予他的财富。可我已是有夫之妇——我看到他在惊讶和绝望中后退，他的双眼狂乱而无神，他因为惊愕而失声。”（Mackenzie,1795:112）第三十九封信紧接着就是朱丽叶的丈夫蒙多班就此事写给朋友的书信，他不仅注意到朱丽叶的异常状态而且看到她留在梳妆台上萨薇龙的小照，他内心的猜疑开始让他对朱丽叶的误解逐渐加深："她亲自来叫我去吃饭，在餐桌上离得很近时，我看到了（上帝，那是真的）她想取悦我的虚假的关心，她企图用假装的单纯来掩饰心中的罪恶感。我应该已经看出了她的窘迫不安，我敢确信，即便我还没有证据。”（Mackenzie,1795:123）三封前后相连的书信，三个叙述者对自己内心世界一览无余的展现，三个写信人不断变化的交互式视角把读者同时带进了小说人物激烈的情感旋涡，萨薇龙对朱丽叶由痴情到绝望，朱丽叶对萨薇龙的怜悯和自己已成为人妻的无奈，蒙多班对妻子的猜疑和嫉妒，小说中的三个主要人物深陷在无法自拔的情感纠葛中，它在读者中所激起的情感回应也是可想而知了。

《朱丽叶》出版以后，有不少人认为它和让·雅克·卢梭（Jean-Jacques Rousseau,1712 ～ 1778）的《新爱洛漪丝》（*Julie, or the New Heloise*,1761）有很多的相似之处，麦肯锡的小说很可能是受到卢梭这部小说的影响。两部小说的女主人公都爱上了身份地位不及自己的男子，两位情人后来都远走他乡，而女主人公都在家人的极力劝说下嫁给自己不爱的有钱人。但是两部小说也存在很大的差异，那就是朱丽叶和萨薇龙的关系始终纯洁无瑕没有涉及肉体关系，而于丽和圣·普栾不仅有过肉体关系，于丽甚至还怀孕过。另外，于丽的丈夫很是宽宏大度，他不仅没有怨恨于丽和情人以前的恋爱经历，反而出于信任把圣·普栾接到家里来一起居住，而朱丽叶的丈夫蒙多班则是心胸狭隘、嫉妒心极强的一个人。

《朱丽叶》可以说是一部思想艺术极高的作品，特别是小说中细腻生动的情感描写和耐人寻味的悲剧性结尾，使其具有了很强的可读性。司各特对这部小说也是崇拜有加，他曾经写过对小说的评论，说它是最让人揪心的小说之一，认为它不仅具有很强的艺术感染力，也是一剂道德良药，是对人性的真实反映。他认为大部分读者竟然没有发现它胜过《有情人》，恐怕是因为一般的读者很难驾驭小说带来的强烈的情感共鸣和它所产生的精神痛苦。也有学者认为，司各特的历史小说《拉默莫尔的新娘》（*The Bride of Lammermoor*,1819）被写成了爱情悲剧，很可能就是受到了《朱丽叶》的影响。（Shaw,1981:349 ～ 364）

在相对集中的小说创作之后，麦肯锡因为自己越来越大的影响力，同时加上他对文学沙龙和辩论等公共活动的兴趣，他开始转向杂文写作。1777 年年底，麦肯锡经过朋友的介绍参加了当时在爱丁堡的镜子俱乐部，俱乐部经常组织聚会讨论关于礼仪、品味和文学等话题，这些麦肯锡在大学时代就非常感兴趣的讨论让他的思想更为活跃，他很快成为《镜子》（*The Mirror's*）期刊的编辑和主要撰稿人，他试图用文章记录下当时人们关于个人情感和激情对于个人幸福和社会和谐等重要影响的讨论和思考。不久，麦肯锡还和一群律师朋友合办了《闲散者》（*The Lounger*）期刊，他在这两个期刊上发表了近九十篇杂文，他的杂文文风多变，时而沉思肃穆时而揶揄讥讽。此外，他还创作了一些带有轻喜剧意味的讽喻性故事，表达自己对财富不断积聚的社会可能会引起社会不安及人们道德品味下降的担忧。

1786 年，麦肯锡在《闲散者》期刊上发表文章，介绍和评论罗伯特·彭斯（Robert Burns,1759～1796）的诗歌，文中充满对彭斯诗歌的赞美之词，称彭斯是出身贫寒的天才农夫。当时苏格兰两家重要的文学期刊《苏格兰杂志》（*The Scots Magazine*）和《爱丁堡杂志》（*Edinburgh Magazine*）都转载了这篇文章，很快这位曾经名不见经传的苏格兰诗人的名字开始在苏格兰和英格兰广为人知。麦肯锡虽然自己不懂德语，但他在《闲散者》杂志上对当时德国文学的介绍在英国也影响了一大批年轻人，年轻的司各特就是受此影响而爱上了德国诗歌。麦肯锡对热爱文学的青年作家总是热情地鼓励，并往往能慧眼识英。1814 年，同样是在他的大力推荐下，即将在英国文坛叱咤风云的历史小说家司各特得以顺利地匿名出版他的第一部历史小说《威弗莱》（*Waverley*,1814）。因此，司各特在《威弗莱》的篇首献词里，满怀仰慕地称麦肯锡为我们苏格兰的艾迪生（Our Scottish Addison），而麦肯锡小说的感伤情调和浪漫情怀对这位年轻小说家的影响，也将在不远的将来慢慢显露出来。1790 年之后，因为法国和英国政治斗争的日趋激烈，麦肯锡也被卷入其中，成了一名政治作家，并捉笔为威廉·皮特的托利党执政政府摇旗呐喊。此后，麦肯锡的创作力逐渐衰退，除了一两部剧本和传记作品外，没有写出其他重要作品，但他却是同时代苏格兰文学圈里同龄人中最长寿的一位作家，他就像一座历史纪念碑，见证了启蒙时期苏格兰巨大的社会变化，目睹了爱丁堡的历史黄金时代，为 18 世纪苏格兰小说贡献了自己的力量。

# 第二章　司各特时代的小说

司各特时代是苏格兰小说史上最重要、最复杂的时代。从文学史的角度看，司各特时代堪称苏格兰小说创作的第一次高潮。虽然司各特之前还有斯摩莱特、麦肯锡两位名噪一时的小说家，著名的传记作家鲍斯威尔也创作了一本名为《多让朵》的小册子，他的小册子也被后世的学者称之为小说，但总体而言，司各特之前的苏格兰小说创作并不兴盛，与小说密切相关的苏格兰出版行业更是默默无闻。可以毫不夸张地说，司各特是缔造苏格兰小说辉煌的第一人。拜伦的声名鹊起，让已经在诗歌领域站稳脚跟的司各特转向小说创作。对于苏格兰小说史而言，司各特的转向具有划时代的意义。司各特认同联合，同时又对苏格兰有着深厚的情谊，他的小说风靡一时，他在政界、出版界以及文学界的影响更是无人能敌。司各特的小说创作植根于苏格兰，他的小说出版也是在苏格兰。在司各特时代，英国首屈一指的两大期刊《爱丁堡评论》和《布莱克伍德杂志》也都扎根于苏格兰的首府。爱丁堡成为可以和伦敦抗衡的英国出版中心，司各特成为整个苏格兰小说的核心人物，高尔特、霍格、威尔逊、洛克哈特、范瑞尔等同时代小说家都和司各特有着千丝万缕的联系。正是由于以上原因，本书采用了道格拉斯·吉福德等人所编写的《苏格兰文学》一书中的说法，把苏格兰浪漫主义时期称为司各特时代。

小说代表着司各特时代苏格兰文学的最高成就。虽然苏格兰浪漫主义时期的诗歌创作也不可小觑，尤其是当我们把司各特、霍格乃至和苏格兰的阿伯丁有着深厚渊源的拜伦的诗歌创作也囊括其中的时候。但总体而言，这一时期苏格兰诗歌的成就还是不及小说的成就。司各特成为历史小说的缔造者，他的历史小说涉及苏格兰历史、英格兰历史以及欧洲大陆的历史，虽然他的小说对于今天的读者而言显得过于冗长、过于拖沓，但当时的读者却甘心情愿地忍受这种冗长的叙述，为司各特小说中引人入胜的故事和诗情画意的苏格兰风情书写所倾倒，他们像今天的苹果迷等待新一代苹果电子产品发布一样等待着司各特新作的问世。司各特的小说融历史想象和现实主义于一身，他的历史小说具有很强的苏格兰性。司各特赞同联合，是因为他认为联合更有利于苏格兰的未来发展。用今天的视角看，司各特的历史小说十分深邃，它涉及所描述的历史时代的方方面面，《红酋罗伯》中的商业书写，《中洛辛郡的心脏》中的法律书写，《盖伊·曼纳林》中的星相学书写，各个都是入木三分。除司各特之外，该时期最有名的苏格兰小说家当属高尔特、霍格以及在本书中被归类为布莱克伍德派小说家的苏珊·范瑞尔。高尔特以书写商业和苏格兰西部而见长，他将自己的小说称为社会理论史。高尔特人生阅历丰富，见多识广，同时又命运多舛，所以他的小说绝不仅限于苏格兰西部，他的小说可以分为苏格兰小说、历史小说、北美题材小说和政治小说四大类，而这四大类小说中成就最高的是苏格兰小说。和司各特相比，高尔特的小说苏格兰风味更浓，苏格兰方言的运用也更加大胆，高尔特关于苏格兰商人的书写也更加深邃。此外，高尔特的小说还有一个非常重要的苏格兰小说的特性，那就是高尔特更加注重苏格兰共同体的书写。高尔特对苏格兰怀有深厚的感情，但他并没有因此而刻意美化苏格兰。霍格是一位自学成才的苏格兰作家，他首先是一位诗人，而后才是小说家。他以一种哲学家的姿态，以一种和司各特时代小说主流格格不入的手法创作了他的传世之作《一个清白罪人的私人备忘录和忏悔》。如果没有这部特立独行的小说，霍格或许就真的失去了被重新发现的机会。正是由于《一个清白罪人的私人备忘录和忏悔》得到了法国诺贝尔文学奖得主安德烈·纪德的极力推崇，霍格才得以被重新发现并成为近年来英美学界研究的热点。在男作家叱咤风云的时代，苏格兰女作家也开始异军突起，司各特时代女作家的杰出代表当属有着苏格兰的奥斯汀美誉的苏珊·范瑞尔。和奥斯汀一样，范瑞尔创作的《婚姻》《遗产》《命运》三部曲以女性的择偶和婚姻生活为主线，她在第二部小说《遗产》的卷首写下了和奥斯汀《傲慢与偏见》的开篇如出一辙的句子："没有什么感情比得过傲慢更深入人的本性，这是普世公认的真理"（Ferrier,1824:1）。英美学界将苏格兰浪漫主义视为苏格兰启蒙运动的延续，这种观点不无道理。虽然苏格兰浪漫主义有时也有情感大于理性的因素，但就小说创作而言，情感大于理性的倾向并不明显。纵观司各特时代的苏格兰小说创作，无论是司各特的历史小说，还是高尔特的社会理论史小说，还是霍格的心理小说抑或范瑞尔的家庭小说，都和苏格兰启蒙运动的影响密不可分。司各特在《红酋罗伯》中对商业的礼赞和亚当·斯密《国富论》的思想甚至句法都十分相像，高尔特的"社会理论史"一词直接脱胎于苏格兰启蒙思想。如果我们非要给司各特时代的小说创作找一个关键词，那么这个词似乎应该是商业。就小说的体裁而言，司各特时代的主流是罗曼司。就小说的题材而言，司各特时代的主流似乎是商业书写。读者似乎不应忘记，司各特笔下最鲜活的人物、曾经让英国维多利亚女王都感到痴迷的《红酋罗伯》中的贾尔维，名为法官实为苏格兰格拉斯哥的布商。作为苏格兰浪漫主义的核心人物，司各特不仅书写商业，还深深卷入了商业的旋涡之中。日渐兴盛的苏格兰出版业一度是他小说创作的催化剂，但也正是著名的苏格兰出版商康斯坦布尔的破产让司各特背上了沉重的债务，最终拖垮了他的身体，而司各特的辞世又成为苏格兰浪漫主义乃至整个英国浪漫主义时期的终结。

## 第一节　浪漫主义与罗曼司的兴起

司各特时代，又称苏格兰浪漫主义，是苏格兰文学史上一个十分重要又十分复杂的阶段。和英格兰的浪漫主义不同，苏格兰浪漫主义文学的最高成就不是诗歌，而是小说。虽然苏格兰浪漫主义的代表人物司各特（Walter Scott,1771 ～ 1832）、霍格（James Hogg,1770 ～ 1835）在诗歌方面也颇有建树，著名的浪漫主义诗人拜伦（George Gordon Byron,1788 ～ 1824）因为和苏格兰有着难以割舍的情缘而常常被很牵强地拉进苏格兰文学史，但总体而言，如果不把拜伦计算在内，苏格兰浪漫主义诗歌的成就是远远不及小说成就的。此外，在司各特时代苏格兰小说家的阵营中，只有司各特的女婿、著名的文学评论家兼小说家洛克哈特（John Gibson Lockhart,1794 ～ 1854）在布莱克伍德的资助下游历欧洲大陆并受到了德国哲学的影响，其他的代表人物如司各特、霍格、高尔特（John Galt,1779 ～ 1839）、范瑞尔（Susan Ferrier,1782 ～ 1854）似乎都和以康德为代表的德国哲学没有多少直接的关联。司各特时代的苏格兰小说家不像是欧洲大陆反理性哲学的追随者，倒像是苏格兰启蒙思想在19世纪的传人。

虽然司各特时代的别名是苏格兰浪漫主义，但这一历史时期的苏格兰似乎并不浪漫，经过拿破仑战争以及工业革命洗礼之后的苏格兰经济有了长足的发展，城市规模在慢慢地扩大，但发展似乎并没有惠及所有的民众，城市污物处理不力，疾病肆虐，人口死亡率居高不下，政治体制陈旧，政治改革呼声高涨。现实中的苏格兰虽然不是千疮百孔，但也并非路不拾遗、夜不闭户的太平盛世。现实生活中能够激发文人浪漫主义情怀的东西似乎并不多见，可以毫不夸张地说，苏格兰浪漫主义的激情似乎更多地是来自对历史的怀旧或者对苏格兰高地以及边区的美化，而并非来自19世纪初期苏格兰的社会现实。

自18世纪80年代起，工业革命开始席卷苏格兰。虽然司各特时代苏格兰的工业发展不及英格兰，但苏格兰的工农业格局已开始悄然发生变化。克莱德河沿岸的新拉纳克到处都是棉纺厂和供工人住宿的公寓，随着交通运输业的发展，西印度群岛的棉花源源不断地涌进苏格兰，随着1779年走锭细纱机的发明，新拉纳克的棉纺工业开始迅猛发展，到18世纪末新拉纳克的棉纺工业可以为一千三百多人提供工作机会。到了19世纪初期，蒸汽开始代替水而成为主要的工业动力之源，随着奈尔逊热鼓风技术的发展，苏格兰地区的钢铁工业也开始初见规模。而与热力需求相适应，苏格兰地区的煤炭开采也开始初见端倪。有煤炭储藏的地区开始迅速发展，但随着煤炭开采以及纺织业、钢铁行业的发展，城市污物的处理也开始成为棘手的问题。苏格兰本来就在城市污物处理方面不如英格兰效果好，面对工业的迅猛发展以及城市人口的扩张，苏格兰的城市显然缺乏有力的应对措施。爱丁堡和格拉斯哥都为此付出沉重的代价，以爱丁堡为例，这个城市在19世纪初期的人口死亡率一直居高不下，在千分之二十五至千分之二十九之间徘徊，而且如此高的死亡率还大有逐渐上升之势。

工业革命的浪潮不仅波及了爱丁堡和格拉斯哥等低地地区，还慢慢波及苏格兰的高地地区。和低地地区不同，高地地区似乎没有尝到工业革命发展的甜头，却分享了工业革命发展所带来的苦痛。1745年詹姆斯党人暴动失败之后，法制开始慢慢地走进高地地区，高地的土地拥有者以及氏族首领们开始意识到法制的重要性，苏格兰的乡绅开始被英格兰的土地拥有者的生活方式所吸引。当工业革命的凯歌开始在苏格兰高地奏响之时，苏格兰高地的经济结构也开始发生了微妙的变化，苏格兰高地的土地拥有者和“有识之士”也开始有了工业精神。他们充分发挥自身优势，开始在邻近低地的珀斯郡发展亚麻工业。不过，和低地的工业相比，高地的亚麻工业更像是个作坊，它是家庭经济收入的补充，而非支柱。此外，高地的苏格兰人还在努力经营旧有的牲畜贸易，从18世纪80年代起又试图开拓鲱鱼渔业。在英国和法国战争期间还适时发展了海藻灰工业，他们收集大西洋海岸的海藻，将其焚烧成灰，而海藻灰是制碱的重要原料。海藻灰工业是劳动密集型产业，在英国和法国战争期间苏格兰高地沿海地区的土地拥有者获利颇丰。然而，战事结束之后，随着科技的进步以及盐税改革的推进，海藻灰产业很快就退出了历史舞台。到了19世纪初期，苏格兰高地的社会结构开始简化，土地拥有者、大型的养羊农场主、小型的佃农成为高地的三大类人群。由于养羊的需求膨胀，苏格兰高地开始爆发了著名的清地运动。在阿盖尔南部以及凯斯尼斯，清地运动是以一种文明的方式进行的，被清地的人们找到了农耕之外的营生。而在有些地区，清地是以很不人道的方式进行的，佃农被扫地出门，不问死活。在萨泽兰地区，萨泽兰公爵本意是让失去土地的人到沿海地区从事工业或者渔业，但由于下属办事不力，失去土地的人一度生计困难。几乎就在清地的同时，还有苏格兰高地的人向低地工业区以及美国主动移民。由于高地的土地拥有者过于乐观地估计了高地的人口增长势头，所以，清地运动以及主动移民给高地的未来发展带来了严重的不利后果：人口减少，土地荒芜。到了维多利亚时期，1846 年的土豆歉收让苏格兰高地的土地拥有者幡然醒悟，尝到了清地运动的苦果。

除了工业革命，英国和法国的战争尤其是拿破仑战争也对苏格兰浪漫主义时期的社会经济产生了重大影响。1803 年开始的拿破仑战争最终以法国的失败而告终，但在战争期间，由于法国采取了大陆封锁措施，阻断了英国和欧洲大陆的贸易往来，使得高度依赖出口的英国棉纺行业一度遭受重创，苏格兰地区的新拉纳克等地饱受棉纺行业下行之苦。与此同时，苏格兰高地的海藻灰产业成为战争的受益者，但是，由于利益驱使，海藻灰产业被盲目扩大，1815 年拿破仑战争的结束又使得这个战时可以牟取暴利的行业一下子就落下神坛。此外，就在拿破仑战争结束的那一年，为了保护土地所有者的利益，谷物法开始实施，英国政府用立法的方式给了自己所宣扬的自由贸易主张一记响亮的耳光。欧洲大陆低价的粮食被拒之门外，土地所有者垄断着英国国内粮食的价格，英国民众深受其苦。虽然司各特时代的苏格兰人没有饱尝谷物法实施所带来的苦果，但谷物法的弊端最终还是在维多利亚时期 1846 年苏格兰高地土豆歉收的时候暴露出来。

到了司各特时代，苏格兰人已经开始融入联合王国并且开始以为联合王国服务为荣，英国王室也开始对苏格兰和爱尔兰采取了明显的亲和态度，乔治四世加冕之后曾经亲自驾临爱丁堡，并在司各特的精心安排之下身着苏格兰服饰行走在著名的王子大街。苏格兰的当权者亨利·邓达斯（Henry Dundas,1742 ～ 1811）和当时的英国首相小皮特（William Pitt the Younger,1759 ～ 1806）十分交好，18 世纪 90 年代之时邓达斯的支持率非常之高，他能赢得苏格兰选区五分之四的选票，竞争对手中也极少有人对他采取敌对态度，他从苏格兰总检察长卸任之后这一职位由他的侄子担当，他在苏格兰政坛的地位十分稳固。然而，由于他在任海军财长之时财务监控不严，他的薪酬主管亚历山大·特洛特将公款私存并从中获利，邓达斯辉煌的政治生涯竟以被弹劾而狼狈收场。1806 年的邓达斯弹劾案成为英国历史上最后的弹劾案，这不仅导致了他本人的垮台，还令他的挚友英国首相小皮特十分伤怀。小皮特 1806 年辞世，邓达斯 1806 年被弹劾后隐退，这标志着一个被历史学家冠名为皮特和邓达斯阶段的结束。邓达斯因弹劾案而退出政坛，但苏格兰人认为他错在渎职而非贪财，所以他在苏格兰的威望并未受损，他的侄子和他的儿子还在苏格兰掌舵，上层社会人士还在爱丁堡竖起了邓达斯的纪念碑。

和英格兰地区相比，苏格兰地区政治改革的呼声似乎更加强烈。英格兰地区系统的政治改革迟至 19 世纪 30 年代才刚刚开始，而苏格兰地区的议会改革和市政改革比英格兰要早得多。早在 1817 年，爱丁堡就开始尝试普选，最初只是少数有产阶级参与选举，后来选举范围逐步扩大。就市政改革而言，苏格兰地区也比英格兰先行一步。自治市（burgh）是苏格兰行政体系最重要的部分，它的重要性在于自治市把持着整个苏格兰国会议员三分之一的席位。19 世纪初期的议会改革之所以举步维艰，就是因为来自自治市的巨大阻力。著名的政治家、史学家考克伯恩（Henry Thomas Cockburn,1779 ～ 1854）把爱丁堡市政厅说成是“无所不能，腐败堕落，坚不可摧”（Mitchison,1982:287）。由于自治市的权力过大，才导致了后来的爱丁堡以及阿伯丁由于不计财力地大搞市政建设而导致城市破产。此外，自治市的所谓选举也无法令人信服。正是由于以上的原因，苏格兰的有识之士才先于英格兰而搞起了著名的自治市改革（burgh reform）。

司各特时代最让苏格兰人振奋的是以爱丁堡为中心的出版业的繁荣。英国首屈一指的杂志《爱丁堡评论》和《布莱克伍德杂志》都扎根在爱丁堡，而另一份非常有影响的英格兰杂志《评论季刊》的资助人约翰·缪里（John Murray,1778 ～ 1843）的父辈也是苏格兰人。《爱丁堡评论》的资助者是和司各特关系极为密切的出版商康斯坦布尔（Archibald David Constable,1774 ～ 1827）。《爱丁堡评论》在当时的影响是超乎人们想象的，克劳福德在《苏格兰之书：企鹅苏格兰文学史》中讲了这样一个故事：《爱丁堡评论》的主将弗朗西斯·杰弗里（Francis Jeffrey,1773 ～ 1850）在一篇书评中指责爱尔兰诗人托马斯·摩尔（Thomas Moore,1779 ～ 1852）不道德，摩尔读后非常震怒，于是要和杰弗里决斗。本来说好要在爱丁堡决斗，摩尔因为付不起高昂的路费而决定改为在伦敦附近。决斗即将开始，杰弗里费力地往枪里装弹药，而摩尔则战战兢兢地举起枪，因为他之前用枪的时候差点儿把自己的大拇指打飞。最后，警察赶来阻止了决斗，到了警署，两个人开始热火朝天地聊了起来。杰弗里躺在长椅上谈古论今，而此时的摩尔仿佛成了杰弗里的学生，对杰弗里的才学顶礼膜拜。一篇书评竟能引发决斗，由此足见当时的《爱丁堡评论》影响之巨。杰弗里说他的《爱丁堡评论》“每月有50000名读者”（Crawford,2007:386），这个数字在当时是十分惊人的。《爱丁堡评论》创刊于1802年，伊恩·邓肯的专著《司各特的阴影》将1802年作为苏格兰浪漫主义的起点，《爱丁堡评论》之于苏格兰文学的重要性也由此可见一斑。

《爱丁堡评论》的观点并不是在任何时候都能博得读者的欢心。在拿破仑战争期间，《爱丁堡评论》就因为态度不合民意而被人指责，司各特本人也对那个阶段的《爱丁堡评论》颇有微词。1817年创刊的《布莱克伍德杂志》改变了《爱丁堡评论》一枝独秀的局面，约翰·威尔逊（John Wilson,1785～1854）和洛克哈特（John Gibson Lockhart,1794～1854）掌舵时期的《布莱克伍德杂志》在文学批评以及社会批评方面足以和《爱丁堡评论》相互抗衡。从政治角度而言，《爱丁堡评论》倾向于辉格党，而《布莱克伍德杂志》倾向于托利党。就文类而言，《爱丁堡评论》似乎在诗歌批评方面更胜一筹，而《布莱克伍德杂志》在小说批评以及社会批评方面似乎更为强势。

两大杂志的崛起只是以爱丁堡为中心的苏格兰出版业繁荣的冰山一角。司各特时代的苏格兰出版业形成了一张大网，两大杂志以及一批颇具特色的报刊（如女性期刊《泰特的爱丁堡杂志》、著名的报纸《苏格兰人》）对文学以及社会文化事件进行品头论足，出版商不仅互不相让地争夺文学出版资源，还运用各种各样的手段和当红作家结盟并试图发现新的作家作品来争夺市场，甚至直接或者间接地干涉文学创作。著名的小说三卷本模式就是出版商干预文学创作的结果，在《爱丁堡评论》创刊的那一年，苏格兰文坛还有五卷本的作品出版（如玛格丽特·卡兰的《家》），而1814年《威弗莱》出版之后，司各特、高尔特、霍格等苏格兰小说的领军人物都开始自愿或者非自愿地遵守着三卷本的模式。成为文坛大腕之后的司各特在选择出版社、索要预付金、介入出版和印刷业等方面享有其他作家无缘享受的特权，但在遵守三卷本模式方面他似乎总是不越雷池一步。高尔特和霍格都曾经抱怨布莱克伍德干预他们的创作，不仅约束他们遵守三卷本规范，有时还蛊惑他们书写大团圆结局。不过，抱怨归抱怨，高尔特和霍格在小说三卷本模式这个问题上似乎也总是采取退让的举措。

伊恩·邓肯将司各特时代分为三个阶段：第一阶段（1802年至1813年）的文学盛事是《爱丁堡评论》的崛起以及苏格兰歌谣的复兴（代表作是司各特的《苏格兰边区歌谣集》和霍格的《女王的觉醒》）；第二阶段

（1814 年至 1825 年）的文学盛事是苏格兰小说以及《布莱克伍德杂志》的崛起；第三阶段（1826 年至 19 世纪 30 年代末）的大事是 1826 年康斯坦布尔的破产、1832 年司各特辞世和改革法案通过、1830 年代初期爱丁堡城市破产、苏格兰小说从数量到质量的下滑。由此可见，司各特时代的文学和苏格兰出版业是同命相怜的，一荣俱荣，一损俱损。苏格兰诗歌的短暂繁荣和《爱丁堡评论》的崛起息息相关，小说的繁荣和《布莱克伍德杂志》的发展几乎同步，而康斯坦布尔的破产不仅间接地导致了司各特的过早辞世，而且对整个苏格兰的出版业和文学界都是毁灭性的打击。19 世纪初期，苏格兰出版的小说仅占英国小说的千分之五，而到了 1822 年至 1825 年的高峰期则达到了百分之十五。（Duncan，2007：22）1802 年至 1813 年间，能够流传至今的苏格兰小说经典仅有汉密尔顿（Elizabeth Hamilton，1756 ～ 1816）的《格兰博尼的佃农》（*The Cottagers of Glenburnie*，1808）和布兰顿（Mary Brunton，1778 ～ 1818）的《自控》（*Self-Control*，1811）两部，而 1814 年至 1825 年的苏格兰小说经典却是不胜枚举，1826 年苏格兰出版业巨震之后，英国出版业的中心重回伦敦，以卡莱尔（Thomas Carlyle，1795 ～ 1881）为代表的苏格兰文人开始南移，连《布莱克伍德杂志》的主将威尔逊和洛克哈特也加入了南移的行列。

司各特时代的苏格兰出版业对于苏格兰小说乃至整个英国文学的发展是功不可没的。首先，它彻底动摇了之前的保护人体制（patronage），迫使文人们关注文学市场。从某种意义上讲，司各特时代的小说家对小说题材的选择、对标准英语和苏格兰方言的权衡、对区域书写和国际性书写的权衡、甚至一度火热的匿名或者化名出版和以伪译形式出版，都和文学市场有着密切的关系。其次，司各特时代的苏格兰出版业突破了纯文学的局限，把文学点评扩大到文化点评。以著名的《布莱克伍德杂志》为例，这本杂志不仅关注文学，还关注政治经济学以及文化热点问题，《布莱克伍德杂志》曾于 1822 年 4 月对司各特精心筹划的乔治四世造访爱丁堡这个重大历史事件进行多维度的点评，还借此机会探讨苏格兰身份，对爱丁堡的“北方雅典”之称等社会焦点问题进行评价。再次，司各特时代的苏格兰出版业还以中间人的身份对文学进行干预，虽然此时的读者无法像在维多利亚时期流行的文学连载模式下那样用书信等形式直截了当地向作者表达意愿或者怨怒，但这种文学干预毕竟增加了读者或者说出版商眼里的读者的话语权。虽然小说三卷本模式之类的文学干预用今天的视角看不见得都是好事，但在当时出版商高度重视文学市场的语境中，适度的文学干预似乎对作家的创作是利大于弊。

约翰·高尔特的小说《限定继承权》（*The Entail*,1823）第一章中有段非常耐人寻味的话：女仆人莫奇·杜比“有一大堆的精灵传说和浪漫主义故事，这些故事的吟诵激发了克劳德的父亲冒险的兴趣，最终引诱他踏上了倒霉的探险之旅”（Galt,2007:2）。激进的女性主义者读到这段文字恐怕会拍案而起，痛斥高尔特是个厌女主义者，为克劳德父亲投身错误的商业冒险寻找女性替罪羊。但回归到司各特时代的语境中，高尔特的描述似乎并非虚言，这段略显夸张的话足以展示司各特时代精灵传说和浪漫主义故事的盛况。虽然高尔特虚构的故事时间并非司各特时代，但《限定继承权》借古喻今的意图还是昭然若揭的。在司各特时代的苏格兰文坛，除了范瑞尔的家庭小说之外，苏格兰小说的主流似乎就是哥特故事和罗曼司。而且，如果我们采用《牛津文学术语》中对罗曼司的界定，将罗曼司视为“虚构作品中和现实主义相对立的倾向”（Baldick,2000:191），那么，哥特小说以及所有的逃避主义爱情故事都可以纳入罗曼司的视野。霍格的《一个清白罪人的私人备忘录和忏悔》有着浓浓的哥特小说的味道，司各特的《红酋罗伯》虽然哥特味不浓，但哥特因素还是随处可见，尤其是关于女主人公狄安娜·沃尔依房间里神秘男人影子的那段描写。就逃避主义而言，司各特的历史小说、霍格的《博德斯贝克的棕仙》（*The Brownie of Bodsbeck*,1818）等有着明显的逃避现实的倾向。就这一点而言，倒是高尔特的那种有着浓浓的商业味道的小说更贴近现实。

从某种意义上讲，司各特的历史小说就代表了司各特时代苏格兰小说的逃避主义倾向。李赋宁先生总主编的《欧洲文学史》中的一段话很能说明问题，书中这样描述司各特对于苏格兰历史的情结：“理智上他赞成苏格兰和英格兰联合和商业进步，但又痛惜苏格兰独立精神的丧失、民族意识的低迷，怀念往昔的英雄时代和维系传统社会关系的人情。”（李赋宁，2001：82～83）司各特赞同联合而又怀念往昔的苏格兰英雄时代的做法是和当时欧洲的文化潮流十分契合的。著名的苏格兰浪漫主义研究专家缪里·皮托克教授这样阐述苏格兰罗曼司和欧洲大陆浪漫主义的民族主义之间的关系：“在欧洲大陆成为浪漫主义的民族主义的东西，它由匈牙利、捷克以及其他地方的民族文学发展而来，在苏格兰仍以罗曼司、以一种非常历史化却又远离历史性的充满悖论的民族文学形式存在。”（Pittock,2008:59）由此可见，司各特时代罗曼司，尤其是以司各特为代表的历史罗曼司的兴起，其实是苏格兰民族文学兴起的表征。追忆历史其实就是追忆荣光，而苏格兰历史的荣光的集中表现是武侠式的勇猛以及对自由的热爱。历史上的苏格兰，尤其是高地和岛屿地区的苏格兰，是一个尚武的民族，自由之路要靠刀剑开辟，武侠式的道德才是道德。以《红酋罗伯》为例，罗伯的侠盗精神就是历史上的苏格兰人的精神，他胸怀正义，疾恶如仇，武艺超群但从不滥杀无辜，他同情并支持詹姆斯党人的暴动，但不是冲锋在前浴血奋战，而只是帮助作为詹姆斯党人的狄安娜的父亲成功逃脱。由于司各特赞同联合，他同时又安排罗伯帮助了坚定地站在英格兰一边的男主人公法兰西斯，而且还让法兰西斯和狄安娜喜结良缘，借此寓意英格兰和苏格兰永结同心。罗伯代表着苏格兰放荡不羁的精神，但他的放荡不羁却是很有分寸的。

从某种意义上讲，罗曼司是历史小说的最佳载体。比尔在《罗曼司》一书中写道："罗曼司求助于过去或者遥远的社会"（Beer,1970:2），由此可见，罗曼司和过去其实是一种绑定的关系。此外，按照西蒙·拉伍德的说法，"罗曼司最经典的故事是追寻叙述，它最典型的表现方式是一个年轻人追寻新娘的历险"（Loveday,1985:8）。如果我们把比尔和拉伍德的说法结合起来，那么，罗曼司最简便的界定就是关于过去的追寻叙述。如前文所言，司各特时代对苏格兰历史的追寻是一种逃避，但这种逃避是有它特殊社会历史意义的。对苏格兰历史的追寻同时也是对苏格兰民族精神的追寻，在司各特时代，小说尤其是历史小说成为追寻苏格兰民族精神的主要宣泄方式。到了司各特时代，和英格兰联合并永结同心已经成为历史的事实，这个时代的苏格兰性（Scottishness）和英国性（Britishness）是并行不悖的。此外，作为这个时代的代表，司各特在着力展示苏格兰性和英国性的悖论的同时，他已经开始意识到为国际读者或者至少是英国以外的欧洲读者写作的重要性。司各特时代的历史小说选择了罗曼司模式，在虚构与现实之间，罗曼司更加注重虚构，但这决不意味着罗曼司就不顾现实。更何况，某些被冠以"历史"名号的小说，比如高尔特的社会理论史小说，其本质是区域小说而非严格意义的历史小说。所以，虽然为了清晰起见，我们将司各特时代苏格兰小说的主流定调为罗曼司，但这并不意味着司各特时代所有的苏格兰小说都是罗曼司，也不意味着很难归类为罗曼司的小说（比如范瑞尔的家庭小说、高尔特的政治小说）就不如罗曼司重要。

## 第二节 瓦尔特·司各特：历史小说的缔造者

瓦尔特·司各特（Walter Scott,1771～1832）是19世纪苏格兰文学的标杆，他在诗歌和小说两个方面都成绩斐然。司各特1771年出生于爱丁堡，因患小儿麻痹症，司各特的幼年时期在苏格兰边区的农场度过，当地的民谣以及关于詹姆斯党的故事引起了他的浓厚兴趣。1783 年司各特进入爱丁堡大学就读，期间曾因病休学三年，病愈后在父亲的律师事务所工作了一段时间。1789 年他返回大学，于 1792 年完成学业，获得律师资格。他先后担任了一系列的公职工作，枯燥的文书工作没能压制司各特对民间歌谣的浓厚兴趣。司各特的文学生涯从诗歌开始，他 1802 ～ 1803 年出版的三卷本《苏格兰边区歌谣集》（*The Minstrelsy of the Scottish Border*）被认为是“苏格兰文学界再现民族历史的里程碑”（Watson，1984：249）。随着《苏格兰边区歌谣集》的成功，司各特又先后创作了《末代行吟诗人之歌》（*The Lay of the Last Minstrel*，1805）、《玛密恩》（*Marmion*，1808）、《湖上夫人》（*The Lady of the Lake*，1810）、《唐・罗德里克的幻象》（*The Vision of Don Roderick*，1811）、《特里亚明的新娘》（*The Bride of Triermain*，1813）等诗作。诗歌为司各特带来了巨大的名声，但他明智地意识到自己的诗歌才能无法和声名鹊起的拜伦相比，于是选择了小说这种更适合承载浪漫主义历史传奇的文体形式。

司各特最为重要的文学成就是历史小说，他被著名的俄罗斯批评家别林斯基（Vissarion Grigoryevich Belinsky，1811 ～ 1848）誉为“历史小说的缔造者”（陈嘉，1986：134）。司各特的历史小说可以分为三个板块，三个板块和他文学创作的三个阶段基本吻合：他的早期作品主要取材于苏格兰历史，代表作包括《威弗莱》（*Waverley*，1814）、《盖伊・曼纳林》（*Guy Mannering*，1815）、《古董家》（*The Antiquary*，1816）、《清教徒》（*Old Mortality*，1816）、《黑侏儒》（*The Black Dwarf*，1816）、《红酋罗伯》（*Rob Roy*，1818）、《中洛辛郡的心脏》（*The Heart of Midlothian*，1818）、《拉默莫尔的新娘》（*The Bride of Lammermoor*，1819）、《蒙特罗斯传说》（*A Legend of Montrose*，1819）和《雷德冈特利》（*Redgauntlet*，1824）；中期作品致力于英格兰历史的书写，代表作包括《艾凡赫》（*Ivanhoe*，1820）、《修道院》（*The Monastery*，1820）、《修道院长》（*The Abbot*，1820）、《肯纳尔沃斯堡》（*Kenilworth*，1821）、《奈杰尔的财产》（*The Fortunes of Nigel*，1822）、《巅峰的派沃瑞尔》（*Peveril of the Peak*，1823）；而晚期作品则主要书写法国及其他欧陆国家的历史，代表作包括《昆汀・杜沃德》（*Quentin Durward*，1823）、《巴黎的罗伯特伯爵》（*Count Robert of Paris*，1831）。

《威弗莱》是司各特历史小说的开山之作，这部小说的影响力是不言而喻的。司各特的小说后来被统称为威弗莱小说（Waverley Novels），爱丁堡中心火车站被命名为威弗莱站（Waverley Station），2014 年爱丁堡文学之城纪念活动的宣传语也是用“200年前司各特出版了《威弗莱》”来开头。尽管《威弗莱》是匿名出版，但文学同行们还是很快就觉察出这是司各特的大作，简·奥斯汀（Jane Austen,1775～1817）就曾经非常幽默地抱怨说：“司各特没有义务写小说，尤其是好的小说——这不公平。他作为诗人已经名利双收，不应该再从别人的嘴里抢面包。我不想喜欢《威弗莱》，要是我能把持住——可惜我把持不住，我必须喜欢它。”（Lauber,1989:23）

《威弗莱》讲述的是英格兰青年爱德华·威弗莱在苏格兰高地的冒险经历，故事的背景是1745年斯图亚特王朝的第二次复辟。故事内容大致如下：生性浪漫、爱幻想的青年爱德华·威弗莱随军驻扎在苏格兰时，受托前往图莱-维俄兰拜访伯父的故交布雷德沃丁爵士，初次遇到受教育不多却温良贤淑的露丝。威弗莱在布雷德沃丁家做客时，发生了高地强盗到低地掳掠牛群的事件，他也因故卷入了斯图亚特王朝复辟的暴风骤雨之中。后来，他在高地遇到了麦克伊沃族的族长弗格斯及其姐姐弗洛娜。出于对弗洛娜的迷恋、弗格斯的怂恿及对父亲命运的一时激愤，威弗莱加入了叛乱的大军。但是战争很快就让威弗莱清醒过来，在英格兰的塔尔博特上校等人的帮助下，他恢复了身份和地位。叛乱平息之后，威弗莱最终放弃了对弗洛娜的爱，选择了温柔谦恭的露丝·布雷德沃丁为妻。随着弗格斯被处死，弗洛娜归隐修道院，英格兰的威弗莱家族与苏格兰低地的布雷德沃丁家族成功实现了幸福美满的联姻。这部小说一方面可以被归为“成长小说”，因为全书的基本脉络是威弗莱从一个爱读书、写诗，常沉迷于浪漫幻想的男孩成长为一个勇于承担责任的男子汉的过程。小说也基本上沿袭着“流浪汉小说”的模式，以主人公外出的冒险经历为基础展开主要的故事情节。不过，作为司各特“历史小说”的开篇之作，《威弗莱》的核心是斯图亚特王朝的复辟事件。司各特在这部作品中着力描写了英国政府与民间的“辉格党”与“托利党”在政治立场上的对立与冲突。如主人公威弗莱的父亲是在政府中任职的辉格党着力钻营，其兄长则是继承乡间田产与爵位的托利党（保王党），对斯图亚特王室怀有深深的同情。威弗莱从英格兰到苏格兰，再从苏格兰低地到苏格兰高地的冒险之旅，则将苏格兰乡间对斯图亚特王室的怀念及复辟所怀有的强烈的民族情感一一呈现出来。不过，司各特对保王党也并非一味地同情。他笔下的老一辈的保王党埃弗拉德爵士、布雷德沃丁爵士为人正直，但思想和言行却迂腐可笑。对参与复辟的高地氏族领袖，他也有褒贬之分，如不择手段的、功利至上的高地强盗唐纳德贝恩为了迫使威弗莱加入复辟，不惜采用诱拐、绑架、写诬告信等手段迫使其就范；在法国长大的族长弗格斯·麦克伊沃，参加复辟固然是想要恢复高地祖先的荣耀，其主要动机却是捞个伯爵当当。作品中也描绘了几位颇有风姿的女性形象，如露丝·布雷德沃丁、艾丽丝·贝恩，其中最有风采的莫过于弗洛娜·麦克伊沃。弗洛娜高贵优雅、个性独立、纯洁无私，为了保存和延续高地文化，她积极地学习、研究盖尔语的传统音乐和诗歌，甚至向下层氏族民众登门求教。为了坚持理想，她毅然拒绝了婚姻的幸福，将自己的命运与高地紧密相连，随着屠杀和清地的到来归隐修道院。司各特塑造弗洛娜的时候有意引入了露丝·布雷德沃丁作为对照，突出了弗洛娜的高贵典雅之美。

但是，尽管司各特在弗洛娜·麦克伊沃这个形象上倾注了很多心血，却无法让她获得幸福。根本原因就是她的命运与高地氏族的命运息息相关，而其决然的分裂立场与不列颠联盟的政治现实相背离，因而注定了其孤独一生的悲剧性结局。而没有政治立场、只担心父亲和爱人生命安全的露丝却获得了最后的幸福，与威弗莱缔结了婚姻。究其原因，也不外乎是露丝的个性和立场有利于联盟的稳定。自小说诞生之日起，评论家就发现了威弗莱这一角色的被动性，对持中间立场的人物成为主人公颇为不解，并各有阐释。实际上，正是威弗莱式角色的摇摆不定和双重选择的可能，使小说呈现出不同于一般民族故事的复杂性。司各特认为，“任何个体，无论其怀着怎样的理想主义或英雄主义的抱负，都始终无法超越整个社会体系和历史的力量”（Carler,2001:239）。威弗莱亦如此。他在政治立场上的摇摆及选择婚姻对象的犹豫彷徨，不仅是他个人成长的过程，更寓意了苏格兰与英格兰两个民族在结合前后的彷徨与最终抉择。

《红酋罗伯》采用回忆录的形式，以法兰西斯为第一人称叙述者，讲述了年轻时代的他在苏格兰的经历。与《威弗莱》相似，这部小说有两条线索。第一条线索是法兰西斯在边区及苏格兰的遭遇。法兰西斯是伦敦最大的商行创始人威廉·奥斯巴尔迪斯顿唯一的儿子，老威廉希望儿子能子承父业，年轻的法兰西斯却沉迷于文学，决心做个诗人。父子俩产生了冲突，于是法兰西斯被流放到边区诺森伯兰的伯父希尔德布兰爵士家，结识了智勇双全、开朗大方的狄安娜·沃尔依。与此相对应，叔父的幼子、法兰西斯的表兄赖希利则被派往伦敦帮助老威廉打理生意。孰料，赖希利竟趁威廉不在伦敦之际携款逃跑，奥斯巴尔迪斯顿暂时陷入了财政危机，前往苏格兰寻求帮助的管家欧文又遭陷害被关进监狱。在格拉斯哥商人尼科尔·贾尔维和高地酋长罗伯·麦戈瑞格的帮助下，法兰西斯成功地收回了被赖希利席卷的债券。另一条线索则是1715年斯图亚特王朝的第一次复辟活动。从法国返乡的狄安娜和父亲沃尔依爵士、以罗伯·麦戈瑞格为代表的苏格兰高地各氏族、投机分子赖希利·奥斯巴尔迪斯顿及其父兄同属复辟活动的支持者。这次复辟活动并没有像《威弗莱》一书中的1745年叛乱那样占据很大篇幅，只是通过罗伯、狄安娜等人的命运从侧面反映了复辟活动的仓促和失败。两条线索交织前进，其中第一条线索中的很多重要情节背后都有詹姆斯党积极活动的身影。比如赖希利卷走奥斯巴尔迪斯顿商行的债券和现金，一方面有筹集活动资金的因素，另一方面也有利用这些债券逼迫苏格兰高地和低地的绅士参加复辟的因素。同时，诺森伯兰的奥斯巴尔迪斯顿老宅里，除了希尔德布兰爵士和他毫无希望的一群没有头脑的儿子们和饮酒无度、斗鸡遛狗的腐朽生活之外，还有一个游荡在图书室壁毯后面的幽灵——沃尔依爵士。这个复辟的坚定支持者沦落到不得不躲藏暗处、装神弄鬼的处境，也为斯图亚特王朝复辟这一所谓“正义”的事业蒙上了一层哥特式的阴影，早已预示了他们的失败。司各特在《红酋罗伯》中将苏格兰商业化和高地殖民化的过程与一对青年男女从冲突到理解，冲破外界束缚成功走向婚姻的过程联系在一起，无疑寓意了苏格兰与英格兰的联合。

《红酋罗伯》着力塑造的形象当然是罗伯·罗伊，即苏格兰高地麦戈瑞格族酋长罗伯。小说通过法兰西斯的目光塑造了一个被迫走上“侠盗”之路的高地酋长的形象，也记录了苏格兰高地氏族较为原始的生活方式、英勇尚武的精神、对首领和氏族的忠诚等特征，同时还表现了商业化对苏格兰高地传统文化的破坏。红酋罗伯如同当时的苏格兰社会一样，是一个奇妙的混合体。在族人和贫苦劳动人民眼中，他是高贵勇猛的英雄；在低地绅士眼中，他是打家劫舍的盗贼和地位卑下的牛贩子；在英格兰人眼中，他是顽固的天主教徒、反动的詹姆斯叛党。司各特对这位“苏格兰罗宾汉”形象的复原和再塑造体现了他个人对苏格兰英雄特质的独特理解，同时也通过对罗伯的描写向世人展示了他所为之骄傲但却被时光带走的一去不复返的英雄精神。这在他对红酋罗伯的评价中可见一斑，他认为，罗伯是一位“一身兼备粗鲁纯朴的道德观念、出奇制胜的智谋韬略和美洲印第安人才具有的那种不可羁轭的豪放性格的人物”（司各特，1983：1）。作品中还有一个十分引人注目的角色——罗伯的妻子海伦。海伦喜欢穿男装，外在特征也表现出明显的男性化。她率领氏族的老弱妇孺抗击英国军队时所表现出的那种镇定自如、英勇无畏，足以让作品中的任何男人逊色。法兰西斯描述了一场激战之后出现的海伦，“她的前额、手和裸露的臂膀上，却都沾上了斑斑点点的血迹，她继续紧握在手中的那柄阔刃宝剑的剑锋上也沾着血迹，还有她涨红的脸，她那些从她插着羽毛的红色苏格兰无檐软帽下乱纷纷地披散到她肩上的漆黑头发，这一切显然可以说明她刚刚参加过这次战斗”（司各特，1983：421）。但是海伦·麦戈瑞格也证明了女性的强大可能威胁到男性的地位。因此，虽然她是个值得称赞的“女英雄”，却被视为暴力的根源。司各特将海伦的暴力斥为危险的行为，反而赞赏罗伯性格中妥协的一面，因为“他毕竟是个有头脑的人，还是可以设法跟他讲讲道理；但他的老婆和孩子们却是无可理喻的家伙”（司各特，1983：442）。

《中洛辛郡的心脏》巧妙地将波蒂厄斯事件的线索与一位普通的农村姑娘艾菲·迪恩斯被指控“杀婴”而面临死刑的线索交织起来，将这次暴乱从政治的、公众的领域转入到一个家庭的、私人的空间。佃农之女艾菲·迪恩斯未婚产子，但婴儿去向不明。她既拒绝说出孩子的父亲，更说不出孩子的去向和死活，虽然缺乏直接的杀婴证据，但爱丁堡民事法庭仍根据推断法宣判她犯下“杀婴罪”。根据律师和市政官的提示，只需姐姐珍妮·迪恩斯做证妹妹艾菲曾向她透露过怀孕之事便可免除她的死刑。但珍妮深受苏格兰长老会的清教思想的影响，坚守对上帝的信仰，拒绝在法庭上做伪证。但是，她决心步行到伦敦找国王请求赦免妹妹的死罪。这个拯救的历程堪与约翰·班扬的《天路历程》相比，遇到重重苦难和险阻后，珍妮最终到达了伦敦，如愿以偿地得到了阿盖尔公爵的帮助，从王后卡洛琳那儿拿到了赦免令。这两条线索的连接点，就是逃亡的走私贩子罗伯逊与被判杀婴的艾菲·迪恩斯之间的关系。司各特假设罗伯逊率众来到爱丁堡监狱，带走获得缓刑的波蒂厄斯并将其处死；在监狱中他试图劝说已被判死刑的情人艾菲逃走，却被拒绝。正是由于艾菲并未逃走，才最终产生了珍妮·迪恩斯的拯救之旅。最终，艾菲获得赦免，与罗伯逊（实际上是乔治·斯汤顿）远走法国。多年后回国时，这两个人已经是外表光鲜亮丽的社交界名人斯汤顿爵士夫妇。珍妮也已与相恋多年的鲁本·巴特勒牧师结婚。但是财富和地位不能带来真正的幸福，斯汤顿夫妇始终受到往日所犯罪行的精神折磨，平凡的珍妮则获得了幸福稳定、儿女成群的家庭生活。珍妮之外，作品同时也贡献了很多精彩的角色，如因失去孩子而变得疯疯癫癫、常常大段地演唱富有浪漫主义色彩的歌谣的玛吉野火；打着算命的幌子与强盗勾结抢劫、偷盗的默多克森太太；因为儿子的放荡不羁而忍受着巨大的精神折磨的天主教徒老斯汤顿爵士等。

道格拉斯·吉福德认为：“司各特选择珍妮·迪恩斯……来象征苏格兰的坚韧、体面和救赎的善良品质。”（Gifford,2002:216）因此，作品中最动人的形象就是珍妮·迪恩斯。她的外貌平常，身材矮小，因而显得过于粗壮；灰色的眼睛，淡色的头发，圆圆的脸庞，皮肤晒得黑黝黝的。她唯一的动人之处是一种安详宁静的神态，这种神态出自内心的善良、仁慈、满足，以及对家务的操持。可以说这位乡村女英雄的外貌和举止并没有特殊惊人之处。但是，正是其善良、仁慈、满足与朴素的感情和谨慎的习惯使她在艾菲杀婴罪之后毅然承担起救赎的责任。司各特善用对比的方法呈现主人公的优良品质。如爱慕虚荣的妹妹艾菲，重视名节的顽固清教徒老父亲和身体瘦弱、意志薄弱的丈夫鲁本·巴特勒以及不负责任的斯汤顿，每个人的出场都消解了自身承担救赎任务的可能性，因此珍妮是作品中当仁不让的女英雄。

《雷德冈特利》是司各特第一次采用完全虚构的历史背景来书写苏格兰的小说，以书信体的方式讲述了达西·拉蒂默的游历。青年达西·拉蒂默由寡居的母亲抚养长大，他对自己的身世十分好奇，却始终不得解。达西唯一的好友是艾伦·费尔福德，艾伦学习法律，希望有朝一日以律师为业。达西孤身一人前往苏格兰西部邓弗里斯等地游历，在索尔河口钓鱼时不小心掉入水中，被渔夫打扮的赫里斯先生所救。当夜，达西发现农舍中的人言语礼仪之间暴露出他们并非渔民。次日，达西返回旅店的路上偶遇教友派商人约书亚·格迪斯，达西受邀前往他的农场小住。达西被格迪斯经营的井井有条的高产出的农场所吸引。由于格迪斯是渔业公司的股东，在索尔威河口采用效率高的桩网捕鱼，导致他与当地的渔民关系紧张。深夜，格迪斯的捕捞站遭遇了一群暴徒袭击，在袭击中达西·拉蒂默被暴民绑架。艾伦·费尔福德在爱丁堡收到一位神秘的年轻女士的书信，他在得知达西遇险后前往邓弗里斯展开营救。而达西在被绑架的过程中，谜底逐渐揭开。原来绑架他的暴徒并非真正的渔民，他们听命于一位傲慢无礼的老人。而这位衣着、语言、思想无一不打着旧时代烙印的雷德冈特利爵士是他的伯父，随同他的那位年轻女士则是自己的亲妹妹。他还陆续发现，不少家境良好的当地绅士，甚至王子查尔斯·爱德华·斯图亚特均在这个小村庄。原来雷德冈特利爵士召集了这些曾经效忠于斯图亚特家族的詹姆斯党，打算重新组织一场复辟叛乱，而他希望侄子达西加入其中。然而，事情并不如雷德冈特利所预想的那般顺利。一来王子本人并不抱太大希望，法国海军在基伯龙湾的溃败使他丧失了信心。再者，经过 1715 年和 1745 年两次复辟失败之后，不论英格兰还是苏格兰的詹姆斯党都已逐渐接受了汉诺威家族作为合法君主的现状，希望过上安定幸福的生活。雷德冈特利发现虽然有人受召勉强而来，但对所谓的复辟事业已然不再热心，队伍中也充满了争执和猜疑。正当他们集会之时，坎贝尔将军出现，向众人宣称政府早已得知他们在此密谋集会，但并不打算逮捕谁，只要查尔斯王子离开英国，永不返回，其他人自愿和平解散，乔治国王便不会深入追究。雷德冈特利看到大势已去，斯图亚特王朝的统治永无恢复的可能，选择了自愿追随王子流亡海外。达西·拉蒂默获救，艾伦则与达西的妹妹喜结连理。司各特“假设”在最后一次复辟失败之后大约20年以后，查尔斯王子再次潜回苏格兰组织复辟。结果是仅仅组织了一次由十几个胸中仅剩下一点点幻想、无法割舍现实的和平与幸福的乡绅的聚会。他们的行动一切都在汉诺威政府的掌控之中，坎贝尔将军甚至不愿意浪费枪弹，几句话就打碎了一次浪漫主义的幻想。查尔斯王子最后的话是：“我们将永远不会再看到这些海岸了；但是我们会谈起它们，谈起我们失败的抗争。”司各特设定这些场景，无非是为詹姆斯党人暴动做一次总结，复辟将成为被浪漫化的历史和传奇不断地被人们谈起，查尔斯王子则以“勇敢的查理”和“英俊的骑士”在民谣中继续保持其光辉。但是，斯图亚特王朝的故事将永远成为历史。因为主人公达西·拉蒂默虽然是支持1745年斯图亚特王朝复辟的雷德冈特利家族的后代，但他也是汉诺威家族的乔治国王的坚定支持者和臣民。

《雷德冈特利》呈现出多重叙事方式、多层面的历史回忆等不同于以往的叙事特征，这是其在现代受到评论家的广泛关注的重要原因。与《威弗莱》和《红酋罗伯》所叙述的历史事件不同，这个以1765年左右为时代背景的故事纯粹是作者的虚构。同时，小说呈现出叙事角度、文体和身份上的复杂性。在斯图亚特王朝最后一次复辟企图的线索之外，司各特还设置了商人约书亚·格迪斯及其农业、商业、渔业的改革这条线索。伊恩·邓肯认为，在司各特的叙事中商业企业的发展被置于浪漫主义的危险之中，而商人则被树立为适合现代社会的英雄。（Duncan,2007:105）格迪斯之所以具有了英雄的特征，不仅因为他英勇无畏，打算用“理智”战胜武器，赤手空拳面对几百人；还因为他在达西被“绑架”之后，可以毅然放弃生意与精心照管的园林，遍寻绑架达西的“走私者”的踪迹，无私地努力“拯救”达西。“理智”是现代社会的重要武器，这种淡定和自觉采用“法律的和平和理智的武器”寻求解决问题的方法的态度，是对抗传统暴力的现代方式。司各特的传记作者埃德加·约翰逊认为，约书亚的“善意与和平主义，他的非暴力和非极端主义，使他成为在农夫、渔夫和类似雷德冈特利地主那样狂热分子企图采用欺诈和暴力的世界里保持着理性的声音”，也因此“不仅使自己几乎成为达西精神上的父亲，他自己在很多

方面也成为小说中主流价值观的代言人”。（Johnson，1970：923）

在司各特英格兰历史小说中，《艾凡赫》是最受欢迎的一部。《艾凡赫》以12世纪末的英格兰国王诺曼人“狮心王”理查率领十字军第三次东征失败被俘为背景。主人公艾凡赫是理查手下最得力的骑士，也是撒克逊地主塞德里克的儿子。父亲塞德里克希望养女罗文娜与同有撒克逊王室血统的阿特尔斯坦·阿尔弗雷德结婚，共同复兴撒克逊统治大业。艾凡赫因效忠于诺曼国王，同时爱上撒克逊王室后裔罗文娜而被父亲剥夺了继承权。艾凡赫乔装归来，路上结识了圣殿骑士布里昂和修道院院长艾梅方丈，以及犹太人艾萨克和蕊贝卡父女。他们结伴前往庄园过夜，晚宴上见到了撒克逊皇族后裔罗文娜。第二天，艾凡赫乔装出现在约翰亲王主持的比武大会上，接连打败几位挑战者，并将“爱与美的女王”之名授予罗文娜。第三天，艾凡赫在一位黑甲骑士的帮助下再次取胜，却因受伤过重而晕死过去。犹太父女艾萨克和蕊贝卡将艾凡赫带走，不料路遇蛮横跋扈的圣殿骑士布里昂、狄布莱西等人，觊觎蕊贝卡美貌的布里昂借口将他们关押。“狮心王”理查在绿林好汉罗宾汉和他的弟兄们的协助下，对他们展开攻势，成功营救了艾凡赫。布里昂趁乱带着蕊贝卡逃脱。圣殿骑士团团长波猛诺亚宣布蕊贝卡为“犹太女巫”，宣判将其处以火刑。蕊贝卡掷下手套，获得了一次被救的机会。只要有一位骑士愿意为她出战并且获胜，她便可得到赦免。紧急之下，艾凡赫蒙面带伤上阵与布里昂决斗。布里昂因羞愧、痛苦的折磨在决斗中败于艾凡赫之手。“狮心王”理查率领一队人逮捕了叛乱者，恢复了自己的统治，罗宾汉也率众归附。最终，艾凡赫与罗文娜喜结连理，蕊贝卡与父亲远走他乡。

在这个典型的罗曼司小说中，司各特对中世纪人物的服饰、住宅、礼仪均进行了细致入微的描写，如实地还原了中世纪骑士比武大会的惨烈场面，将历史还原在骑士与贵族小姐、英雄与美女的浪漫故事中，颇受读者欢迎。除此之外，司各特还在《艾凡赫》一书中真实地描绘了中世纪普通民众的愚昧无知、教会势力的猖獗、诺曼贵族的飞扬跋扈及犹太人生活地位的低下与悲惨。他对所谓圣殿骑士布里昂、狄布莱西、弗朗·德·别夫和艾梅之流所表现出的种种假虔诚，给予深刻的揭露，抨击了中世纪天主教会的黑暗。如艾梅方丈、布里昂等人均是在选择了献身上帝以后过着声色犬马的生活，僧袍下掩盖着卑劣的勾当，隐藏着升官发财的野心。但是，司各特对信仰虔诚、物质和精神上都十分节俭的教团长波猛诺亚也没有表现出特别的好感，因为他虽然表现出刻苦清修的清癯和虔诚卫道的骄倨，但他内心冷酷，对一切异教徒毫不留情。

与此相对，司各特塑造了一个光辉的犹太姑娘蕊贝卡的形象。他笔下的蕊贝卡为人谦逊而又不卑不亢。她既坦然面对凌辱与污蔑、同情与怜悯，也敢于凡事据理力争。蕊贝卡这个形象丝毫没有长久存在于文学作品中的吝啬、贪婪、狡诈等犹太人特征，取而代之的是高贵、慷慨、善良的美好品质。故事中，从猪倌葛兹、普通的撒克逊农民史乃尔的儿子希格，到英勇的罗宾汉（洛克司雷）、骑士艾凡赫，都曾受到蕊贝卡慷慨的帮助和无私的救治。勃兰兑斯在《19 世纪文学的主流》中指出："司各特在私生活中，像我们已经看到的那样，对于不信奉英国国教者的政治权利问题所持的观点是极端偏颇的。因此，作为一个作家，他能够不抱偏见地以一个犹太女子作为小说的女主人公，而且赋予她以无比理想的然而又是很自然的性格，这就更加令人钦佩。"（勃兰兑斯，1997：144）

在欧洲历史小说中，司各特仍旧不失时机地表达自己的苏格兰情结。在以法国历史为背景的小说《昆汀·杜沃德》（*Quentin Durward*,1823）中，苏格兰的绅士杜沃德凭借自己的智慧和勇敢得到了自己真爱，并在和威廉·德·拉·马克的决战中表现出非凡的勇气，在解救被法国士兵拖曳的女子时表现出一颗仁爱之心。从某种意义上讲，昆汀·杜沃德堪称司各特笔下理想化的苏格兰青年。文学史家一般认为，司各特着手修撰历史小说是受了爱尔兰女作家埃奇沃思（Maria Edgeworth,1767 ～ 1849）的影响，埃奇沃思凭借《莱克兰特城堡》（*Castle Rackrent*,1800）、《缺席者》（*The Absentee*,1812）、《奥芒德》（*Ormond*,1817）等小说让人们重新认识了爱尔兰，所以，司各特也立志要为自己的家乡做一点事，"就像埃奇沃思女士幸运地为爱尔兰所取得的成就那样——把她的同胞介绍给她的姊妹王国的那些人，用一种比他们迄今为止所处地位更有力的方式"（Sanders,1994：374）。

司各特的历史小说在欧美国家影响深远，他的写作风格对后世影响巨大，受其影响的名家包括美国作家库柏（James Fenimore Cooper,1789 ～ 1851）、法国作家巴尔扎克（Honoré de Balzac,1799 ～ 1850）、英国作家狄更斯等。特别值得一提的是，司各特的作品很早就被译介到中国，对中国现代作家也产生过影响。早在 1905 年的时候，著名的翻译家林纾就将司各特的《艾凡赫》（*Ivanhoe*, 1819）译成中文，书名为《撒克逊劫后英雄略》，该书曾经对郭沫若先生的文学创作倾向产生了决定性的影响。（王守仁、方杰，2006:122）如果说埃奇沃思的小说让英国人近距离地了解了爱尔兰，那么，司各特的小说则是让整个世界更为全面地了解了苏格兰。当然，由于司各特持保守的政治态度，他笔下的苏格兰的命运是和英格兰紧密地联系在一起的。

司各特的历史小说在过去常被认为是浪漫主义小说或曰历史传奇，而现代研究者则认为他的作品具有更多的现实主义因素。伊恩·邓肯指出，大卫·休谟为司各特将历史与罗曼史相结合提供了哲学依据，“休谟式的启蒙运动思想以怀疑主义解构了现实的形而上的基础，代之以对‘日常生活’的感性关注，有时被公认为一种得到风俗修正的、对现实的想象性建构”（Duncan,2007:29）。因此，司各特的小说让历史走下了神坛，成为民众可以消费和理解的故事。历史的构成不再是重大的历史事件或无生命的数字，他对日常生活予以关注，强调了普通人在历史进程中的巨大作用。司各特创作的浪漫主义诗歌，特别是长篇叙事作品，对中世纪以来的苏格兰历史人物或虚构人物的描写，激荡澎湃，洋溢着英雄主义和民族主义的激情，展现在氏族或民族的冲突中的爱情悲剧中。但是当他转向创作小说时，原有的浪漫主义因素往往与现实格格不入是导致最终失败的成因。在强大的（或许庸俗的）现实面前，浪漫之情变成了幼稚或年少轻狂的主人公的弱点，最终他们会对社会现实妥协。以爱德华·威弗莱和法兰西斯·奥斯巴尔迪斯顿为代表的年轻主人公的对政治现实和商业文明的最终妥协说明单纯的浪漫主义仅存在于神话中。从这种意义上来说，他的诗歌作品是浪漫主义的，小说同时具有“反浪漫”的现实主义因素。

英国著名经济学家瓦尔特·白芝浩指出，司各特的威弗莱系列小说“包含着大量的某种形式的政治经济学”（Dick,2012:118）。此言不假，浪漫主义和政治经济学并存，是司各特小说的独特性之一。司各特的小说中既有罗伯特·彭斯式的浪漫，又有亚当·斯密式的务实。浪漫和务实往往以两个人物来表现，《红酋罗伯》中的法兰西斯·奥斯巴尔迪斯顿与尼科尔·贾尔维就是浪漫与务实的两个人物的组合。法兰西斯代表的是理想主义的层面，而贾尔维代表的则是现实主义的层面，最终还是现实主义占据了上风，法兰西斯的诗人梦想最终破灭，他最终还是选择了自己最不情愿的职业，子承父业做了商人。没有人会否认司各特的小说充满着历史的想象和文人的浪漫，但仔细阅读之后也不难发现，大半生都在勤奋笔耕和投资的司各特，他的小说中似乎总是和商业、法律等时代主题紧密相连。从这种意义上讲，我们在肯定司各特小说浪漫主义元素的同时，也不应忽略他小说中的现实主义。

司各特的小说融历史想象和现实主义于一身，他的历史小说具有很强的苏格兰性。苏格兰的语言、苏格兰的风景、苏格兰的男人和女人，这些曾经在18世纪经常成为笑柄的东西在司各特的笔下绽放了异彩。尤其重要的是，司各特的小说具有一种浓浓的苏格兰情怀，无论是苏格兰历史小说还是英格兰以及欧洲历史小说中，司各特都不失时机地表达他对苏格兰的眷恋。在苏格兰已然成为联合王国不可分割的一部分的情况下，司各特是赞同联合而反对分裂的，他认为“在任何情况下都不值得仅仅为了更换国王而把内战带给一个和平的国家”（Lauber，1989：25）。在司各特的小说中，苏格兰性和英国性是密不可分的。如果我们将司各特的小说和同时代的高尔特的小说做个对比，就会发现，高尔特的小说更加偏重地方性，而司各特的小说则更加偏重国民性，詹姆斯党的反叛是无望的，司各特笔下的大英雄如红酋罗伯也都是不轻易动辄暴力的。

司各特的小说缔造了19世纪英国小说的辉煌，深深地吸引了同时代的读者，他的小说读者不仅限于苏格兰。随着英国出版印刷及运输业的发展，伦敦的读者也能和爱丁堡的读者几乎同时读到他的新作。司各特创作的速度是十分惊人的，无论是在他所投资的出版商破产之前还是之后，他都为苏格兰小说赢得了巨大声望，难怪有人说司各特成名之后的苏格兰（Scotland）应该拼写成 Scottland。当然，司各特小说也并非十全十美。他的人物塑造时常落入罗曼司的俗套，他“将聪明的主人公送上绞架而让愚蠢的主人公走进婚姻殿堂”（Lauber，1989：28）。他给再版的威弗莱系列小说加上冗长的导论和五花八门的注释，让小说变得越来越拖沓。他的女性人物塑造也不尽如人意，尤其是在《威弗莱》等早期作品中，他简单地用花的名称（如 Rose）来命名女性人物。虽然司各特的小说有上述瑕疵，但瑕不掩瑜，司各特作为历史小说缔造者的地位是不可动摇的，他在苏格兰小说史中的地位更是毋庸置疑的。

## 第三节　约翰·高尔特：书写苏格兰西部的社会“理论”史

约翰·高尔特（John Galt，1779 ～ 1839）是司各特时代最高产而且阅历最为丰富的苏格兰作家之一。他出生在苏格兰西南部艾尔郡一个名叫欧文的小地方，十岁时举家迁至格拉斯哥的港口格林诺克。高尔特十分喜欢探险游历，他的足迹遍布欧洲大陆、地中海和北美，是加拿大圭尔夫市（City of Guelph）的创始人。高尔特还十分喜欢商业冒险，用普里奇特（V. S. Pritchett，1900 ～ 1997）的话说，他是一位“一生的主业是买和卖”（Scott，1985：1）的作家。高尔特有着苏格兰人特有的商业想象，借用著名的反菜园派小说家乔治·道格拉斯·布朗（George Douglas Brown，1869 ～ 1902）的话说，“在根本没有铁路的沙漠，他可以想象出一条横穿沙漠的铁路，在静静的溪流旁，他可以想象出磨坊。”（Brown，1901:92）然而，如此超前的商业想象并没有给高尔特带来好运，他在商业方面屡屡受挫，还曾于1829年因为债务问题锒铛入狱，倒是他不怎么专心的写作成就了他人生的辉煌，也支持了他的生计。

就文类而言，司各特是诗歌小说并驾齐驱，霍格是诗歌比小说更胜一筹，高尔特的创作则是小说一枝独秀。虽然他也发表过一些零散的论著，写过儿童文学作品，写过拜伦的传记，还在有生之年出版了相当厚实的自传，但他的主要文学成就是小说。高尔特的小说可以分为苏格兰小说、历史小说、北美题材小说和政治小说四大类。苏格兰小说的代表作包括《教区年鉴》（*Annals of the Parish*,1821）、《艾尔郡继承人》（*The Ayrshire Legatees*,1821）、《市长》（*The Provost*,1822）、《安德鲁·威利爵士》（*Sir Andrew Wylie*,1822）、《限定继承权》（*The Entail*,1823）[①]、《西部集会》（*The Gathering of the West*,1823）、《蒸汽船》（*The Steam-Boat*,1822）、《末代地主》（*The Last of the Lairds*,1826）；历史小说的代表作包括《里根·吉尔海兹》（*Ringan Gilhaize*,1823）、《女术士》（*The Spaewife*,1823）、罗斯兰（*Routhelan*,1824）、《萨森南》（*Southennan*,1830）；北美题材小说主要包括《劳瑞·托德》（*Lawrie Todd*,1830）和《博格尔·考比特》（*Bogle Corbet*,1831）；政治小说的代表作是《议员》（*The Member*,1832）和《激进主义者》（*The Radical*,1832）。

《教区年鉴》是一部结构比较松散的小说，米卡·巴尔惠尔德牧师于1760年来到苏格兰达尔梅灵教区，他为自己在乔治三世加冕的“同年同月同日被任命为达尔梅灵教区的牧师”（Galt,2009:7）而感到骄傲。然而，当地的苏格兰民众对国王心怀敌意，他们百般刁难国王派来的牧师。巴尔惠尔德牧师以目击者的身份，记录了达尔梅灵教区1760～1810年50年间的风云变幻。经过农业变革以及工业革命的洗礼，旧有的小地主和小店主被新兴的农场主和资本家所代替，曾经荒凉偏僻的小镇开始修路筑桥，小作坊升级为大工厂，小酒馆变成了大酒店，涌现出卡杨先生之类来自美国、有着敏锐嗅觉和旺盛精力的资本家。卡杨在灾荒之年到来之前大量囤积粮食，等到饥荒到来之时高价抛售，借此大发横财。他开办的工厂规模越来越大，工人阶级的队伍越来越庞大，教区的人们禁不住金钱的诱惑，

---

① 伊恩·邓肯的《司各特的阴影：小说在浪漫主义时期的爱丁堡》、克里斯托弗·瓦特利主编的《约翰·高尔特研究：1779～1979》等学术著作中对《限定继承权》初版年份问题做出了明确的解释：布莱克伍德出版社印刷和呈送给书商的实际时间应为1822年12月，但初版扉页所标示的年份是1823年。

去教堂认真做礼拜的人越来越少。作为牧师，巴尔惠尔德对这种状况感到十分伤感。

《教区年鉴》书写的不是某个人或某个家族的故事，它书写的是“一个小小的前工业的共同体”（Gifford,2002:274）。巴尔惠尔德牧师、卡杨先生、马尔科姆家族以及形形色色的其他人物，都是这个小小的共同体的一部分。从这种意义上讲，《教区年鉴》和维多利亚晚期红极一时的菜园派小说有着异曲同工之妙，菜园派的代表作如麦克莱伦（Ian Maclaren,1850～1907）的《在美丽的野蔷薇丛旁》（*Beside the Bonnie Brier Bush*, 1894）、巴里（J. M. Barrie,1860～1937）的《古灯田园诗》（*Auld Licht Idylls*,1888）也都是以书写共同体为核心，人物塑造退居次位。和麦克莱伦、巴里的作品一样，高尔特也把牧师这个角色置于共同体的中心，他虽然未能阻挡工业革命的潮流，但他作为精神领袖的作用还是不可动摇的。1803 年有传言说拿破仑即将进攻英国，达尔梅灵教区组织民团准备抗击侵略，虽然巴尔惠尔德牧师在军事演习中表现得相当懦弱，但他还是自然而然地被推举为随军牧师。

特里维廉（George Macaulay Trevelyan,1876～1962）在《英国社会史》中称高尔特的《教区年鉴》是“迄今为止关于乔治三世统治时期苏格兰社会变迁的最亲切、最人性化的画卷”（Aldrich,1978:51）。高尔特将其故乡艾尔郡虚构成达尔梅灵教区，他让巴尔惠尔德牧师在这个巴掌大的小地方见证了苏格兰乃至整个欧美的历史变迁：美国独立战争、法国大革命、拿破仑战争、爱尔兰动荡，都对这个偏远的小镇产生了这样或那样的影响。卡杨先生来自美国，他是因为支持英国政府反对美国革命而被暴民没收财产后才来到英国；拿破仑战争期间，教区的民众自发组织民团进行军事演练，巴尔惠尔德还被推举为随军牧师；爱尔兰动荡之时，卡杨先生为了将来能在爱尔兰开拓市场而善待流亡到苏格兰的爱尔兰贵族。非常有趣的是，不仅后世的历史学家将《教区年鉴》视为历史，高尔特也不认为《教区年鉴》是普通的小说，他给该小说所贴的标签是苏格兰西部的社会理论史。高尔特在《自传》中写道：

> 对我自己而言，这始终是一种乔治三世统治之下的苏格兰西部社会理论史著作；写这部作品的时候，我从没有想过它会被当成小说来对待。寓言通常能比抽象的理论更能表现哲学真理，我将《教区年鉴》定位为这个层次的作品。但是，既然大家认为这是一部小说，我也没有必要考虑改变这种已有的印象……（Buchan,1979:19）

虽然《艾尔郡继承人》和《教区年鉴》的成书时间都是1821年，但实际上前者成名更早。1820年6月《布莱克伍德杂志》就开始连载这部小说，正是因为《艾尔郡继承人》的成功，曾经被束之高阁多年的《教区年鉴》才得以重见天日。和《教区年鉴》相比，《艾尔郡继承人》有着更为完整的情节和更加有棱有角的人物，小说的场景也没有局限于苏格兰。加诺克教区的牧师扎查瑞尔·普林格尔是他不幸丧身印度的表亲阿莫尔上校的剩余遗产继承人（residuary legatee），这笔剩余遗产高达十万英镑。为了保证自己的利益，普林格尔和妻子詹尼特、女儿蕾切尔以及刚刚做了律师的儿子安德鲁一路车船劳顿赶往伦敦。一家人在伦敦见证了许多伟大的历史时刻，他们参加了在温莎城堡举办的乔治三世的葬礼，参加了乔治四世的加冕仪式，对卡洛琳女王的审判进行了评判。此外，他们还参观了布莱顿，并将艾尔郡的欧文、爱丁堡和伦敦进行了对比。普林格尔还见到了大名鼎鼎的反对奴隶贸易的政客威廉·威尔伯福斯（William Wilberforce，1759～1833），他的夫人则钟情于了解伦敦仆人和烹饪的知识，他的女儿追逐时尚和酒会，他的做律师的儿子则热衷于政治评论。

在《艾尔郡继承人》中，高尔特让他的苏格兰人物移步到伦敦，但他并没有把所有的笔墨都投注在伦敦这个大都市，他用书信体的形式把苏格兰人物和苏格兰乡村生活串联在一起。普林格尔一家四口都写书信给自己远在加诺克和欧文的好友，他们是：老处女梅丽·格兰凯恩女士，寡妇格利班斯夫人，蕾切尔的同龄人伊莎贝拉·托德小姐，校长米克尔沃姆先生以及普林格尔的代班牧师年轻的查尔斯·斯诺德格拉斯。高尔特让这些苏格兰乡村的人聚在一起阅读普林格尔一家的伦敦来信，借此让苏格兰人了解外面的世界，并借机书写一下他念念不忘的苏格兰乡村生活。由于普林格尔的财产继承并无波折，所以小说自始至终是波澜不惊，高尔特用爱情花絮对这个波澜不惊的故事进行了点缀：蕾切尔在去伦敦的路上和赛博尔上尉邂逅，小说结尾时两人喜结良缘并在安德鲁的陪伴之下去巴黎度蜜月；斯诺德格拉斯向伊莎贝拉·托德示好，两人的姻缘到小说结尾时似乎已成定局；连一直寡居的格利班斯夫人也梅开二度，和教会长老克莱格先生开始谈婚论嫁。

和《教区年鉴》一样，《市长》也是一部致力于书写苏格兰西部乡村的小说，高尔特甚至将其视为“《教区年鉴》姊妹篇”（Aldrich，1978：60）。这部小说出版之后获得了极大的商业成功，初版的2000册很快销售一空，第二版也像堤坝上的白雪一样迅速消融。《市长》的时间跨度也有50年之久，起于美国革命之前，终于拿破仑战败。詹姆斯·鲍基原是裁缝的学徒，现在成为拥有一家酒窖和布匹商店的富裕商人，他用操纵选举的手段进入市政厅，在古德镇从政近半个世纪，三次当选市长，1816 年才从政坛退出。鲍基精明强干，善于把握机会，他见证了古德镇从乡绅至上到商人至上的变迁，看到了小镇生活水平的节节攀升，也看到了小镇从自给自足到与外部世界亲密接触的演变过程。按照高尔特的说法，《市长》一书并非空穴来风，他所书写的都是真人真事。古德镇其实就是他童年时代的欧文小镇，而詹姆斯·鲍基也是根据一个真实的欧文小镇的居民苏格兰市政官弗拉顿塑造的。伊恩·戈登认为，《市长》最引人注目的是两样东西，即“苏格兰小镇的图景和政治行动的世界”（Gordon,1972:50）。高尔特早年曾阅读过马基雅维利（Niccolò Machiavelli,1469 ～ 1527）的著作，他对于政治权力的运用问题很是痴迷。《市长》中的古德镇说大也大，大得足以让政治行动得以施行；说小也小，小到只是外部世界的一个缩影。鲍基从商人变身为政客，近距离地感受了政治的神秘，他用自己特有的政治精明，将市政玩弄于股掌之中。

《限定继承权》是高尔特最具代表性的作品，它是继爱尔兰女作家埃奇沃思（Maria Edgeworth,1767 ～ 1849）的《莱克兰特城堡》（*Castle Rackrent*,1800）之后，19 世纪英国最重要的家族史小说之一。《限定继承权》讲述了瓦金肖家族几代人之间的商业沉浮和财产纷争，小说从克劳德·瓦金肖的悲惨童年开始。和成千上万的苏格兰乡绅一样，克劳德的祖父投巨资给让整个苏格兰蒙羞的“达连计划”（Darien Expedition），不仅血本无归，还赔上了克劳德父亲和母亲的性命，最后连祖上传下来的田地也被变卖。克劳德的祖父抑郁而终，孤苦伶仃的克劳德全靠忠实的女仆莫奇·杜比拉扯成人。克劳德从走街串巷的货郎干起，凭借自己的商业才能，很快成为格拉斯哥赫赫有名的布商。在一个将田地视为最重要资产的时代，克劳德经商起家后一个最重要的举措就是赎回祖先的田地，又通过商业结盟式的婚姻获得岳父田产的继承权。妻子为他生下三男一女，长子查尔斯因为不听父命、执意要与没落的银行家之女联姻而被他剥夺财产继承权，财产悉数落入智力低下的次子瓦蒂之手。查尔斯抑郁而终，克劳德风烛残年之时开始有些懊悔，他试图通过更改遗嘱给查尔斯的遗孀一个交代，但遗嘱更改计划被夫人破坏。克劳德过世之后，瓦金肖家族的财产纷争愈演愈烈，克劳德的三子乔治成为最大的阴谋家，他千方百计地试图将瓦金肖家族的财产全部据为己有，但不幸葬身于大海。当财产之争陷入焦灼状态之时，克劳德的遗孀、被全家人尊为老太太（the Leddy）的格瑞皮，利用她所具有的法律知识和对克劳德遗嘱条文的重新认识，为合法继承人、长子查尔斯的儿子詹姆斯夺得了财产继承权。詹姆斯继承了财产，有了美好的婚姻，他在后来的英国对法国的战争中立下汗马功劳，小说出人意料地给出了一个大团圆的结局。

《限定继承权》是一部极具地域风情的商业小说，这里所说的地域风情不是指被浪漫化的苏格兰高地或者乡村，而是指正在阔步迈向商业化的格拉斯哥。虽然司各特的《红酋罗伯》也书写了格拉斯哥，“让格拉斯哥繁荣昌盛”这句徽标性的语言也两次出现在小说之中，但《红酋罗伯》的主要场景是边区以及罗蒙湖附近的山地，而《限定继承权》中最主要的场景是格拉斯哥，“让格拉斯哥繁荣昌盛”也堂而皇之地被作为小说的结束语。和司各特的《红酋罗伯》相比，《限定继承权》是一部更为纯粹的商业小说，在这部小说中，“商业是一种可以带来财富和共同体幸福的力量，但同时也是过度影响人的生活和破坏整个家庭的力量”（Witschi,1991:16）。瓦金肖家族的沉浮总是和商业密不可分，让克劳德祖父丧子又失财的“达连计划”是苏格兰历史上最有名的一次失败的商业冒险，苏格兰人筹集巨资试图在加勒比海地区建立不受英格兰控制的对外贸易通道，数以千计的苏格兰人在达连湾登陆试图开展贸易活动，但残酷的事实是，这里不是贸易者的天堂，而是疾病与灾荒的温床。更为雪上加霜的是，西班牙军队认为苏格兰人此举是侵犯了自己的利益，因而对其展开了围攻。可怜的苏格兰人是偷鸡不成蚀把米，这次商业冒险的失败对苏格兰人而言堪称是灭顶之灾，经历“达连计划”劫难后的瓦金肖家族一蹶不振，是克劳德凭借其出色的商业经营才使这个家族东山再起。从此，瓦金肖家族的一切，无论是婚姻还是财产继承，都和商业、金钱是分不开的。克劳德因为经商而忽视了自己的大恩人莫奇·杜比，他如此处心积虑地想赎回祖辈的田产，一方面是出于面子的考虑，另一方面是因为在当时，土地是一个家庭最重要的资产。他最初的主要生意范围是在边区，和司各特的小说不同，高尔特似乎丝毫没有美化边区生活的欲望，他让克劳德来到边区，是因为“他发现边区最有利可图，这里的居民也是最好客的客户——这在一个走街串巷的货郎的算术哲学中是一件大事”（Galt,2007:10）。

《限定继承权》中到处充斥着对女性的歧视。首先，瓦金肖家族的财产之争之所以愈演愈烈，一个重要的原因就是只有男性子嗣才能被赋予继承权，而女性必须通过婚姻才能获得继承财产的一份话语权。克劳德在世之时，他的夫人只不过是个陪衬，只是到了小说结尾之时，高尔特为了大团圆的结局，才让她摇身一变成为能够主持一次公道的老太太。其次，小说开头瓦金肖家族急转直下的原因本来是克劳德的祖父过分贪婪，但高尔特还是成功地为男性开脱，他把克劳德父亲丧身加勒比说成是他迷恋女仆人莫奇·杜比的浪漫故事因而喜欢冒险的结果。和之前的小说相比，《限定继承权》是一部更加纯粹的苏格兰小说。小说中大胆使用了各式各样的苏格兰方言。苏格兰方言不仅被用于人物对话之中，还被运用于小说叙述之中。对于熟悉苏格兰方言，尤其是下层社会苏格兰方言的读者而言，这或多或少地会有一种地域风情书写所引发的亲切感，但是，对于不熟悉苏格兰方言的读者而言，读到这些五花八门的苏格兰方言时还是十分郁闷的。

奥德里奇将上述四部小说称为“主要苏格兰小说”（major Scottish novels），而将《蒸汽船》《安德鲁·威利爵士》《西部集会》和《末代地主》称为“次要苏格兰小说”（minor Scottish novels），这种说法不无道理。“次要苏格兰小说”无论是在主题思想方面还是在艺术成就方面，都比以《限定继承权》为代表的主要苏格兰小说逊色。以《蒸汽船》为例，这部小说的结构十分松散：叙述者托马斯·达菲尔是居住在格拉斯哥的布商，他因为健康原因而开启了从格拉斯哥到海伦斯堡的旅程，一路上他听了好多故事，他将这些故事串接在一起并给予评价。随后，他又乘马车从格拉斯哥赶往爱丁堡，乘蒸汽船从爱丁堡赶往伦敦，高尔特借叙述者之口表达了对乔治四世加冕的怨怒。《艾尔郡继承人》的主人公普林格尔夫妇也在这部小说中现身，他们也来见证乔治四世的加冕，并且等待他们第一个孙子或者孙女的出生。普林格尔夫妇在伦敦之行中一度成为主要角色，但到小说结尾之时不明不白地就消失了，乔治四世加冕的仪式全由达菲尔一人叙述。整部小说全无章法，读来不像一部完整的小说，倒像是一部用达菲尔旅程做引线的杂乱无章的故事集。

在高尔特所写的几部历史小说中，《里根·吉尔海兹》是最具代表性的一部，这部小说是对司各特《清教徒》的反诘。高尔特对于司各特对待苏格兰盟约派的态度颇有微词，他决定写一部自己的历史小说对此予以匡正，他在《文学生涯及其他》（*Literary Life and Miscellanies*，1834）一书中明确表达了创作《里根·吉尔海兹》的动机：

> 这本书肯定是和瓦尔特·司各特《清教徒》有干系的。我觉得他对待长老会教堂的护卫者的态度太草率了，和那段历史留给我的印象不符。其实，说实话，我是很气愤的。他是哈登的司各特家族的后人，他的家族当年曾经因为是长老会成员或者是因为支持他夫人成为长老会成员而

> 被罚没了四千镑。他竟然对那个时代的精神如此健忘，竟然用我认为是嘲讽的态度来对待那个时代的精神。(Scott,1985:79)

除了对司各特的不满，高尔特对待盟约派的态度还和自己的家族史密切相关。和他同名的一位先人曾经因为拒绝谴责盟约派、拒绝将鲍斯威尔桥事件称之为叛乱而于1684年被流放到卡罗莱纳。此外,高尔特还从罗伯特·沃德罗（Robert Wodrow,1679 ～ 1734）的《苏格兰教堂劫难史》(*History of the Sufferings of the Church of Scotland*,1721)、约翰·诺克斯(John Knox,1513 ～ 1572）的《苏格兰宗教改革史》(*Hisory of the Reformation in Scotland*,1664)、约翰·班扬（John Bunyan,1628 ～ 1688）的《天路历程》(*The Pilgrim' s Progress*,1678）等书中受益良多。高尔特曾经设想将这部历史小说命名为《苏格兰的烈士们》，这个后来被废弃的书名明白无误地告诉读者，作者创作这部小说的目的是要为苏格兰盟约派正名。

《里根·吉尔海兹》主要讲述同名主人公的祖父在1558年至1636年间以及他自己在1636年至1689年间的经历。里根的祖父是虔诚的长老会教徒，曾经投身苏格兰宗教改革运动，他曾经面见并聆听约翰·诺克斯的布道，见证了瓦尔特·密尔的殉道，服侍过阿盖尔侯爵（earl of Argyle),以及后来成为马里侯爵的詹姆斯·斯图亚特，目睹亨利·达恩利被谋杀，目睹圣安德鲁斯大主教被擒获。在经历了一系列的长老会胜利之后，他晚年回到艾尔郡的农场定居，直到查理一世的统治时期才以91岁高龄寿终正寝。《里根·吉尔海兹》用轻描淡写的方式跨越了英国资产阶级革命，里根1649年结婚之时，查理一世已经被送上断头台。他见证的主要是英国复辟时期的历史，里根参加了潘特兰暴动，苏格兰势力被战败后他东躲西藏，但最终被捕获并被囚禁在埃文的图尔博斯监狱。他成功越狱之后在荒岛上生活数月，而后辗转回家。1679年他和自己的死敌克莱沃豪斯相遇并被后者刺伤，在鲍斯威尔桥战役中他失去了长子。1680年他再次被捕并被处以罚金，回乡之时发现农舍被毁，妻子和女儿也被人奸污致死。经过九年的卧薪尝胆，他终于在1689年的基里克兰奇战役中将克莱沃豪斯诛杀。虽然高尔特想把《里根·吉尔海兹》写成堪与司各特作品比肩的历史小说，但他似乎并没有司各特写历史小说的才能。《里根·吉尔海兹》的唯一优点是小说开头没有像司各特那样不厌其烦地讲述细枝末节，而是开门见山直奔主题。但除此之外似乎并无长处，以人物塑造为例，《里根·吉尔海兹》中的人物明显不如司各特小说中的人物那么鲜活。在《里根·吉尔海兹》一书中，历史人物约翰·诺克斯、苏格兰王后玛丽等纷纷亮相，但这些人物塑造得十分苍白。除了里根及其祖父迈克尔、圣安德鲁斯大主教的情妇玛丽安·吉尔斯皮尼三个人物之外，其他的小说人物似乎都是过眼云烟，读完小说之后全无印记。此外，由于盟约派成员都被塑造成苦大仇深的下层社会人士，而压迫他们的人都被塑造成贵族，所以这部小说中的宗教纷争被赋予了浓浓的阶级斗争的味道。

除了苏格兰小说和历史小说，高尔特还创作了两部政治小说。他的两部政治小说（《议员》和《激进主义者》）都出版于1832年，小说的主要关注点是当时英国最热门的话题国会改革，两部小说后来结集出版时还曾经被干脆改名为《改革》。《议员》的叙述者乔博里是一个经典的在印度发迹的英国人（nabob），他在印度奉职25年之后荣归故里，为了“造福”子孙后代、“惠及”亲朋好友，他出资六百英镑竞选，三度当选弗莱尔城议员。在从政期间，他用温和的托利党人的立场，讨论了自由贸易、谷物法、福利发放、天主教解放、农场工人暴力以及政府伸张正义等多个敏感问题。虽然他属于托利党，但在他看来，托利党和辉格党没有本质的区别：托利党不过是执政的辉格党，而辉格党不过是在野的托利党，他们共同的职责就是支持政府。《激进主义者》的主人公名叫纳森·巴特，他的毕生目标是把自己乃至全人类从社会的虚伪规约中解放出来。他自称是卢梭（Jean-Jacques Rousseau，1712～1778）和威廉·戈德温（William Godwin，1756～1836）的信徒，但他其实并没有什么坚定的信仰，他狂热地支持改革法案，只是为了迎合选民意愿以便自己向上爬。他最终以辉格党身份被选入国会，而这次选举却因为他提供伪证而被宣布不合法，巴特无缘改革法案的投票，他悲伤地预言法案不可能通过。历史给了他一记响亮的耳光，小说设定的结尾时间是1832年5月9日，仅仅几周之后，著名的改革法案就得以通过。

虽然高尔特的北美题材小说是为金钱而写作，但我们不能据此就轻率地否定《劳瑞·托德》和《博格尔·考比特》两部北美题材小说的价值。《劳瑞·托德》书写苏格兰人在美国定居的经历，和高尔特的其他小说不同，小说的主人公不是来自苏格兰西部，而是来自爱丁堡东边靠近达尔凯斯的一个村庄。小说的故事并非空穴来风，它是基于一个名叫格兰特·索尔伯恩的在美国纽约闯荡的种子商人的回忆录虚构而成的。劳瑞·托德精明强干，又善于变通，他很快适应了美国的环境并取得了成功。他的成功并不仅仅局限于获得财富维系个人的生计，他的更高目标是共同体的发展，他所创建的朱迪维尔小镇在短短的几年间就发展成有七千多人口、六所教堂和一所剧场的兴旺之地。和高尔特一样，劳瑞·托德相信上帝，也不拒绝财神，他无比热爱苏格兰，他在美国取得成功之后，还是毅然决然地选择回到自己的家乡。如果说《劳瑞·托德》是一部苏格兰作家撰写的美国拓疆小说，那么，《博格尔·考比特》则是一部苏格兰作家撰写的加拿大生存小说。小说的同名主人公是个孤儿，出生在西印度群岛，在苏格兰的格拉斯哥被抚养成人，他的监护人安排他从事棉纺行业的贸易。由于行业不景气，他决心移民加拿大，他在加拿大艰苦创业，开始了新的生活。高尔特借助主人公之口，对美国的政治自由给予了礼赞，而对英国政府对待加拿大的举措进行了批判。

高尔特的人生阅历十分丰富，与此相对应，他的小说题材也十分广泛。从苏格兰乡村到城镇，再到城市，再到加勒比地区、美国、加拿大，到处都是他书写的对象。虽然他能把北美题材小说也写得活灵活现，但他最擅长的还是书写他最熟悉的地方即苏格兰的西部，他的最高成就是富有区域特色的苏格兰小说。特别值得一提的是，本节题目中所说的苏格兰西部的社会“理论”史指的是高尔特的苏格兰小说，而非他的历史小说。高尔特本人将他的苏格兰小说称之为社会理论史：

> 有必要在此解释说明，我不认为我自己作品里的特性被正确地解读了。仅仅因为事件是虚构的，他们就全被认为是小说，可是，即便如此，它们最精华的部分却是不具备小说特性的。在许多场合，它们更具备的是理论史的特性，而不是小说或者罗曼司的特性……我努力地在写历史小说，我允许它们在很大程度上超越我写历史小说的努力。我将它们称之为社会理论史，我不认为在这个文类中我有许多前辈。(Duncan,2007:216)

按照伊恩·邓肯的解释，理论史应该是高尔特受苏格兰启蒙哲学启发而杜撰出来的词汇，“理论”一词意为用典型例证来虚构，理论史的大概意思就是“展示普遍法则的假想例证的登记簿”（Duncan,2007:221）。简单地说，所谓理论史，其实就是虚构的具有典型性的例证。高尔特将自己的苏格兰小说称为理论史，言外之意就是他觉得自己书写的苏格兰西部风情是原汁原味而且颇具代表性的，他的小说书写了苏格兰西部生活的方方面面。奥德里奇对高尔特小说中的苏格兰书写进行了精辟的总结，他认为，高尔特主要书写了苏格兰生活的以下几个方面：

> 商业的格拉斯哥和法律的爱丁堡之间的对照；从小农场到农业企业的变迁以及工厂的重要性日渐凸显；交通运输以及生活条件的变化；关

> 于稳定的苏格兰对抗繁忙而琐碎的英格兰的某些暗示；外面世界对苏格兰各个阶层生活的影响与日俱增。（Aldrich，1978：93）

在以上的诸多方面中，“商业的格拉斯哥”可谓是一语中的，高尔特的小说似乎总是和商业形影不离，他相信上帝，但也不拒绝财神，虽然有时候财神会拒绝他。高尔特的商业生涯并不出彩，但他小说中的商业书写的确是别具一格。高尔特热爱苏格兰，但他并没有像斯摩莱特或者司各特一样刻意地去美化苏格兰边区或者乡村，就这一点而言，他的小说可以说是为以乔治·道格拉斯·布朗为代表的反菜园派小说铺平了道路。高尔特的小说大量采用第一人称叙述，而且叙述人都为苏格兰人，这为他在小说叙述中使用苏格兰方言做好了铺垫。在个体和共同体之间，高尔特更加侧重共同体书写。他的许多小说（如《教区年鉴》）不是在书写某个人，而是在书写共同体中的一群人。与其说他是在书写共同体的某个方面，不如说他是在书写共同体的方方面面。就这一点而言，他将自己的小说，尤其是苏格兰小说称之为苏格兰西部的社会理论史是再恰当不过的。

## 第四节　詹姆斯·霍格：一位被“重新发现”的苏格兰作家

詹姆斯·霍格（James Hogg，1770 ～ 1835）是司各特时代最杰出的苏格兰作家之一，他在世之时以“埃特里克牧羊人”（Ettrick Shepherd）著称，因为自学成才和与司各特交好而小有名气，而到了 19 世纪下半叶和 20 世纪上半叶，霍格的文学声望剧降，曾经被批评界斥为无才能的、痴呆的农民作家。1947 年，随着霍格的代表作《一个清白罪人的私人备忘录和忏悔》（*The Private Memoirs and Confessions of a Justified Sinner*，1824）的再版以及法国诺贝尔文学奖得主安德烈·纪德（Andre Gide，1869 ～ 1951）的极力推崇，霍格开始被重新发现。1981 年，詹姆斯·霍格研究会在英国斯特灵大学成立。1995 年起，由英国学者道格拉斯·麦克（Douglas S. Mack）、美国学者伊恩·邓肯（Ian Duncan）等人牵头的斯特灵/南卡罗来纳版的《詹姆斯·霍格文集》开始相继出版，西方学界的霍格研究开始如火如荼地发展壮大。在苏格兰作家专刊并不十分景气的大背景下，《霍格及其世界研究》（*Studies in Hogg and His World*）却是一枝独秀，稿源丰富而且运行良好。由此可见，霍格被重新发现之后，批评界对他作品的整理以及研究是十分感兴趣的。

虽然霍格被“重新发现”的机缘来自他的小说，但他首先是一位诗人，是一位自学成才的“埃特里克牧羊人”。霍格家境贫寒，所受教育不多，年仅七岁便开始帮人放牧，十几岁便进入农场当了雇工，他的知识都是工作之余自学所得，母亲讲述的故事对他影响至深。苏格兰诗人罗伯特·彭斯的成功使霍格备受鼓舞，他由此产生了离开埃特里克、成为受人尊重和欢迎的诗人的念头。1801 年初，霍格的第一部诗集《苏格兰牧歌》（*Scottish Pastorals*）问世，之后他又先后出版了《山地歌者》（*The Mountain Bard*,1807）、《森林行吟诗人》（*The Forest Minstrel*,1810）、《女王的觉醒》（*The Queen's Wake*, 1813）、《朝圣太阳》（*The Pilgrims of the Sun*, 1814）、《荒野的玛多》（*Mador of the Moor*,1816）、《海因德王后》（*Queen Hynde*,1824）、《牧羊人日历》（*The Shepherd's Calendar*,1827）、《埃特里克牧羊人的诗歌》（*Songs by the Ettrick Shepherd*,1831）、《一部古怪的书》（*A Queer Book*,1832）等长诗或诗集。1816 年，霍格还编辑出版了《诗歌之镜》（*The Poetic Mirror*），又称《当代不列颠诗人》（*The Living Bards of Britain*），其中收录了拜伦、司各特、华兹华斯、柯勒律治、骚塞、霍格本人和约翰·威尔逊等作家的诗歌。

1813 年长篇历史叙述诗《女王的觉醒》为霍格赢得了声誉，他受邀成为《布莱克伍德杂志》的重要撰稿人之一。为《布莱克伍德杂志》撰稿期间，霍格开始从诗歌转向民间故事的搜集和创作，他先后出版了《奇妙故事集》（*Dramatic Tales*, 1817）、《博德斯贝克的棕仙和其他故事》（*The Brownie of Bodsbeck and Other Tales*,1818）、《苏格兰的詹姆斯党遗存》（*The Jacobite Relics of Scotland*, 1819）、《冬夜故事集》（*Winter Evening Tales*, 1820）、《苏格兰的詹姆斯党遗存之二》（*The Jacobite Relics of Scotland Second Series*,1821）等短篇小说集。这些作品大多数仍然保留着民间故事的面貌，是一种和司各特或埃奇沃斯的作品截然不同的民族小说，从根源上更接近大众印刷媒体及口传的故事，其中只有《博德斯贝克的棕仙》属于较为成熟的小说。1822 年起，霍格先后出版了三部长篇小说，即《男人的三重危险》（*The Three Perils of Man*, 1822）、《女人的三重危险》（*The Three Perils of Woman*,1823）、《一个清白罪人的私人备忘录和忏悔》（*The Private Memoirs and Confessions of a Justified Sinner*,1824）。

《博德斯贝克的棕仙》（1818）是一部历史小说，也是霍格在中长篇小说领域的尝试之作。这部作品基本上确立了他自己的风格——理性与超自然交织的双重叙述模式。小说讲的是 17 世纪苏格兰的盟约派清教徒被镇压后流亡边境山区，正直善良的乡民瓦尔特·雷德劳在自家农场发现有流亡的盟约派清教徒出没，便为之提供食物与住宿；女儿凯瑟琳则利用当地的“棕仙”迷信及人们对巫术的恐惧，成功地掩护了盟约派首领约翰·布朗的故事。瓦尔特·雷德劳一家救助盟约派是理性叙述，而凯瑟琳的故事则是超自然叙述。凯瑟琳被视为通灵的“女巫”，常在黑夜与“棕仙”交流沟通，连自己的母亲兄弟都惧怕她，想要将她扫地出门。父亲瓦尔特目睹她怀抱“尸体”的场面，心生震动，认定自己的女儿是女巫无疑。然而，随着凯瑟琳引导父亲来到地窖，揭开了“棕仙”的真面貌——伤痕累累、面目全非的盟约派领袖约翰·布朗，一切才真相大白。这部作品充分地展现了霍格对苏格兰民间故事、乡村生活的了解，也表明了“霍格想要争取与司各特比肩的地位”（Duncan，2007：152）的雄心。《博德斯贝克的棕仙》与司各特的《清教徒》处理的基本上是类似的故事——克拉沃豪斯对盟约派清教徒的镇压。不过，司各特的作品集中塑造了盟约派清教徒狂热好战的反面形象，以彰显自己维护统一、反对分裂的官方立场。霍格的小说却站在民间的立场上，维护清教徒在苏格兰的历史地位，司各特为此讽刺霍格“为了讨好那些永不会读小说也永不可能被讨好的盟约派，他诋毁了克拉沃豪斯”（Duncan，2007：151）。

《男人的三重危险》（1822）是霍格篇幅最长的一部三卷本小说，他称之为“罗曼司”。小说副标题“战争、女性和巫术”揭示了作品的主线：与女性有关的战争和巫术事件。在这部作品中，霍格不仅描写了中世纪双方交战的场面，还描绘了边境乡村由于贵族的征战、权力更迭而备受摧残的状况。这部小说以斯图亚特王朝的首任君主、苏格兰国王罗伯特二世统治时期为背景，当时除了与英格兰交界处偶有战事外，整个国家和平安宁。苏格兰的要塞罗克斯堡正是边界战事最凶猛的地方，该城堡已五度被英格兰人攻占又三度被苏格兰人夺回，此时被英格兰贵族马斯格雷夫占据。

在这样的背景之下，小说的第一条主线是关于英格兰、苏格兰的贵族骑士为美人而战，争夺罗克斯堡。内容大致如下：罗伯特二世的女儿玛格丽特公主正值妙龄，吸引了很多贵族青年的目光，国王于是在林利斯戈皇宫举行了大型的招亲会。为了讨好情人简·霍华德，马斯格雷夫却于此时偷袭了边境的杰德堡，大肆屠戮苏格兰人。罗伯特二世提出，谁若能将罗克斯堡从英格兰人手里夺回来，就将女儿玛格丽特·斯图亚特嫁给她。原本跃跃欲试的众贵族青年却因公主的条件——万一他无法完成任务，则要没收其全部的土地、城堡、乡镇和塔楼而陷入了沉寂。公主发誓要自己攻取这座城堡，打败贵族马斯格雷夫和他的情人简·霍华德。此时詹姆斯·

道格拉斯挺身而出，决意献出自己的财产，为公主玛格丽特而战。经过几轮残酷的战斗，马斯格雷夫战死，詹姆斯·道格拉斯获胜，玛格丽特公主出嫁成为道格拉斯夫人。

除了围困罗克斯堡，小说中还有另外一条主线，发生的地点是埃克伍德城堡，讲述边境地区著名的魔法师迈克尔·司各特的故事。里根·雷德修爵士是边境的一名男爵，著名的魔法师迈克尔·司各特来到埃克伍德，预言里根·雷德修爵士之子将取代道格拉斯，统治苏格兰北部的大片领土。于是里根爵士决意暂不去支援，而是留守边境拦截英格兰人的粮草。但他渴望知晓马斯格雷夫和道格拉斯之战的结果，于是派出了一队族人前去寻找魔法师司各特爵士。然后，这支队伍在一路上讲了很多有关或无关司各特的各种神秘的、超自然的民间故事。到达埃克伍德之后，一行人遭到司各特爵士及其随从的捉弄。但是在埃克伍德，他们也亲眼见证了各种奇妙的、神秘的甚至可怕的巫术场景。最后司各特爵士与魔鬼激战，将埃尔顿山一分为三。他们最终得到了关于罗克斯堡的预言——苏格兰人将会赢得战争的胜利，于是里根爵士加入了道格拉斯一方的战斗。

小说的这两条线索，围攻罗克斯堡显然是理性叙述，而魔法师迈克尔·司各特的故事则是超自然叙述。但是霍格并没有刻意区分这两种叙述的界限，与司各特仅将民间迷信当作叙述的面纱不同，霍格是把这些当作在场的民族文化来讲述。伊恩·邓肯认为，《男人的三重危险》中对超自然部分的强化，表明了霍格与司各特立场的不同。司各特的罗曼司通过再现文化死亡的场景来疗伤。疗伤就意味着接受死亡乃是自然进程的一部分的现实：还原逝去的文化不过是举行一种哀悼的仪式，而霍格哪怕面对基本上毫无争议的死亡证据，也坚决拒绝在形式上进行哀悼，而是“坚持表现存在的暴力，而非呈现不在场的壮美”（Duncan,2007:196）。

《男人的三重危险》出版以后没有受到评论界的欢迎，司各特认为霍格糟蹋了世界上最好的故事。霍格本人显然也受到了影响，根据已故学者道格拉斯·麦克的考证，霍格曾打算将这个长篇小说拆分为七个独立的故事，单独发表。霍格在世时，已将三个故事《围困罗克斯堡》《马里昂的士兵》《三姐妹》单独整理发表在《弗雷泽杂志》上，其中《围困罗克斯堡》最终出现在布莱基父子公司出版的霍格选集《故事和札记》（*Tales and Sketches*,1837）中。另外四个中的三个分别是《修士的故事》《查理·司各特的故事》《汤姆·克莱克的故事》。由纪莲·休斯整理的2012年版的《男人的三重危险》与1822年有所不同，恢复了原手稿中的完整内容。比如原稿中使用的是“瓦尔特·司各特爵士”，而非“里根·雷德修爵士”。司各特在霍格的长篇小说中出现，有暗示其在文学界中所谓“北方的魔术师”（Wizard of the North）的昵称之意。

而在罗曼司的层面，霍格着力塑造了玛格丽特公主的形象。她不但美貌绝伦，还具有男子汉的英武之气。她并没有在宫中等待道格拉斯获胜归来，而是乔装成自己的兄弟与英格兰的贾斯柏·都铎周旋，成功捕获简·霍华德，后又乔装为自己的随从高地人科林，前往詹姆斯·道格拉斯的军营试探他的勇气和信心。但战争与美人的故事下隐藏着“饥饿和暴力”（Duncan,2007:203）。司各特在《艾凡赫》中致力于呈现的骑士传统对女性的尊重实则被一一解构了。如苏格兰的道格拉斯俘获了简·霍华德之后并没有怜香惜玉，而是将其当作人质，迫使她一件件脱掉外衣，而后用她来威胁马斯格雷夫，声言要羞辱这位女士，割掉她的鼻子，挖出她的眼睛，将她美丽的身体的其他部分统统毁掉。

《女人的三重危险》（1823）对应的是“爱情、谎言与嫉妒”。这部作品与《男人的三重危险》一样，采用了三卷本模式，不过霍格称之为“家庭故事”（domestic tales）。这部作品尽管在形式上是“长篇小说”，实则包括了两条线索、三个故事，两条线索之间并无直接关联，但主题方面相互比对、互为补充。第一个故事发生在1820年左右的爱丁堡和苏格兰边境山区，讲的是边境牧羊人之女，品貌端庄、言行谨慎的盖蒂（阿加莎）·贝尔爱上了哥哥约瑟夫的好友迪尔米德·麦隆。父亲送盖蒂到爱丁堡的约翰逊夫人家学习礼仪和缝纫，麦隆殷切地前来拜访。但出于所受的教育和女性的矜持，她对麦隆言行冷淡，使其误以为对方厌恶自己。盖蒂的表妹莎莉心地单纯，爱上了麦隆，后者也对她的爱给予了热烈的回应。她与盖蒂分享了一切秘密，包括两人即将订婚的消息。在麦隆的母亲阿格尼丝的干预下，麦隆娶了盖蒂为妻。莎莉因悲伤而死，盖蒂虽与麦隆结婚却始终内心愧疚。她婚后不久即被恶魔附体达三年之久，在此期间她生下一子，却完全忘记了与麦隆的婚姻生活。生性粗鲁、言行不拘的理查德·平克顿在此期间曾与盖蒂交往，盖蒂复原之后才惊觉自己已是两岁儿子的母亲，在麦隆的精心呵护下恢复了幸福的生活。

值得一提的是，作家瓦尔特·司各特再次出现在霍格的小说中，这次虽然没有真正出场，却由女主人公盖蒂的父亲、家境殷实的农场主丹尼尔·贝尔对“瓦蒂·司各特”的家族史及个人的影响力进行了一番介绍。对此，邓肯认为：“《女人的三重危险》对《威弗莱》小说所确立的历史小说的美学及其作者那看似无处不在的影响力提出了抗议”（Duncan,2007:171）。

第二个故事是关于谎言。故事的背景是 1745 年库洛登战役前后。萨莉·倪雯（Sally Niven）是教区牧师的女仆，她的爱人是高地铁匠彼得·高（Peter Gow）。有一次彼得在墓地误杀了一人，萨莉出面做伪证说他是为了阻止墓地的抢劫才开枪杀人的。彼得因此得以逃脱惩罚。一天夜晚，萨莉本该赴彼得之约，却被牧师纠缠。萨莉坚决反抗，牧师威胁说现在出去名声必然败坏。她担心彼得找来看到这一幕，只得在牧师的卧室待了一夜。第二天萨莉见到彼得谎称自己与朋友去了康多，孰料昨夜彼得已听见只言片语，误以为萨莉与牧师是情人。萨莉绝望退婚，后遇到高地绅士阿拉斯特·麦肯锡（Alaster McKenzie），她答应了对方的求婚。彼得得知实情后追悔莫及，伤心之下也只得另娶他人为妻。

第三个故事是关于嫉妒。库洛登战役之后，高地军队被彻底击溃，坎伯兰伯爵的军队到处搜查高地士兵。萨莉与丈夫麦肯锡失散，后来她撞见丈夫与表妹告别，误以为他要带表妹逃亡。她黯然神伤地离开了，路上偶遇彼得。彼得知道她已婚，故意不与她多交谈，但一直暗中予以保护。有人看到二人同行，给麦肯锡报信说萨莉回到了老情人的怀抱。一日，麦肯锡和彼得相遇，出于嫉妒两人大打出手，结果均身负重伤。彼得的妻子出卖了他们，两人都被英国人抓住，被以参与叛乱的詹姆斯党的罪名处死。萨莉遭此重创之下精神失常了，孤身跑到丈夫被谋杀的地方，与刚出生的女婴一起死于 12 月的寒风中。

《女人的三重危险》出版之后招致了批评界的非议，批评家曾经将《女人的三重危险》视为失败之作，因为它践踏了 19 世纪早期体面的花床。霍格无视当时已经确立的社会道德规范和对历史事件的评价，不加掩饰地呈现了宗教、道德、政治等方面的问题（如神职人员假仁假义、纵情声色等）。直到近年这部作品的价值才被重新认识。霍格对暴力、混乱和虚伪的暴露，颠覆了司各特时代的小说所要确立的统一、稳定的秩序和温文尔雅的中产阶级价值观。

《一个清白罪人的私人备忘录和忏悔》（1824）是霍格最优秀的长篇小说，安德烈·纪德称之为“欧洲第一部伟大的心理小说”（Gifford，2002：295）。这部小说通常被归为哥特小说的范畴。霍格自己也承认这是一部充满恐怖气息的故事，写完之后都不敢将自己的名字署上。霍格在这部作品中精心塑造了一位受到主流社会排斥的青年罗伯特·瑞英西姆陷入精神困境，因此被卷入一桩桩离奇的谋杀事件，在逃亡时又遭遇种种精神折磨，最终用一根绳子结束生命的故事。整部小说笼罩在一种恐怖、压抑的氛围中，这部小说因其多重叙述视角、复杂多变的心理描写、荒诞离奇的谋杀案件而被视为具有现代主义特征的佳作。

《一个清白罪人的私人备忘录和忏悔》由三部分构成。第一部分是编者的叙述（The Editor's Narrative）。编者先是听说在苏格兰乡下发现了一具上百年历史的无名尸骨，一同出土的还有一份手稿。之后，他就此事展开了细致深入的调查，结合“历史”、“教区记录”和“传统”等材料，重新还原了达尔卡索庄园和科万家的故事。科万夫妇早年因妻子的极端宗教立场而分居，长子乔治·科万随父亲和管家罗根女士生活在达尔卡索庄园；老科万拒认次子罗伯特，致使他出生一年后尚未受洗，幸有瑞英西姆牧师让他受洗为罗伯特·瑞英西姆，自此他便随母亲和瑞英西姆牧师生活。罗伯特天性聪明，醉心于神学，但个性阴郁偏执，谋杀了天性乐观随和的哥哥乔治，成为达尔卡索庄园的主人。管家罗根女士在卡尔沃特太太的协助下，指证罗伯特为凶手，洗清了被诬陷的高地绅士德鲁蒙德的冤屈。

小说的第二部分是罪人的私人备忘录和忏悔（The Private Memoirs and Confessions of a Sinner Written by Himself），由主人公罗伯特·瑞英西姆的忏悔和逃亡时的几篇日记构成。这个部分采用了第一人称叙述，让我们看到了罗伯特的生活轨迹及其心路历程。罗伯特·瑞英西姆详细记载了他的思想演变过程，他对灵魂获得拯救的热烈期望和对所犯错误及罪行的自我开脱，一方面表现了“救赎预定论”的悖论，另一方面却讲述了自己与魔鬼吉尔马丁交往的过程。罗伯特在童年时期就开始恶意欺凌比自己优秀的同学，诋毁教堂守门人，他总能给自己找到开脱的理由。当教父瑞英西姆告诉他，他是上帝的选民之后，他开始遇到神秘的、可以随意变换形状的同伴吉尔马丁。在与之交往的过程中，牧师布兰切特、乔治·科万、大法官先后遇害。成为达尔卡索庄园主的罗伯特因高烧陷入神志不清的状况，醒来后却发现母亲和女友均已失踪被害，仆人也纷纷辞工不做。仆人思科瑞普给他讲了魔鬼的故事，暗示母亲和女友均是罗伯特本人所杀，只是他自己不记得了。后来罗伯特受到追捕，他一路逃到了苏格兰边境山区，却仍然受到恶魔的追逐和厮打，精神备受折磨，最终他选择了自尽身亡。

小说的第三部分是编者的补述（The Editor's Narrative Concluded），由一封自称发现尸骨的人公开发表的书信及两个年轻人前去考察尸骨并发现手稿的过程构成，作者霍格本人以牲口贩子的身份出现在附录中，谴责了二人挖掘尸骨的破坏行为。

这部小说涉及了很多政治、宗教与社会道德问题，不但暴露了上流社会的伪善、无能，更彰显了普通劳动者的智慧和底层民众的善良品质。

故事中人物形象众多，除了阴郁偏执、精神分裂的罗伯特·瑞英西姆，亦真亦幻的吉尔马丁，在教条和人性、禁欲与私通之间痛苦纠结的瑞英西姆牧师，还有为人正直的教堂守门人巴内特、将全部的爱放到被罗比娜抛弃的儿子乔治身上的罗根女士、为了养活女儿而不得不沦为妓女的科尔沃特太太等。与《女人的三重危险》类似，霍格在作品中再次公开讨论了爱丁堡的卖淫等问题。显然，他是站在与传统背离的立场上，将老科万与罗根女士的公开同居与虔诚的罗比娜和牧师瑞英西姆的私通放在一起，暗示宗教的虚伪和自相矛盾。由于法庭的不作为，罗根与妓女科尔沃特太太寻找罗伯特罪证的过程，更是将底层人民放到了正义的制高点上。

和霍格之前的小说一样，《一个清白罪人的私人备忘录和忏悔》采用了理性叙述与超自然叙述交织的手法。"编者的叙述"是典型的司各特式历史小说的笔法，以教堂记录、考证、见证者的证词还原事件本身，同时以调侃的口气书写民间对鬼怪的迷信，营造出一种幽默风趣的氛围。但是，霍格的作品也对这种还原提出了质疑，如果科尔沃特太太和罗根的证词中关于神秘的年轻人是一种迷信的臆想，那么如何解释罗伯特·瑞英西姆自传中所提到的随意变换形象的吉尔马丁呢？霍格并没有解释吉尔马丁到底是谁或者是否存在，而是将这两部分内容直接呈现在读者面前，这种呈现表明了霍格对"对受到启蒙思想影响的历史小说的挑战和对立"(Mackenzie,2002:7)，因为理性的叙述似乎只是有意规避了无法解释的超自然现象，拒绝承认其真实性，而完全无法证明这是纯粹的幻想。霍格认为司各特对于超自然的怀疑削弱了文化遗产，是一种对大众文化传统的背叛。他认为，真正的智慧存在于民间故事和具有迷信色彩的故事之中。霍格曾经说过，很多人总是因为迷信的观念而轻视那些贫穷的、没有文化的乡民，但是他坚持认为，在乡民们所相信的东西之中，也有值得赞赏的地方。因此，霍格的《一个清白罪人的私人备忘录和忏悔》毫不隐讳地揭示了"古老的、黑暗的苏格兰和当时的、未来的理性苏格兰之间的冲突"(Gifford,2002:307)。这种历史与现实、统一与分裂、秩序与混乱之间的张力在每个时代都存在，而在当时的英国社会尤为突出。

在《一个清白罪人的私人备忘录和忏悔》得到人们的关注和赞扬之前，霍格在苏格兰文学史及整个英国文学史当中始终以"埃特里克的牧羊人"著称，这种称呼与彭斯"耕犁诗人"遥相呼应。与彭斯不同，霍格早期有意地强化了自己"牧羊诗人"的身份。霍格对个体身份的自我塑造意识与他所处的苏格兰文学、文化产业的商业化色彩不无关系。司各特在匿名发表《威弗莱》之后，使用“威弗莱的作者”之名所隐含的神秘性，将他自己创造的威弗莱系列小说推向了高潮。霍格从仿写民谣到创作长篇叙述诗，再到出版短篇故事集、出版中篇小说《博德斯贝克的棕仙》的过程，从中可以看出他想要复制瓦尔特·司各特成功之路的意图。但是，不幸的是，霍格的三部长篇小说《男人的三重危险》《女人的三重危险》和《一个清白罪人的私人备忘录和忏悔》在出版后未能复制司各特历史小说的辉煌，反而招致了当时批评界的一片嘘声，霍格的提携者司各特也开始加入到质疑者和反对者的行列。霍格的小说作品在当时不受欢迎是有多重原因的，霍格作品中毫不隐讳地揭露社会丑恶（如淫乱），这在浪漫主义时代是很难被读者以及批评界认同的。

19世纪上半叶的苏格兰已经开始分享联合王国日渐繁荣所带来的政治和经济利益，此时，歌颂或表现联合王国的强大堪称是众望所归。纵观司各特的全部作品，从中世纪背景的《艾凡赫》到斯图亚特王朝第二次复辟的《威弗莱》《红酋罗伯》，甚至发生在法兰西的苏格兰雇佣兵昆汀·杜沃德的故事，都有一条确定不移的规则：统一和秩序终将取代分裂和混乱。布兰登森林的野猪再彪悍也会被路易十一猎杀，罪行累累的海盗也会为了祖国的殖民事业洗心革面，末代的撒克逊王族、偏执狂热的盟约派及穷途末路的詹姆斯党，谁都无法阻挡联合王国前进的脚步。司各特在作品中通过回顾历史歌颂联合，他小说中的苏格兰性和英国性是并行不悖的，苏格兰性是英国性的一个重要组成部分。就这一点而言，霍格是反其道而行的，他在小说中渲染暴力、分裂和不确定性，创造了一种与瓦尔特·司各特小说“截然不同的、非长篇小说文体的民族小说，从根源上更接近大众印刷媒体（杂谈、民间小册子）以及口传的故事”(Hughes,2007:158)。从挖掘苏格兰民间传统的角度看，霍格的小说似乎比司各特小说毫不逊色；但是，从顺应历史潮流、迎合读者口味的角度来讲，霍格的小说似乎有些不合时宜，还是司各特的小说更符合浪漫主义时代的主旋律。

和司各特相比，霍格小说创作的题材也相对较为狭窄。霍格小说的取景几乎一成不变地定格在苏格兰边区，描写边区的四季变换，记录那些无论家境殷实还是一贫如洗却始终言行如一的农夫或牧羊人的生活。同时，他还不厌其烦地书写被爱丁堡的知识分子所不屑的撒旦附体、与魔鬼订立契约或者妖精和仙子出没的故事。司各特曾指出，但凡有教养和受过教育的人都不会“相信古时迷信的所谓妖怪、仙子和别的超自然幻象”(Gifford,2002:291)。司各特对超自然现象的书写和运用，是为了彰显理性和事实的存在。霍格则不然，在他笔下，超自然现象、妖精传说、魔鬼故事是民众日常生活中的一种存在，不可能用理性来解释，也不可能从中区分出迷信和事实。比如，《男人的三重危险》中，里根·雷德修爵士派出寻找魔法师迈克尔·司各特的队伍中都是活生生、性格各异的人，如果不相信魔法师的预言，就不可能有这次的旅行。叙述者对这一行人在埃克伍德的所见所闻从未提出质疑，也从未进行解释，这种超然、淡定的态度就好像魔法世界是一种无须质疑的、自然的存在。《女人的三重危险》中，女主人公盖蒂的撒旦附体和《一个清白罪人的私人备忘录和忏悔》中罗根女士和卡尔沃特太太亲眼见证的神秘人物、主人公罗伯特·瑞英西姆所记录的种种魔鬼气息、随意变换形状的吉尔马丁，也从未得到调查和验证，是因为“编者”不信所以不屑于去调查，却不能证明这种超自然现象的不存在。此外，由于霍格自学成才，圣经故事和圣经的表达方式对他产生了直接而深刻的影响。在霍格的小说中，圣经的典故俯拾即是，小说中的人物也常常引用圣经内容。如《一个清白罪人的私人备忘录和忏悔》的整个故事都是以圣经为基础的，因为主人公宣称要书写一部与班扬的《天路历程》一样的著作来教育世人。

## 第五节　布莱克伍德派的小说

布莱克伍德派（Blackwoodian）是哈特在《苏格兰小说：从斯摩莱特到斯帕克》中使用的术语，用来指涉除司各特、高尔特、霍格之外的司各特时代的苏格兰小说家。作为一本堪与《爱丁堡评论》相比肩的杂志，1817 年创刊的《布莱克伍德杂志》在司各特时代的苏格兰文学乃至英国浪漫主义文学中的地位是不言自明的。司各特、高尔特、霍格都和《布莱克伍德杂志》有着千丝万缕的关系，《布莱克伍德杂志》所倡导的三卷本小说模式对上述三位作家的创作也产生了直接或者间接的影响，不过，在英美学者的著述中，司各特、高尔特、霍格的身上并没有被贴上布莱克伍德派的标签。此外，虽然《布莱克伍德杂志》在维多利亚时期苏格兰文学乃至整个英国文学中依然影响甚巨，但与之密不可分的作家如玛格丽特·奥利凡特也没有被人称为布莱克伍德派。为此，本书沿用了哈特的说法，用布莱克伍德派来指涉除司各特、高尔特、霍格之外的司各特时代的苏格兰小说家。这些小说家主要包括《布莱克伍德杂志》的重要评论家和编辑约翰·威尔逊（John Wilson，1785 ～ 1854），司各特的女婿、著名文学评论家约翰·吉布森·洛克哈特（John Gibson Lockhart,1794 ～ 1854），以及司各特时代著名的苏格兰女作家苏珊·范瑞尔（Susan Ferrier,1782 ～ 1854）。

约翰·威尔逊（笔名克里斯托弗·诺斯）的小说成就是远不能和司各特、高尔特、霍格等人相比的，他的小说作品中充斥着一种矫揉造作的伤感，与当时剧烈变革的社会现状不相匹配。不过，由于其重要的编辑身份，他在当时以爱丁堡为中心的苏格兰文学发展中的作用还是不可低估的。威尔逊是《布莱克伍德杂志》的功臣，他自 1817 年起与洛克哈特共同成为《布莱克伍德杂志》的主要撰稿人，自 1820 年起担任爱丁堡大学道德哲学教授。威尔逊与《布莱克伍德杂志》的密切关系，使他对当时的苏格兰文学产生了重要影响，在 19 世纪 30 年代以后成为爱丁堡的苏格兰文学领头人。那时候，爱丁堡已经失去了司各特在世时曾在整个不列颠甚至欧洲拥有的辉煌地位和巨大影响。并且，威尔逊的保守政治和文学立场及其对苏格兰文坛的“专断”统治引起了很多苏格兰作家的不满，他主导下的苏格兰文学呈现出对社会现实麻木不仁的沉默状态，无视经济发展所导致的人民流离失所、城市中出现大量生活条件极其恶劣的贫民窟等社会现象，反而致力于将苏格兰伪饰成一个虔诚的、有机统一的社会。这也是司各特去世后，苏格兰文学一度呈现出荒原状态的重要原因。

威尔逊于 1817 年受邀成为《布莱克伍德杂志》的撰稿人和执行主编，他最初为布莱克伍德撰稿时，曾经以耸人听闻的对不列颠多位作家及作品的攻击而名声不佳，其中就包括粗暴地公开华兹华斯、柯勒律治和哈兹里特等人的隐私的《洽尔迪手稿》（*The Chaldee Manuscript*）。威尔逊所供职的《布莱克伍德杂志》的阅读对象是新兴的中产阶级，是文化趣味和教养都急需提高的一个阶层，这也决定了他的创作风格与高雅文学之间的距离。威尔逊对苏格兰文学的贡献主要集中在《安布罗斯夜话》（*Noctes Ambrosianae*）中，这个总共延续十几年的夜话也充分表现了他的创作才能。1822 年，《布莱克伍德杂志》开始刊载一系列《安布罗斯夜话》，最初的撰稿人除威尔逊之外还包括洛克哈特、威廉·马金和詹姆斯·霍格，1825 年至 1834 年期间的主要作者变成威尔逊。《安布罗斯夜话》是布莱克伍德文学思想的代表，采取了自由的杂谈形式，以“克里斯托弗·诺斯”（即约翰·威尔逊）、“英国鸦片吸食者”（即托马斯·德·昆西）、“埃特里克牧羊人”（即詹姆斯·霍格）、“蒂莫西·迪克勒”（罗伯特·席姆）等半虚构的人物为主要谈话对象，其中包括精彩绝伦但有时候也离题千里的对文学、社会、时事的评论和杂谈。《安布罗斯夜话》语言轻松幽默，充满了持续不断的快乐的畅想。由于《布莱克伍德杂志》的发行量非常大，当时这一系列的影响遍及整个不列颠。《安布罗斯夜话》实际上也将另一位苏格兰作家詹姆斯·霍格置于非常痛苦的境地。威尔逊喜欢制造引人瞩目的轰动效果，他早年的文学评论也因常常出现耸人听闻的攻击言辞而备受诟病。詹姆斯·霍格就是他这种行为的受害者之一。霍格作为他的同事，原本也为《布莱克伍德杂志》撰稿，但持续地受到威尔逊的排挤。最初，霍格以“埃特里克牧羊人”身份获得了诗歌创作的成功，司各特对他也多有提携。但是威尔逊在多篇评论中，特别是《安布罗斯夜话》中将霍格塑造成一个言行粗野、性欲旺盛、说着一口粗俗的乡村苏格兰语的“埃特里克牧羊人”形象，严重地损害了霍格的自尊心和他在爱丁堡在社交界的地位。

威尔逊的小说作品包括《苏格兰生活的光明和阴影》（*Lights and Shadows of Scottish Life*，1822）、《玛格丽特·林赛的考验》（*The Trials of Margret Lyndsay*，1823）及《福瑞斯特一家》（*The Foresters*，1825）。约翰·威尔逊的小说叙事基调是感伤主义，完全与现实生活脱节，关注虚假的社会繁荣的层面，因此显得矫揉造作。霍格曾针对威尔逊的短篇小说集《苏格兰生活的光明和阴影》创作了《男人的三重危险》，批判他伪饰现实、脱离实际的倾向。威尔逊的小说在遣词造句上非常文雅流畅，但是他的故事平铺直叙，既没有精彩的对话，也没有波澜起伏的情节，因此在当时远没有将其推上小说家的宝座。比如，他对牧羊女艾米·戈登、“里德丝戴尔的百合花”的描写清新淡雅，故事情节则最终落入“灰姑娘与王子”的俗套：

> 她是牧羊人唯一的孩子，自己也是一位牧羊女。她从未走出过出生的山谷；但是当她与羊群在山坡上休息时，当她朝着父亲的门微笑或在安息日更安静美丽地端坐在教堂时，周围的很多人往往仅为了看她一眼而来。（Wilson，1822：3）

《玛格丽特·林赛的考验》（1823）是威尔逊在当时较有影响的作品，主题是对上帝和命运谦卑恭顺的人经历重重考验之后最终也会在世俗生活中获得成功。父亲瓦尔特·林赛因通奸罪行与情人一起死去，导致全家人被迫离开乡间农舍，来到爱丁堡。通奸罪带来了一系列的死亡，被认为是上帝的惩罚。女儿玛格丽特是虔诚恭顺的象征，她的恋爱与婚姻也因此经历了多重考验。她与一个英格兰水手哈利·尼德汉姆热恋，两个人已到谈婚论嫁之时，哈利却因沉船溺水身亡。玛格丽特的母亲也因陷入痛苦而去世。随后玛格丽特被爱丁堡的中产阶层韦德伯恩姐妹收留，她们的兄弟理查德爱上玛格丽特，却遭到她的拒绝。因为她意识到两个人之间的地位悬殊，不可能获得幸福。她逃离韦德伯恩家，在舅舅的支持下以教书为生。在这期间她与卢德维克·奥斯瓦尔德结婚，但事实证明卢德维克此前早与汉娜·布兰泰尔结婚并育有一子。随着他的儿子出场，卢德维克逃跑了。汉娜在狂乱中死去。不久之后，卢德维克因为健康恶化又返回爱丁堡。这时候理查德·韦德伯恩和姐妹们再次出现，扮演了救助者的角色。卢德维克并未死去，而是拖着病体与玛格丽特共同生活了多年。作者威尔逊在结尾告诉读者，"上帝一直没有放弃这个孤儿"（Wilson，1845：258）。这个结语完全脱离了时代，脱离了社会现实，很难想象威尔逊何以会高度称赞约翰·高尔特的《限定继承权》的现实主义精神。

正当同时代的作家瓦尔特·司各特完成对复辟历史的总结、塑造苏格兰真正的英雄人物商人格迪斯（《雷德冈特利》），约翰·高尔特表现克劳德·瓦金肖（《限定继承权》）为代表的新兴中产阶级的功利主义道德与苏格兰社会发展趋向时，威尔逊却将资本主义发展过程中，失去土地的乡村居民大批流离失所涌入城市，成为依靠工资生活的工人阶层甚至一无所依的贫民的原因，归咎于"原罪"或"通奸罪"，致力于打造一个宗教道德束缚下的、与现实对立的、有机统一的共同体。这似乎是对司各特时代主旋律的一种背离，这种背离隐隐地表现出威尔逊内心深处对于一个变革时代的恐惧和不安。不过，换个角度看，威尔逊的小说也并非一无是处。诚如哈特所言，他的小说模糊了"小说与罗曼司的边界"（Hart，1978：84），他的感伤主义情调和后世的菜园派小说是异曲同工的。

约翰·吉布森·洛克哈特是司各特的女婿，他的主要传世之作是七卷本的《司各特传记》（*Life and Memoirs of Sir Walter Scott*），这部传记被誉为仅次于鲍斯威尔的《约翰逊传》的、最优秀的英语传记作品。洛克哈特经历了浪漫主义运动的后期和维多利亚时期早期，因此他的文学创作也可分为两阶段。第一阶段，他就职于《布莱克伍德杂志》，与约翰·威尔逊一起为杂志在整个不列颠的流行及对苏格兰文学的宣传做出了重要贡献。他人生的第二阶段属于维多利亚时期，他的主要成就则是在担任伦敦的《评论季刊》的编辑期间撰写的文学评论和优秀的传记作品《司各特传记》。洛克哈特作为一个小说家的主要成就，是在爱丁堡完成的。他在这一时期创作了几部较有影响的小说，如书信体小说《彼得致家人的信件》（*Peter's Letters to his Kinsfolk*，1819）、《瓦里留斯》（*Valerius*，1821）、《亚当·布莱尔》（*Adam Blair*，1822）、《瑞吉纳德·达尔顿》（*Reginald Dalton*，1823）和《马修·瓦尔德：一个疯子的故事》（*Matthew Wald*：*The Story of a Lunatic*，1824）等。这些取材于苏格兰社会、具有鲜明地域色彩同时又深度表现社会心理和人性欲望的作品，无疑属于整个浪漫主义时期苏格兰小说的范围。其中《亚当·布莱尔》因为再现了人性的本能欲望与现实规则之间的冲突，以及其细致深入的心理描写而颇受现代评论家的重视，已经数次再版，并被选入百部最优秀的苏格兰小说之列。从题材上看，《亚当·布莱尔》和《马修·瓦尔德》对另一位作家詹姆斯·霍格的《一个清白罪人的私人备忘录与忏悔》（1824）具有较为明显的影响。

1817 年洛克哈特加盟《布莱克伍德杂志》之后，布莱克伍德资助他前往德国游历。他有幸在魏玛拜访了歌德，并对德国浪漫主义理论产生了极大的兴趣。回国途中，他就将弗里德里希·冯·施莱格尔的《新旧文学史》翻译成英文。学者伊恩·邓肯认为，洛克哈特受到席勒的审美教育观与施莱格尔的浪漫主义的影响，结合埃德蒙·伯克的崇高美的理论，形成了托利党政治主导下的“文化民族主义”的思想。《彼得与家人的通信》就试图传达这种思想，并开创了苏格兰文化的民族主义批评的现代传统。洛克哈特与司各特的政治立场一样，都是托利党的联合主义。也正是通过《彼得与家人的通信》及后来的《司各特传记》，他树立并巩固了司各特作为文化民族主义的代表的形象。

《亚当·布莱尔》开头强力渲染了牧师布莱尔与妻子之间相知相依、心灵相通的幸福婚姻，以及妻子去世所带给他的巨大打击。他陷入精神上的困境，信仰虽然时时扫荡怀疑的阴影，但是“无形的幻想仍然时刻聚集成形，变成无法被驱散的鬼魂出现”（Lockhart，2002：4 ～ 5）。这预示着布莱尔内心深处某些东西是他的信仰无法束缚的。教士阶层往往是当地受教育程度最高（苏格兰教会的牧师多数要完成神学博士学位）的人群，在偏僻的小镇或小村庄的牧师常常难以寻找具有类似的教养的人，缺乏沟通。布莱尔与妻子之间深厚的感情，不但是两个人相爱的表现，更深层的还是精神上的沟通。在《亚当·布莱尔》中，布莱尔在丧妻之后长久的精神孤单和肉体空虚之后，对来访的夏洛特·坎贝尔产生了本能的欲望，最终导致犯下通奸罪行。夏洛特·坎贝尔本人并非一个放荡的女人，恰恰相反，她品质高尚、耐心细致、热情。作为布莱尔去世妻子的表妹及最亲密的好友，她的吸引力是双重的，首先她受过良好教育，能与亚当·布莱尔常常就各种问题展开争论，并且以姨妈的身份关心布莱尔和妻子唯一的女儿萨拉，起到了妻子伊莎贝尔的作用；其次就是作为一个婚姻不幸的女人的魅力，由于被教区居民视为道德楷模的高标准和作为普通人的基本人性需求之间存在巨大的鸿沟，牧师的通奸行为尤其难以被公众接受。甚至布莱尔自己也不相信自己会犯罪，在城里的同事们之间流传关于布莱尔和坎贝尔之间的不正当关系时，无论教区居民还是布莱尔都对此不屑一顾。但是，这件事最终发生了。布莱尔陷入比丧妻更大的精神危机之中。

这个故事取材于1746年的苏格兰教会的一个真实故事，涉事牧师被教会罢免。但是经过一系列的抗辩之后，他与情妇结婚，并重新被教会接纳。洛克哈特的《亚当·布莱尔》显然没有如此轻而易举地原谅这种不道德行为，而是让布莱尔经历了更深层的精神痛苦的折磨。在这部作品中，洛克哈特试图努力强化审美教育观和“文化民族主义”立场，希望通过提高道德品质和教育水平，来提高民族的整体素质。这部作品从另一个角度，暴露了历史上对苏格兰教会影响甚深的清教主义思想对人性的压抑。

在这部作品中，洛克哈特还描写了一些其他类型的女性，比如以塞玻尔太太为代表的中产阶层女性，对家人的关注仅仅停留在饮食层面，忽视了男性在精神方面的需求，“她们似乎认为胃是构成整个人类的一切机构之中最最重要的部分”（Lockhart，2002：15）。但是，这种对女性的贬低，实际上更突出了18世纪末女性在家庭和社会中的地位低下，一切服从丈夫和子女的需要。由于受教育机会受限，女性只能将全部精力放在烹调、缝纫、编织等家务劳动上。小说在结构上稍显松散，但是其中风景描写异常优美，且常常能反映人物的内心情感，这在一定程度上弥补了结构上的不足。

除了威尔逊和洛克哈特两位名副其实的布莱克伍德派小说家，司各特时代另一位颇有名气的小说家是有着“苏格兰的简·奥斯汀”之称的苏格兰女作家苏珊·范瑞尔。范瑞尔创作的《婚姻》（*Marriage*，1818）、《遗产》（*The Inheritance*，1824）、《命运》（*Destiny*，1831）三部曲题材范围不出家庭内外，且以女性的择偶及婚姻生活为主线，政治问题和社会变革均不在小说的讨论范畴。范瑞尔和奥斯汀最为接近之处是她在第二部小说《遗产》的卷首套用了《傲慢与偏见》的开篇名言，“没有什么感情比得过傲慢更深入人的本性，这是普世公认的真理”（Ferrier，1824：1）。尽管如此，范瑞尔与奥斯汀的创作风格还是有些差异：简·奥斯汀对人物形象和社会道德均给予温和的讽刺，而苏珊·范瑞尔则以漫画般的笔法，近乎残酷地揭露了人物的弱点。范瑞尔的作品堪称喜剧小品，她机智乐观的性格通过对各色人物的描写展露无遗，从自己狭小的社交和生活圈子中提炼出苏格兰人生活的幽默和智慧。与其说她写的是对理想婚姻的追求，不如说她的小说是未婚、已婚或在追求婚姻的各色女性生活的精妙画廊。

1818年苏珊·范瑞尔匿名发表了《婚姻》，出版商是威廉·布莱克伍德。布莱克伍德对范瑞尔的小说表现出强烈的兴趣，马上就决定出版。事实证明他的眼光没错，《婚姻》非常成功地吸引了读者的目光，很快就成了苏格兰和英格兰文人以及大众读者阶层所讨论的对象。这促使范瑞尔开始构思下一部作品《遗产》。六年之后的1824年，虽然当年司各特的《雷德冈特利》和霍格的《一个清白罪人的私人备忘录和忏悔》相继出版，范瑞尔的《遗产》还是吸引了评论界和读者的注意。《遗产》被认为是范瑞尔在创作技巧上表现得最成熟的作品。与《婚姻》相比，《遗产》的喜剧场景和故事不再漫无边际，均是围绕故事情节展开或为其服务，但小说的喜剧精神不再像《婚姻》那样强烈。范瑞尔此时已经步入了中年，原来非常强烈的喜剧精神逐渐消退，性格中像艾米莉那样坦率地指摘社会弊病的成分逐渐被基督教情感取代。范瑞尔在1831年发表最后一部作品《命运》之后就停止了创作。虽然出版商多次邀稿，朋友汉娜·麦肯锡（亨利·麦肯锡的女儿）也多次给范瑞尔写信表明很多出版商希望能向她约稿，但范瑞尔都拒绝了。病痛的折磨及父亲的去世使范瑞尔突然感到自己“无用”，就像自己曾经创作过的那些女性形象一样，找不到自己在社会中的定位。不过，苏珊·范瑞尔的三部小说足以使她在文学界获得尊重。

《婚姻》是关于两代人的婚姻故事，以第二代玛丽的婚姻为主要内容，探讨了女性的教育问题。玛丽和阿德莱德是英格兰伯爵之女朱丽安娜与出身于苏格兰高地乡绅之家的亨利·道格拉斯私奔苏格兰之后产下的双胞胎，玛丽被道格拉斯夫人收养留在苏格兰，阿德莱德则被朱丽安娜带回了伦敦。玛丽18岁那年前往伦敦与母亲共同生活。通过玛丽与阿德莱德的对比，范瑞尔强调了教育在女性性格和修养的形成中的重要作用。玛丽、艾米莉和阿德莱德三个女孩子年纪相仿，对爱情和婚姻的追求截然不同。阿德莱德在朱丽安娜的教育下变成了美丽但骄傲、冷酷和虚荣的代言人，她放弃对表哥林多的爱，嫁给年纪足可以当她祖父的阿尔塔蒙特伯爵，经历无法忍受的痛苦之后又不计后果地与林多私奔。表妹艾米莉虽然接受过同样的教育，但因为地位独立，保持了天性中坦率、自然的一面，对人性的虚伪、自私和虚荣大加鞭挞。她与自小青梅竹马、天性乐观但智力平庸的爱德华·道格拉斯结婚，意识到自己在道德方面的缺失。玛丽在道格拉斯夫人的教育下，一方面保持了苏格兰人对自然和天性的尊崇，另一方面具有基督徒的真正慈善和对美德的尊崇。她对待爱情，首先希望两个人能心灵相通，互相“同情”。无论面对阿尔塔蒙特伯爵的金钱，还是威廉·莱特将要继承的庄园，她都没有动心。最终她与财产微薄、但心心相印的莱诺克斯上校结了婚，两个人返回苏格兰高地生活。《婚姻》的主要线索是婚姻对象的选择和女性教育问题，这是英国女性小说中司空见惯的主题。但是，在苏珊·范瑞尔笔下，不仅描写了各色女性人物的夸张形象，还通过她们表现出苏格兰高地社会由于知识欠缺而形成了固定的偏见和无知，以及社会群体呈现出简朴、真诚、自然的面貌，而以伦敦为代表的英国社会则表现出冷淡、奢侈和空虚。

《遗产》取材于发生在苏格兰的一桩逸事。苏格兰贵族之家的圣克莱尔先生与平民萨拉结婚之后不被认可，两人只能到法国生活。由于哥哥罗斯维尔爵士后继无人，只要圣克莱尔夫妇生得一子半女，他们便有可能返回苏格兰。由于健康问题，圣克莱尔夫妇盘桓法国多年，直到葛楚德十几岁才与母亲返回罗斯维尔庄园。罗斯维尔伯爵希望她嫁给自己的政治搭档和侄子德尔莫先生，葛楚德却与花花公子德尔莫上校相恋。表兄林赛先生深爱葛楚德，最终将她从虚荣和谬误中拯救出来。葛楚德并非真正的继承人，只是一个使女的女儿。圣克莱尔太太只不过希望利用她骗取庄园的继承权。亚当叔叔和林赛先生的爱让葛楚德恢复了本性的天真自然，她继承了亚当叔叔布莱克花园，嫁给林赛为妻。林赛则在舅舅罗斯维尔死后继承了罗斯维尔庄园。与《婚姻》相比，《遗产》的道德寓意更强，“在她视线中那令人迷惑的浪漫主义激情不再流光溢彩，而变成了易逝的光辉；但是虔诚和美德闪耀着平静而永久的光芒，照亮了一种幸福而有用的未来生活历程”（Ferrier，1824：358）。

尽管范瑞尔的喜剧精神在《遗产》和《命运》中逐渐消退，道德说教的倾向性也越来越明显，但作品中非常重要的一点不容忽视，那就是经济发展落后、文化艺术也不太发达的苏格兰比起商业繁荣的英格兰或奢华无度的法国更有助于道德感的培养，从而也更容易获得幸福的婚姻。范瑞尔一方面批判伦敦甚至苏格兰的上层社会对流行的意大利歌剧、法国戏剧的崇尚和吹捧，提倡珍视丰富的民族音乐、诗歌和文化传统；另一方面她批判感伤主义对社会风气，特别是年轻人行为的恶劣影响，强调谨言慎行和奉献精神对一个人能否获得幸福至关重要。范瑞尔的小说通常被称为“社会风俗小说”（novel of manners），这一用语将她的小说和奥斯汀的小说紧密相连。范瑞尔和奥斯汀南北呼应，以书写乡村女性人物而著称，彰显了女作家的魅力。在男性作家众生喧哗的时代，作为苏格兰首屈一指的女作家，范瑞尔虽然一生只有三部小说，但这三部小说的地位是不容小觑的。此外，由于范瑞尔出身名门，和当时地位显赫的阿盖尔公爵的孙女夏洛蒂·克莱沃英（Charlotte Clavering）私交甚密，通过克莱沃英的文学交际圈又结识了司各特和亨利·麦肯锡，她在当时苏格兰文坛的影响也不可低估。虽然她的第三部作品《命运》因为一千七百英镑巨资的诱惑而交给了卡代尔出版社，但她的前两部小说都是在布莱克伍德出版的，所以，范瑞尔也算得上布莱克伍德派的女性代言人。

# 第三章　菜园派的内外

维多利亚时期堪称英国历史的鼎盛时期，大英帝国成为显赫一时的世界霸主。维多利亚时期的苏格兰有着世界的作坊的美誉，在机车、造船、纺织等行业的带领下，苏格兰经济发展迅猛，城市急剧扩张，格拉斯哥、爱丁堡、邓迪、阿伯丁四大城市人口剧增，格拉斯哥还一跃成为大英帝国的第二大城市。乡村人口向城市迁移，由于饥荒以及经济不振等原因，大量的爱尔兰人也开始涌入苏格兰。随着铁路的发展，人口的流动也日渐频繁。许多苏格兰的文人也借助铁路的便捷在苏格兰和英格兰之间旅行，爱丁堡、格拉斯哥和伦敦成为维多利亚时期苏格兰小说家的圣地。随着报刊和出版行业的发展，《爱丁堡评论》《布莱克伍德杂志》等一批源起于苏格兰的杂志到了维多利亚时期真可谓是如日中天，《布莱克伍德杂志》《英国周报》、威廉·布莱克伍德出版社、麦克米伦出版社等在维多利亚时期苏格兰小说的发展进程中起了关键性的作用。威廉·罗伯森·尼克尔等一些杰出的编辑为当时的苏格兰小说，尤其是菜园派小说的兴起做出了重要的贡献。

在维多利亚时期的苏格兰小说中，最能代表苏格兰文化、最富苏格兰地方风味的当属菜园派小说。由于尼克尔及其主编的《英国周报》的推动、麦克莱伦的美国演讲以及苏格兰出身的美国钢铁大王安德鲁·卡耐基对麦克莱伦作品的崇拜等多重原因，菜园派小说在维多利亚晚期曾经红极一时。虽然它遭到反菜园派小说的无情嘲讽，在苏格兰现代主义时期又遭到了许多苏格兰文坛领军人物的质疑，但菜园派小说对于维多利亚时期乃至整个苏格兰文学与文化的作用还是不可低估的。菜园派小说对苏格兰乡村的书写确实有许多理想化的成分，但恰恰就是这种理想化的苏格兰乡村，特别是宁静而祥和的苏格兰乡村共同体才能最好地代表苏格兰。反菜园派小说用商业侵袭粉碎了苏格兰乡村共同体的神话，而这恰恰是从反面证明了苏格兰乡村共同体的价值。没有了乡村这个根基，共同体就会被商业侵蚀；没有了共同体，苏格兰文化的灵魂也就受到了冲击。所以，维多利亚时期苏格兰小说的核心只有一个，那就是菜园派。

从这种意义上讲，乔治·麦克唐纳的神学小说、玛格丽特·奥利凡特的卡林福德编年史小说可以视为菜园派小说的铺垫，两位作家的小说都是以苏格兰乡村的地方风情为主要着眼点，但麦克唐纳和奥利凡特并未像菜园派小说那样大量地使用苏格兰方言。以巴里、麦克莱伦、克罗齐特为代表的菜园派小说家以未受现代化侵扰的苏格兰乡村为依托，大量使用苏格兰方言，塑造了“可塑之才”的苏格兰神话，为读者呈现了虽有教派之争但依然宁静而祥和的苏格兰乡村共同体。以乔治·道格拉斯·布朗、约翰·麦克道格·海伊为代表的反菜园派小说家用商业世界粉碎了菜园派的神话，为苏格兰现代主义小说的生成做好了铺垫。本章重点讨论的另外两位小说家罗伯特·路易斯·史蒂文森和约翰·巴肯也和菜园派小说有着千丝万缕的联系，史蒂文森的遗作《赫米斯顿的韦尔》常常被贴上反菜园派的标签，而巴肯的《灰天气》有着浓浓的菜园派的味道，巴肯的妹妹是菜园派的忠实追随者，她以欧·道格拉斯为笔名创作了一系列仿菜园派小说。菜园派小说的核心地位是无可置疑的，但维多利亚时期的苏格兰小说也不能简单地用菜园派和反菜园派的模式来一笔带过。麦克唐纳还有奇幻文学作品，而且奇幻文学是他对后世作家影响最大的文类；奥利凡特还有一系列的女性主义小说；史蒂文森最有名的当属冒险小说和南太平洋故事；巴肯最成功的是神秘小说，尤其是汉内小说系列，上述的小说似乎都不适合贴上菜园派或者反菜园派的标签。此外，菜园派小说的代表人物也并非日日夜夜都在写菜园派小说，巴里最负盛名的是不属于菜园派小说的彼得·潘故事，克罗齐特也写过城市题材的小说，连最能代表菜园派的麦克莱伦也创作了许多难以贴上菜园派标签的虚构作品。

## 第一节 渐行渐远的苏格兰

福尔赛斯·哈代在《电影中的苏格兰》（*Scotland in Film*，1990）一书中讲了一个非常有趣的故事：20 世纪 50 年代，好莱坞在制作经典的逃避主义电影《南海天堂》（*Brigadoon*，1954）时，制片人找到正在《苏格兰人》报刊社做电影记者的他，说想在苏格兰为电影选景，最好是苏格兰高地保持着百年前旧貌的某个乡村。哈代带他去了法夫的卡尔洛斯、珀斯郡的丹凯尔德和康姆莱伊、高地的因弗沃瑞，制片人返回好莱坞，深感失望地说：“我去了苏格兰，但没有看到任何看起来像苏格兰的东西。”（Hardy,1990:1）制片人的这句话颇有深意，它有意或者无意地道出了外人眼里的苏格兰形象，那就是百年不变的苏格兰乡村。一旦乡村被商业化和工业化所侵扰，或者乡村逐渐地被城市所侵蚀甚至吞没，或者乡村沦为现代化城市的复制品，那么，人们心目中的苏格兰也就不再像苏格兰的样子了。而维多利亚时期的苏格兰正在经历着这种变迁：工商业发展、城市扩张、铁路无处不及、宗教纷争不断，如诗如画的苏格兰乡村、和谐而稳固的苏格兰共同体逐渐成为美好的回忆，渐行渐远的苏格兰不再是文学的虚构，而是悄然发生的、难以逆转的事实，而该时期的小说则是用一种怀旧、迷惘或者逃避的方式记录着这种现实。

历史学家将维多利亚时期的苏格兰比作世界的作坊，苏格兰成为大英帝国最重要的制造业基地，苏格兰经济迅猛发展，各个地区还依据地方优势形成了强大的产业群。格拉斯哥是维多利亚时期苏格兰工业发展的典范，经过数十年的发展，格拉斯哥的工业尤其是重工业达到了世界领先的水平。到了20世纪初期，格拉斯哥生产的海洋机械占整个英国的半数，机车和铁路设备、轮船吨位各占全国的三分之一，钢铁产量占全国的五分之一。到了第一次世界大战爆发之时，格拉斯哥的轮船吨位更上一层楼，达到了全世界的五分之一，超过整个德国船厂产量的总和。除了造船业，格拉斯哥在机车和铁路设备制造方面也有明显的产业优势，经过企业兼并重组，格拉斯哥的行业巨头北英机车厂机车年产量达到八百台，为当时整个欧洲之冠，成为英国、欧洲大陆以及南美最重要的供应商。与此同时，著名的苏格兰工程师威廉·阿洛尔爵士（Sir William Arrol,1839～1913）于1872年在格拉斯哥创办了自己的企业，并从1882年起相继建造了著名的塔伊铁路桥、福斯铁路桥和伦敦塔桥，这些雄伟的工程令世人对格拉斯哥的建筑师刮目相看。

和格拉斯哥的重工业格局不同，苏格兰的另一个城市邓迪主要致力于黄麻纤维的生产。黄麻纤维是制造包袋和地毯的主材，原来主要是从印度进口，但从19世纪80年代以来，邓迪迅速成为黄麻纤维的主要生产基地，其产品销往世界各地，美国和大英帝国殖民地成为新兴市场。苏格兰地区形成了阵容强大、产业特色鲜明的生产格局：柯克考迪主要生产地板覆盖物，塞尔柯克主要生产高端织物，格拉什尔兹主要生产方格呢，基尔马诺克主要生产地毯。在棉花纺织行业日渐衰微的情况下，黄麻纤维及其相关产业的发展堪称是苏格兰纺织业的一场及时雨，它为大量的纺织工人提供了新的就业机会，并在一定程度上促进了苏格兰传统产业的升级换代。

随着苏格兰经济的迅猛发展，苏格兰地区的人口也在剧增。1831年苏格兰的总人口数是237.4万，而到了1911年则翻了一番，人口总数高达476.1万。苏格兰地区人口数量的剧增，除了苏格兰人自身的因素，还有爱尔兰人的大量涌入。由于饥荒以及失业的威胁，大量的爱尔兰人开始迁移到苏格兰地区谋求生计，他们把苏格兰视为就业的天堂，爱尔兰人宁愿接受比苏格兰人低一些的工资，也不愿意在自己的家乡忍饥挨饿。爱尔兰人的涌入给苏格兰带来了一些社会问题，比如酗酒和犯罪，所以苏格兰人对爱尔兰人还是有一定的排斥的，这一点也反映在同时代的小说中，乔治·道格拉斯·布朗（George Douglas Brown,1869～1902）的《带绿色百叶窗的房子》（*The House with the Green Shutters*,1901）中即有关于苏格兰人和到苏格兰定居的爱尔兰人矛盾的书写。在人口数量剧增的同时，苏格兰地区的人口分布格局也开始发生变化，大量的人口开始向低地的城市聚集，爱丁堡地区的人口从78万猛增到140万，而苏格兰的工业重镇格拉斯哥更是人满为患，到1901年的时候已经突破了200万，连斯特灵和法夫一类的小城市人口都翻了一番，而高地的人口则是在1841年达到顶峰之后迅速回落。格拉斯哥、爱丁堡、邓迪和阿伯丁成为苏格兰地区的四大城市，而格拉斯哥则一跃成为大英帝国的第二大城市，维多利亚女王还亲自来为格拉斯哥市议事厅的开启而剪彩。

苏格兰城市发展尤其是格拉斯哥、爱丁堡、邓迪和阿伯丁四大城市的发展以及人口的膨胀是十分惊人的，到了1851年，四大城市的人口占整个苏格兰人口的五分之一，而到了1911年，四大城市的人口占整个苏格兰人口的三分之一。在四大城市中，人口规模最大的是格拉斯哥。到了1901年，苏格兰的总人口约450万，而格拉斯哥地区的人口高达200万，占整个苏格兰人口的百分之四十四，仅格拉斯哥城区的人口就有76万之多。当新的煤田和铁矿被发现后，格拉斯哥及其周边的发展速度更加惊人。和格拉斯哥不同，爱丁堡城市发展的主要特色是沿着“北方的雅典”的模式向前迈进。早在19世纪20年代，爱丁堡就已经成为诗人心目中的北方的雅典，但是，人们今天看到的许许多多的爱丁堡的标志性建筑是在维多利亚时期完成的。卡尔顿山上的国家纪念碑、爱丁堡大学、皇家学院等都是城市建筑“希腊化”的典范。爱丁堡新城的设计也充分考虑了“希腊化”的因素，在19世纪30年代，新城已经拥有了五千多房屋，此地的居民多为职业者和生意人。维多利亚时期爱丁堡的一个著名城市规划案例是紧邻王子街的土丘地区的重新布局，一个标志性的建筑是苏格兰宗教分裂后所设计建造的自由教堂学院，而同一地区的标志性建筑还有苏格兰国家美术馆和苏格兰皇家学院。维多利亚时期的爱丁堡在扮演着苏格兰的首府和政治、法律以及宗教中心的角色的同时，也扮演着中产阶级休闲之都的角色，紧邻爱丁堡市的波特贝罗海滨小镇成为苏格兰中产阶级居住和休闲的理想场所。虽然爱丁堡在城市发展过程中也产生了一系列的问题，比如由于毫无节制地向利斯延伸最后导致城市建设部门的一度破产，但是，总体而言，爱丁堡的城市发展模式还是有很高的借鉴价值的。邓迪和阿伯丁的发展都借鉴了爱丁堡的发展模式。邓迪的新城的核心是 19 世纪 30 年代落成的改革街，这里到处都是别具一格的建筑，比如阿尔伯特学院、皇家交易所、凯尔德厅以及邮政局。阿伯丁也效仿爱丁堡以联合街为轴心建立了新城，并开始探索用花岗岩进行建筑装饰，19 世纪 30 年代以来，由于蒸汽动力技术的改进，花岗岩的切割和加工技术有了飞跃式的发展，阿伯丁也因此而成为著名的花岗岩之城。当然，城市发展也引发了一系列的问题，前面所提到的爱丁堡城市建设部门的一度破产仅是其中一例，一个更为严重的问题是住房问题，过度拥挤的出租房（tenements）在维多利亚时期的苏格兰城市中已经相当普遍，一份 19 世纪 30 年代的报告把爱丁堡出租房的楼梯比作直上直下的街道，有时一个楼梯要五十多户人家共用。到了 1861 年前后，苏格兰大约三分之一的人口居住在一居室的房子里，而这些房子中有近八千户是没有窗户的，然而，如此寒酸的居住条件依然挡不住人口涌入城市的浪潮。

除了经济发展和城市发展，维多利亚时期苏格兰一个更令民众感到骄傲的是教育的发展，当时苏格兰的教育水平丝毫不比英格兰或者欧洲大陆逊色。维多利亚时期苏格兰教育的最大优越之处是教育的开放性和平等性，无论家庭贫富，只要孩子有出息就能上大学。苏格兰的教育既精英又民主，任何东西都不能阻挡“可塑之才”[①]成才的道路。苏格兰的大学向所有的才子们敞开，只要有才能、肯努力、肯付出就有机会进入好的大学，许多移民不惜漂洋过海远赴苏格兰，就是为了享受苏格兰良好的教育。苏格兰的这种任人唯才的教育思想影响深远，一直到 20 世纪 70 年代仍有余波，这是最令苏格兰人骄傲和怀旧的地方。尼尔·麦克林在《北方大学的生活》（*Life at a Northern University*,1874）中写道，大学教育是苏格兰人的至善，苏格兰平等主义教育使得大学对穷人和富人都敞开大门，这是“我们国家的骄傲和荣耀”（MacLean,1874:vi）[②]。“可塑之才”传统被

---

① 关于“可塑之才”的名词解释，请参见本章第四节“菜园派小说：苏格兰的感伤之旅”的相关部分。

② 为了表示正规，麦克林还特意将“至善”写成了拉丁文 summum bonum。

认为是苏格兰的教育神话，在这种传统中，家境贫寒的男孩只要成绩优异，就有机会被教区的教师兼牧师发现，而后推荐到大学就读，村民们会举全村之力资助，后来又有了奖学金制度，而“可塑之才”大学成才后的首选是做牧师。虽然“可塑之才”教育模式可能早已存在，但学界一般认为最早将其定型的是菜园派小说，具体而言，是伊恩·麦克莱伦（Ian Maclaren，1850～1907）的《在美丽的野蔷薇丛旁》（*Beside the Bonnie Brier Bush*，1894）。英国社会学家麦克罗恩对可塑之才的文化蕴涵进行了精辟的论述，他认为：“可塑之才所孕育的共同体的政治经济学是前资本主义的。赚钱被认为是过度被贪婪所驱使，而不是用理智和感情中立的方式去追求”（McCrone，1992：99）。菜园派所塑造的可塑之才神话的核心不是个人，而是一个崇尚平等主义教育、不受制于金钱的共同体。在这样的共同体中，商业成功是不被称道的。在列举多姆西校长的教育硕果时，商人被排在最后，而且被耐人寻味地加上了引号：“多姆西时代学校送出去的英才中有七个牧师、四个校长、四个医生、一个教授、三个公务员，还有许多‘将自己献身于商业追求的。’”（MacLaren，1894：9）菜园派笔下的共同体不受制于金钱，他们有着更神圣的目标：倾全民所有培育可塑之才。校长把自己的钱都用在学生身上，家人宁愿几年不换新衣服也要成就求学梦，村里的富裕户舍得拿出比买一头牛还多的钱来赞助。在苏格兰共同体的语境中，培养学者是“为整个英联邦增添财富”（Maclaren，1894：17）。

教育是维多利亚时期苏格兰人的骄傲，但如此令人引以为荣的教育也存在一些问题。首先，苏格兰的教育对苏格兰自身的语言和文化传统不够重视。从法律上讲，苏格兰的学校允许使用盖尔语，但实际上完全行不通。教育的普及使得盖尔语越来越没有用武之地，18 世纪末的时候苏格兰还有一种盖尔语诗歌的传统，到了维多利亚时期，由于氏族体系的衰微以及苏格兰高原人气渐弱，盖尔语诗歌传统已名存实亡。虽然有许多团体致力于保存盖尔语传统，但毕竟力量有限，虽然这些团体声称盖尔语主要是民间传统，与学校教育关系不大，但是，毕竟学校教育才是培养下一代的主战场，所以，难怪有人会批评维多利亚时期的苏格兰不注重民族主义教育。其次，由于苏格兰地区中学和大学不太接轨等原因，苏格兰大学的入学门槛相对较低，这也是可塑之才可以从教区学校直接被推送到大学的原因之一。寒门学子也可以读大学是件好事，但教区学校推荐即可进入大学是否妥当，还是颇值得商榷的。苏格兰的大学一边要与英格兰的大学竞争，尽全力培养对社会有用的合格人才，另一边又得迁就当时还缺乏长远规划的中学教育，降低门槛来吸引学生入学。为了解决这个矛盾，苏格兰的大学从19世纪50年代起开始探索优等生课程体系，到了80年代末又对优等学位和普通学位进行了体制上的区分。最后，虽然苏格兰在强制性教育方面取得了长足性的进展，规定五至十三岁的孩子必须接受学校教育，但苏格兰学校教育的书卷气太重，孩子经常被当作显示聪明的工具，他们经常被要求读一些他们根本读不懂的书，借此来证明他们有超凡的学习能力。此外，苏格兰的教育资源还是十分不平衡的，高原地区的学校无论是在硬件方面还是在软件方面都和其他地区都有着明显的差异。

维多利亚时期苏格兰的教育是和宗教紧密相连的，苏格兰教育界所信奉的理念是著名的苏格兰宗教改革领袖约翰·诺克斯（John Knox,1514～1572）及其追随者们在16世纪所传播的宗教思想，苏格兰的基础教育也牢牢地把握在教会的手中，教区学校是苏格兰基础教育的基石，在许多情况下，校长同时也是牧师[①]。对于维多利亚时期的社会变迁，苏格兰教会（kirk）的反应比地方政府要迅速得多。历史学家米奇森分析了其中的缘由，他认为“在整个19世纪，对大多数人而言，宗教是比政治更具主导地位的事情”（Mitchison,1982:381）。由于苏格兰教会深受加尔文教的影响，所以苏格兰教会一直坚持将精神和物质分开，而且不主张激进的政治或经济形式重组。随着人口的急剧增加，教会在教堂的扩展进程中遇到了一些麻烦，他们认为政府应该捐建人口密集地区新增加的教堂，而最终得到的只是政府的一些支持高原地区教堂建设的基金。出于政治的考虑，政府优先支持国教教会，而其他教会必须自己筹集资金新建教堂。1834年最高宗教会议（the General Assembly）通过了教堂法案，承认新教区的合法性，并接受他们的牧师作为教堂议事机构的成员。作为教堂扩展委员会的召集人，著名的神学教授、苏格兰宗教领袖托马斯·查尔莫斯（Thomas Chalmers,1780～1847）用了七年时间募集到善款，并负责建造了二百多座教堂。

维多利亚时期苏格兰宗教界的最重要的历史事件是宗教分离（the Disruption），它是一系列的社会、文化和经济共同作用的结果。1843年5月18日下午三时许，一长队身着黑衣的牧师和长老们从爱丁堡新城的圣安德鲁斯教堂走出，他们刚刚召开过最高宗教会议，他们穿过密集的人群，最终停留在爱丁堡的郊区佳能米尔斯，这里将举行苏格兰自由教堂的首次集会。474名牧师在离职书上签字，他们放弃了十万英镑的薪水以及在原有的英国教会的圣职授予权之下的种种庇护。在原有的苏格兰国教教堂体制下，牧师通常是由皇室和地主们任免，而后征得长老会的同意。随着苏格

① 维多利亚时期的教区学校校长或者教师被称为dominie，一般同时都有牧师身份。

兰教会中福音派运动的风起云涌，人们开始对这种僵化的任免体制表示担忧，认为这样的任免制度不利于教会对城市工人阶级的关注。以托马斯·查尔莫斯为代表的福音派认为，人通过对耶稣的信念和使命和针对大众的传教就可以得到救赎，他们愿意把这种信念和那些在原有的体制中被不幸忽视的工人阶级交流。经过近十年的摩擦，福音派越来越坚信教会与行政分离的重要性。1833 年，他们在最高宗教会议上争取到多数代表的支持，通过了否决法案，该法案支持教区拒绝他们不想要的牧师。否决法案和原有的圣职授予权针锋相对，最高宗教会议乃至国会都难以调和，两种体制经常会有摩擦。1842 年最高宗教会议认可了苏格兰在耶稣信仰之下的精神独立，一年之后，著名的宗教分离运动应运而生。苏格兰国教和自由教堂并存，两个教派之间并没有发生实质性的教派冲突，自由教堂并不认为自己是异教徒，这一点可以在菜园派小说中看个究竟。非常有趣的是，最后促成了宗教和行政分离的不是自由教堂，而是苏格兰国教。经过长时间的磨合，圣职授予权已经名存实亡，苏格兰教会都不愿意接受强行委派过来的牧师，自由教堂甚至宁愿集会时没有牧师也不愿意接受指派牧师，在这种情况下，苏格兰教会于 1872 年成功地说服国会从法律层面废除圣职授予权。

铁路是维多利亚时期的关键词之一，虽然英国最早的铁路是在英格兰，但作为蒸汽机发明者的故乡，苏格兰在机车生产和铁路发展两个方面也不会甘居人后。到了 19 世纪 40 年代，苏格兰土生土长的菲尔巴恩和德拉蒙德兄弟、帕特里克·斯特灵和来自德国的亨利·达博斯三家机车生产商开始崛起，苏格兰的机车生产开始跃居领军地位，到了 1900 年，格拉斯哥已经成为欧洲的机车之都，北英机车公司的徽标在大英帝国、俄罗斯、中国和南美随处可见，比北英还强的恐怕只有美国的鲍德温公司。苏格兰的铁路建设最早是拉纳克郡和法夫之间的货运线路，1842 年格拉斯哥和爱丁堡之间的客运线开始运营，随后便开始了铁路建设的狂潮，贝尔维克于 1846 年通车，卡莱尔于 1848 年通车。19 世纪 70 年代苏格兰铁路建设曾因为泰伊大桥事故而一度降温，但随着福斯铁路桥的成功，铁路建设又迅速升温，铁路慢慢地向很小的市镇扩展，运营速度也越来越快。以爱丁堡到伦敦为例，最早的运营时间长达 43 个小时，而到了 19 世纪 80 年代，运营时间缩短到 8 个小时。苏格兰的铁路比英格兰更兼顾草根阶层，在 19 世纪 50 年代，英格兰铁路每天只有一个班次搭载三等舱旅客，而在苏格兰，几乎所有的列车都搭载工人阶级旅客，便捷的铁路改变了人们的出行方式，也改变了人们的生活方式和商业经营模式。苏格兰的文学对铁路做出了及时的回应，无论是菜园派小说、反菜园派小说，还是奥利凡特、巴肯的小说，都可以看到对铁路这个被誉为维多利亚时期社会进步的标志的回应。

历史学家莱特写道：“我们的最早的文字记录把苏格兰说成是农业国家。”（Rait,1929:173）在关于圣柯伦巴（Saint Columba,521 ～ 597）生活的记述中到处都可以追寻到农业的痕迹，农夫们带着收获的喜悦走向庙宇，五月的甘霖缓解了之前的干旱，圣人的预言是讲给一个刚刚磨过谷物的人听的，圣人无意中为一把屠夫的刀做了祝福，当他意识到之后马上说相信上帝从此绝不会让这把刀伤及人类或者牲畜。通过以上的事例可以看出，从圣科伦巴生活的时代起农耕桑田就成为苏格兰社会生活的标记。到了维多利亚时期，由于工业和商业的发展，农业受到了一定程度的冲击。用历史学家德文的话说，苏格兰的工业发展是“经典形式的维多利亚时期苏格兰的带有疤痕的工业风景”（Devine,2006:258）。工业发展的直接后果是城市人口的剧增和农村人口以及农村劳动力的减少。1851 年的时候，苏格兰的男劳动力尚有百分之三十左右在从事农业生产，而 1911 年时骤降到百分之十三。苏格兰农村发生了巨大的变化，虽然农业仍旧是农村的主要收入来源，但纺织产业以及商业也开始在农村蔓延。由于市场的变化以及技术的更新，农村的产业结构和运作模式也发生了巨大的变化。土地变得高度集中，根据 1873 年的统计，苏格兰有四分之三的土地集中在五百八十个人的手中，萨泽兰公爵即是其中的一位。谷物轮作已成为农业生产的一大特色，农民们对大麦、燕麦、萝卜等作物进行轮作可以迅速适应市场的变化，此外，由于各种农作物轮番耕作，也使得农村劳动力不再像原来那样随着季节变化而变化，有时很忙而有时又很闲。在爱丁堡地区的东洛辛郡和贝尔维克地区，还出现了资本主义方式运作的大农场，对相关雇佣劳动者开始实行薪金制度，车棚、牛棚、堆谷场、萝卜储藏室等开始被有规划地集中建造，部分农场还将蒸汽机用于水利，开始有了明显的机械化味道。农村的雇佣关系也发生了明显的变化，受雇佣阶层中也分出了三六九等，马夫是“精英阶层”，紧随其后的是牧场主和普通劳动者。女仆人直接归女主人使唤，但男仆人是由工头来领导的。[①]工头在雇佣者心目中有很高的地位，一旦工头被解聘，他手下的被雇佣者往往也就随他而去。

维多利亚时期苏格兰农业的一个最重大的历史事件是 1846 年高地的饥荒，由于致命性真菌的侵袭，高地西部地区赖以生存的土豆绝收，西海岸和岛屿的许多地方可以闻得到腐烂的土豆的霉味，伤寒和疟疾开始肆虐，

① 当时苏格兰农村的普通劳动者被称为 orramen，而农村的工头被称为 grieve。

民众开始担忧苏格兰是否会重蹈爱尔兰土豆饥荒的覆辙。好在饥荒的范围不大，主要集中于西部和岛屿，而高地的中部、南部和东部土豆并非支柱性作物。英国政府在斯凯岛的伯特利和穆尔的托博蒙瑞建立了食品供应点，英国举国上下都伸出援手，旅居海外的苏格兰人也慷慨解囊，高地救济成为维多利亚时期苏格兰的一次规模空前的慈善活动，苏格兰最终战胜了饥荒和瘟疫，没有重蹈爱尔兰土豆饥荒的覆辙。这次饥荒让人们看到了英国政府的高效以及慈善力量的伟大，但同时也有人认为饥荒不是天灾，而是由于灾区民众的懒惰所致，他们把饥荒视作上帝对懒惰之人的惩罚。苏格兰高地的地主们认为饥荒证明了佃农经济模式的失败，他们开始了声势浩大的清地运动，以各种方式把他们不想要的佃农们驱逐出去，为他们获利更多的养羊产业开路护航，致使本来人口就不多的高地地区再度减员。虽然饥荒是维多利亚时期苏格兰历史上的一件大事，但当时重要的小说家对此的书写却并不多见，反倒是维多利亚时期之后的现代主义作家对这段历史着墨更多。

对于维多利亚时期的苏格兰而言，“大英帝国是定义苏格兰民族身份的重要因素”（Cowan, Finlay & Paul, 2000：99）。苏格兰人将自己视为大英帝国的缔造者，他们在军事、行政、贸易、传教、探险等多方面为大英帝国做出了重要的贡献，因此苏格兰人骄傲地认为自己是帝国的种族。在军事上，高地军团在克里米亚、阿富汗、印度和非洲表现了他们所谓的英雄主义[①]，苏格兰军人在战斗中非常勇敢，苏格兰人对此感到骄傲。在行政上，英国殖民地的高官中有大量的苏格兰人，其中 1885 ～ 1939 年间每三个殖民地的总督或将军中就有一个是苏格兰人。在贸易方面，大批的苏格兰商人和贸易者在东印度公司、非洲湖畔贸易公司等地从事经营，作为世界的作坊，苏格兰为印度生产机车，用他们所造的船把货物运进或运出英国。不过，苏格兰商人很少染指奴隶贸易，因为苏格兰人反对奴隶贸易。18 世纪 70 年代，曾经有种植园主将一名黑奴带到苏格兰，此事在苏格兰引起轩然大波，1779 年苏格兰法律最终确认使用奴隶非法，但不幸的是，这名可怜的黑奴之前已离开人世。在美国内战时期，苏格兰对奴隶制度的抵触愈发明显，由于自由教堂接受了大量的美国南方种植园主的捐助，自由教堂的敌对者趁机发动运动，要求自由教堂把这些不干净的钱退回去，指控自由教堂是在认可奴隶制，是在为虎作伥，把自由教堂搞得非常狼

① 苏格兰历史书中往往将出身苏格兰的帝国主义侵略者作为英雄，一个鲜明的例证是曾参加第二次鸦片战争和火烧圆明园，后来在非洲殉难的查尔斯·戈登（1833 ～ 1885）被美化成大英帝国的烈士，中国读者必须对此保持高度警惕。

狈。在传教和探险方面，苏格兰人的足迹遍布非洲、加拿大等地，大卫·利文斯顿（David Livingstone，1813 ～ 1873）是非洲维多利亚瀑布的发现者，亚历山大·麦肯锡（Alexander Mackenzie，1822 ～ 1892）是第一个穿越加拿大并到达西海岸线的欧洲人，南非、马拉维都有苏格兰传教士的足迹。虽然苏格兰人在大英帝国的殖民地依然展示着苏格兰民族文化的风貌，但对大英帝国的认同还是在客观上淡化了苏格兰民族身份的特性，而且，随着工业化和商业化进程的加快，作为苏格兰文化灵魂的乡村共同体开始风雨飘摇，最富苏格兰特色的高地又经受了饥荒和清地运动的洗劫，所以，从这种意义上讲，维多利亚时期是苏格兰工业和经济高速发展的时期，也是苏格兰民族文化开始衰微的时代，农业文明逐步被工业文明所取代，人们心目中百年不变的苏格兰乡村开始踪迹难寻，被文人墨客理想化的苏格兰已成为渐行渐远的苏格兰。

## 第二节　乔治·麦克唐纳：奇幻文学与神学小说

乔治·麦克唐纳（George MacDonald，1824 ～ 1905）是维多利亚时期最高产而且最具影响力的苏格兰作家之一。他出生于苏格兰东部阿伯丁郡的亨特利，1840 至 1845 年间在阿伯丁大学国王学院接受教育并获得硕士学位，而后奔赴伦敦做私人教师并进入公理会神学院学习，1850 年毕业之后在萨塞克斯的阿伦戴尔三一公理会教堂做了牧师，后来又到曼彻斯特、黑斯廷斯等地传教。由于麦克唐纳不愿用教条主义的方式传教，又不肯向某些教会的权威低头寻求妥协，因此他曾一度遭到降薪的冷遇。做牧师传教的经历不仅对麦克唐纳的生活抉择产生了影响，对他的小说创作更是影响至深。麦克唐纳一生笔耕不辍，在近五十年的文学生涯中写出了五十余部作品，涵盖了小说、诗歌和散文等多个文类，其中重要的小说作品包括：《凡塔斯蒂斯》（*Phantastes*，1858）、《大卫·埃尔金布劳德》（*David Elginbrod*，1863）、《爱德拉·卡斯卡特》（*Adela Cathcart*，1864，其中包括《轻轻公主》《影子》等名篇）、《霍格兰的埃里克·福比斯》（*Alec Forbes of Howglen*，1865）、《罗伯特·福尔肯纳》（*Robert Falconer*，1868）、《北风的背后》（*At the Back of the North Wind*，1871）、《公主与妖魔》（*The Princess and the Goblin*，1872）、《智慧的女人：一个寓言》（*The Wise Woman*：*A Parable*，1875）、《日之少年与夜之少女》（*The Day Boy and the Night Girl*，1882）、《公主与科迪》（*The Princess and Curdie*，1883）、《影子的飞行》

(*The Flight of the Shadow*,1891)、《莉莉丝》(*Lilith*,1895)等。

麦克唐纳的小说大致可以分为三类，分别是：奇幻文学(fantasy)、神学小说(theological novel)和现实主义小说(realistic novel)。奇幻文学是麦克唐纳小说的精华所在，这一类作品流传甚广，在全世界拥有广大的读者，而且颇得英美文学家和文学批评家的赏识。麦克唐纳的奇幻文学作品既有面向青少年读者的《北风的背后》《公主与妖魔》《公主与科迪》等一系列可以划归儿童文学或者童话的佳作，也有《凡塔斯蒂斯》和《莉莉丝》这样写给成年读者的梦境传奇。而且，非常有趣的是，《凡塔斯蒂斯》和《莉莉丝》两部作品恰恰诞生在麦克唐纳文学创作巅峰时期的首和尾。可以这样讲，是奇幻文学作品为麦克唐纳的文学创作画了一个圆满的符号，奇幻文学是笼罩在麦克唐纳这位苏格兰文学巨匠头上的最亮的光环。

《凡塔斯蒂斯》是麦克唐纳奇幻文学的开山之作，小说的标题来自菲尼斯·弗莱切(Phineas Fletcher,1582～1650)诗歌《紫色岛屿》的第六诗章："凡塔斯蒂斯，从他们的源泉所有的形体衍生，/新的服饰很快就能装备。"(Macdonald,2008:39)凡塔斯蒂斯是弗莱切诗歌中三个掌控思想城堡的议员(即判断、幻想、记忆)的拟人化，在三个掌控思想城堡的议员中，幻想位列第二。麦克唐纳以此为题意在表明他要让自己的作品成为想象王国，他要给幻想脱去所有的外衣，让幻想成为适宜读者的浏览和记忆的模式。小说的副标题也颇耐人寻味，即"写给男人和女人们的童话罗曼司"，既言明了文本的想象读者，又道出了文本的实质，它将是一部为成年人而写的充满童趣的奇幻之书。麦克唐纳并未虚言，他的的确确写出了一部让成年人爱不释手的童话一般的故事。《凡塔斯蒂斯》围绕着主人公阿诺德斯(源于希腊语，意为"无路可走")的梦境游历展开，他在21岁生日时收到了父亲过世时留下的一把钥匙，他想借机了解一下父辈的个人历史，于是打开了一个神秘的盒子，发现了一个个子很小的美女，美女承诺说可以满足他的一个愿望。看见阿诺德斯心存疑虑，美女跳到地上变成了一个个子高高的女人，她说自己是阿诺德斯的祖母。她带着阿诺德斯梦游仙境，第二天醒来时发现自己已然置身仙境，他的屋子变成了树林。阿诺德斯开始了他的仙境之旅，一个女人告诫他要警惕白蜡树和赤杨树，他发现了一尊皮格马利翁的雕像(他称之为玉石女郎)，便去追逐，险些落入白蜡树和赤杨树设好的圈套，多亏波西维尔爵士相救才幸免于难。他又在宫殿、大海等多个地方有过冒险经历，还曾被影子囚禁在宝塔中。最后，当他发觉自己所光顾的庙宇中伪善的拜神者为非作歹时，他挺身而出维护正义，不幸被群氓所害。然而，这一切毕竟都是梦境。他在现实中还活着，他从梦境中醒来，却无法忘记梦境中的一切。他的姐妹们说他这一去就是21天，而他自己觉得那应该是21年。《凡塔斯蒂斯》是一部极富浪漫主义色彩的奇幻文学作品，麦克唐纳深受德国浪漫主义诗人兼哲学家诺瓦利斯（Novalis，1772～1801）的影响，他在书的结尾引用了诺瓦利斯的名句："我们的生活不是梦；但它应该成为梦，或许会成为梦。"（MacDonald，2008：269）在麦克唐纳的笔下，已然步入成年的阿诺德斯的生活真的成了梦，所以罗伯特·李·伍尔夫在《金钥匙：乔治·麦克唐纳小说研究》（*The Golden Key：A Study of the Fiction of George MacDonald*，1961）一书中将《凡塔斯蒂斯》称为梦境罗曼司（dream romance）。

《北风的背后》是麦克唐纳写给儿童的奇幻文学作品，它被认为是英国儿童文学中的里程碑。小说的主人公小钻石是一个普通的男孩，家境贫寒。有一个夜晚，凛冽的北风吹进了小钻石的房间，他惊奇地发现，原来北风是一位长着黑发的美女。他和北风成了好朋友，他们四处游历。小钻石还去了北风的背后，那里简直就是天堂。小钻石丰富了自己的阅历见识，并开始乐于助人，他的善良品德感动了一位好心的绅士，他让小钻石的家人和朋友有了新的工作，从此过上了幸福的生活。而就在幸福来临的时刻，小钻石却离开了人世。其实他并没有死，而是去了北风的背后。《北风的背后》是儿童文学的上乘佳作，出版以来一直受到广大读者的青睐。但是，作为写给儿童的书，这部作品的话题却显得相当沉重。和《凡塔斯蒂斯》不同，《北风的背后》中的现实空间和奇幻空间可谓天壤之别。当人们跟随小钻石和北风畅游美丽的奇幻世界的时候，可以说是心旷神怡；而一旦回归到现实，则难免会有读安徒生童话《卖火柴的小女孩》时的那种感伤。此外，麦克唐纳还借机探讨了他所思索的一些哲学以及神学问题（特别是神义论思想），其中的思想颇为深邃。因此，虽然这部奇幻文学作品是写给儿童看的，但成人也不妨一读，其中的哲学以及神学思索恐怕成人也未见得能够顿悟。

除了《北风的背后》，麦克唐纳还创作了一系列写给儿童的奇幻文学佳作，其中最为流行的当属《公主与妖魔》及其续篇《公主与科迪》。《公主与妖魔》颇受影视界的青睐，曾于20世纪60年代和90年代被制作成动画片播映，但由于演义成分太多等诸多原因而未能取得应有的效果，尤其是1994年在美国播映时不幸和迪士尼的鸿篇巨制《狮子王》遭遇，真的是生不逢时，风光被《狮子王》占尽，而《公主与妖魔》只能是被打入冷宫。不过，影视界的失败并不能损伤人们对麦克唐纳这部小说的兴致，小说至今仍是儿童文学类的畅销书。《北风的背后》建构了一种"冷酷的现实空间＋美好的奇幻空间”的模式，而《公主与妖魔》则颠覆了这种模式，把和奇幻空间对等的妖魔世界书写成阴森和恐怖的世界，相比之下，还是人类世界更加纯洁。由于父亲操劳国事和母亲早亡，伊琳公主只有露提一个伙伴，她想走出孤立的世界，然而，麦克唐纳没有赋予她《凡塔斯蒂斯》和《北风的背后》那样充满浪漫主义色彩的世界，而是让她见识了一个比人类世界更加黑暗的妖魔的世界。妖魔们被打入地狱，只能在黑夜跑到地面上，而太阳一出就必须返回，因为阳光对他们有杀伤力。妖魔们身体扭曲，但恶习不改，他们憎恨人类，在妖魔王后的唆使下，他们密谋绑架伊琳公主并强迫她嫁给妖魔王国的继承人。科迪在无意中发现了妖魔的阴谋，在伊琳公主的仙人前辈的帮助下，公主和科迪联手，寻求着战胜妖魔、拯救王国的方案。《公主与妖魔》侧重善恶主题的书写，在这部小说中，伊琳公主和科迪·彼得森代表着人类的正义，而妖魔王后等代表着被打入地狱但依然恶习不改的邪恶势力。

《公主与科迪》是《公主与妖魔》的续篇，在这部书中，伊琳公主和科迪都变得更加成熟，科迪也逐渐取代伊琳公主而成为故事的真正主角。科迪追随着城堡顶上的光亮进入了奇幻世界，他遇见了伊琳公主的前辈。老公主叮嘱科迪要把他的弓和箭用来做善事，然后交给他一项特殊使命，她用神奇的玫瑰之火烧自己的双手，烧过之后便能掌握科迪的行踪并能洞悉他的人品。老公主还给了科迪的父亲一颗特制的绿宝石，当科迪面临危险时，绿宝石会变换颜色，这样他的父亲就可以及时去帮助他。科迪带上老公主赐予他的丑陋但是友善的动物莱纳出发了，他们的目的地是格文蒂斯道姆，那里是伊琳公主和他的父亲所在的地方。当他们到达时，老国王已经病体垂危，只有伊琳公主在照顾他。科迪很快就发现了秘密，原来是国王的御医在下毒，企图慢慢地毒死国王，而宫廷的仆人和大臣们都是一丘之貉，都在暗中与国王为敌。科迪弄清了自己的使命，他必须尽自己的全力保护国王和伊琳公主。和《公主与妖魔》一样，《公主与科迪》最为突出的是善恶主题，科迪、伊琳公主以及莱纳属于善的一方，而国王的御医、大臣和仆人则属于恶的一方。

《莉莉丝》是麦克唐纳奇幻文学的收官之作，也是他最为难读、最为沉重的作品之一。借用威廉·雷皮尔的话说，这部书是麦克唐纳的“灵魂黑夜”（Raeper，1987：364），它集中展现了作者心中光明与阴影的激烈斗争。小说的男主人公维恩拥有一个经常闹鬼的图书馆，而所谓的鬼其实就是前任图书馆的馆长瑞文先生。瑞文和维恩已故的父亲交好，维恩跟随他通过镜子进入了另一个世界，那是瑞文经常出出进进的地方，也是维恩父亲长眠的地方。在这个世界里，维恩遇到一群小家伙，他们要么是永远长不大，要么就是长大变得自私或者变成很坏的巨人。维恩和最年长的小家伙劳娜交谈之后，决定帮助他们摆脱窘境。维恩最终发现了秘密，原来是瑞文（其实就是亚当）的第一任妻子、卜丽卡的公主莉莉丝在作怪，劳娜其实就是莉莉丝的女儿。维恩差点儿被莉莉丝的美貌所诱惑，但他最终还是履行了诺言，带领着小家伙们向卜丽卡宣战。劳娜被亲生母亲所杀，但莉莉丝最终还是被绳之以法并被带到亚当和夏娃面前接受审判。莉莉丝手中有小家伙们成长所需要的泉水，经过激烈斗争，她最终同意亚当把她的手砍下来。莉莉丝睡了，维恩负责把她的手埋起来，泉水奔流而出洒满了大地。小家伙们早已进入梦乡，维恩找到紧挨着劳娜睡过的地方的那张床，他在死亡中找到了真正的生活。虽然《莉莉丝》的主题有些沉重，但小说的开头和结尾却并不阴郁。小说开头展示的是维恩所拥有的图书馆："这个图书馆，尽管在数次房子的改装和加装中被适当地考虑过改动一下，但就像一个慢慢扩张的国家，它还是把一个又一个房间吸纳进来，占据了第一层的大部分空间。它的主房间很大，墙被图书占满几乎到了天花板的位置。四周流散开来的房间大大小小，形态各异，每个房间都有些特色——有的是门，有的是拱形开口，有的是很短的通道，有的是上上下下的台阶。"（MacDonald,1982:6）这段描写让人感觉很温馨，丝毫看不出有什么闹鬼的迹象。同样，麦克唐纳在书的结尾再次引用了他在《凡塔斯蒂斯》中引用过的诺瓦利斯的名言："我们的生活不是梦；但它应该成为梦，或许会成为梦。"（MacDonald,1982:252 ）尽管《莉莉丝》已经成为年逾古稀的麦克唐纳的"灵魂黑夜"，但黑夜之中尚有光明，不会让人在此绝望。这种沉重之中的轻松，也恰恰是麦克唐纳奇幻文学作品的魅力所在。

除了奇幻文学，麦克唐纳还创作了一系列的神学小说，其中最为著名的有三部，分别是《大卫·埃尔金布劳德》《霍格兰的埃里克·福比斯》和《罗伯特·福尔肯纳》。三部神学小说均创作于19世纪60年代，其主要场景是苏格兰，探讨的话题主要是人的救赎。《大卫·埃尔金布劳德》的创作源起非常特别：1862年的一天晚上麦克唐纳在用晚餐时听到一名记者背诵他曾经读过的一段苏格兰的碑文："在这里我躺着，马丁·埃尔金布劳德；/对我的灵魂慈悲一点吧，上帝；/我会那样做的，如果我是上帝,/如果你是马丁·埃尔金布劳德。"（Wolff,1961:182）麦克唐纳激动万分，他让记者再次背诵这段碑文，从中得到灵感，于是萌生了创作《大卫·埃尔金布劳德》的念头。小说脱稿之后，麦克唐纳找过史密斯和埃尔德等多家伦敦的出版商，均被拒绝，后经朋友引荐于1863年在赫斯特和布莱奇特正式出版。《大卫·埃尔金布劳德》有着神学小说特有的说教意味，结构也比较零散。故事的场景是苏格兰一个叫特里普菲特的庄园。格拉斯福德夫妇为自己的儿子雇用了一名家庭教师，他的名字叫休·萨泽兰，来自一个贫穷但古老的家族，在阿伯丁大学读书，此时正在休假。早春时节，休遇到了玛格丽特·埃尔金布劳德，她是庄园管理者大卫和詹尼特的女儿。休借给玛格丽特一本柯勒律治（Samuel Taylor Coleridge，1772～1834）的诗集并和她以及她的父亲一起讨论柯勒律治的名作《古舟子咏》（*The Rime of the Ancient Mariner*，1798），还教她数学，和她一起读司各特（Walter Scott，1771～1832）和华兹华斯（William Wordsworth，1770～1850）的作品。格拉斯福德夫人反对休和玛格丽特交往，借机将玛格丽特解雇。休帮助埃尔金布劳德家收割，几乎成了他家的一员，大卫还用自家农舍的棚子给休做了个专门的书房。玛格丽特在雪中迷路，是休找到了她并挽救了她的生命。假期结束之后，休回到了阿伯丁大学，生活的快乐以及学业的重压使他无暇顾及和埃尔金布劳德的书信往来。毕业之后，他在萨塞克斯谋得家庭教师的职位，而玛格丽特则成了一位女士的使女。

虽然《大卫·埃尔金布劳德》的结构比较松散，故事也比较老套，但小说还是不乏诱人之处。首先，这部小说中有非常生动而详尽的关于苏格兰乡村生活的描述，如麦田里美丽的罂粟花，埃尔金布劳德农舍里温馨的小屋。小说中关于苏格兰早春时节的描写尤其令人印象深刻：“此时正值四月中旬，是一个乍暖还寒的季节。经常是寒风凛冽，时而还有雪花和雨夹雪。老冬天还在尽力用他的衣裙裹住小春天，几乎没有野花敢冒险向他们泥土覆盖的温床之外张望。”（MacDonald，1863：9）其次，这部小说还向人们“提供了一种维多利亚中期苏格兰以及英格兰宗教场景的旅行”（Wolff，1961：206），麦克唐纳成功地塑造了苏格兰地区土生土长的宗教信徒的形象。在麦克唐纳的笔下，大卫·埃尔金布劳德简直就是一个未受过教育但天生高贵的圣人。他虽然读书不多，但自小就受到苏格兰加尔文教的熏陶。小说开篇不久，人们就可以看到大卫做晨祷的场景。他每天两次诵读《圣经》，早晨读《旧约》，晚上读《新约》。每次谈论起宗教事宜，他的脸上顿时绽放出异彩。如果我们把《大卫·埃尔金布劳德》当成爱情故事来读，休和玛格丽特勉强可以算作主人公；如果我们回归宗教小说的本位，那么，大卫·埃尔金布劳德便理所当然地成为小说的主人公，这也恰恰是麦克唐纳以此为题的妙处所在。

《霍格兰的埃里克·福比斯》的故事情节和《大卫·埃尔金布劳德》有许多相似之处，它也是写一个读大学的男青年忽视了他真心爱着的女孩而移情别恋，最后又回归到爱情的正路上来。小说中的男主人公叫埃里克·福比斯，他对一个比他小很多的名叫安妮·安德森的已成孤儿的女孩子非常友好。安妮住在心胸狭窄的小店主罗伯特·布鲁斯家，在格拉默顿学校读书，该校校长默多克·马立森十分野蛮。安妮自小就崇拜埃里克，埃里克为她受罚，还在一次洪水中救了她的命。然而，当埃里克去读大学的时候，他又和自己远房的亲戚、一位教授的侄女凯特·弗雷泽相恋了。凯特是个迷人的女孩，是浪漫主义诗人拜伦（George Gordon Byron，1788～1824）的粉丝。她喜欢埃里克，并和埃里克一起回过格拉默顿的家，但她最后还是投入了埃里克的情敌比尔查姆普的怀抱。埃里克曾一度因为失恋而沮丧，但不久之后，比尔查姆普因为试图刺死埃里克并将其扔入河中的阴谋被揭发而被学校劝退。凯特为此而绝望，于是投河自尽，埃里克也未来得及救她。埃里克病了好长时间，之后又作为捕鲸船的医生到格陵兰旅行，他开始忘记了不愉快的事情，回到格拉默顿家乡。此时的安妮已经长大，他们开始重修旧好。

和《大卫·埃尔金布劳德》相比，《霍格兰的埃里克·福比斯》的苏格兰乡村风情味道更加浓厚。小说中的格拉默顿其实就是麦克唐纳的出生之地，苏格兰东部阿伯丁郡的亨特利。小说中有许多充满情趣的书写，最让人印象深刻的是麦克唐纳对季节轮换节奏的把握，冬天时寒冷的灯光舔舐着冰雪覆盖的大地，夏收时节烈日炎炎，秋天阴雨绵绵，春天有迷人的天空和风景。孩子们把他们所憎恨的布鲁斯的窗子前堆满白雪，他们爬上屋顶用草皮堵住烟囱，他们把小动物鼻子和尾巴绑在一处排成歪歪扭扭的一列，埃里克和小伙伴制作了一艘船、安妮看着小船背诵着歌谣，如此欢快而俏皮的场景随处可见。但是，在欢乐和俏皮之余，麦克唐纳也丝毫不避讳阴暗面的书写。小说以安妮父亲的葬礼开头，见钱眼开的布鲁斯是在接受了安妮父亲的姐妹的金钱之后才收留了她，他让安妮住在经常有老鼠出没的阁楼里，给她吃很差的粥和变了颜色的牛奶。安妮每天夜里都在祷告，希望上帝保佑她不受老鼠侵害。安妮就读的学校也如地狱一般，校长对学生们经常动粗，安妮险些遭到校长的毒打，多亏有埃里克相助。为了保护安妮，埃里克有一次把校长推向壁炉。校长不小心烫了手，于是变本加厉，一个可怜的年轻人就成了他出气的对象，差一点被他打残。除了布鲁斯家和格拉默顿学校之外，格拉默顿的一帮死守加尔文教义的传教士们也是令人不快。教区牧师考伊先生是个正人君子，而石匠托马斯·克莱恩等传教士则是顽固不化之徒，而考伊先生对他们也是无可奈何。当然，到了小说的结尾，麦克唐纳让大家都看到了欢乐的结局。托马斯·克莱恩和埃里克经过许久的争论，两个人终于能够友好相处。托马斯“随着年龄的增长而变得更有绅士风度。他学会了为别人祈求更多。然后才是为自己祈求更多”（Macdonald，1927a：440）。

《罗伯特·福尔肯纳》是麦克唐纳本人最喜爱的小说，他认为这本小说彻底打破了之前写作的套路，充分展示了他个人的创作才能。罗伯特·福尔肯纳这个人物在《大卫·埃尔金布劳德》中出现过，当时他是一位不知疲倦的、受人尊敬的、独立的社会工作者，为伦敦的穷人而劳碌。在《罗伯特·福尔肯纳》这部小说中，罗伯特成为主人公，他和祖母住在苏格兰的小镇。小说最重要的主题是寻找父亲，罗伯特听见祖母在祷告，得知自己的父亲已不知去向，祖母和他说父亲可能已经不在人世，而罗伯特则认为，只要上帝没有说他父亲已死，他就还有生还的希望。罗伯特无法像《凡塔斯蒂斯》中的阿诺德斯那样，借仙人之力踏进仙境寻找父亲的行踪，他只能在现实世界上下求索。他来到伦敦，重新扮演起他在《大卫·埃尔金布劳德》的角色，在伦敦的穷人中奔走。终于，在朋友的帮助下，罗伯特在伦敦的贫民窟里找到了父亲。看到父亲的狼狈相，罗伯特所有的浪漫都化为乌有。他为父亲宽衣，并把他放到床上，猛然发现他衣服上别着胸针，这说明他对背弃祖母和全家人的行为始终有一种忏悔。罗伯特热泪盈眶，此时父子之间仿佛交换了角色，父亲成了小孩子，而罗伯特变成了父亲。除了寻找父亲这条主线，小说还有另外一个主题，那就是寻找母亲。罗伯特之所以未能和曾经让他怦然心动、比他年长近十岁的女人圣约翰女士相恋，其原因就是他一直把圣约翰女士当成圣母。小说中把罗伯特进入圣约翰女士闺房听课的那一段叫作“天堂之门”，罗伯特对美丽而端庄的圣约翰女士有一种说不出的情感：

> 这就是这个像未加工的钻石一样的苏格兰男孩，语言有些笨拙，但充满精致的思想。他的思想塑形显然是受到了那位成熟的、优雅的、温柔的、说话甜甜的、想法也甜甜的英格兰女人的影响。如果她少一点女人味儿，肯定会被他的笨拙所排斥；如果她少一点贵夫人的气质，那么，她肯定会将他的朴素当成庸俗。可她恰恰就是圣母的那种类型。她从他朴实的着装中看出了他高贵的本性。她确确实实地是被派来继续做因为母亲过早地离开而未尽的工作。（MacDonald，1927b：160）

正是由于罗伯特把圣约翰女士当成圣母，把她的闺房当成了天堂之门，所以，《罗伯特·福尔肯纳》才未像之前两部小说那样被写成爱情故事。从这种意义上讲，《罗伯特·福尔肯纳》才是一部真正意义的麦克唐纳式的神学小说。

麦克唐纳还写过《威尔弗雷德·坎波米德》(*Wilfrid Cumbermede*, 1871)等现实主义小说，但这些小说的成就和影响远远不及他的奇幻文学作品以及神学小说，所以在此略去不论，这也恰恰是本节的副标题定名为“奇幻文学与神学小说”的缘由所在。麦克唐纳的文学创作长达46年之久，他在维多利亚时期的文坛可谓是叱咤风云，同时代的英国文豪如狄更斯、萨克雷、卡莱尔(Thomas Carlyle,1795～1881)、拉斯金(John Ruskin,1819～1900)、特罗洛普(Anthony Trollope,1815～1882)、柯林斯(Wilkie Collins,1824～1889)都和麦克唐纳有过交往，《爱丽丝漫游奇境记》(*Alice's Adventures in Wonderland*,1865)的作者卡罗尔(Lewis Carroll, 1832～1898)更是他家的座上客，1862年卡罗尔曾经将手稿交给麦克唐纳，麦克唐纳的孩子们对这部书爱不释手，正是孩子们的钟爱最终促成了这部儿童文学名著的出版。麦克唐纳曾于1872年赴美国演讲，在美期间受到美国文豪爱默生(Ralph Waldo Emerson ,1803～1882)、朗费罗(Henry Wadsworth Longfellow, 1807～1882)、惠蒂尔(John Greenleaf Whittier,1807～1892)的热情欢迎。后来，马克·吐温(Mark Twain,1835～1910)还曾亲自到英国拜访麦克唐纳，成为麦克唐纳的挚友和崇拜者。

麦克唐纳是一个典型的游走于伦敦和苏格兰之间的作家，虽然苏格兰的文学史家和传记作者更愿意把他说成是苏格兰的讲故事者。麦克唐纳的神学小说是典型的苏格兰小说，这些小说致力于书写苏格兰乡村生活，而且和苏格兰的加尔文教紧密相连，和紧随其后的菜园派小说也有许多契合之处。麦克唐纳的神学小说在他生前还是很有影响的，现如今在英美学界也还有广阔的空间。但是，对于并非专攻苏格兰文学的读者而言，麦克唐纳最具影响力的自然还是他的奇幻文学作品。英国作家切斯特顿(G. K. Chesterton,1874～1936)是这样描述他初读麦克唐纳的《公主与妖魔》一书时的狂喜的：

> 我有一次是真的见证了一本对我整个生命都产生了影响的书，它帮我从一开始就用一种确定的方式看事物。那是一种看待事物的视野，它的启示如此真实，就像宗教信仰的改变圆满完成并实际上确立所带来的启示一样。在我所阅读的故事中，甚至包括我所读过的这位小说家的所有小说中，它永远是最真实的、最贴近生活的。这本书叫《公主与妖魔》，是麦克唐纳写的。(McGillis,1990:vii)

切斯特顿受到了麦克唐纳的影响，但他绝非麦克唐纳奇幻文学的继承人。真正受到麦克唐纳影响又可以当之无愧地被称为麦克唐纳奇幻文学传人的是著名的牛津学者、英国奇幻文学巨匠刘易斯（C. S. Lewis，1898～1963）。刘易斯饱含深情地讲述了麦克唐纳的《凡塔斯蒂斯》对自己的影响，他将这种影响视为一种精神上的洗礼：

> 应该是三十年前吧，我买了——几乎是很不情愿地，因为我在书摊上看过那本书，之前十几次都把它拒绝了——是爱弗里曼版本的《凡塔斯蒂斯》。几个小时以后，我知道我已经穿越了一个伟大的边界。我已站在深及腰部的浪漫主义之水中，很可能在某个时候，我会在它更黑暗、更凶险的形式中挣扎，沿着陡峭的下坡路继续下滑，从对陌生感的热爱到对古怪的热爱再到对反常的热爱。（Lewis，2000：xi）

用刘易斯的话说，麦克唐纳的奇幻文学作品真的是“比黄金更黄金”（Lewis，1982：xii）。它影响了一代又一代的儿童和成人的读者。虽然麦克唐纳的奇幻文学作品时常被归入儿童文学的行列，但麦克唐纳本人却并不这样看，他说他的作品并不是专供儿童阅读的：“我不是只写给儿童，我是写给有童心的人，不管他是五岁，五十岁还是七十五岁。”（McGillis，1990：vii）读奇幻文学作品时人们或许会暂时忘却他的苏格兰身份，但是在拜读他的神学小说时，那种浓浓的苏格兰情调是不言自明的。麦克唐纳1905年就离开了人世，但是他的奇幻文学和神学小说是经久不衰的，传记作家雷皮尔用人们熟知的句子作为《麦克唐纳》一书的结尾：“他们以为他死了。我知道他是去了北风的背后。”（Raeper，1987：392）的确，作为苏格兰最好的讲故事者、维多利亚时期神话的缔造者，麦克唐纳的名字是应该永载于文学史册的。

## 第三节　玛格丽特·奥利凡特：卡林福德的编年史家

玛格丽特·奥利凡特（Margaret Oliphant，1828～1897）是苏格兰文学史上的一位奇才，是维多利亚时期苏格兰女性作家的领军人物，是为数不多的画像同时被收藏在苏格兰国家美术馆和苏格兰国家肖像馆的女性作家之一。她1828年出生于苏格兰的威利福德，之后相继移居格拉斯哥、利物浦、罗马、伦敦等地，1897年在温莎逝世。幼年时的奥利凡特家境富裕，她的父亲曾在格拉斯哥的皇家银行、利物浦的海关出口部门供职，奥利凡特从小就喜欢读书，喜欢在书海中徜徉，这为她以后的文学创作提供了源头活水。但是，自从成家之后，奥利凡特再也无法享受书香门第的生活，由于丈夫病弱早逝，部分子女也不幸夭折，奥利凡特不得不承担起养家糊口的重任，而她养家糊口的唯一的经济来源便是写作。奥利凡特是一位为了金钱而写作的、十分多产的作家，她每年都有两到三部作品问世，除了小说和传记作品，她还经常为《布莱克伍德杂志》《康希尔杂志》《麦克米伦杂志》《爱丁堡评论》等19世纪英国著名期刊撰稿，宣扬女性主义思想，评判文学作品的优劣。奥利凡特是维多利亚女王最喜欢的小说家之一，她的作品超多，多得令人惊叹，很难用“著述等身”之类的套话加以形容。

奥利凡特在安东尼·特罗洛普（Anthony Trollope,1815～1882）的讣告中写道：“一个做得事很少的人很可能比一个做事很多的人做得事更好一些，这是一个可想而知的结论。”（Trela,1995:11）奥利凡特的这句话有些自嘲的味道，因为在特罗洛普过世之时，她的作品已经多达57部，已然在数量上超出了特罗洛普一生的创作，如果逝者的作品可以用少而精来形容，那她这位生者的作品会不会是多而杂呢？此外，奥利凡特有意将自己的创作和特罗洛普相比也并非是牵强附会，他们的作品有一个非常重要的共同点，那就是两个人不约而同地创作了维多利亚晚期颇具地方特色的小说，特罗洛普书写的是巴塞特郡，奥利凡特书写的是卡林福德。奥利凡特一生创作了98部小说，此外还有数以百计的短篇小说、传记、历史、文学以及社会批评文献。她最为重要的小说作品当属“卡林福德编年史”系列，该系列由六部小说组成，分别是：《教区牧师》（*The Rector*,1863）、《博士之家》（*The Doctor's Family*,1863）、《萨拉姆教堂》（*Salem Chapel*,1863）、《永远的助理牧师》（*The Perpetual Curate*,1864）、《玛乔瑞班克斯女士》（*Miss Marjoribanks*,1866）、《小福尔比》（*Phoebe Junior*,1876）。[①]除了卡林福德编年史系列，奥利凡特其他重要的小说包括：《被围困的城市》（*A Beleaguered City*,1880）、《海斯特》（*Hester*,1883）、《科斯蒂恩》（*Kirsteen*,1890）、《凯蒂·斯图亚特》（*Katie Stewart*, 1892）等。

《教区牧师》是卡林福德编年史系列的开篇，在这部小说中，奥利凡特用现实主义的手法展现了人类的弱点以及人类认识到自己弱点时的羞愧

① 英美学者有时也将奥利凡特发表于《布莱克伍德杂志》的短篇《遗嘱执行人》（*The Executor*,1861）归入卡林福德编年史之列。

感。小说的主人公是普罗科特，他是卡林福德豪门望族的座上客。年逾五旬的普罗科特终身与神学为伴，对世俗之事知之甚少。当他发现温特沃斯和露西可以给即将离世的女人们带来安慰而自己在此方面一无所长时，他开始重新认识自己的职业。他决定返回牛津深造，并开始考虑成家立业，立志要做一名勤劳勇敢的教区牧师。《博士之家》是奥利凡特的另一部篇幅不长的卡林福德编年史小说，曾于1863年和《教区牧师》结集出版。小说的主人公是爱德华·莱德，他曾在奥利凡特之前发表于《布莱克伍德杂志》的短篇《遗嘱执行人》（*The Executor*，1861）中出现过。在《遗嘱执行人》中，莱德曾经眼睁睁地看着自己心爱的女孩嫁给别人，他是一个试图在卡林福德新城谋生的年轻的职业者。在《博士之家》中，莱德的地位略有提高，他在尚在建设中的卡林福德的新城供职，并对自己过去为了实际需要而让心上人另嫁旁人的做法开始有些忏悔。由于他收容了不务正业而且贪恋杯中之物的哥哥弗莱德，他的家里又变得一团糟，满是烟酒的气味。好不容易把家打理出家的样子，不争气的哥哥又来给他家里添乱。原来哥哥在澳大利亚有个妻子还有三个孩子，他的妻子和他一样不成才，一家人全靠妹妹奈蒂照料。莱德对奈蒂心生爱意，但他无法忍受和奈蒂的全家生活在一起，而奈蒂一家全靠她一人打理，她为了照顾家人宁肯选择不去嫁人。小说为读者留下了悬念：是否莱德还会重蹈覆辙，眼睁睁地看着自己的心上人离去？奥利凡特用维多利亚时期特有的方式做了回答，让一系列偶然的事件为莱德的幸福结局打开了绿灯。弗莱德酒醉回家的路上不慎溺亡，他的妻子悲悼数日之后匆匆改嫁，莱德和奈蒂学会了相互包容，他们在婚姻的路上走得越来越近。从谋篇布局的角度看，《教区牧师》和《博士之家》这两部曾经结伴出版的小说结构还不够完善，篇幅也有些小气。但是，从场景以及人物塑造的角度看，两部小说已经为整个的卡林福德编年史系列奠定了基础。在上述两部小说中，卡林福德编年史的主要场景和部分主人公都已经登场，尤其是备受个人问题折磨的男牧师和肩负沉重负担的女人两大形象的塑造，更是为整个卡林福德编年史系列的写作定下了基调。

虽然奥利凡特本人曾经宣称她非常喜欢《博士之家》这部作品，这部小说也确实有许多可取之处，但读者尤其是后世的读者对此却反应平淡。卡林福德编年史系列中堪称力作的是中间三部，即《萨拉姆教堂》《永远的助理牧师》和《玛乔瑞班克斯女士》。自20世纪60年代利维斯夫人（Q. D. Leavis，1906～1981）重新发现奥利凡特以来，这三部小说不断再版，利维斯夫人、玛丽莲·威廉姆斯、佩内洛普·菲兹杰拉德等著名学者和传记作家争相为三本小说作序，三部小说的最重要的贡献是它们惟妙惟肖地书写了卡林福德小镇的地方风情，特别是异教徒们在英国乡村的生活。

《萨拉姆教堂》一开篇就将读者引入了卡林福德富裕之家不屑一顾的地方，那就是位于和卡林福德贵族区格兰奇弄形成鲜明对照的格罗夫街的异教徒的教堂：

> 临近卡林福德的格罗夫大街西端，在这条大街破破烂烂的一侧，耸立着一座红砖的建筑。建筑上有一个拧成一团的尖角，尖角的一端是一个奇怪的小钟楼。小钟楼不是用来装钟的，在公众的眼里，它看上去好像一只可以把大楼提起来的把手。这就是萨拉姆教堂，它是卡林福德的异教徒们唯一的朝圣的地方。它耸立在一片狭窄的土地上，就像两侧都是小房子的花园，不过教堂的院落里没有花，看来有些阴沉。在较远的一端还有些零零落落的墓碑——是一些毫无意义的石板，英国人悲悼的时候喜欢把他们的哀思刻在墓碑上。(Oliphant,1986:1)

小说的主人公亚瑟·温森特就是在这样的环境下传教的，他所面对的不是中产阶级，而是在当时的卡林福德并不受欢迎的店主和商人。一开始，温森特还是踌躇满志，把这些不信奉国教的异教徒当作正在进步中的群体，可他的信念很快就动摇了。这些有钱的店主和商人们满身都是黄油和烤肉的味道，他们把他视作花钱请来的仆人，希望他和他们一样夜晚在茶舍中饶舌。温森特实在难以忍受，他最终决定放弃在异教徒中传教。在商人的仆人和上帝的仆人之间，他毅然决然地选择了后者。奥利凡特曾经说，她自己对教堂并不十分熟悉，她的这部小说主要是依据她对利物浦的一家苏格兰自由教堂的记忆写成的，自由教堂主张宗教集会时自由选择自己的牧师，被选中的牧师有时并不是心甘情愿地为这些人传教，牧师有时要拷问自己的良知。不过，温森特的最终抉择似乎并非全是由于良知的缘故，他内心深处有一种对商人的厌恶感，这种厌恶感部分是由于他对中产阶级的崇拜，就这一点而言，他还是相当势利的。他喜欢美丽但没有思想的中产阶级女孩维斯顿女士，他在中产阶级出身的英国国教传教士温特沃斯面前感到自卑，所有这一切都是他中产阶级崇拜的表象。

除了以异教徒的身份为异教徒传教这条主线之外，《萨拉姆教堂》还有一段令人难忘的花絮。温森特的妹妹神秘消失，被指控为谋杀，温森特的母亲远道而来斡旋此事，又一个肩负生活重担的女性开始粉墨登场，温森特本人也不得不抽出时间来乘着火车四处寻找，试图解开谜团。谜团的本身并不重要，重要的是小说可以暗示一下此时母子之间的矛盾，还可以借机把维多利亚时期社会进步的标志即火车好好地奚落一番：

> 整个阴沉而寂静的夜晚，火车都在飞奔。昏暗的灯光在摇摇晃晃的车厢里闪烁。母子二人相对无语，眼睛斜视着，就这样互相斜视着度过冰冷的时光。早晨他们下了车，身体蜷缩着，被冻成一团，在小小的火车站，四周是数英里的黑暗。就像一片黑暗而深不可测的海洋，在那狂野的沼泽地的废弃物之间，微弱的红色的光亮在闪烁，仿佛就是茫茫戈壁滩中一闪而过的人影……（Oliphant,1986:220）

《永远的助理牧师》和《萨拉姆教堂》有许多相似之处：首先，小说的主人公都是踌躇满志的青年牧师，他们有着崇高的理想，却都被个人问题所困扰；其次，两部小说都有一条有些滑稽的花絮，那就是一个年轻女孩的神秘消失。《永远的助理牧师》主人公是弗兰克·温特沃斯，他出身于富裕之家，如果他愿意的话，姑妈还愿意给他更好的生活。可是，他是英国国教的传教士，而姑妈则是福音教派的信徒。温特沃斯不愿意改变自己的信仰，但如果他选择做一个永远的助理牧师，他的婚姻将受到影响。除了婚姻问题，一个更让他纠结的事情是哥哥杰拉德想去罗马，这就意味着他要去做一个天主教的传教士。哥哥有妻子和孩子，温特沃斯觉得，除了做牧师的责任，哥哥也应该承担起照顾家人的责任。当杰拉德意识到自己一旦离开英国，家庭事业和收入都将成为泡影时，他最终承认自己是为了一个错误想法而在努力奋斗。《永远的助理牧师》的开篇十分重要，它用极其简洁的文字向读者道出了卡林福德的主要特色：

> 卡林福德，众所周知，本质上是一个安静的地方。城里没有商业，可以这样说的。确切地说，在乔治大街的另一端，在那个名叫格莱山姆会所的地方，有两三家很小的账房。可是这些场所的主人基本上都住在别墅里，独栋或者联排，位于北区，新区，大家都知道的，那里是完全不被社会所表现的地方。卡林福德核心区没有贸易，没有生产，没有特别的东西，除了非常快乐的派对，以及超级优越的人们，实际上，这是人们很难想象能在乡村的镇上见到的，连县城或者任何有特别兴趣的地方都难得一见……在每一个共同体中都必须有某种生活的中心。在卡林福德，有一个中心，所有的一切都要围着它转，这个中心就是教会。（Oliphant,1987:1）

《永远的助理牧师》是奥利凡特刚刚承受了白发人送黑发人的痛苦之后写的，她有时不免会感慨一下人生之路的不平坦，但总体而言，这部小说不仅结构比之前更加完善，而且作者并没有沉浸在阴沉而悲凉的气氛中，小说还是时时处处洋溢着欢乐，秉承了奥利凡特卡林福德编年史系列一以贯之的喜剧风格。

《玛乔瑞班克斯女士》是奥利凡特的代表作，用利维斯夫人的话说，这部小说最重要的作用是"架起了简·奥斯汀和乔治·爱略特之间的桥梁"（Leavis,1969:1）。[①]奥利凡特笔下的卢西拉和奥斯汀笔下的爱玛以及乔治·爱略特笔下的多萝西娅有着异曲同工之妙，卢西亚起着一种承上启下的作用，她继承了爱玛那种热心他人的婚事而忽略自己的幸福的秉性，又为爱略特笔下的多萝西娅的塑造提供了蓝本。从某种意义上讲，没有奥利凡特这部杰作的铺垫，或许就很难有《米德尔马契》（*Middlemarch*，1872）之类致力于书写边区小镇生活的作品的顺畅流传。和奥斯汀的小说一样，《玛乔瑞班克斯女士》并不靠情节取胜，这部小说最吸引人的地方在于其中的机智与反讽。卢西拉回家为父亲打理家务，他的父亲是一位年迈的、不太懂得情感的苏格兰人，她那里里外外一把手的形象让许多男士望而却步，最后已过而立之年的她终于名花有主，许配给了自己的表亲汤姆·玛乔瑞班克斯。成家之后，卢西拉成功说服丈夫购买了祖辈留下的田地。和奥斯汀笔下的爱玛一样，卢西拉是一个十分聪明的女性，她自称不懂政治，却能主导卡林福德的选举。母亲过世之后，他和父亲相依为命，几次拒婚都是用父亲做挡箭牌，她拒婚的真正理由其实是她想尝试一下独身的乐趣，她追求的是一种女性的独立与自由。但当她眼看就要青春不在时，里里外外一把手的女人也终于意识到"对一个女人的赞许、羡慕和热情，是要靠数十次向她求婚来验证的，就像通过所有的人们所熟悉的来源确认一样"（Oliphant,1969:339）。当父亲过世之后，卢西拉最终还是选择了嫁人，毕竟没有男人肯娶的女人也很难发现自己作为女人的价值。

相隔十年之后，卡林福德编年史的收官之作《小福尔比》才最终面世，奥利凡特直截了当地将副标题定名为"卡林福德编年史的末篇"，这部小说有着明显的模仿特罗洛普巴塞特郡小说的痕迹。和之前的卡林福德编年史小说一样，小说仍然关注异教徒的生活。福尔比·必查姆是萨拉姆教堂的明星级人物蔬菜商人陶泽尔的外孙女，当她来到卡林福德时，她对

① 利维斯夫人同时说 Marjoribanks 的正确读音应为 Marchbanks，但据此而音译的"马奇班克斯"颇显突兀，因此依旧按字面译出。

祖辈们粗俗的生活感到震惊。她和一个失去母亲但对异教徒没有偏见的梅尔家族交往，因为这家人不与卡林福德镇司空见惯的伪君子们为伍。然而，当梅尔先生的儿子开始对她垂青之时，一心想嫁入富裕之家的她开始推脱，并鼓动后者去国会谋职，为了表示友谊，她愿意为其撰写演说词。《小福尔比》虽然偶尔也有些精彩之处，但总体而言，这部小说并不成功，未能达到卡林福德编年史系列中间三部的水准。

《林道斯女士们》是一部三卷本的小说，曾于1882年至1883年间在《布莱克伍德杂志》连载，1883年正式出书。借用斯克瑞文的话说，这部小说是奥利凡特"关于婚姻和男女关系的模糊观点的证明"（Scriven，2008：vii）。小说中的女主角卡洛琳是稀里糊涂地嫁人的，为了让家族的势力进一步扩大，林道斯决定让两个女儿去攀高枝。温文尔雅的卡洛琳遵从父亲的意愿，嫁给了家里又有钱又有艺术珍品的派特·道伦斯，但道伦斯并不欣赏艺术，他收藏艺术品只是为了装点门面。同样，她把颇有文学青年味道的卡洛琳娶进门也是为了装点门面。卡洛琳对这桩婚事也并不排斥，因为毕竟嫁入豪门意味着未来衣食无忧。和卡洛琳相反，妹妹伊迪斯不肯在婚姻问题上让步，她"被塑造成了一个'新女性'先驱者的形象"（Scriven，2008：x）。当卡洛琳在婚后对丈夫十分失望、只能靠诗歌以及文化娱乐来打发时光时，伊迪斯极力主张她回娘家，她认为女性个人的自尊比维护家庭的形象更重要。除了对婚姻中个体的关注，奥利凡特还特意为读者呈现了一个现代社会的产物，那就是婚姻市场。这个来自伦敦的新生事物为女性搭建了平台，女孩子们绞尽脑汁要寻觅一位如意郎君。婚姻市场成为维多利亚女性的名利场，随着婚姻的市场化，和卡洛琳的丈夫道伦斯如一丘之貉的把妻子看成个人财产一部分的男人开始粉墨登场。在《林道斯女士们》一书中，卡洛琳和伊迪丝的两种婚姻观还是胜负未决，但是，到了这部书的续篇《卡尔女士》（*Lady Car*，1889）中，卡洛琳的命运开始急转直下，她在极度孤独的境况下抑郁而终。奥利凡特最终还是站在了新女性的一边，她没有沿用维多利亚时期流行的小说套路，给遵从父亲意愿的卡洛琳安排一个幸福结局。

《海斯特》是一部将"维多利亚社会两个核心的机构——资本主义和家庭"（Uglow，1984：xvii）融为一体的小说，奥利凡特在小说的开篇向读者绘声绘色地描述了主人公们所在的比英格兰银行更安全的私家银行：

> 这附近所有的郡县都知道维农私家银行的实力和稳定性仅次于英格兰银行。也就是说，凡是知道这件事的人，生意人、职业者，以及那些

> 自认为熟悉这个世界的人，都会认为它是银行业的老二。但大部分顾客，莱德堡以及附近城镇的小店主，还有周边许多地方的农民，以及那些许多小钱凑到一起才能变大钱的小人物们却并不认为它是老二。对他们而言，维农私家银行是稳定的徽标，是不受人力影响的稳定的实在的财富的象征。（Oliphant，1984b：1）

然而，就是这家在公众的眼里稳定得不能再稳定的银行，在约翰·维农掌舵的时候却出现了问题。一大笔钱不知去向，约翰也不知去向，银行的声誉即将毁于一旦。在此紧要关头，奥利凡特笔下的女强人约翰的表亲凯瑟琳开始登场，她用从母亲那里继承的财产堵上了银行的窟窿，保住了银行的声誉，也从此成了维农银行新任的掌舵人。大约20年之后，约翰的遗孀带着14岁的女儿海斯特回到莱德堡，她也是一位女强人，靠教外语来养家。她和母亲委身在凯瑟琳门下，海斯特对凯瑟琳似乎并无好感。凯瑟琳的银行里又多了两个男性——爱德华和哈利，爱德华向海斯特示好，两个人的感情越来越深，海斯特对商业经营也很感兴趣，但她母亲因循守旧，总是觉得女人学做生意有失体统，而男人给女人讲生意经则是对女性的不尊重。奥利凡特反对男主外、女主内的陋习，现实世界的她也是靠勤奋写作来养家的女强人，所以，小说寄托着她立志要做女强人的梦想。小说的副标题是“当代生活的故事”，虽然故事开始的时间是19世纪60年代，但到了海斯特母女回乡的时刻，故事时间真的推移到了80年代，和当代生活这个题目是相吻合的。在当代生活中，无论男女都会被金钱所困扰，只有经济地位的独立才是女性真正的独立。凯瑟琳既经济独立又选择独身，堪称19世纪80年代女性独立的楷模。如果人们重读当时的历史，或者读一读当年《威斯敏斯特评论》上面题为“独身女性的未来”的文章，便会知道独身女性在当时已经开始慢慢地被社会所默认，即使不是接受，人们也会忍受。从这种意义上讲，虽然小说名为《海斯特》，海斯特也是和她姑妈类似的女强人，但她毕竟还未成气候，小说中真正的新女性代表还应该是凯瑟琳。

和《海斯特》一样，《科斯蒂恩》也是一部旨在宣扬女性自由的小说，菜园派小说的代表人物巴里（J. M. Barrie，1860～1937）对这部小说赞叹不已，称之为“最好的，绝对是最好的，近几十年来自苏格兰的故事”（Williams，1984：v）。科斯蒂恩的父亲是苏格兰的乡绅，他重男轻女，而且有些暴力。科斯蒂恩的哥哥以及私下和她交好的邻居罗纳德·德拉蒙德被派往印度，而科斯蒂恩等女人们只能在家里留守。当父亲执意要将她许配给一个富人时，她只身逃往伦敦，并开始凭借做衣服而发迹。她凭借自己的手艺致富，并帮家里买回了祖辈的土地，但家里人并不看重她，家里人更看重的反倒是碌碌无为、甘心俯首帖耳履行所谓的女人的职责的其他姐妹。科斯蒂恩是一位敢于追求独立的女性，而且继承了维多利亚时期女性的美德，即对家庭的忠贞。虽然家里对她并不友好，但她成为爱丁堡城里穿着最好的女人之后，还是选择荣归故里，尽自己所能为家庭增光添彩。

奥利凡特是个十分勤奋的女人，她一生都在笔耕不辍，作品多得让人惊奇。巴里曾经盛赞奥利凡特的写作才能，说"她是如此勤奋的知识分子，人们甚至怀疑她是否会睡觉休息"（Uglow，1984：xii）。奥利凡特不仅写小说，还写传记和历史，还是《布莱克伍德杂志》等著名期刊的撰稿人，她写出了许多人一生不吃不喝不睡都写不出来的作品。她并不是像后人想象的那样，每本书都是畅销书，她的文学声望在她的有生之年就几经沉浮，她自己在晚年也意识到了这一点。她曾经不无感慨地说："没人愿意把我和乔治·爱略特相提并论。这是公正的。"（Uglow，1984：xii ～ xiii）作家不能按照作品多少来论优劣，没有人会说作品越多的作家就越好，但这也绝不意味着作品多就一定烂，作品少就一定精。

奥利凡特被淡忘了许久，但自从 20 世纪 60 年代利维斯夫人重新发现了她的《玛乔瑞班克斯夫人》以来，人们对她的文学成就开始重新估价。奥利凡特是坚定的女性主义者，在现实生活中，她靠写作来赚钱养家，不仅养着自己的小家，还供养着哥哥以及他的家人。除了文学批评，她贡献给《布莱克伍德杂志》等著名期刊的文章大部分是宣传女性主义思想的。她在小说中塑造了一系列独立甚至独身的新女性形象，她们凭借自己的才能取得了经济独立，而且对家庭有着一种特殊的忠诚和责任感。

仅就小说而言，奥利凡特最大的贡献是她对英国边区生活的书写，特别是她对没有生产、没有贸易的卡林福德镇的书写。在整个英国文学的语境中，卡林福德编年史系列所起的是承上启下的作用，它架起了简·奥斯汀小说和乔治·爱略特小说之间的桥梁，而且和特罗洛普的巴塞特郡小说系列有着异曲同工之妙。在苏格兰小说的语境中，卡林福德编年史系列的地位就愈发重要。如果我们按照哈特《苏格兰小说：从斯摩莱特到斯帕克》的思路，把菜园派小说作为维多利亚时期苏格兰小说的核心，那么，卡林福德编年史系列就成了和菜园派交相辉映的苏格兰乡村小说。和菜园派小说一样，卡林福德编年史系列着力书写未受现代化冲击的苏格兰乡村，而居于乡村共同体核心的是宗教。它和菜园派唯一的不同是没有杜撰出哀婉动人的"可塑之才"的故事，但用后世的观点看，它也有菜园派小说的不及之处，那就是诸如《玛乔瑞班克斯女士》中的卢西拉一般鲜活的女性人物的塑造。

## 第四节　菜园派小说：苏格兰的感伤之旅

菜园派（Kailyard）是整个苏格兰小说发展史中最富苏格兰情调、同时又最具文化影响力的小说流派。作为文学批评术语，最早将菜园派一词应用于苏格兰文学的是批评家米拉（J. H. Millar），他在1895年发表于《新评论》（*New Review*）的一篇文章中率先使用了菜园派一词。米拉在评价巴里（J. M. Barrie,1860 ～ 1937）的文学创作时指出，尽管巴里还有其他方面的才能，但他首先是边缘主义小说中一个特殊的而且颇有名气的流派的奠基人，米拉将这个边缘主义小说的流派称为"伟大的菜园派运动"（Nash,2007:12）。其实，在米拉正式将菜园派作为批评术语的前一年，菜园派小说的杰出代表麦克莱伦（Ian Maclaren,1850 ～ 1907）在一本名为《在美丽的野蔷薇丛旁》（*Beside the Bonnie Brier Bush*,1894）的小说中就将"菜园"一词前景化，使其成为小说的核心意象。麦克莱伦在小说的扉页上题词："我们的菜园里长着一丛美丽的野蔷薇，/白色的花儿开在上面，开在菜园里。"为此，也有文学史家将此题词作为菜园派小说的源头。哈特在《苏格兰小说：从斯摩莱特到斯帕克》一书中对菜园派小说的所指及其属性进行了高度的概括，他认为，菜园派小说"主要是维多利亚时期的田园小说，有时是新世俗的（克罗齐特），有时是哀婉的（麦克莱伦），有时是反讽的（巴里）"（Hart,1978:115）。菜园派小说不仅包括长老会牧师麦克莱伦和克罗齐特（S. R. Crockett,1860 ～ 1914）所创作的小说，还包括中国读者非常熟悉的《彼得·潘》的作者巴里的小说创作，尤其是他颇具乡土气息的斯拉姆斯系列小说。

麦克莱伦是菜园派小说最杰出的代表，他的真名叫约翰·华生，他在小说创作时使用麦克莱伦这个笔名，而写作宗教布道作品时则使用真名。麦克莱伦在苏格兰的珀斯、斯特灵以及爱丁堡大学接受教育，他在珀斯郡做自由教堂的牧师，后来又到利物浦长老会教堂传教并为利物浦大学的建立做出了贡献。麦克莱伦在《英国周报》（*The British Weekly*）编辑尼克尔（W. Robertson Nicoll,1851 ～ 1923）的劝诱之下开始文学创作，他的首部文学作品《在美丽的野蔷薇丛旁》获得了极大的商业成功，连续数载在英美国家的图书销售市场中独领风骚。根据尼克尔《伊恩·麦克莱伦：约翰·

华生牧师的一生》（*Ian Maclaren:The Life of the Reverend John Watson*,1908）所提供的数据，各种版本的《在美丽的野蔷薇丛旁》在英国的销量是25.6万册，在美国则达到48.4万册。除了正版图书之外，还有五花八门的盗版书在高价销售，由于这类图书的销量难以统计，所以未计入上述销售数据之中。由于《在美丽的野蔷薇丛旁》的巨大成功，麦克莱伦开始在英美文坛声名鹊起，他相继创作了《旧日好时光》（*The Days of Old Langsyne*,1895）、《凯特·卡耐基和那些牧师们》（*Kate Carnegie and Those Ministers*,1896）、《后来和其他故事》（*Afterwards and Other Stories*,1899）、《拉比·桑德森》（*Rabbi Saunderson*,1899）、《教堂的人们》（*Church Folks*,1901）、《年轻的野蛮人》（*Young Barbarians*,1901）、《芭比阁下和一些普通人》（*His Majesty Baby and Some Other People*,1902）、《圣裘德》（*St. Jude's* ,1907）、《克莱沃豪斯的格林厄姆》（*Graham of Claverhouse*,1908）等文学作品。在这一系列的作品中，最能体现菜园派特色的还是他最先创作的两部小说（或曰札记）《在美丽的野蔷薇丛旁》和《旧日好时光》。

《在美丽的野蔷薇丛旁》由“多姆西”“高地的神秘主义者”“他的母亲的布道”“拉奇兰·坎贝尔的转型”“德拉姆托奇蒂的漂亮话”“有智慧的女人”“老学校的医生”七个故事组成，故事的场景是麦克莱伦所虚构的德拉姆托奇蒂。和托马斯·哈代（Thomas Hardy,1840～1928）小说中的韦塞克斯一样，德拉姆托奇蒂是麦克莱伦小说的重要场景标识，是他着力展现苏格兰乡村风情以及共同体价值观的处所。套用历史学家卡梅伦的话说，麦克莱伦笔下的德拉姆托奇蒂是一个经典的菜园派模式的“未受铁路、贫富两极分化和政治争端所侵袭的小镇”（Cameron,2010:9）。德拉姆托奇蒂并不富有，但小镇的人民非常团结，互帮互助，塑造了一个美好而祥和的家园，共筑起一个坚不可摧的共同体。最为集中地展现德拉姆托奇蒂的共同体价值观的是小说中的第一个故事“多姆西”，它用如诗如画的语言讲述了一个令人感伤的可塑之才（lad o' pairts）①的故事。

在“多姆西”中，被校长多姆西慧眼识珠选为可塑之才的男生是乔治·豪尔，他家境贫寒，但天资聪慧。在以德拉姆休为首的当地民众的

① 笔者曾就lad o' pairts的所指问题向斯特灵大学苏格兰研究中心主任Scott Hames博士请教，他回复：在苏格兰方言中，pairts意为“才能”，lad o' pairts类似于标准英语中所说的meritocracy（知识精英）。lad o' pairts已然成为一种重要的苏格兰文化传统。在这种传统中，通常是由心肠好而且知人善任的教师发现并激励和培养有能力的学生（通常是男生），而后说服当地民众出钱资助学生继续深造（比如读大学）。没有这种集体的资助，学生自己的家庭是无法负担深造所需费用的。

资助下，他有幸到爱丁堡去读大学，豪尔通过刻苦努力的学习在学业上突飞猛进，拿到了一系列的第一，不负德拉姆托奇蒂乡亲的厚望，为他们捧回了一大堆奖品和奖章。然而，厄运降临在豪尔身上，没等他成为一个出色的学者，年仅 21 岁的他就被病魔夺去了生命。奖品和奖章成为他生前的荣誉，蔷薇或玫瑰成为坟墓的点缀。德拉姆托奇蒂为豪尔举行了盛大的葬礼，在乔治·豪尔的墓碑上，除了他的名字、他的年龄以及他逝世的时间（1869 年 9 月 22 日），还特别刻着他的学位（文学硕士）以及一句颇有深意的墓志铭："他们将把整个民族的光荣和荣誉带给它"（Maclaren，1894：55）。

乔治·豪尔的故事是一个典型的苏格兰"可塑之才"的故事，而可塑之才的文化传统得益于苏格兰平等主义（egalitarianism）教育思想。自 1850 年起，教育平等主义成为苏格兰杂志上热议的话题，宣扬中小学以及大学的平等主义性质的文章开始频繁出现在苏格兰的各大报端。开放竞争的理念深入人心，奖学金制度使得穷人家的可塑之才能够和有钱人一样到大学去深造，和富人家的孩子一道学习，平等竞争。苏格兰的大学向穷人和富人都敞开大门，而这种读大学不分贫富的思想是整个国家的骄傲。正是在这样教育平等主义的语境中，乔治·豪尔才能脱颖而出，从乡村走向城市，迈进爱丁堡大学的校门，进而成为那里的优等生。和其他的林林总总的可塑之才故事一样，麦克莱伦为豪尔安排了一位慧眼识珠的伯乐，校长多姆西也是一位大学的优等生，有很好的学位和很好的前程，如果不是因为爱情受挫（据小说叙述者推测，这是根本原因），他或许做梦都想不到自己会来到德拉姆托奇蒂这块穷乡僻壤。多姆西服从命运的安排，他把自己所有的爱，连同他所有的钱都用在了学生的身上，他天生就有伯乐的慧眼，"他能够在萌芽之时发现一个学者，从一个看上去只适合做牛倌的男孩那里预言出学拉丁文的品性"（Maclaren，1894：9）。他发现豪尔这个可塑之才之后，又亲自去做家访，寻求豪尔家人的配合，而后又去游说德拉姆休，成功地劝说他带头资助豪尔读大学，把"可塑之才"送到他们认为可以培养可塑之才的爱丁堡。

乔治·豪尔只享受了苏格兰平等主义教育的一个方面（开放竞争），而和另一个更重要的方面（奖学金）无缘。麦克莱伦在他的小说中并未提及奖学金，豪尔之所以能读大学，是因为多姆西校长的游说以及德拉姆休等当地民众的乐善好施。豪尔在读大学期间品学兼优，赢得了一大堆奖品和奖章，但就是没有奖学金。我们不妨提出这样的假设，如果有奖学金，豪尔或许就可以少一点以优异成绩来回报乡亲恩德的压力，他也许就不会积劳成疾，年仅21岁就离开了人世。在美丽的野蔷薇丛旁，多姆西和豪尔的父母谈话，使他们相信自己的孩子是可塑之才；在豪尔即将辞世的时候，又是奖品、奖章、野蔷薇和他相伴；在豪尔的坟墓上，母亲又特地为他种下了野蔷薇，每个夏天都在那里绽放，花开花落，转眼已过20年。在麦克莱伦的笔下，豪尔是个可怜的“可塑之才”，他没有来得及施展自己的才华就离开了人世，使得多姆西以及德拉姆托奇蒂的乡亲们的培育英才之梦化为乌有。但与此同时，豪尔又是个可敬的“可塑之才”，他不负乡亲们的厚望，就读大学期间为乡亲们捧回了一大堆的奖品和奖章，在他弥留之际，他还成功地劝诱一位同乡的浪子回头，履行了一个未来的牧师的职责。

如果《在美丽的野蔷薇丛旁》中的德拉姆托奇蒂是未受外界所侵袭的小镇，那么，《旧日好时光》中的德拉姆托奇蒂则是一个无法逃避外界侵扰的小镇。在这部小说中，城乡差异、宗教冲突已成为显而易见的主题。麦克莱伦借叙述者之口，对城里人的无根性进行了抽丝剥茧式的剖析：“对于一个城里人来说，他可能在一个城市出生，在第二个城市受教育，在第三个城市结婚成家，在第四个城市工作”（Maclaren,2008:30）。因此，城里人的家就像旅馆，他住了之后就忘记了。城里人没有根，他是地球表面的流浪汉。而农村人则截然相反，他们出生、成长、成家、劳作乃至死亡，都是在同一片土地上，他老年看到的风景和孩提时看过的风景并无二致。农村人的根深深地扎在泥土里，你要是夺走他们的土地，他们的心就会枯萎甚至枯竭。

《旧日好时光》以生动的笔触书写了德拉姆托奇蒂小镇上的宗教冲突，最为典型的一则故事是“为了良心”。在这则故事中，小镇上的代理人试图强迫伯恩伯雷改变他的教堂集会，如果他不同意，伯恩伯雷很可能面临农场遭受损失的境遇。然而，在巨大的压力面前，伯恩伯雷为了良心，为了他所信仰的教义，决定放弃个人的利益，听从上帝的召唤。在这种宗教意义的大是大非面前，他的老伴儿坚定地站在他的一边。最后，由于得到乡民们的全力支持，在地主的协调下，伯恩伯雷终于幸免于难。故事的题目耐人寻味，所谓的“为了良心”，其实是为了心目中的上帝和虔诚的宗教信仰，而不是一般意义的良知。在代理人的眼里，自由教堂（free church）和圣公会（established church）是并无二致的，伯恩伯雷的虔诚其实也是一种顽固不化。他质问那些“为了良心”而不惜舍弃自己土地的乡民：“难道自由教堂用一种方式唱赞美诗，而圣公会用另外一种方式吗？”（Maclaren,2008:33）在他看来，为了所谓的良心而和时代对抗，不过是苏格兰人特有的执拗罢了。

作为一名苏格兰自由教堂的牧师，麦克莱伦在洛基尔蒙德供职期间，就已经对宗教冲突问题了如指掌。从1843年开始，苏格兰教堂饱受分裂之苦，自由教堂在许多地区确立了自己的朝拜仪式，由于一时找不到更为合适的场所，在一些较小的城镇和乡村，自由教堂和圣公会轮流举行宗教集会的情况并不罕见，已然成为双方默许的事实。从这种意义上讲，《旧日好时光》书写的是真实的苏格兰。两大教派相互独立，各自为政，各自笼络着自己的牧师和自己的教徒，在德拉姆托奇蒂小镇这样的弹丸之地，宗教的竞争竟然也是此起彼伏。代理人是商业社会侵入小镇生活的缩影，他试图以商业手段干预乡民的信仰，在德拉姆托奇蒂这样一个到处都是"为了良心"的信徒的地方，他注定是要失败的。本来应该和他站在一道的牧师倒向了伯恩伯雷的一边，当地的乡民齐刷刷地站起来为伯恩伯雷撑腰，连掌握着决定性话语权的地主也为伯恩伯雷的执着所感动，这样一来，代表着商业文明的代理人就必然会在眷恋着农业文明的小镇里栽跟头。

无论麦克莱伦笔下的苏格兰真实与否，他对于苏格兰小说的贡献都是不可低估的。麦克莱伦对苏格兰有一种难以割舍的情感，虽然他的出生地是在英格兰的曼宁垂，但没有人能否认他是个典型的苏格兰作家。他出神入化地书写了苏格兰乡村的生活，美丽的苏格兰使他成名于世，他的小说也让苏格兰在英美国家一路飘红。他认为自己小说的魅力就是苏格兰书写，他希望自己向世界呈现了一个完美的苏格兰。在1894年5月28日致史蒂芬·威廉森的书信中，麦克莱伦写道："如果呈现苏格兰生活的努力让您愉悦，那正是我的一点希望。"（Nicoll，1908：162）麦克莱伦的小说特别适合这样的读者群，他们"在大多数情况下没有机会来亲自参观想象中的山谷中的乡村"（Campbell，2008：xiii）。所以，真实与否并非问题的核心，是否具有典型性才是问题之所在。人们可以怀疑麦克莱伦笔下的苏格兰乡村是否真实，但几乎没有人会否认，麦克莱伦小说中的苏格兰就是读者想象中的典型的（或曰理想的）苏格兰。

麦克莱伦小说中频繁出现死亡的场景，这其实和作者作为牧师的身份有关，他这样描述牧师和死亡的关系：

作为牧师，我们很少看到生活光明的一面。我承认，婚礼上也能容忍我们，但我们更熟悉的是葬礼。人们不会让牧师去分享他们家庭的节庆。他最通常听到的是痛苦的话语，每天都和死亡面对面。这很容易使

得他的头脑变得严肃起来。(Nicoll,1908:170)

的确，麦克莱伦小说中的死亡让读者备感伤怀，尤其是读到“多姆西”中乔治·豪尔的葬礼一节，人们忍不住要为这位可塑之才的英年早逝而潸然泪下。但是，麦克莱伦小说中的死亡绝不是为感伤而感伤，我们没有理由要求一位熟悉葬礼而不熟悉婚礼的牧师去书写喜庆，而对身边每时每刻都在发生的令人伤怀的事情不闻不问。

和麦克莱伦一样，克罗齐特也是一位牧师出身的作家，他 1860 年出生于科克卡德布莱特郡的巴尔玛吉，获得奖学金之后到爱丁堡大学读书，而后在做记者的同时在旨在培养自由教堂牧师的新学院继续深造，曾经执掌中洛辛郡教区，因为《失败的牧师》(*The Stickit Minister*,1893)、《入侵者》(*The Raiders*,1894)、《丁香太阳帽》(*The Lilac Sunbonnet*,1894) 的走红而离开牧师职业专事写作，之后相继出版《甜心旅行者》(*Sweetheart Travellers*,1895)、《克莱格·凯利》(*Cleg Kelly*,1896)、《灰色的人》(*The Grey Man*,1896)、《托蒂·莱恩爵士历险记》(*The Surprising Adventures of Sir Toady Lion*,1897)、《基特·肯尼迪》(*Kit Kennedy*,1899)、《入侵者之地》(*Raiderland*,1904) 等四十余部作品，1914 年在法国逝世。

在克罗齐特的四十余部作品中，最具菜园派风味的小说当属《失败的牧师》和《丁香太阳帽》，它们以极其微妙的手法书写了加洛韦的乡村风情。《失败的牧师》是克罗齐特的第一部小说，和麦克莱伦的《在美丽的野蔷薇丛旁》一样，它也是结构松散的故事集，把故事串联在一起的是尚处于农业文明时代的加洛韦。《失败的牧师》中的许多故事曾经在《基督教领导者》周报上刊载过，《基督教领导者》是一家位于格拉斯哥的地方性周报，发行范围主要是苏格兰。因此，克罗齐特的这部小说主要是写给苏格兰读者看的，而不是像那些对菜园派小说颇有微词的批评家们所说的那样是写给英格兰人和美国人看的。在《失败的牧师》中，克罗齐特为读者呈现了一系列失败的、最终成为牺牲品的乡村牧师形象，而他们的失败大多只是人们的误判而已。在“辛普森牧师的负担”中，在外人的眼里，他的家庭是失败的，他的妻子是他的负担，因为她不专心服侍丈夫，对丈夫的精彩的布道也是置若罔闻。然而，当妻子过世之后，人们却惊讶地发现，原来牧师那些精彩的布道都是出自夫人之手，妻子不是拖累了他，而是在幕后默默无闻地帮助他。妻子死后，他只好急匆匆地选择退役，为他“失败的”牧师生涯画上了句号。在“坦诚的朋友”中，牧师遭受了教区民众的种种非议，直到最后他的妻子出面澄清才重获新生。在上述两则故事中，风言风语并未将牧师彻底击垮，而在“野兽的献礼”中，牧师休·汉密尔顿却没有如此幸运。在林林总总的恶毒攻击之下，汉密尔顿不幸英年早逝，他的墓碑上刻着《圣经》中《以赛亚书》中的文字“他被藐视，被人厌弃”。

《失败的牧师》是一部结构松散的故事集，而《丁香太阳帽》则是一部名副其实的结构完整的小说。在这部小说中，克罗齐特不失时机地对宗教与教育的狭隘进行了鞭挞，而对自然和爱情的力量给予了讴歌。和麦克莱伦笔下的可塑之才一样，拉尔夫·佩登在乡亲们的资助下读大学，但他并不觉得自己眼前的生活有什么色彩。他的父亲供职于十分狭隘的麦柔教会，佩登从爱丁堡被派到加洛韦去接受牧师的培训，和他共事的是父亲的朋友艾伦·韦尔什，他是麦柔教会的另一位牧师。佩登觉得自己的兴趣是文学，他把拉丁文以及教堂的教导抛于脑后，坠入温瑟姆·查特里斯的情网之中不能自拔，在小说的结尾，他和查特里斯喜结良缘并成了一名诗人。

诚如哈特所言，《丁香太阳帽》自始至终“沉浸在太阳、花朵以及伊甸园的意象中”（Hart，1978：117）。如画的风景是小说的核心意象之一，正是如画的风景使得佩登从学习以及麦柔教会中解脱出来。小说的风景描写至精至细，大到加洛韦乡村的景致，小到蜜蜂的飞舞，让主人公佩登时常陶醉在美景之中。然而，细细读来不难发现，《丁香太阳帽》的风景之所以诱人，是因为它是和上帝紧密相连的，上帝是宇宙的一个部分。黎明时分的景致就像上帝现身时的永久黎明的预言，而如此奇妙的景观也恰恰是女主人公查特里斯所等待的一切。黎明时分的重要意义在于此时此刻明暗的交替，而明暗的交替在1890年代还有一种特殊的世纪末的意蕴。

佩登和查特里斯的爱情也被赋予了神秘的世纪末意蕴：当他们相遇时，大自然仿佛一下子分解为混乱的无意义的世界；而当他们分别时，破晓时分仿佛就像是一个新世界的诞生。克罗齐特用生动的笔触书写了牧师的爱情，但是，在一个谈性色变的维多利亚时期，他并不敢越过雷池，不加掩饰地去书写爱情场景，他非常巧妙地把性爱寄托于外部事物以及身体的其他部分，比如用赤脚代替赤裸裸的性爱。当佩登看到查特里斯和麦格·基索克赤脚奔跑时，他感到羞愧万分，热血一下子涌到他的脸颊和太阳穴。不过，和小说中最能激发性欲的丁香太阳帽相比，赤脚不过是小巫见大巫。每当查特里斯充满挑逗性地摇动她的丁香太阳帽时，佩登就恨不得把它夺过来撕个粉碎，丁香太阳帽所激起的情欲已经超越了牧师所能控制的极限。克罗齐特这种自以为高明的爱情书写招致了米拉、布莱克等批评家的非议，布莱克曾经毫不留情地说："任何20世纪中叶的有理智、有文化的成年人拜读《丁香太阳帽》时很难不感到恶心。"（Blake,1951:47～48）

和麦克莱伦、克罗齐特相比，巴里的人生阅历更加丰富，他的文学视野也更加宽广。巴里地位显赫，受封为爵士，曾在1919年至1922年间担任圣安德鲁斯大学校长，1928年当选英国作家协会主席，并于1930年至1937年间受聘为爱丁堡大学名誉校长。巴里以小说出道，创作小说的同时也写戏剧，其中最为著名的戏剧作品当属《彼得·潘》，这部戏剧在伦敦公演之后一路飘红。随着巴里改编的同名童话故事的问世，彼得·潘这个会飞的、永远也长不大的男孩成为儿童文学的经典形象，彼得·潘的故事以及林林总总的续集故事得到了迪士尼、好莱坞等大牌影业公司的青睐。

巴里之所以被贴上菜园派的标签，主要是因为他所创作的斯拉姆斯系列小说。斯拉姆斯是巴里虚构的地名，他在《古灯田园诗》（*Auld Licht Idylls*,1888）的第二章对斯拉姆斯的所指做了明确的界定："斯拉姆斯是我在此给一大堆簇拥在一个杯状地方的房子所起的名字，那里是离学校最近的小镇。"（Barrie,1898:8）斯拉姆斯的原型是巴里的故乡柯里缪尔，他主要是根据母亲的故乡记忆来书写斯拉姆斯风情的，他的斯拉姆斯系列小说主要包括《古灯田园诗》《斯拉姆斯的窗户》（*A Window in Thrums*,1889）、《小牧师》（*The Little Minister*,1891）、《感伤的汤米》（*Sentimental Tommy*,1896）及《汤米和格里泽尔》（*Tommy and Grizel*, 1900）。

《古灯田园诗》的叙述者是斯拉姆斯附近学校的校长，他用19世纪80年代的视角讲述了斯拉姆斯150年前所发生的的故事。小说没有完整的故事情节，也没有居于核心地位的人物，它更加偏重的是源自圣公会的一个比较极端的清教派别的古灯集会的经历，书写的是在19世纪80年代已经十分罕见的古灯教派共同体。作者在第二章对这个共同体进行了描述："现在的苏格兰已经很少有古灯共同体——或许是现在的人们如此富足，因为大多数的虔诚的古灯信徒总是很穷，他们的最后几年往往是在和救济院做艰苦的斗争。"（Barrie,1898:10）虽然古灯信徒物质匮乏，但他们的精神信仰却十分坚定。他们一天辛勤劳作之后，回家就把长凳拉到火炉边，把红色的手帕盖在腿上，专心致志地阅读他们自己的"天路历程"。

值得注意的是，斯拉姆斯并非人们所想象的那样是一个未受外界侵扰的小镇，铁路从小镇经过，斯拉姆斯已然成为比较重要的农业中心。一个非常明显的变化是邮政的变化，信件不再被一股脑地堆在破旧的车子上，邮递员也不敢像往日一样偷偷拆开信件。邮箱的使用保护了人们的隐私，也使共同体之间的交互发生了微妙的变化。人们对书籍、对外部的文明世界的兴趣开始浓厚起来。过去邮递员带来的书一直供大于求，而现在《星期六评论》《人民杂志》等书籍已经开始走进农舍，甚至还有一本达尔文的书也悄然地走进了斯拉姆斯。

和《古灯田园诗》相比，《小牧师》有着更为完整的情节和更为宏大的叙述，它的焦点不再是共同体，而是个体。小说的情节如下：加文·迪斯哈特被指派到斯拉姆斯的古灯教堂做牧师，他遇到了一个名叫芭比的吉卜赛姑娘。这个女孩其实是贵族的成员，她化装成吉卜赛姑娘是为了逃避她的监护人瑞银托尔爵士并和当地的村民自由交往。起初迪斯哈特对这个精力充沛的女孩很是害怕，但后来很快为她内心的善良所吸引。他们浪漫的爱情招致了村民们的风言风语，牧师的地位也因此受到威胁，直到芭比的真实身份被"揭穿"，笼罩在他们头上的阴云才开始烟消云散。非常有趣的是，《小牧师》和克罗齐特的《丁香太阳帽》有一种奇妙的相似，那就是，帽子被书写成激发情欲的"罪魁祸首"。两部小说中的帽子意象的区别在于：《小牧师》中的帽子为男性牧师所有，它所激发的情欲主要停留在意识层面；《丁香太阳帽》中的帽子为女主人公查特里斯所有，它所激发的情欲已经进入了身体的层面。

菜园派小说的一个重要标志是边缘主义（parochialism），此处的边缘主义并无贬义，它相当于我们平时所说的区域主义或者地方特色。菜园派作家致力于书写自己所熟悉的苏格兰乡村，麦克莱伦笔下的德拉姆托奇蒂、克罗齐特笔下的加洛韦、巴里笔下的斯拉姆斯，都能在现实世界找到它们的原型。和哈代笔下的韦塞克斯一样，德拉姆托奇蒂、加洛韦、斯拉姆斯都已成为英国文学史上经典的乡村场景。菜园派小说着力展现"未受铁路、贫富两极分化和政治争端所侵袭的小镇以及乡村的苏格兰的、感伤主义的、性别化的意象"（Cameron,2010:9），正是这种颇具苏格兰风味的意象深深吸引了广大读者，为菜园派小说的商业成功铺平了道路。在菜园派的鼎盛时期，边缘主义或者区域主义不应该被解读成一个贬义词。

菜园派的另一个重要标志是感伤主义。在英国文学的语境中，感伤主义小说是指发源于18世纪的"用重复性的流泪的场景展现美德与情感的关联"（Baldick,2000:203）的小说，引发流泪的场景主要是自然的美丽以及为他人的不幸而感到的悲伤。菜园派小说为读者呈现了一个又一个流泪的场景，其中最为经典的当属麦克莱伦笔下的死亡以及葬礼场景，麦克莱伦认为这样的书写才是真正的苏格兰小说。在许多批评家的眼里，英国感伤主义小说是18世纪特有的产品，《牛津文学术语词典》所列举的作品全部来自18世纪，如理查逊（Samuel Richardson,1689～1761）的《帕梅拉》(*Pamela*,1740)、哥德史密斯(Oliver Goldsmith,1730～1774)的《威克菲尔德牧师传》(*The Vicar of Wakefield*,1766)、斯特恩的《穿越法国和意大利的感伤之旅》(*A Sentimental Journey through France and Italy*,1768)、麦肯锡(Henry Mackenzie,1745～1831)的《有情人》(*The Man of Feeling*,1771)。从某种意义上讲,菜园派小说是18世纪英国感伤主义小说的延续,它和维多利亚时期的现实主义小说形成了鲜明的对照,这恰恰是本节用“苏格兰的感伤之旅”作为副标题的主要原因。

苏格兰方言也是菜园派小说的重要标志之一。就苏格兰方言写作而言,麦克莱伦和克罗齐特比巴里更胜一筹,两位牧师出身的作家对他们所供职的地区的苏格兰方言可谓是了如指掌,运用起苏格兰方言来也可谓是得心应手。对于非英语国家的读者来说,苏格兰方言的运用无疑会大大地增加小说阅读的难度,但对于英语国家的读者来说,生动活泼的苏格兰方言却是吸引读者的一大法宝,虽然它偶尔也会带来一些阅读的烦恼。菜园派小说让英美国家的读者喜欢上了苏格兰方言,使得苏格兰方言写作成为一种时尚。1895年《笨拙》(*Punch*)杂志上的一幅漫画惟妙惟肖地展现了当时苏格兰方言的盛行程度:出版商问一位作者是否用了无法辨认的苏格兰方言写作,作者说没有。出版商大失所望,当即告知作者“恐怕您的作品对我们一点儿用都没有”(Nash,2007:51)。

菜园派小说不仅仅是一种小说,更是一种值得研究的文化现象,它的市场传播策略至今仍有许多可资借鉴之处。首先,它有一位慧眼识珠的幕后推手尼克尔。尼克尔被人称为历史上最成功的基督徒,他曾经做过阿伯丁郡凯尔苏的自由教堂牧师,之后又与霍德尔与司多顿出版社的核心人物托马斯·司多顿交好,并做了《评注者》《英国周报》的编辑,是他极力鼓动麦克莱伦尝试小说创作,并对菜园派小说进行评价和推介——说服英国的霍德尔与司多顿出版社以及美国的多德米德公司等出版菜园派的作品,还写作了麦克莱伦的传记。对于菜园派小说而言,尼克尔永远是功不可没的,如果没有这位慧眼识珠的编辑,菜园派小说或许就会被淹没在历史的尘埃之中。其次,麦克莱伦的美国之行也为菜园派小说在美国的传播铺平了道路。麦克莱伦三次造访美国,他的首次出行是在1896年。在此之前,美国超验主义的代表人物爱默生(Ralph Waldo Emerson,1803～1882)已将讲座炒红,使得讲座成为传播新的思想的主要途径。在著名的美国讲座经纪人J. B. 庞德上校的安排下,麦克莱伦到耶鲁大学等地进行巡回演讲,在匹兹堡还遇到了出生于苏格兰的美国钢铁大王安德鲁·卡耐基(Andrew Carnegie,1835～1919),卡耐基是麦克莱伦《在美丽的野蔷薇丛旁》的崇拜者。麦克莱伦最终不幸病逝于美国，美国人民深深爱戴这位为文学和宗教事业呕心沥血的绅士，他成为当时的美国人民最为喜爱和敬仰的英国人之一。

也许是由于人们习惯性地认为维多利亚时期小说的主流应该是现实主义，所以，以边缘主义、感伤主义和苏格兰方言为主要特色的菜园派小说自登上文坛之日起就备受争议。从首创菜园派这个批评术语的批评家米拉到苏格兰现代主义运动的旗手麦克迪尔米德，再到 20 世纪 50 年代菜园派研究的领军人物乔治·布莱克，菜园派更多的是作为被嘲讽的对象，作为书写“不真实的苏格兰”的典范。其实，就小说创作而言，真实还是不真实并非评价优劣的标准，因为小说本身就有虚构性，没有虚构就不能称其为小说。典型性才是问题之所在，就典型性而言，没有哪个流派比菜园派小说更传神、更真切地书写了苏格兰，尤其是 19 世纪末期的苏格兰乡村的理想而又充满感伤的共同体生活。无论人们喜欢与否，菜园派小说都是谈论苏格兰小说时不可或缺的部分，菜园派小说为当代读者展现了一幅已然成为历史的、渐行渐远的苏格兰的生动画卷。

## 第五节　乔治·道格拉斯·布朗与“反菜园派”小说

在《苏格兰小说：从斯摩莱特到斯帕克》一书中，哈特赋予维多利亚时期苏格兰小说的总标题是“苏格兰的维多利亚人：菜园派的内外”(Hart,1978:85)。此种说法并非夸张，菜园派确确实实是处于维多利亚时期苏格兰小说的核心位置，整个维多利亚时期的苏格兰小说或多或少地都和菜园派有着千丝万缕的联系。从某种意义上讲，麦克唐纳、奥利凡特的地方小说可以视作菜园派小说的先声；巴肯的《灰色天气》(*Grey Weather*, 1899) 有着浓浓的菜园派印迹，虽然他不久之后就在牛津大学宣称自己不喜欢菜园派小说，但心口不一，在宣称不喜欢菜园派之后，他依然选择在以刊载菜园派作品而闻名的、尼克尔编辑的《英国周报》上发表自己的作品；巴肯的妹妹安娜·巴肯 (Anna Buchan,1877 ～ 1948) 是巴里的崇拜者，她以“欧·道格拉斯”为笔名创作了模仿菜园派的作品；史蒂文森是菜园派之外的大家，他临终之前还在兴致勃勃地创作他的反菜园派小说《赫米斯顿的韦尔》(*Weir of Hermiston*,1894)，倘若这部作品能够按照原计划完成，一定会让菜园派的代表人物们知道什么叫情何以堪；和史蒂文森一样，约翰·麦克道格·海伊 (John MacDougall Hay,1881 ～ 1919) 的

《格利斯皮》（*Gillespie*，1914）也是一部小有名气的反菜园派小说，这部小说有点儿生不逢时，刚好出版在第一次世界大战的前夕，战争的阴霾暂时淡化了人们对于文学的兴趣。真正充当了反菜园派急先锋角色的是乔治·道格拉斯·布朗（George Douglas Brown，1869～1902），他的小说《带绿色百叶窗的房子》（*The House with the Green Shutters*，1901）惟妙惟肖地对菜园派小说进行了戏仿，并为现代苏格兰小说的生成和发展铺平了道路。

将乔治·道格拉斯·布朗称为反菜园派的急先锋并非杜撰。19世纪90年代初期，正当菜园派如日中天的时候，尚在牛津大学读书的布朗就对菜园派小说中宛如一切发生在18世纪的苏格兰乡村书写表示了不满，他信誓旦旦地说："我要写一部小说，告诉你们所有人苏格兰乡村生活是什么样子。"（Veitch，1952：57）1901年，也就是布朗辞世的前一年，《带绿色百叶窗的房子》这部反菜园派的扛鼎之作终于问世。布朗以堪与菜园派比肩的富有苏格兰地域风情的书写，展现了芭比小镇在铁路时代的沧桑巨变，"描述了另外一种农村生活"（王佐良、周珏良，2006：299）。

何谓"另外一种农村生活"？要回答这个问题，还得先从菜园派小说中的乡村说起。诚如卡梅伦所言，菜园派展现的是"未受铁路、贫富两极分化和政治争端等现代性象征所侵袭的、小镇和乡村苏格兰的、感伤的和性别化的意象"（Cameron，2010：9）。虽然铁路已经堂而皇之地出现在詹姆斯·巴里等人的菜园派小说中，但古老的苏格兰乡村共同体依然稳固，以农业文明为基础的苏格兰乡村顽强地抵制着商业以及工业的侵袭。和巴里笔下神话般的斯拉姆斯乡村不同，《带绿色百叶窗的房子》中芭比小镇已经开始步入铁路时代，作为英国社会进步的标志的铁路已经逐步成为人们生活的依托，商业成败已经成为街头巷尾热议的话题。顺势而为的"鼹鼠猎手"威尔逊从中发迹并登上行政长官的宝座，逆流而动的马车商人古尔雷则从此一落千丈，不仅财富尽失，而且赔上了全家的性命，他曾经引以为荣的带绿色百叶窗的房子也成了令人恐惧的一座空宅。乔治·道格拉斯·布朗笔下的乡村已经不再是未受现代性象征所侵袭的理想化的乡村，而是深受现代性熏陶，以商业成败论英雄，以想象、常识、能量为苏格兰商业"美德"的残忍的和血腥的乡村。

布朗在1901年10月写给欧内斯特·贝克的书信中说，《带绿色百叶窗的房子》是一部"残忍的和血腥的书"（Campbell，1981：7～8），马车商人约翰·古尔雷在铁路时代的商业沉浮和家庭悲剧集中展现了这种残忍和血腥。就《带绿色百叶窗的房子》而言，残忍主要有两个层面的指涉：其一是说商业竞争是残忍和无情的，面对铁路时代的来临，马车商人的偏执注定要付出代价；其二是说在芭比小镇的人们的眼里，马车商人本身也是残忍的，他对家人动辄暴力，对商业竞争对手或是拳脚相加，或是冷嘲热讽。古尔雷的偏执致使他在残忍的商业竞争中败北，他对“鼹鼠猎手”威尔逊无情的嘲讽激发了后者在苏格兰乡村谱写商业神话的“壮志”，对建筑商吉布森的拳脚相加招致了后者的疯狂报复，古尔雷为此付出了沉重的违约代价。更为可悲的是，古尔雷那个生性懦弱、只“对傻傻的书有傻傻的兴趣”（Brown，1901：64）的儿子，因为不堪忍受他残忍的暴力和挖苦，在威士忌的作用之下威力爆发，举起拨火棍，用异常残忍的一击结束了古尔雷的生命。随后，古尔雷的儿子、妻子和女儿相继服毒自尽，为布满阴霾的带绿色百叶窗的房子画上了血腥的句号。

《带绿色百叶窗的房子》展现的是芭比小镇在铁路时代的沧桑巨变。在铁路尚未入侵之时，马车商人古尔雷垄断了全镇的运货生意，他的豪宅（即带绿色百叶窗的房子）是芭比小镇的一道靓丽风景线，让人心生敬畏，夏日清晨的芭比小镇也宛如一幅莱园派笔下的静态画卷：“清新的空气，从红色的烟囱中冒出来的稀薄而遥远的烟，照耀在屋顶和两边山形墙上的阳光，黎明时分玫瑰色的清晰的万物——更重要的是，安宁和平静——使得芭比，一个通常没有什么可看的地方，成为在夏日的早晨非常宜人的、可供俯视的地方。”（Brown，1901：2）古尔雷无意欣赏夏日的美景，他驻足凝视是为了炫耀自己的生意兴隆。他特意安排马车商队同时出发，让浩浩荡荡的车队穿行在芭比小镇的大街小巷，这种勇敢的炫耀是他送给“他的敌人们的一记耳光”（Brown，1901：3）。其实，从商业经营的角度看，古尔雷的炫耀是一种失策，它未能如愿以偿地压倒商业敌手们的气焰，反而助推了他们奋发图强的“雄心”，炫耀的结果是古尔雷成了芭比小镇的众矢之的，成了商业世界的孤家寡人。

虽然古尔雷被冠以马车商人的封号，但他财富的主要来源并非马车生意。为了排挤竞争对手，他不惜以零利润为代价运送货物，直到对手无货可运，这种赔钱赚吆喝的生意之道是不可能给他带来巨大财富的。他的财富来源主要是泰姆普莱德缪尔租给他的采石场以及妻子的嫁妆。在芭比小镇未受铁路侵袭的时候，憨厚朴实的泰姆普莱德缪尔出于朋友的义气和对古尔雷的敬畏，答应把采石场租给古尔雷 12 年。古尔雷凭借采石场发迹，还就地取材建造了他气派十足的豪宅。此外，古尔雷凭借自己非凡的男性气概，赢得了邻镇富人的欢心，把他并不喜欢的富家之女迎娶进门，获得了丰厚的嫁妆以及作为粮食经纪人的新生意。从商业经营的角度看，古尔雷赖以生财的采石场是一种借鸡下蛋的游戏，难以维系长久。铁路时代来临之际，泰姆普莱德缪尔经过精明而泼辣的妻子的教导，决定不再续约，“摇钱树”物归原主，断了古尔雷的一方财路。妻子带来的嫁妆未能随着时代的变迁而升值，到铁路时代已经变得微不足道。

《带绿色百叶窗的房子》用一种“化于无形”的方式展现了铁路时代对马车商人的冲击。古尔雷赖以生财的采石场被收回的时间节点，恰好就是芭比小镇商议联名向铁路公司请愿、呼吁铁路必经芭比的时刻。正是在那个令人难忘的时刻，威尔逊成功地陷古尔雷于不义，让他陷入两难境地。古尔雷明知反对请愿是冒天下之大不韪，但他还是十分强硬地拒绝在请愿书上签名。一向对古尔雷唯唯诺诺的泰姆普莱德缪尔，有生以来第一次选择不与古尔雷为伍，坚定地支持威尔逊所倡议的向铁路公司请愿，并在请愿书上签名。泰姆普莱德缪尔知道签名意味着和古尔雷友情的结束，他以一种“一不做，二不休”的姿态，斗胆提出采石场到期收回的诉求。

采石场被收回之后，古尔雷成了真正意义的马车商人。商业竞争是无情的，铁路发展也是无法逆转的。对于维多利亚时期的人而言，“一个更好和更快的铁路系统是一个更好和更快的不列颠的标志”（Purchase，2006：xii）。1835 年，连接伦敦和布里斯托的铁路开通。到了 1850 年，英国铁路运营里程已接近 6000 英里。铁路是社会进步的标志，但并非每个人都从进步中获益。对于未能跟上铁路时代步伐的人而言，铁路就像是一匹冷冰冰的“铁马”：“这种铁制的工具和它们所代表的‘进步’话语绝不会顾及人的身体与情感，更没有四条腿的马儿的那种忠诚。”（殷企平，2009：504）马儿是忠诚的，马夫也是忠诚的，但是，在无情的铁马来临之际，谁也挽救不了未能跟上“铁马”步伐的马车商人的厄运。作为马车商人，古尔雷运送的货物主要是乳酪和粮食，还有就是给建筑商吉布森运建材。乳酪容易变质，是一种更适宜铁路运送的商品。芭比进入铁路时代之后，威尔逊借助铁路运输开始抢夺乳酪生意，由于他出价更高，古尔雷很快在乳酪生意场败下阵来。粮食保质期较长，但盈利并不丰厚，更何况，如前文所言，古尔雷为了排挤对手不惜削足适履，经常干一些赔钱赚吆喝的傻事。

和铁马一样，铁路时代的商业“友人”也是没有马儿那种忠诚的，建筑商吉布森的阳奉阴违就是很好的例证。吉布森和古尔雷有着长期的商业合作，在外人的眼里，他们是地地道道的铁哥们儿。然而，就是这个商界的铁哥们儿，和威尔逊共同策划了一场商业密谋，从而锁定了古尔雷商战的败局。芭比迈进铁路时代之后，吉布森凭借铁路公司的内线获得了一大笔建筑生意，如果他把建材运输的生意留给古尔雷，后者就无论如何也不会沦落到家破人亡的地步。不幸的是，慧眼识珠的吉布森更看好威尔逊的前程，他和古尔雷表面交好，背地里却和威尔逊密谋。首先，吉布森和古尔雷签订合约，让他运送一年的建材到镇上指定的位置，古尔雷许久之后才发现他运送的建材是商业敌手威尔逊造房子用的。把古尔雷套牢之后，吉布森为威尔逊牵线，帮助他获得铁路公司的大笔建材运输生意，而此时的运输报酬已经远远高于古尔雷接单时的报酬。古尔雷狠狠教训了背叛他的铁哥们儿，他让吉布森“飞过红狮子酒馆的大窗户，不偏不倚地落在赶集的乡亲们正在畅饮的大桌子中间”（Brown,1901:139）。这是古尔雷一个最大的商业失策，他因为愤怒而单方中止了合约。吉布森向法庭起诉，古尔雷因为违约而付出了沉重的代价，沦落到连豪宅都要抵押出去的境地。

铁路时代让马车商人古尔雷在商界风光尽失，但他的傲慢却丝毫未减。他试图东山再起，开始相信机遇，但“机遇总是背叛他”（Brown,1901:236）。铁路的来临让他的带绿色百叶窗的房子飞速升值，但他却一次又一次地错误地运用着铁路的便捷。为了挽救商业的败局，他冒险到城里把房产做了抵押；为了和威尔逊攀比，他在家庭资产已经捉襟见肘的情况下，把只会“在傻傻的房间里阅读傻傻的小说”的儿子送到爱丁堡大学去读书，希望他毕业后做个牧师，从此远离商业的喧嚣。不幸的是，小古尔雷并不知道家庭的困境，他在爱丁堡大学出人意料地获得某个校园文学奖之后开始嗜酒如命，最终被校方开除。儿子被开除之际，恰逢古尔雷房产抵押已经透支、向朋友借钱频遭婉拒的时候，他奚落了儿子几句，竟为此招来杀身之祸。随后，儿子、妻子和女儿相继服毒自尽。在服毒之前，他们从来自格拉斯哥律师的信件中得知，房产抵押已经透支，带绿色百叶窗的房子即将不为他们所有。

哈特在《苏格兰小说：从斯摩莱特到斯帕克》中写道，布朗反菜园派的意图“阻止了所有文雅的美德的展现”（Hart,1978:134）。换句话说，就是由于布朗对菜园派小说中理想化的苏格兰乡村不满，而把《带绿色百叶窗的房子》写成了没有真善美、只有假丑恶的人间地狱。这话有一定的道理，但也并不尽然。以小说中的三个商人为例：吉布森阴险而狡诈，堪称假丑恶的代表；威尔逊精明而稳重，将他和假丑恶对等似乎有失公允；古尔雷傲慢而偏执，但他对心爱的马儿和下属却不乏温情。当他心爱的马儿泰姆死去的时候，古尔雷表现出一种真切的怜悯之情。当他解雇最后一个马夫彼得的时候，已经囊中羞涩的他还是表现得很有人情味儿，彼得走了很远，又回来和他说声再见，那种主仆之间的情谊着实令人感动。古尔雷那种再穷也不能亏待忠实于自己的下属的精神，在铁路时代可谓是弥足珍贵，不失为一种美德。

可惜的是，古尔雷的美德只是一般意义的美德，在铁路时代的商业竞争中已经派不上用场。商业竞争中有着另一套“美德”标准，威尔逊是商业美德的宠儿，而古尔雷则是商业美德的弃儿。所谓商业美德，其实就是商业成功的三大要素：预见计划的想象，改正计划的常识，推进计划的能量。之所以被称为苏格兰商业美德，是因为“苏格兰人，也许比其他人，更多地具有商业成功的三大要素”（Brown,1901:93）。在苏格兰的语境中，商业美德之说很容易让人联想起出生于苏格兰东海岸的英国政治经济学家亚当·斯密在《道德情操论》中所列举的四种美德，即精明、正义、自控、善行。菲茨吉本认为，斯密的四种美德，“是传统的斯多葛派美德的别称，它们是（按同样的顺序）智慧、正义、节制、勇气”（Fitzgibbons,1997:104）[①]。如果菲茨吉本的论断成立，那么，布朗小说中的商业美德就成了斯密四大美德的微妙的改写：想象和精明（智慧）、常识和自控（节制）、能量和善行（勇气）基本吻合，而四大美德中的正义却被无情地抛弃。斯密在《道德情操论》中是这样阐述正义的：“当我们禁止对邻居进行任何实质的损害，不直接伤害他，无论是他的身体、他的财产还是他的名声，那就可以说我们对邻居是正义的。”（Fitzgibbons,1997:103）如果正义被保留在苏格兰商业美德中，商业竞争的底线设定为禁止对邻居（或商业对手）进行任何实质的损害，那么，古尔雷的商业失败或许就不会那么惨烈。

可惜的是，芭比小镇的人不读《道德情操论》，当被冠以“漂白男孩”（bleach-the-boys）的校长被问及小古尔雷被父亲送往爱丁堡大学是否能成才时，老校长不置可否，“走回他闷死人的小房间去研究《国富论》了”（Brown,1901：164）。老校长埋头研究《国富论》，小镇上形成了以商业成败论英雄的氛围，为《国富论》奠定了心理基础的《道德情操论》自然也就被抛到脑后了。《国富论》中有段经常被人引用的话：“不是由于屠夫、酿酒师和烤面包者的恩惠，我们期望得到自己的饭食，而是从他们自利的打算。”（Smith,2003:23～24）换句话说，就是自利乃经济学之本，自利无可厚非，商业自有商业的游戏规则。就《带绿色百叶窗的房子》而言，最为重要的商业游戏规则莫过于三大美德。

---

① 斯密四大美德的英文词依次是 prudence, justice, self-command, benevolence，斯密时代四个词的所指和今天有很大的差异，以 prudence 为例，当时的首要指涉是“精明”，而今天更多地是指“谨慎”。所以，菲茨吉本的阐释并非过度阐释或者曲解。

按照苏格兰商业美德的标准考量，威尔逊是美德的宠儿，他的商业成功是不言而喻的。威尔逊具有先知先觉的商业想象。阔别15年之后，他带着一大笔钱荣归故里，在芭比小镇开办了自己的商店。他开店经商是因为看到了芭比小镇潜在的商机，凭借着多年进城经商的经验以及对芭比小镇商店现状（仅有两家邋里邋遢、半死不活的小店）的洞察，威尔逊深信自己能够大有作为。威尔逊还有着勇往直前的商业能量。他经商的目标十分明确，“不是赚暴利办小企业，而是靠薄利办大企业”（Brown，1901：82）。他经商的策略也很值得玩味。商店筹划阶段，他故意吊着旁观者的胃口，让他们揣测自己的意图，他的所作所为一下子成了全镇的焦点。开业之初，他不辞辛劳地发告示、印传单，挨门挨户地送宣传品。一开始，小镇的居民不太买账，但数日之后，他的商业宣传就有了回报。他让“集东方和西方美德于一身”[①]（Brown，1901：90）的美丽而伶俐的妻子在家卖货，自己去开展送货上门以及分期付款服务。由于铁路时代来临，更多的男人外出务工，送货上门让留守家中的家庭主妇们感到十分温馨，而分期付款则为暂时囊中羞涩的消费群体提供了便利，威尔逊与时俱进的销售策略博得了消费者的青睐，他迅速成了芭比小镇的商业巨头。

最为可贵的是，威尔逊有着超级理性的商业常识（即亚当·斯密所说的“自控”）。虽然他刚一还乡就受到古尔雷的奚落，被称为“鼹鼠猎手”[②]，但他并未因此而冲动。试想，如果威尔逊选择和古尔雷直接作对，从争夺他的运货生意开始，说不定最终人财两败的就是威尔逊了。威尔逊是从来不会意气用事的，他先开商店，凭借精明和勤奋积累财富，而后在吉布森的帮助下争夺运货生意，兵不血刃地将古尔雷拿下。在这一点上，精明透顶的建筑商吉布森也得甘拜下风。吉布森通过商业密谋坑了古尔雷，他还公然在赶集的时候阴阳怪气地挑衅，所以被古尔雷隔着窗户摔进了红十字酒馆。但威尔逊在招惹了古尔雷的情况下也能全身而退，古尔雷得知儿子被开除之后十分郁闷，威尔逊恰在此时遇到他，已经荣升为行政长官的他有些忘乎所以，失口说出了些不该说的话。他觉察到古尔雷有些异常，马上岔开话题，若无其事地从古尔雷身边走开。等古尔雷领悟到威尔逊是在指桑骂槐地嘲讽他，威尔逊早已溜之大吉了。由此可见，超级理性的商业常识是威尔逊的制胜法宝，是他明显胜过古尔雷、吉布森等人的

① 此处的“东方与西方”是指苏格兰东海岸和西海岸。

② 威尔逊的父亲曾经靠捕捉鼹鼠卖皮毛赚些小钱，所以，古尔雷依旧称他为“鼹鼠猎手”（mole catcher）。

商业美德。

对于商人而言，缺乏常识（即自控）是致命的弱点。三大美德是相互依存的，一旦缺失了常识，想象和能量就成了商业的负能量。古尔雷的悲剧就在于他缺乏自控，在两个关键的节点，他让冲动占据了上风。其一是他在明知违约代价的情况下痛打吉布森并拒绝继续为他运货，后者的一纸诉状把他推到了倾家荡产的边缘；其二是他在经济十分拮据的情况下，因为听不惯公共马车上小团伙的风言风语而做出“一生中最具灾难性的决定”（Brown，1901：160），把从小就天天逃学的儿子送去读爱丁堡大学。送儿子读大学是他最后的也是最失败的商业想象，但他不顾儿子的抵制，不听好心人的劝阻，在儿子已经露出嗜酒如命的苗头的时候，他还在用毁灭性的能量（抵押房产借钱）推进着自己的计划。威尔逊三大美德俱全，迎来的是巨大的商业成功；古尔雷“常识”美德缺失，终究逃不脱失败的命运。

马车商人的沦落和“鼹鼠猎手”的崛起只是芭比小镇沧桑巨变的一面，沧桑巨变的另一面是菜园派笔下理想化的乡村共同体的解体以及小团伙的兴起。共同体是苏格兰小说的主导神话，它是“个人价值的基础和救赎的条件”（Hart，1978：401），是连接国家（或民族）与个人的纽带。菜园派塑造了理想化的苏格兰乡村共同体，共同体不仅有共享的道德和伦理方式，还能够创设呈现个体自我的语境，缔造出令人感动的可塑之才的故事。作为反菜园派的旗手，布朗毫不留情地对菜园派小说中“可塑之才”神话予以了回击。《在美丽的野蔷薇丛旁》中的校长多姆西把自己所有的爱连同他所有的钱都用在了学生的身上，他天生就有伯乐的慧眼，“他能够在萌芽之时发现一个学者，从一个看上去只适合做牛倌的男孩那里预言出学拉丁文的品性”（Maclaren，1894：9）。而《带绿色百叶窗的房子》中本该好好做伯乐的老校长，不认真地教他的希腊文，对小古尔雷等学生逃学一无所知，却整日沉湎于在闷死人的小房间里研究《国富论》。此外，作为“可塑之才”，《在美丽的野蔷薇丛旁》中的豪尔不仅可塑而且可敬，他为乡亲们捧回了一大堆奖品和奖章，在他弥留之际，他还成功地劝诱一位同乡的浪子回头，履行了一个未来牧师的神圣职责。《带绿色百叶窗的房子》中小古尔雷则是既不可塑又不可敬，他自小就不爱读书，以阅读低俗小说和逃学为乐，被送到大学之后变本加厉，被校方开除，最后又背上弑父的罪名。尤其可气的是，这样一个可悲而又可恶的家伙，竟然用彭斯的诗句“自由与威士忌同行”当作自己嗜酒如命的护身符。

布朗对菜园派粉碎性的一击是他对苏格兰共同体的回写，理想化的苏格兰乡村共同体抵不住铁路时代的侵袭，已然沦落为喜好风言风语的小团伙。小说中是这样描述小团伙的：“在每一个小小的苏格兰共同体中都有一个特色鲜明的种类，叫作‘小团伙’”（Brown，1901：33），小团伙分为“无害的小团伙”和“肮脏的小团伙”，芭比小镇的小团伙属于第二种。古尔雷骂他们是“该死的老妇人”（Brown，1901：33），但是，芭比小镇的小团伙看不见女性的身影，它的核心成员是前任行政长官、主祭以及消息灵通人士布罗迪等。小团伙的主要职责是对芭比小镇的大事小情进行评判和传播，他们评判和传播的焦点是古尔雷和威尔逊，评判的标准是商业美德和商业成功。当然，出于对古尔雷莫名其妙的、刻骨铭心的恨，在古尔雷事业辉煌的时候，他们在羡慕嫉妒的同时，也没有忘记诅咒。他们以先知先觉的姿态预言：铁路来临古尔雷必败，古尔雷的儿子是一个完美的木头脑袋，绝不能从他那里期待什么。对于古尔雷来说，小团伙是毁灭个体的推手。铁路来临是时代发展的必然，人力无法阻挡；但是，小古尔雷被强行送到爱丁堡大学、最终走上弑父之路，小团伙难辞其咎。首先，正是由于他们在公共马车上当着古尔雷的面夸赞威尔逊儿子的聪慧，指桑骂槐地怒斥古尔雷儿子的愚蠢，才导致后者做出了强行送儿子读大学的错误决定；其次，当小古尔雷被开除之后，正是由于小团伙在集市上的热议以及主祭在红狮子酒馆对他酸溜溜的奚落，才致使后者酒性和兽性爆发，进而导致了小古尔雷弑父的悲剧。

如果没有古尔雷“常识”美德缺失这个大前提，小团伙的评判和传播本身是不足以导致血腥和杀戮的，他们以商业成败论英雄、以商业美德为评判标准的行为也就无可厚非。在商言商，用商业标准去评判商业经营理所当然。翻开英国文学史册，无论是虚构还是非虚构作品之中，都能找到对商业歌功颂德的案例。英国启蒙主义者艾迪生（Joseph Addison，1672～1719）在《观察家》（*The Spectator*）中把商人奉为英联邦的中流砥柱，说他们“用好的行政的相互交流把人类编织在一起，分配自然的恩赐，为穷人找到工作，为富人增添财富，为伟人增添雄伟”（Lincoln，2002：45）。同样，以历史小说而闻名于世的司各特爵士借《红酋罗伯》人物之口，把商业书写成迷人而无罪的行业：“贸易有着赌博所具有的所有迷人之处，而且没有赌博的道德负罪感。”（Scott，1998：67）对于缺乏自控的古尔雷来说，小团伙的评判成了悲剧的助推剂；而对于善于自控的威尔逊来说，小团伙的负能量就不足为道了。相反，由于他迅速成为芭比小镇的商业之星，小团伙开始对他顶礼膜拜，在芭比小镇商议向铁路公司请愿的集会上，尚无任何行政职位的威尔逊就在小团伙的拥戴下扮演了大会召集者的角色。

小团伙的出现是苏格兰小说转型的标志，它标志着古老的苏格兰共同体的衰微以及苏格兰乡村商业意识的弥散。约翰·斯比尔斯曾经哀叹说，彭斯之后就再没有真正意义的苏格兰文学，因为“弗格森和彭斯诗歌中暗含的古老的苏格兰共同体”（Speirs,1962:15）已被工业革命破坏。斯比尔斯所设定的时间节点有些过早，因为在维多利亚晚期的菜园派小说中古老的苏格兰共同体还依然坚挺，但是，到了20世纪之初的反菜园派的笔下，就像马车商人抵挡不住铁路时代一样，古老的苏格兰共同体再也抵御不住商业社会的侵袭，在商业大潮之中败下阵来。在芭比小镇的小团伙中，前任行政长官赫然在目，小镇的居民无论如何也想不到他这样职位的人物会与小团伙为伍。小团伙并非灭绝人性，虽然他们愿意看古尔雷出丑，但当他们从邮递员嘴里得知古尔雷全家都走上绝路之时，所有的人都哑口无言，终于闭上了他们从来不肯闭上的嘴巴。

小团伙的最大恶名是他们制造并传播谣言，并美其名曰“美德”评判。谣言是集体行为，所有的制造者和传播者都难辞其咎。古尔雷深受谣言之苦，一贯不善言谈的他，对谣言的评价却是一语中的：“你越是踩踏肮脏的东西，它扩散得就越广。”（Brown,1901:160）不幸的是，古尔雷虽然懂得谣言越碰越可怕的道理，但由于他常识（即自控）美德的缺失，他一次又一次地踩踏谣言，以致它扩散得越来越广。他的弱点可以用苏格兰商业美德来评判，但他的悲剧已经远远超出了商业美德可以解释的范围。克劳福德在《苏格兰之书：企鹅苏格兰文学史》中说，布朗小说的希腊悲剧式的结构“部分地得益于托马斯·哈代《卡斯特桥市长》以及《无名的裘德》”（Crawford,2007:531），这话很有深意。《无名的裘德》（*Jude the Obscure*,1896）中频繁出现铁路意象，铁路代表着“进步”，而“备受吹嘘的‘进步’并非人类的共同进步，像裘德这样的人就根本沾不上边儿。”（殷企平，2009:400）《卡斯特桥市长》（*The Mayor of Casterbridge*,1886）中最让人印象深刻的莫过于市长亨查德和他的粮食商业助手法夫雷之间的商业较量。沿着克劳福德提供的线索读下去，布朗的小说就成了哈代两部小说奇妙的拼接。哈代把铁路时代和粮食商人的悲剧分开来写，而布朗则将其合二为一，把《带绿色百叶窗的房子》书写成了一部悲剧色彩更浓的、名副其实的、残忍的和血腥的书。

## 第六节 罗伯特·路易斯·史蒂文森：冒险小说与南太平洋故事

罗伯特·路易斯·史蒂文森（Robert Louis Stevenson,1850 ～ 1894）是维多利亚时期最负盛名的苏格兰作家，是新浪漫主义的代表人物①。所谓新浪漫主义，其实是“另一种方式的逃避主义”（陈嘉，1986:470）。由于对社会现实感到不满，以史蒂文森为代表的新浪漫主义作家沉醉于对遥远土地上令人兴奋的冒险旅程的描述，通过纯粹的想象和幻想来摆脱现实的困扰。新浪漫主义作家不太看重理性人物的刻画，他们更看重故事材料的复杂性和轰动性。虽然新浪漫主义的标签无法囊括史蒂文森所有的小说、诗歌、游记（或曰旅行写作）以及文学批评著述，但这个标签却能恰如其分地概括他小说创作的整体倾向：虚幻大于现实，传奇胜过写实。

史蒂文森是一位英年早逝但创作颇丰的作家，他出生于爱丁堡，1867年到爱丁堡大学读书，在大学就读期间就开始给杂志撰稿。他一生体弱多病，但却从未中断过写作。他的主要小说作品包括《金银岛》（*Treasure Island*,1882）、《化身博士》（*The Strange Case of Dr Jekyll and Mr Hyde*, 1886）、《诱拐》（*Kidnapped*,1886）、《黑箭》（*The Black Arrow*,1888）、《巴伦特雷的少爷》（*The Master of Ballantrae*,1889）、《错箱记》（*The Wrong Box*,1889，和劳埃德·奥兹博恩合著）、《沉船打捞船》（*The Wrecker*, 1892,和劳埃德·奥兹博恩合著）、《卡特里奥娜》（*Catriona*,1893）、《退潮》（*The Ebb-Tide*,1894,和劳埃德·奥兹博恩合著）、《赫米斯顿的韦尔》（*Weir of Hermiston*, 1896）等，此外还有《新天方夜谭》（*New Arabian Nights*,1882）、《快乐的人们》（*The Merry Men and Other Tales and Fables*, 1887）、《海岛夜娱》（*Island Nights' Entertainments*,1893）等短篇小说集。②除小说之外，史蒂文森还出版过《儿童诗园》（*A Child's Garden of Verses*,1885）、《民谣》（*Ballads*,1891）等诗集以及《内河航行》（*An In-*

① 在我国学者所撰写的英国文学史中，史蒂文森通常是被贴上新浪漫主义的标签，陈嘉先生对这个流派特点的总结“另一种方式的逃避主义”可谓是一语中的。但是，这一说法在国外学者所撰写的苏格兰文学史或小说史中并不多见。所以，几经斟酌之后，我们在最初拟定的两个副标题“新浪漫主义小说”和“冒险小说与南太平洋故事”之间选择了后者。

② 《诱拐》《巴伦特雷的少爷》《卡特丽娜》和《赫米斯顿的韦尔》四部小说经常被结集出版，并称为“苏格兰小说”。《海岛夜娱》和《退潮》也经常被结集出版，并称为“南太平洋故事”或“太平洋写作”。《金银岛》最常见的标签是冒险小说或儿童故事，《黑箭》最常用的标签是历史小说。

*land Voyage*,1878)、《驴背旅程》(*Travels with a Donkey in the Cévennes*, 1879)、《穿越平原》(*Across the Plains*,1892)等游记。

《金银岛》原本是史蒂文森为他妻子的前夫之子写的少年读物,曾经在儿童期刊上连载,1883 年装印成书,之后迅速走红,成为儿童和成人都十分喜爱的一部作品。故事由一个叫吉姆的男孩讲述:吉姆的妈妈在英格兰西海岸开了一家小旅店,一天一个年迈的海盗来到旅店,并随身携带了一幅标有海盗头目埋藏宝藏地点的地图,而海盗的手下则执意要得到关于藏宝的消息,于是,一场关于寻宝和夺宝的惊险故事就这样展开了。吉姆参与了探险和寻找埋藏在一个遥远的海岛上的财宝的过程,机警而大胆的他发现了海盗的阴谋,经过无数次惊险的遭遇和绝处逢生,勇敢的旅行者们到达荒岛,在岛上找到一个曾经当过海盗的人,并在他的帮助下掘出了宝藏。

《金银岛》整个故事按照时间发展的顺序展开,情节并不复杂。小说的最大亮点是作者用此起彼伏的悬念牢牢地吸引住读者,小说中的精彩纷呈的人物形象更是令读者目不暇接。凶悍怪异、行动诡秘的弗林特一出场,马上令读者心生疑虑:难道他就是小说的主角?当读者见到瞎子出现时,又意识到自己的迷误:难道瞎子才是背后的真凶?而恰在读者疑惑之时,瞎子竟在马蹄之下死于非命。层层递进的悬念,步步铺设的谜团,令读者提心吊胆,直到最后真相大白方才得以宽心,而这正是史蒂文森《金银岛》的魅力所在。此外,《金银岛》的叙述视角也颇为令人玩味。作者采用了置身其中的儿童视角,并竭力使整个故事都符合孩子的语言习惯。通过让儿童参与极富冒险性的寻宝之旅,史蒂文森的小说为人们探索儿童心理和洞察世界提供了新的视野。《金银岛》将读者引入遥远的、奇幻的世界,在欣赏充满异域风情的景物同时,仿佛身临其境,体验着寻宝之旅的苦涩和狂喜。

和《金银岛》不同,史蒂文森的另一部成名之作《化身博士》的主角不再是儿童,而是成人,而且是颇有现代主义味道的、具有双重人格的成人。杰基尔医生的内心长期以来深感压抑极其郁闷,于是他发明了一种神奇的化学药物,在服用了这种药物后他摇身变成了一个与自己原型截然相反的人物——邪恶卑鄙的海德先生。如果说杰基尔是一个恪守社会规约的超我,那么,他的相似对应物海德则是一个邪恶爆发的本我。海德不仅形容丑陋,而且他所做的事情也十分丑恶:他把一个小女孩撞倒在地,还若无其事地从小女孩身上踩过去;他十分凶残地杀死了丹弗斯·卡鲁爵士,并且魔鬼般狂怒地践踏死者的遗体。海德背负着潜藏在杰基尔内心深处的种种罪恶，他的死为人们最终揭开了《化身博士》的种种谜团：邪恶的海德和令人敬仰的杰基尔竟然是同一个人，杰基尔通过神奇的药物从一种人格转变到另一种人格。

《化身博士》是苏格兰小说中“双重”传统的集大成者，和苏格兰浪漫主义作家霍格的《一个清白罪人的私人备忘录和忏悔》（1824）有着深厚的渊源。根据克劳福德《苏格兰之书：企鹅苏格兰文学史》的记述，在史蒂文森创作《化身博士》之时，霍格的小说“像幽灵一般缠绕着他”（Crawford，2007:500），所以不难推断，《化身博士》所展示的“双重”模式和霍格小说是一脉相承的。在霍格的小说中，罗伯特·瑞英西姆用忏悔录的方式讲述了他如何被一个神秘的、被他称为吉尔马丁的伙伴所纠缠。吉尔马丁可以随心所欲地变换身形，并一步一步地引导瑞英西姆走向邪恶。在瑞英西姆“无所作为”的时候，吉尔马丁还直接变成他的样子去从事犯罪。瑞英西姆在深度忏悔的时候，有时也不免要问：到底吉尔马丁是另外一个人，还是自己人格的一个方面？因为他觉得自己就是和吉尔马丁同样的人。《化身博士》所展示的“双重”是一种典型的将负面人格外化的模式：在史蒂文森的笔下，一向受人敬重的杰基尔博士通过神奇的药物可以变身为海德先生，并把自己性格里的恶依附在海德身上。在外人的眼里，杰基尔和海德完全是两种人，借用小说的文字来说就是“善照耀在这一位的脸上，邪恶则露骨明显地写在另一位的脸上”（史蒂文森 2004:249～250）。但是，作为一位出色的医生，一位英国皇家学会的会员，杰基尔在忏悔的时候却能深刻地认识到，海德不是另一个人，而是他的另一个自我，他“注定要遭遇如此可怕的毁灭：人确切地说不是一个而是两个”（史蒂文森，2004:247）。《化身博士》为苏格兰文学乃至整个英语文学定格了一种经典的“善的主体+恶的相似对应物”的双重模式，Jekyll and Hyde 也因此而成为英国人耳熟能详的词汇，《牛津高阶英汉双解词典》（第7版）将其言简意赅地译为“具有善恶双重性格的人”。

现代心理学特别是精神分析学说为读者提供了解读《化身博士》中“双重”模式的金钥匙。威廉·詹姆斯将负面人格称为隐藏的自我（hidden self），他的朋友莫顿·普林斯则将其称为又一种人格（second personality），并认为人普遍存在着又一种人格。弗洛伊德将本该潜藏却暴露出来的东西称为暗恐（the uncanny），并将相似对应物视为暗恐的衍生物。弗洛伊德认为，“‘相似对应物’成为恐惧的东西，就好像，当他们的宗教垮台之后，众神变成了魔鬼”（Freud，1955:217）。就解读《化身博士》的“双重”模式而言，弗洛伊德的暗恐之说是十分契合的。詹姆斯所说的潜藏的自我是一种普遍存在，但存在不意味着爆发出来，没有以相似对应物为载体的负面人格的暴露，“双重”问题就无从谈起。不是有了潜藏的自我就可以谈论“双重”，必须有暗恐以及暗恐的衍生物（即相似对应物）的亮相，才能谈论“双重”现象。用弗洛伊德的理论审视，海德先生的恶其实就是杰基尔博士的暗恐，本该潜藏却暴露出来，邪恶的海德是杰基尔暗恐的衍生物，也就是承载着杰基尔之恶的“相似对应物”。

《诱拐》是史蒂文森的四大苏格兰小说之一。它回归到青少年冒险小说的模式，主要讲述大卫·巴尔福的冒险经历。巴尔福的父亲过世时，留给他一封写给巴尔福叔叔的书信。巴尔福满怀憧憬地去找叔叔，因为肖氏家族是苏格兰低地的名门望族，他梦想着在当地乡绅中找到自己合适的位置。然而，当他真正地踏进家门之时，却发现情况有些不妙。他所遇见的人都对肖氏家族耿耿于怀，还有好心人劝他要提防自己的叔叔。巴尔福和叔叔会面之后，便开始怀疑叔叔就是哄骗父亲剥夺他财产继承权的幕后主使。叔叔假意说要带巴尔福去见家庭律师兰克勒先生，于是两人动身赶往王后渡口。在去找律师的途中，巴尔福被叔叔和霍西逊船长诱拐到圣约号船上，驶往美洲殖民地去从事奴隶贸易。巴尔福在船上过着肮脏而饥饿的生活，只有船上的二副对他还不错。后来，二副由于客舱服务员不幸被喝得酩酊大醉的大副殴打致死，巴尔福接替了他的位置，从此生活才变得好了起来。一天夜晚，圣约号撞翻了一艘小船。小船上只有一个名叫艾伦·布莱克·斯图亚特的人获救，他来自苏格兰高地，而且是詹姆斯党人，政府正在悬赏缉拿他。巴尔福得知船长和大副正在密谋将斯图亚特捉住请赏，他把消息告诉给斯图亚特。两人合力控制了船员，并杀死了大副。斯图亚特把他参加詹姆斯党暴动的事讲给巴尔福，并说一个绰号叫红狐狸的人正在追捕他。巴尔福并不赞同詹姆斯党的主张，但出于友情，他还是决定帮助斯图亚特。于是，两个人开始了在苏格兰高地的冒险旅程。在斯图亚特以及一个名叫兰凯乐的人的帮助下，巴尔福的叔叔终于不再密谋独吞财产，答应把土地年收入的三分之二交给巴尔福支配。巴尔福帮助斯图亚特到了安全之地，并还清了他之前所欠下的债务。

大卫·戴齐斯在《罗伯特·路易斯·史蒂文森》一书中说，“《诱拐》是一部1751年的苏格兰插图版指南，描绘的是1745年之后的苏格兰图景”（Daiches,1947:56）。这绝非夸张，史蒂文森这部小说的核心并非财产之争，巴尔福从他叔叔那里夺回属于自己的财产继承权只是故事的引线，小说的真正的核心是他和詹姆斯党人艾伦·布莱克·斯图亚特的苏格兰之旅。为了写好这本书，史蒂文森还专门做了一些研究。他从因弗内斯买过一本关于詹姆斯·斯图亚特审判的书，还阅读了关于1752年艾品谋杀案的资料。从某种意义上讲，巴尔福从低地到高地的苏格兰之旅，也是史蒂文森少年时梦想的寄托。当然，由于他对高地的了解大多来自书本知识，加之他对盖尔语文学一向嗤之以鼻，他对于高地的书写也不可能是完全真实的，他也没有像同时代的菜园派小说家那样刻意让来自苏格兰高地的艾伦·布莱克·斯图亚特讲当地的方言。史蒂文森自己也明白这一点，他觉得让主人公走进高地、走进上一个世纪就够了，因为这本书“不是学者图书馆的摆设，而是一本冬天晚上学校教室里的一本读物”（Morris,1929：16），所以，准确性并不重要，重要的是读者是否跟随巴尔福和斯图亚特一道体验神秘而惊险的苏格兰之旅。

在《诱拐》中，1745年詹姆斯党人暴动只是个背景，只是小说故事发展的引线，而在《巴伦特雷的少爷》中，1745年的暴动则成为小说的一个轴心。当查理王子高举起斯图亚特反英的大旗时，苏格兰的杜瑞家族正在谋划如何在苏格兰和英格兰政治纷争的夹缝中谋求生路。杜瑞家族的老当家选择了一个折中方案：他让两个儿子一边一个，一个去参加暴动队伍，另一个则选择站在保皇派一边。无论哪一方胜利，杜瑞家族总能保全自己。詹姆斯·杜瑞（即巴伦特雷的少爷）和弟弟亨利·杜瑞最后通过摇硬币的方式决定谁去参加暴动，结果詹姆斯胜出，于是他便成了詹姆斯党人军队的一员。暴动失败了，家人得到了詹姆斯阵亡的消息，于是亨利成为家产继承人，但他未能得到哥哥巴伦特雷的少爷的封号。在老当家的力劝之下，詹姆斯的未婚妻也被迫下嫁给亨利。亨利忍受着种种的屈辱，同乡人骂他背叛苏格兰，而父亲和妻子仍旧在怀念哥哥。亨利为人温和，他觉得自己继承财产对哥哥有愧，因此私下资助哥哥的情妇一家，后来得知哥哥仍旧在世，他又暗自送钱给哥哥。其实，詹姆斯并没有认真地对待暴动，他只是为了寻求一下刺激，看到暴动败局已定，他和一个名叫伯克的军官一道逃亡，遭海盗劫持后辗转美国和加拿大，最终到达目的地法国。在对付海盗的斗争中，詹姆斯变得凶残而狡诈，杀害了许多无辜者。到法国之后，他得到法国政府的养老金（因为当时法国政府是支持詹姆斯党人暴动的），但他依然很贪婪，伸手向弟弟要钱。亨利因为暗地给哥哥送钱而自己过着紧巴巴的日子，他被旁人视作吝啬鬼。后来，詹姆斯回到苏格兰，亨利因为不堪被侮辱而与他动起手来，詹姆斯被剑刺伤之后神秘消失，其实他是去了印度，后来又折返一次，兄弟间的仇怨越积越深。后来，亨利听信了詹姆斯将回来当家、而亨利的儿子即将被剥夺继承权的谣言，于是狠下心来决定除掉詹姆斯。詹姆斯在和一群对手的争斗中宣布自已病入膏肓，他在临终前说出了自己生前在美国藏宝的地点。一群寻宝人不幸和土著居民遭遇，仅有达斯和摩恩田二人生还。达斯掘出詹姆斯的尸体，亨利的一干人刚好看到，詹姆斯的眼睛忽然睁开了一会儿，亨利活活被吓死。然而，这只是回光返照，不一会儿詹姆斯的眼睛又闭上了。达斯将这对反目成仇的兄弟俩埋葬在一起，人世间的恩恩怨怨终于在此画上了句号。

《卡特里奥娜》是《诱拐》的续篇，也是“史蒂文森所写的最后一部完整的苏格兰小说”（Calder,1989:xi）。巴尔福试图证明被指控参与艾品谋杀案的詹姆斯·斯图亚特的清白，但未成功，他本人又一次被绑架并被困巴斯洛克。他在那里和卡特里奥娜相爱，卡特里奥娜是詹姆斯·麦克格莱格·德拉蒙德的女儿，德拉蒙德别名詹姆斯·摩尔，是司各特笔下的红酋罗伯的长子。从被囚禁之处逃脱后，巴尔福和卡特里奥娜来到荷兰，巴尔福进入莱顿大学学习法律，其间叔叔病故，巴尔福至此继承了所有父辈留下的财产，但同时他和卡特里奥娜之间发生了误会，两人不欢而散。巴尔福和艾伦·布莱克·斯图亚特重逢，两人应詹姆斯·摩尔的邀请来到敦刻尔克，却发现原来摩尔已将斯图亚特的行踪向附近停泊的英格兰军舰告密，并指控斯图亚特与艾品谋杀案有关。斯图亚特和巴尔福、卡特里奥娜一道逃脱，卡特琳娜对父亲的行为感到羞愧，她和巴尔福终于和解。两人在巴黎喜结良缘，当詹姆斯·摩尔病逝之后，他们又返回苏格兰重建家园。虽然《卡特里奥娜》的故事部分发生在荷兰和法国，但总体而言，它还是一部地地道道的苏格兰小说。巴尔福无论走到哪里都忘不了苏格兰高地，这也是他最终选择重回苏格兰的原因。此外，巴尔福本来可以置身事外，但他还是选择了介入1745年詹姆斯党人暴动失败之后的那段不平静的苏格兰历史。

《赫米斯顿的韦尔》是一部未完成的苏格兰小说，父子关系是这部小说最为显著的主题。史蒂文森在写给查尔斯·巴克斯特的信中说：“我希望《大法官》是我的代表作。”（Watson,1995:x）①虽然小说尚未完成，但这部小说确实堪称史蒂文森的代表作。史蒂文森毕生都在写作，而且常写常新，不断地锤炼着自己的写作艺术。《赫米斯顿的韦尔》和史蒂文森之前的小说有许多不同之处：首先，它没有沿用冒险小说的套路，而

---

① 史蒂文森为他最后一部小说拟定了许多题目，《大法官》（*The Justice-clerk*）和《赫米斯顿的韦尔》是最后两个备选，出版商最初出版时也曾采用过前者，但目前学界以及出版界普遍采用后者。

把主题聚焦到父与子的关系；其次，史蒂文森尝试着模仿（或曰戏仿）菜园派小说的写法，让他的主人公开始大胆地使用苏格兰方言，所以这部小说被哈特归类为反菜园派小说；最后，这部小说一改史蒂文森之前小说重奇幻、轻写实的写法，开始把写实作为小说的重心。小说之所以最后被定名为《赫米斯顿的韦尔》，是因为这个题目寥寥数语就将主要人物（韦尔）和场景（赫米斯顿）[①]交代清楚。小说的主人公是阿奇·韦尔，他出生在爱丁堡的上层社会之家，父亲是赫赫有名的大法官。韦尔多愁善感，很有些歌德笔下少年维特的味道，母亲早逝，父亲严厉乃至凶残，被外人称为“绞刑法官”。由于父子之间的隔阂难以消除，韦尔甘愿被父亲逐出家门而到远离爱丁堡的赫米斯顿拥有父亲赐予的一片薄田上生活。韦尔在赫米斯顿开始了新的生活，他开始和科斯蒂恋爱，当两个人的感情逐渐加深之时，小说在此中断，故事的结局成为一个永久的谜团。

在以上所展开讨论的小说中，除了《化身博士》和《赫米斯顿的韦尔》之外，其余的小说都可以堂而皇之地划归为冒险小说。冒险小说是史蒂文森小说中最为脍炙人口的一类，这类小说以一种特殊的逃避方式暂时远离现实，将读者带入一个惊险而刺激的近似奇幻的世界。这个世界既包括史蒂文森的苏格兰故土，也包括法国、美国、印度等史蒂文森亲身拜访过或者从未拜访过的土地。史蒂文森是一位文学天才，他走到哪里，写到哪里，无论是写他熟悉的苏格兰，还是他并不十分熟悉的法国和美国，他都可以写得活灵活现。冒险小说是史蒂文森小说的精华，但并非他小说创作的全部。史蒂文森在19世纪80年代创作的《黑箭》更合适的标签是历史小说，虽然主人公也会有些历险，但故事的核心是书写英国历史上著名的玫瑰战争。不过，平心而论，史蒂文森善于运用历史，但历史小说并非他的拿手好戏，他最为得心应手的还是冒险小说。

除了以上所探讨的小说，史蒂文森还写有一组和冒险小说相仿，但场景和主题和《金银岛》等小说大相径庭的小说，因为这些小说的场景是英国文学里并不多见的太平洋岛屿，特别是夏威夷以及史蒂文森晚年的定居之地萨摩亚，所以这组小说通常被单列出来并统称为南太平洋故事或者太平洋写作。[②]在史蒂文森尚未成名之时，一位来自新西兰的客人就和他津津

---

① 赫米斯顿当时是爱丁堡附近的一个地区，现为爱丁堡的远郊，毗邻赫里奥特·瓦特大学。

② 虽然两种说法有时被交替使用，但单指小说时学界一般是使用“南太平洋故事”，而包含书信等其他作品时才使用“太平洋写作”。

有味地讲起了南太平洋中的岛屿，史蒂文森在1875年的一封书信中记录了这一切：

> 今夜一个很好的人来此。是个公务员——来自新西兰。给我们讲起了南海中的岛屿[①]，直到我想去那儿都想病了。美丽的地方，到处都是绿色。完美的天气。完美的男人和女人，他们的头发上戴着红花。一天到晚都在学习演讲和礼仪，坐在阳光下，采摘熟得快要落下来的水果。那个地方叫航海者的岛屿[②]，绝对是人疲倦时寻求慰藉的好地方。（Jolly，1996：ix）

史蒂文森成名之后，在他1887年造访美国纽约州的时候，《世界》杂志的编辑萨姆·麦克卢尔建议由一家周刊栏目出资租一艘游艇到南太平洋中游历，史蒂文森“饶有兴致地做出回应”（Knight，1986：13）。1890年，由于身体原因，他最终来到了萨摩亚，用他自己的话说，他来这里是为了养老送终。美丽的萨摩亚岛没有治愈他的疾病，仅仅四年之后史蒂文森就与世长辞。但是，在短暂的南太平洋生活期间，史蒂文森却给世间留下了一组让读者颇感震撼的文学佳作。

《海岛夜娱》是最为纯正的南太平洋小说，从人物到场景再到故事情节，处处都体现着南太平洋的特色，它由“法拉赛的海滩”“瓶中妖魔”和“声音之岛”三个短篇组成。“法拉赛的海滩”的主人公名叫约翰·维尔特夏，是南太平洋法拉赛岛的一名英国商人。维尔特夏有一个商业对手名叫凯斯，凯斯安排他和当地一个名叫尤玛的女孩成婚，并举办了一场让当地人印象深刻的婚礼。维尔特夏很快发现这场婚姻是凯斯精心设计的一个商业阴谋，由于尤玛身上有禁忌，所以当地的居民都拒绝和维尔特夏做生意，凯斯因此而垄断了岛上所有的椰肉贸易。虽然知道这场婚姻是一场骗局，但维尔特夏和尤玛是真心相爱的，他通过传教士而将婚姻合法化。维尔特夏发现了凯斯的种种劣迹，其中包括他与之前的商业竞争者的死亡有关，以及他如何装神弄鬼欺骗村民。维尔特夏经过调查发现，凯斯建在树林中能发出奇怪声响的神庙其实是用进口的竖琴来装点的，他决定用火药去炸掉神庙。凯斯和他不期而遇，两人发生争执，结果凯斯恶有恶报，

① 史蒂文森本人一般用南海（South Seas）来指代南太平洋，部分英美学者也采用南海故事（South Sea tales）或者南海小说（South Seas fiction）的说法，但鉴于当今语境中“南海”一词极容易引发误导，本书中除特定的书名之外，其余场合一律采用“南太平洋”说法。

② 航海者的岛屿是萨摩亚的别名。

不幸死于非命。

如果说“法拉赛的海滩”多少还有现实主义成分，那么，“瓶中妖魔”则更像是天方夜谭。土著居民基维从美国旧金山一个白人老人手里买来了一个瓶子，瓶中有个妖魔，可以满足人的愿望。但瓶主也有烦心事，他必须以低于买入价的价格将其及时卖出，如果他离世时尚未卖出，那他的灵魂就要到炼狱里去承受熊熊烈火的烧烤。基维借助瓶子的力量得到了土地和房产，然而这一切却是以他叔叔的横死为代价的，基维对此一直心存愧疚。但见证了基维借助瓶子一夜暴富的人只算经济账，他用低于基维买入的价格买走了瓶子，借此来实现他拥有大帆船的梦想。基维和一个名叫科库娅的女孩成婚，忽然发现自己染上了被当地人称为“中国恶魔”的麻风病①，他只有找回瓶子才能消除疾病，和他心爱的科库娅组成一个温馨的家。然而，当他见到救命的瓶子时，几经转手的瓶子到手价已经变成了一美分。他用瓶子消除了疾病，但一想到死后灵魂要到炼狱的场景就不寒而栗。多亏科库娅见多识广，她告诉基维美国不是全世界，世界其他地方有比一美分更小的货币，基维还有机会把这个可恶的瓶子卖出去。于是他们来到有更小货币单位的法属塔希提岛，但越是价格低廉，想买的人越怀疑瓶子的魔力，无奈之下，科库娅决定自己买瓶子受炼狱之苦，从而让丈夫解脱。他给一个老乞丐四生丁钱，让他从基维那里买来瓶子，然后再用三生丁自己买下来。基维得到解脱后大喜过望，但科库娅却开始抑郁寡欢，两人之间还因此产生了误解。后来，基维无意中发现了实情，他决定用同样的办法让妻子获得解脱。他让自己的酒友、一名白人船老大用两生丁从妻子那里买回瓶子，然后自己再用一生丁赎回。正当他为自己肯定要下炼狱而苦恼时，小说突然峰回路转，白人船老大发现瓶子能满足他饮酒的愿望时再也不肯卖出，他宁愿带着瓶子下炼狱，从此瓶子从小说中消失，而“基维像轻风一样跑回到科库娅的身边，当晚他们是如此的喜悦；从此，他们在明亮的房子里终日享受着和平”（Stevenson，1996：102）。

和“瓶中妖魔”一样，“声音之岛”也是一部充满奇幻色彩的南太平洋小说。故事的主人公基欧拉是夏威夷莫洛凯岛的居民，他和妻子以及老岳父卡拉梅克一起生活。卡拉梅克是一位声名狼藉的男巫，他从不干活儿，却有着用不完的钱。有一次，卡拉梅克用魔法将自己和基欧拉送上了神秘的岛屿，基欧拉终于发现了真相。原来卡拉梅克是靠燃烧岛上的一棵

① 小说中有许多中国读者难以接受的说法，如中国人被说成支那人（Chinaman），麻风病被说成中国恶魔（Chinese Evil）。

树的树叶而将贝壳变成钱的。归途中夫婿二人发生争执，卡拉梅克将基欧拉丢弃在大海中，但他被一艘船救起，碰巧又回到卡拉梅克用贝壳变钱的岛屿。基欧拉发现来岛上用贝壳变钱的隐身巫师们大有人在，他决定和岛民一起毁掉那颗可以烧叶子施巫术的树。巫师们誓死护树，为此和岛民混战成一团。基欧拉幸得妻子相救，原来妻子运用卡拉梅克的魔法也来到了这个岛屿，他们运用魔法返回了夏威夷，而卡拉梅克则因为没有足够的魔法可施被搁浅在岛上。

除了《海岛夜娱》，史蒂文森和他的继子劳埃德·奥兹伯恩合著的《沉船打捞船》和《退潮》也常常被归属在南太平洋小说名下。《沉船打捞船》的结构有些烦冗芜杂，很难用三言两语概括，归属在南太平洋小说中是否妥当也值得商榷，虽然史蒂文森本人曾经说过这本书是一部南太平洋奇谈。《退潮》无论是场景还是故事都符合南太平洋小说的特征，和《海岛夜娱》一样，史蒂文森在这部小说中不遗余力地探讨了他在其他冒险小说中较少涉及的商业话题。赫里克、戴维斯、胡里斯三个海滩拾荒者（beachcomber）在法属塔希提岛乞讨，一艘靠岸的船只因为船长患天花而死而无人掌舵，于是三个落魄之人便成为这艘运送“香槟”的货船的舵手。上船之后，赫里克尚属清醒，而戴维斯和胡里克则就地取材，整日以豪饮香槟为乐。他们在豪饮的过程中猛然发现，其实船上没有多少香槟，更多的香槟瓶子里装的是水，原来这是一场贸易者和之前的船长密谋的骗取保险的阴谋，装如此多的水最终只会让船沉没。他们把船停靠一个航行中意外发现的海岛，遇到了一位名叫艾特瓦特的英国珍珠商人，并有些摩擦。胡里克心生邪念，他想借休战谈和为名对艾特瓦特进行突然袭击，进而抢夺其资产，结果玩火自焚，胡里克在和艾特瓦特的交锋中死于非命。赫里克和戴维斯也参与此事，但他们并未实施作恶，因此得到了艾特瓦特的宽容。赫里克最后倒戈相向，成了艾特瓦特的忠实护卫。

史蒂文森是苏格兰人民钟爱的作家，在位于爱丁堡市中心的苏格兰作家博物馆中，仅有三位苏格兰作家进入馆藏陈列，史蒂文森便是其中之一。这意味着在苏格兰人的心目中，史蒂文森是堪与罗伯特·彭斯、瓦尔特·司各特比肩的文学巨擘。桑德斯在《牛津英国文学简史》中写道：“史蒂文森是世纪之末流行开来的特色明显的苏格兰作家群体中的一员，此类作家使用小镇场景和苏格兰方言，意在强化精确的苏格兰地方韵味。”（Sanders,1994:469）如果我们像哈特那样，把菜园派小说作为维多利亚苏格兰小说的核心，那么，史蒂文森则是既在此核心之外，又能纳入此核心之中，他的四大苏格兰小说很好地说明了这一点。尤其是在他那部未完成的杰作《赫米斯顿的韦尔》之中，史蒂文森有意识地放大了小说的苏格兰元素，将原本用标准英语表达的东西也改写为苏格兰人特有的拼写方式，以模仿（或曰戏仿）的方式和菜园派小说遥相呼应。

虽然史蒂文森的文学声望也曾有过波折，但他对于苏格兰文学以及整个英国文学的贡献是不可低估的。首先，他的《金银岛》之类的作品代表着“维多利亚文化中的儿童地位的非常重要的转变”（Fielding,2007:36），代表着英国儿童文学的一次高潮。《金银岛》和同时代的《北风的背后》《爱丽丝漫游奇境记》《珊瑚岛》《快乐王子》等一道，为读者展现了一个比成人世界更加纯洁的儿童世界。其次，史蒂文森的小说为英国现代主义小说的兴起做好了铺垫。他的《化身博士》堪称“双重”书写的典范，为心理分析学说提供了很好的文学范本；他的南太平洋小说为康拉德（Joseph Conrad,1857～1924）的《黑暗之心》（*Heart of Darkness*,1899）做好了铺垫，史蒂文森的那种在一定的程度上同情土著、不美化白人的写法虽然在当时的英美读者中备受争议，对史蒂文森的文学声望也带来了不少的负面的影响。但用后世的眼光看，没有史蒂文森南太平洋小说对读者心灵的震撼，就很难有康拉德那种更加不美化帝国主义者、不贬低土著人的小说的广泛流传。

## 第七节　约翰·巴肯：从《三十九级台阶》谈起

约翰·巴肯（John Buchan,1875～1940）是苏格兰小说史上的一个传奇人物。他是一个典型的“可塑之才”，是苏格兰平等主义教育的受益者。巴肯出生于苏格兰的珀斯，曾在格拉斯哥大学读书，后因成绩优异而获得牛津大学奖学金并转入该校学习。之后离开牛津，到伦敦学习法律。不久又被派往南非，在阿尔弗雷德·米尔纳勋爵手下供职。回到英国后，巴肯开始从事文学写作，1915 年出版的《三十九级台阶》（*Thirty-Nine Steps*）让他一夜成名，该书一经出版即成为畅销书。巴肯沿着《三十九级台阶》的创作路径，先后创作了《绿斗篷》（*Greenmantle*,1916）、《斯坦法斯特先生》（*Mr Standfast*,1919）、《三个人质》（*The Three Hostages*,1924）、《早晨的庭院》（*The Courts of the Morning*,1929）、《绵羊岛》（*The Island of Sheep*,1936）等理查德·汉内小说系列以及《权力之屋》（*The Power House*,1916）、《约翰·麦克纳伯》（*John Macnab*,1925）、《舞池》（*The Dancing Floor*,1926）、《窗帘的裂隙》（*The Gap in the Curtain*,1932）、《病心河》（*Sick Heart River*,1941）等爱德华·雷森小说系列，以上两个系列可以统称为神秘小说。[①]除了神秘小说，巴肯还创作了以苏格兰为题材的迪克森·麦克盖恩三部曲：《亨廷塔》（*Huntingtower*, 1922）、《盖伊城堡》（*Castle Gay*,1930）和《四面之屋》（*The House of the Four Winds*, 1935）。此外，他还有数部难以简单归类的长篇小说、大量的短篇小说以及数部非虚构作品。除了文学创作，巴肯还在政界身居要职。他曾被任命为加拿大总督，并受封为特维兹缪尔男爵，当选过英国国会议员，并在1937年詹姆斯·巴里辞世之后继任爱丁堡大学校长。1938年巴肯在爱丁堡大学获得荣誉博士学位，在身兼政界要职的情况下，巴肯还是十分敬业，在生命的最后时刻为爱丁堡大学的发展做出了杰出的贡献。

《三十九级台阶》（1915）是巴肯最负盛名的神秘小说，也是理查德·汉内系列小说的开山之作。小说曾经在1915年6月至7月的《故事周报》和1915年7月至9月的《布莱克伍德杂志》连载，10月正式以书刊形式出版，成为威廉·布莱克伍德“先令系列通俗小说”之一。在创作《三十九级台阶》之前，巴肯已有16本图书问世，此时的他并非文坛新秀，但这部作品彻底打破了之前的套路，成为他文学创作的新篇章。作品的主人公理查德·汉内来自南非，在英国伦敦小住，却不幸卷入了一场扑朔迷离的谍战当中。他容留一个名叫斯卡德的人寄宿，几天后发现斯卡德被人刺死，死者有一本写满密码的秘籍。汉内开始亡命天涯，一方面要躲避警察的追捕，因为警方怀疑他是杀人凶手，另一方面还要躲避名曰黑石的一帮间谍的追杀，因为间谍们想得到他从斯卡德那里得来的秘籍。他经历了从英格兰到苏格兰的冒险旅程，遭遇过无数次的险情，遇到了形形色色的人物。他机智地逃过了追捕和追杀，每次都能神奇地化险为夷。他破解了秘籍中的谜团，阴差阳错地见到了英国政府的核心人物，及时揭穿了第一次世界大战前夕德国间谍试图窃取协约国海军机密的阴谋。

《三十九级台阶》有着浓烈的政治氛围，作为来自南非的冒险者，汉内被卷入了本该与他无关的国际政治的旋涡。当敌人逼近他，而且警方对他也是威胁的时候，他的第一个反应是逃跑。只有成功逃脱，他才能保全自己并破解谜团，至于是谁杀死了斯卡德，他似乎毫不关心。国际政治远胜过某个人的生死，更何况斯卡德本身就是个间谍，他的死无关紧要，重

---

① 巴肯的理查德·汉内系列以及爱德华·雷森系列在英美学界的最常见的说法是mystery novel（神秘小说），也有人将其称为thriller（惊悚小说）或者adventure novel（冒险小说）。悬疑小说、间谍小说、侦探小说等说法在英美学界对于巴肯的评论中并不多见。

要的是他身上的机密，汉内、黑石间谍组织、警方甚至读者似乎都倒向了国际政治的一边，没有人关心斯卡德的死这个本该到结尾也要破解的谜团。此外，《三十九级台阶》还有着浓浓的苏格兰情愫，它经常被批评家纳入苏格兰小说的行列，因为最让读者印象深刻的追逐和逃脱场景都预设在苏格兰，尤其是苏格兰边区的丹弗雷斯和加洛韦。对于汉内而言，苏格兰是一个陌生的地方，但他坚信越是这样荒蛮的地方，他越不容易被发现，他觉得他在苏格兰是最安全的。巴肯对他所熟悉的苏格兰乡村的饱含深情的书写，以及人物对话中精妙的苏格兰方言的运用，为小说增添了许多色彩。如果说汉内凭借机智化险为夷的逃脱是《三十九级台阶》的第一大亮点，那么，关于苏格兰乡村的书写则当之无愧地可以成为小说的第二大亮点。

《三十九级台阶》获得了巨大的商业成功，小说在1915年的销量达到3.3万册，次年又销售了2.5万册，这样的销售业绩在当时还是相当可观的。这部小说深受读者的喜爱,也博得了许多大牌导演的垂青，曾于1935年（艾尔弗雷德·希区柯克导演）、1959年（拉尔夫·托马斯导演）、1978年（唐·夏普导演）三次被搬上银幕，其中希区柯克导演的1935年版堪称经典。希区柯克（Alfred Joseph Hitchcock,1899～1980）曾在电影上映前后拜访过巴肯，巴肯对他的电影评价极高，说他觉得希区柯克对原作的改编十分有趣。希区柯克的改编主要体现在以下几个方面：首先，他把汉内的南非身份转换成了加拿大身份；其次，为了迎合观众的口味，他把斯卡德转换成了女性间谍阿拉贝尔·史密斯，并让女间谍讲述斯卡德讲给汉内的故事，背插尖刀惨死在汉内的房间里；再次，他还对牛奶工的那一段进行了润色，给原本只是帮助汉内乔装脱身的一幕加上了花絮，借机展现了汉内女人气的一面；最后，他还刻意突出了记忆先生这个角色，让他出现在电影的开头和结尾，并把巴肯原作中的窃取图文记忆变成了窃取数据事实的记忆。由于上述巧妙的改编，特别是女性间谍被杀等经典场景的精心设计，使得《三十九级台阶》成为电影史上的经典，巴肯的成名作随着希区柯克导演的这部电影的成功而愈发辉煌，愈发有人气。除了电影之外，这部小说从20世纪30年代起数次在英国和美国被改编成广播剧，并在CBS和BBC等电台播放。《三十九级台阶》至今尚未被改编成电视剧，但1989年一家名为泰晤士电视的独立电视台曾经用出演过汉内角色的演员为主演，推出过一个或许可以称之为欺世盗名的“汉内系列”电视剧。这部电视剧与《三十九级台阶》并无实质性关联，但它确确实实地是模仿了巴肯神秘小说的风格，主人公所经历的也都是巴肯式的冒险。

《绿斗篷》（1916）是汉内小说系列的第二部，这部小说的市场销量远远超过了《三十九级台阶》。在1918年霍德尔和司多顿出版社的销售榜单上，《绿斗篷》以五万多册的战绩位居第二位，仅次于柯南道尔爵士（Arthur Conan Doyle, 1859 ～ 1930）的《归来记》（*The Return of Sherlock Holmes*, 1904）。《绿斗篷》的故事时间设定在第一次世界大战期间，主要讲述汉内及其伙伴如何成功地摧毁了德国怂恿伊斯兰人发动武装暴动来反抗协约国的阴谋。小说节奏明快，扣人心弦，场景从英国跨越到欧洲和小亚细亚。汉内被瓦尔特·布利凡特爵士召见，布利凡特向他简单地介绍了中东地区的形势，说德国及其土耳其盟友正密谋策划穆斯林暴动，以此来使整个中东乃至印度和南非陷入混乱当中。布利凡特指派汉内去调查事件的真伪，他交给汉内的只有已故的谍报人员留下的一张纸，上面写着Kasredin, cancer 和 v. I. 字样。汉内接受了任务，挑选桑迪做他的助手，布利凡特又向他推荐了一个名叫布兰基伦的美国人。三人见面分析线索，决定赶往君士坦丁堡弄个究竟。他们三个分头出发，布兰基伦借道德国，桑迪利用他的阿拉伯内线途径小亚细亚，而汉内则以布尔人的身份经由葡萄牙进入敌占区。汉内巧遇在非洲结识的布尔人彼得·皮尔纳，他们以支持德国而反对英国的流放者身份借道荷兰进入德国。他们和强悍而阴险的斯达姆上校说有能力鼓动穆斯林人民加入德国一方，斯达姆信以为真，将汉内介绍给高迪恩（该人物后来又出现在《三个人质》之中），汉内从那里听说有个叫希尔达·凡·恩纳姆的神秘人物。听说斯达姆要把他派往非洲，汉内冒雪逃脱，不幸患上了疟疾，他在一个偏僻的农舍养病时忽然意识到已故谍报人员所写下的“v. I.”应该就是凡·恩纳姆名字的缩写。历经千难万险，汉内和皮尔纳终于重逢并在约定的日期一周前到达了君士坦丁堡。他们在君士坦丁堡见到了桑迪，此时的他是一群舞者的头目。桑迪解开了另外两个谜团，Kasredin 是古代土耳其寓言故事的题目，故事的主人公是名曰绿斗篷的宗教领袖，他们还听说人称“绿宝石”的先知目前扮演着绿斗篷的角色，而 cancer 是说先知已经染上了绝症，桑迪借机宣布绿斗篷已死，而自己受教徒们拥戴即将取而代之。汉内巧遇凡·恩纳姆，她对汉内颇有好感，决定带他到东方去，于是他们又到了埃尔斯伦。俄罗斯军队正在和土耳其军队交战，皮尔纳冒险将偷来的情报送到俄罗斯军队手中。汉内和桑迪被人识破，他们逃到汉内曾经梦到过的一个山上。凡·恩纳姆前来游说，得知汉内是英国谍报人员时十分震惊，返程途中不幸被俄罗斯军队炮弹击中。由于俄罗斯军队得到了皮尔纳送来的重要情报，他们轻松地击垮了斯达姆的军队，汉内和他的伙伴们又一次圆满地完成了任务。

在这部小说中，巴肯并没有因为要凸显汉内及其伙伴的勇敢和机智而丑化其他人物，他笔下的属于敌对一方的人物也都是有血有肉，尽职尽责。在敌我双方的较量中，无论是斯达姆所代表的德国和土耳其的一方，还是汉内所代表的协约国一方，都是一种各为其主的行为。无论哪一方获胜，战争的受害者都是当地无辜的民众。“9·11”事件之后，英国广播公司将《绿斗篷》制作成广播剧并在2005年7月播出，由于五天之后发生恐怖分子袭击并致使五十六人遇难，广播剧第二部分的播出计划立即被取消，因为英国广播公司决策层认为小说中伊斯兰人反抗西方的题材在此时过于敏感。出于政治考虑，这种决策无可厚非。但是，英国广播公司决策层其实是误读了巴肯这部小说的原意，小说中对待伊斯兰人的态度是报以同情和尊敬，而不是投之以蔑视和仇恨。

《绿斗篷》并非全然虚构，它是“在混合巴肯的个人经历和其他人的经历的基础上写成的”（MacDonald，1993：x）。首先，巴肯曾于1910年造访君士坦丁堡，这座城市给他留下了深刻的印象，他称其为纯净的阿拉伯之夜，六年之后他把对这个城市的记忆书写在小说之中。其次，德国试图唆使伊斯兰世界反对英国的计划也并非空穴来风，19世纪的时候就有先例，巴肯还为此写过一本书。但这部小说中的事件似乎有着更为直接的原型：1914年土耳其以德国为友而与英国为敌之时，伊斯兰宗教团体的最高领袖曾宣布要向所有不虔诚者发动圣战，号召伊斯兰世界维护信仰、反对英国及其盟友。然而，当大马士革穆斯林团体的一位官员奉命站上讲坛宣布圣战时，他看见一群德国军官站在集会者之中。官员心中不快，于是当场发问，既然圣战是保护圣土对抗不虔诚者的，那么下边为什么站着这么多不虔诚的德国军官？再次，小说中俄罗斯军队和德国军队决战的时间和场景也是和历史事实基本相符的，德军之所以惨败，是因为他们误以为两边的山峰是万夫莫开的。在《绿斗篷》这部小说中，汉内恰好就是利用了德国军队的这一弱点，让皮尔纳从这片无人之地穿越把情报送给俄罗斯军队的。最后，小说中的人物也都是有活生生的原型的。皮尔纳这个人物取自巴肯在南非时的经历，布兰基伦取自巴肯在美国的熟人，巴肯还特意让他患上自己身上有的十二指肠溃疡顽症，而桑迪的原型一说是巴肯在牛津时的朋友、英国爱德华时代一位名叫奥伯雷·赫伯特的著名旅行家，二说是他的朋友、著名的英国军官T. E. 劳伦斯（Thomas Edward Lawrence，1888～1935）。不过，虽然有以上种种历史事实的依据，小说终归是小说。尤其对于当代读者而言，大家感兴趣的不是某个人物或者历史事件的对号入座，而是小说中惊心动魄、一波三折的情节以及汉内及其伙伴们临危不乱的那种淡定情怀。

汉内小说系列是巴肯最负盛名的文学作品，而前面着重论述的两部小说是汉内小说系列的精华。由于篇幅所限，我们对其他汉内系列小说只能一笔带过。《斯坦法斯特先生》中的汉内已升任陆军准将，他执行了新的任务，变换了五种角色，破解了许多谜团，同时也更清醒地认识了自己、国家以及战争的实质。有鉴于此，批评家时常会将这部书与班扬（John Bunyan，1628～1688）的《天路历程》（*The Pilgrim's Progress*，1678）联系起来。《三个人质》是最符合侦探小说特征的一部作品，绑架一男一女一个孩子的头目叫多米尼克·麦迪纳，他绑架人质的目的是为了制造全球金融危机而从中牟利，汉内等人在破案中不仅充分运用了专业知识，还应用了催眠术。希区柯克曾经试图将其搬上银幕，但终究未果。英国小说家约翰·普利贝尔（John Prebble，1915～2001）曾于1978年编写了该小说的电视剧脚本，但脚本至今仍在BBC的案卷当中。《早晨的庭院》是一部打着汉内旗号、主要聚焦于桑迪的小说，由于汉内退居次位，小说的叙述也随之转换为第三人称叙述。《绵羊岛》是汉内系列小说的收官之作，由于1919年巴肯曾以此为题写过一部当下已鲜为人知的非虚构作品，所以美国出版商1936年出版该书之时拒绝采用英国版的书名，而将其改为《北国来客》（*The Man from the Norlands*）。

如果说理查德·汉内小说系列更像是杜撰，爱德华·雷森小说系列则更像是自传，雷森身上有着巴肯本人的影子。雷森是名律师、登山爱好者和植物学家，第一次世界大战前夕当选保守党议员，在《约翰·麦克纳伯》一书中他还被授予爵位。雷森没有明显的宗教信仰，他更相信事实。他喜爱文学，对济慈（John Keats，1795～1821）的诗歌和古典文学可谓是熟稔于心。他和巴肯最为相似的地方是他也有一种隐隐的饥饿感，因为巴肯本人患有十二指肠溃疡，这一点我们在讨论《绿斗篷》一书时也有交代。爱德华·雷森小说系列的开篇之作是《权力之屋》，它是一部不幸被忽视的经典，因为它同时还是巴肯第一部神秘小说，而且还和柯南道尔爵士的福尔摩斯系列有许多近似之处。小说曾刊载于1913年《布莱克伍德杂志》，1916年出版单行本。故事的主要场景是伦敦，雷森被卷入一起十分离奇的失踪案中，失踪者查尔斯·皮特海伦还和他有些亲属关系。雷森的朋友汤米·德拉雷恩远道俄罗斯和中东去寻找皮特海伦，但却总是无功而返。雷森意外发现了线索，原来敌对一方是一个叫作“权力之屋”的国际无政府组织，为首的是一位名叫安德鲁·拉姆雷的非常富有的英格兰慈善家。雷森的任务就是阻止拉姆雷的“权力之屋”组织残害皮特海伦。除了政治纷争这个显而易见的主题，《权力之屋》还有更为深刻的一面，那就是文明的脆弱。拉姆雷的最终目标是摧毁整个西方文明，在他的眼里，文明和野蛮之间不是隔着一堵坚不可摧的墙，而是一根细线或者一块脆弱的玻璃。当然，按照巴肯小说的模式，脆弱的玻璃最终还是变成了坚不可摧的墙，文明的力量还是最终胜过了野蛮。由于小说成书时间在《三十九级台阶》之后，巴肯对 1913 年《布莱克伍德杂志》的版本进行了重要的修改，将最初的第一次世界大战前夕的时间背景改为第一次世界大战期间，这一改动更加凸显了小说中脆弱的文明之主题。

雷森小说系列的第二部《约翰·麦克纳伯》是一部颇为离谱的小说，如果隐去小说的署名，人们很难将这部书和巴肯联系起来。之所以将其归类为雷森小说，是因为雷森确实是小说的三大主角之一，除此之外，这部书用神秘、惊悚、冒险等等巴肯小说的标签都套不上。雷森和另外两头地位显赫的公众人物拉曼查爵士、约翰·帕里瑟·叶芝厌倦了生活，于是成立了一个偷猎组织，决定到邻近的苏格兰高地农庄去猎杀两个雄鹿和一只大马哈鱼，而他们的藏身之处是友人阿奇·罗伊兰斯的狩猎场。在偷猎这条故事主线之下，小说还穿插了罗伊兰斯和詹尼特·莱顿的爱情故事。总体而言，这部小说显得有些杂乱无章，而且和读者印象当中的巴肯小说格格不入，但是，这部书也不乏诱人之处。小说中对于苏格兰高地风情的饱含深情的书写，以及小说中关于阶级差异的深刻剖析，都可以视作这部“不成功小说”的成功之处。

《舞池》是雷森小说系列中的佼佼者，故事情节比前两部要更加曲折，女性人物刻画也非常成功，小说所蕴含的宗教救赎主题也非常深刻。雷森的朋友维农·米尔本每年都要受到一个奇怪的梦的困扰，梦中有一扇门打开带他进入一个难以名状的命运。据说梦的困扰到他 27 岁时会结束，他一直在训练自己经受梦的考验。他度过了第一次世界大战的岁月，在战后动荡不安的岁月，他寻求着自己的目标，却为一个美丽而轻佻的女人克莱·阿拉宾而纠结。与此同时，雷森也被阿拉宾所迷住，他慢慢了解了阿拉宾的身世。她来自一个古老的希腊岛屿，祖父汤姆是一个拜伦式的放荡之徒，父亲雪莱也是不务正业，但阿拉宾决定要勇敢地去面对命运，她决定返回希腊。雷森随她前往，米尔本也在梦的指示下来到了希腊。当阿拉宾面临死亡的威胁时，米尔本解救了她。除了上述三部小说，巴肯的雷森小说系列还有《窗帘的裂隙》和《病心河》。《窗帘的裂隙》是一部比较枯燥的书，巴肯借雷森这个人物来书写他个人的政治生涯，小说中充斥着一种超自然的氛围。《病心河》是巴肯的遗作，在他过世后才得以出版，小说采用了第三人称叙述，而且有着加拿大背景，和前四部雷森小说大相径庭，这部小说近年来受到英美学界的广泛关注，但在普通读者中间似乎还缺乏人气。

在汉内和雷森小说系列中，《三十九级台阶》和《约翰·麦克纳伯》算是苏格兰味道最浓的两部，但这两部书还称不上是纯正的苏格兰小说。巴肯最为纯正的苏格兰小说是迪克森·麦克盖恩三部曲。三部曲以麦克盖恩为主要角色，以苏格兰边区为主要场景，惟妙惟肖地展示了苏格兰乡村的风情。《亨廷塔》是麦克盖恩三部曲的开篇，巴肯称这部小说是“一部格拉斯哥的童话故事”（Lownie，1995：169）。麦克盖恩是一位小有名气的格拉斯哥蔬菜供给商，退休之后忽然发现自己还有青春的激情，于是开始了他颇具浪漫色彩的苏格兰边区之旅。他遇到了一位名叫赫瑞提芝的英格兰现代主义诗人，两人结伴同行。他们来到一个偏僻的村庄，听一群孩子说有一位女士被人关押。诗人认出那位女士，她是俄罗斯公主，诗人曾经在巴黎对她一见钟情。麦克盖恩、诗人和孩子们联手从托洛茨基分子手中将公主解救出来。《亨廷塔》的小说结构并不复杂，但小说的文化内涵却十分丰富。首先，它深深地触及当时国际政治的敏感神经，将俄国革命作为小说的大背景，绑架者（托洛茨基分子）和被绑架者（俄国公主）都带着浓浓的政治色彩。其次，小说中的儿童形象并不具备巴肯所说的童话故事的特征，他们勇敢善战，但他们并非是像史蒂文森小说中的儿童那样为了正义而冒险。小说中的儿童团体名为哥布尔死硬派，因为他们是贫民窟的孩子，无法加入中产阶级孩子组成的童子军，所以自立山头。他们参加社会主义星期天学校，却拒绝接受社会主义者的主张，因为社会主义者在圣诞节不提供给他们大餐。他们拒绝被人看护，不甘心接受施舍，而乐于打打闹闹。正是由于善于打斗、善于跟踪，他们才在解救俄国公主的过程中大显身手。在苏格兰的语境中，哥布尔死硬派是对菜园派小说中儿童形象的颠覆。菜园派小说中的儿童甘心接受施舍，以可塑之才的身份博得校长和村民的欢心，圆大学梦是他们的最高憧憬；而哥布尔死硬派则喜欢自由自在，喜欢在打打闹闹之中寻求乐趣。最后，这部本该写成罗曼司的小说并非罗曼司，麦克盖恩并未如愿以偿地享受苏格兰边区旅行的浪漫，而是刚刚远离城市和商业的喧嚣，就听到了阶级和政治斗争的号角。他所遇见的诗人赫瑞提芝也全无舞文弄墨的雅兴，张口闭口都是与政治和阶级相关的激进言辞：

> “这就是战争的价值，”他接着说，“它摧毁了所有旧的传统，我们必须完成摧毁才能重建。文学、宗教、社会、政治全都一样。用斧头砍掉它们，我会说。传教士和书呆子对我没有用。上层社会和中产阶级对我也没有用。只有一个阶级对我有用，那就是老百姓，工人们，他们过的日子才叫生活。”（Buchan，1978：25）

和《亨廷塔》一样，麦克盖恩三部曲的第二部《盖伊城堡》的政治味道也十分浓厚。一群政治狂热的学生误把早已淡出江湖的报业巨头托马斯·卡莱尔·克劳当成他们对立派的候选人而绑架了他。克劳被遗弃在苏格兰边区，举目无亲，孤立无援。幸亏一名曾供职于他手下的记者道格尔·克劳比和友人杰克伊·高尔特来此远足，才帮克劳找到了安全之地。在这部小说中，伊瓦洛尼恩君主派和共和派的政治纷争被凸显，而麦克盖恩本该出场扮演主角的人物却被淡化，他所起的作用只是坚定地站在道格尔·克劳比和杰克伊·高尔特的一方。麦克盖恩三部曲的第三部《四面之屋》堪称巴肯小说人物的群英会，除了麦克盖恩小说中的人物，雷森小说中的人物拉曼查等也客串其中。小说的主要角色是兰代尔·格林德，它是一家欧洲马戏团的老板，同时也是伊瓦洛尼恩政治的密探，他目睹了君主派、共和派以及尤文图斯党的阴谋，杰克伊和麦克盖恩几次面临危险，都是格林德出手相救。

作为一名小说家，巴肯最拿手的还是神秘（或曰惊悚）小说，《三十九级台阶》和《绿斗篷》是他写得最为得心应手的两部，理查德·汉内也因此而成为几乎是家喻户晓的解密高手。本该写成罗曼司的麦克盖恩三部曲，最后竟也阴差阳错地回归了巴肯神秘小说的套路，变成了打着苏格兰边区罗曼司旗号的神秘小说。作为一名政治家，巴肯在写小说的时候也时刻不忘政治，政治是他小说一以贯之的主题。无论是汉内小说系列、雷森小说系列还是麦克盖恩三部曲，政治主题总会大摇大摆地走向前台。从某种意义上说，巴肯小说中扮演主要角色的人物，首先是个政治家，而后才是解密高手、军人、商人或者诗人。作为一名男性作家，巴肯小说中最为鲜活的人物几乎都是男性，他的小说中也有女性人物的刻画，如《舞池》中的阿拉宾，但是，巴肯笔下的女性人物和男性人物相比还是缺乏深度的。当然，我们不能据此就胡乱地给巴肯贴上男性沙文主义的标签，因为没有证据表明他是歧视女性的。巴肯的小说有些模式化，但他并未被某一种套路所束缚，他在小说题材和叙述艺术方面还是经常有些变换的。

凯特·麦克唐纳和纳森·威德尔主编的《约翰·巴肯和现代性观点》

（2013）一书用当下的视角，对巴肯小说进行了新的解读。在这部最新出版的文集中，英美学者采用不同视角分析了巴肯小说与苏格兰、与大英帝国、与非洲、与现代主义和后现代主义的关系，文集中被排在首篇的是道格拉斯·吉福德所撰写的关于巴肯小说与苏格兰关系的论述。吉福德开宗明义地说，巴肯之所以首先是苏格兰作家，是因为他的小说创作“是沿着司各特所开创的苏格兰历史小说传统开始”（Gifford,2013:17），继而又追随了史蒂文森的写作风格，大部分的巴肯小说都可以在史蒂文森小说中找到踪迹。除了麦克盖恩三部曲这样有明显的苏格兰印记的小说，巴肯还不失时机地往《三十九级台阶》《约翰·麦克纳伯》等作品中添加苏格兰元素，他还在早期的作品《普利斯特·约翰》中对苏格兰和大英帝国的亚种族关系进行了批判。再有一点，也是以往西方学界时常忽略的一点，那就是巴肯小说中所表现出来的宗教倾向具有明显的苏格兰加尔文教的特征，所以吉福德开玩笑说，安德鲁·洛尼所写的约翰·巴肯传记的副标题是“长老会的保皇派”，要是他来写的话，他宁愿取名为“约翰·巴肯：浪漫主义的加尔文教徒”。（Gifford,2013:29）由此可见，巴肯和苏格兰的关系绝非是他出生在苏格兰那样简单，他的小说饱含深情地书写了苏格兰，具有较强的苏格兰性。

## 第八节　阿瑟·柯南道尔：绅士侦探、历史传奇与科学幻想

如果我们按照道格拉斯·吉福德等人所编著的《苏格兰文学》的说法，把维多利亚时期苏格兰文学的主调定位为“浪漫化和感伤化”（Gifford,2002:322），那么，我们很难给大名鼎鼎的苏格兰小说家阿瑟·柯南道尔（Arthur Conan Doyle,1859～1930）[①]找到一个合理的位置。但是，作为《苏格兰小说史》，舍弃这样一位几乎是家喻户晓的出生于苏格兰首府爱丁堡的作家又是无论如何也讲不通的。和史蒂文森一样，柯南道尔也是出生在爱丁堡并在爱丁堡大学接受教育的，而且，按照史蒂文森的说法，柯南道尔所塑造的大侦探形象部分是基于他在爱丁堡读书时的医学教授约瑟夫·贝尔。柯南道尔和另一位苏格兰小说家巴肯也有许多可比之处，他们都受封爵位，而且都是以侦探小说而闻名，而且，就侦探小说创作而

① 虽然英美学界为方便起见也用 Doyle 作为简称，但因为 Conan Doyle 这个人名中的 Conan 并非 middle name，为此，本书采用“柯南道尔”这一标准中文简称。

言，柯南道尔比巴肯还要更胜一筹。柯南道尔让一个本来并不存在的地方（贝克街221B）成为人们信以为真并顶礼膜拜的圣地，他创作的福尔摩斯系列小说将英国侦探小说推上了历史的巅峰。

尽管柯南道尔还创作过《迈卡·克拉克》（*Micah Clarke*,1889）、《白色连队》（*The White Company*,1891）、《逃亡者》（*The Refugees*,1893）、《罗德尼之石》（*Rodney Stone*,1896）、《奈杰尔爵士》（*Sir Nigel*,1906）等历史小说以及《失去的世界》（*The Lost World*,1912）、《毒带》（*The Poison Belt*,1913）、《迷雾之乡》（*The Land of Mist*,1926）等查林杰教授系列科幻小说，他的七部历史小说还被雅克林·杰夫说成是"最重要的作品"（Jaffe,1987:50），但在普通读者的心目中，柯南道尔的传世之作还应该是他所创作的福尔摩斯系列小说。福尔摩斯系列小说主要包括：《血字的研究》（*A Study in Scarlet*, 1887）、《四签名》（*The Sign of Four*, 1890）、《冒险史》（*The Adventures of Sherlock Holmes*,1892）、《回忆录》（*The Memoirs of Sherlock Holmes*,1894）、《巴斯克维尔的猎犬》（*The Hound of the Baskervilles*,1902）、《归来记》（*The Return of Sherlock Holmes*,1904）、《恐怖谷》（*The Valley of Fear*,1914）、《最后的致意》（*His Last Bow*,1917）、《新探案》（*The Case-Book of Sherlock Holmes* ,1927）。福尔摩斯小说在世界范围内广泛传播，哈罗德·奥雷尔在他主编的《柯南道尔研究文集》导论中还特别提及了福尔摩斯探案集在中国的出版情况，借以展示福尔摩斯系列在英语世界之外的巨大影响："长达1848页的三卷平装本于20世纪80年代末在中华人民共和国出版。"（Orel,1992:1）

《血字的研究》是福尔摩斯系列小说的开山之作。创作完成之后，柯南道尔将小说稿件交给了自己的友人詹姆斯·潘恩，希望能在《康希尔杂志》发表，但最终未能如愿。几经挫折之后，柯南道尔终于得到二十五美元的报酬，把版权交给了沃德和洛克公司，1887年这部小说在《比顿圣诞年刊》上发表，发表之后反应平平，福尔摩斯这个大侦探形象未能吸引批评家和读者的眼球，柯南道尔曾经对此深感痛心。不过，仅仅两年之后，就有慧眼识珠的美国编辑邀请他续写福尔摩斯的故事，并承诺创作完成之后立即在《利平科特》杂志刊载。柯南道尔欣然领命，匆匆赶制了一部《四签名》，并如愿以偿地在1890年2月的《利平科特》杂志上发表。如果没有美国编辑的鼓励以及后来《海滨杂志》（*The Strand Magazine*）对福尔摩斯系列的青睐，或许《血字的研究》就会被淹没在维多利亚时期英国小说的大潮之中。

桑德斯在《简明牛津文学史》中对福尔摩斯系列小说的精髓进行了精

辟的描述，他认为，福尔摩斯小说的最诱人之处在于它“关于福尔摩斯的头脑和一小撮国际罪犯对抗并和反应慢半拍的记录者华生医生的不寻常合作的描述”（Sanders,1994:469）。把这句话拿来分析《血字的研究》是再恰当不过的。首先，福尔摩斯和华生医生的合作确实是不寻常的。作为伦敦大学的高才生，华生医生获得学位之后便在军中服役。他在第二次阿富汗战争爆发后负伤，又不幸染病，返回伦敦之后又发现自己囊中羞涩付不起高昂的房费，于是托朋友找人合租。正是由于合租的需求，才使得华生得以结识居住在贝克街221B的福尔摩斯，成为福尔摩斯的帮手，并成为《血字的研究》的叙述者和福尔摩斯探案的见证者。其次，福尔摩斯那善于推理的聪慧的头脑确实是在和国际罪犯对抗。劳瑞斯顿花园谋杀案发生之后，伦敦警察厅（Scotland Yard）的警员请福尔摩斯来帮忙分析案情，当警员发现罪案现场有女人的结婚戒指并且墙上有Rache这个血字的时候，他们误以为Rache是女子名Rachel没有写完的结果，而福尔摩斯则利用他的外语才能断定这是德语词汇，意为“复仇”，认定这是一起复仇谋杀。他根据现场的蛛丝马迹迅速推断出死者是服毒致死，凶手六英尺高，红脸膛，穿方头鞋，右手有长指甲，吸特里奇诺波利香烟，凶手是坐四轮马车而来，马儿的前脚刚刚钉过掌。经过几番较量，福尔摩斯终于协助警员将在劳瑞斯顿花园杀害美国人艾诺克·德莱博、之后又杀死德莱博的秘书的非英国籍罪犯杰弗逊·霍普缉拿归案。

在罪犯浮出水面之后，《血字的研究》用一种“合理地”侵犯私密空间的方式，将聚焦点由英国伦敦转移到美国的犹他州。诚如菲林汉姆所言，“谋杀使得官方以保护个人领域不被毁灭为名所进行的侵入行为显得正确而且必要，绅士侦探又信心十足地向人们昭示，当有必要真的侵入私密领域之时，侵入行为不是由官方的下层社会笨手笨脚的人来执行，而是由那些行为十分审慎的人来执行”（Fillingham,1992:166）。的确，《血字的研究》中侵入罪犯私密空间的行为是由绅士侦探福尔摩斯和伦敦大学毕业的高才生华生医生来完成的。虽然在命案发生之后，伦敦警察厅那些笨手笨脚的警员及时和死者所属的美国当地部门电报联系过，但是一直是一无所获。直到福尔摩斯开始问询死者德莱博的婚姻状况，美国方面才追踪出罪犯杰弗逊·霍普的名字。正是这个重要线索使得福尔摩斯帮助伦敦警察厅锁定了胜局，而且曝光出罪犯复仇谋杀的动机。原来，杰弗逊·霍普杀死德莱博及其秘书是为了给自己的甜心露西以及约翰·范瑞尔报仇。范瑞尔带着年幼的露西加入摩门教部落，范瑞尔勤劳致富，露西长大成人，成为人见人爱的美女，她和霍普一见钟情。然而，摩门教部落却强迫她嫁给德莱博，霍普试图带着露西和范瑞尔逃脱，却因自己一时麻痹而短时离开范瑞尔和露西，导致范瑞尔惨死而露西又被强行带回摩门教部落和德莱博完婚。露西婚后不久就离开了人世，霍普便把这笔血债记在了德莱博的身上。德莱博和他的秘书离开摩门教部落，到欧洲各地东躲西藏，但最终还是在伦敦被霍普杀死。从情理来讲，德莱博及其秘书的死也算是罪有应得。小说并没有把情理和法律的纠结抛给读者，华生医生揭开了霍普的另一层私密空间：被捕之时他已经身患绝症，在完成复仇的使命之后，动脉瘤很快就夺走了杀人者的性命。

《血字的研究》中的绅士侦探推理断案模式并非原创，而是对爱伦·坡侦探故事的一种沿袭和发展，柯南道尔“回归到爱伦·坡的个人化的绅士侦探理念来塑造他自己的小说人物”（Jaffe，1987：33）。这一点在小说中已有明示，当华生医生对福尔摩斯说他的推理模式让人联想起爱伦·坡笔下的杜宾，福尔摩斯回答：“毫无疑问，你认为把我和杜宾相比是在夸奖我。”（Conan Doyle，1986，I：18）当然，柯南道尔笔下的绅士侦探和爱伦·坡笔下的侦探还是有着明显的不同：爱伦·坡笔下的著名侦探杜宾靠的是纯粹的推理研究，“而福尔摩斯则更加自觉地注重社会规约”（Adams，2009：372～373）。福尔摩斯对待科学的态度是为我所用，借用杰夫的话说，就是“科学对福尔摩斯而言是个助手，但不是目的”（Jaffe，1987：35）。福尔摩斯对于解剖学、化学等有助于侦破案件的科学情有独钟，但对于天文学等无助于破案的科学则不闻不问。当华生医生和他谈及日心说时，他摆出一副漠不关心的样子说：“你说我们绕着太阳转。就算我们绕着月亮转，这和我以及我的工作有什么相干？”（Conan Doyle，1986，I：13）

从结构安排的角度看，《血字的研究》是有缺陷的：福尔摩斯破案和霍普的作案动机被一分为二，侦探小说的两大要素“谁做的”和“为什么做”未能水乳交融。柯南道尔似乎对此有所察觉，他在第二部小说《四签名》中弥补了这一缺憾，将案件的悬疑和解疑有机地结合在一起。《四签名》的故事情节更为复杂，它所触及的社会历史问题也更加发人深省。玛丽·莫斯顿向福尔摩斯和华生讲述了她的奇特经历，自从她父亲神秘失踪之时开始，她十年来每年都收到一颗别人邮寄来的珍珠，今年她收到一封约她会面的信。福尔摩斯、华生陪同她到伦敦之外的一幢房子，见到了房子的主人赛多斯·肖尔托。肖尔托说他的父亲是莫斯顿父亲的好友，当年印度兵变时他们偷了一批宝藏，宝藏莫斯顿也应该有份，但有人剥夺了她获得宝藏的权利。宝藏在肖尔托的孪生兄弟巴瑟莱缪家里，当他们赶到时，巴瑟莱缪已经被谋杀，警方将肖尔托逮捕，认为他有杀人的嫌疑。福尔摩斯通过现场勘查推断出闯入巴瑟莱缪住所的是两个人，一个装有假肢，另一个是个只有孩子身材的小个子，从死者颈部的伤口判断，那个小个子应该是安达曼群岛的土著。福尔摩斯的推断得到了验证，原来那个装假肢的人叫乔纳森·斯莫尔，他也是1857年印度兵变之时偷宝藏的人，但肖尔托的父亲欺骗了他和莫斯顿的父亲，把宝藏独吞了。斯莫尔发誓复仇，但他和一个叫汤加的安达曼岛民没来得及复仇，肖尔托的父亲就已经死于非命。斯莫尔得知巴瑟莱缪得到了宝藏，便想把宝藏偷走，不料由于沟通问题，汤加竟然杀死了巴瑟莱缪。一切真相大白，莫斯顿虽然没有得到多少宝藏，但却得到了华生医生的垂青，两人开始谈婚论嫁。

《四签名》不仅从侧面书写了1857年至1859年印度兵变这个重大的历史事件，还触及了一个十分深刻的社会问题。福尔摩斯这个明星级的大侦探，竟然是一位瘾君子。在小说的开头，福尔摩斯尽情享受着他的百分之七浓度的可卡因溶液，他还劝说华生医生也来试一试。华生以长者和医生的双重身份训斥了福尔摩斯这个瘾君子：

> 可是想想吧！考虑考虑利害得失！你的头脑也许像你所说的那样，能够因刺激而兴奋起来，然而这究竟是戕害自身的做法。它会引起不断加剧的器官组织变质，或者至少也会留下长期的隐患。你也知道这种药能引起不良反应。实在是得不偿失。你为什么冒着丧失你那上天所赐的卓越能力的危险，只图一时的快乐呢？你应当知道，我说这番话，不仅是朋友之间的忠告，而且是一个对你的健康负责的医生所说的话。（Conan Doyle,1986,I:13）

不过，尽管华生医生声色俱厉，义正词严，福尔摩斯似乎还是积习难改。到了小说结尾，当玛丽·莫斯顿即将成为华生夫人、华生和福尔摩斯的单身男性世界即将终结的时刻，福尔摩斯又把他那白白的、长长的手伸向了装着可卡因的瓶子。

《四签名》走红之后，柯南道尔应《海滨杂志》的编辑格林豪·史密斯之约续写了“波西米亚丑闻”“红发会”“身份案”等短篇小说，这些短篇后来被结集为《冒险史》和《回忆录》两本书。在这些短篇小说中，华生依然是故事的叙述者，伦敦依然是充满罪案的城市，福尔摩斯依然是因推理而闻名的绅士侦探，而且他似乎越来越传统，越来越中产阶级化。虽然短篇小说的篇幅短小，但小说情节的构思并不比写长篇小说更轻松，用惜墨如金的方式写短篇的侦探故事并非易事。随着“波西米亚丑闻”在

1891 年 7 月《海滨杂志》的刊载，福尔摩斯故事开始爆红，柯南道尔身价倍增，他向《海滨杂志》索要的稿酬也越来越高。1891 年 10 月他提出每部短篇小说五十英镑的高价，1892 年 2 月开出十二个故事一千英镑的天价，由于福尔摩斯故事的爆红，《海滨杂志》从来不和柯南道尔讨价还价。这令柯南道尔颇感吃惊，惊愕之余也颇感失望，因为此时的柯南道尔萌生了写历史小说的念头，他认为只有历史小说才能使他名垂青史，而福尔摩斯故事不过是过眼烟云。在写完《冒险史》的最后一个故事之时，他曾经致信给自己的母亲说想和福尔摩斯诀别，但柯南道尔母亲本身就是福尔摩斯的铁杆粉丝，她劝儿子打消这个念头。母亲的劝诫未能动摇柯南道尔诀别福尔摩斯的决心，他在一次瑞士的远足中参观了莱辛巴赫瀑布，他觉得这里“将是可怜的夏洛克的一个合适的坟墓”（Conan Doyle，1924：93～94），所以他在“最后一案”中安排福尔摩斯和穷凶极恶的莫里亚蒂决斗，福尔摩斯拯救了世界，自己却消失在莱辛巴赫瀑布的洪流之中。柯南道尔的这一举措让福尔摩斯的铁杆粉丝们颇感震惊，他们用各种方式表达了自己的不满。近两万名读者取消了《海滨杂志》的订阅，无数的青年人自发到皮卡迪利大街为福尔摩斯哀悼，一位女士在写给柯南道尔的书信中将其称为“你这个禽兽”（You brute），连威尔士亲王都对福尔摩斯失联的结局感到沮丧。柯南道尔对自己过度任性的行为也有一点后悔，但他同时也庆幸自己可以腾出手来写历史小说，他毅然决然地和福尔摩斯阔别了近十年之久。

在柯南道尔尽心创作历史小说的那段时间，英国经历了沧桑巨变。1901 年 1 月维多利亚女王驾崩，柯南道尔和成千上万的人目送着为女王送丧的仪仗队，不知英国将走向何方。此时的柯南道尔已是文坛大腕，在历史小说创作方面小试牛刀之后，最终还是回心转意，萌生了让福尔摩斯复出的想法。福尔摩斯的正式复出是在《归来记》的第一个故事“空屋”之中，但在此之前出版的《巴斯克维尔的猎犬》已经为福尔摩斯的复出做好了铺垫。《巴斯克维尔的猎犬》的时间设定在福尔摩斯失联之前，柯南道尔将哥特成分融入这部侦探小说之中，使其充满了恐怖而神秘的色彩。詹姆斯·莫蒂默请求福尔摩斯来调查一下查尔斯·巴斯克维尔爵士的死因，因为查尔斯死去时脸上带着惊恐的表情，而且莫蒂默注意到附近有一个巨大的猎犬的足迹。莫蒂默开始为巴斯克维尔家族唯一的男继承人亨利·巴斯克维尔爵士的命运担心，相传巴斯克维尔家族的祖先雨果·巴斯克维尔因为作恶而被一只巨大的幽灵般的猎犬杀死，从此这个家族就将此视为魔咒。此时亨利·巴斯克维尔爵士已从加拿大归来，他接到匿名电报，告诫他要远离沼泽。他住在伦敦的旅馆里之时，一只新靴子神秘失踪，巴斯克维尔家族的最后一棵独苗面临着被灭种的危险。福尔摩斯临危受命，他运用自己的智慧，最终解开了谜团。原来幕后的黑手是斯特普尔顿，他是巴斯克维尔家族的败家子罗杰之子，在南美靠犯罪度日多年之后，偶然得知自己的身份，便返回英国谋害伯父并试图将家族的合法继承人亨利置于死地，他杀人行凶的利器是一条身上涂满磷的猎犬，猎犬追杀受害者是因为它能嗅出受害者身上特殊的气味。亨利的新靴子神秘失踪，身穿亨利旧衣服的塞尔登惨死在沼泽之中，这些都是斯特普尔顿的阴谋。福尔摩斯成功地破解了谜团，挽救了亨利的性命。斯特普尔顿恶有恶报，在去附近沼泽的途中一命呜呼。

《巴斯克维尔的猎犬》堪称福尔摩斯系列的巅峰之作。首先，它巧妙地将哥特小说和侦探小说融合在一起，采用多重视角来讲述故事，整部小说浑然一体，再也没有《血字的研究》那种“谁做的”和“为什么做”各行其是的感觉。其次，福尔摩斯的绅士侦探形象日臻完美，他在破案之余也有了许多文人的情趣。他偶尔拿起小提琴，借此缓解破案的压力。他带华生去看画展，还带他共进晚餐后去看演出。再次，福尔摩斯的社会责任感愈来愈浓烈。福尔摩斯解救的不仅仅是巴斯克维尔家族的合法继承人，在当时特殊的语境中，他解救的是整个英国。和他的伯父一样，亨利·巴斯克维尔爵士也是一位合格的乡村绅士，他的钱不仅被用来修缮巴斯克维尔府邸，给大厅装上电灯，还被用来改善邻里的生活。在福尔摩斯的眼里，巴斯克维尔家族的兴旺代表着英国的永远兴旺。最后，这部小说最重要的意义是它承上启下，为沉寂十年的福尔摩斯系列的东山再起铺平了道路。福尔摩斯以一种作者和读者都能接受的方式复归，重新担负起战胜邪恶、维护正义的重任。

《巴斯克维尔的猎犬》出版之后，柯南道尔又先后创作了《归来记》《恐怖谷》《最后的致意》《新探案》等福尔摩斯系列。在这些小说中，柯南道尔开始反思个人侦探、正式警员与司法系统之间的关系，他对司法程序的效率越来越感到不安。在面对莫里亚蒂之流的幕后黑手时，虽然大家都知道他是最大的阴谋家、罪恶的组织者和黑社会的顶级智囊，但墨守成规的司法系统竟然对这样的恶人束手无策。遇到这种情况时，还是福尔摩斯更像个正义的维护者和执行者。柯南道尔不仅赋予福尔摩斯惊人的智慧和勇气，更让他担当了灵魂拯救者的重任。第一次世界大战爆发之后，福尔摩斯这个和国际罪犯做斗争的英国的救世者，也慢慢演化成世界的救世者，这一点在《最后的致意》的同名短篇中表现得最为明显。“最后的致意”将人们带入世纪末和战争的恐慌之中，本已退隐乡间而且钟情于蜜蜂文化的福尔摩斯为了国家利益再度出山，粉碎了德国间谍的阴谋。此时的福尔摩斯纯粹是为荣誉而战，而德国间谍的错误就在于他误以为在一个功利主义的时代，法国的欧洲盟友们已然忘却了荣誉：“我们生活在一个功利主义的时代。荣誉是中世纪的概念。”（Conan Doyle，1986，II：494）不仅福尔摩斯为荣誉而战，连每天都埋头于织毛衣和照顾大黑猫的英国老妇人马萨也在为荣誉而战。她是德国间谍凡·波克住所里唯一的仆人，而她的真实身份是福尔摩斯安排的、打入敌人心脏的卧底。这是福尔摩斯最后的致意，也是柯南道尔借福尔摩斯这个人物向他所钟爱的维多利亚和爱德华时代的英国的最深情的致意。

虽然福尔摩斯系列给柯南道尔带来巨大的财富和文学声望，但他自己最钟情的却不是侦探小说，而是历史小说。柯南道尔幼年时非常崇拜司各特，希望自己能够像司各特一样在历史小说领域叱咤风云。此外，历史学家麦考利（Thomas Babington Macaulay，1800 ～ 1859）的《英国史》（*The History of England*，1848）对柯南道尔也影响至深。柯南道尔当年之所以在福尔摩斯小说红极一时的时候毅然决然地选择和福尔摩斯诀别，一个重要的原因就是他想腾出手来埋头创作自己心仪的历史小说。不过，在最开始的时候，柯南道尔如此心仪的历史小说却并未得到出版商的垂青，他的《迈卡·克拉克》创作完成之后曾遭到数家出版商拒稿，但柯南道尔并未灰心，他鼓起勇气将书稿呈送给史蒂文森的朋友、著名的苏格兰文学评论家安德鲁·朗（Andrew Lang，1844 ～ 1912）。安德鲁慧眼识珠，认为历史小说在维多利亚时代仍有用武之地，在他的举荐之下，《迈卡·克拉克》于 1889 年 2 月在朗文出版，出版之后取得了意想不到的成功。《迈卡·克拉克》讲述的是 1685 年觊觎王位者蒙莫斯公爵试图推翻詹姆斯二世的历史故事。迈卡的父亲是虔诚的清教徒，当达西莫斯·撒克逊携密信来招他加入即将起事的蒙莫斯军队时，已经年迈的他决定让迈卡从军，为推翻身为天主教徒的詹姆斯二世助一臂之力。迈卡在从军的路上遇到已遁出江湖的雅各布·克兰西爵士，克兰西送给他一些金条，让他转交给蒙莫斯公爵，并预言说“莱茵”是蒙莫斯公爵的克星。迈卡加入蒙莫斯公爵的队伍并被任命为步兵上尉，后来又领命去游说波弗特公爵加盟蒙莫斯公爵的“义军”。波弗特公爵在公堂上严厉斥责蒙莫斯公爵的叛逆行为，还将迈卡绳之以法。迈卡自以为性命难保，不料深夜之时波弗特公爵亲自来放他逃生，并承诺说如果蒙莫斯公爵能够进攻到布里斯托，他一定率众加入。迈卡回营复命，蒙莫斯公爵立即举兵向布里斯托进发，他巡查战场时惊奇地发现，当地民众将附近的一条水沟叫作“莱茵”。“莱茵”果然是蒙莫斯公爵的魔咒，狂热的新教徒组成的杂牌军不堪一击，被忠于詹姆斯二世的军队打得落花流水。蒙莫斯公爵落荒而逃，迈卡不幸被俘，多亏撒克逊用从波弗特公爵那里敲诈来的钱为他赎身，迈卡才成功逃过此劫。

作为历史小说，《迈卡·克拉克》着力展现的并非英国复辟时期天主教徒和新教徒之间的矛盾冲突以及王权之争，它所展现的是迈卡之类侠义之士的骑士精神，迈卡为荣誉而战，他和为名利而战的撒克逊形成鲜明的对照。当撒克逊想从给予他们礼遇的炼金术士那里偷金子时，迈卡严词拒绝并扬言要与他决裂，他义正词严地对撒克逊说：“你不是诚实的人的合适的伙伴。”（Conan Doyle，1889：102）柯南道尔的另一部历史小说巨著《白色连队》延续了这种为荣誉而战的主题，白色连队是一只由奈杰尔·洛林爵士率领的、身经百战的英雄连队，他们在和法国、和西班牙军队的持久战争中表现非凡，他们不畏强敌，扶弱济贫，在骑士时代即将结束之时维系着骑士传统。弓箭手艾来恩从一个黄胡子的男人手中救下一名女子，后来才得知原来那男人竟是他多年未见的哥哥，而被救的女子恰巧是洛林爵士的女儿。和经典的历史传奇一样，正直而勇敢的艾来恩最终抱得美人归，洛林爵士和萨姆金等其他白色连队的战士也都毫发无损。在数次与法国交战荣立战功之后，艾来恩还有幸成为爱德华王子的顾问。

除了侦探小说和历史小说，柯南道尔还创作了查林杰教授系列科幻小说。按照科尔的说法，查林杰教授是“19世纪晚期新兴的学术型科学家和先前留存下来的绅士调查者相结合的产物”（Kerr，2016：4）。他没有大学的教职，是业余科学家，但知识和兴趣十分广泛。在《失去的世界》之中，他带领由他、夏莫利教授、约翰·洛克斯顿爵士和记者爱德华·马隆组成的冒险团队，深入南美，穿越时空回到恐龙时代，和恐龙以及猿人（ape-man）亲密接触，描绘了一幅史前时代的生动画卷。回到英国后，他们向公众报道了他们的奇遇，没有人相信他们的故事，查林杰教授用活着的翼手龙做证据，人们才开始知道原来恐龙并没有灭绝。查林杰所坚信的物种生存理论无法认同生物灭绝的事实，他用自己的南美探险证明了恐龙不灭，然而，他的探险使原有的生态遭到破坏，科学探险和资源开发加剧了物种灭绝的可能性。如果说《失去的世界》中的时间穿越是回到过去，那么，《毒带》的时间穿越则是指向未来。查林杰教授预测太阳系将经过有毒的以太地带，于是安排他的队友们在密封室内吸氧，他们眼见外面的世界在毒带中消亡。氧气殆尽之时，他们打开窗户，以为必死无疑，却谁知毒带的影响只是瞬间之痛。毒带并没有带来世界末日，相反，饱经痛楚的人们大难不死之后，反倒懂得珍惜生活了。《毒带》中的救赎似乎不是由于科学，而是由于上帝的庇佑，所以，柯南道尔的这部科学幻想读起来更像是宣扬唯灵论思想的小说。唯灵论者相信天堂，他们不愿意相信地狱，也不愿意相信死亡。科幻小说中的灾难是一种精神净化和道德的重生，短暂的末日其实是新生的开始。柯南道尔经过第一次世界大战的洗礼和丧亲之痛之后，愈发相信唯灵论学说，他在1926年问世的《迷雾之乡》中将唯灵论作为检验人性的试金石。在《迷雾之乡》中，夏莫利教授已故，查林杰已老，故事的主角开始变成查林杰的女儿和爱德华·马隆。马隆和查林杰的女儿度蜜月时看见了不祥之云，那似乎是西方衰落的征兆，于是他们回想起神秘的陌生人米罗马关于二度圣临的预言，查林杰的女儿也开始相信唯灵论。

柯南道尔是一位多才多艺的作家，他在侦探小说、历史小说和科幻小说等多个方面都取得了骄人的成绩，他的小说有着十分深邃的主题意蕴。首先，柯南道尔的小说展现了科学与超自然之间的复杂关系。无论是福尔摩斯系列还是查林杰系列，科学和超自然都是无法截然分开的，《巴斯克维尔的猎犬》中猎犬身上的超自然之光是斯特普尔顿用科学手段涂抹磷的结果，在《毒带》中，以太既是一种物质元素，又是一种超验的东西，人类获救既是科学吸氧的结果，又是上帝庇佑的结果。一贯以科学家自居的查林杰教授，最终的皈依竟然是唯灵论。其次，柯南道尔的小说有着各种无名的歧视。福尔摩斯系列小说中的罪犯大多是“国际罪犯”，是这些来自美国、印度、德国的罪犯让伦敦堕落成罪案之城。在地球经过毒带之时，密封室里查林杰的队友们在吸氧保命，而查林杰教授的仆人们则依然在室外尽职尽责，查林杰对自己救队友不救仆人的行为并不感到内疚，他认为尊卑关系在任何时候都是天经地义的。最后，和许多同时代的维多利亚小说一样，柯南道尔的小说还深刻地触及了经济主题，这一点在福尔摩斯系列小说中表现得尤为明显。在他著名的短篇小说《红发会》中，红发会成员受雇抄写《大英百科全书》词条，而这一雇佣竟然是为了将当铺老板威尔逊移开，因为一群强盗密谋从当铺下密道潜入附近银行抢劫。此外，《四签名》和《巴斯克维尔的猎犬》中的犯罪动机说来说去还是为了财产。所以，从某种意义上讲，绅士侦探福尔摩斯在维护维多利亚时代道德秩序的同时，也在维护着信用经济（credit economy）时代的经济秩序。

# 第四章　苏格兰现代主义小说

如果说菜园派小说勾起了维多利亚时期苏格兰人的怀旧情怀，那么，苏格兰现代主义小说则是彻底唤醒了20世纪苏格兰人的民族意识。从20世纪10年代末开始，在苏格兰这片清冷却不乏热情与叛逆的土地上，不甘英国统治的苏格兰文人以及政治家们奏响了民族独立的乐章，意欲在政治与文化上同时宣称主权。当时，苏格兰民族党和苏格兰文艺复兴运动携手并进，风头一时无两。在这样的社会背景下，西方文学史见证了苏格兰现代主义文学的兴起，因此，这是一段与民族独立性息息相关的文学时期，其中每一个代表作家，或多或少在自己的作品中都会直接或间接对苏格兰民族独立性的问题做出解答。

至于苏格兰现代主义文学的起始时间，学界并没有统一的答案。麦克卡罗在《苏格兰现代主义及其语境》（*Scottish Modernism and its Context*, 1918～1959）一书导言部分中称“在1918年之后的格局中，一种新的苏格兰现代主义——这次以文学为主导，以意识形态为本质——诞生了。”（McCulloch,2009:14）而布朗和里尔奇在《爱丁堡20世纪苏格兰文学指南》（*The Edinburgh Companion to Twentieth-century Scottish Literature*）中又笼统地将20世纪20年代作为苏格兰现代主义产生的时代背景。（Brown & Riach,2009:51～52）无疑，自20世纪初开始的整个西方现代主义思潮势必也在苏格兰播下种子，第一次世界大战以后，如火如荼的国内政治运动也对苏格兰文艺界的现代独立运动起到了推波助澜的作用，如果以文艺复兴运动为起点，那么大概以1925年做划分更精确些，自那以后，在麦克迪尔米德的领导下，苏格兰现代主义文学以其独有的意识形态表现形式为建构现代苏格兰新民族身份摇旗呐喊。到了1939年，苏格兰现代主义运动虽然开始衰微，却仍有新的文学作品问世，青年作家一方面承前辈衣钵，继续投身独立运动，另一方面，也在失败的现实面前开始反思现代苏格兰可能的存在方式，于是，现代主义的浪潮向前不断延伸，所以《苏格兰现代主义及其语境》一书将1959年定为苏格兰现代主义文学的下限。其时距

20 世纪 70 年代因撒切尔去工业化政策引发第一次全民公投已不遥远，可以说，现代主义文学时期是当代苏格兰民族独立意识的萌芽时期。

在所有文学样式中，小说是苏格兰现代主义文学创作中的佼佼者，尤其是在 20 世纪 30 年代之后，一大批即将傲然苏格兰文坛的小说家涌现，其中就包括人们熟悉的尼尔·盖恩（Neil Gunn,1891 ～ 1973）、刘易斯·格拉西克·吉本（Lewis Grassic Gibbon, 1901 ～ 1935）、埃德温·缪尔（Edwin Muir,1887 ～ 1959）和薇拉·缪尔（Willa Muir,1890 ～ 1970）、康普顿·麦肯锡（Compton Mackenzie, 1883 ～ 1972）、埃里克·林克雷特（Eric Linklater, 1899 ～ 1974）、罗宾·詹金斯（Robin Jenkins, 1912 ～ 2005）等。盖恩与吉本作为苏格兰现代主义小说的领军人物，又是灵魂人物，他们共同描绘英国主导的工业革命下现代苏格兰的转变。盖恩的小说常以故乡的小渔村为背景，小说主人公通常游走于渔村与城市之间，同时也挣扎于过去与当下、乡村与都市、农耕与工业等二元对立之中。盖恩的伟大之处在于不把乡愁放大，以逃避工业化、城市化带来的冲击，而着眼于建立一种能够融合各种对立的矛盾双方的现代苏格兰意识，他的一些小说洋溢着乐观的态度，因为在他看来，渔村象征的苏格兰过去是现代苏格兰人的生命之源，在变化多端的现代文明中仍旧保持着它的完整性与包容性。吉本将这一想法又推进了一步，在他的代表作《苏格兰人的书》中，农耕文明下的苏格兰获得某种原始主义的神性。相比盖恩，他更愿意在工业时代保持苏格兰农民阶层历史的独立性，比如小说中大量使用苏格兰方言就是对现代文明的抵制。而直面冲突最终以悲剧收场的小说情节，则从侧面凸显了苏格兰原始文明的力量与韧性，回到最根本的过去，这是苏格兰集体意识得以延续的唯一途径，吉本或许是要给将要迷失在现代文明中的苏格兰人敲一记警钟。缪尔夫妇可以算作文艺复兴运动中的另类，他们的主业是译介其他国家的现代主义文学，这种拓展现代苏格兰文学的国际视野在后来的一些小说家，比如麦肯锡、林克雷特等人那里得到回应。麦肯锡无论是在个人经历还是小说创作上，都不再像盖恩与吉本那样只局限于苏格兰，在小说集《四股爱之风》中，希腊、意大利、美国、东欧国家等都为他塑造自己的理想国提供了参考范本，麦肯锡理想中的国度是作为共同体缩影、能够体现世界大同主义的苏格兰海岛，他效仿古希腊，欲立足世界一隅的清净小岛，将苏格兰亘古不变的民族性作为永恒的代名词，以此消除那些带有地方主义色彩的狭隘的个体意识，达到重构一个大苏格兰身份的目的。当然，这样的理想在虚幻的小说世界里才能实现。而林克雷特以及詹金斯就对这种不明来由的浪漫主义给予当头一击。他们二人对于苏格兰现代主义小说的意义在于他们见证了这一时期的没落。林克雷特虽是麦肯锡的挚友，却把他那些具有浪漫色彩的英雄人物转变为反英雄的堂吉诃德形象，再用嬉笑怒骂的笔调既表现出20世纪30和40年代的苏格兰志士们面对理想挫败时的无奈，又在轻描淡写间把沉重的生存主题展现在读者面前，生命的轻与重、欢与悲，都在一个个追寻生存意义的故事中得以重新思索。不过，林克雷特心底仍留恋苏格兰曾经的美好，在他的代表作《璜在美国》《年过四十》等小说中苏格兰作为安宁之所的可能性仍有闪现，而在这一点上，詹金斯则是更残酷更彻底的写作者。詹金斯的代表作品多在20世纪50年代出版，此时苏格兰文艺复兴运动即将落下帷幕，詹金斯的小说主人公不是被放逐，就是落得死亡的下场，他那些简单的道德寓言故事讲述了罪恶、挫败、伪善如何成为天真与善良的世界中必需的一部分，一个理想中独立完美的苏格兰形象在生存的残酷性面前如何轰然坍塌。

简要说来，这些苏格兰现代主义小说家书写了苏格兰现代独立运动的兴衰过程。作为现代主义作家，他们的叙事手法曾遭人诟病，因为在他们的大多数作品中仍有许多现实主义的痕迹，但是这些作品所表现出的意识是现代主义的，而那些以苏格兰传统集体意志对现代社会现实所做出的对抗、顺服、接受以及反思，将在后世的苏格兰文学与文化传承中永远延续。

## 第一节　苏格兰文艺复兴与现代主义

詹姆斯·凯拉斯（James Kellas）的《现代苏格兰》（*Modern Scotland*, 1980）一书的首章标题为“苏格兰的含义”。那么，什么是“苏格兰”？词典给出的定义是：苏格兰是大不列颠及北爱尔兰联合王国下属的地区之一。或者熟悉苏格兰传统文化的人也许会回答说：苏格兰是方格呢、威士忌和风笛的故乡。文学爱好者或许会拿出几本司各特（Walter Scott, 1771～1832）和彭斯（Robert Burns, 1759～1796）的诗集，坦言那就是答案。而苏格兰当地人多半会自豪地拍着胸脯，标榜自己为凯尔特人的后代。当然，“苏格兰”与其他民族一样，本身就是一个历史身份的集合体，每一个时代，每一个文化领域的人们对于苏格兰都有自己的定义，所以上面那些回答都有各自的道理。凯拉斯作为政治评论员更多的是以苏格兰与英国之间的关系为出发点，他在第一章末尾处提到，“苏格兰是一个民族，但并非城邦国……苏格兰人能同时感受到苏格兰与英国的特性”（Kellas，1980:11～12）。言下之意，苏格兰既是大不列颠文化政治圈里的一员，又有自己的独立性。而这种独立性，是现代苏格兰人迫切需要的，现代的苏格兰人正在各个领域试图确立自己独有的民族身份。

狭义说来，苏格兰文艺复兴运动就是这样一场文学界的民族独立运动。文艺复兴，顾名思义，是要复兴过去的某种传统，意大利的文艺复兴运动是要越过漫长的中世纪，回溯曾经辉煌的古希腊古罗马文化，进而重新确立人文主义精神。20世纪初，这一历史传统再次重演，不仅有苏格兰文艺复兴，还有美国的哈莱姆文艺复兴（Harlem Renaissance）[①]，印度的孟加拉文艺复兴（Bengal Renaissance）[②]等。所有这些文艺运动都有一个相同的主题，那就是复兴自己的独有身份，或者是民族身份，或者是种族身份，又或者是社会宗教身份。苏格兰文艺复兴发轫于20世纪初，但文艺复兴一词最早出现在1895年帕特里克·格迪斯（Patrick Geddes，1852～1932）关于“凯尔特文艺复兴”的言论中。格迪斯将苏格兰文艺界的凯尔特文艺复兴称为“复兴与发展苏格兰的欧洲大陆旧情怀”（Watson，2009:75）的最好方式。时值法国、比利时等地现代艺术运动一片欣欣向荣，于是苏格兰艺术界遥相呼应欧洲大陆的伙伴们，古老的凯尔特艺术与先锋艺术结合，色彩主义、漩涡主义纷纷兴起，“简要说来，到1900年，‘文艺复兴’的气氛确实起来了”（Watson，2009:75）。而在苏格兰文学界，文艺复兴的浪潮则迟到了近二十年。1919年，T. S. 艾略特（T. S. Eliot，1888～1965）在《雅典娜神庙》（*The Athenaeum*）杂志上发难“有苏格兰文学吗?”他的答案是否定的，“因为苏格兰既没有自己的语言，也没有足够完整的文学史，称不上有他所谓的独特的‘苏格兰’文学”（McCulloch，2009:1）。或许七年之后，在1926年，苏格兰文艺复兴运动巨擘麦克迪尔米德（Hugh MacDiarmid，1892～1978）的一番话可以看作是对此的回应。“把‘苏格兰的’这一术语与任何固定的文学形式等同，或者试图去限制这一术语，是完全错误的。”（Brown & Riach，2009：81）麦克迪尔米德的意思是苏格兰一词的意义本身就是不断流变的，至少现代的苏格兰文化是一种无限定性的自我表述。我们也可以这样来理解格迪斯的“凯尔特文艺复兴”，凯尔特文化只有与当下的新文化相遇，互相融合，才算是现代苏

① 哈莱姆文艺复兴是20世纪20年代主要发生在美国纽约的哈莱姆地区的一次文化运动，运动的主要内容是反对种族歧视，当时及后来的诸多黑人作家深受运动影响。

② 孟加拉文艺复兴是20世纪初发生在印度孟加拉地区的民族主义运动，运动以宗教政治改革起始，而后扩散到文化文学领域，影响深远。

格兰文艺的标签，才能产生新的苏格兰文学。

1918 年，麦克迪尔米德从第一次世界大战战场脱身不久，就投入了复兴苏格兰文学的事业。他自己创作，又分别于 1922 年、1923 年创刊杂志《苏格兰小册子》（*The Scottish Chapbook*）和《苏格兰民族》（*The Scottish Nation*），给同道中人提供挥毫泼墨的舞台，同时也吸引了一大批本土作家，复兴的事业渐成气候。《苏格兰小说：从斯摩莱特到斯帕克》的作者弗朗西斯·哈特（Francis Hart）借用苏格兰小说家埃里克·林克雷特（Eric Linklater,1899 ～ 1974）的回忆录，把苏格兰文艺复兴的时间推后到 1928 年。哈特指出，1928 年是一个关键节点，"随着民族传统和民族党的建立，文学也开始复兴"（Hart,1978:207）。如果要给这场文学圈的文艺复兴运动划定一个起始时间，那么 1925 年也是一个节点。时年麦克迪尔米德发表了第一本苏格兰方言诗集《诗歌节》（*Sangschaw*），当时"苏格兰几大报纸上定期刊登文章信件，都与苏格兰文学与文化生活的这一新动态相关，'苏格兰文艺复兴'这个术语也风靡起来，用来形容这场新的运动"（McCulloch,2009:21）。其后，1926 年，麦克迪尔米德总结了文艺复兴运动的三个目标："使对文学及文化极其感兴趣的苏格兰人越来越多；要反对学术的或者纯专业性倾向，这些倾向使大多数接受过良好教育的知识分子兴趣僵化；最重要的是，要最大化地激发真正的艺术创作。"（Brown & Riach,2009:81）。同一年，他还发表了重要作品，长诗《醉汉看蓟》（*A Drunk Man Looks at the Thistle*），这首诗的意义和地位相当于华兹华斯（William Wordsworth,1770 ～ 1859）和柯勒律治（Samuel Taylor Coleridge, 1772 ～ 1834）的《抒情歌谣集》（*Lyrical Ballads*,1798），全诗将近三千行，是现代苏格兰文学的独立宣言。诗歌中有很多乔伊斯（James Joyce, 1882 ～ 1941）的《尤利西斯》（*Ulysses*,1922）的影子，比如意识流独白手法，内容上也是小人物的日常生活，这也从侧面反映了苏格兰文艺复兴运动与爱尔兰文学复兴运动[①]的关系，当时爱尔兰人已经在欧洲文坛站稳了脚跟，无论是萧伯纳（George Bernard Shaw,1856 ～ 1950）的戏剧、叶芝（William Butler Yeats,1865 ～ 1939）的诗歌还是乔伊斯的小说，都有鲜明的民族特性，同时又不缺乏国际社会共同关注的主题，而麦克迪尔米德也从他们的成功看到了自己民族文化得以正名的机会，紧随其后的还有苏格兰诗人埃德温·缪尔。20 世纪 20 年代见证了苏格兰现代诗

① 爱尔兰文艺复兴（Irish Literary Revival），也称为"凯尔特曙光"，是 19 世纪末 20 世纪初由爱尔兰诗人叶芝等人领头发起的一场文学独立运动。

人的努力，而下一个十年在苏格兰文学史上则可以称得上是小说家的天下，尼尔·盖恩（Neil Gunn，1891 ～ 1973）、刘易斯·格拉西克·吉本（Lewis Grassic Gibbon，1901 ～ 1935）、埃德温·缪尔（Edwin Muir，1887 ～ 1959）和薇拉·缪尔（Willa Muir，1890 ～ 1970）、康普顿·麦肯锡（Compton Mackenzie，1883 ～ 1972）、埃里克·林克雷特（Eric Linklater，1899 ～ 1974）、纳奥米·米奇森（Naomi Mitchison，1897 ～ 1999）等名字让人难忘，其他还包括剧作家詹姆斯·布莱迪（James Bridie，1888 ～ 1951）等，这些苏格兰人为了在国际文坛上给自己民族的作品烙上特有的标志，笔耕不辍，形成了苏格兰文艺复兴运动的鼎盛期。

那么，既然运动的宗旨是要建立独特的苏格兰身份，麦克迪尔米德口中那个不断变换着、不受限制的民族文化是怎样的呢？文学文本又是如何来体现这一独特的身份呢？回到前文中艾略特略带挖苦的责难，他首先关注的是苏格兰人是否有自己的语言。自从 1707 年联合法案通过、苏格兰与英格兰合并为大不列颠王国之后，政治与经济的联合使得文化统一显得十分必要，于是英语逐步取代苏格兰方言成为苏格兰人的通用语言，看起来现代苏格兰人确实没有自己的语言。苏格兰文学史上响当当的人物譬如农民诗人彭斯虽然也用苏格兰方言写作，但在麦克迪尔米德看来，后人对彭斯的阐释过于狭隘，难以形成气候。而他的目标是将苏格兰文学推向欧洲，所以在 20 世纪 20 年代早期，他与彭斯俱乐部（the Burns Club）发生激烈的争辩也就不足为奇了。综上所述，对于苏格兰文艺复兴运动来说，最显而易见也是最迫切需要解决的议题出现了：如何平衡苏格兰语与英语？如何平衡苏格兰各地方言？麦克迪尔米德发起了关于苏格兰语将来是否能成为文学媒介的讨论：苏格兰语本身带有浓厚的本土主义和怀旧情绪，这样一种限制性的语言如何突破自己的重围呢？对此麦克迪尔米德提出，要发明一种综合性的苏格兰语，“一种‘综合的’或有综合作用的苏格兰语，把所有时代所有地区的（苏格兰方言）都折中地集合起来”（Lumsden，2007：97），形成一种人为的且非常武断的综合的苏格兰语，以消解苏格兰语的本土主义和怀旧情绪。当然，麦克迪尔米德自己的诗歌语言实验是否真有如此“综合”的效果就不得而知了。在他早期的诗歌集《诗歌节》《淡酒》（*Penny Wheep*，1926）中，可以找到中世纪后期苏格兰作品中常见的押前韵现象，还有复辟时期之后歌谣、祷文及戏谑交杂的苏格兰文体形式，以及苏格兰十四行诗的一些特点。还有一点非常明显，麦克迪尔米德在大多数诗歌中采用了彭斯常用的苏格兰民谣韵脚，即 abcb，口语化的表达凸显了苏格兰民族的原始性。正如诗人在《醉汉看蓟》的作者注释中所说，他的诗是各种物质的混杂（他用了 gallimaufry 一词），诗中第一部分有一小节是这样写的：

> 一个更伟大的基督，更伟大的彭斯，会要到来。
> 他们所作最多的是变得愈加
> 愚钝傲慢，紧紧抓住他们的废话。
> 他们只会改变民众的言谈，而不是本性，毫无价值的东西！[①]
> (Riach & Grieve,1993:30)

这里的“他们”指的是彭斯俱乐部的人，他们对彭斯的过度消费反倒让苏格兰文学的概念越来越小，而彭斯本身被比作基督，还是获得了赞誉。当然，麦克迪尔米德更急于表明的是他将是更伟大的彭斯和基督，基督是包容一切的，正如他的诗一样。这种语言选择的两难后来被小说家刘易斯·格拉西克·吉本发挥到极致，在他的代表作《苏格兰人的书》(*A Scots Quair*,1946）中，主人公是受过英语教育的苏格兰人，第一部《落日之歌》中曾有关于语言与身份之间关系的讨论，主人公把自己一分为二，既是苏格兰的也是英格兰的，小说里的农村人也说着苏格兰东北部方言，到了第三部《灰色花岗岩》，小说背景从农村转移到城市，主人公仍旧徘徊在英语与苏格兰语、城市与农村、当下与过去的多重矛盾中。

可以说，二元或者多元是现代主义文化，也是苏格兰文艺复兴运动的关键词。也正是在强调多元共存的前提下麦克迪尔米德提出综合苏格兰语的可能性。对比 19 世纪末期的“菜园派”（Kailyard）小说家，菜园派，顾名思义，是要回归田园和村野，这些小说家们继承了农民诗人的衣钵，他们期望用苏格兰乡村乐园般的生活来回避工业化现代化带来的现实问题。而苏格兰文艺复兴运动发起的动因之一就是反对菜园派。埃德温·缪尔直接把菜园派的作品当作一种逃避。“逃到菜园就是逃到苏格兰的过去，逃到工业化之前的那个国家……正是工业化时苏格兰日益增长的兽性把小说中的乡村变成了童话乐土，并让苏格兰文学一度变为多愁善感的牧师们的作品。”（Nash,2007:227）按照多元创作的理想，工业化、异化、城市文明，所有这些现代社会的现实都可以被新的苏格兰文学包容。

英国是工业革命的发轫地和领头羊，始于科学技术和生产经营领域的

---

① 诗歌原文如下：A greater Christ, a greater Burns, may come. /The maist they'll dae is to gie bigger pegs/To folly and conceit to hank their rubbish on. /They'll cheenge folks' talk but no their natures, fegs!

一系列创新给19世纪和20世纪的国际社会带来了生产关系和社会面貌以及思想文化领域翻天覆地的变化。新式科学技术不断投入应用，煤炭等能源进入生产，农民及手工业者被卷入工厂进行劳动，现代社会阶层及更为广泛的消费市场和文化市场开始形成，风起云涌的思想潮流和社会及地缘政治变革开始影响和改变每一个人的生活。可想而知，苏格兰不可能远离工业化的浪潮。根据凯拉斯提供的统计数据，1881年到1901年，从业人口中第二产业也就是工业领域的比例一直保持在60%左右（Kellas,1980:23），随之是几大工业城市的兴起，爱丁堡、格拉斯哥、邓迪等在经济政治和文化方面都向英格兰看齐。"一些数据说明爱丁堡和伦敦以及英格兰东南部地区变得相似，比起苏格兰其他地方，在苏格兰首府人们的生活中可以看到更多的以南英格兰为范式的英格兰化现象。"（Kellas,1980:25）与此同时，社会生产的变革和发展也给苏格兰带来许多现实问题，19世纪末20世纪初出现的移民潮导致苏格兰人口急剧下降，人们涌入有更多就业机会的英格兰和欧洲大陆，从苏格兰本地来看，高地地区和东北部地区的人口也在锐减，城市化和工业化改变了人口和社会结构。以上种种，都是苏格兰文艺复兴运动的背景与原因，一方面，麦克迪尔米德等人聚集在大城市，感受文化思潮的瞬息万变，得益于工业化及科技发展带来的思想流通便利，另一方面，他们不满苏格兰被英格兰及其他外来文化排挤甚至同化的现实，民族主义倾向同时存在于苏格兰各个意识形态领域。哈特把1928年作为苏格兰文艺复兴的起始的原因之一是同一年苏格兰民族党成立了，而这个民族主义政党的主要成立者就包括麦克迪尔米德和政治家兼小说家康普顿·麦肯锡，到了20世纪30年代，小说家尼尔·盖恩又成为政党党首之一，也许从来没有一个文学运动能如此与当时的社会政治运动紧密地结合在一起。在关于如何自治的讨论中，"细微差别都表明苏格兰民族意识中仍存在着痛苦的矛盾"（Hart,1978:203）。就像在遇到自我表述时到底是用英语还是苏格兰语一样，20世纪初的苏格兰一直在试图破解一与多之间的矛盾问题。

工业化与多元化是一体的，前者直接带来物质世界与现象的流动性，在变动的现实中固定封闭的形态，尤其是意识形态，必定难以立足。在苏格兰文学评论家乔治·史密斯（George Gregory Smith,1865～1932）1919年出版的《苏格兰文学：性格与影响》（*Scottish Literature:Character and Influence*）中曾提到"苏格兰杂陈"（Caledonian Antisyzygy）这个概念，意指矛盾自古就存在于苏格兰文学与意识中，对立双方可以统一并存。麦克迪尔米德在《苏格兰杂陈和凯尔特思想》（*The Caledonian Antisyzygy and the*

*Gaelic Idea*）一文中，借用这个概念找到在政治、宗教、文化包括语言上实现本土与国际接轨的可能性。他认为："这是苏格兰文化民族主义具有创造性的核心悖论，至少在它的早期和最优秀的作品中是如此。"（Brown & Riach,2009:76）需要注意的是，麦克迪尔米德的多元化是以苏格兰为中心的多元化，也就是说，以共存的或者他所谓的"综合的"方式将外来文化纳入本土文化的体系，这类似于某种苏格兰化，不过是英格兰化的另一个面具罢了。埃德温·缪尔在这一点上与他产生了分歧，缪尔的出发点是苏格兰人本身没有传统，苏格兰文学史就如同艾略特所质疑的那样，不完整而且充满了断裂。在《司各特与苏格兰》（*Scott and Scotland*,1938）中，缪尔提出："一个苏格兰作家若要达到完整性，就只能选择吸收英国传统。"（Muir,1982:4）在缪尔看来，苏格兰作家应该将自己融入英国文学的大环境中，才有可能找到苏格兰文学的生存之道。这两位的诗歌正是对这两种不同多元化的实践，上文已经提到麦克迪尔米德诗歌中特殊的苏格兰性，是某种苏格兰语夹杂了新形式和新主题的复杂组合，而缪尔坚持用英语创作，并积极引介其他语种作品，和妻子薇拉·缪尔一道用英语翻译了不少德语作品。华生把缪尔的这种文化观称为"文化帝国主义的单向度的文化视野"（Watson,2009:81）多少有些夸张，"帝国主义"和"单向度"意味着苏格兰文学向英国文学的彻底臣服，而事实上，缪尔更多是在为相对弱小的苏格兰文化寻求在强大的英国和欧洲文化体系中的立足点，传统不是指过去，因为在他眼中苏格兰没有过去，传统是不断被当下改变建构的过去，而这个当下就是与英国与欧洲文化的统一。

两位诗人关于苏格兰身份的争论本身或许是对"苏格兰杂陈"这个概念的最佳诠释。正如华生所说，"重点是，这些为了建立苏格兰文化身份在社会和政治领域说着反话语（counter-discourse）的最优秀的作家，最后却给对于'身份'这个概念的理解带来更多问题。矛盾的是，这也许是苏格兰文艺复兴运动早期最大的收获，也是对现代主义和文学理论的一大贡献。"（Watson,2009:87）有学者也把苏格兰文艺复兴称为苏格兰的现代主义，那个时期文人的思想与作品是对欧洲整个现代主义的回应。确实，可以说，苏格兰文艺复兴是在现代主义的温床里孕育诞生的。而伦敦无疑是现代主义文学重镇之一。1908 年庞德（Ezra Pound,1885 ~ 1972）定居伦敦，1915 年 T. S. 艾略特也来到雾都，之后在庞德的引荐下，乔伊斯的《一个青年艺术家的肖像》（*A Portrait of the Artist as a Young Man*,1916）和《尤利西斯》得以先后在文学杂志上连载。与庞德合办《风暴》（*Blast*）杂志的漩涡主义画派创始人温德姆·刘易斯（Wyndham Lewis,1882 ~

1957）曾把以庞德、艾略特和乔伊斯为首的作家叫作“1914 年那群人”（the Men of 1914），可见这三位彼时对于英语文坛举足轻重的影响，在西方现代主义文学史上，他们是不可小觑的中流砥柱。1929 年麦克迪尔米德搬到伦敦，但在几年前他就开始给当时伦敦小有名气的《新时代》[①]（*The New Age*）杂志供稿，缪尔也在第一次世界大战时成为杂志的撰稿人，可以说，他们寻求苏格兰文学独立性的思想在主流文化圈里得到前所未有的回应。

麦克尔·列文森（Michael Levenson）在《剑桥现代主义指南》（*The Cambridge Companion to Modernism*,2011）一书的前言中概括了西方现代主义的几个特征。首先是“创造性的暴力”（creative violence）（Levenson，2011:2）。任何一种思潮都是带有批判性的，这也可以称作文艺的“功用”。笼统说来，现代主义文学是对 19 世纪现实主义文学的批判，“现代主义”与“现代”的差别也在于此，后者仍然是一种现实，前者却总是不可避免地走向现实的反面，它总是想要超越“现代”的束缚，但另一方面，它也不断塑造了“现代”社会的各种面目，这也是所谓的“创造性”的由来。苏格兰文艺复兴运动也是如此，它的宗旨是要让苏格兰文学从 19 世纪孤芳自赏的乡土怀旧情绪中脱身，然后在 20 世纪的工业城市重新书写传统与历史的意义，以都市为背景描写新旧的碰撞与人的顿悟。这个主题在苏格兰现代主义时期的小说里都有体现，比如林克雷特的《璜在美国》（*Juan in America*,1931），吉本的《灰色花岗岩》（*Grey Granite*,1934），盖恩的《第二眼》（*Second Sight*,1940）、《银枝》（*The Siver Bough*,1948），等。现代主义文学对过去与现在的关系有着自己的理解：“现代主义有一个重要的悖论，当下最大的成就是对古代的回归或重新阐释。”（Levenson，2011:20）反过来说，古代文明只有在当下的语境里被重新理解，才会有它的活力，这也就是“创造性的暴力”的意思了。

英国人类学家弗雷泽（James George Frazer,1854 ～ 1941）的《金枝》（*The Golden Bough*,1906 ～ 1915）的完整版共计十二卷，于1906 年到1915 年期间陆续出版，这本人类学著作对现代主义书写产生了深远的影响，其中最显著的影响是对“神话”概念的重新认识。弗雷泽重新树立了巫术在人类文明史上的源头起始地位，原始宗教反过来赋予历史另一种不确定性

① 早在 1894 年，一份基督教自由主义与社会主义的周刊《新时代》问世，1907 年，这份周刊被卖给了一群以 A. R. 欧雷吉（A. R. Orage）与杰克森（Holbrook Jackson）为首的社会主义作家。周刊由萧伯纳领头的一群知识分子筹资，成为现代政治、文学和艺术的论坛。

却更广阔的意义。所以麦克·贝尔说，神话给了现代主义作家超越性，他们摆脱了线性历史的时间观，在作品里呈现出多元的空间结构。（Levenson,2011:14 ～ 15）艾略特的《荒原》（*The Waste Land*,1922）诗名和主题都借鉴了亚瑟王传说里王的故事，叶芝的诗歌里有许多爱尔兰神话与民间传说的因素，而乔伊斯的《尤利西斯》更是将奥德赛神话以戏仿的方式引入现代叙述。以神话作为意义的源头，将当下视为从同一个原始发源而来的不同构成和形式，这样可以规避狭隘的民族主义。苏格兰现代主义作家中对于原始神话最痴迷的当属吉本，在他的苏格兰三部曲中，皮克特人[①]（the Picts）所代表的“过去”维度一直维系着女主人公的当下现实。盖恩的代表作之一《高地河流》（*Highland River*,1937）中，河流象征着一切的根源，主人公内心不断要回到高地，回到过去，就如同心理学家荣格笔下世代相传沉淀下来的集体无意识，这个本能的历史性的无意识不断重构着人们的思想和行为。传统也是如此，它“并非是要去遵守的规则，大体说来它是一种无意识的传承，在自身内部不断地被改变”（Levenson,2011:16）。苏格兰文艺复兴说到底也是这样一场传统的创新性的暴力行为，与其他现代主义运动一样，现代苏格兰作家们要创造一个新的民族神话，它从过去而来，又不断地改变着过去，同时也改变着当下。

列文森概括的第二个现代主义特征是“整体性的脆弱形状”（crisp shape of unity）（Levenson,2011:3）。同创造性的暴力一样，乍一看这也是一个悖论，意思是说，现代主义的整体性并不稳定。“在新兴的历史修正中仍有一些常见做法和共同关注的事物：不断出现的分裂整体的行为（人物，或情节，或图片空间，或抒情形式的整体），对神话范式的使用，对美的标准的拒绝……所有这些通常都产生于（用艾略特的话来说）要惊吓扰乱公众的决心。”（Levenson,2011:3）现代主义运动是文艺界对于常识世界的宣战，但可以看到断裂和打碎只是手段，目的还是统一。兴起于20世纪50年代的新批评派倾向于将文学文本看作一个自给自足的有机整体，“有机”意味着作品各部分相互关联协调且不可分，但这个整体完全不是单一的，而是一种辩证的构成体。文学作为一个不稳定的有机整体，这样一个比喻同样适用于文化。艾略特在其著作《文化定义笔记》（*Notes Towards the Definition of Culture*,1948）中曾总结说，“本文不断重复的一个主题就是，一种文化若要繁荣，那么它的人民就不能过于整合，也不能过于

① 皮克特人是铁器时代晚期居住在今天的苏格兰东部和北部的族群，属于当时不列颠群岛上的凯尔特人的一支。

分立”（Eliot,2010:50）。他进一步指出，“我所关注的整体性大多数时候一定是无意识的，所以达到它的最好方式也许是对有效用的多样性（useful diversities）的考察”（Eliot,2010:51～52）。苏格兰文艺复兴中的核心概念“苏格兰杂陈”即是对这个“脆弱的整体”的回应。在移居伦敦后的第二年，麦克迪尔米德发表了自己的最后一首苏格兰语长诗《捕蛇》（*To Circumjack Cencrastus*），在诗中他尝试将苏格兰语、英语和凯尔特语混杂在一起，并用“盘绕的蛇”（Cencrastus）这个意象很好地诠释了现代主义时期的文化特征。Cencrastus 是凯尔特语，指象征着智慧和永恒的蛇。这一意象与荣格的曼陀罗艺术研究特别吻合。曼陀罗指原始艺术及宗教中出现的圆形样式，象征着圆满与和谐。自 20 世纪 30 年代起，在荣格的著述中曼陀罗的主题经常出现，最常见的曼陀罗形式之一就是一条围着中心盘旋的蛇。对于麦克迪尔米德来说，捕蛇，也许就是要达到现代苏格兰文化各个组成部分的和谐与圆满，也就是获得一个分裂着的整体。华生提到“动态神话”（dynamic myth）（Watson,2009:80）一词对于麦克迪尔米德的重要性，也是说明原始性的圆满不是固定不变的，而是一个不断分裂又不断整合的过程。

列文森笔下现代主义文化的第三个特征是“技术问题”（questions of technique）（Levenson,2011:3）。针对技术他主要讨论的是现代主义作品的形式创新，从小说创作来说，就是叙述方法的革新。技术问题最早体现在艺术领域，印象派、表现主义、未来主义等都引领了一场又一场文艺界的革命，与之相对应，意象派、表现主义、意识流等文艺创作形式也层出不穷。英语文学圈里的大人物，庞德、艾略特、乔伊斯、伍尔夫（Virginia Woolf,1882～1941）等人都是新技术的实践者甚至是主导者。而苏格兰作家里的先锋派人物也不甘落后，盖恩的《高地河流》就是小说叙述方式多元实践中的翘楚。小说叙述充满了倒叙和闪前叙述（flashforward），将原本线性的时间空间化了。而且，与法国作家普鲁斯特（Marcel Proust,1871～1922）在《追忆似水年华》（*In Search of Lost Time*,1913～1927）中一样，在《高地河流》中，也常有由一件小物品或一个意象引起一段回忆的场景。“整本书贯穿了凯恩（小说主人公）的记忆，都由一些诗意的相关象征和回应引发。”（Watson,2009:85）除此之外，小说的叙述视角也经常变换，而多视角叙述也是现代主义小说中常见的叙述手法之一。刘易斯·格拉西克·吉本也是叙述的好手，在《苏格兰人的书》中，第二人称叙述的使用，以及随着叙述角度转变在叙述节奏、口吻上的改变，都不亚于其他现代主义大师。其实，技术问题背后更深层次的思考是科技已失去其准确性。自19世纪末开始，科学原来基于观察的实证方法在波与粒子的宇宙面前束手无策，人们认识到科学不再是万能的，它也只是在一定的假设前提下对世界的认知。这种对于实证科学的不信任，随着宇宙的复杂性越来越多地渗透到20世纪初的认识论之中。贝尔说，20世纪的科学家活在两个世界，现实主义的世界和不断变动的粒子构成的世界。（Levenson，2011：12）粒子世界的不确定性，恰能形容现代主义文学作品所呈现的世界，看似无序，却也有序，道是无形，多容于一。

列文森给出的第四个特征是"危机"（crisis）（Levenson，2011：4）。第一次世界大战、十月革命、女性主义、无政府主义等各种运动造成社会动荡，而文学作品深入这些危机，呈现出更令人不堪的内在现实。看起来列文森似乎概括了四个特征，这四者之间其实逃不过现代文化多元化这一个主旋律。动荡、暴力、碎片，皆是同义词，而现代文学文本，那些以技术构建起来的多层结构，成为所有变革和运动的场所，文本似一个框子，把一切变化中的可能性都纳入自身。在这些所谓的危机中值得一提的是女性主义。女性写作并非发端于现代主义时期，但只有以现代主义为背景，在多元变化的语境下，女性的观点或许才真正算得上是站在男权社会另一端的意见。伍尔夫是当时出色的女作家或者说女性主义作家之一。在她的代表作《达洛卫夫人》（*Mrs Dalloway*，1925）中，女主人公虽然是男权社会眼中女性的典型代表，但是她对于生活意义的疑问和对于虚无的感受都令读者想起另一部强调女性独立和自由的现代主义作品，挪威剧作家易卜生（Henrik Ibsen，1828～1906）的戏剧《玩偶之家》（*A Doll's House*，1879）。而四年后伍尔夫在杂文集《一间自己的房间》（*A Room of One's Own*，1929）里看似玩笑话的女人需要钱和一间自己的房间才可以写小说，早已成了女性作家和女性主义者的口号。女性作为男性的他者越来越多地出现在社会现实中。苏格兰文艺复兴运动中也不乏女性角色。小说家凯瑟琳·卡斯维尔（Catherine Carswell，1879～1946）是D. H. 劳伦斯（D. H. Lawrence，1885～1930）的拥趸，分别于1913年和1915年发表对《儿子与情人》（*Sons and Lovers*，1913）和《虹》（*The Rainbow*，1915）的评论，不吝赞美之词。1920年、1922年她分别发表了自己的小说《开门！》（*Open the Door!*，1920）、《甘菊》（*The Camomile*，1922），两部都以女性为主角，叙述了城市女性在反抗家庭与社会的过程中追寻自我身份与独立的故事。另一位杰出的苏格兰现代女作家是缪尔的妻子薇拉·缪尔。和卡斯维尔一样，薇拉也只创作了两部小说，分别是发表于1931年的《想象的角落》（*Imagined Corners*）和1933年的《瑞琪夫人》（*Mrs Ritchie*），薇拉的作品与她自身的经历有关，描述了苏格兰东北部地区的小镇生活，尤其是小地方的传统保守思维对女性带来的负面影响。1936 年薇拉发表了散文集《苏格兰的格兰迪夫人》（*Mrs Grundy in Scotland*）和《苏格兰女性》（*Women in Scotland*），引起了文艺圈对于女性的关注，这两篇文章也是人们了解当时苏格兰女性社会角色与地位的入口之一。同样关注女性不平等待遇的苏格兰女性作家还有南·谢普德（Nan Shepherd，1893 ～ 1981）。华生认为身份的概念，无论是关系到性别还是民族，都在女性视角下变得模糊起来："这一点在南·谢普德的作品里尤其明显，特别是在《晴雨箱》（*The Weatherhouse*，1930）之中，还有克丽丝·格思里——刘易斯·格拉西克·吉本构想出的出色人物"（Watson，2009：82）。

总的来说，苏格兰文艺复兴是整个现代主义浪潮的一部分，又或者现代主义只是一个复合词，诸多新潮运动组成了它这个异质的整体，而每一个运动本身又是一种特别的现代主义。正是在这后一种意义上，列文森才说存在着"许多现代主义"（Levenson，2011：7）。但并非麦克迪尔米德和缪尔的同时代人都义无反顾加入他们的阵营。比如，以《三十九级台阶》（*The Thirty-Nine Steps*，1915）闻名的约翰·巴肯（John Buchan，1875 ～ 1940）就置身事外，致力于书写神秘小说，他并不看好文艺复兴运动。[①]更别提与麦克迪尔米德持不同观点的彭斯俱乐部成员，他们更愿意把苏格兰看作一个小岛，而非与世界联通的一部分。有趣的是，1934 年林克雷特发表了小说《马格努斯·迈瑞南》（*Magnus Merrinan*），虽然在许多学者眼中林克雷特是不折不扣的苏格兰文艺复兴运动干将，但这本闹剧式的小说却不乏对苏格兰文艺复兴运动和 1930 年代苏格兰政治与社会生活的嘲讽，书中那个名叫"休·斯基恩（Hugh Skene）的角色几乎就是麦克迪尔米德"（McCulloch，2009：7）。以多元化为前提，允许不同声音的存在，这似乎不是削减了现代主义的号召力，而是更加凸显了现代主义的活力。

到 20 世纪 30 年代末期，苏格兰文艺复兴渐呈颓势，尽管到了 40 年代和 50 年代许多现代主义运动的成员仍有作品问世。"缪尔和麦克迪尔米德后期的诗作也无人问津，因为人们意识到 1939 年苏格兰的文艺复兴业已结束。"（McCulloch，2009：8）尽管苏格兰现代主义者呕心沥血地构建苏格兰民族身份，但是，在现代主义时期的世界文坛上，苏格兰文学似乎仍旧处

---

① 关于巴肯小说的论述，详见本书第三章第七节。虽然巴肯的创作巅峰时期是在苏格兰现代主义时期，但他的创作路径更像是维多利亚时期小说的延伸，所以本书将其归于"菜园派的内外"一章。

于边缘。有学者把苏格兰文艺复兴称为一次失败的运动，他们认为“在两次世界大战间最显著的文学现象是苏格兰文艺复兴运动无法获得国际认同”（Barnaby & Hubbard,2007:31）。巴纳比和赫巴德将无法被世界认同的原因归结为苏格兰语境在欧洲大陆水土不服、复兴运动引以为榜样的早期苏格兰作家在欧洲默默无闻、苏格兰作家没有自己的文化组织等（Barnaby & Hubbard,2007:32 ～ 33），在他们看来，苏格兰文艺复兴似乎就在历史翻过一页的同时即被湮灭在时间里。其实不然，麦克迪尔米德等人的诗作和刘易斯·格拉西克·吉本等人的小说，对后世的苏格兰作家还是影响巨大的。此外，苏格兰现代主义运动唤醒了20世纪苏格兰人的民族意识，当代苏格兰的分权运动其实就是这种民族意识崛起和家园自治理念的延伸。无论苏格兰文学与文化走向何方，是在与其他文明博弈的过程中获得文化独立，还是干脆被更强势的另一种文明同化，苏格兰作家在创作中都无法规避身份的问题，而重新唤醒苏格兰人的民族意识，恰恰是20世纪初开始的这场苏格兰现代主义运动的重要宗旨之一。

## 第二节　尼尔·盖恩：苏格兰现代主义的巨匠

把尼尔·盖恩（Neil Gunn，1891 ～ 1973）称作苏格兰现代主义的巨匠，有两个原因：其一，在20世纪20年代和30年代高举现代主义文学旗帜的苏格兰文艺复兴运动中，他是不可或缺的干将之一。他与麦克迪尔米德、麦肯锡等文人志同道合，在苏格兰政治圈、文艺圈掀起一场场不容小觑的革命运动；其二，盖恩著述等身，创作了大量反映苏格兰现代社会的小说与散文作品。他把自己对于苏格兰，尤其是高地地区的满腔热忱，都倾注于作品之中，给读者还原了一个栩栩如生的现代苏格兰形象。

尼尔·盖恩1891年出生于苏格兰凯思内斯郡（Caithness）一个名为邓比斯的小渔村，属苏格兰高地地区，1973年去世，他生命中大部分的时间都在苏格兰高地度过。儿时的成长环境及经历对他日后的文学创作有深远的影响，也正是对高地的热爱让他对伦敦、爱丁堡等地的职业发展机遇不屑一顾，于1911年毅然回到高地首府因弗内斯（Inverness）谋职。盖恩并非一开始就打定走职业文学的道路，近三十年的文职公务员生涯他过得有声有色，早期的几部长篇小说看上去也不过是主职之外的小试身手，一直到1937年他才辞职成为专职作家。他的文学创作自来到因弗内斯开始，早年在诸多杂志比如麦克迪尔米德主编的《苏格兰小册子》和《苏格兰民族》上断断续续发表一些短篇小说，后来集结成短篇小说集《藏匿的门》(*Hidden Doors*,1929)，三四十年代之后，他的短篇小说再次结集，于是有了第二部短篇小说集《白色时光及其他故事》(*The White Hour and Other Stories*,1950)。此外，他将苏格兰高地的一草一木、一言一行都收录纸上，并与自己的经历结合，创作了三部散文集，分别为《威士忌与苏格兰：实景调查与精神追问》(*Whisky & Scotland:A Practical and Spiritual Survey*, 1935)、《乘小船离去》(*Off in a Boat*,1938)和《高地驮子》(*Highland Pack*, 1949)。

当然，盖恩主要是以长篇小说作家的身份名扬现代苏格兰文坛，他创作的长篇小说多达二十部，包括《灰色海岸》(*The Grey Coast*, 1926)、《晨汐》(*Morning Tide*,1931)、《失去的峡谷》(*The Lost Glen*,1932)、《太阳圈》(*Sun Circle*,1933)、《屠夫的扫把》(*Butcher's Broom*,1934)、《高地河流》(*Highland River*, 1937)、《头顶的大雁》(*Wild Geese Overhead*, 1939)、《第二眼》(*Second Sight*,1940)、《银色的宠儿》(*The Silver Darlings*,1941)、《年轻的阿特与年老的海科特》(*Young Art and Old Hector*, 1942)、《蛇》(*The Serpent*,1943)、《深谷里的绿色小岛》(*The Green Isle of the Great Deep*,1944)、《箱子的钥匙》(*The Key of the Chest*,1945)、《水井》(*The Drinking Well*,1946)、《阴影》(*The Shadow*,1948)、《银枝》(*The Silver Bough*,1948)、《迷失的图表》(*The Lost Chart*,1949)、《世界尽头的井》(*The Well at the World's End*,1951)、《猎血》(*Bloodhunt*,1952)和《另外的风景》(*The Other Landscape*,1954)，等等。不难看出，从1926年到1954年间，盖恩笔耕不辍，几乎每隔一两年就有一部作品问世，为了能让读者管窥一豹，1942年，合作出版社还专门出版了一本盖恩的小说片段摘录《暴风雨与悬崖及其他篇章》(*Storm and Precipice and Other Pieces*,1942)。值得一提的是，盖恩的多部长篇作品都由他的短篇扩展而来①，比如《晨汐》第一部分基本就是短篇小说《大海》(*The Sea*)②的重写，《头顶的大雁》则与《镜子》(*The Mirror*)③的情节基本一致。

关于盖恩长篇小说的分类主要有两种：一种是以地域为区分标准，弗朗西斯·哈特（Francis Hart）将他归为“高地作家”，也有评论家将他归为“东北部作家”，当然，这两个地域概念是部分重合的。这样的区分主

---

① 除了下面提到的两篇，《水井》和《箱子的钥匙》分别由《回归的男人》(*The Man Who Came Back*)和《死去的水手》(*The Dead Seaman*)扩写而来。

② 见1926年6月19日《格拉斯哥先驱报》(*Glasgow Herald*)，第4页。

③ 见《苏格兰人杂志》(*The Scots Magazine*)，1929年6月，11卷第3期，第180～186页。

要是因为他的小说大多以东北部苏格兰或苏格兰高地地区为背景，早期作品比如《灰色海岸》《晨汐》等都与他的故乡即苏格兰东北部那个小渔村有关，后来在高地首府因弗内斯工作期间，又有所谓的因弗内斯三部曲《屠夫的扫把》《高地河流》和《银色的宠儿》，后期作品仍旧摆脱不了地域因素的影响，他把与自身经历相关的地点当作了写作的舞台。另一种分类以主题为线索，麦克卡罗（Margery McCulloch）将盖恩的长篇小说分为三类，分别以"高地的衰落""本质的高地体验"和"现代世界的瓦解与自由"为要旨。这样的分类也结合了时间因素，纳入"高地的衰落"的小说主要是盖恩的早期作品，除了上面提到的两部，还包括1934年之前出版的《失去的峡谷》《太阳圈》和《屠夫的扫把》，第二类主要是发表于1937年到1942年之间的作品，再加上1946年出版的《水井》，第三类中晚期作品居多。无论如何，这两种分类恰恰都体现了盖恩作为自传体作家的身份，高地是小说家盖恩的关键词，他的小说基本都与他的亲身经历有关，他自己也曾坦言："无论你在何处发现我的书中有任何不可信的东西，你都可以把它当作现实中发生的事情"（Hart & Pick，1981：140）。所以要理解他，就一定得先了解他的生平，尤其是苏格兰高地对于他的非凡意义。盖恩的小说也因为描绘了苏格兰人民熟悉的日常生活场景而广受本地读者欢迎。另外，自2009年起，苏格兰高地社区特设一年两次的"尼尔·盖恩写作大赛"（Neil Gunn Writing Competition），以资鼓励本土作者。但盖恩的成就远非仅限于复制一个高地，他对于苏格兰这片土地深层意义的挖掘，使得他的作品超越了地域性，融入现代主义书写的大背景，从而受到全世界的瞩目。哈特说得好："他不是地方主义者，但必须要真诚观察他描写的现实，因为它们是他的幽默、智慧与胜利的源泉。"（Hart & Pick，1981：348）

盖恩的第一部长篇小说《灰色海岸》以家乡凯思内斯为背景，通过两个苏格兰小伙子追求女主人公的故事，从侧面反映了小渔村渔业的衰落及经济的萧条，以及其中新老价值观的转变。"一条灰色的海岸已用来耕种，靠海的那边是巨大的悬崖，满是裂纹的悬崖似乎是造物主开了个玩笑，不无嘲讽意味，它竟然允许了那条捕鱼小溪的存在。"（Gunn，1926：14）这是小说的背景，"灰色"一词已经暗示了整体色调的颓败，这时候，故事情节已显得不那么重要，捕鱼业的衰退、农耕生活的无趣惨淡使得渔村里青年人对爱情与权力的追逐似乎都失去了立场。盖恩自己认为小说里的"强度与复杂度……如今似乎显得过头了"（Hart & Pick，1981：73），从人物刻画、情节编排及文体文风上来说，这确实是一部不成熟的作品，但《灰色海岸》对于盖恩或者苏格兰现代主义文学更重要的意义在于它给予了苏格兰小说地理及主题的独特性，这种独特性正是苏格兰身份的标志，而且，盖恩在这部小说里埋下了许多种子，比如捕鱼，比如自然，比如现代工业化的暴力等主题，这些种子将在接下来的诸多作品中慢慢发芽。

从第一部小说开始，盖恩就处在一个巨大的矛盾之中：在地点上表现为渔村与都市，在时间上表现为当下与过去之间的冲突。在《世界尽头的井》中，他曾总结道："我有一种奇怪的感觉，似乎开始了一趟冒险旅程，去寻找生活中的某个东西，而那个东西却不在那儿。"（Hart & Pick，1981：6）他的小说就是这样一种探寻之旅，在尝试解决矛盾的努力中去寻找某个现实中不存在的东西。《晨汐》一发表就大获成功，因为他把那个矛盾作为小说的内核更完整地表达了出来。《晨汐》与《灰色海岸》一样，也是以高地渔业的萧条为背景，这是一本成长小说，它的三个部分选取了男主人公休·麦克白的三个生活片段，讲述了他从12岁起慢慢经历家庭与社会变故的成长过程。这些故事都与大海相关：大海带着暴风雨登场，虽然父亲以英雄般的姿态自海上归来，却体会到海的可怕和威力，也是这个大海和对它的恐惧令他的兄长远赴澳洲另谋生路。小说结尾，他又遭遇了更可怕的现实：那个一辈子厌恶大海的母亲将不久于人世。但是，充满了离愁的《晨汐》却展现了一场胜利，这个胜利不是战胜海，而是对大海更深刻的认识。麦克卡罗认为这部小说仍旧在写高地的衰落，其实不然，表面的衰落遮蔽了盖恩内心在寻找那个无物之物时的喜悦，这种喜悦通过大海边成长的休体现出来。大海不再是灰色海岸的形象，而是在暴风雨后"要平静下来，像黑狗低头舔舐自己的脚爪时那般舔着自己"（Gunn，1931：9）。大海带来的恐惧是外在的部分，而休内心体会到了海的平静，盖恩不只一次描写他与大地、大海亲密接触时心中的狂喜，他在第一部分结尾写道："但是即使是看见本身就值得了。没有比那更让人确信的了！霞光满天，这底下再也没有什么！没有什么！哦红色的晨霞令人狂喜！"（Gunn，1931：101）这与盖恩的弟弟约翰儿时的经历如出一辙，约翰曾经在一天早晨醒来时见到寒风中归来的船只，他认为自己在那个早晨体验到了永恒的生命（Hart & Pick，1981：94），这个超越现实的永恒生命就是休在晨光中体会到的胜利，那是对于自然最直接最敏感的认知，而此时矛盾的另一方，比如经济衰落、渔业萧条的当下，在亘古不变的大地和大海面前显得微不足道。

相比之下，《失去的峡谷》这部体现失败的小说就不那么受欢迎了。这一次，盖恩把从都市回到渔村的伊万·麦克莱奥德投入矛盾的旋涡，一方面，伊万与高地的永恒精神联系在一起，另一方面，渔村的人们已经背离了祖先与土地，他们迎合的恰恰是伊万不屑的都市文明，于是小说里的伊万遭受了双重失败，他在故土与都市都找不到自己的容身之处，所以小说结尾他被迫乘船离去。这样一部压抑且没有任何出口的小说，对于期待胜利的出版商及读者来说无异于一瓢冷水。麦克卡罗认为，“直到 1946 年的《水井》中才能看到盖恩在尝试给伊万的矛盾找到一个乐观的答案。”（McCulloch，1987：30）盖恩紧接着发表的《太阳圈》从情节上看更让人是一头雾水，小说一下子把人们拉回到公元 8 世纪，那时基督教刚传入苏格兰，苏格兰北部、西部又遭维京人入侵，一个苏格兰小部落惨遭维京人烧杀掳掠，这是背景，而小说讲述的是部落男子阿尼埃尔的爱情故事。麦克卡罗认为盖恩只是借了古代的壳子，实际上写了一个现代好莱坞式的三角恋故事。但是在《太阳圈》里盖恩第一次探索“过去”的深层含义，他在小说里巧妙地将现代苏格兰文化的三大起源，即凯尔特文明、维京文明以及皮克特文明联系在一起。弗朗克·肯顿（Frank Kendon）曾把《太阳圈》看作是“北方异教的复兴……盖恩先生给自己布置的任务是……重新创造社会的完整状态”（Hart & Pick，1981：102）。维京人与凯尔特人在《太阳圈》里的冲撞似乎正是盖恩提出的解决矛盾的办法，维京人的暴力象征着过去，象征着原始文明的力量，凯尔特族群则是当下，过去可以重塑一个不同的当下。相比而言，《水井》只是在实践层面给了伊万一个好的结果，小说男主人公伊恩·卡塔纳克也面临城市与农村的选择，但盖恩在《水井》里彻底实践了他一直以来排斥城市喜欢农村的想法，伊恩从爱丁堡回来后对于留在家乡毫无顾虑。时隔 14 年，盖恩越发肯定过去的力量。

盖恩一直在扩大矛盾的两面，除了农村与城市、过去与当下之间的矛盾，是否还有更深层次的冲突？《屠夫的扫帚》是盖恩唯一一部专门写高地清地运动（Highland Clearance）的小说。从 18 世纪到 19 世纪，随着社会工业化与资本化的节奏越来越快，苏格兰权贵对于利益的渴望也越来越大，于是，他们与英国政府勾结，把高地人民一次又一次地驱逐出他们的家园。高地的地主贵族强迫农民服从清地法案，农民无力负担清地费用，或因失去土地使用权而无法维持生活，被迫出卖土地，远走他乡或到处流浪。一部分农民被驱逐到海边成了渔民，同时，也出现了另外的土地租种形式——佃户。清地运动摧毁的不仅仅是农民的土地所有权，而是他们祖祖辈辈赖以生存的根本，是高地地区传承千年的生活方式。小说《屠夫的扫帚》的叙述虽然以伊利的悲剧为线索，但中心人物却是伊利的祖母梅丽，小说以梅丽开始，又以梅丽的死亡结束，而且原来的小说名也是《黑暗的梅丽》。祖母梅丽是佃农，一辈子与土地打交道，她是高地传统生活方式的象征，而她的死亡则象征着凯尔特文明的没落甚至消亡，所以和《失去的峡谷》一样，这也是一部叙述失败的小说，只不过伊万是个体的失败，而这一次却是一个群体的失落。小说开头形容村里的茅屋是“土地本身韵律的一部分”（Gunn，1977：14），凯尔特人的土地本是一首源远流长的歌，但是却沦为现代社会的牺牲品。难怪当时盖恩虽然分身乏术，却仍投身于轰轰烈烈的民族主义政治运动，《屠夫的扫帚》让苏格兰人看到苏格兰本土身份的可贵，并意识到解决本土文化与现代文明之间冲突的困难，这也是每个苏格兰现代主义作家面临的难题。

《高地河流》的问世是件令人欢欣鼓舞的事，因为盖恩通过小说再一次回到了故乡的渔村，他的矛盾似乎第一次得到了解决。这部小说也是公认的盖恩最成功的作品之一，盖恩凭借它获得了詹姆斯·泰特·布莱克纪念奖（James Tait Black Momorial Prize）。《晨汐》中成长的主题在这本小说里再一次生根发芽，但《高地河流》里凯恩的成长是一瞬间的，就在他儿时徒手在河里抓到一条三文鱼那一刻，所以后来他去格拉斯哥读书，在第一次世界大战战场及后来的生活状况这些情节都显得不重要了。对于凯恩以及读者来说，那条鱼，那条河流就是一切。“从那天起对于凯恩来说那条河变成了生命之河。”（Gunn，1974：41）而“从悬崖而来的看似简单的韵律比起他在格拉斯哥见到的所有贫民窟生活，对于他构建自己本质的自我更为重要”（Gunn，1974：59）。河流是一个极好的时间隐喻，只不过凯恩不是顺流而下的众生，而是逆流而上的高地三文鱼，捕三文鱼的记忆深深烙在男孩心中，三文鱼俨然已经成为凯恩的化身，或者是凯恩与永恒完美的自然间建立联系的中间物，三文鱼的寻水之旅也就是凯恩“追寻逝去的时间”（Gunn，1974：35）的心路历程。《高地河流》的寻根主题非常明显，但盖恩并没有去探寻高地族群共同的根本，凯恩走的是一条个体的自我救赎之路，就如同“那条三文鱼是一个个体主义者，一直要穿过河谷、沼泽、高山，到达刚形成的河流那遥远沉重的河床，才会对他的同类提起兴趣”（Gunn，1974：33）。所以，个体成长、个体对于完整生活的本质领悟在盖恩的小说里占有重要的地位。在经历一个变动碎片的现实的同时，凯恩不断回到童年，不断从大海、河流那儿找到根本，一直到小说结尾，浮现出来的依旧是童年时代的凯恩的脸庞，“他越过那个分水岭，走下溪谷，那条溪谷就在他与山脚之间”（Gunn，1974：256）。盖恩的小说里经常出现两个自我，一个是体制规训中的“我”，另一个则是本质的、自由的“我”。对于凯恩来说，学校、战争，甚至爱情，都是限制自由的牢笼，而自我救赎才是真正的自我的解放。

自我救赎之路在接下来的三部作品《银色的宠儿》《年轻的阿特与年老的海科特》《深谷里的绿色小岛》里都被群体记忆取代，而自我身份也是通过共同体共同的记忆得以认同，所以个体与群体也构成盖恩书写的矛盾的一部分。后两部小说都以小阿特与老海科特为主角，年老的海科特是群体记忆的象征，这个角色早在《晨汐》和《失去的山谷》中就已出现过，他和“黑暗的梅丽”一样是集体记忆的代名词，有困惑、有疑问时阿特都可以在老海科特那儿找到答案，小阿特以此同化自己，建构自己的苏格兰人身份，成为凯尔特文明的一部分。盖恩称《深谷里的绿色小岛》为“幻想小说”[①]，这个寓言故事中阿特已经逐渐成为传承古老凯尔特自由精神的勇士，他要带着象征苏格兰遗风的老海科特冲破绿色小岛的制约。正如麦克卡罗所说：“盖恩在《年轻的阿特与年老的海科特》和《深谷里的绿色小岛》中继续探索，期望在高地群体生活方式中找到某些积极正面的东西。”（McCulloch，1987：97）而《银色的宠儿》是第一部正面描写高地的集体记忆的小说，比起盖恩早期作品挥之不去的“灰色”色调，这部充满他儿时记忆的作品就像小说名字那样，“银光”闪闪。小说是一部描写清地运动之后高地农民如何适应海边的恶劣环境，成为新的渔民共同体的巨篇史诗，全书长达六百多页。故事从19世纪初一对高地新婚夫妇说起，丈夫外出捕鱼，不幸被英国海军所抓，强征入伍，被送去拿破仑战争战场，妻子有孕在身，却只能独自经历风雨，她把一切怨气都撒在了环境与大海上，因为正是丈夫出海捕鱼引发了悲剧。卡特琳娜的儿子费恩成为小说的主要人物，与《高地河流》里的凯恩不同，费恩的成长不是找寻失去的个体记忆，他在高地的群体记忆里长大，或者说他正和同胞们一起构建自己的群体身份，他的身边有像海科特那样的长者，比如罗迪，他向前辈们学习如何生活。银色的宠儿指的是鲱鱼，与三文鱼不同，鲱鱼不是个体主义者，它们是群体性动物，这也是一个明显的暗示。费恩为了同伴攀上悬崖取水和食物，在学习捕鱼的过程中征服大海，最终有了自己的渔船，并找到鲱鱼群。无论盖恩在小说里安排了多少障碍，比如战争、死亡、海

---

① 《深谷里的绿色小岛》中的幻想故事在《世界尽头的井》中再次出现，彼得·门罗寻找世界尽头那口井的冒险旅程读起来像是爱丽丝漫游仙境那样的童话故事，只不过门罗在路上遇到的都是能代表苏格兰的人物，“井”则象征着真理与本质的自我。

上风暴、霍乱等，我们似乎总能期待一个好的结局，无论是个人的成长，还是群体的胜利，这便是盖恩第二个阶段的小说中常常体现出的乐观积极情绪。“在这最后一个月他觉得自己老了很多。他还不到二十，却好像自己骨头上的肉已经不再柔软，而是变得紧绷有力起来。”（Gunn,1941:500）费恩最后感觉自己独立了，不再需要母亲与长者的陪伴，因为他自己就已经能承担起一切历史赋予他的使命。

需要指出的是，盖恩第二阶段的小说创作里的乐观情绪与自我实现时的“愉悦”是一致的。盖恩在最后的著作即自传《愉悦的微粒》（*The Atom of Delight*,1956）里曾提到“愉悦”就是本质的自我的体验，是非理性、不可表达的。这种愉悦在早期的作品里还只是自然或者造物主的一种自得，从《高地河流》开始就越来越与主人公那第二个自我结合在一起。《头顶的大雁》中记者威尔在乡村见到的大雁群、《第二眼》中杰弗里·史密斯要猎杀的神鹿“布鲁德国王”（King Brude）都象征着这种经验中的自我无法体会的“喜悦”。

《蛇》的出现又给盖恩的小说注入新的主题：碎片式的现代经验可以融入自由永恒的高地精神。这是一本关于“变化”的小说，与以往的作品不同，盖恩在这部小说里尝试直面碎片的经验，甚至尝试调和矛盾的两面。许多评论家论及他的小说，不可避免会质疑他有逃避现实的倾向，因为盖恩总是将主人公们藏在乡村和古老的生活方式中，而现代社会、城市文明成为他一直要逃避的对象。但是在《蛇》这本小说的开头部分，步入暮年、垂垂老矣的主人公一方面沉浸于乡村的平和宁静，一方面肯定了生活中无处不在的变化。“变化通常是剧烈的，事实上有太多的变化，但是一个人在一生中一点一点接受变化，接受得如此完全，就如命运一般，就连痛苦本身也都抛诸脑后。”（Gunn,1978:6）小说主人公名叫汤姆，出生在苏格兰一个小农人家，他年轻时曾去格拉斯哥打工，在那儿接受了社会主义与进化论等新思想，盖恩把那个称作“他启蒙的开始”（Gunn,1978:15），后来汤姆返乡开店，把城市里的新鲜玩意，比如自行车、出租车、机械制品等介绍给村民。所以汤姆见证并亲身经历了变化，也是传播变化的媒介。《蛇》里代表守旧势力的是汤姆暴君似的父亲，盖恩把他塑造成风烛残年的中风老人形象，寓意固执不愿接受现实的传统似乎已经走到了末路。汤姆与父亲的冲突是新思潮与旧观念的斗争，除此之外，汤姆的爱情也体现了旧观念的落后，他爱上的姑娘失身于村里牧师的儿子，怀孕后惨遭抛弃，最后不得善终。牧师正是保守势力的代表，而牧师儿子的始乱终弃则象征着旧观念早已不是怀守集体记忆的形式，而是失去灵魂的空壳，只会限制人们的思想与行为。有趣的是，汤姆的别名是“哲学家”，小说的书名又是蛇，那么衔着知识树果实的蛇象征着智慧，汤姆就是爱智慧的哲学家。盖恩在给友人的信件中曾提到，“蛇一旦把尾巴放到嘴里，就成了永恒的象征”（Hart & Pick,1981:192）。如果把这里的蛇和小说题目中的蛇的意象结合起来，那么说到底汤姆追求的东西也不是变化，而是包含着变化的那个永恒的“过去”，矛盾在此刻成了辩证的统一体，没有变化的真理失去了活力，也就无法称之为永恒的真理。相比之下，旧势力不过是持守着所谓“历史权威”的旧体制，它逃避新的现实，试图拒绝接受新事物。小说中有这么一句：“这位哲学家不是什么有条不紊的自然主义者，事实上他觉得自己什么都不是，而这种什么都不是的状态中就有自由、接受和参与，这种什么都不是正蕴含着所有自在之物的一部分。”（Gunn,1978:251）我们又回到了《晨汐》中那个霞光中的清晨，那儿什么也没有，却有着一切。盖恩通过一部部小说深入巩固了他的这种有些哲学意味的“真理”概念。最后，这个真理化为东方佛教里的禅。他的最后两部小说《猎血》和《另外的风景》是公认的最具哲学思考的作品。禅寓意静思，以摒弃外在的事物，不受其影响，以此使精神反观自身。《猎血》中置身纷扰事端之外的老桑迪、《另外的风景》里退隐的作家道格拉斯·孟西斯身上都寄托了这种哲思。

麦克卡罗把《头顶的大雁》《第二眼》《蛇》《箱子的钥匙》《阴影》《丢失的地图》归为一类，认为这六部小说都有“分裂与自由的主题”（McCulloch,1987:137）。自由的主题其实在其他的小说里也不难发现，而“分裂”的主题则在《阴影》一书中表现得最为明显。从伦敦到苏格兰农村休养的左翼女记者南·戈登成为分析理性与感性艺术的战场，盖恩脑子里一直盘旋的矛盾在这部小说里表现得异常明显。戈登曾是马克思主义的拥趸，在伦敦的社会主义革命中以记者的身份针砭时事，突来的精神崩溃是盖恩设计的第一重对科学理性思维的否定。小说的开头部分是已经身处农村的戈登给远在都市的男友拉纳尔德写的一系列信件，其中不乏对乡村自然美景及宁静氛围的描写，比如“我摘了一片草叶，多么丰富的颜色变化，浅褐色的尖尖头是种子，接着是褐色，黄绿相间，最后是绿色”（Gunn,1948a:20）！理性的分析被超级敏感的感受所取代。麦克卡罗认为“《阴影》是盖恩的小说里最具劳伦斯风格的一部”（McCulloch,1987:146）。因为戈登在乡村遇到马群的情景与劳伦斯的《虹》中厄秀拉遇到马群的一幕十分相似，虽然劳伦斯的语言能力与感受力更强，但戈登也有情感流露，也有思想冲突。如果说劳伦斯代表原始的情感与暴力的话，那么安排艺术青年的出现则是更加劳伦斯化的一笔，这是对分析理性的第二重否定。艺术需要灵感，永远是野性与非理性的象征，此外，陌生的艺术家还是谋杀案的嫌疑人，正是他与戈登的会面，把温和美好的情感变为粗暴不可知的力量，戈登再一次精神崩溃。闻讯赶来的拉纳尔德是彻底的理性主义者，他和艺术家的正面冲突是小说的高潮部分。盖恩强调了现代社会在理性分析下四分五裂的现状，同时表现了在理性与情感、理论与经验之间摇摆的现代人，小说里只有菲米婶婶这个类似于黑暗的梅丽的女性长者角色才能包容调和这些矛盾，她给戈登提供了休养的住处，也是她招来拉纳尔德，使得各种矛盾冲突升级直至缓和，戈登才有机会得以治愈。

盖恩在晚期的写作生涯中经历了第二次世界大战和冷战，他面对现实的残酷也更坦然，而不是像早期作品中那样更多的是站在乡村遥望城市，抛弃当下而进入过去。他的晚期作品更加接近当下，城市文明真正地与乡村环境交织在一起，当下的维度也在切切实实地改变着古老的群体。值得一提的是，《银枝》这部小说是探讨将来的小说，过去不仅仅是要获得对比当下的优越感，它的任务是创造未来，所以这是一部非常有建设性的作品。小说主人公是挖掘苏格兰古石冢的考古学家西蒙·格兰特，他寄居在卡梅隆夫人家，安娜是卡梅隆夫人的女儿，有个私生女希纳。石冢所在地的地主叫马丁，刚从远东的战场归来，还有一个主要人物是格兰特雇佣的劳工安迪，他体格健硕，却智力低下。这群被盖恩聚在一块的人承担起挖掘“过去”的魔力的任务。不消说乡村的背景又让人想起古老的回忆，而且考古本身就是与过去建立联系的行为，虽然他是用“思考、调查并发现”（Gunn,1948b:169）的理性方式去处理过去。《银枝》中的“过去”不是考古中的古物，而是更远古、更精神性的过去，是与史前凯尔特神话联系在一起的过去。银枝的故事是爱尔兰的古老传说，从神奇的苹果树上砍下的银枝会奏响美妙的音乐，将人们带入神灵的国度，一位国王为了得到银枝出卖了自己的妻女。所以银枝指向另一个世界，或者说指向有着世界原型的创世源头。卡梅隆夫人给她的外孙女常常讲银枝的故事，一方面这增强了小说的神秘主义性质，另一方面也暗指希纳父亲抛弃了她们，现实与神话重合在一起。另外，格兰特在石冢里发现了一对母子的残骸，这也与现实中的安娜母女对应起来。难怪格兰特说“生活纯粹就是个谜”(Gunn,1948b:20)。对现实的理解和重构都依赖于对于过去这个神秘的谜的解答。另一个推进小说发展的情节是石冢里的一罐金子不见了，最后发现是安迪偷偷藏了起来，可他却忘了把它藏在哪儿。那罐金子后来也成了另一根神秘的银枝。“银枝的音乐不仅仅是音乐。”（Gunn，1948b：162）那罐史前石冢里的金子也早超越了它的实际价值。“傻瓜安迪”是个具有象征意义的人物，他头脑简单，缺乏语言能力，喜怒形于色，是看起来十足的原始人做派。他把金子藏起来，间接引导格兰特对于“过去”的重新理解。“他深入越多，对自己的了解越深，和那罐金子也越来越近。那不是神话，只是一个简单的事实。”（Gunn，1948b：291）《银枝》这个小说名容易让人联想到弗雷泽的人类学著作《金枝》（*The Golden Bough*），格兰特也不忘引用《金枝》前言中的话：“与现存的传统习俗提供的证据相比，那些以早期宗教为主题的古书中的见证就没什么价值了”（Gunn，1948b：231）。书本中或者博物馆中记载的过去都不过是毫无生气的对象。这时候如果再来理解“生活纯粹是个谜”这句话，就会明白当下活生生的生活本身就是和远古神话相似的东西，“过去”通过传承与“当下”有了连续性，而这种连续性又将进入“将来”。在小说结尾处，格兰特引用了济慈《希腊古瓮颂》里的五行诗：

树下的美少年呵，你无法中断
你的歌，那树木也落不了叶子；
鲁莽的恋人，你永远、永远吻不上，
虽然够接近了——但不必心酸；
她不会老，虽然你不能如愿以偿，
你将永远爱下去，她也永远秀丽！① （Gunn，1948b：326）

“过去”永远保存在当下的追寻中，也只有在当下对于它的追求中才获得它的活力。尼尔·盖恩终其一生都在矛盾的两极间游走，从过去到当下，从当下到未来，从乡村到城市，从渔猎生活到工业文明，从个体到群体，从感性到理性，从神话到现实。麦克卡罗说得好：“这些叙述传递出的‘信息’意味着多样性和变化，意味着加入了现代世界，而不是对于已经逝去的过往的一种乡愁。”（McCulloch，2009：130）从中后期的创作开始，盖恩逐步在矛盾的化解中获得了民族身份及民族意识的合法性。和现代主义诗人麦克迪尔米德一样，他用蕴含着多样性和变化的矛盾重新定义了苏格兰的原始文明。

① 此处选用查良铮先生的译本。《济慈诗选》，人民文学出版社，1958 年。

## 第三节　刘易斯·格拉西克·吉本：苏格兰人的书

刘易斯·格拉西克·吉本（Lewis Grassic Gibbon，1901 ～ 1935）是苏格兰文艺复兴浪潮里最具苏格兰本土气息的作家之一。吉本是他的笔名，原名为詹姆斯·莱斯利·米切尔（James Leslie Mitchell）。吉本 1901 年出生于苏格兰阿伯丁郡一个叫塞戈特（Segget）的小村子，父亲是佃农，母亲也是农户出身，这样的成长环境赋予他的作品独特的苏格兰土地意识。出租地到期后，米切尔举家迁往金卡丁郡的另一个农场，吉本也在那儿度过他的童年。1917 年，16 岁的吉本成为《阿伯丁期刊》（*Aberdeen Journal*）的初级记者，两年后他又去格拉斯哥的《苏格兰农民》（*Scottish Farmers*）杂志做了几个月记者，媒体从业经历让他了解了政治与阶级斗争，也让他一度成为左翼共产主义的支持者。1919 年，吉本加入了英国皇家陆军，后转入皇家空军，服役近五年后，他退役成家，同时也开始了他的职业写作生涯，并在 1928 年出版了自己的第一部杂文集《汉诺：或探险的未来》（*Hanno*：*Or the Future of Exploration*，1928），从 1930 年开始，吉本进入高产期，虽然 1935 年他因病不幸英年早逝，但在短短五年间，他创作的作品数量高达 15 部，作品题材也很宽泛，包括历史、考古、探险、政治、传记等。

如果以作品类型分类，这十五部作品除去两本传记《尼日尔：蒙果·帕克的一生》（*Niger*：*The Life of Mungo Park*，1934）和《探索未知世界的九个人》（*Nine Against the Unknown*，1934），以及一部历史考古作品《征服玛雅》（*The Conquest of the Maya*，1934）外，主要分为短篇小说和长篇小说两类，其中迄今已结集出版的短篇小说集共四部，分别是《开罗的朔日》（*The Calends of Cairo*，1931），《波斯的黎明，埃及的夜晚》（*Persian Dawns*，*Egyptian Nights*，1932）、与麦克迪尔米德合著的《苏格兰场景》（*Scottish Scene*，1934）和死后出版的《默恩斯的话语》（*The Speak of the Mearns*，1982）。吉本的主要创作是长篇小说，作品共计十部，分别是《被玷污的荣光：一个小说家的序幕》（*Stained Radiance*：*A Fictionist's Prelude*，1929）、《第十三个门徒》（*The Thirteenth Disciple*，1931）、《三人回归》（*Three Go Back*，1932）、《丢失的小号》（*The Lost Trumpet*，1932）、《落日之歌》（*Sunset Song*，1932）、《像与号》（*Image and Superscription*，1933）、《云雾中的山

谷》（*Cloud Howe*, 1933）、《斯巴达克斯》（*Spartacus*, 1933）、《盖伊·亨特》（*Gay Hunter*, 1934）和《灰色花岗岩》（*Grey Granite*, 1934）等，而《落日之歌》《云雾中的山谷》《灰色花岗岩》这三部曲又集结成《苏格兰人的书》（*A Scots Quair*），成为吉本最广为传颂的作品，同时也是描写苏格兰在现代工业化时期转型过程中各种力量博弈的力作。

《被玷污的荣光：一个小说家的序幕》是吉本的第一部小说，也是一部类自传体的虚构作品，在女主人公西娅的经历中，到处都有吉本曾经经历过的苏格兰童年、多年从军生涯以及在伦敦的婚姻生活的影子。吉本把婚后贫困潦倒的生活、四处漂泊寻根无处、出版商屡屡拒绝带来的心灰意冷都投射在小说里，伊恩·门罗（Ian Munro）称小说写得“太过了，情绪过于激烈了”（Munro, 1966: 58）。约翰·林德赛（John Lindsey）也说“《被玷污的荣光》有许多错误。写得太过夸张，充满焦虑，让读者喘不过气来”（Gibbon, 1932: 196）。男主人公曾是共产主义阵营的指挥官，在书中一出场，面对伦敦“灰暗、放荡、世俗的生活”（Gibbon, 1993: 5），不由发出“这无法持续！”（Gibbon, 1993: 5）的感叹。虽然这是一本控诉工业文明与资本主义的小说，但“回归过去”的主题也在此萌芽，尤其是通过女主人公西娅表现出来。西娅出生在苏格兰农村，长大后到伦敦谋生。“她憎恨农民的生活。在伦敦时她常忆起它，时而欢乐，时而悲伤……每年她都回到苏格兰，找寻落日和田凫的叫声……她会想回到伦敦，那是她的精神家园”（Munro, 1966: 58）。正如小说副标题所言，这似乎是为创作《苏格兰人的书》进行的第一次准备，吉本惯用的女性角色，以及这个角色承担起城乡之间矛盾的叙述手法在这本小说里初见端倪。

《第十三个门徒》同样带有自传色彩。吉本把他儿时学校里与金卡丁郡农场里的痛苦经历都照搬进了小说，小说主人公甚至后来也成了报社记者，拿着微薄的收入无聊度日。同时，这些无意义的琐碎事件中间不时穿插着描写生活意义所在的句子：“关于春天早晨的记忆——在这个世界永远不会有的记忆——在运转的犁刀下红土翻滚，马儿喘着气，似一朵小小的浮云，田凫不断鸣叫着。”（Munro, 1966: 61）这与《被玷污的荣光》中西娅回忆的苏格兰农村如出一辙，而熟悉三部曲的读者也不难发现，类似的段落在《落日之歌》中时有出现，所以吉本早在《第十三个门徒》里就开始尝试系统地表达文明传播理论关于“原始黄金时代”的观点，这第十三个门徒就是追寻生活意义的“人”，“在坑坑洼洼、布满陷阱的路上挣扎、跌倒、跌跌撞撞前行，而已经兽化的同类在一旁胡言乱语。被满口谎言的牧师与神职人员蒙蔽，惨遭伤残，——可他还在继续爬行”（Munro，1966:61）。这个苟延残喘的英雄形象无疑代表了吉本作品中所有在现代文明中挣扎着、总是有回归原始文明冲动的人物。约翰·林德赛也从中读到了希望。他所称赞的“地方感”（sense of place）就是小说里关于利肯山谷的记忆，也就是第十三个门徒持守的黄金时代。

文明传播理论在《三人回归》《丢失的小号》《斯巴达克斯》里有更直接的体现，原始黄金时代直接以失落的古老文明的形式出现。《三人回归》里的三个主人公，即一个写传奇小说的伦敦小伙子、一个武器制造商和一个美国理想主义者，在飞艇失事后突然来到了二万五千年前的亚特兰蒂斯，同样《丢失的小号》里传说中曾经吹倒巴勒斯坦古城耶利哥碎片的小号将人们引到埃及古老的沙漠，小说中的人物追寻着有关过去的一切碎片。《斯巴达克斯》这本历史小说则直接把古希腊奴隶当作原始文明的化身。文明传播论是19世纪末20世纪初流行于英国的人类学理论，其代表人物包括艾略特·史密斯、威廉·J. 佩里和W. H. R. 里弗斯。史密斯和佩里认为，高等文明的大多数方面都从埃及文明发展而来（埃及文明因其早期农业的发展而相对较为发达），而且在埃及人与其他人交往中那些高级文明才在全世界得以传播。（Ember & Peregrine，2007:233）吉本曾经说过，他的小说《三人回归》“正是基于威廉·J. 佩里博士对于黄金时代的发现而写的”（Munro，1966:70）。1932年前后出版的两部短篇小说集《开罗的朔日》和《波斯的黎明，埃及的夜晚》也从侧面反映了吉本当时对于古老文明及考古的热忱。《三人回归》和《丢失的小号》中充满了对于失落的文明的生动的想象。而《斯巴达克斯》则复原了那场反抗罗马代表的现世文明体制的角斗士奴隶起义，小说结尾处主人公奴隶克里翁眼前浮现出十字架上耶稣和斯巴达克斯的身影，“他发现那两个人是一个人，世界还是属于他们的”（Gibbon，1970:210）。斯巴达克斯虽然死了，但他在人们的心目中还活着。就如同古老的希腊文明，虽然已经消逝，却仍旧以信仰的形式存于现世。吉本那种要回到过去的冲动往往和当下令人困惑的现实联系在一起。亚特兰蒂斯的三个旅行者发现虽然过了二万五千年，但文明的进程似乎没有想象得那般迅猛，除了技术进步，人类的思想却是停滞不前。而在沙漠里寻找丢失的小号的人们，也不过是要用那些完美无损的过去的碎片来修补破陋的现实，希望用过去更清晰地照亮当下。《斯巴达克斯》里罗马奴隶的艰苦处境与20世纪30年代苏格兰农民在城市文明中的境遇相比，不无相似之处。这种过去与当下维系的视角是对前期作品单一侧重粗陋的现实或侧重回到过去视角的延伸，也为三部曲《苏格兰人的书》的写作奠定了基础。

与过去、当下对应的是将来。读者期待的将来视角出现在1933年出版的小说《盖伊·亨特》中，这本科幻小说和吉本着重现实描写与怀旧情愁的其他小说形成鲜明的对照。不过在文明传播论的视野下，将来可以转变为过去的衍生物，而且两者都是黄金时代没落以后的产物。小说女主人公盖伊是名考古学家，吉本将她放到了未来的英国，那时原子弹战争已经毁了所有的文明，一切似乎又回到了起点。盖伊和其他人在原始的将来社会重新探索保持原始生活的可能性，所以这个将来的维度不过是为了回到原初过去的垫脚石，吉本想象了一个文明发展的极端样式：高级文明瞬间走向灭亡，人类又回到狩猎或者农耕的初始阶段。小说里只有法西斯分子才留恋于曾经的现代技术文明，试图重建过去，他们像堕落后的亚当夏娃一样以植物蔽体，相反盖伊他们则赤条条来去无牵挂。正如女主人公的名字所喻示的，盖伊·亨特（Gay Hunter）是追寻快乐的人，她想体验无所禁忌的原始社会所有的一切，包括同性恋（正巧男同性恋的英文也是gay）和多个性伙伴，吉本通过这样一个义无反顾沉溺于原始生活的女性角色实现了自己关于辉煌年代的幻想，身体可以赤裸、与人交往毫不做作保留的生活是黄金时代的象征，残酷的法西斯分子则代表着玷污了原始纯真年代的现代文明。在同年出版的《像与号》中，文明发展是一个衰微的历程这一主题同样得到体现。小说题目源自《圣经》的路加福音，耶稣问这像和这号是谁的？答案是恺撒的。耶稣眼中的恺撒代表与基督教信仰格格不入的世俗社会，同样，那像与号象征着残酷、压迫与非人性的现代文明，小说里也有像盖伊一样抛弃那像与号的现代原始人，“他突然觉得这的确就是他的见证，世界已经走到了黄昏，他坐在这儿，观察着人类的落日”（Munro,1966:106）。而这落日之后的黎明不再是又一次走向黄昏的序幕，而是“无法预测的一种生活形式，在那里有一座坚实的灯塔，人们意志坚定，再没有分裂恼人的现实，再不用拖拉着祖先的沉重链条前进”（Munro,1966:106）。

《像与号》中那个落日的比喻无疑让人联想起早一年发表的《落日之歌》，但两本小说中的落日显然有不同的含义。前者的落日是乐观的，是现代文明的终结，而后者则是一曲苏格兰原始文明渐渐衰落的哀歌。如果把吉本的小说创作粗略分为三类，那么，《被玷污的荣光》《第十三个门徒》也许可以归为半自传体的苏格兰本土小说一类；《三人回归》《丢失的小号》《像与号》《盖伊·亨特》则是以小说的形式向文明传播论致敬，小说的地点设置在现代苏格兰之外，同时吉本也借这四部小说形成了自己的创作主旨；而《苏格兰人的书》三部曲：《落日之歌》《云雾中的山谷》《灰色花岗岩》就是结合了前两类创作风格的成熟之作，吉本又回到了苏格兰，但这一次早期小说里个体的苏格兰经验变为整体的苏格兰性，他通过在农耕文明向城市工业文明过渡之际具有典型代表意义的个体经验，结合文明传播论，呈现了一幅现代苏格兰文明不知何去何从的图景。这三部小说因其所特有的苏格兰风味与对于古老苏格兰文明的怀旧气息而成为苏格兰现代主义时期本土小说的代表作。

吉本钟情于女性角色，从《被玷污的荣光》里的西娅开始，到三部曲的克丽斯·格思里，再到盖伊·亨特，女性意象与土地、原始繁殖不无联系，她们比起男性更为敏感也更为恋旧，这也是为什么选用女性角色与小说主题能更好地结合的原因。在吉本的小说里，所有女性角色或多或少都活在过去的美好时光中，而当现实侵入到怀旧的情绪中，小说的张力凸显。三部曲，尤其是前两部里的克丽斯是吉本的小说中唯一一个完整地经历了整个苏格兰文明发展或者说衰败历程的角色。《落日之歌》叙述了苏格兰小镇居民克丽斯的艰辛经历。儿时贫苦的生活迫使她的母亲毒害了双胞胎兄弟，随后自杀身亡，只剩下孤儿寡父在金拉第农场消耗时日。父亲是干农活的一把好手，却也有农村男人的火爆脾气，于是不服管教的兄长在与父亲闹翻之后孤身前往阿根廷，从此杳无音信。克丽斯与父亲相依为命，不可避免地对赖以生存的土地投入深厚的情感。但另一方面，她也接受了现代教育，有着成为教师的理想。在父亲死后，克丽斯突然明白了土地的本源意义，毅然决定嫁给一个农夫，过地地道道的农民生活。可第一次世界大战的爆发夺走了丈夫的生命，在家乡的土地上也渐渐出现了现代工业文明的身影，小说在新任牧师对第一次世界大战阵亡村民的挽词中结束。《云雾中的山谷》里克丽斯改嫁了那位新任牧师，两人搬迁到邻近的小镇塞戈特。商业文明渐渐入侵，“塞戈特一半的人在磨坊里做工——纺纱工人，另外的塞戈特人这么称呼他们；其他人要么开店，要么当了木匠或铁匠，要么就是到铁路、公路或农场谋职，要么就是去塞戈特做园丁”(Gibbon,1986:215)。小镇居民不再像从前那么淳朴简单。《云雾中的山谷》是一部充满悲伤的小说，克丽斯感觉自己与土地越来越远，她与牧师的孩子也不幸流产，而在工人运动方面，牧师作为领导者，但是他改良社会、实现平等自由的抱负却不受认可，由于纺纱工人的背叛，他精心策划的革命事业惨遭失败，从此一蹶不振，工人们也开始自暴自弃，最后牧师因身心两方面的打击而病重弥世，克丽斯的生活似乎又回到了起点。

克丽斯在两部小说中既是社会矛盾这场悲剧的参与者，又是旁观者。

她在《落日之歌》里首先以双重身份出现，一个是文明的英格兰人克丽斯，另一个是乡野的苏格兰人克丽斯，“有两个克丽斯在争夺她的心，在折磨她。你憎恨这儿和人们的粗俗的谈吐，读书学习使你今天勇敢文雅，可是赶明儿，对面山岗里的田凫的叫声把你叫醒了，它叫得那么深沉，好像就在你心里头叫，土地的气味扑面而来，简直叫你也要为之而叫，土地如此美，苏格兰的大地和青天如此可爱”（Gibbon,1986:237）。英格兰人克丽斯向苏格兰人克丽斯蜕变之时，吉本将原初最饱满最丰富的种子种入克丽斯的体内，并将其与苏格兰农村风土结合，让它具体化为某种莫名其妙的乡愁，接着，却又把历史变革中不断变动的“故乡”呈现在克丽斯面前，战争夺走了原本一同埋头干农活的丈夫，机器出现在农田间，于是她的乡愁没了对象，只能在皮克特人的原始石柱和金卡丁郡的土地上寻找原始崇尚的唯一可能性。而《云雾中的山谷》几乎没有给克丽斯任何外在的物化寄托，唯有那个莫名其妙的信念常存心中。

在《云雾中的山谷》中，吉本为了让克丽斯的矛盾更为激化，故意把她设置为牧师太太的角色。在大房子里生活、雇佣着女佣、不用去田地里劳作的科尔扩恩太太是矛盾中最不稳定的因素。小说中有一幕很有意思，克丽斯和她的牧师丈夫在花园里干活，“克丽斯也是一样，心里甜甜的，已经忘了泥土的味道，你用铲子铲着，大幅度晃动你的身体，就这样，挖着挖着一条可以播种的沟就成型了”（Gibbon,1986:296～297）。这个类比《落日之歌》里克丽斯·塔文戴尔和她的农民丈夫伊万一同在农田里干活的场景有种莫名的喜剧效果，广袤的田野退化成逼仄的花园，与生存紧密相关的粮食变为无用的花草，可是，在两个场景中活动的女主人公却试图保持身份的一致性，让人哭笑不得。自然，克丽斯寻回真实过去的努力势必会在不断否定自身的过程中走向失败。“她似乎站在墓地边缘，看着那些刻着年代的石头，在那儿那么多死了的克丽斯被埋葬着——不断回顾。”（Gibbon,1986:296～297）“回顾”是克丽斯寻求到那个“克丽斯她自己”的努力，却也让她看到自己的不断退化，看到自己不断被不同的身份覆盖。

斯蒂芬·麦修斯（Steven Matthews）认为，对于克丽斯来说，“原始存在似乎一直是一种无法进入的意识状态，是一种连续性，事实上却进一步动摇着对现代性的焦虑的理解，而这种理解又不断地进入小说”（Matthews,2003:33）。麦修斯所谓的对现代性的理解即对断层与非连续性的理解，也就是现代的现实。原始存在象征的永恒确实是连续性的，但在吉本看来，原始存在不仅仅是一种意识状态，还是一种挥之不去的隐藏于现代性之下的存在，因为现代文明出自原始文明。但当下的世界早已变得面目全非，尽管在它残缺的身体上仍能见到它的起源。正如克丽斯身处塞戈特却仍旧不断有原始崇拜的念头，而这种原始的信仰一直根植于吉本的作品，但现实世界已是风起云涌，物是人非。这种从自身生发出的矛盾决定了冲突不可避免且无法解决，于是，克丽斯的悲剧色彩在于她总是处在无法协调的矛盾之中，而这种矛盾是本质性的，是由时间决定的。

有趣的是，《落日之歌》与《云雾中的山谷》的故事开始之前都有一篇序言，前者是篇考古短文，对金拉第这片土地的来龙去脉做一个说明。序言最初的叙述风格与神话传说非常相似。“在苏格兰领主威廉的时代，有个叫作科斯帕特里克·德冈德希尔的诺曼人赢得了金拉第这块地方，那时候，鹫头飞狮和类似的动物还在苏格兰乡间游荡。”（Gibbon，1986：3～4）这是希腊罗马英雄神话的叙述方式，吉本是要在金拉第建立起原始性的话语。同样，《云雾中的山谷》一开始也介绍了背景地点的起源与历史，塞戈特也有了它存在的正当性。相比之下，《灰色花岗岩》作为三部曲的最后一部显得不合时宜。首先，这个给小说地点原始性的序言就缺失了，其次，小说里的城市邓凯恩（Duncairn）是虚构的，门罗引用吉本自己的回答说，“因为邓凯恩是一座没有历史的城市，没有发展，没有深度，也没有背景”（Munro，1966：176）。克丽斯已不再是小说舞台上的主角，她所有的自怜自叹以及对于旧文明的离愁，都只能在偶尔去乡间踏青时毫无保留地抒发出来。故事的主角小伊万是克丽斯在《落日之歌》里与伊万生养的儿子，他在钢铁厂做工，几乎没有了苏格兰农民的任何印记，他接受的教育、经历的事件都与城市文明和工业文明相关。所以小伊万虽然生来就热爱历史和土地，但那种热爱失去了精神性的交流和连接，而这精神上的交流和连接恰恰是克丽斯所珍视的东西。小说的时代背景是20世纪30年代的大萧条，工厂工人与资产阶级的矛盾不断激化，小伊万逐步成长为共产主义斗士，在他眼里革命和斗争成了一切，他就像是冷酷的灰色花岗岩，试图给现代工业文明一个更加合理的组织形式，为此即使牺牲女友、自己甚至是真理也心甘情愿。这部讲述工业文明内部矛盾的小说初读起来总有与三部曲前两部断裂的感觉。这种断裂招来许多评论家的诟病，比如艾弗·布朗（Ivor Brown）就表达过三部曲一部不如一部的意思。“克丽斯·格里思的故事又继续展开于《云雾中的山谷》中，《云雾中的山谷》仍然使我难以忘怀。接下来是1934年出版的《灰色的花岗岩》。最后这一部给人的印象是草率，结尾同整个三部曲不相称。”（Gibbon，1986：5）如果三部曲的主题是从农业社会到工业社会时代交替过程中苏格兰农民的生活境遇，这样的社会发展进程对于立足苏格兰农耕社会、信奉存在原初性的吉本看来是一种偏离原始生命轨道的历史，那么三部曲的写作无疑是在模仿这样的一个没落过程，现实不断地侵占着回忆，时光不可逆转，这也许就是吉本如此处理《灰色花岗岩》的原因。

要构建苏格兰特有的原始文明，自然少不了苏格兰语。在本章第一节中我们曾提到苏格兰现代主义文学运动里的语言之争，文艺复兴运动的主要发起人麦克迪尔米德曾提出要建构一种世界性的苏格兰语，而吉本则是热衷的苏格兰语实践者。与对苏格兰东北部方言持否定态度的缪尔夫妇不同，他是本土方言的忠实维护者。吉本曾写过一篇题为“文学之光”的散文，借此分析了“苏格兰语与苏格兰作家之间的关系”（Lumsden，2007：98）。他这么写道：“《苏格兰人的书》……要用苏格兰口语的韵律和节奏去塑造英语。”（Munro，1967：154）在给三部曲加的注释中，他再次强调要使用新的语言，要“在字里行间加入一些无法翻译的词汇谚语，除非在相同的语境与情景设置下才可以翻译，[而这种语言又反映了] 类似于农夫使用的那种语言所特有的韵律和节奏。”（Lumsden，2007：98）吉本的这种语言实践正是区分他与盖恩的主要特征之一。尼尔·盖恩虽然也以苏格兰农村或渔村为背景创作小说，但他的小说语言却是地地道道的标准英语。相反，生活在《落日之歌》里的金拉第人，说着苏格兰东北低地的乡村方言。在凯瑟琳·梅瓦尔德（Katherine Mewald）探讨《落日之歌》语言使用的文章里，引用的段落中有很多名词都是苏格兰语汇，比如 dandering，biggings，bairns，greeve 等。（Mewald，2010：162 ～ 177）另外，在句子结构上，吉本也打破了标准英语语法，有很多连写句，还有断句，这样就更符合口语的习惯，尤其是“and”的大量使用，使得句子间的逻辑关系更加松散，造成口语化的阅读效果，而口语无疑又是更接近原始性的。这样的语言风格在《云雾中的山谷》和《灰色花岗岩》中得以延续，而在其他小说里吉本用的都是标准英语，无疑他要把三部曲当作苏格兰文学的真正代表。值得一提的是，在后来的文学评论家看来，《苏格兰人的书》里的苏格兰语并非纯正的东北部方言，倒更像是麦克迪尔米德在诗歌里使用的那种杂糅苏格兰语。科贝特下结论说：“吉本的本意不是要再现真正的安格斯郡苏格兰口语，他只是想给人们一种苏格兰口语的印象。”（Lumsden，2007：99）无论苏格兰方言真正的面目到底如何，吉本的初衷已经实现，而因为这种独特的语言风格，《苏格兰人的书》成为国际视野下建构苏格兰民族身份的苏格兰现代文学不可或缺的一部分。

吉本在三部曲中采取了特别的叙述方式，而这种特别的叙述方式，又是和现代与古老苏格兰文明之间冲突的主题相一致。在叙述人称上，吉本混用了第三人称和第二人称。第二人称叙述在现代和后现代主义文本中才渐渐风靡起来，这也可以看作是现当代小说的特征之一。《剑桥叙述导论》的作者直截了当地说："第二人称叙述相对来说还是很少。"（Abbott,2008：70）这部著作在论及第二人称叙述时提出了一系列的问题：你是谁？谁是叙述的接受者？是读者吗？作者借用布莱恩·麦克黑尔（Brian McHale）的话做出了回答："'第二人称叙述是最出色的关系符号'。所以……它是一种隐蔽的第一人称叙述（因为'你'意指向'你'说话的'我'）。"（Abbott,2008:71）在"你"的叙述中其实包含了"我"与"你"的对话，也就是"我"与"你"的关系。回到小说本身，吉本的叙述中的"你"却不包含这样关系的第一人称叙述，隐藏的叙述者"我"并非故事的参与者，而是矛盾的制造者。在正常第三人称叙述中，"我"把小说人物置于过去与当下永恒矛盾的时间维度，而通过第二人称"你"，小说时空外的读者被强行推入叙述，于是，阅读者所在的时间维度作为第三个时间线条加入原本就矛盾的时间叙述。过去，"他"或"她"所在的当下，"你"所在的当下，构成更加复杂的矛盾体，吉本制造的不是叙述者"我"与读者"你"的关系，而是读者"你"与小说中"他"或"她"的关系，这样"你"才能更好地理解那种当下与过去永恒的矛盾，也能意识到自己就处于那种矛盾之中。

"你"在叙述中可以成为任何人。比如《云雾中的山谷》里有这样一段："所以，若不是伊万的话你就会那么做了。伊万那个小伙是她第一次短暂婚姻留下来的，他好安静，很有趣，但是个乖小孩。"（Gibbon,1986：210）这里"你"是女佣艾尔丝。"你"也可以是小伊万。"要成为小伊万·塔文戴尔可不怎么有意思，你一大早六点半就得起床，你的房间很小，俯瞰整个塞戈特。"（Gibbon,1986:277）但在吉本笔下，"你"更多的是与女主人公联系在一起，他甚至宣称："她就是你！"（Gibbon,1986：297）又比如："克丽斯听到门响，见到老莱斯利……突然你见到那个老人那样子……突然你就想流泪，但是你没有，看着他离开的时候，你咬着嘴唇。"（Gibbon,1986:235）从克丽斯到"你"的人称转化完全不留痕迹，而且此时的"你"投入更多的情感，似乎正是"你"才体验到这过去已经消亡不再存在的痛楚。这么多个"你"，这个不变的万能的读者"你"似乎把杂乱的身份统一起来，但结果却是，原本在线性统一时间里安全逗留的读者，也在这样毫无预警的身份转变与分裂中体会到时间的矛盾性和当下的阅读时间维度的不可靠性。

当然，语言与叙述都无法脱离主题。在吉本的其他小说里，原始性具体化为埃及、亚特兰蒂斯、古希腊文明等，而在三部曲里，则是不折不扣的苏格兰原始农耕文明，或者说，更进一步具体化为那一片苏格兰土地。

> 接着在那浸透了水的地里，她忽然有了一种古怪的想法，根本就没有什么恒久不变的东西，除了她所走过的土地，绝没有什么恒久不变的东西……大海，天空，人们写的东西，战斗，学习，教学，说话，祷告，这些都只能持续于瞬息间，是山岗上的一阵雾雨，土地却是永远存在的，尽管土地在你手下翻动，发生变化，可它是永远存在的，你离不开它，他也离不开你，并没有什么不可逾越的鸿沟，土地会容纳你，也会使你痛苦。(Gibbon,1986:134)

在《落日之歌》里，土地被当作唯一亘古不变的存在，它代表的是永远对抗着不断迭代变化的文明产物的原始性。小说里的人物很多时候是用地名来代替的，吉本多次把住在古第斯东的芒罗直接叫作古第斯东，把布拉威里的格思里称作布拉威里，很多人物塑造也是与土地的概念联系在一起，比如粗暴、倔强的高地人尤旺。身份或曰自我意识，都是通过与土地建立联系才能建立，土地给了苏格兰人独特而又丰富的民族性格。

而寄托克丽斯乡愁的皮克特石碑，也和土地交融在一起成为苏格兰人的力量源泉。在《皮克特人的语言》一书中，凯瑟琳·福赛斯（Katherine Forsyth）附了四张带有皮克特符号和图形的欧哈克石碑，其中有三张就在阿伯丁郡和金卡丁郡附近（Forsyth,1937:34 ～ 35），尤其是金拉第所在的金卡丁郡那张史前石碑，和小说中的描述十分相似。艾弗·布朗在小说序言中说："这些石碑在他（吉本）看来是把苏格兰大地同一切普遍而持久的事物连在一起的，是初民们的象征，他们在迷失方向之前一直是过得很快活的。"（Gibbon,1986:6）初民们（远古时代的人们）的迷失是指他们深陷"由定居农业而产生的文明，才产生了罪恶和堕落，产生了对暴虐的神明和暴虐的帝王的崇拜，产生了迷信权力、战争以及现代人的一切苦难"（Gibbon,1986:5）。石碑带着原始崇拜的气息，"那些石碑的又尖又长的影子映在东边，也许这就跟它们在两千年前的一个黄昏时一样，那时节，那些未开化的人就爱在这些影子后面一边爬上山坡，一边唱歌，而暮霭也正映在这些寂静的丘岗上"（Gibbon,1986:65）。石碑把当下的经历与原初的记忆联系起来，而且和土地一样给克丽斯带来一种未知的却又愉悦的感觉，这是触及原始性的时刻，是暂时投身于最简单却又最辉煌的黄金时代的时刻。"日日夜夜站在布拉威里湖边的那些石碑，在它们周围总有一些东西在黎明之前又在哭呀，笑呀，再度生活下去。”（Gibbon,1986:81）那些东西是不断被继承的原始情绪、未经现代文明加工的最自然的表达，它们一度像那些石碑一样被深锁在土地里，只有克丽斯无意间才遇见，而且就如同她在土地上收割时的狂想曲一样，克里斯知道通过那些东西“就可以按迹追索她的一生，追索它那暗黑的一望无际的等待着人们去耕耘的土地”（Gibbon,1986:81～82）。

在《云雾中的山谷》中，土地变为记忆，化身为克丽斯口中常提到的“真实”。在搬去塞戈特那天，她看着那群帮忙搬家的乡巴佬[①]，尤其是其中的一个，“克丽斯最喜欢他，一看到他这类人，她心中总是会产生一种突如其来的同情感。确信他还有他们这样的人就是真实”（Gibbon,1986:222）。在克丽斯眼中，淳朴的乡巴佬是这世上最真实、最有价值的存在。这种情感与《落日之歌》中面对土地和石碑时的克丽斯心中的情感一样，土地和在土地上生活的人群是最原始也最本真的存在。

> 他们知道，在这儿他们最终勇敢面对着真实，既不是天堂也不是地狱，而是红色的土地，在你成长改变的地方黏着泥土，回到土地，回到将要来到的时代，成为暴风中喷洒的微尘，那时候的山谷偶然形成于冬日的暴风雨中，成为飞溅的尘埃，就像春日的清晨有人牵着马扛着耕犁走过，回到树上小鸟啄食啁啾的时候，回到春日树木萌芽的时候。（Gibbon,1986:236）

这种带有浪漫主义色彩的话语与《落日之歌》中苏格兰农村最美的画卷相映生辉，在《灰色花岗岩》里克丽斯去农村郊游时，也时常有相似场景的回忆和温习。面对变动的社会，克丽斯仍固守着她自己的苏格兰。“克丽斯那时候认为，土地上的一切，无论你睡在哪儿，在哪儿吃饭，床铺在哪儿，这些都不会带来什么改变，在山谷这个小小的世界里，令人烦恼疑惑的是人，像飘过的云一样不断逝去的人们：而那真实的东西仍在下面，未受干扰，未受影响。”（Gibbon,1986:321）

无论如何，吉本通过三部曲写了一部集体历史。伊恩·卡特（Ian Carter）把三部曲尤其是《落日之歌》看作下层人民也就是农民的历史。卡特认为，《落日之歌》把金拉第农民最后的危机置于农业资本化缓慢扩张的框架之中，“它真实地反映出在1911年到1920年之间，在金卡丁南部

① “乡巴佬”一词是吉本的原文，由此也可看出小说作者并没有把塞戈特看作完全的城镇。

的社会构成中，农民资本家取代了个体农民成了社会的主体”（Carter，1978:172）。莫拉格·史雅克（Morag Shiach）也有类似的观点，他指出：“第二部小说《云雾中的山谷》（1933）表达了20世纪20年代，在克丽斯与第二任丈夫还有儿子移居到一个工业小镇后，群体与连续性受到的压力。小说描述了在充满冲突及社会关系急剧变化的20世纪20年代的苏格兰，克丽斯与她的家庭试图维系人际关系与历史，探索建立集体主义的可能以及获得诚信的社会和心理代价。”（Shiach，2003:39）而《灰色花岗岩》则记录了工业文明如何最后击垮苏格兰乡村共同体的历史。当然，对于吉本来说，集体身份这个概念还应置于文明的渐弱式发展视角下考量，文明在传播的同时逐渐被弱化。在这一过程中，原始共同体也开始分化，每一个分化出的小群体不再具备最初的纯粹性。吉本不是在建构苏格兰乡村共同体的历史，而是在揭示苏格兰乡村共同体的不断没落。他的作品大多都与文明传播论相关。他的小说，尤其是《苏格兰人的书》，生动地刻画了世纪之交在现代文明中挣扎之后没落的原始族群生活，从一个侧面展现了那个族群的文化记忆，随着小说场景从农村到城镇再到城市的移动，苏格兰乡村离它的本色越来越远，而乡村共同体的衰微折射出苏格兰文化的衰微，这是吉本《苏格兰人的书》的魅力所在，也是整个苏格兰现代主义小说独特的魅力所在。

## 第四节　缪尔夫妇的小说和小说批评

夫妻二人同时在文学史上享誉盛名的情况并不多见，苏格兰文学圈更是如此，而缪尔夫妇则是其中杰出的一对，他们不仅合译了众多德语文学作品，还把卡夫卡、赫尔曼·布洛赫等德语作家引入英语文学。他们还创作了多部诗集、小说，并在文学评论领域颇有建树。丈夫埃德温·缪尔（Edwin Muir，1887～1959）生于苏格兰北部的奥克尼岛（Orkney），1901年在父亲失去农场后，缪尔举家迁往苏格兰最大的工业城市格拉斯哥，青少年时期的痛苦往事，无论是远离家园的失落感，还是在格拉斯哥短短几年后丧亲失怙的经历，抑或是在陌生的工业城市里度过的地狱般的劳作岁月，都给缪尔留下了不可磨灭的印象，而那些伤痛也毫不保留地体现在他的作品中。相比之下，妻子薇拉·缪尔（Willa Muir，1890～1970）的早期生活也许要幸福一些，她的父母是苏格兰最北端的岛屿设德兰群岛人，后来移民至苏格兰中部安格斯地区的沿海小镇蒙特罗斯（Montrose）。薇拉在蒙特罗斯出生，并在那里度过了童年，1910 年她进入苏格兰最古老的高等学府——圣安德鲁斯大学学习古典学，随后去伦敦读教育心理学的研究生，硕士研究生阶段的教育对薇拉的影响巨大，弗洛伊德、荣格、柏格森等人关于意识及无意识的学说著作，都曾赋予她后来的文学创作以灵感。1918 年在格拉斯哥，埃德温与薇拉相识，当时，薇拉已在伦敦一所女子学校任教数年，而埃德温也已经摆脱作为工人与职员蝇营狗苟的艰辛日子，开始给《新时代》杂志写稿。一年之后他们步入婚姻殿堂，同年二人决定移居伦敦，埃德温成了《新时代》主编 A. R. 欧雷吉的助理，同时给包括《苏格兰人》（*The Scots*）在内的几本杂志写稿，而薇拉则替一本美国杂志《自由人》供稿，之后又在学校谋得教职。1921 年对夫妻二人来说是一个转折点，一纸翻译合同将他们送往欧洲大陆，于是他们在布拉格、德莱斯顿、萨尔斯堡、罗马等地流转，在这期间，欧洲大陆的文化，尤其是德语文化的种子渐渐在他们心里埋下，到 1924 年他们回到英国之时，翻译引介一系列德语作品的想法开始得以实践。从 1924 年一直到第二次世界大战爆发前夕，他们合译了 16 部德语小说和戏剧，其中包括弗兰兹·卡夫卡（Franz Kafka，1883 ～ 1924）的长篇小说《城堡》（*The Castle*，1930）、《审判》（*The Trial*，1937）和短篇小说集《变形记》（*Metamorphosis and Other Stories*，1961），以及奥地利小说家赫尔曼·布洛赫（Hermann Broch，1886 ～ 1951）的代表作小说三部曲《梦游者》（*The Sleepwalkers*，1932）。翻译工作给他们带来丰厚的报酬，他们可以衣食无忧。另一方面，欧洲现代主义作品里不同于现实主义创作的精神，也对他们未来的文学创作产生了一定的影响。在布洛赫的《未知的数量》（*The Unknown Quantity*，1935）英译版出版的同年，也就是 1935 年，缪尔夫妇搬到圣安德鲁斯定居，三年后，在圣安德鲁斯的家中，他们招待了前来避难的布洛赫，那位颠覆性的奥地利小说家的小说预言似乎成真了。第二次世界大战过后，埃德温被任命为驻布拉格与罗马领事，短暂的政治生涯过后，缪尔夫妇再次回到英国，埃德温的晚年时光几乎都在英国与哈佛的校园里度过，他教学、写诗，直到 1959 年在剑桥离世，而薇拉则一直跟随他在欧洲、美洲游荡。在埃德温死后，薇拉的余生献给了相关诗歌研究与回忆过往，1970 年，80 岁的老人在完成了《归属：一本回忆录》（*Belonging*：*A Memoir*，1968）之后，与丈夫在天堂再次相会。

缪尔夫妇最主要的成就是几本重量级的德语小说的翻译，他们的翻译在英语世界影响甚广，对于英国现代主义的发展也功不可没。埃德温·缪尔还是苏格兰现代主义时期最杰出的诗人之一，他生前发表的诗集包括

《诗集初作》（*First Poems*,1925）、《新死者的合唱》（*Chorus of the Newly Dead*,1926）、《六首诗》（*Six Poems*,1932）、《旅途与地方》（*Journeys and Places*,1937）、《时间主题变奏》（*Variations on the Time Theme*,1934）、《狭窄的地方》（*The Narrow Place*,1943）、《旅行及其他诗歌》（*The Voyage and Other Poems*,1946）、《迷宫》（*The Labyrinth*,1949）、《诗集 1921 ～ 1951》（*Collected Poems* 1921 ～ 1951，1952）、《普罗米修斯》（*Prometheus*,1954）、《踏入伊甸园》（*One Foot in Eden*,1956）等。除了翻译和诗歌成就，埃德温・缪尔还是一位杰出的文学批评家，他的重要批评著述包括《我们现代人》（*We Moderns*,1918）、《维度》（*Latitudes*,1924）、《变迁：当代文学论文集》（*Transition*:*Essays on Contemporary Literature*,1926）、《小说的结构》（*The Structure of the Novel*,1928）以及《司各特与苏格兰：苏格兰作家的困境》（*Scott and Scotland*:*The Predicament of the Scottish Writers*,1938）。相比之下，埃德温的三部小说则显得有些寒酸，他的小说成就远不及同时代的苏格兰小说家盖恩或者吉本。埃德温的三部小说分别是：《牵线木偶》（*The Marionette*,1927）、《三兄弟》（*The Three Brothers*,1931）和《可怜的汤姆》（*Poor Tom*,1932）。

埃德温来自苏格兰偏远的小岛渔村，他的小说作品不可避免地带有怀旧式的自传性质。在自传《故事与寓言》（*The Story and The Fable*,1940）里，埃德温道出了他对工业革命之前的田园生活的眷恋：“我出生在工业革命以前……事实上我出生在 1737 年，在我 14 岁以前没有发生过任何事，后来，在 1751 年，我离开奥克尼来到格拉斯哥，到达的时候才发现是 1901 年，那两天旅程消耗了我 150 年的光阴。但我还是在 1751 年，很长一段时间都是。”（McCulloch,2009:54）对于埃德温而言，在格拉斯哥这样的大型工业城市的生活经历是痛苦的，而他在远离工业化的奥克尼岛的童年是温馨的，不过，故乡童年往事所带来的温馨在工业化时代已经消失得无影无踪。埃德温生活在 20 世纪，但他向往的是 18 世纪。埃德温的小说仿佛总是和伤痛联系在一起，这和他在格拉斯哥的生活经历有关。短短四年间，在格拉斯哥的父母与两个兄弟因不堪生活重负而死于非命，18 岁的埃德温孤零零一人被留在陌生的工业城市，身心都受到巨大的创伤，这也是他在 1920 年左右学习荣格心理分析课程的原因。

虽然埃德温的小说创作刚好处在苏格兰现代主义的高潮时期，但是，无论是小说内容还是形式，埃德温都没有刻意去求新。他的第一部小说《牵线木偶》的故事发生在萨尔斯堡，叙述了鳏夫马丁与他的智障儿子汉斯如何因为木偶而变得更为亲密的故事。马丁因为儿子的智力问题而对他有些不以为然，直到汉斯 14 岁生日前，他才意识到儿子的重要性，于是决定生日当日带他去木偶剧场看《浮士德》，以赢得他的欢心。汉斯对木偶戏情有独钟，马丁为了讨好儿子，还给他买了剧中浮士德的情人格雷琴的木偶，期望木偶能给汉斯理解生活和世界打开一扇窗，可事与愿违，汉斯沉迷于木偶的世界，对于现实与自我的理解反倒更加错乱，最后马丁放弃了努力，可汉斯却自己找到了答案，他抛弃了木偶，与父亲过起平和的日子。初看起来，这是一部现实主义作品，奥地利的背景、木偶剧场都与埃德温在欧洲大陆的经历一致，《浮士德》也是他在《小说的结构》中经常提到的文本，但小说的主题无疑受了荣格心理学的影响，主要探讨儿童成长过程中恐惧和疑惑的外在表现问题。汉斯作为原型，有着青少年时受了创伤的埃德温的影子，而且堪称在自我身份建构中可能遭遇疑问和困难的所有孩童的代表。看过木偶剧之后，“所有事物都闪闪发光，干净整洁，但上面有抹不掉的血迹；在格雷琴屋子的天花板上有血迹，街道上有血迹，每个人的手上都是血”（Muir,1987:66）。汉斯把自己与木偶等同，在小说第六章，木偶代替汉斯进入无数扰人的梦境，那是汉斯的另一个自我，和木偶格雷琴一起生活在舞台上。从某种程度上讲，弱智和木偶是儿童的两个属性：他们缺乏成熟的理性，容易被外界操控、改变。木偶象征着虚构的生活，或者说梦里的自我意识。因为个人经历的影响，埃德温偏好在作品里探讨家庭关系，马丁与汉斯之间类似于木偶演员与木偶的关系，马丁“设计了很多方案，想取悦汉斯”（Muir,1987:22）。起先，父亲想要影响儿子，后来，这种关系颠倒过来，他们开始整天都在讨论不存在的事物。最后在关于格雷琴之死的梦中，马丁直接进入汉斯的梦的世界，是他把格雷琴的死讯告诉了儿子。

许多评论家和读者认为小说结尾处汉斯的觉醒过于突兀，如果结合《小说的结构》一书来理解，这个喜剧结尾看来就合理得多。埃德温在书中把小说分为行动小说、性格小说和戏剧小说三类，行动小说以情节取胜，人物性格随着情节的变化而变化，性格小说里人物性格相对是稳定的，作者根据性格来设计故事，而戏剧小说则是这两种因素相结合的产物。有趣的是，埃德温多以 19 世纪的英国小说为例来阐述三类小说的异同，被他引为例证的主要是奥斯汀、哈代等人的作品。埃德温的《牵线木偶》读起来没有任何障碍，不像英国现代主义大师乔伊斯或伍尔夫的小说那样晦涩。埃德温笔下的故事简单明了，事件按照一定的时间顺序组合起来：马丁决定好好培育汉斯，汉斯渐渐了解周围的世界，父子二人去了木偶剧场，汉斯沉迷于虚构的世界、马丁力图解救儿子，汉斯自省，父子二人恢复平静的日子。很明显，这是一部以情节及多变的人物性格取胜的行动小说。至于小说的结尾，埃德温曾不只一次地在《小说的结构》里强调："行动的小说，有时候会折磨读者，而它的首要目的是取悦读者，所以它一定要有一个皆大欢喜的结尾。"（Muir,1967:19）他还说："无论采取何种形式，戏剧性小说都不一定是悲剧。"（Muir,1967:42）这很好地解释了为什么《牵线木偶》的结尾那么突然，包括接下来的两部小说，虽然主人公遍历艰辛，最终的结局却也是充满了美好的希望。

如果说《牵线木偶》是部心理成长小说，那么《三兄弟》则描写了现实中布莱克艾德三兄弟更漫长更惊心动魄的成长历程。小说以16世纪苏格兰宗教改革时期为背景，兄长桑迪是狂热的加尔文主义者，双胞胎弟弟大卫和阿尔奇，一个是中规中矩、从小受父亲的文艺复兴思想熏陶的理想主义者，另一个则是从不循规蹈矩的花花公子。在爱丁堡三兄弟同时陷入困境。桑迪的妻子是个再洗礼派教徒，在激烈的信仰冲突之后，他转投了温和一些的再洗礼派，可是加尔文思想里的宿命论似乎还是紧紧跟随着她，最终桑迪患上肺结核一命呜呼。双胞胎的故事和爱情有关，大卫爱上了一个叫艾伦的姑娘，不料艾伦却经不住阿尔奇的勾引，与他走到了一起，艾伦的前未婚夫得知实情后怒火中烧，杀害了艾伦，阿尔奇也因此受伤。小说结尾处，失恋的大卫从爱情悲剧的影响中慢慢恢复，离开苏格兰，踏上英格兰和欧洲大陆的土地。《三兄弟》在很多批评家看来是一部自传体小说，此言不假。埃德温也有两个兄弟，与桑迪一样，他的兄长威利也死于肺结核，而且，在大卫身上有许多作者的影子。虽然小说背景是宗教改革时期，但整个故事读起来更像是苏格兰现代生活的篇章，其中有缪尔夫妇在圣安德鲁斯的经历，大卫出走英格兰和欧洲的情节也取自缪尔夫妇的亲身经历。

埃德温笃信苏格兰宗教改革对于当代苏格兰生活有根深蒂固的影响，他写有改革领袖人物约翰·诺克斯（John Knox,1514～1572）的传记一篇，认为诺克斯领导的宗教改革标志着苏格兰文化堕落的开始，而堕落的趋势一直到苏格兰现代文艺复兴时期达到顶点。"诺克斯所做的就是剥夺了苏格兰所有的文艺复兴福利。"（Muir,1929:309）这里的文艺复兴指的是16世纪欧洲的文艺复兴，即人文主义的觉醒，在小说里由大卫体现出来，而大卫最后的出走则象征着埃德温在现代苏格兰文化与欧洲文化间做出的选择。在他后来关于苏格兰现代文学的著名批评文集《司各特与苏格兰》中，这种对于苏格兰文化身份的怀疑与抛弃继续发酵，对于埃德温来说，苏格兰现代小说家面临的困境也是整个苏格兰民族独立面临的困境，即本章第一节提到的是否有独立的苏格兰民族身份的问题。第一节中曾提到埃德温对于英语和英国文化的推崇，这也成为他与其他现代苏格兰文学家的主要争执之一，而争执的焦点在于苏格兰文学创作应该使用英语还是苏格兰语。以麦克迪尔米德为首的苏格兰民族主义派力图创建属于自己的语言，而埃德温在《司各特与苏格兰》中明确指出，苏格兰语不能独立用于文学写作的目的，“一个有雄心壮志的作者必须用英语写作，而且还应接受英国的传统”（McCulloch,2007:87）。这种对于本土文化的不信任，如果要追究其起源，似乎是与埃德温在工业城市格拉斯哥的经历不无干系。带着困顿、剥削和死亡而来的苏格兰现代化成为埃德温心中挥之不去的恐惧，而这种恐惧在小说里被外化为迫使主人公逃离的因素。

兄弟冲突或对等关系的主题在第三部小说《可怜的汤姆》中得到延续。这一次小说的背景变为 1911 年至 1913 年间的格拉斯哥，故事围绕汤姆、曼希兄弟俩展开。情节并不复杂，甚至有一些《三兄弟》里双胞胎兄弟的爱情故事的影子。曼希在生意场上大获成功，名利双收，相比汤姆毫无建树，更甚者，曼希还赢得美人海伦的芳心，暗恋着海伦的汤姆相形之下落寞不已，不禁妒火中烧，却无可奈何只好借酒浇愁。不幸的是，一次醉酒之后，汤姆不小心摔破了头，后来长了脑瘤，受尽病痛折磨，抑郁而亡。小说冗长的后半部分花了大量篇幅描写汤姆的受难，同时，曼希解除了与海伦的婚约，与弟弟重归于好。小说结尾处描述了曼希想象中的完美世界图景，这一方面实践了埃德温认为小说不能以悲剧收场的文艺理念，另一方面也成功化解了汤姆的个体悲剧蕴含的恐惧感。无疑《可怜的汤姆》是更具有自传性质的作品。小说的时间、地点都与缪尔一家在 20 世纪最初几年的遭遇相吻合，汤姆的原型是埃德温的哥哥约翰尼，同样也是在格拉斯哥，约翰尼死于脑瘤，而曼希则是埃德温自己的化身，在曼希身上埃德温寄托了对于社会良性发展的期望，小说结尾处呈现的完美图景象征着冷漠吃人的工业社会终将结束，“墙壁退却了，整个世界的墙壁都退却了，一个巨大完美的圆圈在沉默中闭合——并非暂时的生命的轮回，这永远无法完全解释清楚，他就站在圆圈当中。他以前并不知道这是什么，那个他曾预见并屈从于它的东西：那是永恒完美的秩序，所有人永恒的命运，是他自己不朽的灵魂”（Muir,1932:251 ～ 252）。这段明显具有荣格心理学特色的话，把荣格笔下代表永恒与完美的曼陀罗图腾与曼希的社会理想，或者说埃德温的社会理想结合起来。在《故事与寓言》中，埃德温根据自己的亲身经历区分了两种社会秩序，分别是童年时奥克尼岛代表的“美好秩序”和格拉斯哥代表的“混沌秩序”。（Muir,1940:72）小说里曼希想象中的完美世界就和埃德温记忆中的奥克尼一样，拥有最初始的美好秩序。

与盖恩和吉本不同，埃德温的过去永远只存在于记忆里。对于埃德温来说，童年的美好已经随着在工业城市的悲惨遭遇消失得无影无踪。曼希见到的巨大完美的圆圈更像是埃德温设想的社会主义社会，也就是说，在埃德·温那里，吉本他们极力维护的原始过去被似乎要取代资本主义的社会主义所取代。《可怜的汤姆》中充满了对于社会主义的探讨，其中第十九章几乎没有任何关于故事情节发展的内容，通篇都是关于基督教和社会主义孰是孰非的讨论。社会主义是埃德温在格拉斯哥遭遇到工业社会严峻的现实之后找到的救命稻草。埃德温寄希望于未来，而非过去，“我对于描述受难的场景失去了兴趣，因为受难在我想象中的人类愿景里并不存在，那时，所有邪恶、孱弱和畸形的现象都已经被超越了”（Muir,1940:143）。从《我们现代人》开始就挥之不去的尼采超人倾向，一直到1940年出版《故事与寓言》时还是伴随着埃德温·缪尔。“超人”即是未来社会的超越性，埃德温通过曼希这个人物在小说中的胜利表达了对于建立后工业化社会主义社会的信心。如果说汤姆的悲剧是个体悲剧的话，那么无论是在荣格原型和集体心理学还是在社会主义社会意识共同体的视角下，那样的个体悲剧都可以成为工业社会下关于人类生存的集体悲剧。通过汤姆与曼希的和解，汤姆的死亡和曼希预见的希望，新旧社会秩序完成了转换，“社会主义的愿景充满了净化功能……是一种化学的或者说生物化学式的净化，而不是精神上的净化。当人们从一切不快、不洁和痛苦的事物中脱离，就得到了净化的人”（Muir,1932:190～191）。

埃德温的小说承载着一种人文关怀，他喜爱的作家包括陀思妥耶夫斯基、歌德、易卜生、尼采等，相对于一些沉闷的现实主义作家，这些作家显得比较激进，与埃德温的社会主义主题相吻合，而且他们共同的特征就是具有普遍的人文关怀，也就是埃德温说的，文学要解决人类的“永恒问题”（McCulloch,2007:85）。埃德温对于人性的强调，从他对于伍尔夫和乔伊斯的评论中也可见一斑。他认为，乔伊斯的作品中“有某种不人道的意味”，“某种恶意的观察姿态和某种有意识或无意识的嘲讽的障碍”。（Brown,1989:33）而伍尔夫“会遇到自己小说里的人物”，“她接受他们，把他们当作目的……当作和她地位相当、生活在同一维度的人”。（Brown,1989:33）同样，在评论卡夫卡的小说时，他一直提到一个概念，“普遍状况”（universal situation），言下之意，卡夫卡的小说记录的是普遍存在的人性问题：“那两个伟大的故事的主人公可以是任何人，他的故事也是所有人的故事。”（Brown,1989:55）在埃德温自己的小说中，他在刻画小说人物时，无论是汉斯、大卫还是汤姆或曼希，都试图摆脱个人经验，把他们的故事写成寓言，所以三个故事都显得不太真实，但正如他在评论《城堡》和《审判》时所说，“可是这些故事又不是寓言。它们传递出的真理令人吃惊，与传统不符，出人意料之外……它们更像是严肃的幻想”(Brown,1989:55)。《牵线木偶》《三兄弟》《可怜的汤姆》正是这样严肃的幻想和自传体现实主义结合的产物，虽然时有情节脱线、结局突兀的情况出现，但不可否认，埃德温·缪尔试图呈现给读者的是关于人作为集体存在的深层含义。

如果说埃德温笔下的苏格兰多少带点“普遍状况”的味道，那么这与他面对苏格兰民族主义时的悲观态度不无关系。如果苏格兰没有统一的民族身份，那么就只能融入英语文化甚至欧洲文化里去，苏格兰人的境遇并非是独有的，而是欧洲人甚至全世界的人的普遍遭遇。相反，埃德温的妻子薇拉更愿意从一个狭小的视角出发，描写一个特定小空间里的特定人群。作为为数不多的苏格兰现代主义女性作家，薇拉对于现代女性身份，尤其是在现代苏格兰社会背景下的女性身份，给予了充分的关注。正如麦克卡罗所说：“缪尔和卡斯维尔也许是写作关于女性主体性主题最著名的两位作家。”(McCulloch,2009:86)而且薇拉的小说背景通常是苏格兰偏远小镇和乡村，在《爱丁堡苏格兰文学史》第三卷中，艾莉森·拉姆斯顿(Alison Lumsden)把她划归为东北苏格兰作家的一员，“现如今，吉本、谢普德、薇拉·缪尔，还有盖恩的作品通常得放到东北苏格兰的语境里去考量，如果我们真要考量一番的话”(Lumsden,2007:101)。薇拉大部分的时间都投身于德语作品的翻译工作，她自己只创作了两部小说，分别是《想象中的角落》(*Imagined Corners*,1931)和《瑞琪夫人》(*Mrs Ritchie*,1933)。

薇拉在着手写作《想象中的角落》之前曾发表过一部非虚构作品《女人：一次调查》(*Women:An Inquiry*,1925)，这是一篇探讨男女性别差异的论文。薇拉在论文中探讨了女性不同于男性的特点，她还着重探讨了女人的生殖角色，而生育后来成了小说《瑞琪夫人》的关键词。《想象中的角落》描述了20世纪初一个苏格兰村子里的两个家庭，即尚德一家和穆雷一家的故事。威廉姆·穆雷和奈德·穆雷兄弟俩，以及两个名为伊丽莎白·尚德的女人是小说的主要人物。小说的故事发生在苏格兰一个名为卡尔德维克的小镇，当地社会风气与宗教习俗无不让人感觉压抑，人们热衷于上教堂，崇尚特权，父权统治森严，而且还有严重的排外思想。威廉姆是村里的牧师，却无法成为村子的顶梁柱，因为他自己无法确定上帝的形象到底如何、又该如何取悦于上帝，而且即使是卡尔德维克这一隅之地也有多个教会存在。当他决心无论如何都将顺服上帝之时，颇具讽刺意味的是，他却不幸落水，淹死在一个“脏兮兮的角落，那里真是死水一潭”（Willa Muir,1987:44）。威廉姆的弟弟奈德因为升学问题走火入魔，疯疯癫癫的他既象征着卡尔德维克严苛外表下充满矛盾和即将分崩离析的未来，又代表了威廉姆被压抑的自我，那个隐藏起来的自我其实比奈德更加脱离现实的约束。而威廉姆背叛了奈德，这也意味着威廉姆放弃了自由的可能，他最后的死亡是注定的结果。正是这样一个即将走向灭亡的男权社会成了小说中两个伊丽莎白自我革新的背景。年轻的伊丽莎白初嫁给海克特·尚德之时，为了维护完美的妻子形象，她尽其所能满足丈夫的一切需求。“海克特希望她怎么打扮她就怎么打扮。她一定生来就知道这一点，她先洗了澡，在脸上搽了粉，接着穿上她最好看的斗篷。”（Willa Muir,1987:126）这样的妇女形象与家庭关系是传统价值观的体现，而年长一些的遗孀伊丽莎白（为了区分，小说中称她为伊莉斯）是海克特的姐姐，早年与丈夫私奔远赴欧洲大陆，丈夫死后她回到苏格兰。她明显厌恶卡尔德维克的一切，包括那里的教会和信仰。正是伊莉斯给伊丽莎白种下变革的种子，她小时候的叛逆和对于周遭社会的憎恨曾以私奔收场，如今以更平和的方式发泄出来，那就是小说结尾处带着伊丽莎白再一次逃往欧洲大陆，她们携手去了法国。

薇拉是运用双重身份的好手，在《苏格兰人的书》里吉本曾描写了两个克丽丝，而在《想象中的角落》里到处都是这样双重人格的例子，穆雷两兄弟是一个明显的例子，可以说，奈德是威廉姆的另一个自我，一个不被社会接受、同时也不被社会束缚的自我。当然，更明显的例子是两个伊丽莎白，凯蒂·格拉米奇（Katie Gramich）认为，薇拉对于伊丽莎白的“讽刺画像对应了弗吉尼亚·伍尔夫的《自己的房间》里对于女性角色的描写”（Joannou,2012:225）。确实，伍尔夫对于维多利亚时期“房中天使”（the angel in the house）的妇女形象的批判与薇拉对于前期伊丽莎白的否定态度如出一辙，而另一个自我伊莉斯的出现则预示着伊丽莎白将选择一条和威廉姆不同的路，从而获得自由。也正是在这个意义上，许多评论家把这部小说当作苏格兰女性主义书写的典范之一。苏珊娜·哈格曼（Susanne Hagemann）无论是谈到小说中的父权世界，还是男子气概的各种表现，抑或是性别观念的转变时，都以《想象中的角落》为例。（Hagemann,2007:217 ～ 219）

如果把薇拉的小说放在苏格兰文艺复兴运动的语境中来看，它们是超越女性主义的。她与丈夫埃德温一样对于构建独立的现代苏格兰民族身份持否定态度。《想象中的角落》里对于基督教的怀疑和否决与埃德温的作品里对于加尔文主义的批评相对应，而且小说一开始就揶揄了菜园派对于苏格兰农村风土人情的想象，与之相对应的现实世界是充满地方狭隘主义的卡尔德维克，这也正是小说标题的含义所在。复数的角落代表着菜园派作家及苏格兰现代派作家曾经维护或者将要建立起来的“家园”，而“想象”一词则定义了这些“家园”的虚幻本质。可以看出，薇拉和埃德温一样，他们不信任盖恩或吉本通过儿时记忆重新建构起来的苏格兰本土形象，相反，他们更愿意融合，从苏格兰外部去寻求民族统一的可能。以女性作为抗争与出走的角色更具有现代主义文学的意义，这个角色在压抑的环境下更具有追求自由和独立的本能，挪威剧作家易卜生（Henrik Ibsen，1828 ～ 1906）的《玩偶之家》（*A Doll's House*，1879）给薇拉树立了榜样，从某种意义上讲，伊丽莎白就是另一个娜拉。

《瑞琪夫人》延续了《想象中的角落》的主题，而且薇拉将重点放在了女性角色的探讨上，哈格曼称其为“在父权语境下对于女性与男性性别最令人不安的探索之一”（Hagemann，2007：215）。小说里的瑞琪夫人从小就聪明机灵，而且雄心勃勃，她梦想成为教师，而正是母亲脑中 19 世纪女性的固有印象阻挠了安妮·瑞琪的前进道路，她被社会和家庭灌输了另一套价值观：家庭和宗教才是女人发挥才能的正当领域。于是她深陷加尔文主义，并且把关于原罪和拣选的宗教教条强加于后来她的家庭成员身上。她的丈夫是个弱不禁风的角色，胆小害羞，而且优柔寡断，这也衬托了瑞琪夫人在家庭领域的强势统治，对于子女她也极尽管教。哈格曼认为，正是“在那些与女性相关的领域，她充分运用了自己的权力，反倒通过女人受困于家庭这一点把家，尤其是家里的客厅变成了（伪）基督教的堡垒，而她就是她的上帝的代理，统治着那个堡垒”（Hagemann，2007：216）。瑞琪父子二人深受女权之苦，后来两人在第一次世界大战中的阵亡似乎并非偶然，它象征着安妮权力的压倒性胜利。这种胜利也延伸到安妮作为寡妇寡母的身份上，她日夜为二人哀悼，以继续履行“贤妻慈母”的责任。安妮对于权力的渴望进一步在她的女儿身上体现出来，莎拉·瑞琪在母亲的影响下成了不折不扣的女权主义者，她积极争取妇女权益，甚至排斥婚姻，走向了颠覆男权社会行动的另一个极端。

《瑞琪夫人》读起来处处都是尼采的权力意志的体现。伴随着瑞琪夫人成长的是对于权力的渴望，无论是教学的梦想，还是对于家庭的掌控，不过就是权力的实现场域在不断变化而已。1936 年薇拉出版了另两篇讨论现代苏格兰妇女角色的论文，《苏格兰的女人》（*Women in Scotland*）和《苏格兰的格伦迪夫人》（*Mrs Grundy in Scotland*），认为当时苏格兰女人卑微顺从的生活方式“是一种扭曲，否认并且阻碍了可能是，或者可能正在形成的真正的民族意识”（Brown,2007:88）。《瑞琪夫人》一方面通过一个强势女性的角色为苏格兰女性身份正名，另一方面，也强调了当时压抑的苏格兰本土社会与宗教意识给女性以及个人带来的伤害。一些当代评论家批评《瑞琪夫人》，认为“小说就像一个心理学案例分析”（McCulloch,2007:93）。其实，薇拉小说中对于人物心理的精心刻画与分析与她的教育背景有关，而且20世纪初的现代小说创作原本就充斥着意识流之类对于无意识或潜意识的描写。从这种意义上讲，薇拉的小说比她丈夫埃德温的小说更具有主流现代主义文学的特征。

缪尔夫妇的小说创作的巅峰时期几乎都在苏格兰之外的土地上度过，借助对于欧洲大陆文学的理解和接受，他们的小说创作和同时代苏格兰小说家的创作是不尽相同的。虽然他们的作品仍旧以历史上的苏格兰或者现代苏格兰作为背景，但他们小说的主题远远超越了地域性，他们对狭隘的苏格兰民族性进行了批判。正如薇拉在《归属：一本回忆录》的结尾处所说的那样，“我们在朝向那个更大的世界和谐的路上走了一两步，那种和谐就像从寓言中而来的一个梦一样一直萦绕在我们心头”（Willa Muir,1968:316）。缪尔夫妇的小说中为读者呈现了一种全新的现代苏格兰身份，就像薇拉笔下曼希想象中的那个圆圈，或者说远赴欧洲大陆的伊丽莎白一样，缪尔夫妇的小说比同时代作家的小说充满了更多的可能性，拥有着更为广阔的地理空间。

## 第五节　康普顿·麦肯锡：“政治”小说家

康普顿·麦肯锡（Compton Mackenzie,1883～1972）是苏格兰现代主义时期十分高产的一位作家，出版的作品多达105部，按作品数量来说在世界文坛也可谓是佼佼者。在这105部作品中，有12部是自传或者自传式的回忆录，其中包括《加里波利回忆录》（*Gallipoli Memories*,1929）、《希腊回忆录》（*Greek Memories*,1932,1939）、《爱琴海回忆录》（*Aegean Memories*,1940）等。当然，麦肯锡最耀眼的非虚构作品当属十卷本的《我的生活及时代》（*My Life and Times*,1963～1971）。也许只有像麦肯锡那样经历了第一次世界大战、第二次世界大战，精力充沛、四处冒险又记忆力非凡的人才能积累那么多文字来记录自己的一生。麦肯锡并非土生土长的苏格兰人，却一生与苏格兰结缘，甚至在苏格兰文艺复兴运动时期俨然成为苏格兰民族主义的代言人之一。与其他苏格兰现代作家相比，他的出身显得与文艺更有关联性。麦肯锡成长于戏剧世家，从祖辈开始，麦肯锡一家就在戏剧舞台上大放异彩，1881 年，他的父亲爱德华·康普顿组建了自己的剧团，娶了团里的当家花旦弗吉尼亚·贝特曼。1883 年，康普顿·麦肯锡诞生，在自传中他坦言自己的责任感遗传自父亲一族，而天赋则来自母亲一家。自幼麦肯锡就耳濡目染舞台上的光怪陆离，后来还当过演员。无论是在生活还是文学的舞台上，麦肯锡都希望自己成为主角，父母在他年幼时抛下他四处巡演的经历使得他比别人更需要关注，而幼年时保姆带来的压抑与折磨一直在他心中留着阴影，于是舞台成了他的精神庇护。在任何时刻，他总是选择将自己的经历保存下来，写成传记，而不让自我成为空白。在《苏格兰现代文学》中，博尔德说“从《我的生活及时代》不难看出作者是个极其虚荣的人，他把写下的每一页纸都留存下来，无论是多么转瞬即逝的内容”（Bold，1983：174）。麦肯锡在牛津大学完成学业，24 岁时就发表了自己的《诗集》（*Poems*，1907），28 岁发表了自己的第一本小说，第一次世界大战时创立了爱琴海情报局（Aegean Intelligence Service），1928 年又与麦克迪尔米德等人共同成立了苏格兰民族党，48 岁时成为苏格兰格拉斯哥大学的校长，而且相比同时期其他作家，他也是最长寿的一位，人至耄耋，得以寿终。麦肯锡的小说创作大部分都与自身经历相关，小说成了他塑造自我英雄形象的一种方式。从《热情的私奔》（*The Passionate Elopement*，1911）开始，一直到《纸片生活》（*Paper Lives*，1962）结束，麦肯锡创作的小说接近五十部，其中最为著名的作品包括《险恶的街道》（*Sinister Street*，1914）、《四股爱之风》（*The Four Winds of Love*，1937 ～ 1945）、《溪谷之王》（*The Monarch of the Glen*，1941）、《荒岛酒池》（*Whisky Galore*，1947）等。

尽管麦肯锡的著作卷帙浩繁，他的作品却并没有引起批评界广泛的关注。在《诗集》出版之后，麦肯锡曾对自己的诗才天赋颇感怀疑，他把自己的诗叫作“对于文学印象的诗体化”（Linklater，1987：77），同样，他的小说创作也经常遭人非议。一方面，他雄心勃勃，梦想在一部作品里穷尽主要人物的一生经历，要么就是用一系列作品来交代清楚一部小说中其他次要人物的人生历练。比如在《险恶的街道》之后，麦肯锡就计划把小说里每个人物都作为未来要创作的小说的主人公，写成一个名叫“青年剧场”的系列，于是后来就有了以小说女主人公为主角写就的续篇，分别为

《西尔维亚·斯卡莱特的早年生活与冒险》（*The Early Life and Adventures of Sylvia Scarlett*,1918）和《西尔维亚与迈克尔》（*Sylvia and Michael*,1919）。续篇写作也成了麦肯锡小说创作的一个明显特征。比如《祭坛的台阶》（*The Altar Steps*,1922）、《牧师的历程》（*The Parson's Progress*,1923）和《天堂的阶梯》（*The Heavenly Ladders*,1924）组成了三部曲，《八字结》（*Figure of Eight*,1936）又是《狂欢节》（*Carnival*,1912）的续篇。正如他的传记作者安德罗·林克雷特所说："一旦他构建了一个角色，麦肯锡就会依附于这个角色，他总是希望堆积足够的经历，以创作出一部大篇幅的、甚至是史诗般的小说作品。"（Linklater,1987:175）而另一方面，这种希望面面俱到的雄心与麦肯锡对于英国传统文学的偏好结合在一起，使得他的小说作品，尤其是早期作品读起来更像是和平繁荣、歌舞升平的爱德华时代的产物。以赛亚·伯林在《个人印象》（*Personal Impressions*,2001）一书中谈到埃德蒙·威尔逊时用麦肯锡做了类比，认为两人虽然活跃于现代主义时期，却都是不折不扣的爱德华时期的人物。他们是"精神旺盛，富有男子气概的作家，有时个性粗俗，甚至称得上平庸市侩，却颇有活力"（Berlin,2001:176）。所以阅读麦肯锡的小说作品可以发现，现代派小说中突出表现的人与社会、与他人的对立、个体的孤独以及个体对自我生存价值的怀疑迷惘等主题在小说中似乎都被主人公浪漫主义英雄般的胜利化解了，除此之外，小说的叙事形式也更接近现实主义作品，这也许正是当时的小说批评家对他的作品没有给予过多关注的原因之一。

麦肯锡的小说大体可以分为两类，一类是前文曾提到的自传式作品，主要包括《险恶的街道》《四股爱之风》等，尽管评论家诟病麦肯锡的写作主题或是手法过于偏向现实主义或者浪漫主义，这一类小说仍旧比较贴近传统意义上的严肃作品。另一类则是大众读者更喜闻乐见的闹剧作品，包括已经翻拍成电影或电视的《荒岛酒池》《溪谷之王》等。从创作时间来看，相对严肃的作品主要完成于第二次世界大战前，第二次世界大战前期出版的《四股爱之风》可以看作大概的分水岭，在此之后，麦肯锡在小说中给读者呈现得更多的是高傲无知却不乏可爱的苏格兰人的形象。1925年，在意大利的卡普里岛，美国小说家菲兹杰拉德（F. Scott Fitzgerald, 1896～1940）见到仰慕已久的麦肯锡，却给出了出人意料的评价，菲兹杰拉德批评了他之前的偶像，认为他放弃了严肃小说："我觉得他彬彬有礼，魅力十足，令人愉悦，却平庸世俗。你全然不觉得他认为自己的作品正走向四分五裂。"（Linklater,1987:211）菲兹杰拉德在此无疑是在暗示麦肯锡在闹剧式小说写作的道路上越走越远。如果说麦肯锡的小说是带有浪漫主义色彩的现实主义作品，那么将这位“世俗平庸”的爱德华时期作家列入苏格兰现代主义小说家的行列似乎显得不合时宜。但是细读他的作品就会发现，无论是在那些所谓的严肃小说还是后期饱受学界冷眼的滑稽故事中，到处都可以领略到充满苏格兰地方特色的元素以及苏格兰本土性与外来英国文化的冲突。而且，在那些自传式成长小说作品里入木三分的人物心理刻画，相比英美现代主义小说家如亨利·詹姆斯（Henry James，1843 ～ 1916）、乔伊斯、菲兹杰拉德等人的作品亦不相上下。当时，除了麦克迪尔米德，麦肯锡是在国际文坛声望最高的苏格兰作家之一，亨利·詹姆斯甚至认为“在同时代的年轻作家中最有希望的要算康普顿·麦肯锡”（Linklater，1987：141）。

《险恶的街道》是麦肯锡早期作品中最有影响力的一部。小说洋洋洒洒近一千页，出版社最终同意以双卷本的形式出版作品。整个故事基本以麦肯锡青少年时期的经历为蓝本，第一卷结尾处男主人公迈克尔·费恩年满十八，正准备迈入牛津大学的大门。第二卷的内容则围绕迈克尔在牛津的经历展开。小说的开头颇具法国现代主义作家普鲁斯特的《追忆似水年华》的味道：“雏菊大如月盘，从这绿色山丘的世界迈克尔·费恩毫无察觉地就来到了那所瘦削的红房子。”（Mackenzie，1913：1）普鲁斯特小说中的人物通常因为一瞬间的某种声音或气味，或者某个小物件一下子回到久远的过去，而麦肯锡笔下的主人公迈克尔也“毫无察觉”地回到了童年时位于伦敦肯辛顿西区的家。这样的写作手法因为精神分析学派对于现代主义文学写作的深远影响而在 20 世纪初开始大行其道，乔伊斯、伍尔夫等小说家都是其中的好手，而在安德罗·林克雷特看来，“《险恶的街道》清楚地展现了精神分析理论的主体和童年创伤和青少年期间性欲的联系，以及通过梦境展现创伤的渠道”（Linklater，1987：127）。小说开头的那所红房子与麦肯锡童年时的住所相似，当然，迈克尔也同样逃脱不了受飞扬跋扈的奶妈欺凌的命运，麦肯锡把自己的童年创伤嫁接到迈克尔身上，使之成为他挥之不去的阴影。小说中关于中学阶段的少年爱恋以及大学阶段逾越性禁忌的栩栩如生的描写，与现代主义时期流行的精神分析学说中的青少年性冲动主题达成默契。

在个体经历的背后，《险恶的街道》里隐藏着的普遍主题是“善恶”的抉择，这也是成长小说的永恒焦点。麦肯锡对于恶的揭露自始至终伴随着迈克尔，恶首先内化为童年创伤与青少年性欲带来的心理压抑，其后则外化为现代社会。那是一个机器轰鸣、以金钱运作着的真实世界，规训与教育是恶的象征，麦肯锡将少年之间的爱恋作为抨击基督教统治下虚伪的教育体制的手段（Mackenzie,1938:241）。到了晚年，提起创作《险恶的街道》的初衷，麦肯锡坦言：这部小说就是“为了详细呈现中学与大学教育给一个人的青少年时代带来的弊处”（Linklater,1987:72）。在牛津求学时期，迈克尔把自己少年时期在性上的探索转变为青年时代对于社会的探索，他对于斯特拉、莉莉甚至艾伦的探索也是对整个外部世界探索的一部分。第一卷中的迈克尔是事件的参与者，而到了第二卷他成了旁观者，对于自身之外社会的反思渐渐多了起来。“他有主见。为什么要踏入这个世界，给自己招来在伦敦困扰了他青年时期的那些痛苦麻烦事？从道德体验的角度来说，他有权待在这儿：可是待在这儿，却没有生死攸关的理由，这让人感伤，他只是在这大学的边缘地带渐渐变老。”（Mackenzie,1919:340）这样的感怀与小说结尾处总结性的对话相呼应。“青年时期的悲剧只有一个……是什么？岁月。”（Mackenzie,1919:654）时间成为恶的集大成者，它是主人公在一条条险恶的街道上游荡时失去的东西，也是时刻缠绕他、想要将他拉回过往却又将他无情抛在当下世界的生活本身。

时间作为无法摆脱的恶，对于高声呐喊苏格兰民族主义旗号的中年麦肯锡来说，渐渐演变为脱离了善恶道德标准的一种救赎。流逝的时间象征着永恒，无法更改，无法触及，却永远停驻在当下。在纷扰的现象世界里，时间成了最不可逆转的自在之物，而在这样的时间里逐步塑形的意识、物件、人物组成了麦肯锡的理想国度，这样的理想国在《四股爱之风》里有最明确的阐释。但凡研究麦肯锡小说创作的评论者，都绕不过那部六卷本、分为四个部分、长达近三千页、集聚了麦肯锡所有雄心的系列小说集《四股爱之风》。这部巨作自构思之初就以时间为其模式，四个部分分别以东南西北命名，对应一年四季，以主人公约翰·奥格尔维从孩童到知天命之年的人生经历为线索，横跨20世纪初至第二次世界大战整整近半个世纪的时间。

> 《东爱之风》的故事大多发生在春季，我要把1932年秋的波兰之旅写入其中。《南爱之风》的故事大多发生在夏季，方位是意大利和希腊。《西爱之风》的方位为美国、爱尔兰与康沃尔，故事大多发生在秋季。而《北爱之风》则以苏格兰为基础，冬季是主要的季节。（Mackenzie,1968:172）

虽然在实际写作中，小说与最初的安排有些出入，但是四季的时间背景保持不变，轮回时间观与整个欧洲大陆的地点跨度赋予小说强烈的普遍意义，个体经历与命运在这样的背景下也不免带上群体隐喻的色彩，这与当时麦肯锡的民族意识也相互呼应。《四股爱之风》正是这样一部以具有群体意义的个体遭遇为内容的20世纪前半叶的苏格兰民族史诗，如同四季的轮回，苏格兰民族在20世纪上半叶见证了某些亘古不变的民族品质，也正是在这个意义上，这部作品更大的价值在于它能给予苏格兰文艺复兴正当性与可能性。

同《险恶的街道》一样，《四股爱之风》系列仍旧以麦肯锡的自身经历为蓝本，只不过时间不再停留在青少年时期，而是涵盖了他作为剧作家与政治家的成年生活。第一卷即第一部分《东爱之风》1935年开始创作，1937年得以出版，记载了主人公奥格尔维的少年时代。不难看出，小说有许多《险恶的街道》的影子，其中有读者熟悉的英国寄宿学校，街道旁的建筑透出维多利亚晚期工业化的薄雾微光，小说主人公对学校的厌恶与迈克尔的感受如出一辙，在与男男女女的友情爱情纠葛之间，奥格尔维也如迈克尔一般，完成了对于内心与外界带来的压抑感的反抗。可是，这一次，奥格尔维更多的是观察者的角色，“即使他有机会进行革命活动，他也总是觉得困难，甚至无法给一群消极无害的人造成不便”（Linklater，1987：171）。他的消极与容忍表现为青年迈克尔时期的自我专注，世界是他的自我的呈现。如此一来，似乎《东爱之风》不过就是《险恶的街道》的另一部感伤主义成长小说翻版罢了。确实，如果没有后来的波兰之行，奥格尔维就没有改变的可能，小说也就无法进入到另一个时间维度。麦肯锡在现实生活中的波兰之旅发生在1932年，同年他发表散文集《被忽视的琐事》（*Unconsidered Trifles*，1932），其中提到“比较与分离的姿态有益于而不是有碍于人的观察”（Mackenzie，1932：61）。波兰给了奥格尔维回顾自己民族的机会。“瓦维尔山上的老皇宫……仍旧充满了过去的宏伟感，那座小丘，事实上是那座小山……从中欧地带富饶的平原上升起，不允许人有绝望之情。”（Mackenzie，1949a：200～201）而在圣玛丽教堂的体验则给了他“第二次生命，他谦卑地接受生活赐予他的礼物，这一次生活给了他更多的暗示”（Mackenzie，1949a：202～203）。波兰这个历经战火与蹂躏的国度，在政治与文化上似乎都没有太多的主权，却以它从不间断的顽强抵抗的姿态赢得了独立性与民族自豪感，就如同英国统治下的苏格兰。奥格尔维借此跳出了个体的有限空间，苏格兰的集体自我慢慢地在他身上得以展现。

麦肯锡趁热打铁，于1937年下半年出版了系列小说的第二部分《南爱之风》。作为《东爱之风》的延续，在这一卷书中奥格尔维变得更加成熟。故事正逢第一次世界大战期间，奥格尔维从成功的剧作家摇身一变，成为希腊岛屿上的一名特工，因为远离主战场的风暴中心，所以安德罗·林克雷特坚持认为奥格尔维仍旧是《东爱之风》里那个消极自我的角色。“他漫无目的，相反，菲兹杰拉德已经献身爱尔兰独立事业，埃米尔·斯特恩发现了共产主义。而朱利叶斯·斯特恩……也在婚姻与作曲家的职业中找到了目标。”（Linklater,1987:273）奥格尔维看似仍旧在男欢女爱中度日，他沉溺于法国女演员的温柔乡，之后又爱上希腊女孩，战争摧毁了他的爱情与身体之后，他又回到旅途的起点——伦敦。哈特把《南爱之风》里的奥格尔维称作拜伦的代言人，他说这一卷是整个系列中“最具浪漫情怀和冒险精神的”（Hart,1978:223）。表面看来，奥格尔维的故事确实充满了唐璜式铺张华丽的做派，可是长达八百多页的小说里更多的是奥格尔维在远离故土的小岛上对于自己民族与身份的观察式思考。战争把个体生存抛入关于无限交杂的群体关系的思考中。在获悉爱尔兰复活节起义后给菲兹杰拉德的信中，他毫不吝惜地表达了对好友献身民族运动的夸赞。“你为爱尔兰所做的一切，就是以前华莱士为苏格兰所做的。”（Mackenzie,1949c:39）在给家人的信中他也为自己的不作为辩解：“你必须理解我在这儿遭受的痛苦，我不仅被迫无所作为，也不得不保持沉默。我无法替那些我最崇敬的人因为他们所做的一切辩护。”（Mackenzie,1949c:47）他有自己行动的方式。夏季的南风把他带到爱琴海边，在西方文明的始源地，他用浪漫主义的笔触复制出吉本在三部曲中呈现给读者的苏格兰的感受。“这儿真是可爱，清新的暮霭那边，穿过一排排高瘦光滑的树干，一片月牙形的黄色沙滩被明亮的爱琴海轻轻拍打着，海水看起来不知不觉与天空连成一片……我觉得这个地方会对我的一生都带来影响。”（Mackenzie,1949b:390）对奥格尔维来说，希腊成为保存着原始记忆的理想国的雏形，也成为他一时的栖身之地。

在《南爱之风》的结尾部分，就有“西方来的风仍旧猛烈地刮着”（Mackenzie,1949c:417）的预告，不过因为写作温莎公爵的传记《温莎挂毯》，时隔两年麦肯锡才动手写关于“西风”的第三部分。因篇幅过长，最终故事拆分为两卷，分别为《西爱之风》与《西到北》。在英国文学中，西风首先令人联想起浪漫主义诗人雪莱的《西风颂》。在雪莱的笔下，西风将陈腐的生命狂暴地吹散，以横扫千军之势除去老死的枯叶，吹去那痨病似的生命，麦肯锡借此喻指奥格尔维也将投入民族革命的洪流之中。小说伊始，第一次世界大战已经结束，“约翰曾经拒绝谈到那场战争。他曾告诉她他受够了战斗”（Mackenzie,1949d:6）。而他蜷缩在平静的塔楼里闭门造车时，“风呼啸作响……似乎正用同样的力量猛烈敲击着书房四面的窗户”（Mackenzie,1949d:10）。在《西爱之风》中，第一次世界大战的遗存情绪与爱尔兰独立战争带来的冲击就像那令人无法休眠的萧萧西风一样，迫使奥格尔维起来行动。如果西风有人格，那便是投身爱尔兰独立革命的菲兹杰拉德，他像西风一样吹遍意大利的温暖小岛，把耽于沉思的奥格尔维一次次唤醒。哈特认为，小说标题里的“西”代表“美国、爱尔兰与康沃尔”（Hart,1978:224）三地，美国给了奥格尔维一个与康沃尔的母亲有同样名字的妻子，爱尔兰则给了他伤痛，因为起义失败，菲兹杰拉德亦死于王室警吏团之手。阿西妮（Athene）的名字与雅典的关联太强，他们婚后又住在地中海小岛，以致美国的影响已经荡然无存。这个“西”更多地意味着康沃尔、希腊与爱尔兰。在父亲眼中，奥格尔维就是母亲阿西妮的化身，他“像来自过去的幽灵，有着她的双眸和微笑，她仍旧掌控着他的青年时代”（Mackenzie,1949d:61）。死去的阿西妮又一次出现在奥格尔维的生命中，成为中年奥格尔维的伴侣，这预示着小岛康沃尔或希腊代表的群体性反思仍旧是奥格尔维不可或缺的一部分。但更往西去，爱尔兰象征的斗争精神是这两卷小说的核心。沉思式的生活最终与“意大利法西斯主义的崛起、希腊对土耳其海岸线的并吞”（Linklater,1987:274）以及菲兹杰拉德的死亡融为一体。在《西到北》中，奥格尔维决心卖掉小岛的塔楼，投身时代的政治洪流，与此同时，他也完成了从思想者到行动派的过渡。小说结尾，壮阔的苏格兰景色呈现在眼前，“一月的一天，天空如水晶般晶莹剔透，从拉夫岛顶端看下去，天、地、海庄严地交融一起”（Mackenzie,1949e:345）。西贝柳斯的黄泉天鹅向他吟唱：“你回来了，你的预言将在这里实现。”（Mackenzie,1949e:346）如同这隐藏的美景向他展现，波澜壮阔的苏格兰民族主义运动也在等着他大展身手。

《北爱之风》两卷本完成于1944年，1945年出版，涵盖了1931年至1937年奥格尔维的人生经历。主人公成为苏格兰民族主义运动领袖，同时资助并引导苏格兰青年爱国团体投身运动。在回答学生关于自己为何成为民族主义者时，奥格尔维慷慨激昂：

> 我原来是忠实的詹姆斯党人，直到我的一位爱尔兰中学同学把他对爱尔兰的渴望与我的渴望做比较，我发现詹姆斯党根本没有实际发展的可能，这令人沮丧……那些早期的梦想逐渐开始消退，而我的朋友菲兹杰拉德的梦想却没有变模糊，在复活节起义后，他像其他爱尔兰青年一样，免于死刑，却被判了终身劳役。当时我在萨洛尼卡，对小国抱有强

> 烈的同情，也非常反感我们对待那些杰出的希腊人的方式，他们放弃了所有的一切来追随维尼泽洛斯。战后英国那么对待爱尔兰让我感到恶心。最后爱尔兰自由邦军队杀了我的朋友。他是共和主义者。（Mackenzie，1949f:32 ～ 33）

毫无疑问，奥格尔维已经完全放弃了《东爱之风》《南爱之风》里将逃离作为小国保持自身之道的想法，小国的遭遇令他深信独立自主是苏格兰唯一的出路。苏格兰“不沦为英格兰附属的唯一出路就是恢复 1707 年签下屈辱协议割让出去的独立主权”（Mackenzie，1949f:32）。然而，在苏格兰民族运动内部出现分裂，又无力与英格兰抗争之际，奥格尔维又回到最初对于个体与群体关系，以及小国身份的思考状态，再次遍历故地之后，他越发感到“人所取得的一切成就不过是获得了夸大的个体权利意识，以及对于自我责任毫不充分的理解……金钱获得越来越多的权力……幻想中的思想自由以真正的行动自由为代价”（Mackenzie，1949g:302）。沉思者奥格尔维与行动派奥格尔维终于合一，而《北爱之风》的结尾部分亦贯穿了前三部一直在探讨的主题：民族性的本质是什么？在《西爱之风》中，菲兹杰拉德曾给奥格尔维写信，称“小国加上世界性的宗教，那样的组合很棒”（Mackenzie，1949d:37）。终其一生，奥格尔维都在追寻一种能以小国民族体现的世界主义，波兰和希腊曾经让他看到这种理想实现的可能：通过抗争、牺牲与融合而达到自治。而他心中的理想国，正如哈特所说，是“单个的天主教、共产主义、伊比利亚凯尔特人联邦”（Hart，1978:224）。冲突与战争不应成为日的本身，理想的民族革命要求抛弃个体狭隘性的努力，只有用长时间建构起沉淀了各种可能性的民族身份，那样的苏格兰才是真正意义的自由独立的苏格兰。

尽管麦肯锡一再否认《四股爱之风》是自传体小说，不过从故事情节、小说旨趣不难推断，这六卷本系列中记录了不少他个人经历的轨迹。主人公剧作家的职业以及在希腊的特工经历与他剧本写作及创建爱琴海情报局的经历相重叠，主人公和他一样也是苏格兰民族独立运动的核心人物。林克雷特还提到小说中一些人物在麦肯锡现实生活中的对应：“那些人物肖像很容易辨认出来。奥格尔维与小说家丹尼尔·雷纳的相遇，几乎就是麦肯锡与 D. H. 劳伦斯那次会面的情景再现。”（Linklater，1987:272）但是回顾博尔德的评价，结合小说来看，麦肯锡似乎早已摆脱了虚荣自恋的倾向，虽然《四股爱之风》里仍旧有许多自我的影子，但奥格尔维所代表的已经不仅仅是作者个人，他的沉浮承载着 20 世纪上半叶整个欧洲的变迁。他对个人主义的摒弃、对民族独立象征的向往，这些都集中地体现了他带有世界公民意识的群体性思想。奥格尔维身边围着一圈以时代政治为己任的朋友，而他也正是在这些亲朋好友的影响下，不再躲进个人主义的小巢，他的成长、激进与无奈无不体现出他对整个人类生存的政治关怀。哈特认为，麦肯锡把奥格尔维刻画成超人类的完美形象，在政治、谈吐、爱情等方面无所不能，而且小说中充斥着关于意识形态的讨论，奥格尔维在宗教、文学、政治方面都有自己理想化的思考。经历过苏格兰文艺复兴的麦肯锡从某种程度上已经超越了狭隘的苏格兰民族性，他对理想城邦的思考已经指向后帝国主义甚至后工业文明或后资本主义的欧洲。如果回到苏格兰文艺复兴运动对于苏格兰与英格兰关系的探讨：到底民族运动是要使苏格兰远离英国的文化入侵而保持自己独特的凯尔特文明，还是重新塑造苏格兰的国际身份，让它更好地融入国际社会？麦肯锡给出的答案恐怕会是：问题并非是如何重塑苏格兰的国家身份，而是要理解像苏格兰这样具有自己民族特色的小国，必须是一个共同体的缩影，它的个性与这个共同体的共性是一致的。

既然四个部分的小说标题都带有“爱”字，无疑这也是一部爱情长卷。哈特关于小说中女人作为政治文化的象征的说法极为明智。“约翰被各个年龄段、各种国籍的女人爱上，爱上一个女人就意味着爱上一个新的国家、一种‘新的方位’、一种新的文化的可能性。”（Hart,1978:226）米里亚姆·斯特恩扮演死去的母亲、道德向导、华伦夫人或瑞秋·埃斯蒙德的角色；露西·梅德利科特是年轻的英格兰的象征；南风带来两位爱人，都象征着拜伦式的希腊；美国的阿西妮事实上象征着美国西部与康沃尔。女人与地域文化结合在一起，赋予爱情更广泛的含义，所以哈特后文笔锋一转，断定小说那些关于民族的形而上学的讨论与关于爱情的研究背道而驰。事实倒也未必如此，其实麦肯锡是在铺设一张复杂的体系网，其中爱情、民族、小国、政治等因素都相互融合，成为和谐的一体。《东爱之风》里露西·梅德利科特与米里亚姆·斯特恩所代表的肉体吸引与成熟的爱分别象征青年与成熟时期的奥格尔维，在后面三部分中，米里亚姆的影响力一直都在，她的儿子是奥格尔维的挚友，给奥格尔维带来共产大同的理想，而她的孙子在小说结尾处则娶了奥格尔维唯一的女儿，交杂的关系势必仍旧继续。在给奥格尔维的信中，米里亚姆规劝其不要一时沉湎于对于露西的激情：“不要自命不凡，暂且不要以个人向生活有所索取。生活会让你激动不已……爱情、宗教、艺术、政治、哲学，它们都摆放在你面前，你会深深爱上它们中的每一个，但是，正如歌德所说，‘安宁来自焦躁不安，而不安又会回到安宁。'"（Mackenzie,1949a:275）米里亚姆给予奥格尔维的指导不仅与爱情相关，而且和西方文明的方方面面都有关。《南爱之风》中的希腊少女佐伊，《东爱之风》中与母亲同名的妻子阿西妮，以及《北爱之风》中的再婚妻子欧佛洛绪涅能折射出西方文明的影子。不难看出，这三者都与奥格尔维理想化的"希腊"小岛有关系，她们将自由包容的古老的希腊展现给奥格尔维，奥格尔维也是理解这些女人给予的"爱情"后才逐渐摆脱了狭隘的个体主义。麦肯锡用"爱"贯通小说，"爱"与四季代表的轮回时间一样，是永恒、变通的象征，这也和小说中理想国的形象达成了默契。

按照埃德温·缪尔的标准来衡量，麦肯锡也许是在苏格兰现代主义时期最具有国际视野，或者说是最能以世界主义眼光来反观苏格兰民族独立的一位小说家。在后期的戏谑作品中，他把苏格兰岛民无伤大雅的劣根性拿来大做文章。这也许是麦肯锡在面对依旧破碎的现代苏格兰现实时的宣泄，也许是作者到了晚年意识到自己的理想国终究只是一场幻梦之后的失落。经历过两次世界大战的麦肯锡，面对满目疮痍的现实，不免有些矛盾和悲观。正如《四股爱之风》那个满怀希望却又忧伤的结尾，奥格尔维女儿与米里亚姆孙子的结合预示着理想可以继续，可另一方面，一场更具毁坏性的战争正在悄然临近。麦肯锡是一位政治小说家，他投身苏格兰民族主义运动，书写苏格兰民族主义运动，虽然《四股爱之风》最终也没有迎来苏格兰民族的独立，但麦肯锡还是始终如一地高举着苏格兰的乌托邦大旗。

## 第六节　苏格兰生存小说

"生存小说"（fiction of survival）并非小说作品里的常规门类。哈特在《苏格兰小说》中首次将其冠名于两位苏格兰现代作家，并称之为"生存小说家"（novelists of survival）。生存小说中的"生存"一词本义为存活，意指经历了灾难或不幸之后得以幸存，也常用于达尔文进化论中，指在同一种群中那些具有能适应环境的有利变异的个体将存活下来，并繁殖后代，而不具有有利变异的个体就被淘汰。按照哈特的定义，"生存小说以反英雄的主角为中心，主人公是历经磨炼的堂吉诃德式人物，主要描述在堕落世界里抱着浪漫情怀是多么危险愚蠢的事"（Hart,1978:272）。这样一来，在苏格兰现代主义小说的范围内，"生存"的概念也变得狭隘了。

如果说现代主义时期世界的堕落主要源于战争，那么现代苏格兰的堕落则更见于战前开始的资本主义工业文明对于本土农耕田园文明的冲击，在这一层面上，哈特口中的“生存”倒也可以适用于其他苏格兰现代小说家，比如吉本笔下就尽是在这样堕落的世界中怀有原始浪漫情怀的人物。与吉本不同的是，生存小说家对这种浪漫情怀持有批判或者至少是消极的态度，反英雄的堂吉诃德式主角又意味着生存小说多了几分戏谑讽刺的闹剧意味，这在以往的苏格兰现代主义作品中是不多见的。在苏格兰文艺复兴行将结束之际，生存小说似乎是对这场运动做了一次总结，其中所包含的曾经的理想、面对堕落现实的无奈，以及以闹剧掩盖悲剧结局的尝试，无不令人唏嘘。

哈特提到的两位生存小说家，其中一位是埃里克·林克雷特（Eric Linklater,1899 ~ 1974）。林克雷特出生于威尔士，不过他的父亲是苏格兰奥克尼人，无论是生来的情感认同，还是自中学起移居苏格兰后的经历，都令他无时无刻不标榜自己的奥克尼身份，这也让许多评论家错将奥克尼当作他的出生地。值得一提的是，林克雷特的母亲有一半的北欧血统，这与他往后钟情于北欧历史写作有必然的联系。世纪之交动荡的历史背景造就了作家颠沛流离的个人生活，林克雷特在苏格兰阿伯丁大学读医科期间，曾于 1914 年第一次世界大战爆发后休学，加入苏格兰高地警卫团，直到 1919 年才回到大学校园。1925 年在国王学院取得英国文学硕士学位后，他又跑去印度孟买做起编辑的工作，两年的南亚生活如禁锢一般，其后他开始在波斯与高加索的大地上游荡，最终还是回归故土，成为阿伯丁大学的学者，接着他又花了两年时间在美国与中国交流学习。1933 年，林克雷特开始了一段惨淡的政治生涯，他成为苏格兰民族党议会候选人，却因不满党内分离苏格兰与英格兰的主张，婚后他远离政坛，与爱妻回到偏远的奥克尼岛。可流浪的血液似乎一直流淌在林克雷特的体内，1935 年，他再次启程去往印度，重游故地中国、日本、美国。第二次世界大战爆发后，他驻守奥克尼，后又在英国陆军部公共事物部门工作。1944 年到 1945 年，他被派往意大利服役。战后的林克雷特又一次回归校园，成为阿伯丁大学校长，不甘寂寞的他于 20 世纪 50 年代再次开始远东的旅程。1974 年，林克雷特去世，长眠于奥克尼岛，终于给自己的人生划上一个休止符。

林克雷特自 20 世纪 30 年代开始职业写作，除了数目可观的杂文集、历史故事及传记作品外，在文学创作方面，他在诗歌、戏剧、小说三种文体上皆有尝试，共发表诗集两部、剧作十部。当然他最钟情的还要算小说写作，共创作短篇小说集六部，小说二十六部，其中三部为儿童小说。回顾林克雷特的一生，除了“随波逐流”似乎也别无其他更适合的字眼足以概括，这样的生活经历一方面赋予他的诸多小说以流浪冒险传奇的色彩，另一方面也因为缺乏稳定性而使他的创作呈现出丰富繁杂的样式。在哈特看来，“林克雷特是吸引人的业余艺术家，又是训练有素的职业新闻工作者”（Hart，1978：247）。同样，诸多文学批评家对他颇有微词，并不把他当作严肃作家来对待。林克雷特写就一部小说，马上就会转换到传记或历史故事的写作上，就如同他在一处待久了，免不了就要离开，去别处追寻生存的意义。比如在完成《璜在美国》（*Juan in America*，1931）并大获成功之后，他并没有乘胜追击，而是转身投入一部关于 9 世纪维京人的北欧历史创作，直到六年之后，《璜在中国》（*Juan in China*，1937）这一真正意义上的续集才得以问世，不过前一本小说已经失去了它的轰动效应。林克雷特这种吉卜赛式的生存方式既有社会背景的客观因素，又有自主选择的原因。他是个闲不住的角色，大学期间就以精力充沛而闻名。“自大学生活伊始他就投身各种课外活动，同窗回忆起来，都觉得他活力十足，甚至到了狂热的地步。”（Parnell，1984：35）他练习橄榄球、曲棍球，参加拳击巡回比赛，还有航海、垂钓等爱好。无休无止的运动状态背后是对于存在合理性的不断追寻。林克雷特与麦肯锡有一段长久的友谊，麦肯锡在这位年轻作家眼中无疑是拜伦式的冒险人物，他奔走于希腊意大利那些令无数文人向往的土地上，又在小说里极尽岛国所能给予的乌托邦幻想。可是，他们二位对于“流浪”的态度完全不同，麦肯锡是带着逃避心理流浪去往理想的国度，他内心渴求的是平稳和安全；而林克雷特则如同堂吉诃德一般，以游走天下的浪漫主义方式试图实践自己的理想，“流浪”已然成了他的生活方式。他的二十多部小说，大部分都体现了这种生活理念，也正是在这个意义上，哈特把他的作品归纳为生存小说。从最早的自传体小说《马怀特传奇》（*White Maa's Saga*，1929）到最终的《恐怖的自由》（*A Terrible Freedom*，1966），有关闹剧旅程与悲壮现实的描述比比皆是，其中又以《璜在美国》《马格努斯·梅里曼》（*Magnus Merriman*，1934）、《水手的假日》（*The Sailor's Holiday*，1937）、《士兵安吉洛》（*Private Angelo*，1946）、《年过四十》（*A Man Over Forty*，1963）等为典型代表。

从小说的题目可以看出，《璜在美国》的主人公与拜伦笔下的唐璜有几分相似。林克雷特自开始文学创作，就毫不掩饰对于拜伦的喜爱。在大学阶段的诗歌写作中，他就开始模仿拜伦的风格，而“埃里克要描述美国，这一想法得以成型是受了拜伦的启发”（Parnell，108）。《唐璜》是部不折不扣的讽刺作品，18 世纪末 19 世纪初欧洲社会的各种怪相在拜伦笔下一一被揭露，而拜伦刻画的唐璜也少了原本西班牙传奇人物玩世不恭的花花公子做派，却以反英雄的形象成为热情勇敢、拒绝虚伪的象征。林克雷特花了四十五页的篇幅介绍璜的身世，把他设置为唐璜的第五代后人，“8 岁的璜是个聪明绝顶的少年，对于奇怪可笑的东西有敏锐的观察力，头脑发达，身体健壮结实”（Linklater,1953:54）。成年后的他则“臣服于浪漫主义倾向，这对他有极深的影响”（Linklater,1953:54）。于是，在美国的旅途中，我们见到一个如唐璜般热爱冒险与女人、同时又不失同情与道义的反英雄形象。璜在美国各州间跌撞穿行，在那片充满无限可能的大地上，经历了一系列令人匪夷所思的事件：他先后爱上大佬的女儿和来自亚马逊的杂技演员，亲历地下酒吧的一起谋杀，又目睹纽约大街上女人的死亡，从大学橄榄球球员、流浪汉、餐厅服务员、走私贩子、冰淇淋售货员、糟糕的歌剧演员到电影群众演员，令人眼花缭乱的职业角色转换背后，是一幅大萧条时期的美国全景图。《璜在美国》是一部历史小说，“它所描述的那个国家和社会，即使在我离开它们的时候，也没有停下消失的脚步……［这本书］真实呈现了一幅由矫正性犯罪与感伤主义的幸福组成的北美短暂全盛期的图景”（Linklater,1970:122 ～ 123）。矛盾始终蕴含于叙事中，30 年代初的美国还保有表面的浮华与活力，而在昏暗街道、地下酒吧，甚至大学校园的各个角落，却是资本浪潮冲刷下累积的野蛮、罪恶与伤痛。但奇怪的是，无论是浮华还是伤痛，都在璜要么滑稽闹剧式的黑色幽默，要么带点玩世不恭的浪漫幻想中变得无足轻重。历史的沉重感与林克雷特所特有的喜剧笔触成为一体。小说的结尾同样是轻佻的，璜继续他的冒险旅程，跟随一个中国姑娘毅然离去。在林克雷特自己看来：“对于生活的喜剧态度与悲剧态度同样有效。事实上前者可能更有效，因为悲剧的结局是死亡，而喜剧里你不得不继续活着。”（Parnell,1984:114）活着成了更重要的命题，因此，《璜在美国》是哈特意义上不折不扣的生存小说，璜这个流浪汉不是作为观察者，而是作为亲历者经历了一段离奇起伏的历史之后，仍旧存活下来，他赋予生活无限的可能性。

《璜在美国》里那种拉伯雷式嬉闹却又不乏浪漫的写作手法在《马格努斯·梅里曼》中再次出现。康普顿·麦肯锡宣称：“那些喜欢《璜在美国》的人在《马格努斯·梅里曼》中会发现更多的风味。”（Parnell,1984:157）言下之意，就是说梅里曼又会在动荡的时局中发现生存本身所能体现的积极意义。与璜一样，梅里曼具有流浪汉小说主人公的典型特质，他身份多变，是情人、作家、政治家、自耕农，更重要的是，他是理想主义者。在军旅生涯给了他“平凡却有用的生存能力”（Linklater,1982:19）

后，梅里曼摇身一变，成了伦敦的畅销书作家，经济自由，爱情美满，可是到了这儿故事戛然而止，又朝着另一个方面发展下去。爱丁堡的前战友勾起了他的政治热情，他毅然扔下伦敦的一切，前往参加苏格兰民族党的补选，自此小说进入最讽刺挖苦的部分：他的竞选经理卷款而逃，一切尽失，他只好尝试新闻工作，却又变得愤世嫉俗，利欲熏心。相比璜，梅里曼更像闹剧中的小丑角色，对比他在政治上的崇高理想，这场失败的政治闹剧更显出讽刺的意味。哈特把《马格努斯・梅里曼》称作“林克雷特第一部关于现代苏格兰的长篇小说”（Hart,1978:252）。一方面因为小说里对于苏格兰民族独立运动的明显映射，另一方面，这是林克雷特第一次在小说里直面苏格兰现代独立运动的失败，他把自己在苏格兰法夫郡曾经的民族党候补选举经历用戏谑的文学语言写进了小说。他的朋友麦肯锡在晚期作品中也表达了对于这场运动狭隘视野的不满，不过，林克雷特设置现代苏格兰的背景，更多的是表达理想与现实相冲突这样具有普遍意义的主题，读者不免对梅里曼这个不无瑕疵的人物抱有同情。小说第三部分，梅里曼从爱丁堡破灭的幻想中抽身，来到奥克尼岛，过上简单纯朴的农耕生活。这一部分的笔触多了几分浪漫主义的色彩，梅里曼身边是大地、天空，是渺小却真实的人，他感觉轻松自在。“他记起六月那几片小小的茂盛草地，谈起田凫交配时的飞行、燕鸥的光临，以及白尾鹞与黑背鸥的掠夺行为。”（Linklater,1982:349）这样的描写不禁让人想起吉本的《落日之歌》，或者盖恩笔下的苏格兰小岛。在抒情方面，林克雷特毫不逊色，奥克尼岛是他的故乡，也是寄托他浪漫主义理想的精神故乡。在小说结尾，梅里曼对“伟大”与“理想”下了新的定义，与麦肯锡一样，他将偏远的小岛或者小国作为安身立命之所。“伟大并非由公里数丈量，而世界也许会听到马格努斯・梅里曼最美的诗篇，即使他只是在家中一动不动。”（Linklater,1982:368）小说人物的大起大落未免会让读者有跳跃断层的感觉，不过，这恰恰是林克雷特的写作方式，任何耸人听闻的闹剧在平淡真实的生活面前都不值一提，而这也是“生存”的终极意义。

流浪生活并没有随梅里曼在小岛上定居而停下脚步。在《璜在中国》中尝试了反战的严肃主题之后，林克雷特通过《水手的假日》又一次回到我们喜闻乐见的流浪汉小说题材。水手的身份决定了主人公亨利始终在冒险的旅途之中。他尝试过私人司机、洗衣机推销员的工作，在女子学校扮演过改邪归正的酒鬼角色，他救过飞行员，甚至帮过朋友绑架未婚妻。现代冒险家亨利还是讲故事的能手，他那些关于自己祖先的传奇故事与林克雷特另一本关于维京人的历史故事《海岬的男人》（*The Men of Ness*,1932）

有几分相似之处，而乘坐阿尔戈号寻找金羊毛的伊阿宋的故事也成了他标榜自己水手身份最离奇却最有力的证据。《水手的假日》以亨利踏上新的旅途结束，小说中缺少了《璜在美国》或《马格努斯·梅里曼》里偏苦涩意味的讽刺，这是一部“短小欢快的小说，他可以编织故事，并沉溺于他极喜欢的那种深情温和的讽刺中”（Parnell,1984:206）。但是，它缺乏林克雷特所喜欢的悲剧因素。帕内尔认为，这部小说中的英格兰比较像14世纪教诲诗《农夫皮尔斯》（*Piers Plowman*）中的英国社会。（Parnell,1984:208）亨利是一个带有教化作用的流浪汉，他幻想一个更美好的世界。相比之下，还是林克雷特晚期作品中的悲剧色彩更加浓烈。《士兵安吉洛》是他公认的另一部代表作，哈特将其称为他的两个高峰之一（另一个为《璜在美国》）。与《璜在中国》一样，这是一部有关战争的小说，不过前者充满了对于即将到来的战争的恐惧感与沮丧感，而《士兵安吉洛》里的“意大利的战争是一个毁灭性的、粗鲁无礼的醉酒小丑。要公正且诚实地对待它，就必须保持冷静与明确的判断力，写下一部喜剧”（Linklater 1970:316）。林克雷特没有经历过中日战争，但确确实实去了意大利，在第二次世界大战前线感受了炮火的残酷。士兵安吉洛则成了他这次经历最忠实的再现者，安吉洛没有《璜在中国》里璜的那种不安感，他始终以一种超然甚至猎奇的态度看待这场战争，他调侃式的反思证实了林克雷特“冷静与明确的判断力”。在谈到解放的本质时，安吉洛不无幽默：

> 盟军空军轰炸村镇时，解放才真正开始。那是第一乐章，或者叫作快板。通常第二乐章都很悠闲，却变化无常，盟军炮兵开火，收拾掉没有轰炸到的地区时，第二乐章开始了，也可以叫作随想行板。行板持续一段时间之后，解放步兵就会涌入：那是第三乐章，也就是谐谑曲。当然，尽管盟军不会洗劫掠夺，却会发现许多无人认领的物品，比如鹅、母鸡、红酒之类……为了不浪费红酒和鹅肉，士兵们自然会照料好它们。（Linklater,1958:155）

战争残酷的本质被淡化于轻描淡写的比喻中，可是我们却依然能够体会作者对战争的批判与无奈。这与美国导演库布里克（Stanley Kubrick, 1928～1999）在电影《2001太空漫游》（*2001:A Space Odyssey*,1968）中使用轻柔优美的蓝色多瑙河来衬托科技给人带来的残酷与不确定性，有异曲同工之妙。这种生命之轻与重的相融，是小说的基调。安吉洛一方面胆小怕事，另一方面，却想尽一切办法在各次战役中存活下来，“生存”成了林克雷特对英雄主义的新定义，在他的喜剧中有面对惨淡现实时一笑而过的那种伪饰的悲剧感，正如哈特在评论林克雷特另一部小说《夏日的黑暗》（*The Dark of Summer*，1956）时所说的那样，讽刺背叛了那段被发掘出的过去，而与讽刺共谋则需要一种致残性的牺牲，“那是驱魔与生存的代价。但是接下来生存纯粹的惊奇感，在重生中胜过痛苦，也许为了那样的生存，创伤是不可或缺的”（Hart，1978：264～265）。

“我身陷悲剧，而且表现得像个小丑：那就是故事的模式。”（Hart，1978：270）这是《年过四十》的主角巴林托尔的话，也可以看作林克雷特创作思路的总结。《年过四十》是他的倒数第二部小说，也是他关于“生存”的思考的集大成者。巴林托尔身材高大，声音洪亮，而且专横独断，是典型的电视明星，在一次深度访谈中因为害怕谋杀患糖尿病的继母的过去被揭发而仓皇出逃。情绪易怒易躁的巴林托尔于是开始一段寻找安宁平静的旅程。牙买加、爱尔兰、希腊等地都成为他眼中人间天堂的对应物，但它们又像伊甸园一样，总给他原罪的暗示，最后他在爱琴海边阿索斯山的修道院里得到真正的心灵慰藉。巴林托尔的旅行一如从前璜、梅里曼、亨利等人的堂吉诃德式探索，充满想象与嘲讽的意味，但同时看客又如同身临其境一般对主人公怀着深深的同情。哈特认为，这部小说的特异之处“在于其关于生存有了新的关怀，那不是身体或美学意义上的，而是道德及宗教层面的生存”（Hart，1978：269）。在1951年发表的小说《莱克斯达尔·霍尔》（*Laxdale Hall*）中，林克雷特以欧里庇得斯（Euripides，前485～前406）的悲剧《酒神的伴侣》（*The Bacchantes*）为原型组成其情节框架，欧里庇得斯戏剧中的酒神是狂欢、死亡与重生的象征，同时也是综合喜剧与悲剧的最恰当的象征，而《年过四十》中的巴林托尔在圣山修道院得到重生，就如同在经历了狂欢似的旅行后终于寻找到生存的意义。无论在个人生活还是文学写作过程中，林克雷特似乎始终走在路上，他以嬉笑怒骂的方式表达对于现状的不满与反思，这是对于个体及群体生存状态的不断重构，也是生存小说的要义所在。

哈特笔下另一个苏格兰生存小说家是罗宾·詹金斯（Robin Jenkins，1912～2005）。詹金斯出生于苏格兰拉纳克郡的弗莱明顿，是地地道道的苏格兰人。詹金斯曾在苏格兰、阿富汗、西班牙、马来西亚等地教授历史与英语，第二次世界大战期间，因为拒绝服兵役，他被分派从事林业工作。和许多苏格兰现代主义小说家一样，詹金斯把各地游历与林业工作的经历写入自己的作品。他著述颇丰，共创作有两部短篇小说集、三十部长篇小说，其中大多以苏格兰的格拉斯哥、拉纳克郡及高地为背景，也有几部与他曾工作过的东南亚、西班牙等地有关。詹金斯笔耕不辍，他的最后一部小说《采珍珠者》（*The Pearl-fishers*,2007）在过世之后才得以出版。哈特将其列为生存小说家的主要原因是他对道德问题的关注，“对于詹金斯来说，生存的问题就是道德的问题”（Hart,1978:272）。确实，自 1951 年出版第一部小说《云雀如此雀跃高歌》（*So Gaily Sings the Lark*）以来，詹金斯的作品较多关注善恶之争之类的道德主题，其中牵涉到和平与战争、纯真与欺骗、救赎与正义等问题的探讨，他的代表作包括《蓟与圣杯》（*The Thistle and the Grail*,1954）、《球果采集者》（*The Cone Gatherers*,1955）、《战争的客人》（*Guests of War*,1956）和《被偷换的孩子》（*The Changeling*,1958）。

詹金斯笔下的苏格兰与吉本的《苏格兰人的书》中的苏格兰有几分相似，一方面，壮丽的自然赋予那片土地某种浪漫主义情怀，另一方面，狭隘的地域又导致苏格兰，尤其是苏格兰村镇民众的思想狭隘。《蓟与圣杯》的故事背景是拉纳克郡一个穷乡僻壤，“蓟”是当地一个足球俱乐部的名字，因为资金短缺，又管理不善，队员士气不振，接连输了比赛，当地居民也是对他们极尽冷嘲热讽。自从球队赢得某次比赛之后，故事出现了转机，整个小镇的人陷入对于足球的狂热之中而不可自拔，足球队成为人们雄心与希望的化身，他们甚至期待队伍能夺得苏格兰业余足球杯赛冠军。这听上去像是美国电影中老套的励志故事，其实在足球故事的背后，詹金斯着眼于人性的复杂。故事的主角是球队老板安德鲁·卢瑟福。卢瑟福貌似虔诚、道德、生活富足，事实上却是生活中的失败者。他的婚姻生活黯淡无趣，妻子、儿子都是物质至上，过着虚荣的生活；他的父亲怀着不切实际的社会主义理想，兄弟则是终日以饮酒为乐，二人都对他嗤之以鼻。更糟的是，在镇上他无法找到任何知心好友，生活的所有意义最后落在足球上。足球甚至成为生活的同义词：“足球就像生活一样，虽然没有希望，但必须继续下去。”（Jenkins,2006:262）卢瑟福最终找到生存的意义之时，他的家庭与邻居却迫使他放弃，他成了小镇上的流浪者，同时也成了被生存抛弃的人。当球队最终夺得圣杯之时，“安德鲁·卢瑟福不得不记住这样的事实，他已经不再是德朗姆萨哥特的居民，现在他是个访客”（Jenkins,2006:262）。詹金斯通过卢瑟福的个人悲剧阐释了生存的悖论和无奈，他笔下的苏格兰小镇也是可爱与残酷的悖论综合体。一方面，自然赋予它烂漫纯真，“杜鹃花与黄水仙绽放了，峡谷在下方闪闪发亮，就像一朵蓝色的大花朵，纯净的空气就是它的芬芳”（Jenkins,2006:256）。另一方面，小镇却充满欺骗、世故与自私自利的人。批评家倾向于将这部小说和乔治·道格拉斯·布朗的小说《带绿色百叶窗的房子》（*The House with the*

*Green Shutters*,1901）对等起来，因为两部小说都是对菜园派小说中理想化的苏格兰乡村的嘲讽。但这样的评价掩盖了詹金斯在定义生存时那种融合了天真与残酷、道德与腐朽的辩证性，而这种辩证关系在苏格兰小镇这个相对封闭的场所更能得到体现。小镇的居民，包括卢瑟福的妻子与家人在内，他们既是施害者，同时又是受害者。

《球果采集者》的主人公是低能儿卡鲁姆与哥哥尼尔。因为第二次世界大战，大多数身强体壮的男人都入伍了，而卡鲁姆与尼尔因为驼背、风湿等原因免于兵役，如此一来，原先似乎与世隔绝的小说背景，也就是那片苏格兰乡村树林，不可避免地与千里之外那场象征邪恶的战争联系在一起，战时的采球果工作时时刻刻提醒读者战争的存在，残疾的身体也间接指向战争。而邪恶的直观体现，是与兄弟二人对立的庄园猎场看守杜洛，他每时每刻都作为世外桃源中的不安因素存在着。对于兄弟俩，尤其是卡鲁姆，树林就像是纯净的伊甸园，在树上工作时，“卡鲁姆的幸福就在树上”（Jenkins,1980:69），他甚至想象自己就栖息在一朵大花的花心，而对于杜洛，“这片树林是他的要塞和神殿”（Jenkins,1980:18），是他能够行使权力的场所。杜洛鄙视兄弟俩，认为他们入侵了自己的地盘。因为卡鲁姆要求他放走受伤的猎物，他对卡鲁姆一直怀恨在心。詹金斯是制造冲突的好手，他把卡鲁姆描写成天使的模样，身体上的残疾反倒更衬托出他的慈悲胸怀，相反，杜洛总是陷入仇恨与激情之中，他的情绪在猎鹿的场景中有最淋漓尽致的体现。“他冲向受伤的鹿和那个狂乱的驼子，大力把他甩到一边，接着，单手擒住鹿头，野蛮地用另一只手割破了它的喉咙。”（Jenkins,1980:89）在刺杀垂死的鹿时，他发了狂似的沉浸在快乐之中，就好像干掉自己那个丑陋的病鬼老婆一样。冲突的最后，杜洛杀了卡鲁姆，然后自杀，一瞬间，善与恶在死亡中和解了，一切又复归原位。卡鲁姆的死亡姿势寓意深刻：“他扭曲地挂在那儿，不断地晃着。他的双臂松散着垂荡下来，做着祈祷的姿势，令人毛骨悚然。”（Jenkins,1980:222）这样的姿势不免让人想到耶稣的受难，而基督教教义对耶稣之死的阐释正是对于世人罪恶的免除。所以，也可以把这部小说看作是关于善恶的宗教寓言，虽然结局是个悲剧，但卡鲁姆与杜洛的死却预示着某种道德意义上的善与恶的和解。同样的冲突发生在庄园女主人朗西·坎贝尔夫人身上，她有世俗的一面，整日规劝自己信仰平等主义的儿子追名逐利，也一直打算将卡鲁姆兄弟逐出树林，可另一方面，她又是虔诚的基督徒，宗教教导的善就像枷锁一样时时限制她的世俗想法。卡鲁姆与杜洛死后，坎贝尔夫人跪在血染的球果旁，“她无法祈祷，却流下眼泪；她哭着的同时，怜悯、被净化的希望、欢乐从她心中涌出”（Jenkins,1980:223）。詹金斯在小说结尾处把生存的意义在作为纯粹的人的坎贝尔夫人身上全部表现出来，生存同时包容了善与恶，没有杜洛与松果上的血渍，没有树林外的战争，它就成了谎言，就像单纯信仰善与正义的宗教，或者身体上有缺陷的卡鲁姆，或者树上的松果种子，如果不落下就不会再次萌芽。

詹金斯的小说中有一类角色，他们向往天真与善，却逐渐明白单纯的善的局限性，哈特把他们叫作“堂吉诃德式的守护者”（Hart,1978:272）。坎贝尔夫人可以算作一个，《被偷换的孩子》中的教师查理·福布斯也算一个。詹金斯幼年失怙，靠母亲拉扯他们兄妹四人长大，早年生活十分窘迫，在他的小说中常有相似的背景人物设置，比如《战争的客人》中那位贫民窟出身、妄图凭儿子摆脱困境的母亲。而在《被偷换的孩子》中，那位母亲和她桀骜不驯、有着浪漫情怀的校长儿子转化为同样贫民窟出身的学生汤姆·科迪以及缺乏经验却也满腔热情的福布斯。福布斯笃信人性本善，他把科迪带出贫民窟，和全家一起去海边度假，以此作为对孩子的“救赎”。这一次，苏格兰的海滨成为想象中的伊甸园，与《球果采集者》中的那片树林一样，这是一个纯净无污染的梦幻世界，是福布斯感化科迪的场所，而科迪是其中的不和谐因子。和福布斯不同，科迪是谎话连篇的鸡鸣狗盗之辈，他自小在贫民窟的帐篷长大，母亲酗酒，继父跛足，他不得不隐藏自我，以残酷粗暴的面目过日子，这是科迪的生存之道。詹金斯对于工业时代贫民的描写完全没有狄更斯笔下的同情笔触，对于他来说，那是一个令人厌恶却有它存在的正当性的世界。所以身处海边伊甸园的科迪没有心怀感激，熟悉了残酷现实的他只会觉得福布斯苦苦营造的那个善的世界愈加虚伪、残酷，对他来说，伊甸园否定了他过去的存在，它吞噬掉他曾经的一切，却无法让他成为其中的永居者，在短暂的欢愉过后，又会把他作为一个陌生者扔回原来的恶的国度。正如小说名所示，科迪是被偷换的孩子，他不属于善的世界。“他过去不是小偷吗？难道他不是在破布败絮、肮脏贫困中成长的吗？”（Jenkins,2009:241）最终，来自科迪的旧世界的居民来到海边，掀开善的伪面具：那位亲戚意图敲诈，于是警察找上门来，无法回归过去的科迪只能以死来解决用生存无法解决的善恶矛盾，而福布斯与他自私世俗的家人最后只能带着“人性有限”（Hart,1978:276）的想法继续生存下去。有趣的是，小说的结尾与《球果采集者》的结尾如出一辙，也是女人恸哭的场景：在发现科迪的悲剧之后，福布斯的女儿吉莉安“哭着，不时摔倒在地，迈着绝望的步伐走下山去”（Jenkins,2009:257）。吉莉安曾是科迪的对手，但她渐渐理解并爱上了他，因此这里的哭泣更多了几分对于人性复杂的顿悟的味道。

詹金斯的生存小说总是着眼于有关道德主题的两个世界、两类人，或者两种观念相互之间的冲突，往往以悲剧收场，这在他后期的小说创作中依然有所体现。《十足苏格兰事件》（*A Very Scotch Affair*,1968）展现了格拉斯哥一户家庭中夫妻、父子父女间有关背叛与良知的伦理冲突，而《宝威缇城堡》（*Poverty Castle*，1991）则展现了将城堡看作理想家园的森皮尔一家与苏格兰20世纪50年代混乱堕落的现代工业社会之间的冲突。在他的遗作《采珍珠者》中，这种蕴含复杂人性的社会、阶级、道德冲突仍是詹金斯在探索生存意义时的重要主题。《采珍珠者》的情节还是围绕着外来“入侵”者与小镇当地居民、无须救赎的采珠女与强加救赎的林场工人之间的冲突展开，外来采珠女艾菲最后拒绝了基督徒林场工汉密尔顿的求婚。詹金斯否定单纯天真的浪漫主义，而这也正是生存小说的含义所在。

林克雷特与詹金斯一个以现代堂吉诃德为主角，用笑中带泪的一部部戏谑喜剧追寻生存的意义，另一个则站在堂吉诃德的反面，把现实残酷的世界一股脑地呈现在天真虔诚的骑士面前。在他们的小说世界里，理想与现实的碰撞出更为成熟的智慧。20世纪30年代之后，苏格兰民族独立运动的热潮渐渐退去，在民族复兴浪潮中热情高昂的英雄们也逐渐意识到伴随独立思潮而来的诸多问题，比如狭隘的地方主义，抑或空无的社会主义，生存小说正是这样的苏格兰现代社会现实的真实写照。在《蓟与圣杯》中，詹金斯借主人公卢瑟福之口对苏格兰的民族性格做了总结：“苏格兰这个国家的信仰已经腐烂，就像疏于照顾的玫瑰，而重生的秘诀已经失传。我们是沉闷可怜、喜欢背后恶意诽谤、自我折磨、心神不宁又自爱自恋的一群人。”（Jenkins,2006:166）轰轰烈烈的苏格兰现代主义运动最终以失败而告终，失败的种子早已在吉本、麦肯锡等人的后期作品中萌芽。林克雷特与詹金斯在苏格兰现代主义退潮的时刻，用悲伤的笔触记载了一个时代的逝去，并从文学的角度重新定义了“生存”这个复杂而又充满悖论的概念。

# 第五章　当代苏格兰小说

麦克卡罗（Margery Palmer McCulloch）在其所著的《苏格兰现代主义及其语境》（*Scottish Modernism and its Contexts 1918 ～ 1959：Literature，National Identity and Cultural Exchange*，2009）一书中将苏格兰现代主义的下限定为1959年，那么，当代苏格兰小说的上限就应该是在1960年。将当代苏格兰小说的上限定在1960年代是一种通行的做法，虽然当代苏格兰小说的领军人物之一缪丽尔·斯帕克（Muriel Spark，1928 ～ 2006）的第一部小说《安慰者》（*The Comforters*）1957年就已经问世，而苏格兰文学研究协会的成立是在1970年。当然，国外学者有时也会将当代苏格兰小说的上限再向后推移，把阿拉斯代尔·格雷（Alasdair Gray，1934 ～ ）的《拉纳克》（*Lanark*，1981）的出版作为当代苏格兰小说崛起的标志，但这种做法不具有包容性，它把20世纪60年代和20世纪70年代的苏格兰小说置于悬空的状态，而且给人一种只有像格雷的《拉纳克》、凯尔曼（James Kelman，1946 ～ ）的《公交售票员海恩斯》（*The Busconductor Hines*，1984）那样政治领先的作品才能称之为当代苏格兰小说的错觉。所以，一个十分简便的做法就是将1960年以来的小说统称为当代苏格兰小说，而将1981年之后的作品冠之以“苏格兰新潮小说”的名号，并将其作为当代苏格兰小说的一个重要部分来论述。

当代苏格兰小说的一个最重要的社会文化背景是苏格兰分权运动以及苏格兰民族意识的崛起。分权运动不仅仅表现在全民公投、苏格兰国会召开等政治层面，也表现在文化层面。苏格兰文学研究协会的成立、大学校园里苏格兰研究课程和学科的建立、《不列颠的分裂》（*The Break-up of Britain*，1977）等一系列著作的问世也是分权的另一种表现形式。从20世纪70年代末的第一次全民公投的失败到90年代末苏格兰国会的召开，苏格兰分权运动经历了艰辛的历程。2014年的独立公投可以视作苏格兰分权运动以及苏格兰民族意识的崛起的一种延伸。苏格兰民众最终选择了继续留在联合王国，这其中有十分复杂的原因，但有一点是可以肯定的，那就是不选择独立并不意味着民族意识从此就开始淡漠了，一个很可能出现的现象是政治的不独立换来的是文化的更加独立，而文学有可能是宣泄这种文化独立意识的最佳渠道。

当代苏格兰小说的两大开拓者是缪丽尔·斯帕克和乔治·麦凯·布朗（George Mackay Brown，1921 ～ 1996）。斯帕克被称为来自苏格兰的最欧洲化的作家，她确实很欧洲化，但她的根还是扎在苏格兰。她的成名之作《布罗迪小姐的青春》（*The Prime of Miss Jean Brodie*，1961）其实有一个很重要的苏格兰性，那就是对共同体的颠覆性书写，布罗迪帮其实就是一种深受城市氛围侵扰的、已然畸变的共同体。乔治·麦凯·布朗被称为20世纪苏格兰最杰出、最富于原创的作家之一，他扎根于苏格兰北端的奥克尼岛，致力于奥克尼岛风情的书写，通过一种超凡的文学想象来展现世界。放在苏格兰的语境中，他最杰出的贡献是书写并重塑着当代社会中的苏格兰共同体，在他的小说中，那种菜园派式的理想化的苏格兰共同体依然存在，奥克尼被书写成一片世外桃源。正是这种似乎只有苏格兰边远地区才有可能存在的理想化的共同体深深吸引着读者，引发了人们对理想化的苏格兰的怀旧。阿拉斯代尔·格雷是当代苏格兰小说的领军人物，他的代表作《拉纳克》是苏格兰新潮小说崛起的标志。20世纪80年代正值苏格兰公投失败、撒切尔主义给苏格兰经济带来致命打击、苏格兰民族意识空前高涨的时期，格雷的《拉纳克》《1982，贾宁》（*1982，Janine*，1984）等作品的问世可谓适逢其时。格雷的作品有着明显的政治取向，虽然他后期的作品除了《可怜的东西》（*Poor Things*，1992）之外反响都很一般，他在最近所参与发起的某些政治运动也备受争议，但他在当代苏格兰小说中的地位还是不可低估的。颇有前卫意识，并第一个为苏格兰捧回布克奖的小说家是格拉斯哥作家凯尔曼，他文学创作的最主要特色是工人阶级内容的书写和大量的格拉斯哥方言的运用。从书写苏格兰现实的角度看，凯尔曼比格雷更胜一筹，他的小说有着更强的阶级意识和民族意识。同样有着很强的阶级意识和民族意识，而且也在大量使用苏格兰方言创作的还有韦尔什（Irvine Welsh，1958 ～　），他的成名作《猜火车》（*Trainspotting*，1993）随着电影的走红而一炮打响，在英语世界广为流传。韦尔什的作品并非全是靠吸毒和青年文化来吸引眼球，他的作品有着深邃的社会现实意义。在苏格兰的语境中，他小说中的吸毒青年也可以视作城市中的畸变的共同体，和斯帕克笔下的布罗迪帮有许多相似之处。班克斯（Iain Banks，1954 ～ 2013）小说的苏格兰性远不及凯尔曼和韦尔什明显，但他在当代苏格兰作家群体中知名度非常高，当代苏格兰小说中将其一笔勾销似乎有失公允。同样，作为一部小说史，把肯尼迪（A. L. Kennedy,1965 ～　）等既不愿意被贴上苏格兰的标签，也不愿意被贴上女性主义的标签的当代苏格兰女作家排斥在外也是不公正的，加洛韦（Janice Galloway,1955 ～　）、肯尼迪等一大批女作家的崛起，还可以被视为当代苏格兰小说的一大亮点。因为在本书重点讨论的18世纪和19世纪的小说家中女性作家只有范瑞尔（Susan Edmonstone Ferrier,1782 ～ 1854）和奥利凡特（Margaret Oliphant,1828 ～ 1897），现代主义小说中女性作家也只有缪尔夫人（Willa Muir,1890 ～ 1970），而且她还是作为缪尔（Edwin Muir,1887 ～ 1959）的陪衬出现的，所以，将当代苏格兰小说部分的女作家独立成节来撰写，似乎更能凸显女性作家在当代苏格兰文坛的重要地位。

## 第一节　苏格兰分权运动与民族意识的崛起

弗兰克·卡普纳（Frank Kuppner,1951 ～　）将他名为历史、实为小说的虚构作品命名为《苏格兰变迁史》（*A Concussed History of Scotland*, 1990），其英文名称中的 concuss 是 concussion（剧烈摇动）的派生词，作者意在说明苏格兰在其历史发展进程中经历了许多次翻天覆地的变化。借用卡普纳这部书中的“剧烈摇动”一词来形容第二次世界大战之后的苏格兰历史，可谓是恰到好处。从某种程度上讲，第二次世界大战之后的苏格兰历史是一部见证大英帝国的衰落、重新认识英国性和苏格兰性的关系、重新发现民族身份的历史，而这次历史巨变的高潮是地方分权（devolution）体制的推行以及苏格兰国会的召开。

苏格兰民族主义者艾维英（Winnie Ewing,1929 ～　）曾经十分形象地描述了当代苏格兰和英格兰的关系：“和匈牙利对于苏联的地位相比，苏格兰是一颗更为彻底的英格兰的卫星。”（Weight,2002：401）艾维英的这句话很有深意：首先，匈牙利和苏联的关系本应是两个国家之间的关系，而苏格兰和英格兰的关系则是一个国家的两个地区的关系，两者本来不可以同日而语，但在苏格兰民族主义者的心目中，历史上的苏格兰也和匈牙利一样，是独立的政权；其次，在追忆往昔的同时，苏格兰人民又不得不承认，当时的苏格兰已经成为或者“沦为”英格兰的附属地，成为英格兰的卫星。

从苏格兰与英格兰联合到苏格兰成为英格兰的卫星是一个漫长的历史过程。1707年之前，苏格兰是一个相对独立的王国。1603年，苏格兰的詹姆斯国王成为英国的詹姆斯一世，他自称大不列颠整个岛屿的皇帝，苏格兰人为自己的王朝能入主英国而感到骄傲，这一历史事件为苏格兰与英格兰的联合奠定了坚实的基础。1704 年，英国国会为确保新教能够在安妮女王过世之后重新掌权、排除安妮女王的天主教徒亲戚们的势力，决定邀请汉诺威的乔治（即后来的乔治一世）登基。为使英国免受可能发生的斯图亚特的入侵，国会提议将苏格兰正式纳入即将到来的汉诺威统治之下。在之后的三年里，英国统治者采取游说、引诱甚至以武力相威胁的手段胁迫苏格兰和英格兰联合。1707 年 1 月 15 日，苏格兰国会以一百零九票对六十九票通过了联合条约。5 月 1 日，苏格兰和英格兰正式联合。从此之后，苏格兰就不再是一个独立的王国，而成为联合王国的一个部分。

韦特曾经用十分形象的比喻来说明英格兰和苏格兰等区域的联合：英格兰和威尔士的联合是一场包办的婚姻，和爱尔兰的联合是约会式的强奸，而英格兰和苏格兰的联合则是“枪口之下的婚礼”（Weight,2002:4）。20 世纪 20 年代，英格兰和爱尔兰的联合最终解体，爱尔兰成为独立的共和国，北爱尔兰选择继续留在大不列颠联合王国。当时无论是英格兰还是苏格兰，都对北爱尔兰寄予同情。然而，20 世纪 60 年代末期，北爱尔兰地区局势开始动荡，动荡局势持续了数十年，英国政府为此大伤脑筋，对北爱尔兰的同情也渐渐淡漠。相比之下，无论是和威尔士的包办婚姻还是和苏格兰的枪口之下的婚礼，虽然有时也不免有些意见分歧，但联合的基础毕竟牢固，而且直到今天也是只有分权，没有分裂。虽然苏格兰作家的笔下不时出现苏格兰是失败的民族或者苏格兰是大英帝国的最后一块殖民地的激烈言辞，但是，语言的巨人并没有成为行动的巨人，苏格兰和英格兰的联合一直持续到现在，而且在将来也是大势所趋。在 20 世纪的风云变幻中，她们的联合在共同面对外敌的时候尤其紧密。

促成苏格兰和英格兰稳固联合的历史原因有许多，其中有两点至关重要：一是新教的力量，二是在历史发展进程中逐渐形成的帝国意识。英国资产阶级革命之后，经过几番激烈的动荡，新教在整个英国的国教地位稳固确立，成为统一大不列颠各个民族的思想的基石。虽然新教在历史的变迁中呈现出某些世俗化的倾向，新教也曾因为支持战争或者不支持工人罢工而引起民众的不满，但总体而言，新教在英格兰和苏格兰的政治以及思想方面的影响是不可低估的。20 世纪 20 年代，欧洲许多国家实施了政务与宗教分离的制度，威尔士效法了欧洲，但英格兰和苏格兰的教堂则依然在国家事务当中扮演着重要的角色。荷兰学者莱尼尔（Gustaaf Johannes Renier,1892 ～ 1962）在他的畅销书《英国人：他们是人类吗?》（*The English:Are They Human?*,1932）中说苏格兰人“骄傲、聪明、信教、深不可测”（Weight,2002:8），他将信教作为苏格兰人的四大特性之一，真可谓是一语中的。直到今天，苏格兰教堂的领导人依然在政治领域有着广泛的影响。

虽然今天的苏格兰作家不时会发出苏格兰是大英帝国最早的，而且又是最后的一块殖民地之类的振聋发聩的呐喊，并把自己标榜为大英帝国的受害者、被殖民者，但是，从历史上讲，苏格兰人扮演的更多的是大英帝国的受益者和殖民者的角色，他们为大英帝国的扩张做出了重要的贡献。据历史学家统计，在1850年到1939年间，大约三分之一的大英帝国殖民地行政长官是苏格兰人。大英帝国为勇敢的苏格兰人提供了展示个人的军事以及行政才能的机会，在大英帝国殖民地奉职的苏格兰人理所当然地把自己看成帝国的一员。在殖民的语境中，苏格兰人很容易把自己认同为英格兰人的同族，而不会刻意强调自己是苏格兰人，或者把苏格兰说成是英格兰的卫星。特别值得一提的是，苏格兰人一向以出产优秀的军人自居，而军人的天职就是服从国家的命令，对于苏格兰人而言，1707年至今的国家只有一个，那就是联合王国。当代苏格兰作家韦尔什的《猜火车》惟妙惟肖地书写了苏格兰军人的风采，主人公瑞顿的哥哥比利就是个典型的优秀的苏格兰军人，他在北爱尔兰动荡行将结束时为了大英帝国而献出了宝贵的生命。虽然瑞顿骂他的哥哥是傻瓜，但作为军人而言，比利的这种“愚蠢”在特定的语境中还是值得肯定的。在面对共同的敌人的时候，历史上的苏格兰人似乎总是不加区分地倒向英格兰的一边，在大英帝国的旗帜下，联合王国的利益是高于一切的。

在20世纪的语境中，促成苏格兰和英格兰的稳定结盟的因素主要有两个：一是英国王室的改革，二是英国政府尤其是撒切尔夫人上台之前的历届政府对苏格兰重工业经济的援助政策。英国历史学家倾向于将王室（君主制度）、新教、民主、帝国归纳为联合王国赖以生存的四大基石，足见王室之于国家统一的重要性。为王室改革做出重大贡献的是乔治五世和乔治六世。1916年，乔治五世将家族的名称重新定名为温莎，借此远离与欧洲大陆的错综复杂的历史家族渊源，从而树立了王室的纯正英国形象，即今天学界所说的英国性（Englishness）的地位。1936年，爱德华八世由于具有明显的亲法西斯倾向以及关于性与婚姻的激进观点而逊位，乔治六世继任后，重新树立了王室的正统道德典范的形象，使得王室成为凝聚英国民众、维护国家统一的有效工具。第二次世界大战之后，曾经在战争期间起过重要作用的苏格兰重工业开始衰退，这一方面是由于美国、日本、德国工业的竞争优势日渐明显，另一方面是由于大英帝国的殖民地市场的萎缩。以苏格兰的造船业为例，1954 年苏格兰造船的数量占全世界总量的百分之十二，而 1968 年的时候苏格兰造船数量仅占世界造船总量的百分之一，重工业的衰退使得苏格兰失业人数剧增。从 20 世纪 60 年代开始，英国政府逐渐意识到问题的严重性，苏格兰大臣建言说，如果不从政治的高度采取手段，苏格兰的经济问题将累及英国，对未来全国大选都有直接的影响。英国政府出于政治的考虑，开始对英格兰以外的地区实施经济援助政策，到了 60 年代末，用于苏格兰地区的人均国民支出高出整个英国人均国民支出二十二个百分点。经济援助政策持续数十年，根据 1997 年英国工党所提供的数据，苏格兰地区每年应当缴纳的国税是国税总额的百分之十点一，而英国政府从苏格兰地区实际征收的国税只占国税总额的百分之八点八，英国政府每年大约要拿出六点六亿英镑的巨款来补贴苏格兰的财政。巨额的财政补贴虽然没能彻底消除苏格兰人对英格兰人的成见，而且也并不是每个苏格兰人都知道他们享受着政府的巨额补贴，但它在特定的历史语境中有效地抵御了苏格兰地区的经济大衰退风险，使得苏格兰地区的家园自治和独立思想暂时熄火。享受着政府财政补贴政策的苏格兰人意识到，无论他们是否喜欢英格兰人，他们都无法选择分离，因为分离的代价太高昂了。

从某种意义上讲，是撒切尔主义抬高了苏格兰人关于地方分权的呼声。伊万·卡梅伦在《1880 年以来的苏格兰》（*Impaled Upon a Thistle: Scotland Since 1880*,2010）中附有一幅非常有名的漫画：苏格兰民族党领导人戈登·威尔逊和著名播音员科林·贝尔端坐在苏格兰海报的两侧，海报上画着撒切尔夫人的头像，她喜笑颜开，嘴角流出石油一般的口水（或曰口水一般的石油）。撒切尔夫人头像上方写着这样一段文字：“难怪她在笑。她得到了苏格兰的石油。”（Cameron,2010:323）这幅漫画集中体现了苏格兰人对撒切尔夫人以及她所开创的撒切尔主义的愤慨。诚如西方学界所言，撒切尔主义是一种“新自由主义”与“保守主义”的混血儿，它反对建立在凯恩斯经济学和对福利国家的支持之上的“共识政治”，非常明显地表现出对不平等现象的漠视。撒切尔主义主宰英国政坛二十多年，在撒切尔主义的阴霾之下，英国经济上的不平等现象越来越严重，进而导致了英国民众在社会地位和其他领域方面的不平等。撒切尔夫人所奉行的私有化、去监管化、减税、取消汇率管制、打击工会力量、漠视福利制度等一系列政策，给以重工业为主的苏格兰经济带来了毁灭性的打击，同时也使得一度受挫的家园自治以及分权思想再度兴起。在 1989 年的苏格兰民意调查中，仅有百分之十的被调查者认同撒切尔夫人“把苏格兰的最高利益放在心上”这一说法，百分之七十七的受访者认为她把苏格兰民众当成二等公民对待。

撒切尔夫人几乎不把苏格兰的最高利益放在心上，而且她对当代苏格兰由于重工业衰退而引发的社会主义思潮颇有微词，她在《唐宁街岁月》(*Downing Street Years*,1995）一书中写道："可是在苏格兰重工业衰退的顶端迎来了社会主义——本想作为一种治疗，却带来了新的社会以及经济疾病，不仅仅是好战的工会主义而已。"（Thatcher,1995:618）但颇具讽刺意味的是，她的政治生涯却是和苏格兰紧密相连的。按照历史学家的说法，她能够登上首相的宝座，首先应该感谢的是苏格兰。苏格兰的石油使她喜笑颜开，1978～1979年间工党的拙劣的苏格兰分权计划以及工会组织的误算"为'她的权力登顶'助了一臂之力"(Cameron,2010:322)。撒切尔夫人以及热衷于撒切尔主义的历届英国政府并非有意忽视或者歧视苏格兰，他们的政策也并非对苏格兰有百害而无一利。英国政府加入欧洲经济共同体之时，苏格兰民众曾经表示怀疑，但经过撒切尔夫人游说而来的欧洲区域发展基金大部分投在了苏格兰，加速了苏格兰地区的基础设施建设。此外，当英国成为欧洲部长委员会轮值主席国之时，她计划把例行峰会放在苏格兰的首府爱丁堡召开，英国政府的本意是想让世界了解苏格兰，同时向苏格兰展示爱丁堡是联合王国领导并参与国际政治的舞台。然而，苏格兰人对英国政府的善意却并不领情，他们对此的回应是组织了三万多人的家园自治游行示威，借此引发世界媒体对苏格兰"民主赤字"(democratic deficit）的广泛关注。

20世纪80年代，苏格兰地区的许多工厂被关闭。以撒切尔夫人为代表的保守党将关闭苏格兰日渐老化的企业作为拯救苏格兰经济的一剂良方，一个极端的例证是英国钢铁集团和工业贸易部试图关闭莱文斯克莱格钢铁厂，最初的理由是为了合理规划，而后提出的理由是为了私有化。保守党的政策对经济衰退中的苏格兰无疑是雪上加霜，它所带来的直接后果是高失业率，如此高的失业率在20世纪30年代的经济危机之后真的是百年一遇。除了高失业率问题，撒切尔主义阴霾之下的英国政府还在住房改革、人头税等问题上触怒了苏格兰民众的神经。从表面上看，在以重工业为主体的苏格兰经济衰退背景下，经济拮据的苏格兰民众应当是住房改革的受益者。英国政府提倡把公共住房以打折的方式出售给房客，相比英国其他地区，苏格兰地区的公共租赁住房比例更高。1981年的统计数据表明，苏格兰地区公共租赁住房的比例高达百分之五十四点六，而英格兰地区仅为百分之二十六。苏格兰中西部地区（如克莱德班克、马泽维尔）的公共租赁住房比例高达百分之八十，居苏格兰地区之首。英国政府在住房改革的同时，旨在降低房客租金的政府补贴也在剧烈下滑，住房补贴从 1979 年的苏格兰地方当局财政税收的百分之三十九锐减到 1985 年的百分之七。此外，英国政府在苏格兰地区所推行的城市改造工程，也给城市周边的民众带来了负面的影响。在新的城市规划的语境中，城市周边的人群被安置在既不属于城市又不属于乡村的郊野上、政府建造的整齐划一的鸽子窝一样的住房内，住房安置工程使得许多被安置的人群发生了性格扭曲，韦尔什的小说《秃鹳梦魇》（*Marabou Stork Nightmares*, 1995）真实地再现了住房改革制度下苏格兰青年的无聊生活以及他们对撒切尔主义的不满。

最让苏格兰民众愤怒的是英国政府在苏格兰地区试行的人头税政策。一位激进的苏格兰公务员对人头税政策给予了无情的讽刺，他说："人头税的适用人群是茅宁赛德（爱丁堡的豪华区域）的老太太，他们生活在有六个卧室的私人豪宅，没有子女在家，垃圾箱也是一个星期只处理一次。"（Butler, Adonia & Travers, 1994 : 63 ～ 64）在抵制人头税的问题上，苏格兰民众并非是孤军作战，英国其他地区也对人头税耿耿于怀。而且，虽然苏格兰民众对人头税的抵触情绪最为浓烈，他们却并没有采取极端的暴力形式，苏格兰地区的抗议活动一直维持在法律所允许的框架之下。不满保守党的人头税政策、主张抵制人头税的两大政党之间也有分歧，苏格兰民族党提倡拒交人头税，而工党则相对温和，反对拒交人头税的激进主张。在人头税开始试行的一年半之后，苏格兰地方当局委员会对拒交人头税的人数进行了估算。数据表明，苏格兰有近六十万人拒交人头税，占整个英国拒交人头税人群总数的百分之十五，拒交人头税的群体主要集中于城市。苏格兰地区拒交人头税的人数远远超过英格兰和威尔士地区，以 1990 年至 1991 年财政年度为例，英格兰地区未缴纳人头税者仅占百分之十，而苏格兰地区则高达百分之二十五。

从政治的角度看，拒交人头税集中展现了当代社会苏格兰民众对于撒切尔主义以及以撒切尔主义为主要施政纲领的英国保守党的敌视。20 世纪 70 年代末期，在苏格兰分权运动方兴未艾之时，保守党在苏格兰地区的大选中并未丧失优势地位。但是，随着苏格兰民众对撒切尔主义以及保守党政策的不满情绪逐渐高涨，到 1987 年的时候，保守党一下子就丧失了十一个席位，而且很难找到优秀的人选来填补苏格兰办事机构（Scottish Office）的空缺，保守党在苏格兰地区开始处于劣势。同时，由于苏格兰民族党的政治策略有时过于激进，和苏格兰民众的家园自治思想并不十分契合，所以，苏格兰民族党也未能在苏格兰民众中赢得最广泛的支持。相比之下，倒是政治策略相对温和的工党占据了上风。

1988 年召开的苏格兰选举会议为未来的苏格兰国会描绘了蓝图。会议成员由教堂、工会组织、家园自治小组、工党以及社会民主党等多方面代表组成。保守党选择缺席，苏格兰民族党出人意料地选择退出，这充分说明了民族党无力代表苏格兰最广泛利益并在反保守党联盟中发挥应有的作用，也为日后苏格兰国会正式组阁时保守党丧失人气、民族党无缘多数席位埋下了伏笔。这次会议的重要成就是吸引了最广泛的代表参加，重申了分权而非独立的基调，提出了未来苏格兰国会中女性的地位、比例规划以及财政分权等 1978 年分权运动方兴未艾之时未曾深入探讨的重要问题。当被问及如果英国政府对苏格兰的分权思想说“不”时苏格兰应如何应对的问题时，会议的主办人用非常合乎政治逻辑而且十分雄辩的话说：“我们会说‘是’，我们是大众。”

1997 年的英国大选是苏格兰分权运动的分水岭。1983 年至 1997 年间，由于保守党对苏格兰地方分权体制的反对以及一系列其他方面的不受欢迎的政策的实施，它在苏格兰地区可谓是人气尽失。除了反对，它无法用其他更加有效的形式来应对苏格兰地区鲜明的政治文化。1997 年工党的上台，对苏格兰民众来说是一个极大的利好，苏格兰分权体制从此真正地拉开了序幕。伊万·卡梅伦把 1997 年的英国政府说成是“拥有大多数人支持的且尚在蜜月之中的新政府”（Cameron，2010：349），工党的执政为苏格兰分权体制的最终施行铺平了道路。1998 年，苏格兰法案在英国国会获得通过。1999 年，第一届苏格兰国会正式召开。首届苏格兰国会代表共 129 人，其中 73 人通过选民区选举产生，另外的 56 人由八个地区政党提名候选人中选出。为了保持权力的平衡，苏格兰国会赋予在选民区选举中获得极少或未获得席位的政党某些优先权，以期国会能够代表最广泛的民意。首届国会的召开，标志着苏格兰地方分权体制的最终确立，为当代苏格兰历史写下了辉煌的一页。

从 1979 年苏格兰分权全民公决被否决，到 1999 年首届苏格兰国会的召开，严格意义的苏格兰分权运动经历了整整二十年的时间，苏格兰分权运动最为重要的历史意义是苏格兰身份的确立。时至今日，分权体制下的苏格兰又走过了十几年的历史进程，之前一些政治家所担心的苏格兰以分权为跳板寻求独立、苏格兰因为分权而失去联合王国的经济援助以及苏格兰国会与英国国会关系紧张等种种可能性都没有成为现实。苏格兰没有选择独立，相对激进的苏格兰民族党也没有能够在政治舞台上占据上风。苏格兰分权的基本依据是 1707 年加入联合王国以来苏格兰一直保持着独具特色的立法、教育以及教堂体系，1885 年以来还建立了特色鲜明的行政体系，苏格兰人应该有和英格兰人不尽相同的文化身份。无论是称之为民族身份，还是称之为区域身份，苏格兰人都应该有自己独立的身份，而确立这种身份的政治体制就是地方分权。苏格兰人强调自己身份，抵制保守党所推行的人头税等危害苏格兰经济以及民众利益的政策，但他们不主张暴力，也不主张分离，分权并没有成为分离的前奏曲。在二战刚刚结束时，苏格兰人不选择分离，我们可以说他们分不起。由于重工业的衰退，苏格兰的经济复苏需要联合王国的经济援助，和英格兰分道扬镳代价太高昂。但是，到了 20 世纪 90 年代，联合王国的经济援助政策已经被撒切尔主义挥霍殆尽，苏格兰人仍旧不选择分离，其原因就绝非“分不起”那么简单了。从历史上讲，苏格兰和联合王国的命运一直息息相关，特别是在英国殖民时期，苏格兰人还曾经一度以自己是大英帝国的一员而感到自豪，他们心目中的家园不是特指苏格兰，而是指联合王国。爱尔兰独立的时候，他们依然选择站在联合王国的一边。正是这种难以割舍的情缘，使得苏格兰人在珍视并努力寻求相对独立的苏格兰身份的同时，一直扮演着语言的巨人、行动的矮子的形象，他们把苏格兰视为一个相对独立的共同体，而把联合王国视作一个可以依存的家园。所以，分权，而不是分离，才能够成为博得苏格兰民众的最广泛支持同时又能够被英国政府所接受的相对温和的政治策略。从某种意义上讲，这种既强调文化身份又强调国家统一的政治思想，也正是当代苏格兰小说的核心理念。

## 第二节　缪丽尔·斯帕克：来自苏格兰的最欧洲化的作家

缪丽尔·斯帕克（Muriel Spark,1928 ～ 2006）是当代苏格兰文坛首屈一指的大作家，其代表作《布罗迪小姐的青春》（*The Prime of Miss Jean Brodie*,1961）曾经红极一时，根据这部小说改编的同名电影（1969，中文片名译为《春风不化雨》）斩获了第四十二届奥斯卡金像奖最佳女主角和最佳原创歌曲提名两项殊荣。特别值得一提的是，《布罗迪小姐的青春》还有幸被选入杨岂深、孙铢主编的《英国文学选读》教材第三册（1984），成为唯一入选该册教材的当代苏格兰小说作品，斯帕克也因此成为两位（另一位是苏格兰现代主义诗人休·麦克迪尔米德）入选该册教材的苏格兰作家之一。在本书所探讨的当代苏格兰作家之中，斯帕克或许是中国读者最为熟悉的一位。苏格兰作家兼评论家蓝金（Ian Rankin,1960 ～　）

将斯帕克称为“来自苏格兰的最欧洲化的作家”（Rankin,1993:52），这个标签可谓是恰如其分。虽然斯帕克出生于苏格兰的首府爱丁堡，早年在爱丁堡詹姆斯·格利斯皮女子学校接受教育，但她1937年就离开家乡前往非洲，1944年返回英国，但1960年代又离开英国定居意大利。除了《布罗迪小姐的青春》和《研讨会》（*Symposium*,1990）有着明显的苏格兰场景，斯帕克其他小说中的苏格兰性并不浓烈。

但是，当被问及她是否认为自己属于苏格兰作家时，斯帕克总是毫不犹豫地给出肯定的答案：“我当然是来自苏格兰的作家，肯定我是这么认为的。不过我想把自己描述成‘苏格兰作家’或许是有点含糊的，因为不知道是否‘苏格兰的’可以用在作家或者作品身上。”（Bold,1983:221）此外，在斯帕克的眼里，她的欧洲化倾向恰恰是苏格兰性的体现，因为她的出生地爱丁堡就是一个欧洲化的城市，“它的纽带系于欧洲而不是系于英格兰”（Rankin,1993:52）。虽然斯帕克并不刻意地去书写苏格兰，但苏格兰书写在她的小说中一直占据着重要的地位，换句话说，就是她的小说似乎总是在若隐若现地书写苏格兰。《曼德鲍姆门》（*Mandelbaum Gate*,1965）中的一位阿拉伯游击队员原来是苏格兰教堂的牧师，《请勿打扰》（*Not to Disturb*,1971）中的抗性药物是在爱丁堡做的实验，《领土权》（*Territorial Rights*,1979）中的一个角色不时诵读着苏格兰民谣，《东河边的暖房》（*The Hothouse by the East River*,1973）从某种意义上讲是巴里《彼得·潘》的反写。

斯帕克是一位多才多艺的作家，她所发表的作品题材多样，涉及小说、诗歌、文学评论和传记等多个门类。1947年至1949年间，她担任《诗歌评论》编辑，20世纪50年代曾出版诗集并发表了多部有关华兹华斯、玛丽·雪莱、艾米丽·勃朗特等英国作家的论著。1951年，斯帕克发表了短篇小说《撒拉弗与赞比西河》（*The Seraph and the Zambesi*）并荣获《观察家》短篇小说奖，这部短篇小说的成功改变了她写作的方向，她因此而结识了《观察家》的编辑并经常给该杂志撰稿，此外，这部短篇小说还引起了麦克米伦出版社小说编辑艾伦·麦克林的关注，他开始委托斯帕克为该出版社撰写小说，斯帕克的第一部小说《安慰者》（*The Comforters*,1957）就是应麦克林之约而写作的。由于当时斯帕克经济上并不宽裕，著名英国作家格雷厄姆·格林（Graham Greene,1904～1991）主动向她提供资助，让斯帕克可以在衣食无忧的情况下潜心写作。斯帕克是一位十分多产的作家，仅小说作品就有二十余部，主要包括：《安慰者》《鲁滨孙》（*Robinson*,1958）、《死亡备忘录》（*Memento Mori*,1959）、《派克汉姆·莱的歌谣》（*The Ballad of Peckham Rye*，1960）、《单身汉》（*The Bachelors*，1960）、《布罗迪小姐的青春》（1961）、《窈窕淑女》（*The Girls of Slender Means*，1963）、《曼德鲍姆门》（*Mandelbaum Gate*，1965）、《公众形象》（*Public Image*，1969）、《驾驶席》（*The Driver's Seat*，1970）、《请勿打扰》（*Not to Disturb*，1971）、《东河边的暖房》（*The Hothouse by the East River*，1973）、《接管》（*The Takeover*，1976）、《领土权》（*Territorial Rights*，1979）、《有意闲逛》（*Loitering with Intent*，1981）、《远非肯星顿》（*A Far Cry from Kensington*，1988）、《研讨会》《现实与梦幻》（*Reality and Dream*，1996）、《帮助与怂恿》（*Aiding and Abetting*，2000）等。

《安慰者》是斯帕克的第一部长篇小说，这部小说一直得到批评界的赞誉，因为它集中体现了斯帕克小说所关注的话题：其一是罪恶以及人类苦难问题，其二是现代小说的形式问题。此外，由于1954年斯帕克就已经皈依罗马天主教，《安慰者》也无可避免地和宗教问题相关联。《安慰者》有两条故事主线：一条是劳伦斯·曼德斯发现自己的外祖母和某次钻石走私行动有难以摆脱的干系，另一条是卡洛琳·罗斯被一种叫作“打字魔鬼”的无形意识所困扰，那家伙总是重复和评价他的思想和行动。小说一开始，劳伦斯就到了远在萨塞克斯的外祖母家，而卡洛琳则刚刚皈依天主教。劳伦斯开始对外祖母产生怀疑，而卡洛琳则开始被“打字魔鬼”所困扰，几乎到了疯狂的境地。小说的第二部忽然一转，把焦点转移到劳伦斯的外祖母身上，她深深地被卷入钻石走私团伙。这部书围绕着一系列的疑问展开，威利·斯多克怀疑默文·霍嘉斯是个恶魔，默文·霍嘉斯害怕乔治娜·霍格会揭穿他的重婚，海伦娜·曼德斯担心儿子劳伦斯对自己母亲的怀疑是真的。随着劳伦斯外祖母走私团伙头目身份的揭开，这一条故事主线的谜团终于破解。可是，小说的另一条主线，也就是一直困扰着卡洛琳的“打字魔鬼”却依然存在。不过，卡洛琳已然习惯了这种困扰，还慢慢接受了“打字魔鬼”的视角。她和自己小说中的人物说，她要写一部以“小说人物”为主题的小说，劳伦斯的父亲建议她写个传统的老套的故事，让坏人完蛋，让女主人公嫁人，千万不要设置现代谜团。卡洛琳满口应承，《安慰者》也正是以这样老套的故事结束，坏人乔治娜·霍格溺水而亡，女主人公卡洛琳·罗斯等待着劳伦斯回到教堂迎娶她进门。

《安慰者》最为突出的主题是宗教，这部小说堪称是《圣经》约伯记的现代书写：和约伯一样，卡洛琳·罗斯一直在经受着外部机构的考验；和约伯的安慰者或者朋友一样，卡洛琳的安慰者们也只有逻辑上正确但实际上错误的论断；尤其重要的是，和约伯一样，卡洛琳在经受困难之后，学会了接受不可解释的和神秘的东西，并将其视为终极的现实。卡洛琳是皈依天主教之后的斯帕克的化身，卡洛琳和威利·斯多克在小说中关于世界是否就是一个疯人院的争论，最为集中地展现了现代世界中宗教存在的意义。宗教的存在并不意味着每个人都会因此变得善良，小说向人们展示了一系列的恶人形象：劳伦斯·曼德斯的外祖母路易莎·吉普竟然是钻石走私团伙的头目，而貌似虔诚的教徒乔治娜·霍格竟是个坏蛋，当她和卡洛琳不幸落入水中时，卡洛琳试图救她，而她却想借机将卡洛琳置于死地。当然，小说最终还是给出了一个老套的善有善报、恶有恶报的结局。

斯帕克的第二部长篇小说《鲁滨孙》是一部心理寓言，它借用了《鲁滨孙漂流记》的日记体以及对事实的沉溺，同时引入了威廉·戈尔丁《蝇王》中所揭示的"人心的黑暗"主题，"不过这一主题最后是以一种更轻快的、更不实际的方式处理的"（Stubbs,1973:6）。《鲁滨孙》是一部典型的荒岛生存小说，和斯帕克小说的主流创作方向似乎有些背离，因此很难纳入斯帕克代表作的框架内展开讨论。不过，这部小说的人物塑造倒是和弗洛伊德的人格理论十分契合：鲁滨孙是詹纽瑞（January）的超我，杰米是她的自我，而威尔斯则是她的本我。

《死亡备忘录》和《派克汉姆·莱的歌谣》引入了许多超自然的因素。《死亡备忘录》的结构非常简单，主要围绕莱蒂·科尔斯顿夫人及其友人所接到的一系列的神秘电话展开，"记住你必须要死"是神秘电话中挥之不去的阴影。《派克汉姆·莱的歌谣》的结构比较复杂，情节也更加起伏跌宕，它主要讲述苏格兰人道格尔·道格拉斯在伦敦派克汉姆恶意破坏别人生活的故事。道格拉斯在派克汉姆受雇于德鲁斯门下，德鲁斯是一家尼龙纺织品生产商的老板，于是他开始打着打通工业和艺术的幌子，以人性研究为名，私下里干一些龌龊的勾当。他和未婚妻基尼分手，理由是她得了病，而得病对他而言是致命的弱点，他实在无法忍受。道格拉斯两面三刀，他一边受雇于德鲁斯，一边又受雇于德鲁斯的商业对手德罗沃·威利斯所经营的纺织品生产商，为了混淆视听，他在威利斯手下供职时把自己的名字颠倒了过来，变成了道格拉斯·道格尔。此外，他还为已经退休的女演员玛利亚·契兹曼撰写鬼故事，做一个人生和事业的多面手。道格拉斯破坏别人生活的阴谋屡屡得逞，他的女房东福利恩姆被害得染上了中风，德鲁斯用开塞钻刺死了自己的情妇，汉弗莱·普雷斯在教堂里拒绝和迪克西·摩斯成婚。所有的这一切，用小说中一位女士的话说，就是"如果道格尔·道格拉斯不来这里，它就不会发生"（Spark,1963a:7）。奈莉·麦和恩试图揭穿道格拉斯的丑恶嘴脸，但因为她是爱尔兰人，派克汉姆的居民没有人相信她。小说临近结尾，道格尔·道格拉斯终于露出了马脚，汉弗莱·普雷斯和迪克西·摩斯重修旧好，而道格拉斯则逃离派克汉姆，到别处去继续实施他所谓的人性研究。在这部小说中，苏格兰人道格拉斯被塑造成反面形象，而他之所以长时间未被揭穿，竟是由于英格兰人对想告诉他们实情的爱尔兰人奈莉·麦和恩的歧视，派克汉姆的居民将麦和恩视为整日醉醺醺的爱尔兰流浪者，对她的忠告置若罔闻。细细读来，《派克汉姆·莱的歌谣》的主题还是十分深邃的，它惟妙惟肖地展现了英格兰、苏格兰、爱尔兰之间关系以及商业世界中人与人之间错综复杂的关系。

《布罗迪小姐的青春》是斯帕克的成名作，也是斯帕克小说中最具苏格兰性的一部。放在苏格兰的语境中，这部小说最重要的贡献是书写了一种城市之中的畸变的共同体。小说的主要场景是在爱丁堡的一所女子学校，桑迪、罗斯、玛丽、詹尼、莫妮卡和尤妮斯六个女孩在布罗迪小姐的引领下，形成了一个特立独行、与正统学校教育格格不入的布罗迪帮。布罗迪给这些女孩灌输法西斯主义，给她们讲个人的恋爱生活以及旅行见闻，还给她们传授艺术史和古典文化。在布罗迪的影响之下，六个孩子虽然仍旧都有自己的特性，比如桑迪长着一对小眼睛、罗斯十分性感、玛丽呆头呆脑、詹尼天生丽质、莫妮卡擅长数学而脾气暴躁、尤妮斯身材灵巧而善于体操，但她们的共性大于个性，她们都以布罗迪为楷模，对正统教育之外的学科更感兴趣，这也正是她们被校长蔑称为布罗迪帮的原因：

> 这些女孩组成了布罗迪帮。这是她们十二岁从初中进入高中的时候校长给她们的蔑称，不过在此之前她们早就被这样称呼了。那个时候，人们很容易认出她们是布罗迪的学生，她们熟知一大堆与官方认定的课程设置无关的科目，校长说，这些科目对学校是一点用都没有的。人们发现这些女孩听说过布克曼主义者和墨索里尼、意大利文艺复兴画家、清洁膏和金缕梅祛斑霜对皮肤的好处以及它们优于香皂和水之处，还有“月经初潮”这个词。有人给她们描述过《小熊维尼》的作者在伦敦的豪宅内装修，还有夏洛蒂·勃朗特以及布罗迪本人的爱情生活。她们知道有个爱因斯坦，以及那些认为圣经不真实的人的论点。她们懂得天文学的入门知识，却不知道弗洛登战役的时间和芬兰的首都。（Spark，1965：5）

虽然斯帕克在小说叙述中打乱了时间顺序，但《布罗迪小姐的青春》的故事主线还是十分清晰的，第一条主线是布罗迪小姐本人的感情纠葛以及她和学校之间的摩擦，第二条主线是布罗迪帮六个核心成员的成长。布罗迪小姐和音乐老师戈登·罗瑟尔、美术老师泰迪·劳埃德之间形成三角恋，布罗迪真正喜欢的是劳埃德，虽然他已是有妻子、孩子的男人，但她表面上又与罗瑟尔交好。当已然情窦初开的桑迪和罗斯成为劳埃德模特的时候，布罗迪把桑迪当成最信任的人，暗地里希望罗斯和劳埃德之间有染。超级的讽刺是，罗斯对劳埃德不感兴趣，而桑迪则由于寂寞而上了劳埃德的床。由于布罗迪小姐对学生的教育太不合时宜，校长几次规劝她另谋高就，到思想更加前卫的学校去谋职，都被布罗迪婉言谢绝。最后多亏桑迪反水，校长才能以传播法西斯主义的罪名将她解聘，最终将布罗迪这个烫手山芋扫地出门。

在初中的时候，布罗迪帮堪称是铁板一块，她们对布罗迪小姐顶礼膜拜，亦步亦趋。然而，到了高中阶段，布罗迪帮似乎也没有原来那么铁了，布罗迪不得不优中选优，物色自己最值得信赖的人。到了即将步入社会的年龄，布罗迪帮也免不了要曲终人散，玛丽成了打字员，詹尼成了演员，尤妮斯当了护士，莫妮卡成了科学家，罗斯嫁给了英俊的男人，而桑迪则出于对心理学的兴趣，对劳埃德的爱情、思想和宗教开始着迷。桑迪最终选择了做修女，还写了一本名为《平凡的显圣》的书。她是布罗迪最信任的人，布罗迪到临终时刻才知道是桑迪出卖了她。从表面上看，桑迪是布罗迪帮最离经叛道的一位，但当她被问及读书之时谁对她影响最大的时候，她的回答是："有个简·布罗迪小姐，当时她正值盛年。"（Spark，1965:128）布罗迪帮是一种城市之中的畸变的共同体，她们有共同的信仰，那就是对布罗迪的崇拜。布罗迪帮有排他性，一个叫乔伊斯·艾米丽的女孩想加入布罗迪帮，但最终未能如愿，只能待在外围，她最终在布罗迪的唆使之下去参加西班牙内战，却不幸惨死于奔赴沙场的火车上。由于城市中不再有菜园派小说中那种举全民之力培养"可塑之才"的氛围，它的精神领袖也不再是和多姆西一样"能够在萌芽之时发现一个学者"（Maclaren，1894:9）的伯乐之才，布罗迪帮的女孩们也不再像麦克莱伦笔下的豪尔那样将学习成绩和奖章作为毕生追求的目标，所以，城市只能培育出畸变的共同体，布罗迪帮就是这种畸变的共同体的一个典型案例。

《窈窕淑女》有一个和《布罗迪小姐的青春》十分相近的地方，那就是城市中的共同体，或者更为具体地说，是城市中的女性联盟。《窈窕淑女》的主要关注点是1945年欧洲胜利日到对日战争胜利日之间伦敦肯辛顿地区居民的生活和爱情，而故事的引线是多年之后一个曾经是无政府主义知识分子的名叫尼古拉斯·法灵顿的耶稣会信徒在海地的殉难，故事的主体采用了倒叙的手法，围绕着法灵顿和泰克的梅伊俱乐部成员赛琳娜之间的恩恩怨怨而展开。泰克的梅伊俱乐部是一个女性联盟，它的存在是为了“为三十岁以下的、被迫离家而住、为了在伦敦谋一份职业的窈窕淑女们提供金钱便利和社会保护”（Spark,1963b:4）[①]。窈窕淑女们寄居在阿尔伯特纪念馆对面的梅伊俱乐部，在满目疮痍的战后岁月谋求生计。小说最让人感怀的或许不是法灵顿和赛琳娜之间的恩怨，而是第二次世界大战之后伦敦生活的艰辛。小说的第一句话颇耐人寻味：“很久以前在1945年的时候英格兰所有的好人们都很贫穷，当然也允许有例外。”（Spark,1963b:1）正如艾奇康姆比所指出的那样，斯帕克在此“是将罗曼司的套话（很久以前）和具体的‘1945’年结合在一起，而1945年是历史上最可怕的片段结束的一年”（Edgecombe,1990:35）。小说的男主人公法灵顿之所以由有着诗人名号的无政府主义知识分子变为耶稣会的信徒进而走上殉难之路，就是因为他意识到了浪漫幻想和残酷的现实之间的差距。

《曼德鲍姆门》和《公众形象》也是斯帕克1960年代创作的小说，虽然两部小说现在已遭受读者的冷遇，但在出版之时还是有过一些殊荣的。前者曾于1965年获得詹姆斯·泰特·布莱克纪念奖，后者则有幸入围次年的布克奖短名单。《曼德鲍姆门》的主要场景是1961年的耶路撒冷。为了和未婚夫哈里·克莱格见面，有着犹太人血统的天主教徒芭芭拉·沃恩必须经过曼德鲍姆门进入约旦控制之下的耶路撒冷，这是一次非常危险的行动，所以她必须寻求英国外交官以及几个阿拉伯朋友的帮助。《公众形象》的主要场景是罗马，正值事业上升阶段的女演员安娜贝尔·克里斯托弗极力塑造自己的公众形象，借此来弥补自己才能的不足，她完全忽视丈夫的不满，以致招来怨怒和报复。

《驾驶席》是斯帕克1970年代最重要的作品，是斯帕克本人最喜欢的小说之一，它曾于1974年被改编成电影，领衔主演的是大名鼎鼎的伊丽莎白·泰勒（Elizabeth Taylor,1932～2011）。《驾驶席》是一部心理小说，它颠覆了侦探小说“谁做的+为什么这么做”的模式，把问题聚焦于“为什么这么做”。它是一部典型的被谋杀者寻求谋杀者的故事，女主人公莉丝是一位处女，在会计师事务所工作，由于疾病的困扰，她寻求谋杀者将其杀死。她悉心指导谋杀者如何捆绑并杀死自己，谋杀者按照她的指令行动，小说中对杀死莉丝的过程进行了详细的描述：

---

① 此处“窈窕”（slender means）兼有“经济状况拮据”之意。

> 当刀落到她喉咙时她尖叫了，明显地意识到致命的一刻是多么的致命。她尖叫着，而后当他按照她的指令刺进去用手腕一拧的时候，她的喉咙发出咕咕声。然后他想刺哪儿就刺哪儿，站起身来，看他干完的事儿。他站在那里凝视了一会儿，然后开始转身要走，他犹豫了一会儿，仿佛他忘记了她嘱咐过的哪样东西。忽然他拉下自己的领带，弯下腰来用领带把她的脚踝绑在一起。(Spark,1974：106 ~ 107)

斯帕克所建构的这种女性被谋杀者寻求并指使男性谋杀者杀害自己的模式，在当代英国文坛有许多的追随者，马丁·艾米斯（Martin Amis,1949 ~ ）的《伦敦场地》（*London Fields*,1989）就是很好的例证。在《伦敦场地》中，年轻美丽的女子尼古拉·西科斯预见到自己将在 35 岁生日时被人谋杀，于是她千方百计地引诱男性谋杀者，为自己的死亡做好安排，两部小说情节极其相近，可谓是如出一辙。

斯帕克小说创作的高峰期是在 20 世纪 60 年代和 70 年代，这期间她共出版了十二部小说。80 年代起，斯帕克的小说创作开始放慢了脚步，她在近三十年的时间之中仅出版了七部小说。在这七部小说中，最能代表斯帕克后期小说创作成就的当属《有意闲逛》。“有意闲逛”原本是法律术语，意思是“带着作案企图踩点儿”，但这部小说与法律并无瓜葛，它是一部有着一些自传成分的元小说。所谓元小说，就是关于小说写作的小说，或者用帕特里夏·沃的话说，就是“这样一种虚构写作，它有意识地、系统地引发人们对小说虚构成分的注意，进而提出关于虚构与现实的关系问题”（Waugh,1984:2）。在斯帕克的这部小说中，现实和虚构可谓是水乳交融。小说家弗洛尔·塔尔伯特正在努力完成她的处女作，她在昆丁·奥利佛爵士的自传协会做秘书，自传协会的成员都在谋求写自己的回忆录。塔尔伯特在辅助自传协会成员写作的过程中，发现许多素材可以为自己的小说所用。奥利佛爵士发现了塔尔伯特在写小说，他试图干涉，因为他怕塔尔伯特把自己不光彩的一面写进去。如果我们把自传界定为真实，把小说界定为虚构，那么，奥利佛爵士和塔尔伯特刚好就构成了真实与虚构的两极。塔尔伯特受雇于奥利佛爵士，这是否意味着小说必须依附于真实呢？另外，如果奥利佛爵士有自己的丑事（比如敲诈协会成员），塔尔伯特会在虚构中将其揭幕，自传中是否会被删除呢？如果自传只是贴金而不揭丑，那它又如何以真实自居呢？这些都是令小说家颇感纠结的问题，斯帕克用小说家受雇于自传协会的故事做引线，她所思考的是真实与虚构的关系，而这是小说家永远都无法回避的问题。

如伊恩·蓝金所言，斯帕克是来自苏格兰的最欧洲化的作家，这是一个非常合适的文学标签。斯帕克没有像乔治·麦凯·布朗那样一生致力于书写苏格兰的风情，也没有像阿拉斯代尔·格雷那样为苏格兰民族独立摇旗呐喊，她小说中的苏格兰性似乎并不明显。但是，如果细细品味，除了出生在苏格兰这个显而易见的因素外，她的代表作《布罗迪小姐的青春》和苏格兰文学是十分契合的，一个重要的契合就是它以颠覆性的手法重写了苏格兰文学与文化的灵魂，即共同体，单凭这一点就足以解释她小说中的苏格兰性。

斯帕克的另一个文学标签是天主教作家。她 1954 年皈依了天主教，从第一部小说开始就和宗教结下了不解之缘，而《窈窕淑女》《曼德鲍姆门》等小说更是把宗教放到了最为突出的位置。宗教因素是斯帕克小说和 20 世纪 50 年代现实主义小说的区别所在，诚如惠特塔克所言，20 世纪 50 年代英国现实主义小说缺乏宗教的指向，没有慈善或者复仇的上帝作为背景，“而在斯帕克的小说里，人的行动是在神圣的框架下发生的，是在他和上帝的联系或者缺乏联系的语境中被刻画的”（Whittaker, 1982 : 3）。和现实主义小说不同，斯帕克的小说更加注重精神世界，而不注重物质世界。她小说中的世界不是直接可以感知的世界，而是一个神圣的世界。她小说中的细节和平凡之中往往包含着一种超凡的东西，它们所起的作用不是让人感受熟悉的世界，而是一个神圣和不熟悉的世界，她小说中世俗的事件最终都要臣服于以上帝为中心的情节。举个例子来说，《窈窕淑女》中的贫穷不是世俗的贫穷，而是神圣的贫穷。斯帕克的小说是要放回到天主教的背景下去读的，她和另一位英国天主教作家格雷厄姆·格林（Graham Greene, 1904 ～ 1991）在小说创作方面有许多相近之处。

斯帕克的小说创作起步于 20 世纪 50 年代，当时正值英国现实主义回潮的时期，但她没有站在现实主义的一边，而是加入了实验主义的行列。由于她非常注重小说形式的探索，所以她的小说时常被贴上新小说甚至后现代主义的标签。斯帕克在 1971 年的一次访谈中说，她确实非常崇拜法国新小说的代表人物格里耶（Alain Robbe-Grillet, 1922 ～ 2008），尽管她“一点都不能接受反小说的理论”（Whittaker, 1982 : 8）。法国新小说的主要特色是聚焦于事物的怪异性，作家顺其自然地书写，让事物的怪异性不被作家扭曲。斯帕克的小说确实可以贴上新小说的标签，但她对法国新小说并不是亦步亦趋。她的小说书写荒诞和怪异，经常采用中立的口吻叙述，叙述中有许多不连贯，时间顺序也经常被打乱，她用最简单的语言来书写隐喻，她经常采用元小说的手法，她的小说人物很少宣泄情感，只见静静的谋杀，不见激情的争吵。斯帕克借鉴了新小说的技巧，在小说形式上不断创新，并将形式创新和天主教因素巧妙地融为一体。放在苏格兰的语境中审视，斯帕克的小说或许确实有点太欧洲化或者说国际化，但欧洲化对于苏格兰小说而言也未见得是坏事，苏格兰小说不能只停留在苏格兰人知道的层面。像斯帕克这样来自苏格兰的最欧洲化的作家，她的小说中苏格兰味道或许是淡了一些，但她的欧洲化客观上提升了苏格兰小说的知名度，毕竟斯帕克的根扎在苏格兰，她也从未否认过自己是苏格兰作家。

## 第三节　乔治·麦凯·布朗：为奥克尼岛歌唱

乔治·麦凯·布朗（George Mackay Brown，1921 ～ 1996）是 20 世纪苏格兰最杰出、最富于原创的作家之一。他于 1921 年出生在苏格兰北端的奥克尼岛，曾先后在纽拜特尔学院（其间因肺结核而休学）和爱丁堡大学就读，随后又回到了他钟爱的故乡奥克尼岛的斯特罗姆尼斯。布朗的文学创作从诗歌开始，1952 年在他的同乡、苏格兰著名诗人埃德温·缪尔的举荐下开始发表诗歌，1954 年在奥克尼出版社出版了第一部诗集《风暴》（*The Storm*），之后又相继出版《面包和鱼》（*Loaves and Fishes*，1959）、《鲸之年》（*The Year of the Whale*，1965）、《扶犁的渔夫》（*Fishermen with Ploughs*，1971）、《航行》（*Voyage*，1983）、《水》（*Water*，1996）等诗集，2005 年《乔治·麦凯·布朗诗歌全集》在约翰·缪里出版社出版。1967 年，乔治·麦凯·布朗出版了第一部短篇小说集《爱的日历》（*A Calender of Love*，1967），这是他写作生涯的一个重要转折点。之前，他只是一位地方性诗人，读者的圈子也非常小，但小说为他“开启了丰富的叙述空间”（Bevan & Murray，2005：XV），不仅为他赢得了广大的读者，还得到了比尔·福赛斯（Bill Forsyth，1946 ～　）、詹姆斯·麦克塔加特（James MacTaggart，1928 ～ 1974）等电影电视导演们的青睐。

乔治·麦凯·布朗共出版了六部长篇小说，分别是：《格林沃》（*Greenvoe*，1972）、《马格努斯》（*Magnus*，1973）、《红衣时代》（*Time in a Red Coat*，1984）、《金鸟》（*The Golden Bird*，1987）、《文兰》（*Vinland*，1992）、《在时间的海洋边》（*Beside the Ocean of Time*，1994）。此外，他还出版了《爱的日历》《留住光阴》（*A Time to Keep*，1969）、《霍克福》（*Hawkfall*，1974）、《太阳之网》（*The Sun's Net*，1976）、《安德丽娜》（*Andrina*，1983）、《戴面具的渔夫》（*The Masked Fishermen*，1989）、《鱼王的女儿》

(*The Sea-King's Daughter*, 1991)、《冬天的故事》(*Winter Tales*, 1995)、《女人之岛和其他故事》(*The Island of the Women and Other Stories*, 1998）等八部短篇小说集以及《两个游手好闲的人》(*The Two Fiddlers*, 1974)、《洞穴中的图画》(*Picture in the Cave*, 1977)、《小猫凡客尔的六种生活》(*Six Lives of Fankle the Cat*, 1980）等儿童故事。其中，《金鸟》曾荣获詹姆斯·泰特·布莱克纪念奖，《在时间的海洋边》曾入围布克奖短名单。

《格林沃》是布朗的第一部长篇小说，讲述的是一个名叫格林沃的奥克尼岛渔村的故事。这个世代以渔业为生、和谐而安宁的渔村即将受到一个名为“黑星行动”的潜藏危险的军事或者工业项目的侵袭，于是，渔村里的形形色色的人物粉墨登场，对“黑星行动”开始抵制。小说没有核心的男女主人公，布朗着力书写的是奥克尼岛的共同体，而不是个人。小说中比较重要的人物包括：有着旧约的虔诚和长老会的伪善的鱼篓手塞缪尔·韦恩斯，曾经激进的无神论者和地方史学家斯卡夫，贪杯而又懒惰的波特柯斯顿，已经退休的老水手本·布奇，来自于爱丁堡的女教师玛格丽特·英威莱利，令女性心动的“挪威之神”伊万·韦斯特雷塞，天性善良而懦弱、背地里贪杯的牧师西蒙·麦克奇，格林沃的领主福田·贝尔上校。非常有趣的是，在《格林沃》中，形形色色的人物是和他们所喜爱的书紧密相连的。贝尔上校的孙女英格·福田·贝尔出场时手里拿着一本劳伦斯的《恋爱中的女人》，她生活的目标就是模仿劳伦斯笔下的女性人物。韦恩斯一家晚上的读物是班扬的《天路历程》以及类似的宗教作品，以显示他对于宗教的热衷。韦斯特雷塞喜欢阅读《奥克尼传说》，贫穷而吸毒成瘾的提米·福尔斯特喜欢引用彭斯的诗歌以及廉价的罗曼司故事，锡克教徒的小贩约翰尼喜欢霍普金斯的十四行诗。和讲述共同体故事相适应，布朗的这部小说每章的结尾都有一段丰收之神、骑士大师和被蒙住眼睛的人组成的祭祀仪式，人经历了一种从生到死的生命历程，而丰收之神、骑士大师则见证了奥克尼岛的人世沧桑。小说从黎明开始，到黄昏结束，通过一种明与暗的交替，把格林沃自古就形成的紧密交织的共同体展示给读者，把神秘而潜藏危险的“黑星行动”书写成格林沃渔村的“灭顶”之灾。

《马格努斯》是布朗小说中宗教意味最浓的一部，创作于作者皈依天主教之时。在这部小说中，布朗把 12 世纪马格努斯伯爵殉难的故事和 20 世纪德国神学家迪特里希·潘霍华（Dietrich Bonhoeffer, 1906 ～ 1945）殉难的故事巧妙地连接了起来。他首先运用旁观者的视角讲述了马格努斯伯爵殉难的故事，马格努斯的一生仿佛是注定要为追寻耶稣的无缝衣袍而献身。小说追溯了马格努斯的童年以及他参加位于英国威尔士西北与安格尔西岛之间的麦奈海峡战役的经历，还有他和表亲哈肯·鲍尔森之间的政治纷争。马格努斯伯爵最终被哈肯·鲍尔森处死，在他从容赴死的关键时刻，小说的场景忽然转到第二次世界大战期间的福罗森博格集中营，杀死马格努斯伯爵的刽子手利夫尔夫变身为集中营的伙夫，他和集中营里喝得醉醺醺的指挥官共谋，将神学家潘霍华送上了绞架。故事随即转回到12世纪，补锅匠乔克和玛丽到马格努斯坟前祭拜，之后不久，玛丽因为白内障而失明的眼睛奇迹般地复明。

马格努斯的故事在奥克尼岛流传甚广，被认为是奥克尼历史中最为重要的一个片段。最为古老的马格努斯故事是12世纪一位名叫罗伯特大师的牧师用拉丁文撰写的，后来的三种主要文献均以此为蓝本。第一种文献是《奥克尼传说》，它把马格努斯殉难置于13世纪之前所有的奥克尼伯爵的语境中；第二种文献是《马格努斯传说全本》和《马格努斯传说简写本》，简写本主要记述马格努斯从容赴死的时刻，全本则记述了从麦奈海峡战役到马格努斯死后的奇迹等诸多细节，虽然没有确凿的证据表明马格努斯和哈肯的冲突是基督教和古老的斯堪的纳维亚宗教之间的冲突，但第二种文献似乎已经有了从政治语境向宗教语境转变的迹象。第三种文献是穆尼、汤姆森写的传记，两个传记都被赋予了宗教寓意。在穆尼看来，马格努斯故事代表着善战胜了恶，而汤姆森更是执着地认为马格努斯的死是“奥克尼宗教历史的转折点”（Baker,2009:62）。

马格努斯传说对布朗影响至深，他在自传的结尾写道：“我说，至少是一天一次，圣马格努斯，为我们祈祷吧……”（Brown,1997:187）在非虚构作品《奥克尼织锦》（*An Orkney Tapestry*,1969）和戏剧《微光》（*The Loom of Light*,1984）中，《马格努斯》的故事框架已经初见端倪。布朗把无缝衣袍书写成基督教的象征，把马格努斯的殉难书写成为奥克尼共同体生存而牺牲的义举。特别值得一提的是，布朗在《奥克尼织锦》中书写了小人物乔克和玛丽，因为他们属于下层社会，之前的传说中都对这等凡夫俗子不屑一顾。在《微光》中，布朗不仅浓墨重彩地书写了马格努斯殉难以及乔克和玛丽的境遇，还刻意书写了农作之艰辛。在“播种季节”一幕中，希尔德自己套上牛轭耕地，因为她们的牛腿瘸了。对于农民来说，他们关心农事胜过关心政治或者宗教。马格努斯为了奥克尼的安宁像耶稣一样殉难，他把象征国家权力的衣袍交还给哈肯，因为只有把国家的重任压在他的肩上，他才知道主政之艰辛。从某种意义上讲，《马格努斯》就是《微光》的扩写，布朗的原创之处主要是把马格努斯殉难和德国神学家潘霍华被处死的场景巧妙地连接了起来。此外，他还将马格努斯置于无数次的选择之中：在麦奈海峡战役中，他选择圣诗集而未选择斧头；在婚姻问题上，他毅然选择了独处；在他父亲过世的时候，他继承了爵位，却忽视了亚里士休斯的忠告。布朗把小说写成了田园诗，但他的田园诗中不时出现伤疤、尸体、流血等词汇，让人时刻不忘战争流血的悲剧。为了让奥克尼免于刀兵之苦，为了奥克尼共同体的安宁，马格努斯毅然选择了殉难，选择了牺牲。

《红衣时代》是布朗最不寻常的一部小说，它的不寻常之处在于奥克尼岛只出现在小说的结尾，而故事的主要场景是在亚洲和欧洲。《红衣时代》读起来像一部童话故事，主要讲述一位年轻女子穿越欧洲和亚洲刺杀战争之龙，或者至少寻求龙和其他地球上的动物和解的故事。小说一开始就将读者带入了“伟大的可汗的宫殿的庭院”（Brown,1984:1），这里正在进行着一种表演，一群村民和乡下人簇拥在舞台的周边。书中的种种迹象表明，布朗书写的就是中国，在可汗所统辖的帝国里，“长城穿过一山又一山，有时半掩在山谷之中，有时高耸到鹰飞得那么高”（Brown,1984:1）。小说并没有刻意渲染女子的杀戮之旅，甚至没有明言女子的姓名。小说明显地是一种“人类对于战争的憎恶以及对于和平共同体的追寻的诗意的展现”（Baker,2009:96），从某种程度上讲，布朗附在小说结尾的那首小诗明白无误地传达了人类厌倦战争、追求和平生活的愿望，这种美好的愿望是通过动物意象来展示的：“花园中四个动物/住在一起。/空中，一只鸽。/地上，一匹马。/水中，一条鱼。/火中，一条龙。/一个竖琴和一支笛子。/四只动物一起跳舞……”四只动物代表着自然因素的和谐，虽然人类以及工业的破坏一度破坏了这种和谐，但当女子最终放弃所谓的“结束战争的战争”，重回安静祥和的奥克尼岛时，世间万物又恢复了往日的和谐。

《金鸟》是“布朗最有力、也是批评界关注最少的作品”（Baker,2009:108），它由“金鸟”和“约翰·沃的一生”两个故事组成。“约翰·沃的一生”聚焦于个人的生活，主人公游历世界之后魂归奥克尼岛。“金鸟”有两条故事主线：其一是高斯和菲库奥伊两个小农场的世仇，其二是约翰·菲奥尔德的教育。孩提时代的菲奥尔德生活在神话一般的氛围之中，但由于一次不幸被鹰抓破，他身上永久地留下了伤疤，他也因此而显得与众不同，被人冠以“苍鹰约翰”的绰号。他试图在两个存在世仇的小农场之间调和，还孜孜不倦地学习知识。他认为奥克尼岛绝不是在世界历史沉浮中的一湾死水，他坚信历史的辉煌可以通过教育和意志来创造。

在阿伯丁读完大学之后，他毅然决然地重返奥克尼岛做了一名教师。然而，做了教师之后，他忽然发现自己更加孤立无援："他是山谷的一部分，但他仿佛又远离山谷，尽管他就在这群人中间出生，就在他们中间长大。"（Brown,1987:116）

《文兰》是一部历史小说，时间被一下子推回到中世纪。主人公罗纳德·西格蒙德逊见证了奥克尼岛在维京（北欧海盗）的过去以及基督教的未来交替之时的历史，见到了中世纪北欧几乎所有的重要事件及名人（如雷夫·埃里克森和麦克白）。他努力尝试着理解家庭的矛盾，为了寻求知识和冒险，他在大海中航行，远涉挪威、冰岛和爱尔兰。在20世纪苏格兰小说中，展现维京时代奥克尼与苏格兰的作品不在少数，其中的代表作包括埃里克·林克雷特的《海角的人们》，尼尔·盖恩的《太阳圈》，但布朗的《文兰》比上述作品展现了更为宽广的历史和地理空间。特别值得一提的是，布朗在这部小说中着力展现的共同体不是奥克尼共同体，而是在一个叫作文兰的美国土著共同体，这个美国土著共同体有着一种合理的、生态的生活方式，虽然这种生活方式早有人预言不会长久。《文兰》按照空间变换分为六章：文兰、挪威、奥克尼、爱尔兰、布莱克尼斯、特南奥格，在"爱尔兰"的一章中，西格蒙德逊参加了都柏林王西格特莱格和爱尔兰王布莱恩·布鲁之间的战争，他愈发感到文兰生活的美好。如她的母亲所言，爱尔兰是不可能找到新的美丽和和谐的，只有文兰以及和文兰一样的奥克尼，才能寻求到合理的、生态的生活方式。

《在时间的海洋边》是布朗的最后一部长篇小说，曾经入围1994年布克奖短名单，但最终未能折桂。评委当中只有诗人汤姆·鲍林对这部小说赞誉有加，其他人都感到很失望。其中一位评委的问题是：什么是时间的海洋？人如何能在它的旁边？（Ferguson,2006:284）对于读惯了虚构作品的评委们来说，布朗小说中的幻想也许真的会带来审美疲劳，但是，对于初读布朗小说的人来说，那种亦真亦幻的境界真的是美不胜收。《在时间的海洋边》采用了现实叙述和幻想叙述交叉进行的结构，在现实叙述中，主人公索芬是一个"最懒惰、最无用"的男孩，整日游手好闲，沉浸在虚无缥缈的梦幻之中，以致父亲担心几代之后自己的家族将会从海岛上消失。然而，在幻想叙述中，索芬不仅寻访了神秘的拜占庭，还和骑士一起参加了苏格兰历史上著名的、号称苏格兰独立战争第一战的1314年班诺克本战役。在拜占庭，索芬受到国王的礼遇，过着奢华的生活，然而，他却"越来越渴望奥克尼的青山绿水"（Brown,1995:16）。小说满足了他重回奥克尼岛的愿望，让他继续在无聊的农活、无聊的历史课堂中昏昏欲睡。而一旦坠入梦乡，索芬的神奇冒险就会重新开始，他马上就由一个游手好闲的、无用的男孩变成奥克尼岛的勇士。

《在时间的海洋边》不仅模糊了历史和现在的界限，而且跨越了幻想和现实的鸿沟。作家是这样让索芬进入通向拜占庭的幻想的：索芬的父亲回家，给了跑来迎接他的三个女儿每人一块巧克力，然后问起索芬的行踪，因为索芬吃巧克力的时候总是冲锋在前。大家对索芬的行踪进行猜测，认为他肯定又去哪家老叟的小茅屋中去听夜色朦胧的故事去了。然而，叙述者否定了大家的结论："实际上，索芬这个时候正在一艘瑞典的轮船上，是塘鹅号，它停靠在波罗的海的港口。"（Brown,1995:4）叙述者故意将"实际上"这个短语放在句子的开头，仿佛他所陈述的故事才是事实，给人一种索芬真的到了瑞典船上的感觉。读过故事之后，人们立刻就能意识到，所谓的"实际上"其实是美丽的谎言。

《在时间的海洋边》用亦真亦幻的手法书写了奥克尼岛的神奇，勾画了奥克尼岛居民心灵的风景，展现出一幅如诗如画的家园画卷。在幻想叙述中，奥克尼岛的居民有时真的是与世隔绝。索芬和麦克塔维什爵士赶赴班诺克本战争前线，路上在牧民家饮酒，当听到他们要去为苏格兰独立而和英格兰军队浴血奋战时，牧民丝毫没有敬仰之情，因为他对外界一无所知，他只知道旁边的村子，只认识来他这里收税的人。"苏格兰？英格兰？他从未听说过这样的地方。"（Brown,1995:26）但是，在现实叙述中，奥克尼岛和苏格兰乃至英国的命运就开始紧密相连了。小说中的历史教师在课堂上回顾苏格兰历史上的英雄，村头巷尾被叙述者戏称为国会，因为大家在这里发表自己的政治见解。小酒店老板麦克塔维什（即幻想叙述中的麦克塔维什爵士）是坚定的苏格兰民族主义者，而渔船修理工本·霍伊则是坚定的社会主义者。奥克尼岛上最具权威的领导者是牧师，而牧师极力宣扬的除了宗教教义，就是联合王国的威严。从历史上讲，新教是促成苏格兰和英格兰联合的重要因素之一。20 世纪 20 年代，欧洲许多国家实施了政务与宗教分离的制度，威尔士效法了欧洲，但苏格兰的教堂则依然在国家以及地区事务当中扮演着重要的角色。虽然奥克尼岛是一个兼具苏格兰和斯堪的纳维亚历史传统的地方，但站在民族、国家的立场上，奥克尼岛永远属于苏格兰，属于大不列颠。从这种意义上讲，布朗小说中的奥克尼岛是一个和苏格兰乃至整个英国的命运紧密相连的文化空间。

布朗的小说题材比较狭窄，他致力于书写他的家乡奥克尼岛的生活、历史和传说，为此，他的小说常常被贴上狭隘主义（parochialism）的标签。著名的苏格兰文学研究专家道格拉斯·吉福德就曾经批评说，布朗作为一个大作家，他却“选择了居住在一个只能从一扇窗看一处风景的房间”（Schmid,2003:15）。在工业化和城市化飞速蔓延的今天，在人们倡导全球化和宇宙视野的语境中，布朗的小说视野确实不够宽广。除了短暂的学业时间，布朗一生与奥克尼岛相伴，奥克尼岛的意象以及历史成为他小说创作丰富的同时也是唯一的源泉。按照欧内斯特·马维克的说法，奥克尼和谢特兰是“联合王国之内两个最不为人所知的群岛”（Marwick,2000:13）。用毕生的精力去书写地处偏远、不为人知的海岛生活和传说，很容易陷入地方主义的泥沼，慢慢地与世隔绝。但布朗本人并不这样认为，对他而言，奥克尼岛是一个“秩序之地，记忆之地，视野之地”（Fergusson,2006:1）。如果他生活在城市，他的文学创作就可能会枯竭。在布朗的心目中，奥克尼岛不是边缘，而是一个比任何其他地方都中心的地方，在奥克尼岛上他可以全面地观察生活，在历史的海洋中穿越，在传说和幻梦中成长。奥克尼岛虽然地处偏远，人迹罕至，但它却是融苏格兰风情和斯堪的纳维亚历史传统于一体的神奇的海岛。用著名的苏格兰诗人埃德温·缪尔的话说，它是一个“普通的和美妙的之间鲜有差异的地方；活生生的人的生活都可以变成传说”（Schmid,2003:23）。在布朗的小说中，奥克尼岛上的居民过着安静、祥和的生活，奥克尼岛是现代社会的阿卡迪亚，它是布朗心目当中永远纯净的家园。对于外界而言，布朗所着力描绘的奥克尼岛的斯特罗姆尼斯小镇只是一个弹丸之地，生活在这个只有数千人口、几乎与世隔绝的海岛小镇是一种悲哀，但是，在小镇居民的眼里，奥克尼岛是一个大千世界，生活在其中有无尽的快乐。对于岛民而言，柯克沃尔和斯特罗姆尼斯两个弹丸之地之间的班车，就像爱丁堡和格拉斯哥之间的火车一样重要。奥克尼岛的美酒、渔船、礁石、古城堡和小块田地都是那样地令人神往，生活在其中的人们有着一种悠然自得的心境。著名的苏格兰诗人麦克迪尔米德曾经论述过苏格兰海岛对于文人的重要性，他认为，海岛的生活造就了“一种人们熟知自己的现实和外部的现实的文学，因为他们十分清醒地认识了造就他们现状的社会”（MacDiarmid,1939:27）。布朗小说中的奥克尼岛就是这样一个人们能够清楚地认识社会、认识自我的地理空间。

必须指出的是，布朗小说的聚焦点不是奥克尼岛的个人或者个人化的家庭，也不是整个苏格兰民族，而是连接民族和个人的最为重要的纽带，即共同体。在现代社会中，共同体不是虚构的或者想象出来的东西，而是有着诸多共同点的个人组成的实体。提摩西·贝克认为，现代社会共同体主要有四个方面的指涉：它所指的是一个地方的、以地理区划为基础构建的区域；它具有可以共享的民族以及政治目标；它具有可以共享的道德和伦理方式；最后，它能够创设人际关系和呈现个体自我的语境。（Baker，2009：5）如上文所言，奥克尼岛的地理区划十分明显，它和整个苏格兰民族的政治目标一样，既有一种怀旧式的英雄梦想，又拒绝过分激进的民族主义。这个共同体所共享的是一种原生态的、悖论式的伦理，既有包容性，又有排他性，共同体之间的配合十分默契。布朗着力书写共同体，但他很少把共同体混在一起来写，他笔下的人物各个特色鲜明，奥克尼岛的共同体为个人提供了呈现自我的语境。在《格林沃》中，格林沃的共同体面临着“黑星行动”的威胁，形形色色的人物开始出场，贪杯的渔夫柯斯顿、虔诚的鱼篓手韦恩斯、令女性心动的舵手韦斯特雷塞，他们个性鲜明，但在面对“黑星行动”的时候却能同仇敌忾。《在时间的海洋边》更为精彩地展现了奥克尼岛共同体的团结和默契，负责征兵的官员和牧师的演讲都无法打动奥克尼岛居民的心，没有一个人愿意开始戎马生涯。无奈之下，牧师只好废弃民主，亲自点将。而第二天，当征兵官员来履行义务时，却发现，身强力壮的男子都人间蒸发了。尚在家中的男子只有索芬，而索芬的母亲说他得了恶性疾病，将不久于人世。果然，到了征兵官员再来之时，索芬已经“不在人世”。征兵官员一走，奥克尼岛立时恢复了往日的繁华，“死去的”索芬复活了，人间蒸发的壮丁们又回来了，牧师欢迎他们归来，因为他也是抵制征兵的共谋者。在布朗的小说中，奥克尼岛是一个宁静而且纯净的家园，奥克尼岛的共同体和睦共处，有着共同的伦理方式和政治目标，只有危及共同体的生存方式的入侵者才被视为他者。《在时间的海洋边》中索芬的妻子也是外来人，她只吃新鲜的海产，不吃面包和乳酪等奥克尼岛居民常吃的食品，但她很快被索芬的家庭所接受，她们的孩子也即将成为奥克尼岛的诗人。《在时间的海洋边》中居民抵制征兵，《格林沃》中的居民抵制“黑星行动”，因为在岛民的心目中，征兵和“黑星行动”会威胁到他们的生存。西方学者指出，《格林沃》中的黑星行动和20世纪70年代开始的英国北海石油开发工程有着千丝万缕的联系，虽然布朗书写的是与军事或者工业相关的“黑星行动”，不是石油开发，但“它们的后果是一样的”（Schmid，2003：14）。

布朗选择从苏格兰最为偏远的海岛看世界，是因为在他看来，从海岛看世界是完全可能的，而且是可以看得完整的。布朗曾经说过，一个人想看见一切是不可能的，人的视角总会有这样或者那样的局限，对于作家而言，选择一个他想看的方式尤为重要。奥克尼岛有那么多的东西可以书写，所以，“没有必要走到更多的地方”（Schmid，2003：29）。布朗的小说立足于奥克尼岛，但他的确看到了整个世界。《格林沃》中的舵手韦斯特雷塞对“今天谁和谁迎面而过?”的回答是“尼克松总统和毛泽东”(Brown,2004:3)，《马格努斯》追寻了奥克尼岛远古的历史，《红衣时代》让普通人走进了伟大的东方可汗的宫殿，《文兰》的主人公西格蒙德逊在海上航行，经历了挪威、冰岛和格陵兰，《在时间的海洋边》中的索芬在幻想叙述中游历了拜占庭、班诺克本。奥克尼岛是与世隔绝的，但奥克尼岛上的人并不是与世隔绝的。布朗在一首广为传颂的诗歌中写道：“为了海岛我歌唱，/还为了一些朋友；/不是为了开拓途径，/也不是为了催生目标。”(Brown,2005:1) 他用一种最为纯真的方式，描绘了奥克尼岛这个阿卡迪亚式的家园，书写了奥克尼岛的现代神话。《留住光阴》中的一个题为“收音机”的短篇也许最能体现奥克尼的纯真。渔民休和贝特西的儿子从格拉斯哥带来一台收音机，从未见过现代玩意儿的村民蜂拥而至，收音机惊扰了奥克尼岛往日的安宁。贝特西以她特有的直觉和收音机中的“谎言”对抗，在关于天气好坏的对抗中，贝特西占了上风。然而，收音机中关于战争的消息却不是谎言，她的儿子上了前线就再也没有回来。当他们得知儿子阵亡的消息，贝特西无言以对，休则是用劈木头来排遣郁闷。和小说开头听收音机的场景一样，前来悼念的村民接踵而至。万般无奈之中，贝特西赋予小说一个出人意料的平静的结局：白母鸡不下蛋了，是把它放进锅里的时候了。这部短篇小说情节起伏跌宕，文笔细腻精巧，人物只有寥寥数笔却是个个栩栩如生。奥克尼岛不是没有郁闷和惆怅，但奥克尼岛的人却能始终以一种平常的心态直面人生。一台小小的收音机可以给整个共同体带来神奇，而带来收音机的人却战死沙场，在面对如此这般的飞来横祸之时，奥克尼岛居民的那种平静和默契却是现代世界少有的，永远宁静而祥和的家园是奥克尼共同体献给世界的一份最珍贵的礼物。如果我们习惯于浮光掠影地看世界，布朗的小说的确显得有些过于偏狭和细腻；但是，如果我们用一种明察秋毫的方式仔细地审视世界和描绘家园，那么，布朗从海岛看世界、用心灵的风景建构家园的小说就不失为当代苏格兰小说中家园书写的上乘佳作。

## 第四节 阿拉斯代尔·格雷：苏格兰的卡夫卡

阿拉斯代尔·格雷（Alasdair Gray,1934 ～ ）是苏格兰新潮小说（Scottish New Wave）的开创者，曾被伯吉斯（Anthony Burgess,1917 ～

1993）誉为“自司各特爵士以来最伟大的苏格兰小说家”（1984:126）。自20世纪80年代以来，格雷一直笔耕不辍，先后出版了《拉纳克》（*Lanark*,1981）、《1982，贾宁》（*1982,Janine*,1984）、《凯文·沃克的堕落》（*The Fall of Kelvin Walker*,1985）、《皮制的东西》（*Something Leather*,1990）、《麦克格罗迪与拉德米拉》（*McGrotty and Ludmilla*,1990）、《可怜的东西》（*Poor Things*,1992）、《历史缔造者》（*A History Maker*,1994）、《麦维斯·贝尔弗莱基》（*Mavis Belfrage*,1996）、《恋爱中的老人》（*Old Men in Love*,2007）等九部长篇小说。此外，他还出版了《不可能的故事》（*Unlikely Stories,Mostly*,1983）、《故事精编》（*Lean Tales*,1985，与凯尔曼、欧文斯合著）、《十个真实而荒诞的故事》（*Ten Tales Tall and True*,1993）、《极限的尽头》（*The End of Our Tethers*,2003）等四部短篇小说集和《古老的底片》（*Old Negatives*,1989）等三本诗集，以及《蓝十字自画像》（*Saltire Self Portrait*,1988）、《为什么苏格兰人应该统治苏格兰》（*Why Scots Should Rule Scotland*，1992,1997修订版）、《前言之书》（*Book of Prefaces*,2000）、《苏格兰古典文学概观》（*A Short Survey of Classic Scottish Writing*,2001）、《图片中的生活》（*A Life in Pictures*，2010）等一系列非虚构作品。

虽然格雷与诺贝尔文学奖、布克小说奖等文学大奖无缘，但他在当代英国文学，尤其是当代苏格兰文学中的地位是确定无疑的。在20世纪90年代中期的一次苏格兰作家的合影中，格雷笑容可掬地坐在中间，而2003年入选《格兰塔》杂志20位英国青年小说家榜单的、英国爱丁堡大学住校作家沃纳（Alan Warner，1964～　）和凭借《猜火车》一炮走红的苏格兰青年作家韦尔什（Irvine Welsh，1958～　）则乖乖地站在边缘。在当代苏格兰文坛，尤其是在青年作家的心目中，格雷永远是“苏格兰文艺复兴的伟大的老人”（Bernstein，2007:167）。

格雷当之无愧的代表作是《拉纳克》。正如加文·华莱士所言，这部小说就像“许多年来耐心地消磨着时光的文化时间炸弹”（Wallace,1991:4），把人们从多年的沉寂中惊醒。《拉纳克》用魔幻现实主义的手法，讲述了踌躇满志的格拉斯哥艺术家邓肯·索尔在阴阳两隔的世界里的生命历程。索尔因不堪忍受病痛的折磨与事业的挫折而选择了自杀，他的灵魂拉纳克来到了一个名曰安森克的城市，在奥森凡特教授的神秘的研究所里做了一名医生。奥森凡特的研究所是一个变态的世界，这里没有阳光，热量只能从人的能量中提取。这里没有自然食品，食物也主要是从适合制作食物的人身上提取。在安森克这个已经扭曲变形的城市，拉纳克染上了一种名为“龙皮”（dragonhide）的疾病，他的胳膊长满了龙鳞，双手变成了龙爪。而他认识的一个女孩得了更为奇怪的病，她的手掌心有一个会说话、会狞笑的嘴巴，不时发出这个城市臭名昭著的“大独裁者”斯拉顿的声音。爱慕和憎恨、温柔和争吵可以治愈疾病，而自闭、拒绝与人交流会加重病情。令人遗憾的是，《拉纳克》所展现的恰恰是一个自闭的、拒绝与人交流的世界，这样的世界无法治愈人类已有的顽疾，而只能使其一步步地加剧。拉纳克选择了逃离，他和女主人公芮玛逃遁到一个名叫斯洛文的地方，但斯洛文的恶劣环境以及政治纷争再一次让拉纳克幻灭。拉纳克被作为特使派往一个类似于联合国大会的地方，他试图在大会上发言，为斯洛文日益恶化的环境而发表演说。然而，一场“意外”的事件使他的计划破产。他因为内急而随地大小便，结果被关入狱中，直到大会即将结束才得以脱身。一个准备为环境保护摇旗呐喊的特使，竟然因为破坏环境而锒铛入狱，这是对环境主义者的一个莫大的讽刺。女主人公芮玛因为不满于拉纳克的懦弱和不关心家人而选择了离开，当他们再次团聚时，拉纳克的孩子已经长大成人，而拉纳克则即将走完他在另一个世界里的生命历程。

首先，《拉纳克》是一部关于艺术家的成长的小说。小说一开始即为此定了基调，当拉纳克踌躇满志地出现在精英俱乐部，一向以慧眼识珠而自居的斯拉顿就对他的未来进行了准确的预测：“那么你不可能成为商人。恐怕你只能从事艺术。对于不能与他人和睦相处，而且又想与众不同的人来说，艺术是唯一一种对这类人开放的工作”（Gray,2002a:6）。斯拉顿的断言是准确的，拉纳克以及他的前世索尔都是一生为艺术所困。中学毕业之时，索尔的父亲希望他学点实用的技能，以便将来养家糊口，而索尔却毅然决然地选择了上艺术学校。功夫不负有心人，他最终得到了艺术学校的资助而如愿以偿，然而，对艺术的执着并没有给他带来好运。他独具一格的艺术风格不为世人所认同，他的艺术作品不被人赏识，他的爱情也因此而饱受挫折，万念俱灰之时，他选择了自杀，在自杀前还亲手结束了心上人玛乔瑞的生命。在另一个世界里，拉纳克尝试着从事医学以及政治工作，均以失败而告终。的确，对于他这样不能与人相处而且又想与众不同的人来说，艺术是唯一的选择。

其次，《拉纳克》是一部关于格拉斯哥城市书写的小说。格雷出生于格拉斯哥，他对这个曾经以“大英帝国的第二大都市”而闻名于世的城市情有独钟。从某种意义上讲，他的小说是英国格拉斯哥小说传统的延续。格雷在《拉纳克》第一卷的插图中写下了格拉斯哥小说的开创者约翰·高尔特（John Galt,1779～1839）在《限定继承权》（*The Entail*,1823）中写下的那句名言：“让格拉斯哥繁荣昌盛”，而后又给这句名言加了花絮——

"通过陈述事实"。格雷的"让格拉斯哥繁荣昌盛"其实只是虚晃一枪，他的真正目的是"陈述事实"，他借索尔之口，把格拉斯哥说成是没有想象的城市：

> 格拉斯哥对于我们大多数人来说意味着什么？一幢房子，一个我们工作的处所，一个足球场或者高尔夫球场，几个小酒店和相连的街道。这就是全部。不，我错了，除此之外还有电影院和图书馆。当我们需要想象的时候，我们会去参观伦敦、巴黎、恺撒统治之下的罗马、世纪之交的美国西部。哪里都行，只要不是此时此处。格拉斯哥的想象仅存于音乐厅的歌曲和几本低劣的小说。这就是我们留给外部世界的一切。这就是我们留给自己的一切。（Gray,2002a:243）

从城市书写的角度看，高尔特的《限定继承权》书写的是商业化以及工业化萌芽时期的格拉斯哥，"让格拉斯哥繁荣昌盛"自然也就成为小说中最让人难以释怀的名句，而格雷的《拉纳克》书写的是已经饱受工业困扰的格拉斯哥，所以，无论是现实世界的格拉斯哥，还是虚幻世界的安森克，都是没有想象、只有恐惧的城市，格雷的这种格拉斯哥城市书写模式在凯尔曼的《这是多么晚，多么晚》、肯尼迪的《因此我高兴》等小说中得以延续。

再次，《拉纳克》是一部对现代机器世界进行深刻反省的小说。虽然人和机器的命题随着机器的诞生就已经出现，但是，人机合体或曰赛博格（Cyborg）却是20世纪60年代才开始萌芽、80年代中期才引发热议的话题。根据西方学界的考据，赛博格一词的首创者是曼弗雷德·克莱恩斯和纳森·克莱恩，他们在1960年9月的《宇航学》杂志上发表了题为"赛博格与太空"的文章，主要讨论参与式进化（participatory evolution），也就是如何改善人体以便在太空生存的问题。他们认为，人体能够通过移植以及药品等进行改善，未来世界人体能够在赛博格的状态下不借助宇航服也能生存。赛博格的鼻祖们着力突出的是它对人类有益的一面，他们认为，赛博格能够为人类提供一种新的组织系统，这种系统将使得机器人之类的问题可以自动地、无意识地化解，让人得以自由地探索、创造、思考和感受。然而，随着机器附着于人体并逐渐将人体机器化，人们开始重新思考人机合体的利与弊。人机合体一个最大的危害是它培育了人类的蜂巢思维（hivemind），进而抹杀了个性和性别差异，使"身份变得很短命"

(Botting,2008:192)。在《拉纳克》中，女主人公芮玛被奥森凡特的研究所改造成人形自动机（android），她已经完全丧失了女性的身份，变成没有性别特征、没有主体性、没有正义感如同机器一般的人。特别令人惊讶的是，当拉纳克向她伸出援手，试图解救她逃离奥森凡特变态的研究所时，她并不是心甘情愿地离开，反而对自己人形自动机的状态十分迷恋。除了人形自动机，《拉纳克》中还创造出机器人警察、会说话的电梯和鸟类飞机等一系列“新鲜”事物，当拉纳克即将赴类似于联合国大会的地方去执行外交使命之时，一架鸟类飞机摆在他的面前：

> 一块方形帆布铺展在草地上，周围有三盏电灯。在防水帆布的中央，在很宽很宽的脚和又短又弯的腿上，站着一个像鸟的东西。它有着鹰的形状，长着金棕色的羽毛，尽管比鹰要大许多。它的胸部印着 U-1 的字样。在它折叠的翅膀的背部有一个十八英寸宽的开口，尽管重叠的羽毛使它显得更窄些。拉纳克尽力向里看，看见里边装饰着蓝色的绸缎。他问：“这是鸟还是机器？”
>
> “两样都是。”斯拉顿说。他从拉纳克手里接过行李箱，把箱子塞到里边。
>
> “它里边是空的，它怎么能飞呢？”
>
> “它从乘客身上提取急需的能量。”施茨格莱姆夫人说。（Gray,2002a:466）

和人形自动机一样，鸟类飞机也是人机合体的经典之作。没有鸟类飞机，人不可能自己去飞翔；没有人类的能量，鸟类飞机也就成了一具空壳。就是这架靠提取乘客能量的鸟类飞机，将拉纳克跌跌撞撞地运送到目的地。从表面上看，鸟类飞机成功地完成了飞行任务，对人类是有益的。但从深层次看，鸟类飞机和奥森凡特研究所中从人类本身提取的食物一样，它凸显了机器的力量，而把人的功能降至最低限度。鸟类飞机挑战了人类的底线，把人类带入了后人文时代。

《1982，贾宁》是格雷的第二部长篇小说，按照欧文·韦尔什的说法，它是“一部被低估的苏格兰经典”（Glass,2009:177)，而导致被低估的最为重要的原因是格雷以一种真正诚实、真正开放的方式来应对性幻想。《1982，贾宁》的主人公卓克·麦克莱西是一位经常酗酒的保守党，在一家安全公司工作，主要职责是监理报警系统的安装。他相信自己是个好人。他总是按照社会的吩咐去做事，他总是按照撒切尔夫人（或者他母亲）的要求严格运作。在现实生活中，他从不故意伤害任何人。但在他的想象中，他喜欢折磨女人。从小说的一开始，麦克莱西就坐在旅馆的房间里，心驰神游，梦想着自己如何把超级女、绝地奶霸和贾宁置于自己的掌控之中。当然他的性幻想只是他对于现实生活的逃避。在现实生活中，他无法控制生活的任何部分，更无法控制女人。他的初恋，他之前的妻子，甚至离婚之后偶尔慰藉一下他孤独生活的临时女伴，所有他遇到的女人都比他更强势。

《1982，贾宁》是一部关于分裂人格的书。在现实生活中，麦克莱西是一位遵规守据的男性，他对自己的问题也认识得非常清楚："我的问题是性，不是酒。我确实是饮酒，但不是醉汉。我从来不喝得晃晃荡荡、结结巴巴，自我控制是完美的，从未因为酗酒而影响工作。"（Gray,2003:2）然而，一旦进入本我的状态，他立时就变成了以操控女性为乐的施虐狂。小说的主体不是现实，而是麦克莱西的幻想世界，也就是他的本我的爆发，正是因为如此，《1982，贾宁》才会成为没有糖衣的性幻想。格雷用一种十分大胆的后现代实验来展现麦克莱西的性幻想，小说大量地使用意识流技巧，小说的第十章和第十一章还运用了特殊的排版模式，第十章充斥着大量的星号组成的省略，第十一章则运用了象形艺术，文字被肢解，成为图形的一个组成部分。《1982，贾宁》的后现代实验对于英国青年作家影响巨大，威尔·塞尔夫（Will Self,1961～　）、欧文·韦尔什都对这部小说推崇备至，韦尔什的《秃鹳梦魇》就是在模仿《1982，贾宁》的基础上创作而成的小说。

《凯文·沃克的堕落》是格雷根据自己创作的戏剧改编而成的小说，小说的副标题为"60年代的寓言"，故事的背景是20世纪60年代，戏剧版的《凯文·沃克的堕落》首发时间是在1966年。根据格雷的记述，他是"为了电视才很快写下了这个戏剧"（Gray,2009:26），因为没有苏格兰剧院愿意接受这部戏剧，所以他才将剧本给了BBC。小说基本上是戏剧的翻版，讲述了一个典型的"苏格兰人在伦敦"的故事。沃克是苏格兰的有志青年，经常在家乡的图书馆阅读尼采的哲学，立志要到伦敦寻求发迹。他违背父亲的意愿只身赶往伦敦，刚到伦敦就遭遇了尴尬，自以为很有钱的他和一个名叫吉尔的女孩搭讪，两人到伦敦的高档餐厅去消费，结果却是沃克掏尽囊中之财却付不起账，最后还得靠吉尔向自己的熟人借钱才得以埋单脱身。沃克寄居在吉尔和她立志成为艺术家的男朋友共享的地下室，他通过冒充著名电视人海克托·麦克凯勒的故交参加了各种面试，最终通过麦克凯勒的慧眼识珠而谋得了BBC访谈节目的主持，并从此开始平步青云。然而，随着名望的陡增，他逐渐忘却了麦克凯勒雇用他的最本质的原因（他不太懂政治而且有一口英格兰人最喜欢的苏格兰口音），他的苏格兰口音越来越淡，他问了电视主持不该问的问题。麦克凯勒在一场由他来访谈沃克的节目中给了沃克一个巨大的“惊喜”，他在沃克完全不知情的情况下把沃克的父亲请来，沃克的父亲毫不容情地揭露了沃克的短处，令他在众多的电视粉丝面前颜面无存。面对这种场面，作为电视界的大腕，麦克凯勒也有些恐慌，他生怕可怜的沃克“会从椅子上滚落下来”（Gray,1985:135）。但出乎意料的是，沃克在父亲的面前永远是个言听计从的小孩子，他跟随父亲回到了苏格兰，做了一名牧师，先是在家乡格莱克，而后又到格拉斯哥和爱丁堡。70 年代末期沃克参加了苏格兰分权运动，之后又放弃了分权的主张，故事在平静祥和之中落下了帷幕。

和《麦克格罗迪与拉德米拉》《麦维斯·贝尔弗莱基》等戏剧改编而成的小说一样，《凯文·沃克的堕落》一直不被评论界所看好。“苏格兰人在伦敦”的故事在苏格兰小说史上可谓是司空见惯，上可追溯至司各特的《中洛辛郡的心脏》。沃克的堕落更多的是由于他不切实际的空想以及自身的夸大狂倾向，而不是来自于伦敦大都市的世故和排外。在他落魄的时候，吉尔和男朋友自愿把自己的租房和他共享；在他找工作的时候，麦克凯勒对他冒充自己熟人的罪责未予追究；在他没有偏离电视节目正轨的时候，麦克凯勒对他极力提携。乍看起来，沃克的堕落似乎完全是咎由自取。其实不然，沃克的电视主持生涯从盛而衰，除了他自身的原因，还有一个重要的细节：那就是他的苏格兰口音。是他恰到好处的苏格兰口音满足了英国中产阶级的口味，而一旦他把自己和中产阶级等同，不再带着苏格兰口音说英语，不再用苏格兰工人阶级的视角有张有弛地做访谈节目的时候，英国的中产阶级自然会赶他下台。此外，虽然小说没有采用《拉纳克》《1982，贾宁》的后现代实验，但沃克从衰到盛、盛极而衰的事业轨迹，形成了一种独特的“爬山型结构”，这种叙述模式和小说的主题十分契合。小说的章节标题也清晰地展现了这种结构，比如基地营寨（第三章）、开始爬（第四章）、登上顶峰（第七章）、坠落（第十一章）。沃克经历了“毫无阻挡的、流星般的上升”（Bernstein,1999:85），而后又经历了雪崩一般的下滑，而这种过山车式的经历并未将他打垮，他平静地回到苏格兰，成为一名牧师。苏格兰才是适合沃克的栖身之地，这或许是格雷“60 年代的寓言”的寓意所在。

在格雷 90 年代以来的小说创作中，《可怜的东西》是最受欢迎的一部，该书曾荣获 1992 年惠特布莱德小说奖和卫报小说奖。小说记述的是一部维多利亚时期的科学传奇，贝拉·巴克斯特因为追求女性自由而被前夫的私人医生诊断为色情狂，她因为无法接受医生以及前夫的“治疗”而走上自杀的道路。戈德温·巴克斯特医生通过移植贝拉腹中孩子的大脑将溺水而亡的贝拉复活，并千方百计地为他治疗失忆症。经历一番探寻自我的欧洲冒险之旅，贝拉和戈德温的好友阿奇伯德·麦克肯德里斯终成眷属。麦克肯德里斯用第一人称叙述记录了他和贝拉的罗曼史，而贝拉则用一封写给自己后人的书信推翻了丈夫的叙述，对戈德温医生复活贝拉的弗兰肯斯坦式神话予以驳斥。最后，格雷运用历史考据的模式为该书做了批评和历史的注释，为麦克肯德里斯的叙述辩护。

《可怜的东西》是对玛丽·雪莱《弗兰肯斯坦》的后现代修正，一个显而易见的修正是主人公从野兽到美女的形象转变。在《弗兰肯斯坦》中，科学家维克多·弗兰肯斯坦的发明物是个丑陋无比的怪兽，他在人世间备受冷遇，因为孤独而走上了残杀人类的道路。而在格雷的小说中，被戈德温·巴克斯特医生妙手回春的是个美丽绝伦的青年女性，她不仅得到戈德温医生的宠爱，和麦克肯德里斯终成眷属，还能不伤毫发地诱使苏格兰纨绔子弟韦德布恩心甘情愿地倾其所有陪她游历欧洲。那么，格雷书写这部美女版的弗兰肯斯坦的意义何在呢？仔细阅读文本可以发现，小说对《弗兰肯斯坦》最重要的修正是把时间设定在维多利亚时期，小说的焦点问题是关于维多利亚时期自由女性的争论，而这场争论的焦点是集中在贝拉身上的疾病。贝拉因为追求自由而被前夫的私人医生诊断为色情狂，而戈德温医生则将她的“疾病”诊断为失忆症。色情狂和失忆症有着十分丰富的文化内涵，代表着两种截然不同的维多利亚时期女性观。

格雷用一种历史考据的语气把《可怜的东西》的时间确定在维多利亚时期。根据他的历史考据，贝拉出生的时间是1854年，而她在格拉斯哥被戈德温医生复活的时间是1880年2月18日。用维多利亚时期的标准来衡量，《可怜的东西》的女主人公贝拉是一个眼睛发出邪恶的闪电的性感女性。按照普利奇特医生的说法，贝拉渴望一周七天“睡在丈夫的卧室——分享他的床——和他躺在一起”，（Gray，2001a：217）而她的丈夫布莱星顿将军是一位为大英帝国立下汗马功劳的勇士，日理万机，无暇沉溺于美色。普利奇特医生为布莱星顿将军制定了十分具体的性生活方案：蜜月期间每晚半个小时，之后一周一到两次，而一旦妻子怀孕就必须立即停止所有房事。在他看来，布莱星顿将军是个典型的维多利亚绅士，他之所以无法施行医生的性生活方案，是因为贝拉一直到结婚八个月之后还渴望整夜和布莱星顿睡在一起，一旦被拒绝，她就会又哭又闹。因此，普利奇特医生认为，贝拉是一个有着疯狂的欲望的、不稳定的女人。换句话说，就是贝拉是一个病人，她的疾病就是让维多利亚时期医生们感到难以启齿的色情狂（erotomania）。

如果色情狂是一种被社会隐喻化、被人为夸大渲染的传染性疾病，那么，失忆症则是可以帮助女性重塑自我的治疗性的疾病。治疗性的疾病不仅可以替代问题自我的病体，“还可以成为容纳未被整个世界合法化的欲望的方式”（Bailin,1994:21）。戈德温医生通过移植贝拉腹中孩子的大脑将溺水而亡的贝拉复活，在和布莱星顿团伙对峙中，他坚持认为贝拉患上了失忆症（amnesia），她已经全然忘记了过去，因此，此时的贝拉和布莱星顿团伙所说的贝拉已经不是同一个人。虽然失忆症给贝拉带来了一些不利的影响，比如说她的好多行为举止类似儿童，但总体而言，戈德温引用当时的医学权威的话说：“失忆症扩大了她的智力，使她重温了只有到一定年龄才能思考的东西，而这些东西依靠孩提时代的训练是无法完成的。”（Gray,2001a:222）戈德温不仅用弗兰肯斯坦的模式挽救了贝拉的生命，还帮助她重新发现了自我并获得了新生，他的失忆症诊断为贝拉提供了最好的庇护。虽然故事发生在疾病恐慌和女性偏见泛滥的维多利亚时期，戈德温的失忆症诊断最终还是压倒了普利奇特的色情狂诊断，贝拉也因此获得了新生并重塑了自我。

色情狂和失忆症代表着两种截然不同的维多利亚时期女性观，前者是维多利亚时期强加给自由女性的枷锁，而后者则是女性摆脱社会束缚的一剂良方，小说以失忆症的胜利而告终。坚持色情狂诊断的一方灰溜溜地退场，曾经试图将贝拉关进黑屋的布莱星顿将军因为被贝拉揭穿身份而自杀身亡。贝拉和麦克肯德里斯喜结良缘，并开始从事她所适合的公共卫生事业，并获得戈德温医生的遗赠。就贝拉个人而言，这是一个典型的维多利亚式的幸福结局。

除了《可怜的东西》，格雷 90 年代以来的创作基本上都是前期戏剧等作品的翻版或者拼接。《麦克格罗迪与拉德米拉》是一部政治小说，《麦维斯・贝尔弗莱基》是一部关于教育的小说，两部小说均是根据之前的戏剧作品改写而成。《皮质的东西》是和《1982，贾宁》一脉相承的关于性的小说，不同之处仅仅在于《皮质的东西》着重书写了女性，而且其性实践的成分大于性幻想。格雷创作这部小说的动机之一是他在接受凯西・艾克的访谈中意识到自己之前创作的小说着力书写的都是男性，所以有必要写一部着力书写女性的小说来挑战自我。当然，他的这次挑战并不是很成功，真正成功地书写了女性的小说还是两年之后出版的《可怜的东西》。

《历史缔造者》有一定原创成分，是一部十分离奇的乌托邦小说。小说的时间设定在2234年，在那个时代，历史已经终结，人类重回母系社会，男人的责任是玩一种战争游戏。历史的缔造者同时也是这部小说的叙述者瓦特·德莱厚普厌倦了那些因循守旧的规则。当一个名叫达利拉·普多克的女人出现时，23世纪的乌托邦世界开始面临威胁。在小说的结尾，格雷故技重施，又加入了一些五花八门的所谓注释。其中一条关于埃及和中国的注释是这样写的："埃及和中国是历史时代最长久的两个国家，之所以存在是因为农夫在肥沃的平原上组合而共享着强大的灌溉系统。"（Gray，1994:196）《恋爱中的老人》是格雷最新出版的小说，他再一次伪装成编者，说自己有幸拿到了刚刚过世的约翰·塔诺克的日记以及他试图创作的关于苏格拉底、弗拉·利普·利皮以及亨利·詹姆斯·普林斯的手稿，于是将上述材料编辑成目前这部小说。虽然《恋爱中的老人》并没有像格雷的传记作家罗杰·格拉斯所预想的那样招致恶评，但这部小说明显缺乏连贯性和叙述的焦点，仍旧给人一种格雷倚老卖老、随意拼凑之感。

当代英国文学学者、爱丁堡大学教授兰黛尔·史蒂文森将格雷列为和贝克特、福尔斯齐名的英国后现代主义小说的代言人（Stevenson，1991：48～63），但格雷本人却并不买账。他在作家访谈中一再重申，他不喜欢后现代主义这个标签，而更愿意将自己视为苏格兰的卡夫卡。

> 来自于弗朗茨·卡夫卡。那时之前我读过他的《审判》《城堡》《美国》，埃德温·缪尔所撰写的解释这些书的导论就像是现代的天路历程。里边所书写的城市很像20世纪50年代的格拉斯哥，一座古老的工业城市，北边是好像倚在盖子之上的烟雾笼罩的灰蒙蒙的天空，南边是一片群山，晚上连星星都被挡在山外。（Gray，2002a:569～570）

格雷认为自己的作品和卡夫卡有着惊人的相似，卡夫卡作品中的英雄"都是枯燥的奋斗者"（Axelrod，1995:108），他们仅仅因为执着追求自己理想的世界而具有英雄气概。和卡夫卡一样，格雷在小说形式上进行了大胆的探索。他喜欢用自己亲手绘制的插图把小说装饰得花里胡哨。格雷毕业于格拉斯哥艺术学校，早年曾经以绘制壁画谋生。成为当代苏格兰首屈一指的小说家后，他念念不忘自己的绘画才能，亲手绘制各式各样的插图穿插在小说文本之中，许多书的封面图片也是出自他的画笔。值得注意的是，格雷小说中的图画并非无意义的拼贴，许多图片与小说主题息息相关。以1992年惠特布莱德奖获奖小说《可怜的东西》为例，格雷在这部小说的第四十五页附上了他亲手绘制的女主人公贝拉·巴克斯特的画像，画像中的贝拉长着一头乌黑的长发，穿着与维多利亚时期女性格格不入的服饰，她的英文名 Bella Baxter 也被意味深长地改写为 Bella Caledonia。在英文中，Bella Caledonia 可以解释为“美女苏格兰”。熟悉英国历史的人都知道，在历史叙述中，苏格兰、爱尔兰等英格兰之外的地区常常被赋予女性化的特征。因此，女主人公的命运同时也是美女苏格兰（或曰苏格兰民族）在联合王国中命运的象征。

虽然格雷不喜欢后现代主义的标签，但他小说的后现代风格却是再明显不过的。他向线性时间观念发起了挑战，《拉纳克》是按照第三卷、前奏、第一卷、插曲、第二卷、第四卷、尾声的顺序排列的，邓肯·索尔的现实主义叙述（第一、二卷）和拉纳克的幻想叙述（第三、四卷）被拦腰斩断，故事情节支离破碎，时间安排杂乱无章。他的最新一部长篇小说《恋爱中的老人》（2007）更像一部杂乱无章的穿越剧，约翰·塔诺克关于“9·11”事件、布莱尔政府的新千年逸事等时事的日记和作者肆意编造的伯里克利统治时期的雅典、文艺复兴时期的意大利以及英国维多利亚时期的宗教避难所纷至沓来，令人目不暇接。若想探究这部迷宫一般的小说的主题，着实让人头痛。但是，作为消遣性的阅读，由于格雷小说中没有乔伊斯或者贝克特式的文字游戏，读者并不觉得难挨。后现代性和可读性的有机结合，是格雷小说的最大魅力所在。

格雷还喜欢把自己伪装成小说的编者，他常常用一种近乎学术考据的方式，来给自己的小说做注释，借此来证明自己小说的真实或者向读者说明自己小说和其他文本之间的互文性。在《拉纳克》中，格雷用题注的方式，列举了他这部小说的参考文献，并将其称之为“剽窃索引”，这份长达十五页的索引使他的小说读起来更像学术著作。在《可怜的东西》中，格雷先是把自己装扮成格拉斯哥地方志专家迈克尔·唐纳利的挚友，他说他是从唐纳利那里得到了记录巴克斯特医生通过移植胎儿大脑而将溺水而亡的贝拉复活过程的档案资料，而后以编者的身份把档案资料整理成故事。在小说的结尾，他又用一封长达二十六页的贝拉写给后人的书信将贝拉死而复生的故事推翻，然后再用近四十页的历史考据为故事辩护。在新近出版的小说《恋爱中的老人》中，格雷故技重施，他把自己说成是小说男主人公约翰·塔诺克日记的整理者，还假模假式地以塔诺克的亲戚即萨拉女士的口气，写了一份故事的导论。

格雷小说另一个惯用的把戏是在小说结尾郑重其事地写上 Goodbye，并断言该书将是他的最后一部小说。对于他的 Goodbye，读者以及批评家早就见怪不怪了。从1981年到现在，他总共出版了九部长篇小说，他的Goodbye也不多不少地说了九次。一向以“戳穿格雷过度膨胀的名声的气球”而闻名的批评家西德尼·沃克曼（其实是格雷虚构出来的批评家）在为格雷《恋爱中的老人》所撰写的后记中，用“Hello and Goodbye, Mr Gray”作为结束语，这是对格雷小说结束语的一种出神入化的戏拟：因为按照英语的习惯，人是不能说完Hello就紧接着说Goodbye的。

## 第五节　詹姆斯·凯尔曼：为工人而艺术

和阿拉斯代尔·格雷一样，詹姆斯·凯尔曼（James Kelman, 1946～　）也是当代苏格兰小说的领军人物。他和格雷有着深厚的文学情缘，他也是出生在格拉斯哥，还和格雷一道参加过霍布斯鲍姆的格拉斯哥大学创造性写作班，1985年的时候和格雷以及另一位格拉斯哥作家艾格尼丝·欧文斯合作出版短篇小说集《故事精编》，2001年至2003年和格雷以及诗人莱昂纳德（Tom Leonard, 1944～　）共事，成为格拉斯哥大学创造性写作教授。和格雷相比，凯尔曼有着更多的文学殊荣：他的短篇小说集《早餐灰狗》（*Greyhound for Breakfast*，1987）荣获切尔顿汉姆文学奖，《不满》（*A Disaffection*，1989）入围布克奖短名单，1994年凭借《这是多么晚，多么晚》（*How Late It Was, How Late*）而成为第一位荣膺布克奖的苏格兰小说家，其新作《男孩，别哭》（*Kieron Smith, Boy*, 2008）荣获圣安德鲁协会年度图书奖。

凯尔曼是一位多产的作家，迄今为止，他已出版了《公交售票员海恩斯》（*The Busconductor Hines*，1984）、《碰运气的人》（*A Chancer*，1985）《不满》《这是多么晚，多么晚》《翻译的记述》（*Translated Accounts*，2001）、《在自由的土地上你要小心》（*You Have to Be Careful in the Land of the Free*, 2004）《男孩，别哭》《毛说她很诡诈》（*Mo Said She Was Quirky*，2012）等七部长篇小说，以及《天使旁边的老酒馆》（*An Old Pub Near the Angel*, 1973）、《故事精编》《早餐灰狗》《烧伤》（*The Burn*, 1991）、《被降级的苏格兰人》（*Busted Scotch*, 1997）、《好时光》（*The Good Times*, 1998）、《记得年轻的塞西尔》（*Remember Young Cecil*, 2000）、《如果这就是你的生活》（*If It Is Your Life*, 2010）等短篇小说集，此外还有《一些最近的攻击：政治文化论文集》（*Some Recent Attacks: Essays Cultural & Political*, 1992）和《法官们说》（*And the Judges Said*, 2002）等非虚构作品。

《公交售票员海恩斯》是凯尔曼的第一部长篇小说，小说着力书写了以海恩斯为代表的格拉斯哥工人阶级的生活困境，小说一开始就为读者展现了一段工人阶级家庭生活的“画卷”：

> 海恩斯从扶手椅上跳起来，她马上要拿起一个大汤锅，里面是沸腾的水。当他说，我来拿，她点点头。从她那儿拿来擦盘巾，他用擦盘巾裹住左手，然后抓住支撑环；他用右手握住汤锅的手柄。他把汤锅拿起，略高于炉子，根据重量调整姿势。桑德拉动了动身子，将一把挡路的木椅子挪开。(Kelman,1984:9)

读到这里，人们很难想象海恩斯是在帮妻子洗热水澡。他们“享受”着蜗居生活，公寓里没有专门的浴室和热水设备，海恩斯的妻子就用一个儿童浴盆，先放上冷水，然后把用汤锅烧开的热水加进去兑成温水洗浴。为了享受洗热水澡的快乐，她还特意将浴盆放在离火炉一码远的位置，还用报纸垫在浴盆的下面和四周，防止溢出的水弄湿地面。工人阶级的智慧是无穷的，尤其是当智慧被用于抵御贫困的时候。儿童浴盆是海恩斯夫妇当年给自己的小孩子用的，现在孩子已经长大，他们就将其变废为宝，凑合着给成年人用。海恩斯的妻子是一家之主，海恩斯则是个典型的家庭妇男，对妻子体贴备至，做起家务活儿来技艺娴熟、头头是道。他不仅帮妻子勾兑温水，还帮她洗澡搓背，看到妻子戴着乳罩蜷缩在浴盆里，他的按摩还有些色情味道。海恩斯没有被生活的重压搞垮，他苦中作乐，蛮有幽默感地对待生活。

在家里，海恩斯是一位“温柔贤惠”的丈夫；在社会上，他是个一事无成而且不思进取的、没用的男人。小说的题目将海恩斯和公交售票员这个职业紧紧地绑在一起，而公交售票员是处于社会底层，而且随时面临失业危险的职业。由于凯尔曼本人做过公交车售票员，他对于这个职业的方方面面都十分熟悉。早在20世纪60年代，公交车上人工售票就已经不再流行。1964年，格拉斯哥市政部门尝试推出公交车“一人操作”(one man operation)，公交售票员的职业可谓是岌岌可危。70年代，当凯尔曼开始酝酿这部小说的初稿之时，公交系统已是一人操作和人工售票并存，时常可以看到一边写着“请付款给司机”而另一边又写着“售票员”的公交车。到了80年代，无人售票机开始普遍应用，公交售票员和司机都被剥夺了售票的权力。随着公交车系统的升级，海恩斯随时都面临失业的危险，而他本人不思进取，连转行做司机的努力都不肯付出。他的好搭档司机莱利去谋求售货员的职位，海恩斯对此嗤之以鼻，他似乎很满足于公交售票员的职位，一点向上爬的欲望都不存在。

和司机相比，公交售票员有一种明显的优势：公交车运营的时候，司机整天被禁锢在驾驶席上，而售票员却享有一种“运动”的自由。不过，正如凯恩斯·克莱格所言，公交售票员的运动是毫无意义的运动，海恩斯的人生旅程是一种漫无目的的循环往复：

> 公交车售票员是世界旅行的时间记录者，但他自己却不知到哪儿去旅行，他走出去还要走回来，向前走只是为了到达没有终结的终点。公交售票员是现代性的象征：世界由没有尽头的、永无休止的旅行建构，存在被时间所主导；而实际上，公交售票员的存在被超时间的需要所主导。（Craig，1993：109）

海恩斯的生活空间十分狭窄，他的生活轨迹就像一个钟摆，从家里摆到公交车上，再从公交车上摆到家里。他工作的轨迹也像个钟摆，从这头儿走到那头儿，再从那头儿走回这头儿，反反复复都离不开公交车。颇具讽刺意味的是，被禁锢在驾驶席的司机莱利总是想着流动，哪怕是流动到商场去做一名售货员；而享有“运动”自由的售票员海恩斯心里却丝毫不想流动，摆出一副当一天和尚撞一天钟的架势。海恩斯的不思进取着实令中产阶级出身的妻子苦恼，在生活的重压之下，他也曾经“厌倦这个永恒的公交车售票”（Kelman，1984：39），但却找不到任何出路。尽管失业的打击并没有来临，但海恩斯的生活始终笼罩在失业的阴霾之中。公交售票员是一种毫无安全感的职业，但海恩斯却永远摆脱不了这个职业的束缚。

与小说中的苏格兰工人阶级书写相适应，凯尔曼大量使用了他所熟悉的格拉斯哥方言，使用到了连讲标准英语的英国人都感到困惑的程度。《公交售票员海恩斯》曾参加1984年布克奖的角逐，虽未能折桂，但却留下了一段英美学界熟知的“佳话”：布克奖专家委员会的主席理查德·科布和媒体谈及许多天来阅读近八十部小说的感受，他非常含蓄地提及阅读某部苏格兰方言小说的痛苦：“甚至有某部小说，几乎全是用，大概是格拉斯哥方言吧，写的。手边没词典，我很快就放弃了。”（Klaus，2004：1）科布并未言明，但大家心照不宣，一听就知道他所说的“某部”小说是指凯尔曼的《公交售票员海恩斯》。十分有趣的是，《公交售票员海恩斯》因为到处充斥着格拉斯哥方言在1984年布克奖角逐中“轻松”落选，但十年之后，凯尔曼凭借一部同样以工人阶级书写为标记，而且苏格兰方言味道更浓的《这是多么晚，多么晚》最终斩获了布克奖。格拉斯哥方言这块80年代的绊脚石，到了90年代摇身一变，变成了布克奖的敲门砖。

和《公交售票员海恩斯》一样，《碰运气的人》也是一部工人阶级小说，小说的主人公塔莫斯也是一个一事无成的男人，而且，更为糟糕的是，塔莫斯是一个嗜赌如命之人。他上班时用纸牌赌，在俱乐部、赛马场、赛狗场、斯诺克桌上以及赌场里用多米诺骨牌赌。对他而言，赌博是“一种逃脱，一种远离必要性的途径”（Klaus,2004:40）。塔莫斯的运气随着他在赌局中的运气而沉浮：他赢钱的时候就选择坐出租车，还会财大气粗地请朋友喝啤酒，甚至还会赠人一张赌票；而输钱的时候就会很惨，沦落到连公交车票都买不起的程度。他曾一度眼巴巴地看着朋友们乘车周末到布莱克浦尔度假，而自己却无缘参加，因为他刚刚在赌局里把钱输了个精光。

塔莫斯的人物性格可以概括为两条：“他习惯性地赌博，习惯性地离开。”（Kovesi,2007:65）赌博是塔莫斯的生活支柱，他本来没有存款账户，一次赌博大赚之后就有了存款。当他碰到大运的时候，他转瞬之间的现金收益就相当于在工厂里干好几个月。此外，赌博当中的那种偶然性也是他基本生存状况的表征。作为一个20岁的小青年，生活就像一个转轮，有无数的偶然性在和他作对。他从赌场的胜利中寻觅到了成功，虽然他也心知肚明，赌博的胜利是朝不保夕的。《公交售票员海恩斯》的主人公对自己的生存困境是有意识的，而《碰运气的人》的主人公还太年轻、太天真、太没有生活阅历，虽然他也读书，但他对自己的生存困境并没有清醒的认识。

值得注意的是，塔莫斯的“习惯性地离开”是指他可以轻而易举地离开家或者工作，而不是说他可以离开赌局。和海恩斯一样，塔莫斯的日常生活轨迹也很简单：卧室、辛普森酒吧、小赌局、埃尔赛场、肖菲尔德赛狗场和赌场。他不像海恩斯那样迷恋家庭、珍惜工作，为了碰运气，他很愿意流动。朋友给他介绍了一份铸铜厂的工作，他忍了多半天就受不住了，尤其是当他听说自己茶歇时押赌赚了钱的时候。他厌倦了姐夫、老邻居们的说教，想离开家乡去彼得海德建筑工地找份工作，或者到北海油田去赚大钱。他的许多朋友去了英国南部或者更远的新西兰，他也准备和朋友一样远走高飞。在小说的结尾，塔莫斯离开了格拉斯哥这个没有活力的城市，搭车去了伦敦。

没有任何迹象表明塔莫斯去伦敦之后会告别赌博，他对赌博有一种迷恋，否则他就不会被称为碰运气的人。凯尔曼没有因为塔莫斯嗜赌如命而把他描写成令人憎恶的家伙，相反，他还引领读者赋予这个人物应有的同情。塔莫斯有许多缺点，但他的缺点对社会是无害的。他让姐姐为他忧虑，他让朋友们失望，他曾因为无法为女友买单而伤了男人的自尊进而选择和女友分手，但当他手头宽裕的时候，他还是非常慷慨而且体面的。就像海恩斯和公交售票员这个职业捆绑在一起一样，塔莫斯和赌博这个职业也紧紧地捆绑在一起，而且，他还和现在紧紧地捆绑在一起。小说没有明确的时间指示，读者无从推断小说的时间进程。此外，虽然作者为塔莫斯安排了一次拜望祖母的行动，但小说中只字未提他的父母，更别说上学受教育这些事情了。他似乎没有过去，没有童年，也没有未来，他永远停留在现在，靠赌博来碰运气、打发时光。

和海恩斯、塔莫斯相比，《不满》的男主人公帕特里克·道尔的工人阶级味道已经明显变淡。他是一名教师，接受过大学教育，自己有车，收入稳定，已经朝着中产阶级阔步迈进，他因此被没有读过大学同时又没有正当职业的哥哥加文称为“中产阶级小人”：

> 你们这帮老师，你们他妈的学生，他妈的校长，还有他妈的办公室里的狐朋狗友。都是他妈的中产阶级小人，一群龟孙子！加文背靠着椅子，把两只脚抽回来放在上面，坐在脚跟上，大口喝着威士忌，把杯子放在壁炉台上。他拿起一包香烟，往嘴里塞了一支，然后过一会儿把烟盒扔给大卫。他扫了帕特里克一眼：很高兴看你听完我说话，别太在意啊！（Kelman，1989：281）

当年加文和父母一道鼓励道尔去读大学，他是把道尔送上“中产阶级小人”之路的关键人物之一。然而，当道尔大学毕业做了老师，他开始和自己的工人阶级家庭有了疏离之感，他开始成为家庭中的他者，成为自己哥哥眼里的“中产阶级小人”。

道尔在自己的家庭中是个他者，在他所任教的学校当中也是个另类。他反对权威，他的反权威立场主要表现在两个方面：他的课堂风格以及对上级的态度。道尔的课堂风格很有个性，和现代教育学的理念不谋而合：他和学生平等相待，不把学生当成无知的小孩子，而把他们视作懂事的成年人；他把学生看成个体，而不把他们看成散漫的共同体；他不为课程设置所困，反对填鸭法教学，是一个“喜欢用整堂课讲本质的、细枝末节问题的那类老师”（Kelman，1989：23）；他不喜欢一本正经，而喜欢比较随意的、比较轻松的课堂。他的课堂给孩子们带来了无尽的欢乐，他在欢声笑语之中把反权威、反极权的思想播撒在孩子们的中间：

> 帕特对学生们点点头，咧着嘴笑。我想讨论一个重要问题。我想讨论讨论 leges de indigentibus factae。现在谁给我现场翻译一下？卡特里奥娜！你来，你总是个好学生，我不想浪费时间。
>
> 它是不是跟贫穷法有关？
>
> 哦，卡特里奥娜，天生就是个做大事的女孩子。真有点像著名的休斯顿女士，她的那份自信。没错，千真万确是他妈的和贫穷法有关。好了，我想让大家跟着我重复：现在的政府，在镇压穷人的过程中，镇压着我们的父母。
>
> 一群笑脸。
>
> 现在的政府，在镇压穷人的过程中，镇压着我们的父母。（Kelman，1989:23～24）

由于道尔经常散布不合时宜的言论，他和上级的关系非常紧张，他不喜欢领导，领导也不喜欢他。他给副校长起了个外号叫 MI6，他总是觉得 MI6 每时每刻都在监督他。他打骨子里就不喜欢校长老米尔尼，他故意错过了和校长约好的见面，生怕校长问起他的政治观点，校园里有关他政治观点有问题的传闻已经越传越远。他和校长最终见面时，校长通知他说他的调离学校申请已经通过。帕特里克说他不记得自己提交过调离申请，读者也记不得小说中有这么一回事，或许这是校方委婉地将他扫地出门的策略。换句话说，他这不叫调离，应该叫“被调离”才对。

帕特里克对社会不满，但他没有勇气将反抗付诸行动，他知道自己是个“他妈的没用的东西”（Kelman,1989:199），他永远只是个语言的巨人，行动的矮子。在小说的结尾，帕特里克醉醺醺地走在大街上，想象着自己把每个银行、每个建筑协会、每个保险公司的窗户都砸个粉碎。凡是跟大英帝国统治者的金融机构有勾搭的，他都把它们砸个粉碎。然而，警察就站在对面，要是他真的付诸暴力，警察马上会将他拘捕。他的反抗永远停留在大脑之中，停留在意识层面。他嘴里说着反权威、反对国家机器，还鼓动学生去摧毁国家机器，然而，当以警察为代表的国家机器出现在面前的时候，他立刻就变成了“他妈的没用的东西”。

从工人阶级书写的角度看，凯尔曼的《这是多么晚，多么晚》真可谓是“向英国文学机构的脸上吐痰”（Kuebler,1995:199）的小说。小说赤裸裸地书写了格拉斯哥工人萨米在强大的国家机器面前的悲惨境遇和无助状态，从一开始，萨米就发现“有点不对路，有点很是、很是不对路”(Kelman,1998:1)。他在一个角落醒过来，发现自己莫名其妙地穿着别人的鞋子，两个便衣警察（萨米称之为士兵）对他动粗，他的肋骨被打断，眼睛也失明了。萨米的名字让人联想起卡夫卡《变形记》中的格里高尔·萨姆沙以及弥尔顿《力士参孙》中的参孙，萨姆沙经历了奇怪的变形，愈发意识到自己的卑微，而参孙双目失明，饱尝了被亲人背弃的痛苦。萨米集萨姆沙和参孙的悲惨境地于一身，他虽然没有变成昆虫，但他转瞬之间就被警察打成了残疾，而且有冤无处诉，他变成了格拉斯哥的盲人。他身无分文，一路摸索着从警察局到女友的家，却发现女友早已踪迹不见。

萨米成为国家机器的受害者，他本来是无辜的，但不幸的是他和一个商店职员查理·巴尔有点私交。查理·巴尔是个政治狂，善于投掷炸弹，警方怀疑他在密谋组织颠覆活动，所以千方百计地要抓捕他。查理·巴尔在小说中并未露面，萨米成了他的替罪羊。他遭到警察的毒打和拷问，医疗机构的人员也像警察一样盘问他，社会保障机构也不例外。在强大的国家机器面前，萨米选择了忍受，在一个弱肉强食的世界里，人们习惯于把倒霉事归罪于受害者，而不是去追究行凶者的罪责。萨米在种种的逆境当中靠音乐排遣郁闷，在他看来，“乡村音乐是写给成人的”(Kelman,1998:156)。在他失明之前，阅读也是一种精神寄托。在小说的结尾，他那已然破碎的家庭中的15岁的小儿子回来给他安慰。萨米在两个小青年的护佑下在奔跑，但是，就像海恩斯和塔莫斯一样，他似乎永远也逃不出命运为他精心安排的小圈子。

西蒙·考维西将凯尔曼小说的特色归纳为“阶级、政治、语言、男性”(Kovesi,2007:30)，这样的归纳虽有简单化之嫌，但基本上能够概括凯尔曼小说的主要特征。和格雷不同，凯尔曼不太关心宏观的苏格兰民族主题，他不太赞同“苏格兰人”“苏格兰文化”等说法，认为这些说法其实只是界定了抽象的概念，现实世界中并无具体的东西与之对应。他在非虚构作品《一些最近的攻击：政治文化论文集》中写道：

> 像“苏格兰人”“德国人”“印度人”或者“美国人”以及“苏格兰文化”“牙买加文化”“非洲文化”“亚洲文化”等字眼，都是荒唐的东西。它们不是世界上的具体的东西。没有任何物质实体和它们对应。我们使用这些字眼的方式，和我们使用“树木”“鸟儿”“车辆”“红色”等一样。它们只是界定了抽象的概念，除了起着松散的分类作用之外，这些东西根本就不存在。我们使用这些玩意儿就是为了可以感知世界，

> 可以有意义地和其他的个体交流。特别是那些和我们处于同一共同体、同一文化的个体交流。当我们和不同共同体、不同文化的个体相遇时，我们可以用这些松散的、无法具体化的定义和描写让自己紧密地团结起来。(Kelman,1992:72)

在凯尔曼的眼里，宏观层面的苏格兰或者苏格兰文化只是一些抽象的概念，作为首屈一指的当代苏格兰作家，他更加关注他所熟悉的工人阶级，尤其是那些孤助无援的城市工人阶级的命运。凯尔曼有着非常明确的文学主张，他坚持认为文学应该书写普通民众的生活，展现真实的工人阶级生活状况，而不幸的是目前“大不列颠百分之九十的文学只关心那些从来不需要为钱忧虑的人群”(Craig,1993:99)。

和百分之九十的不列颠文学不同，凯尔曼致力于书写为钱忧虑的阶层。凯尔曼小说中的人物，无论是海恩斯、塔莫斯还是萨米，都在为生计奔波，然而，一路辛苦下来，他们的生活状况似乎并没有好转。好不容易有个本该不为衣食而忧的帕特里克·道尔，却因为他激进的政治观点和不合时宜的教学理念而面临被调离的窘境。工人阶级的困境不是苏格兰所特有，而是全世界普遍存在。凯尔曼前四部小说的场景是苏格兰，而《翻译的记述》和《在自由的土地上你要小心》则把场景移植到苏格兰之外。《在自由的土地上你要小心》的场景是美国，而《翻译的记述》的场景并未明示，留给读者去尽情想象。这片未知的领土被军事统治，有大山，有海岸，有南瓜，有水源，不仅仅是工人阶级，整个国家都生活在极度贫穷和恐怖之中。反抗者更是没有好下场，有人向一名军官扔了一个南瓜（有时又被叙述成西瓜），砸在他那布满勋章的胸前，投掷南瓜者得到的是脑袋上连中数枪。南瓜故事在这个哀鸿遍野的国家到处流传，电子邮件和互联网不断地提醒着读者，这种苦难的生活境遇就活生生地发生在当今社会。

在凯尔曼之前，英国的工人阶级小说书写的大多是工人阶级中的“有志青年”，他们试图通过凭借自己非凡的体育以及智力才能摆脱工人阶级的生存状态，或者试图通过工会、社会主义思想等改良社会，他们的失败是由于社会环境造成的。他们虽败犹荣，借用中国古诗来形容，真的是“纵死犹闻侠骨香”。这种致力于书写工人阶级有志青年的传统一直延续到20世纪70年代。在著名的苏格兰工人阶级小说、威廉·麦克伊尔维尼(William McIlvanney,1936～　)的《多彻蒂》(*Docherty*,1975)中，主人公依然保持着工人阶级幸存者的英雄主义精神，试图通过一套基本的集体主义价值观来改造社会，寻求变革。凯尔曼颠覆了“有志青年”的传统，塑造了海恩斯等一系列鲜活的胸无大志、不思进取的工人形象。在他的笔下，工人阶级的集体意识已经荡然无存，反抗意识也是微乎其微。工人阶级的世界变成了碎片化的、微小的世界，人与人之间相互孤立，政治的希望四分五裂，经济的贫困形影不离。他们生活在社会的边缘，不像传统的工人阶级小说人物那样通过工会以及教育体制去争取权利，或者通过非凡的体育才能以及攀高枝的婚姻来逃离剥削和压迫。他们不再是历史变革的承担者，而是当今社会的残羹剩饭，甘于现状，不思进取。工人阶级只有一种产业，那就是贫穷，如果贫穷也可以叫作产业的话。

在现实生活中，凯尔曼是一位出色的政治活动家。他曾于 1992 年在伊斯坦布尔的"言论自由的自由"大会上发言，批评相关政府对言论自由的压制、对作家的囚禁以及土耳其对库尔德人的态度。1993 年南非种族隔离政策即将结束时，他去参加了在约翰内斯堡召开的非洲国民大会。他在伦敦主持关于种族暴力的人民论坛并积极参加斯蒂芬·劳伦斯运动。在苏格兰，他在格拉斯哥的乔治广场抗议 1994 年刑法法案，2002 年他在格拉斯哥绿地公然质疑英国王室的地位，和苏格兰社会党政治家汤米·谢里丹一道为共和思想摇旗呐喊。凯尔曼参加过大量的政治集会，但他并没有把自己的政治思想强加给小说。除了《翻译的记述》具有明显的政治主题，凯尔曼的其他小说并不以政治为焦点。凯尔曼坚持认为，一个人必须要有明确的政治观点，但政治观点并不一定要直接写进小说。所以，严格地讲，政治是作为政治活动家的凯尔曼的标签，而不是作为苏格兰小说家的凯尔曼的标签。

凯尔曼坚持使用格拉斯哥方言创作，他对格拉斯哥以及格拉斯哥口音情有独钟，就像他与汉密尔顿、莱昂纳德合著的《三个格拉斯哥作家》一书中所写的那样：

> 我在格拉斯哥出生，在格拉斯哥长大
> 我在格拉斯哥度过了大部分人生
> 这是我最了解的地方
> 我的语言是英语
> 我写作
> 在我的作品里有格拉斯哥口音
> 我一直来自格拉斯哥，也一直说英语
> 一直在用格拉斯哥口音
> 这没什么不对（Kelman, Hamilton & Leonard, 1976: 51）

苏格兰文学史上有过许多次关于是否应该使用苏格兰方言来进行文学创作的争论，其中最为著名的当属现代主义时期休·麦克迪尔米德和埃德温·缪尔之间的论战，麦克迪尔米德提倡使用方言创作，而缪尔则认为使用标准英语会更好。一个非常有趣的事实是，麦克迪尔米德不遗余力地提倡方言写作而且身体力行，他对18世纪以书写苏格兰民谣而著称的诗人彭斯赞誉有加，而对19世纪末20世纪初因为苏格兰方言特色而蜚声欧美文坛的菜园派小说却颇有微词。如此看来，是否应该使用方言创作不是本质问题，问题的关键在于是不是只有苏格兰方言才能体现苏格兰情愫。彭斯、菜园派小说、麦克迪尔米德都是苏格兰方言创作的受益者，在特定的历史语境中，苏格兰方言是成就上述作家文学声望的重要因素之一。凯尔曼并没有如此幸运，如前文所述，晦涩难懂的格拉斯哥方言在1994年布克奖角逐中成为敲门砖，但在此之前，他也曾因为使用格拉斯哥方言而备受争议，方言还一度成为他布克奖征途中的绊脚石。然而，无论效果如何，凯尔曼都在坚持着用格拉斯哥方言写作。在他的心目中，语言是一种文化，只有使用格拉斯哥方言，或者带上格拉斯哥口音，才能更加真实地展现格拉斯哥工人阶级的存在状况。

男性书写是凯尔曼小说的另一个重要特征，他笔下的男性不是硬汉子，而是“懦弱的雄狮”。在当代苏格兰小说的语境中，“懦弱的雄狮”不仅仅代表个人，他也代表着整个苏格兰民族。1979年苏格兰分权全民公投无果而终，麦克伊尔维尼（William McIlvanney，1936～　）曾经赋诗“1979年3月之后——懦弱的雄狮”表示悲叹，他将苏格兰比喻成雄狮，当雄狮即将被赋予自由时，他“转向笼子偷偷溜走/继续生活在发霉的稻草中”（McIlvanney，1991：25）。卡罗尔·琼斯认为，性别是当代苏格兰自我意识变化的晴雨表，而当代苏格兰小说必然成为男性焦虑及其后果“高音共鸣的展示窗口”（Jones，2009：21）。苏格兰在即将被赋予自由之时选择了退缩，同样，凯尔曼小说中的男性在面临生活抉择时也是不思进取、甘于沉沦。凯尔曼小说中的男性是英国白人，作为白人男性，他们本该有更优越的地位，但他们却老老实实地停留在社会的底层，这固然与他们的工人阶级背景有关，但他们自身的性格弱点也难辞其咎。凯尔曼笔下的工人阶级男性已经不再是苦大仇深的矿工或者造船工人，而是更加轻松和自由的公交售票员或者教师，如果他们像传统工人阶级小说中的“有志青年”那样奋斗，是有可能取得成功的。但是，当成功的大门即将向他们敞开之时，他们却选择了退缩，选择继续生活在发霉的稻草中。

## 第六节　伊恩·班克斯："主流"小说与科学幻想

伊恩·班克斯（Iain Banks，1954～2013）是当代苏格兰最富想象力的小说家之一，他曾入选1993年《格兰塔》杂志二十位英国青年小说家榜单（同年入选的苏格兰作家还有A. L. 肯尼迪和坎迪亚·麦克威廉），2008年又被《泰晤士报》评为1945年以来英国最优秀的五十位作家之一。班克斯出生于苏格兰法夫地区的丹弗姆林，毕业于斯特灵大学，主修英语、哲学和心理学。他曾一度移居伦敦进行文学创作，之后又返回故乡法夫，2013年6月9日因患胆囊癌而不幸辞世，享年59岁。班克斯在苏格兰文学乃至英国文学中有着非同寻常的地位，用罗伯特·叶慈的话说，他是"那种飘忽不定的类型——超级通俗作家，经常跨文类写作，也被认为是严肃作家"（March，2002：81）。班克斯是一位十分多产的作家，在近三十年的写作生涯中出版了二十七部长篇小说、两部短篇小说集和一部非虚构作品。他的小说主要分为两类：一类是主流小说，主流小说的署名为伊恩·班克斯；另一类是科学幻想小说，科幻小说的署名是伊恩·M. 班克斯。

班克斯主流小说的代表作包括：《捕蜂器》（*The Wasp Factory*，1984）、《走在玻璃上》（*Walking on Glass*，1985）、《桥》（*The Bridge*，1986）、《埃斯皮戴尔大街》（*Espedair Street*，1987）、《运河之梦》（*Canal Dreams*，1989）、《克劳路》（*The Crow Road*，1992）、《共谋》（*Complicity*，1993）[①]、《惠特》（*Whit*，1995）、《石头之歌》（*A Song of Stone*，1997）、《事业》（*The Business*，1999）、《死寂》（*Dead Air*，2002）、《过渡》（*Transition*，2009）、《斯通莫斯》（*Stonemouth*，2012）。班克斯的主流小说中有八部以苏格兰或苏格兰人为书写对象，分别是：《捕蜂器》《桥》《埃斯皮戴尔大街》《克劳路》《共谋》《惠特》《事业》和《死寂》。

《捕蜂器》是班克斯的第一部作品，是一部十分怪异的哥特式的恐怖故事。小说采用第一人称视角，讲述了主人公弗兰克的成长悲剧。弗兰克从小和父亲生活在一个荒凉的小岛，他性格孤僻、迷恋暴力，以残杀小动物为乐，并将动物的尸体悬挂在他的祭祀柱上，借此将小岛和外部的世界隔绝。弗兰克的家庭充满了阴影，他没有出生证明，母亲生下他不久就离

① 电影中文译名为《黑吃黑》。

开了小岛。弗兰克没有接受过正规的学校教育，最令他痛苦不堪的是他被告知自己很小的时候被一条名叫索尔的老狗咬掉了生殖器。由于心理畸形，弗兰克十分隐秘地杀死了自己的堂哥布莱思、弟弟保罗和表妹埃斯梅德拉。弗兰克的哥哥埃里克本来前程似锦，却也因为一次意外的遭遇而精神失常，他因为纵火烧狗而被关进疯人院。埃里克成功地从疯人院逃跑并一路给弗兰克通话，然而，在家里等待他的弗兰克却已然发现自己是个女孩。原来，父亲是个更加畸形的家伙，他从小给弗兰克使用荷尔蒙，并编造了索尔咬掉弗兰克阴茎的谎言，还在自己的书房里放了一个假阴茎用来混淆视听。父亲的"实验"改变了弗兰克的人生轨迹，而这一切主要是出于父亲对女人的怨怒，他认为是女人毁灭了他的生活。

《捕蜂器》的主人公弗兰克是个极度心理畸形的角色，他残害亲人的手段令人发指。他趁着堂兄布莱思熟睡之时，神不知鬼不觉地将抓来的毒蛇放入他的假肢，而后叫醒他并邀请他一起踢足球。布莱思绑上假肢，随即一声惨叫，很快便没了性命，而弗兰克成功地保守了秘密，在布莱思的葬礼上也表现得十分淡定，完全不像是个年幼的孩子。和残害亲人相比，弗兰克残害动物的本领更是让人"叹为观止"。他有两根用来抵御外来侵袭的祭祀柱，"一根柱子上钉着老鼠脑袋，上面还有两只蜻蜓，另一根上是一只海鸥和两只老鼠"（班克斯，2006:3）。他在和一只兔子搏斗时失去了名为"黑色杀手"的心爱的弹弓，于是心生怨怒，他把炸药塞进兔子的腹中，然后把引信点燃，眼睁睁地看着兔子的尸体被炸得粉碎。他还把炸药塞进兔子的洞穴，对兔子家族进行灭门。杀戮成为弗兰克生活中一件平常事，在他看来，杀戮只不过是自己"人生历程的一个阶段而已"（班克斯，2006:43）。最能体现弗兰克杀戮本性的是他的"捕蜂器"，捕蜂器是弗兰克"独具匠心"的杀戮动物的工具，是他用一个废弃的时钟制成的，放在属于自己私密空间的阁楼上。弗兰克请镇上的玻璃工做了时钟的顶盖，顶盖上预设了十二个诱捕黄蜂的小门，他将黄蜂的坠入罗网称为"选择"，多数黄蜂会自动死亡，但也有少数顽固分子需要他给予致命的一击。

和弗兰克一样，他的父亲也是个心理畸形的家伙。他经常问弗兰克一些关于家里房间以及家具的长宽高之类的莫名其妙的问题，还数次将自己无聊至极的所谓"研究成果"投稿给出版社。他因为受过女人的伤害而发自心底地憎恨女人，所以才一手导演了弗兰克的变性悲剧。弗兰克的哥哥埃里克本来是个有才华的医生，最后也因为家庭的阴影和意外的遭遇而变得精神失常，开始以杀狗为乐。在逃亡的过程中，他偷了许多超市里的食品，却坚持以吃狗肉为食，因为杀狗已经成为他人生的乐趣。被弗兰克杀死的布莱思也是个杀戮成性的家伙，他用埃里克发明的“烈焰发射器”点燃埃里克的兔笼，将埃里克心爱的兔子活活烧死。正是这次杀戮使得弗兰克怀恨在心，所以才用将毒蛇装进假肢的办法将布莱思杀死。

《捕蜂器》是一部意蕴深刻的主流小说。首先，如题目所示，它是一部关于机器的小说。在这部小说中，无论是弗兰克的捕蜂器，还是埃里克的“烈焰发射器”，最终都沦为戕害动物的工具。机器没有给人类带来进步，它所带来的是仇恨和杀戮。其次，它是一部关于复仇的小说。弗兰克的父亲因为受到过女人的伤害，而把本该是女孩的弗兰克变性为男孩，使其成为自己“实验”的牺牲品。弗兰克出于复仇心理，先后杀死了布莱思等亲人，并染上了以杀戮动物为乐的恶习。再次，它是一部可以引导人们重新认识性别和暴力的小说。由于小说采用的是第一人称叙述，弗兰克的暴力和罪孽似乎都成了他男性阶段的所为，而小说结尾的迅速逆转则给男性和暴力的关联打上了问号。

《桥》是一部十分经典的心理分析小说，小说的三个人物亚历克斯、约翰·奥尔以及野蛮人分别代表着一个人的超我、自我和本我。亚历克斯是个真实的人，他出生在格拉斯哥，曾就读于爱丁堡大学，并在那里开始和安德莉亚·克莱蒙德相恋。他是个事业上很成功的男人，但他因为背弃了自己的工人阶级出身而颇感困扰。在和法夫的老朋友聚会之后，他在驾车之时因为欣赏福斯铁路桥的美景而走神，结果出车祸而住进了医院。他在医院中神志不清的状态下努力回忆自己的过去。约翰·奥尔是一个生活在桥上的失忆症患者，他觉得桥上的生活很温馨，因此不愿意回到现实世界。他的心理分析师乔伊斯医生试图治疗他的失忆症，但他本人却宁愿享受这种秩序井然的失忆症生活。野蛮人是一个武士，他有一个类似于人的超我的密友。野蛮人和密友出场时已经老迈无力，似乎离大去之期不远。野蛮人满口的苏格兰口音，但随着小说的发展，他的口音越来越淡，这刚好和现实世界中的亚历克斯逐渐背弃自己格拉斯哥工人阶级出身的历程相契合。虽然《桥》是一部非常适合用弗洛伊德三重人格理论来解读的小说，但小说中代表三重人格的三个人物正面交锋的时候并不多见。

班克斯曾经说《桥》是他本人最喜欢的小说，因为从这部小说开始他的主流小说和科学幻想才开始分道扬镳。换句话说，就是《桥》还是主流小说和科学幻想未分道扬镳的小说。读者可以从这部主流小说中发现科学幻想的蛛丝马迹，比如小说中曾一度提及刀型导弹。另外，从叙述层面看，班克斯还特意插入了一些类似于工程图的图形，借此来增添小说的科学幻想色彩。（Banks，2001a:60 ～ 67）《桥》的叙述风格也颇耐人寻味，亚历克斯和奥尔的部分采用标准英语，而野蛮人则回归了苏格兰方言本色。现实和幻想水乳交融，难分彼此，就像清晨的迷雾一般似散非散。叙述者在一团迷雾中起床，试图记起自己的梦，但他又不敢确信“是否昨夜做过梦”（Banks,2001a:149）。

和《捕蜂器》《桥》相比，《埃斯皮戴尔大街》少了几分阴郁，多了一丝曙光。虽然小说一开始也是死亡阴云密布，主人公（同时也是叙述者）决定要自杀，“要走路，要搭车，要扬帆远航，离开这个黑暗的城市，到达湿润的西海岸的明亮的地方”（Banks,2001b:1），但他马上改变了主意。小说的主人公名叫丹尼尔·韦尔，出生于一个天主教家庭。他在帕斯利理工学院联盟观看演出时被一只名为“冻金”的乐队所吸引，并决定到他们那儿面试。克里斯汀·布莱斯喜欢他的歌曲，他如愿以偿地进入乐队。他在音乐事业上很成功，为乐队创作、弹吉他，在 ARC 唱片公司雷克·塔姆博的帮助下，乐队在 20 世纪 70 年代迅速走红。韦尔还一度乘坐歌手贝尔福的私人飞机试图飞跃肯特的三个发电厂烟囱录制飞速唱片。韦尔 31 岁退出乐坛，回归到格拉斯哥一幢仿教堂的建筑中隐姓埋名。他开始回忆自己的过去，觉得自己已经无法回到过去的生活，无法回到自己前女友吉恩的身边。他试图自杀，但很快打消了自杀的念头，他终于领悟到，其实人生真的是平平淡淡才是真。他把自己的财产连同随机录制音乐的计划交给朋友，孑然一身到北方的小镇去寻找女友的下落。女友欣然接受了他，他终于悟出了人生的真谛，找到了音乐事业成功中未曾找到的东西。《埃斯皮戴尔大街》是一部基于现实原型而创作的小说，“冻金”乐队有着“粉色弗罗埃德”和“福利特伍德·麦克”的影子，埃斯皮戴尔大街也是苏格兰兰弗卢郡查尔斯顿的一条真实的大街。

《克劳路》是一部宗教意味比较浓烈的小说，记述了普兰蒂斯·麦克荷恩家族的故事。普兰蒂斯的父亲肯尼斯是个无神论者，他以自己的无神论为荣，并试图教育孩子们质疑他们的环境并自我决策。普兰蒂斯觉得父亲因为不相信神灵而变得有些心胸狭窄，而肯尼斯的教兄汉密什则将无神论视为异端邪说。肯尼斯有一次醉醺醺地和汉密什争论，在雷电之时爬上教堂的避雷针而被雷击身亡。汉密什把肯尼斯之死视作上帝对他异端邪说的惩罚。除了显而易见的宗教主题，《克劳路》也触及了当代政治与社会问题。普兰蒂斯从心底不喜欢撒切尔政府，肯尼斯作为无神论者，有一定的共产主义信仰，但他一生却在致力于积累财富。在他临终之时，他将一小部分财富献给绿色和平事业，但大部分资产还是留给了自己的孩子。尽管肯尼斯一家并非撒切尔主义的受害者，但他就是不喜欢保守党政府。

《克劳路》只是旁敲侧击地触及政治和社会问题，而《运河之梦》则是直接将政治和社会问题推向前景。著名的大提琴手小野田尚子（Hisako Onoda）害怕坐飞机，因此走水路从日本经由巴拿马运河去纽约，途中被卷入美国中央情报局破坏巴拿马政府收回运河控制的阴谋。中央情报局引入了恐怖活动的成分，以便让美国政府介入维持秩序，并在此进程中稳固其在巴拿马运河的控制权。当尚子见到丹德里奇时，她指责他不该密谋击落美国议员乘坐的飞机，借此来使局势恶化，以便为美国政府武力干涉铺平道路。而丹德里奇则为此辩护，他说这次行动很有必要，并列举了一大堆为了推进国家大政而蓄意制造的恐怖行动。后来，当尚子试图要破坏他的恐怖行动时，丹德里奇试图用所谓的商业主义来说服对方，并指出了美国和日本在类似问题上的共同之处。他说他所做的一切都是为了贸易，为了美国在世界上的势力和影响，他还不失时机地发表了一番很有哲理的政治演说："在一个坏的世界里，你不得不做一些坏事，如果你想让自己成为好人……当然，总有一些人认为好和正义是无论如何也分不开的，但事实并非如此，不可能是这样的。它就像刀的两个刃。"（Banks，1996：166）丹德里奇的辩白是一种典型的混淆视听的帝国主义言论，把自己定义成正义的一方，以要成就大事就要不拘小节为挡箭牌，为自己的种种恶行大开绿灯。

和《运河之梦》一样，《共谋》也是一部着力书写政治与社会问题的小说。小说采用了第一人称叙述，叙述者是嗜酒、吸毒、性虐狂、喜好电脑游戏的新闻记者卡梅伦·考利，他被卷入到一系列的连环杀人案之中。连环杀人案的受害者都是些政府官员、商界大腕等有钱有势的人，他们被谋杀的方式也都十分惊悚。考利经常接到神秘的电话，告知他连环杀人案中的受害者的神秘死亡信息。他猛然意识到，作为一名反对保守党政府的激进人士，他曾经开列过一份资本家以及右翼公众人物的名单，说他们应当成为公众憎恨的对象，杀手目前所做的事正是把这份名单上的人一个接一个地杀死。考利因此受到警方的怀疑，但凶手最终还是浮出水面，他就是考利儿时的好友安迪。安迪参加过海湾战争，又受到考利反对保守党思想的影响，他杀死那些政府官员、商界大腕的理由是觉得他们已经拥有了一切却还想拥有更多，他要让这些有钱有势的人"感到惶恐，感到脆弱，感到无力，他们每时每刻都让别人感觉如此"（Banks，1998：297）。

马蒂恩·科尔布鲁克和凯瑟琳·科克斯将他们合编的专题研究班克斯的文集命名为《越界的伊恩·班克斯》（*The Transgressive Iain Banks*，

2013），在英文中，transgressive 主要是指超越道德或者法律的界限，相当于中文的“越轨”。的确，在班克斯的主流小说中，主人公时常在道德或者法律的层面越轨。另外，就创作而言，班克斯一生游弋于主流小说和科学幻想小说两个文类之间，所以，书名中的“越界”主要是指班克斯的跨文类写作，换成中国人习惯的说法，就是班克斯是一位两栖作家。班克斯在主流小说创作方面成绩斐然，他的科学幻想小说更是独树一帜，《卫报》称他的科学幻想小说为“其他科幻小说评判的标杆之作”，威廉·吉布森说他的纯科幻小说是“如鱼得水，饱含激情又不失雅致”（班克斯，2012：封底）。班克斯的科学幻想小说统称为文明系列（culture series），他本人也喜欢用太空歌剧（space opera）来称呼自己的科幻作品。文明系列的小说作品主要包括：《想想菲利贝斯》（*Consider Phlebas*，1987）[①]、《游戏玩家》（*The Player of Games*，1988）、《艺术的状态》（*The State of the Art*，1991）、《武器浮生录》（*Use of Weapons*，1990）、《多余》（*Excession*，1996）、《逆转》（*Inversions*，1998）、《观望风向》（*Look to Windward*，2000）、《物质》（*Matter*，2008）、《表面细节》（*Surface Detail*，2010）、《氢气索纳塔》（*The Hydrogen Sonata*，2012）。

在班克斯的科学幻想小说中，文明是一个无政府主义的星际乌托邦，银河系是文明存在的空间。银河系有数十个星际社会体系，文明是其中势力最为强大、技术最为高超、物质生活最为富足的社会，这个社会已经实现了人人平等，统治整个社会的是主脑，也就是系统非常完善的人工智能机器。文明是一个理想的社会，文明社会的重要职责是引导其他社会体系向着文明看齐，其他社会体系对于文明的无政府主义及其对其他社会的干涉褒贬不一，因此也时常会跟其他社会和文明有冲突和摩擦。总体而言，班克斯对他所虚构的文明社会持肯定的态度，在他的小说中，人工智能机器和人类和谐相处，科学技术对人类而言是有益的。班克斯认为，“技术无所谓好坏，关键在于使用者。”（March，2002：88）由于文明系列小说中的统治者是正义的化身，所以，技术不会沦为作恶的工具。

在班克斯的科学幻想小说中，《游戏玩家》是一部最富有时代气息同时又最多地包容文明系列小说主题的作品。在这部小说中，游戏和现实世界是紧密相连的，游戏是世界运作的一种方式，游戏的规则也自然成为世

① 《想想菲利贝斯》和《观望风向》的英文题目取自艾略特《荒原》的第四部分的结尾："Gentile or Jew/O you who turn the wheel and look to windward,/Consider Phlebas, who was once handsome and tall as you."（犹太或非犹太人呵，/你们是转动轮盘和观望风向的，/想想他，也曾像你们一样漂亮而高大。）

界运作的法则：

> 现实世界就是一个游戏。物理是其基础，另一些最简单的法则在某些时机下相互作用，形成了整个宇宙的基本脉络。这个描述也适用于那些优秀、高雅，能给人们带来智力上与审美上双重享受的游戏。在那些不可知悉也难以一步步推导预测的事件中，未来保持了它的延展性，留下了千变万化的可能与绝地反击的希望——或称之为获胜的希望，尽管这听上去有点过时。从这种意义上讲，未来即是一场游戏，时间则是游戏法则之一。（班克斯，2012：44）

作为文明社会的一员，技艺精湛的游戏玩家戈奇在玩游戏的同时，也承担着干涉甚至颠覆"非文明"社会体系的重任。他在曾经是特情局成员的嗡嗡机毛鳞—丝壳的诱使之下，远赴阿扎德帝国去参加游戏比赛。他挫败了阿扎德帝国政客的合力对抗，最终皇帝亲自现身和他角逐。眼见败局已定，皇帝试图杀死戈奇，不料却被自己的武器的飞弹击中身亡，阿扎德帝国也随之被颠覆。在一个"君子动口不动手"的文明世界，游戏玩家担当了政治家的重任，游戏成为政治角逐的一种不失优雅的更新换代产品。

虽然班克斯有着《泰晤士报》评选的"1945 年以来英国最优秀的五十位作家之一"等殊荣，但他"在现代苏格兰小说经典中的地位是远远不够稳固的"（Miller,2007:202），他更像是一位世界化的作家而不是苏格兰作家。他没有像乔治·麦凯·布朗那样毕生致力于书写苏格兰的海岛，也没有像格雷那样书写当代苏格兰民族的觉醒，更没有像凯尔曼和韦尔什那样为苏格兰工人阶级而艺术。在对待苏格兰的问题上，他有点像缪丽尔·斯帕克，和斯帕克一样，班克斯是来自苏格兰的最欧洲化和世界化的作家。无论是主流小说还是科学幻想小说，班克斯都没有刻意地去书写苏格兰。当然，这并不意味着他不关注自己的生身之地。他成名之后曾经到伦敦去闯荡，但之后还是选择回到苏格兰的家乡定居并进行文学创作。他在非虚构作品《无水酒精》（*Raw Spirit*，2003）中对苏格兰威士忌赞誉有加，他认为苏格兰威士忌有能力接受和融合来自其他地区的各种口味，因此它是"苏格兰制造的无水酒精和那些从国外引进的其他口味的交互"（Banks,2003:379），而正是这种交互对他的印象颇深。由此可见，作为苏格兰作家，班克斯和他的同行们一样关注苏格兰，当然，他关注的更多的是苏格兰的包容性而不是所谓的苏格兰"本质主义"。

政治是班克斯小说的核心词之一，它不仅是《共谋》《运河之梦》等主流小说的聚焦点，也是《游戏玩家》《武器浮生录》等科学幻想小说的主线。从某种程度上讲，文明以电脑游戏等时髦的方式对其他社会体系的干涉就是一种未来社会的政治策略。科学技术是班克斯小说另一个重要的核心词，总体而言，班克斯对于科学技术持肯定的态度，但他的小说中时常会出现对于科学技术的质疑之声。人与科学技术的关系不仅成为科学幻想小说的焦点，在《事业》等主流小说中也占据主导地位，在人与机器的关系越来越紧密、越来越微妙的后人文时代，班克斯与时俱进而且凭借文学想象超越了时代的局限，他小说中的后人文书写比格雷虚构的“人形自动机”世界来得更逼真。此外，宗教也是班克斯小说的重要主题之一，《克劳路》《惠特》是着力书写宗教纷争的代表作，《捕蜂器》也是一部宗教意味浓烈的小说，对弗兰克而言，祭祀柱以及他挖空心思设计的捕蜂器都代表着一种他人无法解释的宗教仪式。

麦克吉利弗雷指出了西方班克斯研究中的两大误区：其一是忽视班克斯科学幻想小说的成就而只谈论所谓的主流小说；其二是一成不变地“把班克斯视为《捕蜂器》的惊悚或曰恐怖的作家，并用这部耸人听闻的处女作为标准来阐述之后的作品”（MacGillivray,1996:22）。站在苏格兰小说史的高度看，忽视班克斯的科幻小说的确是一个很大的误区。幻想是苏格兰小说的最为显著的特征之一，而主流小说的幻想成分明显不及科幻小说，这或许是许多人否认班克斯小说的“苏格兰性”的重要缘由。但是，因为《捕蜂器》而把班克斯视为恐怖作家似乎并没有“谬之千里”，因为暴力和恐怖在班克斯的小说（尤其是主流小说）中真的是俯拾即是。从某种意义上讲，班克斯后来的许多作品都可以追寻到《捕蜂器》的印迹。《桥》中的分裂人格，《共谋》中的恐怖谋杀，《克劳路》中近乎异端的宗教仪式，都和《捕蜂器》有着千丝万缕的联系。

就主题而言，班克斯的小说是十分激进和前卫的。他的科学幻想小说一下子把人类带到了一个人工智能无所不能而且一心向善的世界，为人类描绘了一个更加完美、更加逼真的无政府主义的星际乌托邦。他为科学技术披上了高尚道德的外衣，他让已经低人工智能一等的人类对其统治者主脑俯首帖耳、衷心追随。他借小说人物之口传播反对保守党政府的言论，并借小说人物之手让他不喜欢的资本家以及右翼分子死于非命。他的小说故事扣人心弦、情节起伏跌宕、题材丰富多彩，非常适合青年读者的口味，所以一直以来畅销不衰，起着引领文学潮流的作用。但是，从形式上讲，班克斯的小说并没有刻意追求创新。他不像格雷那样大胆地进行后现代主义形式创新，也不像凯尔曼和韦尔什那样刻意使用苏格兰方言，除了少量的人物语言，他坚持用标准英语写作。班克斯的小说主题让人震撼，有时甚至令人毛骨悚然，但他的小说形式是保守的，没有一点激进的味道，这一点倒是和乔治·麦凯·布朗有些相像。

虽然班克斯的处女作发表在当代苏格兰小说崛起的最为重要的时刻，即 20 世纪 80 年代，班克斯本人还十分崇拜格雷，但是他并没有和格雷、凯尔曼等同时代崛起的作家走着相同的创作道路，他独树一帜，在科学幻想小说和主流小说方面取得了骄人的成绩，在当代苏格兰文坛有着十分独特的重要地位。单纯地从书写苏格兰的角度看，班克斯的小说不及比他更晚成名的、2003 年入选《格兰塔》杂志二十位英国青年小说家榜单的、英国爱丁堡大学的住校作家沃纳来得明显，但是，正如班克斯在《无水酒精》中所言，苏格兰威士忌的成功秘诀在于它吸收并融合了来自其他地方的口味，当代苏格兰小说也应该是吸收并兼容其他地方口味的，不应该把是否着力书写“苏格兰性”作为唯一的入选标准。更何况，班克斯是来自苏格兰的当代最优秀的作家之一是无可否认的事实，他的小说中浓烈的幻想成分是苏格兰小说的标志性特征之一，而且，他的主流小说中有八部以苏格兰或苏格兰人为书写对象，因此，即便无法认同班克斯是当代苏格兰小说最杰出的代表之一，我们也不应把他拒斥在当代苏格兰小说的大门之外。

## 第七节　欧文·韦尔什：苏格兰用毒品来守护心灵

在当代苏格兰小说家中，欧文·韦尔什（Irvine Welsh，1958 ～　）的人生经历属于最富于传奇色彩的一类。他 1958 年出生于爱丁堡的利斯。利斯原本是一个独立的行政区，后来成了爱丁堡市的一部分。韦尔什 16 岁开始学习电气工程课程并开始从事电视修理，一次意外的触电改变了他人生的方向。他离开爱丁堡来到伦敦，靠在乐队中弹吉他和歌唱谋生。80 年代中期，韦尔什靠不动产投机积累了大量财富，之后回到爱丁堡，在市政委员会的房产部门工作，并在赫里奥特—瓦特大学攻读工商管理硕士。1993 年出版首部长篇小说《猜火车》，虽然该书最终与布克奖、惠特布莱德奖等奖项无缘，但英国批评界给予了它很高的评价。之后，韦尔什相继出版了《秃鹳梦魇》（*Marabou Stork Nightmares*，1995）、《污秽》（*Filth*，1998）、《胶水》（*Glue*，2001）、《色情》（*Porno*，2002）、《大厨的卧室秘密》（*The Bedroom Secrets of the Master Chefs*，2006）、《犯罪》（*Crime*，2008）、《海洛因男孩》（*Skagboys*，2012）等长篇小说以及《酸屋》（*The*

*Acid House*,1994）、《狂喜》（*Ecstasy*,1996）、《如果你喜欢学校你将喜爱工作》（*If You Like School You'll Love Work*,2007）、《重热的大头菜》（*Reheated Cabbage*,2009）等短篇小说集。

韦尔什堪称当代苏格兰文坛的无冕之王，他没有像凯尔曼那样幸运地荣获布克奖，也没有像格雷、道灵顿（Jeff Torrington，1935～2008）那样获得惠特布莱德奖，更没有像班克斯、肯尼迪、奥哈根（Andrew O'Hagan,1968～　）、沃纳那样进入《格兰塔》杂志十年一度的二十位英国青年小说家榜单，但他在当代苏格兰文学中的地位却是确定无疑的。莫瑞斯用2012年4月14日《星期日苏格兰》的一百位最有影响的苏格兰人榜单来说明韦尔什在苏格兰民众中的地位：在一百位最有影响的健在的苏格兰人中，上榜的苏格兰作家仅有四人（Morace,2007:12），分别是：罗琳（J. R. Rowling,1956～　）、韦尔什、洛克海德（Liz Lochhead,1947～　）、格雷。韦尔什的排名是第四十二位，远远高于著名的格拉斯哥诗人洛克海德（第五十六位）和当代苏格兰小说的开创者格雷（第八十三位），仅次于以《哈利·波特》系列而闻名于全世界的、出生于英格兰而后移居到爱丁堡的女作家罗琳。

《猜火车》是韦尔什的代表作，也是他的第一部长篇小说。他在赫里奥特—瓦特大学攻读工商管理硕士的时候就开始构想这部小说，他想用这部小说来记录自己和几位朋友在爱丁堡生活成长的经历以及他们在伦敦的短暂的冒险经历。1991年开始，韦尔什把他所写的故事片段投稿到杂志上或者文集中发表，其中最有名的一篇名为“爱丁堡艺术节的第一天”，这个故事引发了时任钟楼出版社文学选集系列编辑的麦克林的极大兴趣。1992年，一本名为《过去时：取自一部小说的四个故事》的小书在钟楼出版社文学选集系列中出版，这些故事后来成为《猜火车》的几个片段。随着韦尔什的声名鹊起，时至今日，人们已经习惯性地把他的小说和畅销书对等。然而，在《猜火车》问世之初，这部小说并不像人们想象的那样盛况空前。塞克和沃伯格出版社给韦尔什的预付金只有五百英镑，麦克林曾经试图帮助他从出版商那里争取一千英镑的预付金，但韦尔什表示他只想把作品出版，赚钱并非主要目的。

通过这个事例可以看出，当时无论是出版商还是作家本人，都没有预想到《猜火车》今日的辉煌。因为，在当时的语境中，靠书写日渐颓废的爱丁堡土地上的毒品瘾君子的故事取得商业成功绝非容易之事。批评家们指责韦尔什书写瘾君子的故事是为了商业利益，这一指控在今天或许成立，但在当时，瘾君子的故事和商业成功之间没有必然联系，书写瘾君子的故事更像是一种文学图书市场上的冒险之旅。真正让《猜火车》一路飘红的是1996年由丹尼·博伊尔（Danny Boyle,1956～ ）执导的同名电影。电影采用黑色幽默的手法，对小说中的部分情节进行了大胆的改编，同时，为了迎合观众，电影还特意对原书中令人费解的苏格兰方言进行了适度的加工。影片由麦克格莱格（Ewan McGregor）、布莱默（Ewen Bremner）、米勒（Jonny Lee Miller）等明星主演，韦尔什本人也客串其中，饰演了一个不大不小的毒贩子角色。《猜火车》的电影版取得了巨大的商业成功，作为《猜火车》的小说作者，韦尔什也迅速随之声名鹊起，《猜火车》的续集《色情》的封面上开始赫然印上了“全国畅销书”的字样。而且，为了吸引读者，出版商在韦尔什的其他小说的封面上一般都会印上“《猜火车》的作者”字样，因为《猜火车》已经跻身水石书店20世纪一百部最伟大的书榜单的前十位。

“猜火车”的英文对应词是trainspotting，在英文中，这个词原本是一种打发时间的游戏，游戏者需要迅速记下飞驰而过的火车车厢的编号，谁记得最多谁就是胜者。可是，欧文·韦尔什的《猜火车》（1993）明显与火车无关。小说的时间设定在撒切尔执政时期，撒切尔时代，昔日的利斯市已经成为爱丁堡的一个部分，而利斯中心车站已经没有火车停靠，即将被改建成超市和游泳馆。既然《猜火车》与火车无关，那么，韦尔什为什么偏偏选择“猜火车”作为小说的题目呢？查尔斯教授对这个问题的回答是：其一，利斯没有了火车，就意味着它已然成为一个被人忘却的城镇，成为爱丁堡的富人以及爱丁堡国际艺术节的游客视而不见的地方；其二，韦尔什还暗示性地“将作为消遣的猜火车的嗜好和他笔下的人物在撒切尔执政的80年代的英国逃离到毒品之中作为另一种消遣的行为做了对比”（Childs,2005:238）。

根据查尔斯的解释，我们很快就可以猜出，韦尔什笔下的“猜火车”是一个关于毒品的隐喻。对于普通人而言，“猜火车”和毒品之间的联系就像英国玄学派诗人邓恩的奇思怪喻（conceits）一样费解。但是，对于吸毒者而言，“猜火车”的毒品隐喻是他们再熟悉不过的东西。由于长期吸毒，瘾君子的血管就像铁路一样斑驳，在纵横交错的血管上找到一个可以注射的地方绝非易事，而这种寻找注射毒品之处的过程就被称为“猜火车”（韦尔什，2010：262）。对于吸毒者来说，找到可以注射的血管就像猜火车游戏的胜利者，虽然胜利只是一种虚荣，但胜利之后的狂喜难以抑制。海洛因掠过之后，吸毒者“干枯板结的骨骼立刻得到了滋润”（韦尔什，2010：8）。在《猜火车》当中，以瑞顿、变态男等为代表的吸毒者不仅有着“猜火车”之类的行话，还有着他们特有的毒品哲学。在他们的眼里，毒品不是令人腐化堕落的社会毒瘤，而是一种心灵的守护。他们把著名的摇滚乐歌手伊吉·帕普歌曲中的歌词“美国用毒品来守护心灵”篡改为“苏格兰用毒品来守护心灵”，还用苏格兰方言模式把“苏格兰”唱成“屎格兰”。毒品真的能守护心灵吗？作为《猜火车》的读者，恐怕我们会众口一词地回答“不能”。但是，对于小说中的吸毒青年而言，毒品却真的是他们唯一的心灵守护。除了毒品，世界上的其他东西都是既无聊又没有意义的。

《猜火车》采用了多视角叙述手法，既包括第三人称叙述，又包括瑞顿、变态男、屎霸、德威等人物的第一人称叙述。无论是第一人称叙述还是第三人称叙述，叙述的主题都只有一个，那就是毒品以及和毒品相关的性爱、暴力、偷窃、诈骗等各式各样的问题青年的行为。小说以一群吸毒青年的经历为主线，共分为八个部分：戒瘾、复发、再戒、搞砸了、流亡、归乡、逃走。从八个部分的标题可以推断出，这部小说的一号主角应该是瑞顿。从瑞顿身上我们可以看到一些韦尔什的生活轨迹，他出生在爱丁堡的利斯，接受过大学教育，经历过吸毒和戒毒的洗礼，把爱丁堡视为堕落的都市，把伦敦和阿姆斯特丹看成自己选择生活的福地。

现实生活中的韦尔什是影视文化产业的受益者，但是，在小说中，他却把批评的矛头直指向他所受益的影视文化。在《猜火车》的开头，瑞顿一边在电视上欣赏美国动作演员尚格云顿的电影，一边批判现代电影以及电视作品的无聊。瑞顿觉得，尚格云顿主演的美国大片毫无创意，清一色地都是“巧合的开场、无耻的反派、故作玄虚的戏剧化、俗不可耐的情节”（韦尔什，2010：1）。对于瑞顿来说，美国大片是一种无聊的打发时间的工具，生活中只有一件事是有聊的，那就是吸毒，他的人生哲学可以用小说中的一句话来概括：“我什么都不爱（除了毒品），什么都不恨（除了不让我拿药的人），也什么都不怕（除了断药的时刻）。”（韦尔什，2010：17）

在题为“爱丁堡国际艺术节的第一天”的章节中，韦尔什生动地描述了瑞顿饥不择食地使用了鸦片栓剂之后的窘态。这一段文字中对于英国乃至全世界的文化盛会爱丁堡国际艺术节几乎是只字未提，而对瑞顿从毒瘾发作到疯狂吸毒的过程进行了浓墨重彩的书写。为了吸毒，瑞顿受尽了毒贩麦克·弗瑞斯特的语言侮辱，被迫交了现金，而弗瑞斯特卖给他的却只是鸦片栓剂。由于药性发作，瑞顿迫不及待地跑到一个脏兮兮的厕所排泄。他抓到一只无比恶心的苍蝇，用苍蝇的血在墙上写下他所支持的足球队的名字。大便之后，他居然在脏兮兮的坐便器里打捞不慎坠入其中的鸦片栓剂。小说中的这段描写让我们恶心不已，而电影版的《猜火车》则采用黑色幽默的手法把脏兮兮的场面处理成让人啼笑皆非的美丽的潜水场景。瑞顿在蓝汪汪的水中游泳，找寻他一生中的心灵守护——鸦片栓剂，而后从脏兮兮的坐便器口爬出，回归到现实世界。从文学艺术的角度看，电影版的美化工程是卓有成效的：它成功地掩饰了吸毒青年的丑恶，而爱丁堡城市的丑陋却得以凸显。爱丁堡的瘫痪不是一个人或者一群人的瘫痪，而是整个城市乃至这个城市所代表的苏格兰地区的瘫痪。

对于瑞顿这样的吸毒者来说，吸毒是世界上最快乐的事情，哪怕是在"爱丁堡国际艺术节的第一天"中所描述的脏兮兮的环境中。与此相比，家庭、工作、教育甚至性爱等都是无聊的事情。瑞顿的父亲是格拉斯哥人，格拉斯哥人自认为是全苏格兰乃至全欧洲最为苦大仇深的无产阶级。他的母亲及其家人是天主教徒，他的哥哥比利是优秀的苏格兰军人，在北爱尔兰动荡中为了大英帝国而献出了宝贵的生命。瑞顿鄙视自己的哥哥，他认为哥哥是个彻头彻尾的傻瓜；他不喜欢父亲，因为父亲总是唠唠叨叨，而且强迫他戒毒。瑞顿没有工作，他靠骗领救济金生活，在求职的面试中，他故意让自己失败，因为他觉得工作百无聊赖。瑞顿接受过高等教育，而且喜欢看书，但教育对他而言只不过是逃脱罪责的庇护伞。在一次因为偷窃水石书店的书而引发的庭审中，文化程度不高、满口苏格兰口音的屎霸锒铛入狱，而瑞顿凭借其大学教育背景以及标准英语的发音博得了法官的同情，最终被免于处罚。他和法官大谈克尔凯郭尔（Soren Aabye Kierkegaard，1813 ～ 1855）的存在哲学，俨然一副专家学者的派头：

> 真正的选择是在怀疑和不确定的情况下做出的，并不依赖于经验或者别人的意见。我们可以大概判断，克尔凯郭尔的哲学思想是一种中产阶级的哲学理论，和整个社会的智慧是背道而驰的。但从另一个角度而言，克尔凯郭尔的哲学也是一种解放的哲学，因为一旦社会智慧遭到削弱，那么社会对人的控制也必将被削弱基础……（韦尔什，2010：141 ～ 142）

瑞顿比同伙唯一优越的地方就是他受过高等教育，除此之外，他真可谓是一无是处。变态男是玩弄女人的高手，而帅气无比的瑞顿在同伙的心目中只是个中看不中用的红毛杂种，好不容易傍上个漂亮女孩戴安，醒来却发现她竟是个未成年的中学生。对于瑞顿所在的团伙而言，人类最大的罪过不是吸毒，而是背叛自己的团伙。瑞顿恰恰就是一个在关键的时候背叛了团伙的人，他卷走了大家靠贩卖毒品而赚来的一笔巨资，只身逃亡阿姆斯特丹。他给自己解脱的理由是：其一，这笔钱是赃款，换了变态男之类的贪财之辈，他们也会携款潜逃；其二，他之所以屡戒屡犯，主要原因是没有离开苏格兰，因为在苏格兰，他只能“做原来做过的那些事”（韦尔什，2010:293）。所以，他决定离开苏格兰，到荷兰的阿姆斯特丹去开始新的生活。

在《猜火车》中，“毒品经济是资本主义的最纯净和最致命的形式”（Morace,2001:65）。说毒品经济是资本主义最纯净的形式，主要是基于以下三点考虑：首先，毒品经济是一种纯粹的买卖关系。用小说中毒贩的话说，就是毒品市场只有买主和卖主，没有朋友和熟人。其次，在毒品消费的市场，阶级差异和剥削压迫是不争的事实。最后，借用瑞顿的话说，毒品经济就像私有企业，它是拒绝任何形式的国家干预的。熟悉英国历史的人马上就能看出其中的反讽，《猜火车》的历史语境是撒切尔时代，而撒切尔夫人执政纲领的核心是私有化、去监管化和反对工会主义。如此看来，毒品经济中的拒绝国家干预是和撒切尔主义非常契合的。

毒品是走向自我毁灭的根源，但它并非直接的杀手。在《猜火车》中，自我毁灭的罪魁祸首是和毒品息息相关的艾滋病。自从艾滋病被发现之日起，它就开始被社会隐喻化，并背负着种种的恶名。艾滋病不仅仅被人们视为一种疾病，还被视作一种危害社会的毒瘤。桑塔格（Susan Sontag,1933～2004）在《疾病的隐喻》中指出，“染上艾滋病被大多数人认为是咎由自取，而艾滋病的性传播途径，比其他传播途径蒙受着更严厉的指责”（桑塔格，2003:102）。在人们的心目中，同样是不治之症的癌症是一种外力对人体的入侵，而艾滋病更多的是由于生活不检点而带来的污染。换句话说，就是癌症患者是值得同情的他者，而艾滋病患者则是咎由自取的罪人。《猜火车》对传统的艾滋病隐喻模式提出了挑战，在这部小说中，长期吸毒而且乱性的瑞顿、变态男、屎霸等人安然无恙，倒是从不吸毒的德威因为女友被艾滋病患者强暴而意外染上艾滋病，再有就是可怜的孩子唐恩因为母亲莱斯利的原因而不幸死于艾滋病。由此可见，毒品和艾滋病乃至死亡之间的关系是十分微妙的。毒品是走向自我毁灭的根源，但毒品并不等于自我毁灭。

此外，在《猜火车》中，毒品和社会罪恶并没有必然联系。瑞顿的团伙中最凶恶的家伙是卑比，他的最大特点竟然是从不吸毒。他不仅不吸毒，而且还鄙视吸毒的人，瑞顿的成功戒毒也有他一份功劳。但是，这个从不吸毒的家伙却是最为可怕的社会渣滓。他的全名叫“弗兰克·卑比”，因此常常被同伙戏称为“卑鄙”或者“弗朗哥哥”，其中“弗朗哥哥”一词是在影射第二次世界大战前夕西班牙的大独裁者弗朗哥。小说中有一段经常被批评家引用的“神话与事实”来揭示卑比的邪恶，其中的一条是这样写的：

> 神话：“卑鄙”会为他的朋友撑腰。
>
> 事实：如果一个天真的小家伙意外把啤酒洒在他身上，“卑鄙”一定会揍得他满地找牙。如果是一个可怕的角色对“卑鄙”的朋友发威，那他可就不管了。而原因是，可怕角色和“卑鄙”的关系通常比普通朋友更好。“卑鄙”和那些家伙是在少管所或监狱之类的地方认识的，那些地方可都是混蛋俱乐部。（韦尔什，2010：72）

卑比的最大特点是无恶不作，他在酒吧故意挑起事端，然后大打出手。暴力是他的看家本领，所以同伙都不敢惹他，在小说最后一章的贩卖毒品的勾当中，卑比充当了主要角色。和卑比这个不吸毒的家伙相比，瑞顿、变态男、屎霸等吸毒者则显得更加善良。尤其是屎霸，他虽然吸毒成性、文化水平不高、满口苏格兰口音，但他痛恨暴力，对有生命的东西都能报以同情。当瑞顿和变态男向小松鼠投掷石块的时候，屎霸极力劝阻，而且向他们宣扬自己的生态哲学：如果人虐待其他生物，那么，他也不会爱惜自己。此时的屎霸，俨然一副生态卫士的风范。当然，爱惜动物并不意味着不对人类作恶。玛丽·雪莱（Mary Shelley,1797～1851）的《弗兰肯斯坦》（*Frankenstein*,1818）中的怪兽就是一个素食主义者，然而，这个素食主义者在经历了人生的痛苦和孤寂之后，变得比非素食主义者更加残忍，他的一系列杀戮彻底粉碎了人们的传统信念，素食主义者爱惜动物，但他们并不一定爱惜人类。

《猜火车》的电影版对小说进行了一系列的加工，这些加工是卓有成效的，因为它们愈发凸显了小说的主题，那就是选择的无奈。电影用一大堆的“选择”开头：选择生活，选择工作，选择职业，选择家庭。选择该死的一个大电视。选择洗衣机、汽车、激光唱机、电动开罐机……看到这一长串的选择，人们会误以为《猜火车》所描绘的现代世界是一个琳琅满目的购物场，选择就像到超市购物一样简单。也许，对于苏格兰的中产阶级而言，他们是可以选择的。但是，对于城市的无产阶级而言，在高失业率、高艾滋病风险的爱丁堡，他们已经被剥夺了选择的权力。留给他们的选择（如果这可以叫作选择的话）只有毒品，而选择毒品就意味着堕落。《猜火车》所书写的世界绝非虚构，到了20世纪80年代，毒品已经成了爱丁堡的顽疾，随之而来的艾滋病风险引起了民众的恐慌。政府为了控制艾滋病的蔓延，逐步建立了清洁针头交换系统，并且允许开具口服美沙酮的处方给瘾君子，以便有效地降低导致艾滋病的人类免疫缺陷病毒感染。电影版的《猜火车》还特意设计了一个场景，让瑞顿的团伙去欣赏苏格兰的风景，正是在欣赏苏格兰风景的时候，他们才意识到苏格兰是欧洲的垃圾。另外，根据艾伦·凯利的考证，电影的许多镜头是在格拉斯哥而非爱丁堡拍摄的（Kelly,2005:68），而格拉斯哥恰恰就是第二次世界大战之后苏格兰经济衰退的重灾区。第二次世界大战期间，由于战备的需要，格拉斯哥的造船业等重工业曾经十分兴旺，而战后由于经济格局的变化，苏格兰开始靠英国政府的资助发展经济，格拉斯哥成为贫困的城市工人阶级的聚集之处。如果说小说版的《猜火车》只是把爱丁堡书写成了瘫痪之家，那么，电影版的《猜火车》则是把瘫痪扩大到格拉斯哥乃至整个苏格兰。毒品经济以及毒品哲学的蔓延，使得整个苏格兰一片阴霾，而要走出这片阴霾，就不能把毒品作为心灵的守护，因为毒品并不能守护心灵，它最终带来的必然是自我的毁灭。

在《猜火车》的续集《色情》中，色情已经不再是吸毒青年的附属之物。和毒品一样，色情已然成为一种现代消费社会的必需品。当女主人公妮基意识到在色情电影中她不是演员，而是色情表演者的时候，变态男振振有词地教育了妮基，同时也向世人展示了他特有的色情哲学：

> 不！这都是中产阶级的屁话。他们是唯一的没有觉醒的共同体，他们还没有意识到色情是现在的主流。处女出售色情电影。格莱格·达克执导布莱特妮·斯皮尔斯录像。怪诞的杂志、男人的杂志、女人的杂志都是一回事。虽然有禁止，有审查，可英国的电视还是用性的暗示来娱乐我们。作为消费者的青年人分不清色情或者成人娱乐以及主流娱乐的界限。同样他们也分不清酒精和其他毒品的界限。（Welsh,2002:347）

就像《猜火车》电影开头的一连串选择一样，色情成为现代社会随处可见的东西，人们已经分不清色情和娱乐的界限。就像《猜火车》中宣扬毒品是心灵守护一样，在变态男的心目中，色情俨然就是现代社会男人的心灵守护神：

> 因为我们是男人吗？不。因为我们是消费者。因为这些是我们喜欢的东西，是我们发自内心地感觉或者因为长期受欺骗而相信会给予我们价值、发泄和满足的东西。我们珍视它们，所以我们至少需要有这种幻觉，觉得它们是触手可及的。因为男欢女爱读起来就像可乐、炸薯片、快艇、汽车、房子、计算机、设计师的标签、复制品的衬衫一样。因此，广告和色情一脉相承，它们出售的都是触手可及的幻觉以及消费的不计后果。（Welsh,2002:450）

当然，就像变态男的名字所暗示的那样，他的色情哲学在现代社会中终究也只是一种变态的产物，他指导一部“伟大”的色情影片的梦想也未能如愿以偿。和毒品一样，色情所带来的也并非心灵守护，而是一种不折不扣的自我毁灭。为了寻求一种能够体验差异的快感，出身英格兰上流社会的女生妮基来到爱丁堡学习苏格兰文学，而她最终迷失在色情之中，成为不可救药的堕落天使。她把色情场所解读为资本主义运作的展示平台，如果一个人想知道资本主义如何运作，他不必理会亚当·斯密的经济学理论，因为色情就是“学习的好地方”（Welsh,2002:88）。

虽然我们刻意选择了《猜火车》中的名句“苏格兰用毒品来守护心灵”作为本节的副标题，但这绝不意味着毒品就是韦尔什小说的全部，并不是每一部韦尔什的小说都在书写毒品。同样，查尔斯所总结的“性、毒品和暴力”（Childs,2005:237）也并非韦尔什小说的最合适的标签，或许更合适的标签是“男性小说”（lad lit），也就是书写青年男性情感以及个人生活的小说。《猜火车》中的瑞顿团伙、《秃鹳梦魇》中的罗伊·斯特朗、《污秽》中的布鲁斯·罗伯森、《胶水》中的卡尔·伊沃特团伙都是典型的青年男性，而且，他们身上有着一种浓浓的男性气概。值得注意的是，韦尔什的小说并非大男子主义的赞美诗，相反，他的大多数作品其实是大男人们的忏悔录。《秃鹳梦魇》就是这样的一部忏悔录，主人公的英文名字叫 Roy Strang，这个名字中的 Strang 其实就是标准英语中的 strong，意为“强壮、强大”。但是，通读小说之后，我们却发现现实世界中的罗伊从来就没有强大过。《秃鹳梦魇》其实是罗伊·斯特朗昏迷状态下的叙述，他为自己参与一次轮奸女性的暴行而感到愧疚，试图以自杀谢罪。他回忆起自己在住房安置工程的蜗居状态下的龌龊生活以及家庭中的种种矛盾，梦想着到南非靠杀戮秃鹳来展示自己的英雄本色，但最终一事无成。曾经被他侮辱的女性科斯蒂向他实施了疯狂的报复，罗伊最终为自己过去的罪恶付出了代价。

韦尔什小说的另一个重要方面是书写城市工人阶级。如艾伦·凯利所言，韦尔什小说的一个最大成就是他“重新面对了工人阶级的爱丁堡在文学表征中的缺席”（Kelly,2005:40）。在《猜火车》中，工人阶级已经被剥夺了劳动的权利，加入了失业的大军。瑞顿的团伙在青年时代就游手好闲，靠骗取救济金生活，所以，毒品自然就成为他们唯一的心灵守护。此外，《秃鹳梦魇》中的罗伊也是城市工人阶级的代表，他在城市安居工程中过着蜗居生活，父亲又对他动辄拳脚相加，虽然他比瑞顿团伙多了一份工作，但阶级歧视使他无法在现实生活中实现自我，只能在幻想中寻求男性气概，靠虚构的南非捕杀秃鹳之旅来聊以自慰。

和格雷一样，韦尔什在小说形式上进行了大胆的探索。《猜火车》采用了多视角讲述多重故事的模式，形成了一种独特的共同体叙述风格。《秃鹳梦魇》采用幻想和现实叙述交替运作的模式，而且大量运用了形态各异的文字排版（如第二十八页的手写签名、第二百六十三页放在方框中的“零容忍”字样），将意识流技巧发挥得淋漓尽致。《胶水》的章节标题运用了大量的计算机文字，其中最为经典的莫过于 Windows’70 到 Windows’00 的时间结构。《污秽》更是将形式探索推向极致，其中最为大胆的形式创新是“寄生虫”叙述，在以标准英语为主体的框架叙述中，韦尔什加入了排版成寄生虫形状的，大量使用方言和数字、标点符号的不规则的文字，用“寄生虫”的叙述抵制着框架叙述中的标准英语。

和凯尔曼一样，韦尔什也是坚持使用苏格兰方言创作的作家，他借《猜火车》中的人物之口，把标准英语说成是操蛋的皇家英语。韦尔什用苏格兰方言对苏格兰的阴暗面进行了无情的揭露，在他的成名作《猜火车》中，韦尔什借主人公马克·瑞顿之口，把苏格兰人说成是白种黑人，把苏格兰说成是欧洲的垃圾：

> 有人说，爱尔兰人是欧洲的垃圾，这是扯淡，苏格兰人才当之无愧呢。起码人家爱尔兰人还战胜了英国人，夺回了自己的国家——至少是大部分国家。我记得有一次在伦敦，尼克斯的哥哥说苏格兰人是“白种黑人”，我们还被一伙人围了起来。而现在我明白了，这个词的唯一不妥之处，就是冒犯了真正的黑人，而用来形容苏格兰人真是再恰当不过了。（韦尔什，2010:165）

在短篇小说集《酸屋》中，作者对他关于“欧洲的垃圾”的说法进行了强化，他把苏格兰说成是大英帝国的最后一块殖民地，而导致这种境况的罪魁祸首不是英格兰或者不列颠，苏格兰是因为自己的懦弱才被人殖民，就像题为“欧洲垃圾”的短篇小说叙述者所说的那样：“苏格兰人用他们和英国的纠结来压迫自己，这滋养了他们憎恨、恐惧、卑贱、蔑视和依赖的负面性格。”（Welsh，1994：17）

韦尔什对于苏格兰阴暗面的书写，并不意味着他痛恨自己的家乡，作家对于他所批评的地方往往是怀着一种爱恨交织的感情。狄更斯把伦敦书写成废墟一样的城市，但是，如果有人问他最喜欢的城市是哪里，他还是会毫不犹豫地回答“伦敦”。韦尔什对待爱丁堡的态度就像狄更斯对于伦敦的态度一样，在《猜火车》的结尾，叙述者断言瑞顿“再也回不了利斯，回不了爱丁堡，甚至回不了苏格兰了”（韦尔什，2010：293），然而，在这部小说的续集《色情》中，瑞顿还是奇迹般地回到了自己的家乡。虽然韦尔什用苏格兰方言颠覆了斯摩莱特所开创的理想化的苏格兰传统，毫不隐讳地揭露了苏格兰阴暗的一面，但苏格兰永远是他爱恨交织的家园。

## 第八节 女性的声音：从欧文斯到肯尼迪

1979 年《森特拉斯托斯》（*Centrastus*）杂志曾经慨叹苏格兰女作家的匮乏，虽然当时诗人洛克海德（Liz Lochhead，1947 ～ ）、小说家斯帕克（Muriel Spark，1928 ～ 2006）已经声名远扬，但是，和男性作家相比，女性作家的阵容确实显得有些寒酸。然而，20 世纪 80 年代以来，随着一大批女性作家的崛起，当代的苏格兰文坛已然是巾帼不让须眉。道格拉斯·吉福德把当代苏格兰女作家分为两组：一组是土生土长的苏格兰女作家，主要包括艾格尼丝·欧文斯（Agnes Owens，1926 ～ ）、琼·林嘉德（Joan Lingard，1932 ～ ）、狄丽斯·罗斯（Dilys Rose，1954 ～ ）、詹尼斯·加洛韦（Janice Galloway，1955 ～ ）、A. L. 肯尼迪（A. L. Kennedy，1965 ～ ）、玛格丽特·爱尔芬斯通（Margaret Elphinstone）以及塞恩·黑顿（Sian Hayton）；另一组是盎格鲁苏格兰作家，她们在英格兰成长并接受教育，因此相比之下苏格兰性要稍微弱一些，这组作家主要包括爱玛·泰恩特（Emma Tennant，1937 ～ ）、谢娜·麦凯（Shena Mackay，1944 ～ ）、艾莉森·菲尔（Alison Fell，1944 ～ ）、萨拉·梅特兰德（Sara Maitland，1950 ～ ）、卡狄亚·麦克威廉（Candia McWilliam，1955 ～ ）以及阿里·史密斯（Ali Smith，1962 ～ ）。在上述作家当中，老一辈作家的代表人物当属欧文斯，她堪称当代苏格兰文坛的大姐大，年过半百才在格雷和凯尔曼的鼓励与支持下开始真正意义的小说创作，而在新生代作家群体中，首屈一指的大作家是加洛韦和肯尼迪。

欧文斯1926年出生于苏格兰西海岸格拉斯哥附近的一个小镇，20世纪80年代她才在文坛崭露头角，1984年出版了第一部长篇小说《西方的绅士》（*Gentlemen of the West*），次年又和格雷、凯尔曼一起出版了《故事精编》。在格雷和凯尔曼的鼓励与支持下，欧文斯之后又出版了三部小说，分别是《就像荒野中的小鸟》（*Like Birds in the Wilderness*,1987）、《工作的母亲》（*A Working Mother*,1994）和《为了威利的爱》（*For the Love of Willie*,1998）。《西方的绅士》是一部书写工人阶级的小说，主要书写来自格拉斯哥北部一个很小的共同体的建筑工人麦克的生活。麦克和他的同事们胸无大志，整日无所事事，以饮酒为乐，这种写法和凯尔曼的《公交售票员海恩斯》的手法极其相似。《就像荒野中的小鸟》可以视作麦克故事的延续，在这部小说中，麦克努力想在阿伯丁找份工作，但他和工作似乎无缘。当他找到一份工作时，他却总是干不长久。小说写得很平淡，但平淡之中也有引人入胜的地方，一个最具吸引力的场面是麦克和美丽而泼辣的南茜在狂野的苏格兰高原寻找承诺给他们工作的人，大雁纷飞、鸟儿追逐的画面着实令人难忘。在《工作的母亲》中，欧文斯一改平铺直叙的风格，用贝蒂的第一人称叙述让故事变得更加微妙。贝蒂是一个不可靠的叙述者，她着力掩饰自己的贪杯、色欲和骗术，而把罪责转嫁给自己的丈夫亚当或者其他人的身上。总体而言，欧文斯的小说既没有格雷或者凯尔曼小说的政治高度，也没有乔治·麦凯·布朗那种别具一格的苏格兰风情，她的小说整体上比较平淡，与富有苏格兰民族使命感、富有苏格兰风情、富有革新精神的当代苏格兰小说有些不太契合。

当代苏格兰小说界女性的领军人物是加洛韦和肯尼迪，她们的处女作刚好诞生在苏格兰新潮小说崛起的时代，在格雷和凯尔曼等男性作家把苏格兰小说再次推向高潮的时候，加洛韦和肯尼迪的小说将女性的声音凸显了出来。由于许多苏格兰女性作家来自苏格兰西部，所以，苏格兰西部特别是格拉斯哥成为当代苏格兰女性小说的重镇。加洛韦于20世纪80年代末开始步入文坛，迄今为止只出版了三部长篇小说，分别是《花招是保持呼吸》（*The Trick is to Keep Breathing*,1989）、《外国部分》（*Foreign Parts*,1994）和《克拉拉》（*Clara*,2002），此外还有三部短篇小说集。加洛韦并不多产，但她在当代苏格兰文坛以及文学批评界却是举足轻重。她是格雷的崇拜者，她说："阿拉斯代尔·格雷的声音是给我自由的力量的声音"（Galloway,1995b:195），但格雷的声音毕竟是男性的声音，而加洛韦要寻求的是女性的声音，在苏格兰文坛尚处于男性声音时代的背景下，加洛韦首当其冲地是要担当起作为女性作家的重任。加洛韦曾经不无感伤地回忆起她小时候尝试着写小说的情景："十岁时，我偶然用蓝色圆珠笔和铅笔写了一个小说……我母亲发现了，但她没有告诉我的姐妹。她把它用火烧了。"（March，2002：109）不仅母亲不鼓励，姐妹们也常拿她取笑，每当她买回女性作家的书，一个姐姐就会对她说女人不会写作。在她读书的时候，老师也是一个态度，老师说女人放弃写作之类的东西不是什么丢脸的事。在这种听起来有点像简·奥斯汀时代的氛围中，加洛韦还是在大学之后苦苦磨炼，最终成了一个优秀的当代苏格兰女性作家。

《花招是保持呼吸》（*The Trick is to Keep Breathing*，1989）是加洛韦的处女作，用吉福德的话说，这部小说是"重新界定女性在社会中地位之需要的新陈述中最强的一个"（Gifford，1997：607）。小说的女主人公乔伊·斯通是不到30岁的格拉斯哥女性，她刚刚经历了丧夫之痛——丈夫迈克尔在度假时不幸溺亡。她几乎每一天都在痛苦中度过，小说通过她在日常生活中的多重角色揭示其身份的不确定性。她是一个地方学校的戏剧教师，那是她在教室中的角色，而一旦走出教室，那个身份仿佛就打了折扣。她试图给予远赴美国任教的玛丽安的母亲一点精神安慰，让自己承担起玛丽安一个女儿的责任，但她发现自己做女儿很不合格，她无法体味玛丽安母亲的母性关怀，也无法接受玛丽安母亲的那许许多多善意的建议。同样，她在周末的一份簿记员的兼职也无法让她开心，他的老板、已是已婚男人的托尼，总是想占她便宜，最后乔伊在宴会上喝醉之后，托尼终于得手。托尼并不珍惜她，她只是托尼征服女人的一个案例。乔伊和大一的一个名叫大卫的男生每周都有一次鱼水之欢，乔伊每个周末约会之前都会梳妆打扮，借此来排遣心中的郁闷，她在大卫的心目中也只是个发泄性欲的玩偶。其实，她和刚刚过世的丈夫的关系也并不友好，迈克尔溺亡之前两个人其实正在准备离婚，所以，她的悲痛和悼念都只是作为妻子的责任，但她发现自己连做一个悼念者都不太合格。

最后，乔伊试图做个家中的天使，试图在家务劳动中寻求安慰。她在厨房里施展才艺，把玻璃器皿擦得锃亮，在橱柜里放满各种各样的东西，她还学习缝纫，学习各种图案和织物的搭配。然而，她慢慢意识到，自己并不是一个合格的家中的天使，厨房被她搞得乱糟糟，卧室也开始变得不整洁，床上斑斑血迹，地板上一堆碎玻璃，一大堆该洗没洗的脏衣服，玻璃窗上满是蜘蛛网。本来应该是充满温馨的家，如今变得一片狼藉。家本来应该是人的心灵港湾，是人的避难所，如今却成了只有威胁而没有安慰的地方。万般无奈之下，乔伊又试图从超市买来的女性杂志中寻求安慰，结果杂志上满是性感挑逗的话语，丝毫没有安慰可言。

《外国部分》（*Foreign Parts*,1994）用回忆的方式记录着女性和男性交流的失败。年近四旬的凯西和劳娜驾车到诺曼底度假，凯西回忆起一连串她过去的经历，过去的经历就像照片一样一张张地浮现在她的脑海。她首先回忆起的是和她共度了十三年时光的男友克里斯，在他们一起出去度假的时候，克里斯总是对她约法三章。在爱丁堡的时候，克里斯告诉她不要开车，凯西告慰自己说这是克里斯的车，不开就不开。十三年后在土耳其的时候，克里斯又不让他买装饰性的铜盘，他还傲气十足地说公寓是他一个人的，明明他们已经合住了那么多年。克里斯总是在他们之间有意拉开距离，还威胁她说如果不按他的规矩做就把她丢在土耳其。凯西默默地接受这一切，当克里斯坚持要去希腊海滩度假时，她再次安慰自己说自己的假期比克里斯长，一切由着他吧。她还任由克里斯和自己保持一定的距离，硬说自己是英格兰人而不是苏格兰人。当克里斯看着一大堆用于旅行的脏衣服要洗时，凯西终于得以大显身手，毕竟洗衣服是她的拿手好戏。她和克里斯唯一的安慰就是做爱，身体的接近远比情感的接近要来得容易，即便感情到了这个份上，她还是安慰自己说一个男人不可能事事都做得正确。最终她还是和克里斯分开了，和后来的男人们相处得也不快乐。她和汤姆在海滩度假时，她发现汤姆眼睛直勾勾地看着旁边几乎全裸的女人，对她根本不闻不问。她和最后一个名叫巴里的男人相处时，决定不再追求情感上的亲近，结果巴里说她这是旧情难忘，她心里还在想着克里斯。凯西就在这么一种里外不是人的窘境中生活，她在诺曼底度假时把这一切说给劳娜听。劳娜劝她不要为别人而活着，女人要为自己而活着，女人要有自己的追求目标。女人越是对男人依赖，就越难找到自己的幸福。劳娜倡导女性的自由，而凯西则是依然坚持女人需要感情的亲近。到了小说的结尾，凯西提出两个人互不依赖地合住一个公寓，在一种 AA 制的生活模式中她终于改变了自己，从依赖男人或者相互依赖而转为独立自主。许多人会说凯西是用同性恋代替了异性恋，但加洛韦本人不赞同这种解读，她说在异性恋中同样可以采用这种模式，这种互不依赖的方式或许是女性独立的理想模式。

加洛韦的小说富有女性主义精神，但她并没有把女性主义模式化。她小说中的女性与其说是被男性压迫，不如说是她们觉得被男性压迫，或者说只是觉得和男性沟通很困难。加洛韦小说中女性的痛苦和惆怅不是来自男性的打压，而是来自她们对生活、对男女关系等问题的反思，她们总是觉得自己付出了很多，而她们的辛苦付出没有从男性那里得到回报，这种交际的失败是加洛韦小说最为突出的主题。其实，交际的失败并不仅仅是男女关系的专利，它似乎也是整个现代社会的一个顽疾。加洛韦没有把女性书写成可悲而又可怜的角色，她时常往小说里加一点幽默情节，借此来调节小说的气氛。在阐述女性痛苦的同时，加洛韦还有一双洞察现代社会喜剧和志怪因素的慧眼，她在后期的小说中经常加入一些超现实的因素，现实主义和超现实主义水乳交融。加洛韦虽然作品数量不多，但她的长篇以及短篇小说题材丰富，写作手法也不断变换，颇有大家风范，因此被认为是当代苏格兰女性小说家的杰出代表。

和加洛韦一样，肯尼迪也被认为是首屈一指的当代苏格兰女作家，是苏格兰新潮小说的代表人物。肯尼迪身上有比加洛韦更多的文学光环，她曾经于 1993 年和 2003 年两度入选《格兰塔》杂志英国青年小说家榜单，并于 1996 年担任布克奖评委。肯尼迪不喜欢被贴上女性作家的标签，她说女性主义的标签其实是把作家模式化，让作家按照某种主张去写作，而她本人是绝不会为了某个主张去写作的。既然没有男性作家会站出来说自己要重新界定男性，那女性作家为何要多此一举呢？她还说，加洛韦写作的时候男性作家处于主导，所以她才会有为女性而写作的意图，而自己开始写作的 20 世纪 90 年代女作家已经不再是孤军奋战，所以自己为女性而写作的意识自然会淡漠许多。话虽如此，但作为苏格兰女性作家，而且是常常和加洛韦相提并论的女作家，肯尼迪的小说还是会深深地打上女性主义的印记。而且，即便她自己否认为女性而写作，评论家们还是愿意把她放在女性主义作家的行列里去讨论。

在当代苏格兰女性作家的群体中，肯尼迪属于比较高产的那一类。自 1990 年登上文坛以来，她已经出版了《寻找可能的舞蹈》（*Looking for the Possible Dance*,1993）、《因此我高兴》（*So I Am Glad*,1995）、《你所需要的一切》（*Everything You Need*,1999）、《天堂》（*Paradise*, 2004）、《日子》（*Day*,2007）、《蓝皮书》（*The Blue Book*,2011）等六部长篇小说以及《夜的几何与加斯卡顿列车》（*Night Geometry and the Garscadden Trains*, 1990）、《现在你回来了》（*Now That You' re Back*,1994）、《茶与饼干》（*Tea and Biscuits*,1996）、《最初的祝福》（*Original Bliss*,1997）、《永远的行动》（*Indelible Acts*,2002）、《什么变了》（*What Becomes*,2009）、《时尚》（*All the Rage*,2014）等七部短篇小说集。此外，她还出版了《布里姆上校的一生》（*Life & Death of Colonel Blimp*,1997）、《论斗牛》（*On Bullfighting*,1999）、《麝香猫的护理与喂养》（*Luwak Care and Breeding* ,2010）等

三部非虚构作品。

《寻找可能的舞蹈》是肯尼迪的第一部长篇小说，这部书的书名曾经被多米尼克·海德用来做剑桥文学导论系列《现代英国小说》之苏格兰小说部分的标题。小说主要聚焦于玛格丽特·汉密尔顿和他人的关系。她在苏格兰出生，在苏格兰接受教育，她对父亲非常依赖。父亲尽力让她了解外面的世界，但她对于生活总是显得有些无知。她知道如何从最佳角度看月亮，还知道如何准时醒来，但是就是不知道该如何生活。她和自己的恋人科林相处总会遇到些问题，她还必须走向更开阔的世界，处理好老师和学生、雇员和雇主、个人和国家等一系列复杂的关系。肯尼迪用丰富的文学想象，刻画了人物的心理成长。虽然这是她的第一部长篇小说，但就心理书写而言，这部小说已经相当成熟，肯尼迪从一开始就显得非常老道，很快就成了苏格兰文坛的一颗新星。

《因此我高兴》是一部充满魔幻现实主义色彩的小说，颇有些穿越剧的味道。詹妮弗·威尔逊是广播电台播音员，住在格拉斯哥，她的两个室友是典型的苏格兰人。当一个新的室友到来时，她的生活发生了巨变，他是一个神秘的、飘忽不定的人，似乎总是在黑暗中闪现。没人记得他的名字，但很快他就开始自报家门，他竟然是著名的18世纪作家和爱情决斗手塞维尼恩·塞拉诺·德·伯格莱克。当伯格莱克开始和过去妥协、詹妮弗开始和自己曾经黑暗的个人历史较量时，一段温馨的、超现实主义的爱情故事从此拉开帷幕。在这部小说中，肯尼迪把格雷在《拉纳克》和《可怜的东西》中运用过的魔幻现实主义手法发挥到极致，把城市中的现在和文学中的过去有机地结合了起来，用苏格兰式的幻想牢牢地吸引住读者。也许伯格莱克的出现只是为了安慰詹妮弗受伤的心，也许伯格莱克只是一个虚幻，但无论如何，伯格莱克在格拉斯哥花园除草的场景，以及他和詹妮弗的万般柔情，总是能给人留下无限的想象空间。

《最初的祝福》是肯尼迪同名短篇小说集中最长的一部小说，这部小说充分展现了现代社会女性的纠结。海伦·布林德尔备受生活之苦，她感情麻木，经常失眠，并为可怕的、错误的婚姻所困，她甚至觉得上帝已经离她远去。她每天在电视机前靠做家务打发无聊的时光，直到有一天他遇见一个名叫爱德华·格拉克的宗教顾问。格拉克开发了一个项目，说要引导迷失的灵魂走向满足。海伦走进了格拉克的世界，试图从他那里找到生活的出路。然而，她所发现的却是格拉克作为受虐狂的一面，还有好多其他方面的不堪入目的东西。他们彼此爱慕，而这令双方都很痛苦，他们热切地渴望爱情，却又害怕爱情真的到来。无奈之下，海伦选择了回到一贯有暴力倾向的丈夫身边，任由丈夫打骂。丈夫痛打了她，打碎了她的颅骨，而后自己也走上了绝路。《最初的祝福》是一部以十分极端的方式探索人际关系的小说，小说有着浓浓的宗教味道，海伦心里总有一种宗教式的忏悔，她选择回到丈夫身边也是由于这种忏悔。格拉克担当着宗教顾问的角色，他的主要责任是引领灵魂走向光明，虽然他的公众身份是心理学家。

《你所需要的一切》是一部探索人物心理的鸿篇巨制。纳森・斯戴普勒斯是一位隐退到小岛上的作家，按照岛上的规矩，作家们必须用一种或另一种方式企图自杀，结果是有生有死。纳森尝试了一下，但他的结果是自杀失败，他有幸活了下来。幸存之后的他开始对过去的生活有所悔悟，他开始思念已经和他离婚的妻子毛拉，开始思念女儿玛丽，而女儿以为父亲早就死了。只有当他在女儿不知情的情况下将她带到岛上指导她写作的时候，他才终于得到了安慰，在和女儿的共处中寻找到一丝安宁。他最后的举措是把自己的故事写出来，并读给女儿听，借此展示她和女儿的深情厚谊以及女儿所带给他的种种快慰。在纳森痛苦挣扎的时候，作家岛的创建者乔的唯灵论指引并未奏效，真正让他摆脱痛苦的是关于家庭旧事的写作以及重新和女儿相聚。纳森在写作中重新塑造了自我，他在写作中重新发现了家的温馨。同时，他通过亲眼看见别的隐居作家岛的人的痛苦来反思自己，别人的家庭创伤也影响了纳森自己的创作。肯尼迪用一种十分奇特的写作家庭旧事的方式，来重新展现纳森的家庭旧事，最终还是家庭温馨化解了他的痛苦，而所谓作家岛及其所推崇的唯灵论到了关键时候都成了纸上谈兵。

和《你所需要的一切》一样，肯尼迪的近作《天堂》也是一部充满奇思妙想的探索人间温情的小说。年近四旬的汉娜・拉克拉夫特开始注意到自己的生活方式无法维系长久，她的无意识之中开始对自己有些反感，她的家庭出现了裂痕，她的朋友们怪里怪气，她的身体也不像原来那么靠谱儿。一个名叫罗伯特的风流牙医似乎可以赋予她爱情，但他同时也会带来不少的麻烦。为了远离烦心事，汉娜开始了探寻人生天堂之旅，从苏格兰的中北部到都柏林，从伦敦到蒙特利尔再到布达佩斯，她超越极限地旅行，试图寻找一种最终改变自己精神状态的途径。肯尼迪的这部小说颇有点人到中年的味道，在人百感交集而无从排遣的时候，旅行似乎是一种解脱。虽然旅行中的人尚未找到人生的天堂，但旅游者至少能够感受到自己是在寻找人生的天堂的旅途中。

由于篇幅所限，我们在此仅展开介绍了欧文斯、加洛韦和肯尼迪三位作家，这绝不意味着其他的女性作家就不重要。撇开林林总总的短篇小说姑且不论，仅就长篇小说而言，爱尔芬斯通的《麻雀之飞》（*A Sparrow's Flight*,1989）、黑顿的《知识细胞》（*Cells of Knowledge*,1989）、林嘉德的《女人的房子》（*The Women's House*,1989）、泰恩特的《伦敦的两个女人》（*Two Women of London*,1989）、阿里·史密斯的《不速之客》（*The Accidental*,2004）等都是值得一读的佳作。当代苏格兰小说中女作家的阵容越来越强大，除了我们在本节开头列举的作家，21 世纪以来又有一些新的作家开始走红，路易斯·韦尔什（Louise Welsh,1965～　）即是其中一位，自 2002 年登上文坛以来，到现在可谓是红得发紫，她的罪案小说非常畅销。

当代苏格兰女性作家并非一个整体，她们的创作五花八门，所以很难用寥寥数语归纳她们的创作主张和取向。但有一点是明确的，那就是她们更关注女性的命运等家庭话题，而不是像格雷、凯尔曼、韦尔什等男性作家那样关注民族和政治话题。加洛韦和肯尼迪的小说多以女性的感受为中心，着力展现现代社会中女性的家庭纠葛，女性的精神世界是她们关注的焦点。她们的小说有着深入细致的心理刻画，时常带有浓浓的宗教的味道。和格雷等男性作家一样的是，加洛韦和肯尼迪努力探索叙述艺术，将超现实因素或者魔幻现实主义手法引入小说创作，充分展现了苏格兰奇幻文学的魅力，把读者带入了一个充满痛苦而又充满奇幻的世界。奇幻色彩以及机智幽默的语言冲淡了痛苦的陈述，使得小说更具有了可读性。在借鉴奇幻文学艺术、引入超现实因素和魔幻现实主义手法方面，肯尼迪明显更胜一筹，她在《因此我高兴》中所运用的穿越古今的手法颇为神奇，巧妙地将现代社会的女性和 18 世纪作家和爱情决斗手对接到一起，演绎了一段充满奇幻和浪漫的现代传奇。

# 结语：苏格兰小说的复现主题与艺术特色

作为《苏格兰小说史》的结语，我们可以有两种选择：第一种选择是依据苏格兰小说的历史发展和文学现状做一个大胆的预测；第二种选择是再次对以往的历史做一个简要的总结。预测是一种很有诱惑力的方式，但是，预测并非文学史作者的主要关注，更何况，越是信心十足的预测，越有可能成为超级的反讽，因为文学史的未来走向不是文学史作者可以驾驭的东西。有鉴于此，为稳妥起见，我们还是选择了第二种，虽然再一次的总结难免会和之前的内容有些重复。哈特将他所著的《苏格兰小说：从斯摩莱特到斯帕克》一书的结语命名为"回顾：苏格兰小说理论的注解"，他似乎是想用结语来勾画苏格兰小说的理论图景，分析苏格兰小说发展的驱动因素。我们不敢有什么理论方面的奢望，我们所能做的只是对苏格兰小说发展过程中的复现主题和艺术特色进行简要的归纳。

苏格兰小说在近三百年的历史发展过程中，逐步形成了以下几个主要传统：其一是理想化的苏格兰传统，开创这种传统的是斯摩莱特，被斯摩莱特理想化的不仅包括苏格兰的乡村，还包括爱丁堡等苏格兰的城市。理想化的苏格兰传统在菜园派小说家的笔下得到了净化，乡村共同体成为苏格兰文化的基石。其二是历史小说传统，历史小说传统的开创者是司各特，史蒂文森、柯南道尔、乔治·麦凯·布朗以及艾伦·梅西（Allan Massie,1938～　）都是历史小说传统的继承者。其三是儿童小说传统，开创儿童小说传统的是史蒂文森、巴里和巴兰坦，史蒂文森的《金银岛》为人们探索儿童心理和洞察世界提供了新的视野，巴里的儿童文学代表作是彼得·潘系列故事，彼得·潘的大名在英国可谓家喻户晓，即便没有怎么读过巴里作品的人，对于彼得·潘这个著名的儿童形象也会有所耳闻。巴兰坦的代表作是《珊瑚岛》，这部19世纪的儿童小说对当代英国作家、1983年诺贝尔奖得主戈尔丁（William Golding，1911～1993）影响巨大，戈尔丁的代表作《蝇王》其实就是对《珊瑚岛》的颠覆性回写。其四是工人阶级小说传统，苏格兰小说和工人阶级有着不解之缘，工人阶级小说从20世纪30年代一直延续到现在。除了书写工人阶级的斗争和觉醒，苏格兰工人阶级小说还毫不掩饰地书写了工人阶级中部分人的暴力、沉沦和无助。

苏格兰小说最为重要的复现主题是共同体书写。所谓共同体，是指以地理区划为基础构建的、有着共享的道德和伦理方式的群体。共同体是苏格兰小说的“主导神话”，苏格兰小说一直对共同体书写情有独钟。约翰·高尔特的《教区年鉴》(1821)、苏格兰菜园派小说、乔治·麦凯·布朗的奥克尼岛小说都在以各自的方式展现着宁静而祥和的苏格兰共同体，共同体之所以如此和谐，是因为上述小说中共同体都扎根在乡村，而且有着一种宗教的统领和对金钱至上观念的排斥。20世纪初期以乔治·道格拉斯·布朗为代表的反菜园派小说反其道而行，将共同体书写成具有毁灭性的“小团伙”，这种反面书写从另一个角度证明了乡村对于共同体的重要性。现代主义小说《苏格兰人的书》将共同体的空间由乡村推移到城市，离乡村越远，共同体的衰微就越明显。当代苏格兰小说尝试着把共同体移植到城市之中，斯帕克笔下的布罗迪帮、韦尔什笔下的吸毒青年，都是城市“共同体”的生动写照。城市共同体是一种畸变的“共同体”，是一种对苏格兰乡村共同体的颠覆性回写。

苏格兰小说另外两个重要的复现主题是历史和民族书写。历史书写在英格兰小说中也比较普遍，但纯粹的历史小说还是苏格兰地区更为兴盛。司各特是历史小说的缔造者，艾伦·梅西是当代首屈一指的历史小说家，此外，史蒂文森的《黑箭》、乔治·麦凯·布朗的《马格努斯》《文兰》等都是地地道道的历史小说。历史书写和民族书写是紧密相连的，司各特的《红酋罗伯》、乔治·麦凯·布朗的《马格努斯》等历史小说之所以能够独树一帜，是因为它们是用苏格兰人的视角书写的苏格兰历史，而这种用局内人视角写苏格兰历史是局外人很难做到的。单就民族书写而言，各个作家或者流派之间是不尽相同的。以当代小说为例，乔治·麦凯·布朗、阿拉斯代尔·格雷、詹姆斯·凯尔曼、欧文·韦尔什的民族书写是十分明显的，而斯帕克和班克斯小说的民族性就要弱些。格雷、凯尔曼、韦尔什的小说还有着浓浓的政治意识，在他们的小说中，民族性和政治性也是紧密相连的。此外，如果我们拿苏格兰诗歌来作为参照，在历史书写方面，小说是更胜一筹的，但在民族性书写方面，似乎诗歌更为强势，小说中很难找到像罗伯特·彭斯的《苏格兰勇士》那样的、为历史上的苏格兰英雄们振臂高呼的作品。苏格兰小说中的民族书写更多的是苏格兰民族风情的书写，而不是呼唤苏格兰民族独立的书写，像格雷《为什么苏格兰人应该统治苏格兰》那样的宣扬苏格兰独立的作品是以非虚构的形式出现的，这样的作品对苏格兰小说创作的影响是微乎其微的。

苏格兰小说的其他复现主题还包括阶级、性别和商业。苏格兰小说中的阶级主要是指工人阶级，它的工人阶级书写比英格兰小说要更胜一筹。在工人阶级小说刚刚兴起的时候，苏格兰小说和英格兰小说都在书写工人阶级的觉醒。但到了当代，包括工人阶级小说在内的英格兰地区的小说开始更多地去迎合中产阶级意识，而以凯尔曼和韦尔什为代表的新型工人阶级小说则依旧以工人为主体，他们的小说真实地记录了苏格兰城市工人阶级的无助与茫然以及中产阶级的无聊与漠然，向当代英国政治家所宣扬的“阶级战争已完结”的论调发出了挑战。性别书写也是苏格兰小说一个常见的主题，苏格兰小说中的性别书写是很有特色的，特色之一是苏格兰民族的女性化，特色之二是“懦弱的雄狮”形象。英国历史学家用十分形象的比喻来说明英格兰和苏格兰等区域的联合：英格兰和威尔士的联合是一场包办的婚姻，和爱尔兰的联合是约会式的强奸，而他和苏格兰的联合则是“枪口之下的婚礼”（Weight,2002:4）。将苏格兰民族女性化的一个典型例子是格雷的《可怜的东西》，在这部小说中，贝拉·巴克斯特的另一个英文名字叫“Bella Caledonia”，直译出来就是“美女苏格兰”，贝拉的命运其实就是苏格兰民族命运的缩影。而和女性形成鲜明对照的是被称为“懦弱的雄狮”的男性形象，奥利凡特、格雷、凯尔曼、韦尔什的小说中充斥着这种懦弱的男性角色，乔治·麦凯·布朗更是直截了当地将《在时间的海洋边》中的男主人公称为游手好闲的、无用的男孩。当然，苏格兰小说中也有例外，巴肯笔下的汉内、《非凡之城》中的刀王、《猜火车》中的卑比，也还是十分强悍的。不过，汉内并非苏格兰人，而刀王和卑比又都是反面角色，所以，就男性书写而言，还是“懦弱的雄狮”占据上风。商业书写也是苏格兰小说重要的复现主题之一，苏格兰小说中既有对商业至上论调的嘲讽，也有对商业世界的礼赞。对商业进行无情嘲讽的杰出代表是斯摩莱特，他在《汉弗莱·克林克历险记》中写道：“商业不管繁荣到何种程度，都迟早会证明每个国家的灭亡。”（Smollett，2001:225）而对商业进行礼赞的也不在少数，司各特在《红酋罗伯》中写下的那句话“贸易有着赌博所具有的所有迷人之处，而且没有赌博的道德负罪感”（Scott,1998:67）即是明证。司各特、高尔特、奥利凡特、史蒂文森、约翰·巴肯、乔治·道格拉斯·布朗、约翰·麦克道格·海伊都曾经用各自的视角书写了苏格兰的商业世界，展现了苏格兰小说中私利和美德之间的张力。

苏格兰小说的最富特色的艺术手法是苏格兰杂陈和双重叙述。关于这两种艺术手法的来龙去脉在本书的导论中已有论述，在此不再赘述。但需要强调的是，作为艺术手法，苏格兰杂陈的核心应该是奇幻和罗曼司。乔治·麦克唐纳的奇幻文学作品、史蒂文森的南太平洋故事、格雷的《拉纳克》和《可怜的东西》、班克斯的科幻小说都是奇幻文学的精华。虽然杂陈必须也有现实主义的混合，但上述作品的核心是奇幻，如果没有奇幻这个核心，上述小说就很可能给人一种"泯然众人矣"的感觉。司各特、高尔特、史蒂文森等都是罗曼司的高手，虽然作为杂陈必须要有讽刺的成分，但讽刺成分永远都只是一种陪衬。苏格兰杂陈的核心不是杂，而是奇幻和罗曼司为主导的、各种矛盾成分合理分布的、一种错落有致的混成。

"双重"叙述也是苏格兰小说的重要艺术手法。苏格兰小说中的双重叙述有两种模式：其一是以詹姆斯·霍格的《一个清白罪人的私人备忘录和忏悔》（1824）、史蒂文森的《化身博士》（1886）为代表的"善的主体＋恶的相似对应物"的模式；其二是格雷的《拉纳克》（1981）和《可怜的东西》（1992）所建构的"善的主体＋善的相似对应物"的模式。第一种模式和威廉·詹姆斯所说的隐藏的自我，以及弗洛伊德的暗恐理论相契合，用这种艺术手法写成的小说为分裂人格或曰双重人格的分析提供了范本。而格雷的"善的主体＋善的相似对应物"的模式则提供了一个新的伦理指向，它告诉人们在多变的世界中依然可以保持善的本性，而善恶对立模式很容易为人们将自身的恶转嫁给他人提供口实。

其实，无论是复现主题还是艺术特色，都不可能涵盖所有的苏格兰小说。我们说共同体是苏格兰小说的最重要的主题，但这也绝不意味着所有的苏格兰小说都在书写共同体，我们只能说书写共同体、将苏格兰共同体理想化的小说更像是纯正的苏格兰小说，但是否反之亦然，都是值得商榷的。所以，我们在此对复现主题和艺术特色的简单归纳，以及导论之中关于苏格兰性的简单勾勒，都只是为谈论苏格兰小说以及苏格兰小说发展史提供一种便捷而可行的依据，此外别无奢求。最后，作为苏格兰小说史的结尾，我们还想重申一下写作的初衷。我们写作这本书的目的是想让更多的读者了解和关注苏格兰小说，期冀国内关注英国文学的学者关注这一领域，重新认识和发现一批值得写进英国文学史的作家和作品，在未来的英国文学史修撰中适度吸收一些最新的苏格兰文学研究成果（如詹姆斯·霍格对英国浪漫主义的贡献）。简单地说，就是我们希望更多的苏格兰作家在英国文学史中被放进去，而不是把苏格兰作家从英国文学史中拉出来。

从1979年的第一次公投到分权体制的确立，再到2014年的这一次独立公投，声势浩大的政治运动引发了更多人对苏格兰的关注，这对苏格兰文学的复兴以及世界范围内的苏格兰文学研究的兴起确实是起到了推波助澜的作用，这一点是无可否认的。但是，苏格兰文学以及苏格兰文学研究的兴起，也并非全是政治运动使然。苏格兰文学有它独特的魅力，它创造了一次又一次的辉煌。当人们静下心来捧读苏格兰小说名著的时候，时时都会有一种新的发现和心灵的震撼。司各特笔下宏大的历史场景，霍格小说中凝重的人生反思，菜园派小说中令人感伤的乡村风物，反菜园派小说中的商业纷争，总能给人一种常读常新的快感。苏格兰小说的魅力是永存的，它不会随着政治风云的平息而变淡。历史是未完结的，随着历史的前行，苏格兰小说还会再造辉煌。小说的研究和小说史的修撰更是开放的，我们的这部《苏格兰小说史》只是一种尝试，它的主要目的是对18世纪至今的苏格兰小说发展进程进行梳理，对各个时期最有代表性的小说作家和作品展开论述，它所收录的作家和作品是有限的，对各个时期的苏格兰小说生成背景以及主要特点的描述也是无法尽如人意的。一部学术专著收尾之时，总会觉得有这样或者那样的缺憾，或许缺憾也是一种动力，它会激励我们为了弥补缺憾而继续努力拼搏。

在民族身份与区域身份的问题上，我们的这部《苏格兰小说史》更加偏重后者，因为过于强调民族身份会带来一些不必要的麻烦。比如，20世纪20年代爱尔兰独立的时候，北爱尔兰选择继续留在联合王国，因为许多北爱尔兰人认为自己是苏格兰的后裔，和苏格兰有着更多的民族认同，而苏格兰北端的设德兰（Shetland）人更加认同北欧文化，对苏格兰文化的认同反倒淡漠一些。一旦选择区域身份，上述这些让人纠结的问题就迎刃而解，北爱尔兰不在苏格兰的区域范畴，而设德兰无可非议地是苏格兰区域的一部分。把苏格兰文学定位为区域文学更有利于建立其与英国文学的“是此即彼”的关系，对“是此即彼”文学的研究，和旅行文学研究所提供的“亦此亦彼”模式一道，可以在一定程度上对国别文学研究中由于过度强调国别身份而引发的“是此非彼”模式进行纠偏。和当年的女性文学史写作一样，如今的区域文学史写作的终极目的是引发学界对于区域文学的重视，进而在未来的文学史修撰中更加重视区域文学。简单地说，就是区域文学史研究是在之前的文学史并未高度重视区域身份问题的语境中才更有意义。我们的这部《苏格兰小说史》所处的就是这样一种语境，《苏格兰小说史》以小说文类为突破口，它的主旨是重新发掘和评价被英国文学史主流叙述忽视或边缘化的苏格兰作家，重申苏格兰文学的特性，借此引发人们对于区域文学以及“是此即彼”文学研究模式的思考。

# 大事年表

1707 年苏格兰国会于 1 月 15 日以 109 票对 69 票通过了联合条约。5 月 1 日，苏格兰和英格兰正式联合。

1709 年斯蒂尔主办《闲话报》。

1711 年《观察家》创刊。

1714 年安妮女王逝世，乔治一世登基。

1715 年詹姆斯党人暴动。

1721 年沃尔普组阁。3 月 19 日托比亚斯·斯摩莱特出生。

1727 年乔治一世逝世，乔治二世登基。沃尔普重新掌权。牛顿逝世。

1742 年沃尔普下台。

1745 年查尔斯·爱德华领导第二次詹姆斯党人暴动。

1748 年托比亚斯·斯摩莱特的小说《兰登传》出版。

1751 年托比亚斯·斯摩莱特的《佩瑞格林·皮克尔历险记》出版。

1755 年约翰逊博士的《词典》出版。

1757 年克里夫将军领导的征服印度行动开始。埃德蒙·伯克发表《论崇高与美丽概念起源的哲学探究》。

1760 年乔治二世逝世，乔治三世登基。

1764 年英国哥特体小说代表作《奥特兰特城堡》出版。

1765 年托马斯·波西出版《古英诗拾遗》。

1770 年詹姆斯·霍格出生。诺斯爵士出任首相。诗人查特顿自杀身亡。

1771 年托比亚斯·斯摩莱特的小说《汉弗莱·克林克历险记》出版。瓦尔特·司各特出生于爱丁堡。

1776 年《美国独立宣言》发表。吉本的《罗马帝国的衰亡》开始相继出版。亚当·斯密的《国富论》出版。

1779 年约翰·高尔特出生。

1781 年英军在约克郡被美国战败。

1786 年彭斯发表《苏格兰方言诗集》。

1789 年法国大革命爆发。《人权宣言》发表。

1790 年埃德蒙·伯克发表《对法国大革命的反思》。

1791 年詹姆斯·鲍斯威尔的《约翰逊传》出版。

1792 年玛丽·沃斯通克拉夫特发表《女权宣言》。

1793 年路易十六被处死。英法战争爆发。戈德温发表《政治正义》。

1794 年约翰·吉普森·洛克哈特出生于拉纳克郡。

1798 年华兹华斯和柯勒律治合作出版《抒情歌谣》。

1800 年大不列颠和爱尔兰联合法案制定。

1802 年司各特发表《苏格兰边区诗集》。《爱丁堡评论》创刊。

1803 年大英帝国占领多巴哥和圣卢西亚。

1804 年拿破仑在法国称帝。

1805 年特拉法尔加战役。司各特发表《最后行吟诗人的诗歌》。

1808 年司各特发表诗歌《玛米恩》。亨特创办《检查者》。

1809 年拜伦发表《英国诗人和苏格兰评论家》。《评论季刊》创刊。

1810 年司各特发表诗歌《湖畔夫人》。

1811 年英国出现路德党破坏机器事件。威尔士王子摄政。

1812 年拿破仑进攻俄罗斯受阻，法国军队从俄罗斯败退。

1814 年拿破仑退位，路易十八复位。史蒂芬森的蒸汽机车问世。瓦尔特·司各特出版《威弗莱》，拉开了“威弗莱小说”系列的序幕。

1815 年滑铁卢战役，拿破仑战败。谷物法颁布，决定对粮食进口和面包价格膨胀式上涨征税。瓦尔特·司各特的小说《盖伊·曼纳林》出版。

1816 年瓦尔特·司各特的小说《清教徒》出版。

1817 年瓦尔特·司各特的小说《红酋罗伯》出版。《布莱克伍德杂志》创刊。

1818 年首艘汽轮穿越大西洋。瓦尔特·司各特的小说《中洛辛郡的心脏》出版。玛丽·雪莱的《弗兰肯斯坦》问世。哈兹里特发表《英国诗人讲稿》。

1819 年曼彻斯特发生“彼得卢惨案”。维多利亚公主出生。瓦尔特·司各特的小说《艾凡赫》出版。

1820 年乔治三世逝世，乔治四世登基。

1821 年高尔特发表《教区年鉴》。德·昆西发表《一个英国食鸦片者的忏悔》。

1822 年格拉斯哥小说的开山之作、约翰·高尔特的《限定继承权》

出版。

1823 年瓦尔特·司各特的小说《昆汀·杜沃德》出版。

1824 年第一次英缅战争爆发，联盟法律被撤销，放松了对工会的立法。拜伦在希腊逝世。国家美术馆开馆。詹姆斯·霍格的小说《一个清白罪人的私人备忘录和忏悔》出版。

1825 年首台蒸汽动力机车在斯多克顿和达灵顿之间运行。联盟法律重启。

1828 年玛格丽特·奥利凡特出生。

1826 年瓦尔特·司各特因出版商和印刷商生意的失败而债台高筑。

1829 年天主教解放法案颁布。

1831 年霍乱疫情席卷欧洲。迈索尔被英国东印度公司兼并。

1830 年乔治四世逝世，威廉四世登基。曼彻斯特至利物浦铁路开通。

1832 年瓦尔特·司各特逝世。改革法案颁布。

1833 年约翰·高尔特出版《自传》。卡莱尔发表《旧衣新裁》。

1834 年新贫困法出台。约翰·高尔特出版《文学生涯》。

1835 年城市改革法案出台。伦敦至布里斯托铁路开通运营。

1837 年维多利亚女王执政。

1838 年《人民大宪章》出版。伦敦至伯明翰铁路开通。

1839 年约翰·高尔特逝世。约翰·吉普森·洛克哈特的十卷本《司各特的一生》出版。卡莱尔发表《宪章主义》。

1840 年中英鸦片战争爆发。人民大宪章首次在国会呈现。

1842 年宪章运动爆发。宪章再次在国会呈现。版权法出台。

1843 年戏剧规范法案出台，戏剧垄断制度被打破。卡莱尔发表《过去与现在》。

1845 年爱尔兰土豆歉收。

1846 年爱尔兰饥荒爆发。谷物法废止。

1848 年伦敦爆发宪章运动示威。公共健康法案出台。前拉斐尔派兄弟会成立。

1849 年拉斯金发表《建筑的七盏明灯》。麦考利发表《英国史》。

1850 年菜园派小说的代表人物伊恩·麦克莱伦出生。罗伯特·路易斯·史蒂文森出生于爱丁堡。

1851 年路易·拿破仑·波拿巴政变。拉斯金发表《威尼斯的石头》。

1852 年威灵顿公爵逝世。

1854 年克里米亚战争爆发。著名人类学家詹姆斯·弗雷泽出生。

1855 年报纸印花税废止。

1857 年印度兵变。

1859 年约翰·斯图亚特·密尔发表《论自由》。达尔文发表《物种起源》。

1860 年詹姆斯·巴里出生。

1863 年兰开夏爆发“棉花饥荒”。

1864 年日内瓦大会召开。尼尔·门罗出生。

1869 年首次梵蒂冈大会召开。乔治·道格拉斯·布朗出生。

1870 年普法战争爆发。福斯特教育法案出台。已婚妇女财产法案出台。

1871 年巴黎公社运动爆发。

1875 年农业大萧条爆发。约翰·巴肯出生。

1878 年柏林大会召开。

1880 年格莱斯顿成为首相。

1881 年迪斯累利逝世。

1883 年罗伯特·路易斯·史蒂文森的小说《金银岛》出版。康普顿·麦肯锡出生。

1886 年爱尔兰家园自治法案在下院失败。婴儿监护权法案规定，父亲死亡的情况下，母亲对孩子有监护权。第一批自行车在考文垂生产。传染病法案废止。

1887 年维多利亚女王执政五十年庆典。特拉法尔加广场骚乱（又称“流血的星期天”）。埃德温·缪尔出生于苏格兰北端的奥克尼。柯南道尔的小说《血字的研究》出版。

1888 年詹姆斯·巴里的《古灯田园诗》出版。

1889 年矿工联盟成立。由于面临德国威胁，英国海军军备行动迫在眉睫。詹姆斯·巴里的《斯拉姆斯的窗户》出版。

1890 年爱尔兰家园自治党领袖帕奈尔倒台。薇拉·缪尔出生。詹姆斯·弗雷泽的《金枝》出版。

1891 年尼尔·盖恩出生。詹姆斯·巴里的《小牧师》出版。

1892 年自动电话首次通话。詹姆斯·凯尔·哈迪代表自由劳动党成为国会议员。柯南道尔的《冒险史》出版。

1893 年爱尔兰家园自治法案在英国上议院失败。矿工拒绝降薪百分之二十五，内燃机引擎问世。乔治·布莱克出生。

1894 年国际奥林匹克委员会成立。罗伯特·路易斯·史蒂文森逝世。

伊恩·麦克莱伦的《在美丽的野蔷薇丛旁》出版。克罗齐特的《丁香太阳帽》和《侵入者》出版。

1895 年奥斯卡·王尔德因同性恋罪名被判两年监禁。伊恩·麦克莱伦的《旧日好时光》出版。克罗齐特的《沼泽香桃木和泥炭》出版。

1896 年牛津大学和剑桥大学拒绝接受女生攻读学位。《每日邮报》首发。詹姆斯·巴里的《感伤的汤米》和《玛格丽特·奥吉尔维》出版。伊恩·麦克莱伦的《凯特·卡耐基和那些牧师们》出版。克罗齐特的《克莱格·凯利》出版。

1897 年维多利亚女王执政六十周年庆典。妇女选举权学会全国联盟选举米粒森特·嘉莱特·弗尔希特为主席。哈乌洛克·爱丽丝的《性心理学研究》揭开了“性科学”研究的序幕。无线电被发明。纳奥米·米奇森出生于爱丁堡。

1898 年居里夫妇发现镭元素。格莱斯顿公爵逝世。英军重新征服苏丹，奥姆德曼战争爆发。伊恩·麦克莱伦的《后来及其他故事》出版。

1899 年玛格丽特·奥利凡特的《自传》出版。尼尔·门罗的小说《梦想家吉莲》出版。埃里克·林克雷特出生。克罗齐特的《柯伊特·肯尼迪》出版。

1899 年波尔战争爆发，人类首次发现阿司匹林。

1900 年工党建立。弗洛伊德的《梦的解析》出版。

1901 年维多利亚女王逝世，爱德华七世登基。工业法案出台，认定工厂和车间雇用十二岁以下的儿童违法。乔治·道格拉斯·布朗的《带绿色百叶窗的房子》出版。约翰·巴肯赴南非供职。刘易斯·格拉西克·吉本出生。

1902 年乔治·道格拉斯·布朗逝世。

1903 年飞机首次试飞。妇女社会政治联盟成立。

1904 年詹姆斯·巴里的《彼得·潘》首次公演。克罗齐特的《侵入者之地》出版。

1905 年詹姆斯·巴克出生。

1907 年伊恩·麦克莱伦在美国讲学时不幸辞世。

1910 年爱德华七世逝世，乔治五世登基。

1912 年巴尔干战争的硝烟加剧了欧洲的紧张局势和军事对抗。罗宾·詹金斯出生于拉纳克郡。

1914 年第一次世界大战爆发。

1915 年西德尼·古德瑟·史密斯出生于新西兰的威灵顿。

1919 年詹姆斯·巴里出任圣安德鲁斯大学校长。

1924 年纳奥米·米奇森的短篇小说集《当粗枝断裂时》出版。

1928 年埃德温·缪尔的批评著作《小说的结构》出版。伊恩·克里奇顿·史密斯出生。詹姆斯·巴里当选为英国作家协会主席。

1930 年詹姆斯·巴里受聘为爱丁堡大学名誉校长。

1931 年康普顿·麦肯锡出任格拉斯哥大学校长。

1932 年刘易斯·格拉西克·吉本《苏格兰人的书》的第一部《落日之歌》出版。

1934 年苏格兰新潮小说的开创者阿拉斯代尔·格雷出生于格拉斯哥。乔治·布莱克的游记《苏格兰之心》出版。

1935 年亚历山大·麦克阿瑟与金斯利·朗合著的小说《非凡之城》出版。乔治·布莱克的小说《造船工人》出版。刘易斯·格拉西克·吉本逝世。

1936 年詹姆斯·巴克的小说《大手术》出版。威廉·麦克伊尔维尼出生。

1937 年詹姆斯·巴里逝世。

1940 年约翰·巴肯在加拿大蒙特利尔逝世。

1945 年德国和日本相继投降，第二次世界大战结束。英国工党当选，克莱门特·艾德礼成为首相。

1946 年詹姆斯·凯尔曼出生于格拉斯哥。

1947 年印度和巴基斯坦相继独立。

1948 年柏林空运事件，爆发冷战的一次重大危机。

1950 年纳奥米·米奇森的童话《大房子》出版。

1951 年保守党在大选中获胜，温斯顿·丘吉尔再度担任首相。爱丁堡大学设立苏格兰学院。乔治·布莱克的批评著作《巴里与菜园派》出版。西德尼·古德瑟·史密斯的《苏格兰文学简介》出版。

1952 年乔治六世逝世，伊丽莎白二世登基。

1954 年埃德温·缪尔的《自传》出版。

1955 年安东尼·艾登担任首相。乔治·布莱克的《苏格兰年鉴 1895 ～ 1955》出版。

1956 年苏伊士运河危机。女作家詹尼斯·加洛韦出生。

1957 年哈罗德·麦克米伦担任首相。斯帕克的首部长篇小说《安慰者》出版。

1958 年欧文·韦尔什出生于爱丁堡。纳奥米·米奇森的童话《六个男人和一只天鹅》出版。

1960 年劳伦斯的《查特莱夫人的情人》解禁。斯帕克的小说《派克汉姆·莱的歌谣》出版。

1961 年柏林墙建立。缪丽尔·斯帕克的小说《布罗迪小姐的青春》出版。大卫·克莱格的《苏格兰文学与苏格兰人民 1680 ～ 1830》出版。

1962 年国家大剧院建立。

1963 年亚力克·道格拉斯·霍姆爵士担任首相。

1964 年哈罗德·威尔逊担任首相。艾伦·沃纳出生。

1965 年温斯顿·丘吉尔逝世，全国举行哀悼。女作家肯尼迪出生。

1967 年乔治·麦凯·布朗的《爱的日历》出版。

1968 年北爱尔兰局势动荡。埃里克·林克雷特的历史著作《苏格兰的幸存》出版。

1969 年首届布克奖颁奖。美国宇航员登上月球。伊恩·克里奇顿·史密斯的小说《最后的夏天》出版。

1970 年爱德华·希思成为首相。苏格兰文学研究协会成立，协会最初设在阿伯丁大学。斯帕克的小说《驾驶席》出版。

1971 年移民法案开始实施。开放大学成立。绿色和平组织成立。格拉斯哥大学设立苏格兰文学系。伊恩·克里奇顿·史密斯的小说《我逝去的公爵夫人》出版。

1972 年乔治·麦凯·布朗的首部长篇小说《格林沃》出版。康普顿·麦肯锡逝世。乔治·弗莱尔的《阿尔弗雷德先生》出版。

1973 年英国进入欧洲经济共同体。布朗的小说《马格努斯》出版。尼尔·盖恩逝世。

1974 年哈罗德·威尔逊再度担任首相。埃里克·林克雷特逝世。伊恩·克里奇顿·史密斯的小说《再见，迪克逊学生》出版。乔治·麦凯·布朗的《霍克福和其他故事》出版。

1975 年美国微软公司成立。西德尼·古德瑟·史密斯逝世。威廉·麦克伊尔维尼的《道彻蒂》出版。

1976 年国家大剧院开放。种族关系法案实施。诺丁山骚乱。詹姆斯·卡拉汉接替威尔逊成为工党首相。

1978 年首例试管婴儿在英国欧德海姆诞生。弗朗西斯·哈特的《苏格兰小说：从斯摩莱特到斯帕克》在哈佛大学出版社出版。

1979 年撒切尔夫人当选英国首相。苏格兰分权全民公决被否决。凯尔曼在兰弗卢地区图书馆担任住校作家。

1980 年两伊（伊朗和伊拉克）战争爆发。

1981 年查尔斯和戴安娜举行婚礼。艾滋病被发现。首台 IBM 个人电脑问世。苏格兰新潮小说的开山之作、阿拉斯代尔·格雷的《拉纳克》出版。

1983 年微软文字处理系统首发。艾伦·梅西出版历史小说《恺撒们》。艾伦·博尔德的《现代苏格兰文学》出版。

1984 年艾滋病原因查明，系人类免疫缺陷病毒（HIV）所致。泰德·休斯成为桂冠诗人。凯尔曼出版首部长篇小说《公交售票员海恩斯》。班克斯的首部长篇小说《捕蜂器》出版。格雷的小说《1982，贾宁》出版。布朗的小说《红衣时代》出版。艾格尼丝·欧文斯的《西方的绅士》出版。

1985 年格雷的小说《凯文·沃克的堕落》出版。威廉·麦克伊尔维尼的《大男人》出版。

1986 年美国挑战者号航天飞机失事。原苏联切尔诺贝利核事故发生。

1987 年凯尔曼的短篇小说集《早餐的灰狗》荣获查腾汉姆奖。布朗的小说《金鸟》出版。伊恩·班克斯的《埃斯皮戴尔大街》出版。

1988 年美国击落伊朗客机。洛克比空难，泛美航空公司客机遭炸弹袭击，270 人遇难。

1989 年柏林墙倒塌，之后德国重新实现统一。拉什迪事件。凯尔曼的小说《不满》荣获詹姆斯·泰特·布莱克纪念奖并进入布克奖短名单。加洛韦的小说《花招是保持呼吸》出版。伊恩·班克斯的《运河之梦》出版。

1990 年撒切尔夫人下台。约翰·梅杰成为新一任英国首相。弗兰克·卡普纳的小说《苏格兰变迁史》出版。肯尼迪出版《夜的几何和加斯卡顿列车》。艾伦·斯宾斯的《魔笛》出版。格雷的《麦克格罗迪和拉德米拉》和《皮制的东西》出版。

1991 年苏联解体。超文本标记语言（HTML）的诞生，为创立互联网铺平了道路。凯尔曼的短篇小说集《烧伤》荣获苏格兰艺术委员会图书奖。威廉·麦克伊尔维尼的《奇怪的忠诚》出版。

1992 年格雷的小说《可怜的东西》出版并荣获惠特布莱德奖。罗伯特·克劳福德的《苏格兰文学分权》出版。

1993 年《唐宁街宣言》发布，英国首相约翰·梅杰和道伊瑟奇·阿尔伯特·雷诺兹承诺英国和爱尔兰联手解决北爱尔兰问题。欧文·韦尔什的第一部长篇小说《猜火车》出版。肯尼迪的小说《寻找可能的舞蹈》出版。伊恩·班克斯的《密谋》出版。加文·华莱士和兰戴尔·史蒂文森合编的《1970年代以来的苏格兰小说》在爱丁堡大学出版社出版。

1994年托尼·布莱尔当选工党领袖。连接法国加莱和英国福克斯顿的英吉利海峡隧道贯通。阿拉斯代尔·格雷的《历史缔造者》出版。詹姆斯·凯尔曼的《这是多么晚，多么晚》荣获布克奖。布朗的小说《在时间的海洋边》出版并入围布克奖短名单。韦尔什的短篇小说集《酸屋》出版。加洛韦的小说《外国部分》出版。肯尼迪的《现在你回来了》出版。

1995年梅西的小说《大卫王》出版。韦尔什的小说《秃鹳梦魇》出版。艾伦·沃纳的首部长篇小说《默文·卡拉》出版。

1996年英国爆发疯牛病。查尔斯王子和戴安娜王妃离婚。苏格兰文学研究协会移至格拉斯哥大学。当代苏格兰最具代表性的诗人兼小说家乔治·麦凯·布朗逝世。韦尔什的《猜火车》被改编成电影，丹尼·博伊尔执导。肯尼迪的《因此我高兴》出版。

1997年托尼·布莱尔领导的工党在选举中获胜，布莱尔成为英国首相。苏格兰和威尔士地方分权全民公决。第一只克隆羊多莉诞生。香港回归中国。戴安娜王妃在巴黎遭遇车祸身亡。欧文·韦尔什的长篇小说《污秽》出版。肯尼迪的短篇小说集《最初的祝福》出版。艾伦·沃纳的小说《这些发狂的土地》出版。伊恩·班克斯的《石头之歌》和《事业》出版。

1998年北爱尔兰美好星期五协定签署，北爱尔兰议会成立。由肯尼迪撰写剧本的第四频道电影《斯黛拉玩恶作剧》首播。凯尔曼的短篇小说集《好时光》出版。

1999年欧元正式启用。威尔士议会和苏格兰国会开幕。邓肯·麦克林的小说《舌头之桶》出版。安德鲁·奥哈根的小说《我们的父亲们》出版。伊恩·班克斯的《桥》出版。

2000年伦敦爆发反对全球化的抗议运动。斯帕克的《帮助与怂恿》出版。艾琳·克里斯蒂安森和艾莉森·拉姆斯顿合编的《苏格兰女性作家》在爱丁堡大学出版社出版。由加文·米拉导演的、根据班克斯同名小说改编而成的电影《密谋》（中文译为《黑吃黑》）上映。肯尼迪的《你所需要的一切》出版。

2001年托尼·布莱尔领导的工党再度执政。美国“9·11”事件震惊世界，对英美文学界也产生了震撼。韦尔什的小说《胶水》出版。凯尔曼的小说《翻译的记述》出版。凯尔曼出任格拉斯哥大学创造性写作特命教授。

2002 年罗恩·威廉姆斯被任命为下任坎特伯雷大主教。韦尔什的小说《色情》出版。凯尔曼出版非虚构作品《法官们如是说》。加洛韦的小说《克拉拉》出版。根据沃纳同名小说改编的电影《默文·卡拉》上映。

2003 年“非典”(SARS) 在全世界范围内蔓延，引起公众恐慌。英国政府科学家大卫·凯利博士死亡。

2004 年艾伦·梅西推出新作《亚瑟王》。凯尔曼的小说《在自由的土地上你要小心》出版。

2005 年苏格兰国会层面的、跨党派的苏格兰写作及出版小组成立。

2006 年工党领袖詹姆斯·戈登·布朗成为英国首相。麦琪·佛格森的《乔治·麦凯·布朗传记》在伦敦出版。沃纳的小说《虫子能带我上天》出版。韦尔什的小说《大厨的卧室秘密》出版。

2007 年由伊恩·布朗担任总主编的三卷本《爱丁堡苏格兰文学史》出版。阿拉斯代尔·格雷的小说《恋爱中的老人》出版。罗伯特·克劳福德的《苏格兰之书：企鹅苏格兰文学史》出版。

2008 年欧文·韦尔什的小说《犯罪》出版。罗杰·格拉斯的《阿拉斯代尔·格雷：秘书的传记》出版。

2009 年伊恩·布朗和艾伦·里尔奇主编的《20 世纪苏格兰文学指南》出版。肯尼迪的小说《什么变了》出版。

2010 年保守党领袖大卫·卡梅伦成为英国首相。十卷本《新编苏格兰史》在爱丁堡大学出版社相继出版。沃纳的小说《明亮天空中的星星》出版。阿拉斯代尔·格雷的非虚构作品《图片中的生活》出版。

2012 年欧文·韦尔什的小说《海洛因男孩》出版。伊恩·班克斯的《氢气索纳塔》出版。

2013 年伊恩·班克斯逝世。

2014 年首届苏格兰文学世界大会在格拉斯哥大学召开。9 月 18 日苏格兰全民公投，苏格兰选择继续留在联合王国。肯尼迪短篇小说集《时尚》出版。

2015 年里尔奇主编的《埃德温·摩根国际指南》出版。鲍德曼和弗兰主编的《中世纪晚期苏格兰的政治、骑士制度与文学》出版。

2016 年英国举行脱欧公投，脱欧派以 51.89% 的选票胜出。卡梅伦辞去首相职务。特蕾莎·梅接任首相。韦尔什小说《刀锋艺术家》出版。奥哈拉兰的《詹姆斯·霍格与英国浪漫主义》出版。布莱尔编写的《维多利亚时期苏格兰报刊诗歌专集》出版。

2017 年第二届苏格兰文学世界大会在加拿大温哥华召开。

# 参考文献


Abbott, H. Porter. *The Cambridge Introduction to Narrative*. Cambridge: Cambridge University Press, 2008.

Aberdein, Jennie W. *John Galt*. Oxford: Oxford University Press, 1936.

Adams, James Ali. *A History of Victorian Literature*. Chichester: Wiley-Blackwell, 2009.

Aldrich, Ruth I. *John Galt*. Boston: G. K. Hall & Co. Ltd., 1978.

Barker, Gerard A. *Henry Mackenzie*. Boston: Twayne Publishers, 1975.

Baker, Timothy C. *George Mackay Brown and the Philosophy of Community*. Edinburgh: Edinburgh University Press, 2009.

Bailin, Miriam. *The Sickroom in Victorian Fiction*. Cambridge: Cambridge University Press, 1994.

Baldick, Chris. *Oxford Concise Dictionary of Literary Terms*. Shanghai: Shanghai Foreign Language Education Press, 2000.

Baldridge, Cates. "Antinomian Reviewers: Hogg's Critique of Romantic-era Magazine in *The Confessions of a Justified Sinner*." *Studies in the Novel*, 43.4 (2011): 385 ~ 405.

Banks, Iain. *Canal Dreams*. London: Abacus, 1996 [1989].

…. *Complicity*. London: Abacus, 1998 [1993].

…. *The Bridge*. London: Little, Brown and Company (UK), 2001a [1986].

…. *Espedair Street*. London: Little, Brown and Company (UK), 2001b [1987].

…. *Raw Spirit: In Search of the Perfect Dram*. London: Century, 2003.

Barrie, J. M. *The Novels, Tales and Sketches of J. M. Barrie: Auld Licht Idylls, Better Dead*. New York: Charles Scribner's Sons, 1898.

Barnaby, Paul & Tom Hubbard. "The International Reception and Literary Impact of Scottish Literature of the Period since 1918." Brown, Ian. (ed.) *The*

*Edinburgh History of Scottish Literature. Vol. 3*. Edinburgh: Edinburgh University Press, 2007: 31 ~ 41.

Beasley, Jerry C. "Introduction." Smollett, Tobias. *The Adventures of Ferdinand Count Fathom*. Athens: The University of Georgia Press, 1988: xxv ~ xxvii.

Beer, Gillian. *The Romance*. London: Metheun & Co Ltd., 1970.

Bell, Robert H. "*Boswell's Notes Toward a Supreme Fiction from London Journal to Life of Johnson*." *Modern Language Quarterly*, 38 (1977): 132 ~ 148.

Berlin, Isaiah. *Personal Impressions*. Princeton: Princeton University Press, 2001.

Bernstein, Stephen. "Alasdair Gray and Post-millennial Writing." Schoene, Berthold (ed.) *The Edinburgh Companion to Contemporary Scottish Literature*. Edinburgh: Edinburgh University Press, 2007: 167 ~ 174.

Bevan, Archie & Brian Murray. "Introduction." Brown, George Mackay. *The Colleted Poems of George Mackay Brown*. London: John Murray, 2005: ix ~ xvii.

Blake, George. *Barrie and the Kailyard School*. London: Arthur Barker, 1951.

Boege, Fred W. *Smollett's Reputation as a Novelist*. New York: Octagon Books, 1969.

Bold, Alan. *Modern Scottish Literature*. London: Longman, 1983.

Boswell, James. *Dorando: A Spanish Tale*. London: J Wilkie at the Bible in St. Paul's Churchyard, 1767.

Botting, Fred. *Gothic Romanced: Consumption, Gender and Technology in Contemporary Fiction*. London and New York: Routledge, 2008.

Bradbury, Malcolm. *The Modern British Novel 1878 ~ 2001*. Beijing: Foreign Language Teaching and Research Press, 2005.

Britton, Jeanne. "Translating Sympathy by the Letter: Henry Mackenzie, Sophie de Condorcet and Adam Smith". *Eighteenth-Century Fiction*, 22.1 (2009): 72 ~ 98.

Brown, Ian. (ed.) *The Edinburgh History of Scottish Literature. Vol. 1 ~ 3. Edinburgh: Edinburgh University Press*, 2007.

*Brown, Ian & Alan Riach. (eds.)* The Edinburgh Companion to Twentieth-century Scottish Literature. *Edinburgh: Edinburgh University Press*, 2009.

*Brown, George Douglas.* The House with the Green Shutters. *New York: Mc-Clure, Philips and Co.*, 1901.

*Brown, George Mackay.* A Time to Keep. *London: The Hoharth Press*, 1976.

…. Time in a Red Coat. *London: Chatto & Windus*, 1984.

…. Golden Bird: Two Orkney Stories. *London: John Murray*, 1987.

…. (*ed*). Edwin Muir: Selected Prose. *London: John Murray Publishers Ltd.*, 1989.

…. Beside the Ocean of Time. *London: Flamingo*, 1995 [1994].

…. For the Islands I Sing: An Autobiography. *London: John Murray*, 1997.

…. Greenvoe. *Edingburgh: Polygon*, 2004 [1972].

…. Vinland. *Edingburgh: Polygon*, 2005 [1992].

…. Winter Tales. *London: John Murray*, 2010 [1995].

*Buchan, David. "Galt's Annals: Treatise and Fable." Campbell, Ian (ed.)* Nineteenth Century Scottish Novel: Critical Essays. *Manchester: Carcanet New Press Limited*, 1979: 18 ~ 36.

Buchan, John. *The Island of Sheep*. London: Hodder and Stoughton, 1936.

…. *The Dancing Floor*. London: Hodder and Stoughton, 1974 [1926].

… . *Huntingtower*. Edinburgh: Edinburgh University Student Publications Board, 1978 [1922].

…. *Greenmantle*. Oxford: Oxford University Press, 1993 [1916].

Burgess, Anthony. *Ninety-nine Novels: The Best in English since* 1939. London: Alison and Busby, 1984.

Butler, D., A. Adonia & T. Travers. *Failure in British Government: The Politics of the Poll Tax*. Oxford: Oxford University Press, 1994.

Calder, Jenni. "Introduction." Stevenson, Robert Louis. *Catriona*. Edinburgh: Canongate, 1989: vii ~ xii.

Cameron, Ewen A. *Impaled Upon a Thistle: Scotland Since 1880*. Edinburgh: Edinburgh University Press, 2010.

Campbell, Ian. *Kailyard*. Edinburgh: Ramsay Head Press, 1981.

…. "Introduction." Maclaren, Ian. *The Days of Auld Langsyne*. Glasgow: Kennedy & Boyd, 2008 [1895]: ix ~ xix.

Cannandine, David. *Class in Britain*. London: Penguin, 2000.

Carey, John. "Introduction." Hogg, James. *The Private Memoirs and Confessions of a Justified Sinner*. Oxford: Oxford University Press, 1995: ix ~ xxi.

Carler, Ronald. *Routledge History of Literature in English*. Florence, KY: Routledge, 2001.

Carruthers, Gerard. "Fictions of Belonging: National Identity and the Novel in Ireland and Scotland." Shaffer, Brian (ed.) *A Companion to the British and

*Irish Novel 1945 ～ 2000*. Oxford:Blackwell Publishing,2005:112 ～ 127.

…. *Scottish Literature*. Edinburgh:Edinburgh University Press,2009.

Carter,Ian. "Lewis Grassic Gibbon, '*A Scots Quair*',and the Peasantry." *History Workshop*,6 (1978):169 ～ 185.

Cheyette,Bryan. *Muriel Spark*. Tavistock:Northcote House,2000.

…. "Muriel Spark's *The Prime of Miss Jean Brodie*." Shaffer, Brain (ed.) *A Companion to the British and Irish Novel* 1945 ～ 2000. Oxford:Blackwell Publishing,2005:367 ～ 375.

Childs,Peter. *Contemporary Novelists:British Fiction Since 1970*. Houndmills: Palgrave Macmillan,2005.

Christianson, Aileen and Alison Lumsden. (eds.) *Contemporary Scottish Women Writers*. Edinburgh:Edinburgh University Press,2000.

Colebrook,Martyn & Katharine Cox (eds.) *The Transgressive Iain Banks: Essays on a Writer Beyond Borders*. Jefferson,NC:McFarland & Co. Inc,2013.

Conan Doyle,Authur. *Micah Clarke*. New York:Harper and Brothers,1889.

…. *Memoirs and Adventures*. Boston:Little Brown & Co. ,1924.

…. *Sherlock Holmes: The Complete Novels and Stories*. Vol. I ～ II. New York:Bantam Dell,1986.

Coonradt, Nicole. "The Enlightenment Tradition of Hume and Smith in Austen:Windows to Understanding." *Religion in the Age of Enlightenment*,3. 1 (2002):157 ～ 188.

Coovadia,Imraan. "George Eliot's Realism and Adam Smith." *Studies in English Literature*,42. 4 (2002):819 ～ 835.

Copeland,Edward. "A Comic Pastoral Poem in Prose?" *Texas Studies in Literature and Language*,16. 3 (1974):493 ～ 501.

Cottom,Daniel. *The Civilized Imagination: A Study of Ann Raddiffe, Jane Austen,and Sir Walter Scott*. Cambridge:Cambridge University Press,1985.

Cowan,Edward J. , Richard Finlay & William Paul. *Scotland Since 1688: Struggle for a Nation*. London:Cima Books,2000.

Craig,Cairns. "Resisting Arrest:James Kelman." Wallace,Gavin & Randall Stevenson, (eds.) *The Scottish Novel Since the Seventies:New Visions,Old Dreams*. Edinburgh:Edinburgh University Press,1993:99 ～ 114.

…. *The Modern Scottish Novel*. Edinburgh:Edinburgh University Press,1999.

…. "Devolving the Scottish Novel." English,James F. (ed.) *A Concise*

*Companion to Contemporary British Fiction*. Oxford: Blackwell Publishing, 2006: 121 ~ 140.

Crawford, Robert. *Scotland's Books: The Penguin History of Scottish Literature*. London: Penguin Books, 2007.

Crawford, Robert and Thom Nairn. (eds.) *The Arts of Alasdair Gray*. Edinburgh: Edinburgh University Press, 1991.

Dadlez, E. M. *Mirrors to One Another: Emotion and Value in Jane Austen and David Hume*. Chichester: Wiley-Blackwell, 2009.

Daiches, David. *Robert Louis Stevenson*. Glasgow: William MacLellan, 1947.

Devine, T. M. *The Scottish Nation 1700 ~ 2007*. London: Penguin Books, 2006.

Dick, Alexander. "Scott and Political Economy." Robertson, Fiona (ed.) *The Edinburgh Companion to Sir Walter Scott*. Edinburgh: Edinburgh University Press, 2012: 118 ~ 129.

Dillingham, WilliamB. "Melville's Long Ghost and Smollett's Count Fathom." *American Literature*, 42. 2 (1970): 232 ~ 235.

Dosa, Attila. *Beyond Identity: New Horizons in Modern British Poetry*. Amsterdam & New York: Rodopi, 2009.

Douglas, Aileen. *Uneasy Sensations: Smollett and the Body*. Chicago & London: The University of Chicago Press, 1995.

Driscoll, Lawrence. *Evading Class in Contemporary British Literature*. Houndmills: Palgrave Macmillan, 2009.

Duncan, Ian. "Hume, Scott, and 'the Rise of Fiction'." *Angles on the English Speaking World*, 3. 1 (2003): 63 ~ 76.

---. *Scott's Shadow: The Novel in Romantic Edinburgh*. Princeton: Princeton University Press, 2007.

Eagleton, Mary. (ed.) *Feminist Literary Criticism*. Essex: Longman Group UK Limited, 1991.

Edgecombe, Rodney Stenning. *Vocation and Identity in the Fiction of Muriel Spark*. Columbia and London: University of Missouri Press, 1990.

Eliot, T. S. *Notes Towards the Definition of Culture*. London: Faber & Faber, 2010.

Ember, Carol R., Melvin Ember & Peter N. Peregrine (eds.) *Anthropology*. Upper Saddle River, NJ: Pearson Prentice Hall, 2007.

Evans, David L. "Peregrine Pickle: The Complete Satirist." *Studies in the*

Novel, 3. 3 (1971): 258 ~ 274.

Farrell, Mareen A. "The Lost Boys and Girls in Scottish Children's Fiction." Brown, Ian (ed.) *The Edinburgh History of Scottish Literature. Vol. 3*. Edinburgh: Edinburgh University Press, 2007: 198 ~ 206.

Fergusson, Maggie. *George Mackay Brown: The Life*. London: John Murray, 2006.

Ferrier, Susan. *The Inheritance*. Edinburgh: William Blackwood, 1824.

…. *Marriage*. Oxford: Oxford University Press, 1997.

Fielding, Penny. "Robert Louis Stevenson." Brown, Ian (ed.) *The Edinburgh History of Scottish Literature. Vol. 2*. Edinburgh: Edinburgh University Press, 2007: 324 ~ 330.

Fillingham, Lydia Alix. "The Colorless Skein of Life: Threats to the Private Sphere in Conan Doyle's *A Study in Scarlet*." Orel, Harold (ed.) *Critical Essays on Sir Arthur Conan Doyle*. New York: G. K. Hall & Co., 1992: 160 ~ 178.

Fitzgerald, Penelope. "Introduction." Oliphant, Margaret. *Salem Chapel*. London: Virago, 1986: v ~ xiii.

Fitzgibbons, Athol. *Adam Smith's System of Liberty, Wealth, and Virtue: The Moral and Political Foundations of the Wealth of Nations*. Oxford: Oxford University Press, 1997.

Folkenflik, John. "Smollett and Anthony Walker and the First Illustrated Serial Novel in English". *Eighteenth-Century Fiction*, 14. 3 ~ 4 (2002): 507 ~ 532.

Forsyth, K. *Language in Pictland*. Utrecht: De Keltische Draak, 1997.

Freud, Sigmund. "The Uncanny." *The Standard Edition of the Complete Psychological Works. Vol. XVII*. Trans. James Strachey. London: Hogarth Press, 1955: 217 ~ 229.

Frost, Robert. *The Complete Poems of Robert Frost*. London: Jonathan Cape, 1951.

Gairn, Louisa. *Ecology and Modern Scottish Literature*. Edinburgh: Edinburgh University Press, 2008.

Galloway, Janice. *The Trick is to Keep Breathing*. Normal, IL: Dalkey Archive Press, 1994.

…. *Foreign Parts*. London: Vintage, 1995a.

…. "Different Oracles: Me and Alasdair Gray." *Review of Contemporary Fiction*, 15. 2 (1995b): 193 ~ 196.

Galt, John. *The Entail.* Glasgow: Kennedy & Boyd, 2007.

…. *Annals of the Parish.* Rockwille, MD: Serenity Publishers, 2009.

Gardiner, Michael and Willy Maley (eds.) *The Edinburgh Companion to Muriel Spark.* Edinburgh: Edinburgh University Press, 2010.

Garrow, Scott. "A Study of the Organization of Smollett's *The Expedition of Humphry Clinker.*" *The Southern Quarterly*, 4.5 (1966): 349 ~ 363.

George, R. M. *The Politics of Home: Postcolonial Relocations and Twentieth Century Fiction.* Cambridge: Cambridge University Press, 1996.

Gibbon, Lewis G. *Stained Radiance: A Fictionist's Prelude.* Edinburgh: Polygon, 1993.

…. *Spartacus.* London: Hutchinson & Co., 1970.

…. *A Scots Quair.* London: Penguin Books, 1986.

Gifford, Douglas. "Contemporary Fiction II: Seven Writers in Scotland." Gifford, Douglas & Dorothy MaMillan (eds.) *A History of Scottish Women's Writing.* Edinburgh: Edinburgh University Press, 1997: 604 ~ 629.

…. "The Roots that Clutch: John Buchan, Scottish Fiction and Scotland". Macdonald, Kate and Nathan Waddel (eds.) *John Buchan and the Idea of Modernity.* London and Vermont: Pickering and Chatto, 2013: 17 ~ 32.

Gifford, Douglas., Sarah Dunnigan, & Allan MacGillivray (eds.) *Scottish Literature.* Edinburgh: Edinburgh University Press, 2002.

*Glasgow Herald*, 6.19 (1926): 4.

Glass, Rodge. *Alasdair Gray: A Secretary's Biography.* London: Bloomsbury, 2009.

Goldie, David. "The Scottish New Wave." Shaffer, Brian (ed.) *A Companion to the British and Irish Novel 1945 ~ 2000.* Oxford: Blackwell Publishing, 2005: 526 ~ 537.

Gordon, Ian A. *John Galt: The Life of a Writer.* Edinburgh: Oliver and Boyd, 1972.

Gray, Alasdair. *Unlikely Stories, Mostly.* London: Bloomsbury, 1984.

…. *The Fall of Kelvin Walker.* Edinburgh: Canongate, 1986.

…. *McGrotty and Ludmilla.* Glasgow: Dog and Bone, 1990a.

…. *Something Leather.* New York: Random House, 1990b.

…. *Why Scots Should Rule Scotland.* Edinburgh: Canongate, 1992.

…. *Ten Tales Tall and True.* London: Harcourt, Brace & Company, 1995.

…. *Poor Things*. Illinois: Dalkey Archive Press, 2001 [1994].

…. *Lanark: A Life in Four Books*. Edinburgh: Canongate, 2002a [1981].

…. *The Book of Prefaces*. London: Bloomsbury, 2002b.

…. *1982, Janine*. Edinburgh: Canongate, 2003 [1984].

…. *A Gray Play Book*. Edinburgh: Luath Press, 2009.

…. *Old Men in Love: John Tunnock's Posthumous Papers*. Washington: Little Beer Press, 2010a [2007].

…. *A Life in Pictures*. Edinburgh: Canongate, 2010b.

Green, Keith & Jill LeBihan. *Critical Theory and Practice: A Coursebook*. London: Routledge, 1996.

Groves, David. *James Hogg: The Growth of a Writer*. Edinburgh: Scottish Academic Press, 1988.

Gunn, Neil. *The Grey Coast*. London: Jonathan Cape Ltd., 1926.

…. *Morning Tide*. London: Faber & Faber, 1931.

…. *Silver Darlings*. London: Faber & Faber, 1941.

…. *The Shadow*. London: Faber & Faber, 1948a.

…. *Silver Bough*. London: Faber & Faber, 1948b.

…. *The Atom of Delight*. London: Faber & Faber, 1956.

…. *Highland River*. London: Arrow Books Ltd., 1974.

…. *Butcher's Broom*. London: Souvenir Press Ltd., 1977.

…. *The Serpent*. London: Souvenir Press Ltd., 1978.

Klaus, H. Gustav. *James Kelman*. Tavistock: Northcote House, 2004.

Hagemann, Susanne. "From Carswell to Kay: Aspects of Gender, the Novel and the Drama." Brown, Ian. (ed.) *The Edinburgh History of Scottish Literature. Vol. 3*. Edinburgh: Edinburgh University Press, 2007: 214 ~ 224.

Hall, Donald E. *Subjectivity*. London and New York: Routledge, 2004.

Hames, Scott. (ed.) *The Edinburgh Companion to James Kelman*. Edinburgh: Edinburgh University Press, 2010.

Hardy, Forsyth. *Scotland in Film*. Edinburgh: Edinburgh University Press, 1990.

Hart, Francis Russel. *The Scottish Novel*. Cambridge, MA: Harvard University Press, 1978.

Hart, Francis Russel. & J. B. Pick. *Neil M. Gunn: A Highland Life*. London: John Murray Publishers Ltd., 1981.

Harvie, Christopher T. *Scotland and Nationalism: Scottish Society and Politics 1707 ~ 1994*. Second Edition. London and New York: Routledge, 1994.

…. *No Gods and Precious Few Heroes: Twentieth-century Scotland*. Edinburgh: Edinburgh University Press, 1998.

Haywood, Ian. *Working-class Fiction: From Chartism to Trainspotting*. Tavistock: Northcote House, 1997.

Head, Dominic. *The Cambridge Introduction to Modern British Fiction*. Cambridge: Cambridge University Press, 2002.

Houston, R. A. & W. W. J. Knox. (eds.) *The New Penguin History of Scotland: From the Earliest Times to the Present Day*. London: Allen Lane, 2001.

Hughes, Gillian. *James Hogg: A Life*. Edinburgh: Edinburgh University Press, 2007.

Hume, David. *David Hume Essays: Moral, Political and Literary*. Indianapolis: Liberty Fund, 1985.

Hutcheon, Linda. *Narcissistic Narrative: The Metafictional Paradox*. New York & London: Metheun, 1980.

…. *A Poetics of Postmodernism: History, Theory, Fiction*. New York & London: Routledge, 1988.

Jack, Alison M. *Scottish Fiction as Gospel Exegesis: Four Case Studies*. Sheffield: Sheffield Phoenix Press, 2010.

Jaffe, Jacqueline A. *Arthur Conan Doyle*. Boston: Twayne Publishers, 1987.

Jenkins, Robin. *The Cone Gatherers*, Edinburgh: Paul Harris Publishing, 1980.

…. *The Thistle and the Grail*, Edinburgh: Polygon, 2006.

…. *The Changeling*, Oxford: ISIS Publishing Ltd., 2009.

Joannou, Maroula (ed.) *The History of British Women's Writing, 1920 ~ 1945*. Houndmills: Palgrave Macmillan, 2012.

Johnson, Edgar. *Sir Walter Scott: The Great Unknown*. New York: Macmillan, 1970.

Jones, Carole. *Disappearing Men: Gender Disorientation in Scottish Fiction 1979 ~ 1999*. Amsterdam & New York: Rodopi, 2009.

Jolly, Roslyn. "Introduction." Stevenson, Robert Louis. *South Sea Tales*. Oxford: Oxford University Press, 1996: ix ~ xxxiii.

Kaczvinsky, Donald P. "'Make up for Lost Time': Scotland, Stories, and the Self in Alasdair Gray's *Poor Things*." *Contemporary Literature*, 42.4 (2001): 775 ~ 799.

Karl, Frederick R. *A Reader's Guide to the Contemporary English Novel*. New York: Octagon Books, 1975.

Kelly, Aeron. *Irvine Welsh*. Manchester: Manchester University Press, 2005.

Kelman, James. *The Busconductor Hines*. Edinburgh: Polygon, 1984.

…. *A Disaffection*. London: Secker & Warburg, , 1989.

…. *The Burn*. London: Secker & Warburg, 1991.

… . *Some Recent Attacks: Essays Cultural and Political*. Stirling: AK Press, 1992.

…. *Busted Scotch: Selected Stories*. New York: W. W. Norton, 1997.

…. *How Late It Was, How Late*. London: Vintage, 1998 [1994].

…. *Translated Accounts*. New York: Doubleday, 2001.

Kelman, James, Alex Hamilton & Tom Leonard. *Three Glasgow Writers*. Glasgow: Molendinar Press, 1976.

Kellas, James. *Modern Scotland: The Nation Since 1870*. Glasgow: HaperCollins Publisher Ltd. , 1980.

Kennedy, A. L. *Original Bliss*. London: Jonathan Cape, 1997.

…. *Everything You Need*. New York: Vintage Contemporaries, 2002.

…. *What Becomes*. London: Jonathan Cape, 2009.

Kerr, Douglas. "Conan Doyle's Challenger Tales and the End of the World." *English Literature in Trasition*, 59. 1 (2016): 3 ~ 24.

Kirkpatrick, Kathryn. "Introduction." Ferrier, Susan. *Marriage*. Oxford: Oxford University Press, 1997: vii ~ xxiii.

Knight, Alanna. *Robert Louis Stevenson in the South Seas*. Edinburgh: Mainstream Publishing, 1986.

Kovesi, Simon. *James Kelman*. Manchester: Manchester University Press, 2007.

Kuebler, Carolyn. "Book Review: *How Late It Was, How Late*." *Review of Contemporary Fiction*, 15. 2 (1995): 199 ~ 200.

Lauber, John. *Sir Walter Scott*. Revised Edition. Boston: Twayne Publishers, 1989.

Leavis, Q. D. "Introduction." Oliphant, Margaret. *Miss Marjoribanks*. London: The Zodiac Press, 1969: 1 ~ 15.

Lemon, Lee T. *Portraits of the Artist in Contemporary Fiction*. Lincoln & London: University of Nebraska Press, 1985.

Levenson, Michael H. *The Cambridge Companion to Modernism*. Cambridge: Cambridge University Press, 1999.

Lewis, C. S. "Introduction." Macdonald, George. *Phatastes*. Grand Rapid, MI: Erdmans Publishing Company, 2000: v ~ xii.

Lifton, Robert Jay. *The Protean Self: Human Resilience in an Age of Fragmentation*. New York: Basic Books, 1993.

Lincoln, Andrew. "Scott and Empire: The Case of *Rob Roy*." *Studies in the Novel*, 34. 1. (2002): 43 ~ 59.

···. *Walter Scott and Modernity*. Edinburgh: Edinburgh University Press, 2007.

Linklater, Andro. *Compton Mackenzie: A Life*, London: Chatto & Windus, 1987.

Linklater, Eric. *The Sailor's Holiday*. London: Jonathan Cape, 1937.

···. *Juan in China*. London: Jonathan Cape, 1937.

···. *Juan in America*. London: Jonathan Cape, 1953.

···. *Private Angelo*. London: Penguin, 1958.

···. *Fanfare for a Tin Hat*. London: Macmillan, 1970.

···. *Magnus Merriman*. Edinburgh: MacDonald Publishers, 1982.

Lockhart, John Gibson. *Adam Blair*. Edinburgh: The Saltire Society, 2002.

López-Peláez, Jesús. "Reexamining Sir Walter Scott in the Light of Three Female Scottish Novelists." *Theory in Action*, 6. 4 (2013): 60 ~ 67.

Loretelli, Rosamaria. "David Hume's Reader-Response Narratonogy: A New Perspective on the Rise of the Novel." *Ideas, Aesthetics and Inquiries in the Early Modern Era*, 16. 1 (2009): 43 ~ 63.

Loveday, Simon. *The Romances of John Fowles*. Houndmills: The Macmillan Press, Ltd., 1985.

Lownie, Andrew. *John Buchan: The Presyterian Cavaliar*. London: Constable, 1995.

Lumsden, Alison. " 'To Get Leave to Live': Negotiating Regional Identity in the Literature of North-East Scotland." Brown, Ian. (ed.) *The Edinburgh History of Scottish Literature. Vol. 3*. Edinburgh: Edinburgh University Press, 2007: 95 ~ 105.

MacDonald, George. *David Elginbrod*. London: Hurst and Blackett, 1863.

···. *Alec Forbes of Howglen*. London: Cassell and Company, 1927a.

···. *Robert Falconer*. London: Cassell and Company, 1927b.

···. *Lilith*. Herts: Lion Publishing PLC, 1982.

···. *The Princess and Goblin and The Princess and Curdie*. Oxford: Oxford University Press, 1990.

···. *Phantastes*. London and Colorado Springs: Paternoster, 2008.

MacDonald, Kate. "Introduction." Buchan, John. *Greenmantle*. Oxford: Oxford University Press, 1993: I ~ XIV.

…. *John Buchan: A Companion to the Mystery Fiction*. Jefferson, NC & London: McFarland & Company, Inc. Publishers, 2009.

MacGillivray, Alan. "The Worlds of Iain Banks." *Laverock* (1996): 22 ~ 27.

Mackenzie, Henry. *The Man of Feeling*. London: T. Cadell, 1771.

…. *The Man of the World*. London: W. Strahan & T. Cadell, 1783.

…. *Julia De Roubigne*. London: A. Strahan & T. Cadell & W. Creech, 1795.

Mackenzie, Compton. *Sinister Street Vol.* 1, London: Martin Secker, 1913.

…. *Sinister Street Vol.* 2, New York: D. Appleton and Company, 1919.

…. *Unconsidered Trifles*, London: Martin Secker, 1932.

…. *The East Wind of Love, Book Two*, London: Chatto &Windus, 1949a.

…. *The South Wind of Love, Book One*, London: Chatto &Windus, 1949b.

…. *The South Wind of Love, Book Two*, London: Chatto &Windus, 1949c.

…. *The West Wind of Love, Book One*, London: Chatto &Windus, 1949d.

…. *The West Wind of Love, Book Two*, London: Chatto &Windus, 1949e.

…. *The North Wind of Love, Book One*, London: Chatto &Windus, 1949f.

…. *The North Wind of Love, Book Two*, London: Chatto &Windus, 1949g.

…. *My Life and Times: Octave Seven: 1931 ~ 1938*, London: Chatto &Windus, 1968.

Mackenzie, Faith Compton. *As Much as I Dare*, London: Collins Publishers, 1938.

Mackenzie, Scott. "Confessions of a Gentrified Sinner: Secrets in Scott and Hogg." *Studies in Romanticism*, 41. 1 (2002): 3 ~ 32.

Maclaren, Ian. *Beside the Bonnie Brier Bush*. New York: Dodd, Mead and Company, 1894.

…. *The Days of Auld Langsyne*. Glasgow: Kennedy & Boyd, 2008 [1895].

Maclean, Neil N. *Life at a Northern University*. Galsgow and London: John S. Marr and Simpkin, 1874.

Manlove, Colin. *Scottish Fantasy Literature: A Critical Survey*. Edinburgh: Canongate, 1994.

March, Cristie L. *Rewriting Scotland: Welsh, McLean, Warner, Banks, Galloway, and Kennedy*. Manchester: Manchester University Press, 2002.

Marwick, Ernest. *The Folklore of Orkney and Shetland*. Edinburgh: Birlinn Ltd., 2000.

Matthews, Steven. "Palpable Realities, Politics and Thirties Histories." *Critical Survey*, 15. 2 (2003): 23 ～ 38.

McCracken-Flesher, Caroline. *Possible Scotlands: Walter Scott and the Story of Tomorrow*. Oxford: Oxford University Press, 2005.

McCrone, David. *Understanding Scotland: The Sociology of a Stateless Nation*. London: Routledge, 1992.

McCulloch, Margery Palmer. *The Novels of Neil M. Gunn*. Edinburgh: Scottish Academic Press, 1987.

…. "Edwin and Willa Muir: Scottish, European and Gender Journeys, 1918 ～ 1969." Brown, Ian. (ed.) *The Edinburgh History of Scottish Literature. Vol. 3*. Edinburgh: Edinburgh University Press, 2007: 84 ～ 94.

…. *Scottish Modernism and Its Contexts 1918 ～ 1959: Literature, National Identity and Cultural Exchange*. Edinburgh: Edinburgh University Press, 2009.

McEwan, Neil. *The Survival of the Novel: British Fiction in the Late Twentieth Century*. London: The Macmillan Press Ltd., 1981.

McGillis, Roderick. "Introduction." MacDonald, George. *The Princess and Goblin and The Princess and Curdie*. Oxford: Oxford University Press, 1990: vii ～ xxiii.

McGuire, Matthew. "James Hogg's *Confessions of a Justified Sinner* and the Romantic Roots of Crime Fiction." *Clues*, 30. 1 (2012): 8 ～ 17.

McIlvanney, William. *Surviving the Shipwreck*. Edinburgh: Mainstream, 1991.

Mclean, Duncan. *Bucket of Tongues*. New York: W. W. Norton, 1999.

Mellown W. Elgin. "Autobiographical Themes in the Novels of Edwin Muir." *Wisconsin Studies in Contemporary Literature*, 6. 2 (1965): 228 ～ 242.

Mewald, K. "What Became of You? Language in Lewis Grassic Gibbon's *Sunset Song* and Alastair Cording's Stage Adaptation". Millar, R. M. (ed.) *Northern Lights, Northern Words. Selected Papers from the FRLSU Conference, Kirkwall 2009*. Aberdeen: Forum for Research on the Languages of Scotland and Ireland, 2010: 162 ～ 177.

Michasiw, Kim Ian. "Imitation and Ideology: Henry Mackenzie's Rousseau." *Eighteenth-Century Fiction*, 5. 2 (1993): 153 ～ 176.

Miller, Gavin. *Alasdair Gray: The Fiction of Communion*. Amsterdam & New York: Rodopi, 2005.

…. "Iain (M.) Banks: Utopia, Nationalism and Posthuman." Schoene,

Berthold (ed.) *The Edinburgh Companion to Contemporary Scottish Literature*. Edinburgh: Edinburgh University Press, 2007: 202 ～ 209.

Milne, Drew. "The Fiction of James Kelman and Irvine Welsh." Lane, Richard J., Rod Mengham & Philip Tew (eds.) *Contemporary British Fiction*. Cambridge: Polity, 2003: 158 ～ 173.

Mitchell, James. "Scotland in the Union, 1945 ～ 95: The Changing Nature of the Union State." Devine, T. M. & Richard J. Finlay (eds.) *Scotland in the Twentieth Century*. Edinburgh: Edinburgh University Press, 1996: 85 ～ 101.

Mitchison, Rosalind. *A History of Scotland*. Second Edition. London and New York: Routledge, 1982.

Monnickendam, Andrew. *The Novels of Walter Scott and His Literary Relations: Mary Brunton, Susan Ferrier and Christian Johnstone*. Houndmills: Palgrave Macmillan, 2013.

Morace, Robert A. *Irvine Welsh's Trainspotting*. New York: Continuum, 2001.

…. *Irvine Welsh*. Houndmills: Palgrave Macmillan, 2007.

Morris, David B. *Robert Louis Stevenson and the Scottish Highlanders*. Stirling: Eneas Mackay, 1929.

Morton, Graeme & R. J. Morris. "Civil Society, Governance and Nation 1832 ～ 1914." Houston, R. A. & W. W. J. Knox (eds.) *The New Penguin History of Scotland: From the Earliest Times to the Present Day*. London: Penguin, 2001: 355 ～ 417.

Moss, Sarah. "Recipes for Disaster: Eating and Genderin the Novels of Susan Ferrier." *Scottish Studies Review*, 5. 2 (2004): 27 ～ 40.

Muir, Edwin. *Marionette*. London: The Hogarth Press, 1987.

…. *Scott and Scotland*. Edinburgh: Polygon, 1982.

…. *The Structure of the Novel*. London: The Hogarth Press, 1967.

…. *John Knox: Portrait of a Calvinist*. London: Jonathan Cape, 1929.

…. *The Story and The Fable*. London: G. G. Harrap & Co., 1940.

…. *Poor Tom*. London: J. M. Dent & Sons Ltd., 1932.

Muir, Willa: *Imagined Corners*. Edinburgh: Canongate, 1987.

…. *Belonging: A Memoir*. London: The Hogarth Press, 1968.

Munro, S. Ian. *Leslie Mitchell: Lewis Grassic Gibbon*. Edinburgh. Oliver and Boyd Ltd., 1966.

… (ed.) *A Scots Hairst: Essays and Short Stories*. London: Hutchinson & Co., 1967.

Nash, Andrew. *Kailyard and Scottish Literature*. Amsterdam & New York: Rodopi, 2007.

Nicoll, W. Robertson. *Ian Maclaren: The Life of the Reverend John Watson*. New York: Dodd, Mead and Company, 1908.

Olick, Jeffrey K. *The Politics of Regret: On Collective Memory and Historical Responsibility*. New York and London: Routledge, 2007.

Oliphant, Margaret. *Miss Marjoribanks*. London: The Zodiac Press, 1969.

…. *Kirsteen*. London and Melbourne: Everyman's Library, 1984a.

…. *Hester*. London: Virago, 1984b.

…. *Salem Chapel*. London: Virago, 1986.

…. *The Perpetual Curate*. London: Virago, 1987.

…. *Katie Stewart*. Glasgow: Kennedy and Boyd, 2007.

Orel, Harold. "Introduction." Orel, Harold (ed.) *Critoical Essys on Sir Arthur Conan Doyle*. New York: G. K. Hall & Co, 1992: 1 ~ 24.

Padley, Steve. *Key Concepts in Contemporary Literature*. Houndmills: Palgrave Macmillan, 2006.

Parnell, Michael. *Eric Linklater: A Critical Biography*. Edinburgh: John Murray Publishers, 1984.

Phillips, Michael R. *George MacDonald: Scotland's Beloved Storyteller*. Minneapolis, MN: Bethany House Publishers, 1987.

Pittock, Murray. *Scottish and Irish Romanticism*. Oxford and New York: Oxford University Press, 2008.

Price, Leah. "The Poetics of Pedantry from Thomas Bowdler to Susan Ferrier." *Women's Writing*, 7. 1 (2000): 75 ~ 88.

Purchase, Sean. *Key Concepts in Victorian Literature*. Houndmills: Palgrave Macmillan, 2006.

Raeper, William. *George MacDonald*. Herts: Lion Publishing PLC, 1987.

Rankin, Ian. "The Deliberate Cunning of Muriel Spark." Wallace, Gavin & Randall Stevenson (eds.) *The Scottish Novel since the Seventies: New Visions, Old Dreams*. Edinburgh: Edinburgh University Press, 1993: 41 ~ 53.

Rait, Robert S. *History of Scotland*. Revised Edition. London: Thornton Butterworth, 1929.

Regan, Susan. *Reading 1759: Literary Culture in Mid-Eighteenth-Century Britain and France*. Lewisburg: Bucknell University Press, 2013.

Riach, Alan. *Representing Scotland in Literature, Popular Culture and Iconography: The Masks of the Modern Nation.* Houndmills: Palgrave Macmillan, 2005.

Riach, Alan & Michael Grieve (eds). *Hugh MacDiarmid: Selected Poetry.* New York: New Directions Publishing, 1993.

Richetti, John. "The Old Order and the New Novel of the Mid-Eighteenth Century: Narrative Authority in Fielding and Smollett." *Eighteenth-Century Fiction*, 2. 3 (1990): 183 ~ 196.

Robb, David S. *George MacDonald.* Edinburgh: Scottish Academic Press, 1987.

Rodger, Richard. "The Scottish Cities." Devine, T. M. & Jenny Wormald (eds.) *The Oxford Handbook of Modern Scottish History.* Oxford: Oxford University Press, 2012: 455 ~ 473.

Rose, Margaret A. *Parody: Ancient, Modern and Post-modern.* Cambridge: Cambridge University Press, 1993.

Royle, Trevor. *The Macmillan Companion to Scottish Literature.* London: Macmillan, 1983.

Ryan, Ray. *Ireland and Scotland: Literature and Culture, State and Nation 1966 ~ 2000.* Oxford: Clarendon Press, 2002.

Sanders, Andrew. *The Short Oxford History of English Literature.* Oxford: Clarendon Press, 1994.

Sandison, Alan. *Robert Louis Stevenson and the Appearance of Modernism.* Houndmills: Macmillan Press Ltd., 1996.

Sankville, Margaret. "Introduction." Ferrier, Susan. *The Inheritance.* London: Everleigh Nash & Grayson Limited, 1929: v ~ ix.

Schmid, Sabine. *Keeping the Sources Pure: The Making of George Mackay Brown.* Oxford & New York: Peter Lang, 2003.

Schoene, Berthold. (ed.) *The Edinburgh Companion to Contemporary Scottish Literature.* Edinburgh: Edinburgh University Press, 2007.

··· (ed.) *The Edinburgh Companion to Irvine Welsh.* Edinburgh: Edinburgh University Press, 2010.

Scott, P. H. *John Galt.* Edinburgh: Scottish Academic Press, 1985.

Scott, Walter. "Prefatory Memoir to Tobias Smollett." *Humphry Clinker: An Authoritative Text, Contemporary Responses, Criticism.* Ed. James L. Thorson. New York: W. W. Norton & Company, 1983: 335 ~ 337.

···. *Rob Roy.* New York: Oxford University Press, 1998.

Scriven, Anne McManus. "Introduction." Oliphant, Margaret. *Katie Stewart.* Glasgow: Kennedy and Boyd, 2007: v ~ xiii.

Shaw, Harry E. "Scott, Mackenzie, and Structure in *The Bride of Lammermoor.*" *Studies in the Novel*, 13. 4 (1981): 349 ~ 366.

Shiach, Morag. "*A Scots Quair* and the Times of Labour." *Critical Survey*, 15. 2 (2003): 39.

Simpson, Louis. *James Hogg: A Critical Study.* Edinburgh and London: Oliver & Boyd, 1962.

Skinner, John. *Constructions of Smollett: A Study of Genre and Gender.* London: Associated University Presses, 1996.

Smith, Adam. *The Wealth of Nations.* New York: Bantam Books, 2003.

Smith, George Gregory. *Scottish Literature: Character and Influence.* London: Macmillan and Co. Ltd., 1919.

Smollett, Tobias. *The Life and Adventures of Sir Launcelot Greaves.* Dublin: James Hoey, 1762.

…. *The Adventures of Peregrine Pickle.* Dublin: Henry Saunders & James Potts, 1768 ~ 1769.

…. *The Adventures of Ferdinand Count Fathom.* London: C. Cooke, 1795a.

…. *The History and Adventures of an Atom.* London: C. Cooke, 1795b.

…. *The Expedition of Humphry Clinker.* London: C. Cooke, 1800.

…. *Adventures of Roderick Random.* Athens and London: University of Georgia Press, 2012.

Spark, Muriel. *The Bllad of Packham Rye.* London: Penguin Books, 1963a.

…. *The Girls of Sleander Means.* London and Houndmills: Macmillan, 1963b.

…. *The Prime of Miss Jean Brodie.* London: Penguin Books, 1965.

…. *The Driver's Seat.* London: Penguin Books, 1974.

…. *Territorial Rights.* London: Macmillan, 1979.

…. *Loiterng with Intent.* London: Penguin Books, 1995.

…. *Aiding and Abetting.* London: Viking, 2000.

…. *The Complete Short Stories.* London & New York: Viking, 2001.

…. *The Finishing School.* New York: Doubleday, 2004.

Speirs, John. *The Scots Literary Tradition: An Essay in Criticism.* London: Faber and Faber, 1962.

Stewart, David. *The Path to Devolution and Change: A Political History of*

*Scotland under Margaret Thatcher*. London & New York: Tauris Academic Studies, 2009.

Stevenson, Randall. *A Reader's Guide to Twentieth-Century Novel in Britain*. Hemel Hemstead: Harvester Wheatsheaf, 1993.

Stevenson, Robert Louis. *Selected Short Stories of R. L. Stevenson*. Edinburgh: The Ramsay Head Press, 1980.

…. *Catriona*. Edinburgh: Canongate, 1989.

…. *The Scottish Novels*. Edinburgh: Canongate, 1995a.

…. *The Ebb-Tide*. Edinburgh: Edinburgh University Press, 1995b.

…. *Weir of Hermiston*. Edinburgh: Edinburgh University Press, 1995c.

…. *South Sea Tales*. Oxford: Oxford University Press, 1996.

Stoddart, Helen. "Tongues of Bone: A. L. Kennedy and the Problems of Articulation." Bentley, Nick (ed.). *British Fiction of the 1990s*. London: Routledge, 2005: 135 ~ 150.

Stubbs, Patricia. *Muriel Spark*. London: Longman Group Ltd., 1973.

Sutherland, Kathryn. "Fictional Economies: Adam Smith, Walter Scott, and the Nineteenth-Century Novel." *ELH*, 54. 1 (1987): 97 ~ 127.

*The Scots Magazine*, 11. 3 (1929): 180 ~ 186.

Toremans, Tom. "An Interview with Alasdair Gray and James Kelman." *Contemporary Literature*, 44. 4 (2003): 564 ~ 586.

Trela, D. J. "Introduction: Discovering the Gentle Subversive." Trela, D. J. (ed.) *Margaret Opliphant: Critical Essays on a Gentle Subversive*. London: Associated University Presses, 1995: 11 ~ 27.

Uglow, Jennifer. "Introduction." Oliphant, Margaret. *Hester*. London: Virago, 1984: ix ~ xxi.

Vardoulakis, Dimitris. *The Doppelganger: Literature's Philosophy*. New York: Fordham University Press, 2010.

Veitch, James. *George Douglass Brown*. London: Herbert Jenkins, 1952.

Velasco, Ismael. "Paradoxical Readings: Reason, Religion and Tradition in James Hogg's *The Memoirs and Confessions of a Justified Sinner*." *Scottish Studies Review*, 7. 1 (2006): 38 ~ 52.

Wallace, Gavin & Randall Stevenson, (eds.) *The Scottish Novel Since the Seventies: New Visions, Old Dreams*. Edinburgh: Edinburgh University Press, 1993.

Watson, Roderick. *The Literature of Scotland*. London: Macmillan Publishers

Ltd. ,1984.

…. "Introduction." Stevenson, Robert Louis. *The Scottish Novels: Weir of Hermiston*. Edinburgh: Canongate, 1995: v ～ x.

…. "The Modern Scottish Literary Renaissance." Brown, Ian and Alan Riach. (eds.) *Edinburgh Companion to Twentieth-century Scottish Literature*. Edinburgh: Edinburgh University Press, 2009: 75 ～ 87.

Waugh, Patricia. *Metafiction: The Theory and Practice of Self-Conscious Fiction*. London and New York: Meutheun, 1984.

Weight, Richard. *Patriots: National Identity in Britain 1940 ～ 2000*. London: Macmillan, 2002.

Welsh, Irvine. *The Acid House*. New York & London: W. W. Norton, 1994.

…. *Marabou Stork Nightmares*. New York & London: W. W. Norton, [1995] 1997.

…. *Filth*. New York & London: W. W. Norton, 1998.

…. *Porno*. New York & London: W. W. Norton, 2002.

Whatley, Christopher A (ed.) *John Galt 1779 ～ 1979*. Edinburgh: The Ramsay Head Press, 1979.

Whittaker, Ruth. *The Faith and Fiction of Muriel Spark*. London and Houndmills: The Macmillan Press Ltd., 1982.

Williams, Merryn. "Introduction." Oliphant, Margaret. *Kirsteen*. London and Melbourne: Everyman's Library, 1984: v ～ xii.

…. *Margaret Oliphant: A Critical Biography*. Houndmills: The Macmillan Press Ltd., 1986.

Wilson, John. *Lights and Shadows of Scottish Life*. Edinburgh: William Blackwood, 1822.

…. *The Trials of Margret Lyndsay*. Boston: Saxton & Kelt, 1845.

Witschi, Beat. *Glasgow Urban Writing and Postmodernism: A Study of Alasdair Gray's Fiction*. Bern: Peter Lang, 1991.

Wolff, Robert Lee. *The Golden Key: A Study of the Fiction of George MacDonald*. New Haven: Yale University Press, 1961.

〔美〕安德森：《想象的共同体：民族主义的起源与散布》，吴叡人译，上海人民出版社 2011 年版。

〔英〕巴肯：《三十九级台阶》，吴芪弘、傅敬民译，复旦大学出版社 2011 年版。

〔英〕班克斯：《捕蜂器》，李欣译，重庆出版社 2006 年版。

〔英〕班克斯:《游戏玩家》，刘思含译，新星出版社 2012 年版。

〔英〕班克斯:《桥》，刘冉译，人民文学出版社 2013 年版。

〔英〕班克斯:《武器浮生录》，雒城译，新星出版社 2014 年版。

〔丹麦〕勃兰兑斯:《19 世纪文学的主流》，第四分册，徐式谷等译，人民文学出版社 1997 年版。

〔英〕布罗迪编:《剑桥指南：苏格兰启蒙运动》，贾宁译，浙江大学出版社 2010 年版。

陈嘉:《英国文学史》，第三卷，商务印书馆 1986 年版。

〔匈〕洪特、〔加〕伊格纳季耶夫编:《财富与德性：苏格兰启蒙运动中政治经济学的发展》，李大军、范良聪、庄佳玥译，浙江大学出版社 2013 年版。

侯维瑞:《现代英国小说史》，上海外语教育出版社 1985 年版。

黄梅:《推敲“自我”：小说在 18 世纪的英国》，生活·读书·新知三联书店 2003 年版。

〔英〕凯尔曼:《男孩，别哭》，洪浩译，北京联合出版公司 2012 年版。

刘文荣:《19 世纪英国小说史》，中国社会科学出版社 2002 年版。

刘文荣:《当代英国小说史》，文汇出版社 2010 年版。

瞿世镜、任一鸣编著:《当代英国小说史》，上海译文出版社 2008 年版。

〔美〕桑塔格:《疾病的隐喻》，程巍译，上海译文出版社 2003 年版。

〔英〕史蒂文森:《金银岛·化身博士》，荣如德译，上海译文出版社 2006 年版。

〔英〕斯蒂文森:《诱拐》，张建平译，人民文学出版社 2006 年版。

〔英〕司各特:《修墓老人》(《清教徒》)，王培德译，人民文学出版社 1981 年版。

〔英〕司各特:《红酋罗伯》，李俍民译，上海译文出版社 1983 年版。

〔英〕斯摩莱特:《汉弗莱·克林克历险记》，李美华译，辽宁教育出版社 2001 年版。

〔英〕斯密:《道德情操论》，蒋自强、钦北愚等译，商务印书馆 2013 年版。

〔英〕斯帕克:《驾驶席·布罗迪小姐》，袁凤珠译，译林出版社 2000 年版。

〔美〕瓦特:《小说的兴起》，高原、董红钧译，生活·读书·新知三联书店1992年版。

王守仁、方杰：《英国文学简史》，上海外语教育出版社2006年版。

王佐良：《前言》，《外国文学》1984年第11期。

王佐良译：《苏格兰诗选》，湖南人民出版社1985年版。

王佐良、周珏良主编：《英国20世纪文学史》，外语教学与研究出版社2006年版。

〔英〕威尔士：《猜火车》，石一枫译，重庆出版社2010年版。

吴景荣、刘意青主编：《英国18世纪文学史》，外语教学与研究出版社2000年版。

〔英〕休谟：《人性论》，关文运译，商务印书馆1997年版。

〔英〕休谟：《论政治与经济》，张正萍译，浙江大学出版社2011年版。

〔英〕休谟：《论道德与文学》，马万利、张正萍译，浙江大学出版社2011年版。

殷企平：《推敲“进步”话语——新型小说在19世纪的英国》，商务印书馆2009年版。